grafit

Chemnitzer Str. 31, 44139 Dortmund
Internet: http://www.grafit.de
E-Mail: info@grafit.de

Umschlaggestaltung: Peter Bucker
Druck und Bindearbeiten: CPI – Clausen & Bosse, Leck
ISBN 978-3-89425-401-8
1. 2. / 2012

Jacques Berndorf

Eifel-Filz

und

Eifel-Schnee

Zwei Kriminalromane
in einem Band

grafit

Der Autor

Jacques Berndorf – Pseudonym des Journalisten Michael Preute – wurde 1936 in Duisburg geboren und lebt heute in der Eifel. Er war viele Jahre als Journalist tätig, arbeitete unter anderem für den *stern* und den *Spiegel,* bis er sich ganz dem Krimischreiben widmete.

Seine Siggi-Baumeister-Geschichten haben Kultstatus, im Grafit Verlag sind erschienen: *Eifel-Blues, Eifel-Gold, Eifel-Filz, Eifel-Schnee, Eifel-Feuer, Eifel-Rallye, Eifel-Jagd, Eifel-Sturm, Eifel-Müll, Eifel-Wasser, Eifel-Liebe, Eifel-Träume* und *Eifel-Kreuz.*

Außerdem lieferbar: *Die Raffkes* und *Der Kurier* (beides Politthriller).

Eifel-Filz

Der raffinierte Doppelmord an Bahn 16 scheint das schreckliche Ende einer leidenschaftlichen Liebestragödie in der Golfer-High-Society zu sein. Doch Siggi Baumeister stößt bei seinen Recherchen auf Filz, in den eine ganze Region verstrickt ist.

»Eifel-Filz hat alles, was einen Krimi erst schön macht: Tempo und Witz, Lokalkolorit und ordentlichen Klatsch.«
Der Tagesspiegel

Eifel-Schnee

Am Heiligen Abend verbrennen Ole und Betty in einer Feldscheune. Berndorf erzählt von Träumen und Sehnsüchten junger Leute, die alles tun, um nicht zu den Verlierern dieser Gesellschaft zu gehören.

Eifel-Schnee wurde unter dem Titel *Brennendes Schweigen* vom ZDF verfilmt.

»Außer spannender Unterhaltung bietet der Autor ein großes Sittengemälde der Provinz.«
Badische Neueste Nachrichten

Eifel-Filz

... Wissen Sie, was die Leute in Kolumbien sagen? Du hast die Wahl. Entweder machen wir dich reich, oder wir machen dich tot ...

John le Carré in *Der Nacht-Manager*

Für die Römers und Matthias Nitzsche. Dankbar an Birgit Rath, die kluge Fragen stellte, und Manfred Silwanus, der unermüdlich den Computer besprach – und an Gaby Trosdorff und Andreas Kittler, die sehr resolut geholfen haben.

Erstes Kapitel

Meine Katze Krümel ist tot. Leukose. Sieben Jahre begleitete sie mich, dann warf es sie nieder. Sie lag zwei Tage herum, fraß nicht mehr, hatte hochgelbe Ohren, der Blick war verschleiert. Sie maunzte nicht, sie hatte Fieber, 39,8 Grad, sie schleppte sich, konnte die Hinterläufe nicht mehr bewegen, fühlte wohl auch starke Schmerzen. Ich fuhr an einem Samstag mit ihr zum Berthold Mettler nach Daun. Es war nichts mehr zu machen, das Zauberwort hieß *T 61*, ein starkes Barbiturat, das augenblicklich zum Blackout führt.

Sie hat nichts gespürt, oder wenigstens machte das so den Anschein. Wahrscheinlich hockt sie jetzt auf der Wolke Sieben im Katzenhimmel und grinst über mich, weil ich trauere. Sie hatte so eine unnachahmliche Art, sich quer über das Telefon zu legen oder diagonal über die Tastatur der Schreibmaschine, sie war so unnachahmlich arrogant.

Momo ist mir geblieben, der fuchsige Kater, der nach acht Monaten satte fünf Kilo wiegt und den Kopf eines kleinen Löwen hat. Zuweilen rennt er gehetzt durch das Haus auf der Suche nach Krümel, und es hat den Anschein, als trauere auch er. Wahrscheinlich ist das Theater, wahrscheinlich hat er nur ausgerechnet, um wieviel sein Anteil am Fressen steigt. Wenn ich ihm einen Napf voll erstklassiger Katzenkonserve hinstelle, frißt er den im Handumdrehen leer, wendet sich mir mit großen Bernsteinaugen zu und maunzt sich mit weit offenem Maul das Hungerelend aus der Katzenseele. Nach etwa fünf Minuten geht er dann genußvoll kacken, kehrt zurück, dreht und wendet sich, als wolle er sagen: »Guck mal, wie schlank der Hunger macht!« – und maunzt weiter. Er gehört zu den Kreaturen, die ich gelegentlich gerne strangulieren würde, aber wenn er den Haß in meinen Augen sieht, verschwindet er.

Das dritte Familienmitglied ist Paul. Paul ist ein graugetigertes Wesen, das ein paar Wochen alt und vater- und mutterlos irgendwo im Dorf aufgefunden worden ist. Wahrscheinlich hat jemand gesagt: »Frag mal bei diesem Baumeister nach«, und so stand eine verlegene Zwölfjährige vor der Tür, die stockend erklärte: »Also, jemand meinte, daß Sie vielleicht die Katze nehmen ...«

Ich nahm sie, ich hob ihr den Schwanz, ich taufte sie Paul, und dann war Momo da, der der Konkurrenz die erste Tracht Prügel verabreichte.

Nach etwa 24 Stunden drehte sich der Spieß um, weil Paul als der wesentlich Jüngere blitzschnell herausgefunden hatte, wie er Momo um die Katzenpfote wickeln konnte. Man neigt elegant das Köpfchen bis auf den Boden und bietet den Bauch. Das wird sofort zum Ritual: Wann immer sich Momo oder Baumeister nähern, fällt Paul mit der Geschwindigkeit eines Infanteristen im Gefecht zu Boden und mimt toten Mann. Umgekehrt hat er in Zeiten jugendlichen Übermutes herausgefunden, daß Jeans an menschlichen Beinen hervorragende Kratzbäume sind. Er springt locker aus einer Entfernung von einem Meter an den Oberschenkel und nagelt sich fest. Baumeister wimmert, hat aber Disziplin genug, nicht sofort nach dem Hackebeilchen zu greifen.

Also Momo und Paul. Meine Katzenwelt ist wieder in Ordnung, und wenn ich beobachte, wie Momo Paul beibringt, die Zahl der heimischen Mäuse zu dezimieren, wird mir warm ums Herz.

Momo weckte mich an jenem Morgen gegen sechs Uhr, legte eine nicht ganz tote Maus neben den Wecker und knurrte dann wild, weil Paul hinter ihm auftauchte und die Maus für sich beanspruchte. Wenn Katzen sich prügeln, ist die Nacht grundsätzlich zu Ende. Momo hatte das Schwanzende der Maus im Maul und Paul den zierlichen grauen Kopf. Vor dem Frühstück ist mir so viel Natur einfach zuwider. Ich brüllte also: »Raus!« und sprang auf. Das hatte zur Folge, daß ich mit einer geköpften Maus allein blieb, schlecht gelaunt war und überlegte, ob das Landleben wirklich so schön ist, wie ich immer zu behaupten pflege.

Es war ein Montag, die Eifel explodierte in den wildesten Herbstfarben, der Indian Summer in Vermont ist dagegen ein matter Abklatsch. Über den Hügeln drückte sich behutsam der Nebel, und die Sonne lag noch im Schlaf. Die Katzen erschienen wieder und rieben sich an meinen Beinen, weil ich der Herr des Dosenöffners bin. Paul schnurrte, und Momo behauptete wieder, in den letzten Zügen zu liegen. Katzen können ekelhaft sein.

Ich machte mir einen Pulverkaffee von der Sorte Zementmixer, hockte mich an den kleinen Küchentisch und starrte in den Garten. Ich sah zu, wie mein Hausmaulwurf mitten im frisch gemähten Rasen langsam und stetig einen wunderschönen Hügel hochschob und wie die Amsel die ganze Sache neugierig mit schief gehaltenem Kopf beobachtete und dabei von fetten Regenwürmern träumte. Landleben ist aufregend.

Gegen sieben Uhr schellte das Telefon, und ich dachte, das sei ein Irrtum. Das Klingeln hörte auf. Dann begann es wieder. Viermal. Dann hörte es auf. Beim dritten Mal griff ich verwegen zu. »Baumeister hier.«

»Ja, ja«, sagte Erwin. Dann machte er eine Pause. Seine Sprechweise besteht im wesentlichen aus Pausen. »Also, ich muß dich mal anrufen.«

Ich sah sein rotes, lebenslustiges Gesicht, seine Augen in den Unmengen streng parallel laufender Lachfalten. »Erwin, guten Morgen. Was ist denn?«

»Ist ja noch sehr früh«, meinte er bedachtsam.

»Es ist sehr früh«, bestätigte ich.

»Es ist nämlich so«, sagte er. »Ich denke, ich muß mal anrufen, weil du ja Ahnung von diesen Dingen hast. Also, von so Sachen.«

»Von welchen Sachen, Erwin?« fragte ich. Ich bemühte mich, ebenso langsam zu sprechen.

»Von solchen Kriminalitätssachen«, erklärte er.

»Was für Kriminalität?« fragte ich. Ich sah, wie er sich in den eisgrauen Haaren kraulte.

»Na ja, alles, was mit Mord und Totschlag zu tun hat«, murmelte er. »Ich dachte also, ich ruf dich mal an. Habe ich dich aus dem Bett geholt?«

»Nicht die Spur. Was für ein Totschlag denn, und was für ein Mord?«

»Na ja, weiß ich doch nicht«, sagte er. »Ich bin auf dem Golfplatz, Loch sechzehn, du weißt schon.«

»Ich weiß gar nix, Erwin«, erwiderte ich in slow motion. »Wieso auf dem Golfplatz um diese Zeit? Und wieso telefonierst du mit mir?«

»Na ja.« Ich konnte sehen, wie er sich wiederum den Kopf kratzte, und diesmal grinste er wohl auch. »Wenn wir hier arbeiten, haben wir ein Handy, vom Verein. So ein Telefon ohne Schnur, du weißt schon. Wir müssen ja immer im Clubhaus anrufen können, wenn irgendwas ist, also, wenn irgendwo was am Platz nicht in Ordnung ist, also, wir wollen mal sagen, wenn ...«

Ich mag Erwin aufrichtig, aber je komplizierter der Alltag wird, um so länger braucht er, das in Worte zu fassen. Ich trällerte also: »Erwin-Schätzchen, warum rufst du an? Was ist passiert?«

»Das weiß ich eben nicht«, gab er zu. »Also, ich kann mir keinen Reim drauf machen. Eigentlich müßte ich ja den Clubvorstand anrufen oder den Geschäftsführer. Aber wenn ich die jetzt anrufe, kann ich meine Papiere abholen und bin arbeitslos, und da dachte ich ...«

»Erwin-Schätzchen, nun mach mal langsam«, beruhigte ich ihn. »Irgendwas ist passiert, aber was? Also, ich denke mal, du sitzt auf einem kleinen Traktor oder sowas. Um dich herum ist ein bißchen Nebel, der Tau glitzert im Gras, alles ist friedlich, und du bist dabei, den Rasen zu mähen ...«

»Nein, nein, ich kehre den Rasen, ich habe den großen Rasenkehrer unterm Arsch. Ich komme von Loch fünfzehn – du weißt schon, die lange Bahn – auf die sechzehn. Und die macht ja eine Kurve. So um die Waldnase rum, weißt du ja. Und in dem Knick ... na ja, ich denke also: Ich rufe den Siggi an.« Er schnaufte.

»Erwin«, flüsterte ich behutsam, »was siehst du denn?«

»Es sind zwei«, sagte er. »Ein Mann, eine Frau. Also, der Mann ist so ein Junger und die Frau so eine blonde Junge. Jedenfalls, die liegen da und sind irgendwie tot.«

»Was heißt irgendwie, Erwin?«

»Ich faß die nicht an. Ich doch nicht! Hinterher heißt es, ich hab was falsch gemacht. Also, ich dachte, ich ruf dich an.«

»Beweg dich nicht, bis ich komme. Tu keinen Schritt. Telefonier auch nicht mehr, mach gar nichts. Ich bin schon unterwegs. Loch sechzehn? Verdammt noch mal, wo ist das?«

»Du fährst also die Straße durch den Golfplatz, dann kommst du auf die Bundesstraße. Einfach überqueren bis zum Zaun. Da mußt du rüber, ich habe keinen Schlüssel. Dann hältst du dich rechts den Hügel rauf, gleich dahinter. Was mache ich, wenn die doch noch leben?«

»Oh Scheiße!« sagte ich erstickt.

Ich rannte auf den Hof in die Garage und fuhr los. Normalerweise habe ich mit meiner Garage keine Schwierigkeiten, aber diesmal gab es so ein merkwürdig knirschendes Geräusch, das in ein gellendes Kreischen überging, weil die rechte Tür meines wackeren Gefährts offen stand. Ich bremste, stieg aus und trat die Tür in die richtige Position. Diesmal blieb sie geschlossen, hatte allerdings eine kräftige Falte und eine erheblich bemerkbare Schieflage. Menschenwerk ist alles Tand.

Der Tag hatte noch nicht begonnen, das Dorf war still, aus den Schornsteinen kräuselte Rauch und gab den Dächern das Aussehen von Spielzeug. Als ich die Kölner Straße hochzog, querte ein Habicht schnell wie ein Geschoß meinen Weg und fegte mit einem hellen Schrei hinter die Haselbüsche. Wen auch immer es traf, requiescat in pace. Im Osten bekam der grünblaue Himmel einen rosafarbenen Schimmer, links in den beiden Pappeln räkelten sich Krähen. Dann das Golfclubhaus mit den roten Dächern, die sich in eine Senke duckten, rechts

Alwins großer Teich, seine Herde Böcke und Rehe, dann der Fischweiher, die Bundesstraße. Ich schoß geradeaus über die graue Asphaltbahn in den Wald. Endlich zog ich rechts ran, ließ mir kaum Zeit, den Schlüssel zu drehen, und kletterte über den Zaun.

Ich rannte mit kurzen Schritten die Wiese hinauf und war erstaunt, daß ich das mühelos schaffte, obwohl ich in der letzten Zeit ziemlich viel rauchte. Die Szene war komisch, denn ich sah nur Erwin auf seinem Rasenbesen hocken, der so aussah wie ein teures Kinderspielzeug. Der Motor lief nicht, Erwin hockte in dem Luxussitz mit dem Rücken zu mir und bewegte sich nicht. Er zeigte einfach geradeaus.

»Da sind sie. Die leben nicht mehr, also, wenn du mich fragst, leben die wirklich nicht mehr.«

Ich blieb neben seinem Rasenbesen stehen. »Wie nah warst du dran?«

»Also, ich habe die gesehen, dann habe ich die Karre stehenlassen und bin rangegangen. Du siehst ja, die Frau liegt mit dem Gesicht hierher. Ziemlich blaß, also weiß, würde ich sagen. Siehst du den Mann, der dahinter liegt? Ich bin sofort umgekehrt und habe das Handy genommen und dich angerufen. Sie bewegen sich nicht. Und jetzt?«

»Ich weiß es nicht«, sagte ich.

Die beiden Menschen lagen in zwanzig Metern Entfernung. Es hatte den Anschein, als habe eine furchtbare Gewalt sie einfach zu Boden geworfen und jede weitere Bewegung blockiert.

»Also, unten rum ist sie nackt«, murmelte Erwin.

»Wie bitte?«

»Also, sie ist unten rum nackt. Also, das kannst du von hier nicht genau sehen, weil sie ja das Knie so komisch angewinkelt hat.« Er schnaufte, weil ich so schwer von Begriff war. »Also, du weißt doch, wie Frauen unten rum aussehen. Die meisten Frauen, die hier spielen, tragen ja auch Hosen, also lange Hosen. Die Frau da vorne trägt einen Rock ..., also, sie hat keine Buxe an.«

»Wie lange bist du jetzt hier?«

Er sah auf die Uhr. »Genau sechzehn Minuten. Und sie rühren sich nicht. Kein Muckser, jedenfalls habe ich nichts gesehen.«

»Lauf mal runter zu meinem Auto. Im Handschuhfach ist eine Kamera. Kennst du die eigentlich?«

Erwin nickte. »Also, er ist Banker oder sowas. Und sie macht irgendwas mit Hotel. Sie sind verheiratet, das weiß ich. Aber nicht miteinander. Also, er hat eine zierliche, dunkelhaarige Frau. Kinder hat er auch. Und sie hat einen Mann, der ... Moment mal, jetzt weiß ich es wieder ... also, der Mann von ihr ist Schreiner oder sowas. Hat einen eigenen Betrieb ...«

»Das ist jetzt nicht so wichtig. Was erzählen die Leute im Club?«

»Das weiß ich nicht. Die bezahlen mich, aber sie reden nicht mit mir.«

»Galten sie als ein Liebespaar?«

»Also, das weiß ich wirklich nicht. Ich gehe jetzt mal den Fotoapparat holen. Aber ich weiß nicht, ob du hier fotografieren darfst. Ist ja Clubgelände.« Er kratzte sich wieder in den Haaren. Er war blaß, es ging ihm gar nicht gut.

»Ich sage den Bullen, daß ich fotografiert habe«, beruhigte ich ihn. »Und komm schnell wieder. Bist du um sie herumgegangen?«

Er schüttelte den Kopf. »Nein. Kannst du auch im Gras sehen. Ungefähr bis fünf Meter ran. Ich habe nur geguckt. Dann bin ich in meiner eigenen Spur zurück.«

»Sehr gut«, sagte ich.

Erwin kletterte von der Maschine. Ich ging langsam auf die Leichen zu.

Beide trugen nicht die typische Golfkleidung, die sich im wesentlichen durch ungeheure Schlabbrigkeit und ebenso ungeheure Preise auszeichnet.

Von mir aus gesehen, befand sich der Mann leicht seitlich rechts hinter der Frau. Er lag auf der Seite mit dem Rücken zu mir. Er trug ganz normale Sommerhalbschuhe, ganz normale neuwertige Jeans, ein ganz normales kariertes Baumwollhemd, rot-schwarz, mit langen, halb aufgerollten Ärmeln. Er hatte dunkle, sehr dichte, ordentlich geschnittene Haare. Unterhalb des Haaransatzes klaffte ein rundes, blutiges Loch. Es sah aus wie eine Einschußwunde.

Ich schlug mit weiten Schritten einen Halbkreis, wobei ich sehr genau darauf achtete, nichts im Gras zu übersehen. Aber dort war nichts. Ich ging so weit, daß ich dem Mann ins Gesicht sehen konnte. Das Gesicht war sehr weiß und wirkte ausgeblutet, die Augen weit auf. Vielleicht war er dreißig oder fünfunddreißig Jahre alt, sicher nicht älter. Er war sorgfältig rasiert. Unterhalb seines Kinns hatte sich der Hemdkragen hochgeschoben und war total verkrustet. Das Blut war rabenschwarz und glänzte trocken. Merkwürdig war, daß er beide Arme sehr weit vor dem Körper hielt und daß alle zehn Finger weit auseinander gespreizt standen.

Ich kniete mich nieder und legte die letzten Zentimeter in der Hocke zurück. Ich faßte einen der Finger an. Die Totenstarre hatte eingesetzt.

»Hier ist dein Fotoapparat«, sagte Erwin.

»Komm her, aber geh in meiner Spur.«

Er näherte sich vorsichtig. »Und wen rufen wir jetzt an?«

»Langsam, der Reihe nach«, meinte ich. Ich fotografierte das Gesicht des Toten, den ganzen Mann, ging um ihn herum, das Loch im Genick. »Du rufst jetzt die Bullen in Daun über 110. Die sagen dann der Mordkommission Bescheid.« Ich drehte mich zu der Frau um.

Sie war hübsch, sie war sogar ausgesprochen hübsch, wenngleich der Tod ihr Gesicht verzerrt hatte. Sie trug einen leichten Sommerpulli in Schwarz über einem sandfarbenen Rock. Der Rock war über dem linken Bein hochgerutscht. Es war, wie Erwin erzählt hatte, darunter war sie nackt. Sie trug leichte blaue Sommerslipper aus dünnem Wildleder. Ich faßte sie vorsichtig am Kinn, dann sah ich das Loch über dem rechten Ohr.

»Das kannst du nicht machen«, sagte Erwin.

»Was kann ich nicht machen?«

»Die anfassen«, präzisierte er unwillig.

»Sie ist steif, sie liegt seit Stunden tot. Sie ist über dem rechten Ohr in den Kopf getroffen worden. Ruf die Polizei.«

»Machst du das nicht besser? Ich meine, du hast doch Erfahrung mit den Bullen. Und wenn das ihr Mann war? Ich meine, wenn die was hatten und ihr Mann ist dahintergekommen ...?«

»Gib mir das Handy, wir brauchen die Bullen jetzt.«

»Und mein Vorstand oder der Geschäftsführer?«

»Die rufst du dann an.«

Ich tippte die Dauner Nummer, und jemand meldete sich gelassen: »Polizei.«

»Ich brauche Ihre Hilfe. Auf dem Golfplatz in Berndorf liegen zwei Leichen. Erschossen. Ein Mann und eine Frau.«

Eine Weile sagte er nichts. »Wer sind Sie denn?«

»Baumeister, Siggi.«

»Der?«

»Genau der. Also, was ist?«

»Ich schicke wen«, versprach der Bulle. Ehe er auflegte, brüllte er noch: »So eine Scheiße!«

Ich reichte Erwin das Handy. »Jetzt zieh mal den Rock etwas höher«, bat ich.

»Bist du verrückt?« Er konnte es nicht fassen.

»Ich will das fotografieren«, sagte ich. »Nimm den Zipfel da, und heb den Rock hoch.«

»Aber die ist nackt.«

»Eben deswegen«, bekannte ich. »Glaubst du vielleicht, ich gehe hier meinen abartigen Neigungen nach?«

»Aber wieso denn?« Er war verwirrt.

»Es ist ganz einfach«, erklärte ich. »Wenn die beiden unterwegs auf dem Golfplatz waren, um eine Runde zu spielen, wenn die Frau dabei keinen Slip trug, dann wollten sie vermutlich mal kurz in die Büsche. Ist doch menschlich, oder?«

»Kann schon sein«, murmelte er und guckte irgendwohin.

»Na gut. Jetzt blitze ich aus rund dreißig Zentimetern Entfernung unter den Rock. Weil ich dann vielleicht sehen kann, ob sie etwas miteinander hatten.«

»Ach, so ist das?«

»So ist das«, nickte ich. »Heb also mal den Rock hoch.«

Er hob den Rock hoch. »Ist ja kriminalistisch«, murmelte er. »Das weiß man ja nicht als einfacher Angestellter. Also, du kannst sehen ... Darfst du sowas?«

»Natürlich nur, wenn ich nicht frage«, sagte ich. Dann drehte ich mich um und stand auf. Ich fotografierte vom Platz der Toten aus die ganze Runde.

»Erklär mir mal diese Bahn. Wie wird sie gespielt?«

Jetzt war Erwin in seinem Element. »Sie ist ziemlich zickig, die sechzehn. Also, du spielst da hinten an, zweihundert Meter ungefähr. Du mußt den Ball in diesen Knick spielen. Du kannst nicht direkt aufs Grün spielen, weil du das vom Abschlag nicht sehen kannst. Die Bahn wird halbiert gespielt. Also: erst hierhin. Du mußt verdammt gut plazieren. Wenn du nur zehn Meter zu weit spielst, landest du da vorne zwischen den Tannen. Da kommst du nicht mehr raus, dann ist over. Du mußt in diesen Knick. Und dann mußt du aus diesem Knick die nächsten hundertzwanzig Meter durch die schmale Schneise aufs Grün. Anders geht es nicht. Wer hier mit drei Schlägen durchkommt, schafft den Volvo-Cup oder sonstwas. Anfänger können gleich ein Zelt mitbringen. Die sechzehn hat's in sich, Mann. Da fällt mir auf, wo sind denn deren ... wo sind die Schlägertaschen? Ich meine ... Die haben doch Golf gespielt. Moment mal, da hinten, da hinten am Abschlag ...«

»Fahr hin, aber rühr nichts an«, sagte ich. Ich ging fünf Meter zurück und fotografierte die Szene. »Scheiß Liebe«, murmelte ich.

Ich sah, wie Erwin zum Abschlagplatz fuhr, dann drehte und sofort wieder zurückkam. »Beide Taschen sind da, beide am Abschlag. Ein Schläger liegt daneben.

Damenschläger. Wo ist denn ...?« Er schaltete den Motor aus und näherte sich dem toten Mann. Dann sah er zum Abschlagplatz und ging los. Nach zehn Schritten rief er: »Hier ist das Eisen. Er hat es hier hingelegt. Warum hat er es da liegenlassen?«

»Weil er getroffen wurde, weil er es dabei verlor. Dann ging er noch ein paar Schritte, dann war es aus.«

Erwin kratzte sich am Kopf. »Kann sein, kann sein. Ich rufe jetzt den Geschäftsführer an. Der wird mich fragen, ob ich noch alle Tassen im Schrank habe.«

»Wird er nicht«, beruhigte ich. »Er wird dir sagen, du hättest schnell und umsichtig gehandelt. Und erst dann wird er aus dem Bett fallen.«

»Na ja«, murmelte er pessimistisch.

Ich hörte, wie er die Nummer eintippte, ich hörte, wie er betulich sagte: »Also Chef, ich weiß, es ist ja ein bißchen früh am Tag, aber ich meine mal, Sie müßten was davon wissen ...«

Er redete noch eine Weile weiter, klappte dann das Gerät zu und erklärte grinsend: »Er hat gesagt, ich hätte schnell und umsichtig gehandelt. Und ich habe ihm nicht gesagt, daß du hier bist.«

»Also gestern abend«, überlegte ich. »Sonntag abend. Gibt es hier eine Regel, bis wann gespielt wird?«

Erwin schüttelte den Kopf. »Keine Regel. Solange das Licht noch gut ist, also bis in die Puppen. Zeigst du mir die Fotos mal? Ich meine, auch die unterm Rock? Mich würde das interessieren.«

»Na sicher, wenn dein Vater es erlaubt.«

»Ich bin fuffzich«, grinste er.

»Trotzdem«, murmelte ich. »Können in diesem Club zwei Leute eine Liebesbeziehung haben, von der niemand weiß?«

Er schüttelte den Kopf. »Das ist nicht möglich«, sagte er entschieden. »Was war das für ein Kaliber?«

»Zimmerflak. Mindestens neun Millimeter.« Ich stopfte mir die Jahrespfeife von *Butz-Choquin*, Erwin zündete sich eine Zigarette an.

So standen wir da in geziemendem Abstand von den beiden Toten, schwatzten miteinander und bemühten uns, nicht dauernd hinzusehen.

»Kannste mal sehen, was so ein Golfclub alles mit sich bringt«, seufzte er. »Wo hat wohl der Schütze gestanden?«

»Hinter den Weißtannen da vorn. War ziemlich einfach.«

Er spitzte die Lippen. »Eigentlich ist es nicht so einfach«, widersprach er. »Du mußt den Platz verdammt gut kennen, du mußt wissen, daß die beiden auf dem Platz sind, du mußt ungefähr wissen, wann sie hier ankommen.«

»Wie komme ich denn hinter die Tannen da vorne, wenn ich den Golfplatz nicht betreten will?«

»Das ist einfach. Du kannst in Wiesbaum in den Wald fahren, drei Kilometer durch den Wald. Dasselbe aus Richtung Hillesheim. Wenn du ganz raffiniert bist, kannst du schon zwischen Birgel und Hillesheim nach links in die Wälder abbiegen. Dann hast du gut sechs, sieben Kilometer Waldwege. Da ist kein Mensch. Aber dann mußt du wirklich raffiniert sein.«

»Der hier war raffiniert, der war garantiert sehr raffiniert.«

»Irgendwann werden die doch alle erwischt«, meinte Erwin hoffnungslos naiv.

»Es kommt darauf an, wie gut du dich vorbereitest«, sagte ich weise. »Sieh an, da kommen die Ordnungshüter.«

Zuerst sah man nur ihre Uniformmützen. Sie umrundeten den Hügel und näherten sich schnell. Sie nickten und sagten im Chor: »Guten Morgen.«

»Guten Morgen. Da liegen die beiden«, grüßte ich.

»Waren Sie dran?« fragte der Ältere.

»Nicht richtig. Wir mußten feststellen, ob sie tot sind oder nicht.«

»Das ist richtig. Haben wir Ihre Angaben zur Person?«

»Können Sie haben«, sagte ich.

»Und Sie dürfen den Platz hier nicht verlassen, bis die Kommission eintrifft.«

»Wann kommt die denn?« fragte Erwin. »Ich muß die Kühe melken.«

»Das wissen wir nicht. Sie müssen hierbleiben.«

An diesem Punkt ist Erwin sein Leben lang pingelig gewesen. Er warf den Kopf hoch und röhrte: »Nä, geht nicht. Melken ist melken. Ihr könnt euch Zeit lassen, aber ich nicht. Ich muß melken und dann wieder hier auf den Platz.«

Sie stritten eine Weile, bis Erwin entschied: »Also, ich gehe melken, ich bringe euch einen Schnaps mit, und ihr sagt nicht, daß ich melken war.«

Das war ein Vorschlag, auf den sie sich einließen. Erwin setzte sich auf seinen Besen und zog davon.

Die beiden Beamten näherten sich den Leichen bis auf etwa fünf Meter und betrachteten sie. Dann sagte der Ältere: »Wir sperren erstmal ab. Irgendwas müssen wir ja tun.« Er schob elegant seine Mütze nach vorn, der Schirm rutschte über die Augen, und er hob den Kopf: »Soweit ich weiß, müssen die doch mit einem Auto gekommen sein. Wo ist das Auto?«

»Wahrscheinlich auf dem Parkplatz am Clubhaus«, antwortete der Jüngere.

»Feststellen und einziehen. Nicht, daß irgendwer sich reinsetzt und abhaut.«

»Wer sind denn die beiden?« fragte ich.

»Golfspieler«, sagte der Jüngere. Wahrscheinlich mochte er mich nicht.

»Mein lieber Mann!« schnaufte der Ältere und starrte die tote Frau an. »Die hat ja Nahkampfposition.«

»Also, wer sind sie?« fragte ich erneut.

»Der Mann ist von der Sparkasse«, gab der Ältere sein Wissen preis. »Die Frau kenne ich nur vom Sehen. Aus Daun, aus Stadtkyll oder Jünkerath? Ich glaube, sie heißt Kutschera oder so.« Er grinste flüchtig. »Man sagt, sie hatte was mit dem Banker.«

»Wer ist man?«

»Na ja, was die Leute so reden. Haben Sie etwa fotografiert?«

»Nicht die Spur«, verneinte ich.

Es wirkte komisch: Die Uniformierten schlugen kleine eiserne Stäbe rund um die beiden Toten in den Boden und bildeten mit einer Plastikschlange, weiß-rot gestreift, einen Ring von etwa fünf Metern Durchmesser. Der Ring hatte eine scharfe Delle – ungefähr an der Stelle, wo man der Frau unter den Rock sehen konnte. Der Jüngere brauchte eine Viertelstunde, um die Delle auszubügeln. Er machte das schwer atmend mit einer rosafarbenen Zungenspitze, die ihm unterhalb des martialischen Schnäuzers aus dem Mund ragte. Ich kann wirklich begreifen, daß Polizisten ihre schlechte Bezahlung anmahnen, aber ich kann auch die begreifen, die schlicht behaupten, Polizisten seien viel zu gut bezahlt.

Plötzlich kam ein baumlanger Mann über den Hügel. Er rannte, und während er rannte, keuchte er: »Das haben wir gleich, das haben wir gleich!« Dann sah er die Polizisten und mich und sagte: »Ich hoffe nicht, daß es irgendwelche Schwierigkeiten gibt.«

Der ältere Beamte legte etwas Eiflerisches hin. Er bemerkte: »Das ist eine Definitionsfrage. Bleiben Sie stehen, gehen Sie nicht weiter. Wer sind Sie?«

»Der Geschäftsführer«, antwortete der Geschäftsführer. »Mein Name ist Dell, Ferdinand Dell. Hier soll etwas passiert sein.«

»Das ist richtig«, nickte der ältere Beamte freundlich. »Sehen Sie sich diese beiden Toten dort vorne einmal an. Kennen Sie die?«

Der Mann namens Dell beugte sich vor und murmelte: »Ja, schon. Wir haben da Frau Heidelinde Kutschera und Herrn Pierre Kinn, beide das gleiche Handicap, beide im Mittelfeld, clubmäßig. Aber sonst weiß ich nichts.«

Der ältere Beamte entgegnete freundlich: »Sonst habe ich ja auch noch nichts gefragt.«

»Sicher Selbstmord«, vermutete der Mann namens Dell beruhigend.

»Das weniger«, widersprach der jüngere Beamte. »Beide mit Einschüssen.«

»Aber sicher bald aufzuklären«, sagte Dell bittend. »Sicher hat irgendwer die hierhin gepackt.« Er war beleidigt.

Der ältere Beamte sah ihn an. »Das glaube ich nicht, mein Guter. Und nun rennen Sie mal in Ihren Club. Ich will die genauen Personalangaben der Toten haben. Und zwar alles: Kinder, warum und wieviele, mit wem verheiratet, seit wann, finanzielle Verhältnisse und, wenn möglich, die Farbe der Unterwäsche – falls sie welche tragen. Ist das klar?« Er war wirklich gut.

Ferdinand Dell wollte widersprechen, begriff dann aber, daß das möglicherweise für seinen Golfclub Folgen haben könnte. Daher nickte er knapp und verschwand im Sturmschritt über den Hügel.

Der jüngere Beamte schnaufte: »Arschloch!«

So ging die Zeit dahin. Die Sonne war freundlich und legte wilde Farbkleckse in die herbstlich glühenden Bäume.

Gegen neun Uhr kam Erwin wieder auf seinem Rasenbesen angefahren und brüllte: »Sie sind schon da, sie kommen durch das Gatter!« Im gleichen Moment kamen sechs Männer im dichten Trupp aus der Richtung, aus der auch ich gekommen war. Hinter ihnen holperte ein Anderthalbtonner-Mercedes. Die Mordkommission war eingetroffen.

Mit Mordkommissionen habe ich so meine Erfahrungen, zumal mit denen, die von leibhaftigen karrieresüchtigen Staatsanwälten befohlen werden. Aber es war kein Staatsanwalt dabei, und deshalb benahmen sich die sechs äußerst diszipliniert. Der Mann, der das Team leitete, war klein, kugelig, rundgesichtig, spröde und sachlich. Er sah erst die Beamten an, dann mich und erklärte: »Guten Morgen. Räumen Sie bitte mal diesen blöden Plastikstreifen da weg. Bewegen Sie sich vorsichtig. Johnny, du gehst in das Clubhaus. Sämtliche Informationen über die Toten. Ich will keinen Menschen hier sehen, nicht mal den Präsidenten von diesem Verein hier. Keinerlei Auskünfte. Klaus, du nimmst die Temperatur der Toten. Und zwar die von oben, aber auch die von Körperteilen, die den Rasen berühren. Falls es geht, brauche ich die Rektaltemperatur. Zumindest bei der Frau wird das möglich sein. Die Körperlage nicht verändern. Werner, du fotografierst, was du sehen kannst, ohne die Leichen zu bewegen, besonders die Wunden. – Baumeister? Sie sind doch der Baumeister, oder?«

»Bin ich«, bestätigte ich.

»Gut, mein Name ist Wiedemann. Erzählen Sie mal, wie Sie hierher gekommen sind und was Sie bisher unternommen haben. Und sagen Sie nicht, Sie hätten nicht fotografiert. Rodenstock hat erzählt, Sie haben alles längst getan, wenn andere es Ihnen verbieten wollen.«

»Ich habe fotografiert, besonders die Frau. Ich vermute Sperma.«

Wiedemann nickte, es machte ihm anscheinend nichts aus, einem Laien recht zu geben. »Sonst noch etwas?«

»Ja. Weit vorgeschrittene Totenstarre. Ich vermute, es passierte gestern abend. Wenn eine Stelle auf dem Platz ideal für einen Mord ist, dann diese.« Ich wies auf die Toten. »Die beiden kamen auf den Täter zu, und sie sahen ihn nicht, wenn er dort hinter den Tannen stand. Und er hatte massenhaft Zeit. Teuflisch gut.«

Der Beamte dachte darüber nach und nickte wieder. Dann drehte er sich um. »Wolf, du gehst an den Abschlag der Bahn. Dann gehst du den Weg. Du hast eine Stunde Zeit. Ich will wissen, wie sie sich bewegten, wo sie getroffen wurden.«

Der Mann, den er Wolf nannte, war ein älterer Mann, der ihn nur ansah und sich dann entfernte.

Wiedemann erläuterte: »Wolf ist ein Spezialist. Er wird uns am Ende sagen können, ob die Toten Blähungen hatten und bei welcher Wegmarke sie furzten.«

Dann kam er auf mich zu und setzte sich neben mich ins Gras. »Das ist wirklich ein eiskaltes Ding«, murmelte er. »Wie geht es Rodenstock?«

»Ich weiß es nicht, ich habe lange nichts mehr gehört«, sagte ich.

Er grinste mich von der Seite an. »Holen Sie ihn her«, meinte er. »Der alte Mann wird hier gebraucht. Wissen Sie, was mir Sorgen macht?«

»Ja«, nickte ich, »die Einschußkanäle. Beim Mann im Nacken.«

Wiedemann schüttelte sanft den Kopf, sah mich aber nicht an. »Das wäre zu einfach. Das Loch im Nacken des Mannes ist kein Einschuß. Es ist ein Ausschuß, mein Lieber. Daran gemessen hat der Mörder schlicht und ergreifend eine Waffe benutzt, die mindestens mit dem Kaliber zehn Millimeter arbeitet. Haben Sie auch die Wunde über dem rechten Ohr der Frau gesehen? Genau gesehen? Einschuß? – Quatsch, Ausschuß! Der Einschuß liegt oberhalb des linken Ohres. Mit anderen Worten: glatter Schädeldurchschuß. Also, holen Sie Rodenstock. Wissen Sie, warum?«

»Weil Sie ihn mögen«, vermutete ich. »Ich mag ihn ja auch.«

Er lächelte leicht. »Weil Rodenstock ein Spezialist für merkwürdige Tötungsarten ist. Wußten Sie das nicht?«

»Das wußte ich nicht«, gab ich zu.

»Sie können natürlich verschwinden«, ergänzte er gutmütig. »Wenn ich Sie brauche, werde ich Sie finden.«

»Im Dorf, neben der uralten großen Linde«, sagte ich. »Das riecht nach einem deutschen Melodram.«

»Liebe und so?«

»Liebe und so. Hier wird erzählt, die beiden hatten was miteinander.«

»Hm, und wenn wir die jeweiligen Partner kassieren?«

»Ich würde das sofort tun«, stimmte ich zu.

Wiedemann überlegte und sagte dann laut zu den beiden Uniformierten: »Sammeln Sie mal sanft die beiden jeweiligen Ehepartner ein. Nach Daun auf die Station bringen, ganz sanft verhören, ganz sanft fragen, nichts von Alibi wissen wollen. Aber bitte darauf achten, ob sie eins haben. Auf keinen Fall dulden, daß sie an den Tatort kommen. Sagen Sie ihnen, die Freigabe der Leichen erfolgt frühestens in etwa fünf Tagen. Benehmt euch so salbungsvoll wie ein Bestattungsunternehmer. Wissen Sie, ob in diesem Golfclub irgendein Zoff herrscht?« fragte er mich.

»Das weiß ich nicht. Ich verstehe sowieso nicht, wieso jemand, nur weil er spazierengehen will, einen Haufen eiserner Schläger mit sich rumschleppt und auf einen kleinen weißen Plastikball eindrischt.«

»Menschen sind so«, meinte Wiedemann. »Scheiße, ich habe Karten für ein Konzert von Al di Meola heute abend in Trier.«

»Ich auch«, seufzte ich. »Statt dessen hangeln wir uns hier durch die Bäume.«

»Sie können doch fahren«, sagte er gutmütig.

»Will ich nicht. Meola spielt eine gute Gitarre, aber diese Toten sind irgendwie spannender. Oder auch nicht.«

»Der Tatort paßt mir nicht. Golfclubs sind sehr elitär und sehr diskret. Wieso gibt es hier einen Golfclub?«

»Es geht die Sage, daß ein paar Jäger die Idee hatten. Ihnen war stinklangweilig, bevor sie abends und morgens auf die Hochsitze gehen konnten. Weil sie genügend Kleingeld hatten, machten sie den Club auf.«

»Woher kommen die Mitglieder?«

»Köln, Düsseldorf, Aachen, Koblenz, Brüssel, ein bißchen die ganze Welt. Manche haben sich sogar eine Zweitwohnung hier gekauft oder ein altes Bauernhaus umgebaut. Sie haben recht, das wird schwierig. Sind Sie eigentlich ein Lehrling vom alten Rodenstock?«

Er grinste augenblicklich, gluckste vor Heiterkeit. »Oh ja, und was für einer! Der Alte muß streckenweise verrückt gewesen sein. Zuerst war ich nicht mal leichenfest. Ich sah eine Leiche, zum Beispiel eine alte Dame, friedlich im Bett entschlafen ... und mir wurde schlecht, ich kriegte das Zittern, ich wußte meinen eigenen Namen nicht mehr. Der Zustand hielt manchmal stundenlang an ...«

»Aber der alte Rodenstock hat Sie geheilt.«

»Und wie! Das muß so fast dreißig Jahre her sein. Wir

hatten einen unklaren Todesfall. Eine Frau, so um die Vierzig, lag ordentlich zugedeckt im Bett. Rodenstock schickte mich hin. Bleib sitzen, und sieh dich um! sagte er. Ich saß da. Eine Stunde, zwei Stunden, drei Stunden. Dann tauchte Rodenstock grinsend auf und fragte: Woran ist sie gestorben? – Das weiß ich doch nicht, sagte ich empört. Ich sollte hier sitzen und mich umsehen. – Ich seh ihn noch heute, wie er fassungslos den Kopf schüttelt, dann die Decke von der Toten reißt und mich anbrüllt: Guck hin, Junge! – Ich guckte hin, ich sah nichts. – Sanfte Rotstellen am Hals! brüllte er. Noch was? – Also, ich sehe nichts, sagte ich. – Scheide leicht offen! schrie er. Die Frau wurde getötet, nach Beischlaf getötet, klar? – Seitdem habe ich keine Schwierigkeiten mehr.« Er lachte laut. »Alles, was ich weiß, habe ich von ihm. Ich würde mich freuen, ihn zu sehen.«

»Ich hole ihn«, versprach ich.

Ich beobachtete, wie der Mann namens Wolf unendlich langsam die erste Hälfte der Bahn vom Abschlag her abging. Zuweilen kniete er bewegungslos im Gras und sah aus wie ein Opa, der mit dem Enkel Häschen in der Grube spielt. Dann ging er zwei Schritte nach rechts, drei nach links, schräg nach vorn, sah sich um, drehte sich, machte ein paar schnelle Schritte hinter eine niedrige Krüppeleiche und blieb dort volle zehn Minuten.

Wiedemann kommentierte: »Der Mann ist irre, aber leider hat er nicht die richtige Schulbildung. Nur zugelassen für die mittlere Laufbahn. Der schlägt, wenn es um Spuren geht, sogar den ollen Winnetou. Aber niemals käme ein Regierungsrat auf die Idee, den an der Polizeischule unterrichten zu lassen. Scheißapparat! – Sie mögen die Polizei nicht, wie ich hörte.«

»Das ist falsch«, widersprach ich. »Ich mag nur dumme Polizisten nicht.«

Er sah mich an und griente. Dann wurde er unvermittelt ernst. »Wenn das Loch im Hals des Toten von Ihnen als Einschuß gesehen wurde, ich aber sag, es ist ein Ausschuß, können Sie sich dann die Waffe vorstellen?«

»Nein«, sagte ich.

»Ich auch nicht«, nickte er. Er zündete sich einen rabenschwarzen Stumpen an und paffte nachdenklich vor sich hin. Das Ding stank entsetzlich.

Der Mann namens Wolf erreichte die Toten und stellte sich neben sie. Er sah sie an, nahm einen Block aus der Tasche und schrieb etwas auf. Schließlich ging er in die Knie und starrte über die Leichen hinweg in den Wald. Plötzlich bewegte er sich unglaublich schnell, als versuche jemand, vor ihm zu fliehen. Er machte zehn, zwölf Schritte und war hinter den ersten Tannenstämmen verschwunden.

»Chef«, rief jemand seitlich von uns. Es war der Mann, dem Wiedemann befohlen hatte, sich um die Temperatur der Toten zu kümmern. Er wirkte eifrig.

»Also, die Temperatur sagt, sie liegen dort an der Stelle ungefähr vierzehn Stunden, plus minus eine Stunde. Der Einschuß oder Ausschuß im Nacken des Mannes ist komisch, Chef.«

»Wieso komisch?«

»Fettschlieren, würde ich sagen. Aber ganz besonderes Fett. Es sieht so aus wie Margarine.«

»Wie was, bitte?«

»Wie Margarine, Chef.«

»Na gut, du Margarinespezialist. Sonst was Besonderes?«

»Nichts, Chef.« Der Mann ging wieder davon.

Dann trollte Wolf heran und schaute streng auf den Rasen vor seinen Füßen. Er hockte sich neben uns und konzentrierte sich. »Wir haben es mit einer richtig leidenschaftlichen Liebe zu tun, wenn ich mal so sagen darf. Hier ist der Ball, den der Mann gespielt hat. Er lag vom Abschlagplatz aus gesehen ungefähr zwanzig Meter vor den Toten.« Er schnippte den Ball in das Gras, der trudelte ein wenig und blieb liegen. »Es war zwischen 18 und 19 Uhr gestern abend. Ich vermute mal, der Nebel kam nach Mitternacht. Sie betraten diese Bahn, also die sechzehn. Sie waren die letzten auf dieser Bahn, denn spätere

Spuren fand ich nicht. Diese Grassorte federt ziemlich schwach. Fünf Meter links vom Abschlagpunkt beginnt ein dichtes Gebüsch von alten Krüppeleichen, das in eine Gruppe Kiefern übergeht. Sie spielten keinen Ball, sondern waren jetzt in einem Bereich, in dem sie von einer anderen Bahn aus nicht mehr gesehen werden konnten. Sie sind dann nebeneinander, und zwar die Frau links von ihm, in das Gebüsch gegangen. Sie haben es dort getan. Dabei ist eindeutig, daß der Mann unten lag ...«

»Woher wissen Sie denn das?« fragte ich verblüfft.

»Eindeutig an den Absätzen seiner Schuhe zu erkennen. Diese Absätze haben Einschnitte im Boden unter den Eichen hinterlassen. Ich vermute, der Mann hat einfach die Hosen runtergelassen, sonst nichts. Wo das Höschen der Frau ist, weiß ich nicht. Ich vermute weiter, wir finden es im Auto. Sie sind dann zum Abschlagplatz zurück. Der Mann hat als erster geschlagen und ist losgegangen. Und zwar ging er ziemlich leicht und locker geradeaus. Da fragt sich der Fachmann: Warum ist der losgegangen und hat sich die Tasche mit den Schlägern nicht über die Schulter gehängt, wie Golfer das so tun? Er ließ die Tasche bei der Frau. Warum?«

»Bietest du mir eine Lösung an?« Wiedemann lächelte.

»Wie du weißt, kann ich es nicht lassen. Ich denke, sie wollten die Bahn zwei- oder dreimal spielen. Diese erste Hälfte hier.« Wolf lächelte versonnen. »Sie wollten zurück unter die Eichen, sie wollten es ein zweites Mal haben, vielleicht ein drittes Mal. Weißt du, es wirkt auf mich wie ein Ritual. Aber zurück zum Vorgang. Ich sage, der Mann ging gutgelaunt. Er drehte sich sogar dreimal zu ihr herum. Normalerweise hätte jetzt die Frau abschlagen müssen. Das hat sie aber nicht getan. Irgend etwas passierte mit dem Mann. Ich vermute, er wurde ungefähr zwanzig Meter vor dem Punkt, an dem er jetzt liegt, getroffen. Er strauchelte, fiel, wahrscheinlich schrie er wie am Spieß. Die gespreizten Hände lassen auf große Schmerzen schließen. Die Frau ließ ihren Schläger fallen und rannte los, so schnell sie konnte. Während der Mann rund achtzig bis hundert Meter von ihr entfernt starb, aber noch die Kraft hatte, sich aufzuraffen und vorwärtszustolpern. Das Stolpern konnte ich einwandfrei feststellen. Zuweilen sind seine Abdrücke so scharf, daß man daraus schließen kann, daß er zu fallen drohte, sich verzweifelt aufrecht hielt, sich sozusagen im Boden festkrallte. Währenddessen rannte die Frau wie besessen. Übrigens, sie stolperte auch, ungefähr zwanzig Meter von ihm entfernt. Das muß wie eine wahnsinnige Slow Motion gewesen sein, wenn du mich fragst.«

»Was heißt das?« fragte Wiedemann trocken.

»Normalerweise wird jemand getroffen und getötet. Hier wurde auch jemand getroffen, aber eben nicht sofort getötet. Er starb, während er sich weiterbewegte. Während er starb und sich weiterbewegte, kam die Frau angerannt, panisch vor Angst ...«

»Lieber Himmel«, drängte Wiedemann, »nun sag schon, was du meinst.«

»Ich meine, wir haben es mit einem eiskalten Killer zu tun. Siehst du die Weißtannen da? Da stand er, da muß er gestanden haben. Kannst du dir einen Mörder vorstellen, der über einen Zeitraum von rund sechzig Sekunden nach dem ersten Schuß Ruhe bewahrt und dabei darauf wartet, daß eine rennende Frau ihm ein sicheres Ziel bietet?«

»Du willst also sagen, das war geplant. Du willst also sagen, der Mörder ist sozusagen ein As.«

»Richtig«, nickte Wolf. »Der muß ein As sein. Wahrscheinlich ist er ziemlich krank, aber auf jeden Fall hat er eiserne Nerven.«

»Die Waffe macht mich verrückt«, sagte Wiedemann.

Der Mann, der mit den Temperaturmessungen zu tun gehabt hatte, kam heran und hockte sich zu uns. »Es ist Sperma«, berichtete er. »Ich weiß es nicht genau, aber mit hoher Wahrscheinlichkeit ist es Sperma.«

»Ich habe den Platz gefunden«, nickte Wolf. »Bis auf die Waffe, die wir nicht kennen, ist es eine miese bürgerliche Affäre.«

»Was ist mit der Margarine?« fragte ich.

»Das kann ich nicht beantworten, das muß die Analyse ergeben«, sagte der Spurenmann. »Wenn ich die Wunden genau bedenke, muß es etwas sein, was ein vierkantiges, sehr massives Profil verschießt.«

»Warum nicht gleich ein Blasrohr?« fragte Wiedemann, ärgerlich. Dann reichte er mir ein Handy. »Holen Sie mal den Rodenstock ran? Sagen Sie ihm schönen Gruß vom Knubbel, dann weiß er Bescheid. Wenn er will, schicke ich ihm einen Wagen.«

Ich trollte mich ein paar Meter abseits. Rodenstock war zu Hause und meldete sich, als sei das Leben unerträglich langweilig. Er röhrte unendlich langsam: »Ja, bittähhh?«

»Wir haben einen Doppelmord«, säuselte ich. »Auf dem Golfplatz. Schönen Gruß vom Knubbel. Wir brauchen Sie hier. Sie können einen Wagen haben.«

»Her mit dem Wagen«, krächzte Rodenstock. »Ich bin verrotzt, totale Herbstgrippe, aber her damit. Alles, nur nicht diese Scheißwohnung. Sie schickt der Himmel.«

»Das ist eher unwahrscheinlich«, murmelte ich.

Ich wußte, was jetzt kam. Irgendein Staatsanwalt würde kommen, sich rasch und oberflächlich informieren, eine Pressekonferenz im *Augustiner Kloster* ansetzen und endlos drauflos schwafeln. Er würde sich gerührt und bewundernd selbst zuhören und ständig betonen: »Ich denke, wir haben gewisse Spuren, können aber aus verständlichen Gründen, Ihnen, meine Damen und Herren, noch nichts sagen. Wir bitten um Ihre Geduld.«

Das gilt für alle Behörden: Immer, wenn sie etwas absolut nicht erklären können, bitten sie um Geduld, als gelte es, irgendwo Reste von Gehirn ausfindig zu machen.

»Ich fahre heim. Ich brauche ein Frühstück, ich brauche meine Katzen.«

»Wir sehen uns«, nickte Wiedemann träge. Er blinzelte in die Sonne. »Ich mag diese Eifel. Sie ist schön.«

Zweites Kapitel

Ich fuhr nicht nach Hause. Nach Frühstück war mir nicht, und eine Erörterung des Falles mit meinen Katzen war nur sehr begrenzt möglich. Wenn jemand – von mir aus mit einem Maschinengewehr – dieses Liebespaar getötet hatte, dann mußte es mehr sein als das Ende eines bürgerlichen Dramas.

Ein eifersüchtiger, der Tobsucht naher Ehemann? Gut, aber wie würde er es machen? Eine Ehefrau, die sich um ihr Leben betrogen sah? Auch gut, aber wie würde die vorgehen? Stundenlang auf dem Golfplatz warten? Vielleicht sogar geduldig warten, bis das Paar die Liebe genossen hatte und sich anschickte, die Bahn sechzehn zu meistern? Dann mit einer geradezu übernatürlichen Ruhe erst den Mann und dann die Frau erschießen? Vielleicht noch darauf spekulierend, daß zum Motiv Eifersucht die Perfektion der Tat auf keinen Fall paßte.

Ich rollte die lange Gerade nach Hillesheim hinein und ging im *Teller* einen Kaffee trinken. Ich kann mich nicht einmal mehr daran erinnern, wer mich bediente, ich weiß nur noch, daß ich fragte, wo denn Pierre Kinn von der Sparkasse stationiert sei. Ich bekam die Antwort: »In Daun.«

Dann begriff ich, mit wem ich sprechen mußte, dann begriff ich auch, was mich an diesem Fall so verwirrte. War es möglich, daß einer dieser höchst ehrbaren, gläsern lebenden, stets mit Krawatte versehenen Banker eine leidenschaftliche Liebe zur Ehefrau eines anderen pflegen konnte, ohne daß er gewarnt, ohne daß ihm im Wiederholungsfall sofort der Stuhl vor die Tür gesetzt wurde?

Verbotene Liebe in der Eifel ist eine Form von Selbstzerstörung. Aber Selbstmord war es nicht. Und wenn sie sich so sehr liebten – warum waren sie nicht einfach fortgegangen? Nach Kanada oder Australien oder wohin auch immer ...

»Scheißliebe!« wiederholte ich.

Ein Kombi eines Bestattungsunternehmens kam mir entgegen, ich vermutete, sein Ziel war der Golfplatz.

Auf der Höhe hinter Zilsdorf lag das Land in ganzer Pracht, über Stroheich tummelte sich ein Turmfalkenpaar, die Kirche von Oberehe versteckte sich in einer hauchdünnen Nebelwolke, die langsam aufwärts stieg, von der Sprudelquelle in Dreis schleppten sich drei schwerbeladene Lastzüge an mir vorbei, deren Fahrer über Funk miteinander sprachen und lachten – es war ein geruhsamer, sonnendurchfluteter Herbsttag, zwei grausam Ermordete wirkten da vollkommen fehl am Platz, unwirklich.

Ich fuhr über Rengen nach Daun hinein und erwischte einen passablen Parkplatz, was man ein Erfolgserlebnis nennen kann. Ich war nicht richtig gekleidet, trug ein buntes Sommerhemd, das Kilo zu zwanzig Mark, einfache, bereits angedreckte Jeans und meine geliebte Lederweste, von der Freunde behaupten, sie stamme aus dem 17. Jahrhundert. So marschierte ich unrasiert zu Hans-Jakob Udler, dem Herrn der Sparkasse, dem nachgesagt wurde, er liebe den Stil Ludwigs XIV.

Seine Sekretärin betrachtete mich mit der edlen Abscheu, die Figuren mit meinem Outfit erregen, und plapperte obenhin: »Ich fürchte, der Chef hat keine Zeit.«

»Doch, hat er«, lächelte ich. »Sagen Sie ihm, Pierre Kinn ist tot.«

Sie wollte etwas erwidern, führte den Zeigefinger der rechten Hand durchaus grazil zum Mund, aber sie sagte nichts und entschwand hinter einer Tür. Es dauerte kaum zehn Sekunden, da trällerte sie: »Der Herr Direktor Udler hat jetzt Zeit.«

»Siehste«, sagte ich und ging an ihr vorbei.

Ich bin immer wieder äußerst verblüfft über die Phantasielosigkeit, die in den Arbeitsräumen der Mächtigen waltet. Alles ist Mahagoni oder Walnuß oder Rosenholz, der Teppich ist gedeckt, irgendwo kümmert etwas Grünliches in geschmacklosen Keramiktöpfen und verbreitet die Heimeligkeit eines feuchten Aschenbechers. Auf dem Schreibtisch liegt gewöhnlich nichts, was wohl darauf hindeuten soll, daß der Hausherr alles im Griff hat. Bei Udler war das genauso.

Er hockte hinter seinem leeren Schreibtisch wie hinter einer Brustwehr, und er hatte ein vollkommen graues Gesicht wie aus pulvrigem Zement. Er sah mich an, und er sah mich doch nicht. Um seinen Mund zuckte es, die Finger beider Hände rangen miteinander und verschränkten sich. Er war ohne Zweifel ein sehr betroffener, tieftrauriger Mann.

Ruckartig stand er auf und stieß den Stuhl mit den Kniekehlen heftig zurück. Zittrig fragte er: »Unfall, nicht wahr? Pierre fuhr immer zu schnell. Viel zu schnell.«

Weil ich den Atem seiner Sekretärin im Genick spürte, antwortete ich nicht.

Er stierte mich mit weiten Augen an und beugte sich dabei vor. Dann drehte er sich blitzschnell zur Seite, als habe ihn ein körperlicher Schlag getroffen, und schloß die Augen. »Er fuhr immer zu schnell. Wie oft habe ich ihn gewarnt. Mein Gott, Pierre.«

Die Tür hinter mir klackte.

»Aber Sie sind nicht von der Polizei, oder?«

»Ich bin nicht von der Polizei«, bestätigte ich. »Aber die wird bald hier sein. Pierre Kinn ist erschossen worden. Auf dem Golfplatz. Gestern abend.«

Diese wirklich mächtigen Brieftaschenherren in der Provinz beherrschen den Trick des Understatements auf eine geradezu erschreckende Weise. Sie sehen wie gütige Väter aus, tragen den Kranz weißer Haare wie einen Orden, gehen sonntags brav in die Kirche und sind wie Geier auf dein Geld aus. Sie wirken oft wie langweilige Typen, aber das ist gewollt. Diese Maske fehlte Udler jetzt, er war fassungslos.

Er war so groß wie ich, etwa 175 Zentimeter. Er war leicht dicklich, aber nicht fett, hatte einen zu hohen Blutdruck, sein Hals war gedrungen und rot. Er trug einen dunkelblauen Anzug mit Weste und schwarz-weiß gestreifter Krawatte. Seine Augen waren ganz leer, im Grunde war sein Gesicht hager, was durch die breite Stirn verwischt wurde, und er trug nicht einfach eine Uhr, er trug eine Breitling.

Udler flüsterte: »Ich habe ihn so gemocht. Er war wie ein Sohn.«

Dabei wußte er immer noch nicht, ob er mir einen Stuhl anbieten sollte. Ich setzte mich erst einmal.

»Selbstverständlich«, murmelte er und ging hinter seine Brustwehr zurück. »Erschossen? Wie denn das?«

»Wir kennen die Waffe noch nicht. Kennen Sie jemanden, der diesen Pierre Kinn genügend haßte, um ihn zu erschießen?«

Er hockte da wie ein Häufchen Elend und starrte mich an, legte beide Hände vor sein Gesicht. »Sowas Verrücktes«, hauchte er. Dann fiel ihm etwas auf. »In welcher Funktion sind Sie hier? Ich meine, was haben Sie eigentlich damit zu tun?« Plötzlich hatte er wachsam funkelnde Augen.

»Ich bin Journalist«, erklärte ich.

»Aha.« Das gefiel ihm nicht, aber er nahm es hin. »Pierre Kinn war einer meiner engsten Mitarbeiter. Sehr eifrig, sehr talentiert, sehr nah am Kunden. Er hatte eine große Karriere vor sich. Erschossen, sagen Sie? Gestern abend? Golfplatz? Ich erinnere mich, er spielte Golf, ja. Was weiß man denn schon?«

»Nichts«, sagte ich.

»Er hat eine entzückende Frau ... und entzückende Kinder.« Da war die Maske.

»Und eine entzückende Geliebte«, schob ich schnell nach. »Deswegen bin ich hier.«

»Davon weiß ich nichts«, entgegnete Udler hart mit Augen wie Kiesel.

»Das glaube ich nicht. Es ist unmöglich, daß Sie nichts davon wissen.«

»Ich bediene die Sensationspresse nicht.«

»Die bin ich nicht. Ich will wissen, was Sie von der Geliebten des Pierre Kinn wissen. Ich glaube nicht, daß Sie nichts wissen. Die Geschichte läuft seit zwei Jahren. Sie wußten davon.«

»Haben Sie selbst schon mit der Frau gesprochen?« erwiderte er und sah mich ganz ruhig an.

Ich schüttelte den Kopf. »Das geht nicht, sie wurde ebenfalls erschossen.«

»Etwa zusammen mit Pierre?« fragte er.

»Richtig«, nickte ich.

»Ach, so ist das«, murmelte er. »Das war seine Privatsache.«

»Lieber Gott, das war es nicht.« Ich wurde wütend. »In der Eifel wird an diesem Punkt genauso gelogen wie überall. Da wird gesagt, es ist deine Privatsache, die geht mich nichts an. Aber hintenrum wird getuschelt, moralisiert und verurteilt. Es wird auch gehandelt, übel gehandelt. Sie sind Boß dieser Bank, also was wußten Sie? Und noch etwas: Ich lebe seit elf Jahren hier. Ich weiß, daß Kinn einen guten Ruf hatte. Ich weiß aber auch, daß er keinen Dünnschiß haben konnte, von dem diese Bank hier nichts wußte.«

Ich hatte ihn, und er war klug genug, das zu bemerken. Er lächelte nun das offene unverbindliche Bankerlächeln, das deutlich machte, daß sein Zahnarzt merkwürdigerweise die Dritten zu hell gemacht hatte. Udlers Augen waren vollkommen tot, nur seine Hände wurden weiß, weil er sie so hart verschränkte. »Pierre Kinn kam vor anderthalb Jahren zu mir. Er berichtete mir von dieser Sache. Er sagte auch: Ich biete dir die Kündigung an. So war er: immer offen, immer angriffslustig. Ich beruhigte ihn: Das ist deine Privatsache, das geht die Bank nichts an.« Der Bankerboß war nervös, er suchte einen Halt für seine Hände, aber auf dem Schreibtisch war nichts.

»Welche Nachteile hatte diese Geliebte für ihn?« hakte ich nach.

»Keine«, antwortete er schnell. »Von uns aus keine. Nicht die geringsten. Aber ich denke, ich kann Ihnen nicht mehr sagen. Ich muß ja auch an den Datenschutz denken.«

»Erzählen Sie das mal dem Pierre Kinn«, schlug ich vor. »Er wird es Ihnen danken.« Ich stand auf, nickte ihm zu und ging.

Die Blonde im Vorzimmer hielt theatralisch eine elegante Hand vor den leicht offenen Mund. »Wie entsetzlich«, hauchte sie. »Ich mußte einfach zuhören.«

»War das Gerede hier schlimm?« fragte ich freundlich.

»Ach Göttchen«, sie kicherte, »Sie wissen doch, wie das hier in der Eifel so ist. Den meisten ist so langweilig, daß so eine Sache wochenlang geht. Was sage ich, wochenlang! Monate und so. Der Pierre war aber auch einer! Schrecklich.«

»War er ein lustiger Vogel?«

»Das auch«, sie nickte eifrig. »Immer ein Scherzchen, wissen Sie, immer ein Scherzchen. Es konnte noch so ernst sein, er sagte immer zu mir: Monika, bevor das Schiff kentert, will ich dich noch knutschen! Das sagte er immer.« Dann begann sie unvermittelt zu weinen. »Aber das hat er nicht verdient. Erschossen.«

»Hat Ihr Chef ihn wirklich geliebt?«

Sie tuschelte. »Er ist gar nicht mein Chef, ich bin nur die Aushilfe. Sonst sitze ich in der Kreditabteilung. – Und Sie sind Journalist? Für wen denn? Ja, die waren ein Herz und eine Seele.«

»Das weiß ich in diesem Fall nicht«, erklärte ich wahrheitsgemäß. »Wo wohnen Sie denn?«

»In Dockweiler«, sagte sie. »Aber meistens bin ich bei meinem Freund in Gerolstein. Ich heiße Monika Hammer.«

»Und wo hat Pierre Kinn gewohnt?«

»Er hatte ein Häuschen in Berlingen«, plauderte sie weiter. »Ich war bei der Einweihungsparty damals. Das war wild. Na ja, hat nichts gebracht.«

»Wie war denn diese Frau?« fragte ich.

»Das weiß ich nun wirklich nicht«, sagte sie. »Die kenne ich nicht. Soll von Jünkerath sein, wurde gesagt. Muß ja wohl Liebe gewesen sein. Na ja, sie sollte ja Pressechefin werden von dem Bad und dem Hotel in Kyllheim.

Das hat ja Pierre gebaut, also betreut; Öffentlichkeitstante sollte sie da werden.«

»Kyllheim? Das Riesenprojekt? Das hat Pierre Kinn betreut?«

»Er ist das Lieblingskind vom Chef!« Sie deutete mit dem Daumen auf die geschlossene Tür. »Er wollte das Ding, er setzt es hin. Pierre war Objektleiter. Ach, das wußten Sie nicht?«

»Das wußte ich nicht«, gab ich zu. »Aber das ist heute wohl egal. Wo wohnt denn die Familie dieser toten Frau?«

»In Kelberg. Der Mann soll ja ziemlich viel getrunken haben. Immer schon. Du lieber Himmel, hier wird ja auch viel gesoffen. Der hat in Kelberg eine Bauschreinerei. – Erschossen? Sagen Sie mal, wie denn? Mit einem Gewehr oder einer Pistole, ich kenne mich da nicht aus.«

»Das weiß man noch nicht«, sagte ich. »Wenn ich noch etwas wissen muß, kann ich Sie fragen?«

Sie sah mich mit leicht geneigtem Kopf an und erwiderte: »Ich weiß zwar wirklich nichts, aber Sie können es ja versuchen. Haben Sie denn schon die Villa Wasserbett besichtigt?«

»Bitte, was?«

»Die VW. Also, Pierre und die Heide, also die Heidelinde Kutschera, haben einen Freund. Der ist Jäger, genauso wie Udler, unser Chef. Und dieser Freund hat eine Jagdhütte. Bei Bleialf. Da wird erzählt, Pierre und die Heide hätten sich ein Wasserbett reingebaut, damit es mehr Spaß macht.« Monika Hammer grinste wie ein Lausebengel. »Na ja, kein Mensch weiß was Genaues. Aber die Jagdhütte war der Liebestempel. Da bin ich aber erstaunt, daß Sie das noch nicht wissen.«

»Ich weiß eigentlich gar nichts«, erklärte ich. »Und von der Jagdhütte weiß wahrscheinlich ansonsten jeder.«

»Na sicher«, sagte sie verschmitzt. »Nur eins macht in der Eifel mehr Spaß als Fernsehen: tratschen.«

Plötzlich ging die Tür hinter ihrem Rücken auf, und Udler sagte: »Wir müssen ein paar Briefe fertig machen.«

»Sofort«, sagte sie, »sofort, Chef.« Sie blinzelte mir zu und begab sich ans Tagwerk. In der letzten ihr verbleibenden Sekunde hob sie die Hand, und ihre Fingerchen wedelten mir einen Abschied zu.

Zuweilen hasse ich die Trivialitäten deutscher Lust. Jetzt auch noch ein Wasserbett in verschwiegener Jagdhütte bei Bleialf. Ich machte mich auf den Heimweg und hörte unterwegs mit Inbrunst ein Band: Eric Claptons *Unplugged*.

Es gab zwei Möglichkeiten: Entweder lösten Wiedemann und seine Truppe das Rätsel um die beiden Toten sehr schnell – dann brauchte ich erst gar nicht mit der Recherche anzufangen. Oder aber, sie konnten das Rätsel nicht knacken – dann mußte ich genau überlegen, bei wem ich meine Nachforschungen am besten beginnen konnte. Nichts in meinem Beruf ist gefährlicher als eine scheinbar sichere Auskunft von der falschen Person, auf der man sich länger als vierundzwanzig Stunden ausruht. Regel: Streue dein Wissen mit Vorsicht, und erinnere dich genau an das, was du gesagt hast. Dann warte ruhig auf das, was man dir aufgeregt zuflüstert.

Sofort fiel mir eine Zielperson ein: Flora Ellmann von den Grünen, die angeblich der aussichtsloseste Versuch ist, einen Pudding an die Wand zu nageln.

Also rollte ich in dem Bewußtsein, ein gutes Programm zu haben, befriedigt auf den Hof. Ich konnte nicht ahnen, daß ich zunächst nur dem Mörder diente. Weil ich unklare Angaben nicht mag, sage ich auch gleich, warum ich ihm diente: Ich verschaffte ihm Zeit.

Momo kam laut schreiend aus dem Garten, weil ständige Hungersnot ihn marterte. Allerdings hörte er auf zu schreien, als ich ihn kraulte. Paul fauchte irgendwo, und ich war zufrieden, meine Verwandtschaft um mich herum zu haben.

Ich schickte Flora Ellmann, von der die meisten Kundigen behaupteten, sie sei im wesentlichen mit ihrem Faxgerät verheiratet, eine schnelle Botschaft in der Hoffnung, sie aufzuscheuchen. Das Fax lautete: *Achtung, Flora! Dop-*

pelmord auf dem Golfplatz. Ziemlich grausame Geschichte mit einer unbekannten Waffe. Ruf mich an.

Dann sah ich zu, wie das Gerät das Blatt Papier schluckte, und noch ehe die Bestätigung des glatten Durchlaufs kam, klingelte das Telefon, und Flora schrie im Diskant: »Mach mich nicht schwach, Baumeister. Tote? Gleich zwei? Golfplatz? Muß ich hin!«

»Langsam«, sagte ich, obwohl diese Mahnung bei Flora gänzlich blödsinnig ist. »Was weißt du über einen jungen Banker namens Pierre Kinn?«

»Nichts Besonderes. Ist zweiter Mann unter Hans-Jakob Udler bei der Kreissparkasse. Ziemlich heller Junge. Kümmert sich um Investitionen. Wieso? Ist er der Mörder? Ich sag's ja, diese stillen Wasser!«

»Flora, langsam. Der Knabe ist ein Toter.«

»Ich sag's ja, immer diese stillen Typen. Erst bei ihrem Tod stellt sich raus, daß sie Schweine waren. Und wieso hat den jemand umgebracht?«

»Ich weiß es nicht«, antwortete ich. »Kennst du eine Frau namens Heidelinde Kutschera?«

»Ja klar, kenne ich. Nicht genau, aber ich weiß, wen du meinst. Steht die im Verdacht? Das ist so 'ne Blonde, Hochtoupierte. So 'ne *Brigitte*-Tussi.«

Ich dachte an Floras schmuddelige Pullover und mußte Heidelinde Kutschera verteidigen. »Sie ist auch tot«, informierte ich Flora. »Fünf Minuten vorher hatte sie einen Orgasmus auf Pierre Kinn. Hoffe ich.«

Es war eine Weile sehr still, was wahrscheinlich damit zu tun hatte, daß Flora sich ein Bild malen mußte.

»Wieso auf? Ich meine ... Willst du sagen, beide sind tot? Liebesdrama oder so? Auf dem Golfplatz?«

»Bahn sechzehn.«

»Und wer war's?«

»Weiß noch keiner. Erkundige dich mal nach den beiden Toten. Du wirst bei deinen intimen Kenntnissen der Gesellschaft in der Eifel schneller was herausfinden als ich.«

Da sie nicht genau wußte, ob ich sie veräppelte oder

nicht, murmelte sie: »Ach weißt du, mein gesellschaftliches Engagement bezieht sich ja mehr auf ökologische Themen und so. Falls ich was erfahre, rufe ich dich an. Klar.« Dann hängte sie ein.

Ich konnte davon ausgehen, daß innerhalb der nächsten drei Stunden mindestens zweihundert Leute ganz genau informiert werden würden. In der Eifel braucht man keine Zeitung, man braucht Flora Ellmann.

Dann rief ich die Redaktion in Hamburg an, und ein sehr müder Kollege namens Bacharach stöhnte: »Was soll ich mit einem Doppelmord im Blatt?«

»Was du damit sollst, weiß ich nicht. Vielleicht liest es jemand«, erwiderte ich sauer. »Hör zu: Es sieht nach einer verdammt exotischen Waffe aus, ferner nach einem eiskalten Killer, ferner nach einem Liebesdrama mitsamt vier unmündigen Kindern oder so. Willst du es oder nicht?«

»Mein Verleger sagt, er hätte schon Scheiße genug im Blatt. Also, ich will es nicht.«

Die Konkurrenz nebenan war nicht aufmerksamer. Eine jung klingende Dame namens Wetterstein murmelte gedankenvoll: »Wir könnten so verbleiben: Wenn wirklich eine gute Geschichte dabei rauskommt, lesen wir sie mal und entscheiden dann.« Die journalistische Zugriffsfreudigkeit dieser Redaktion beruht im wesentlichen auf diesem Satz. Das hat zur Folge, daß ganze Hefte langweilig sind, weil die gesamte Redaktion gerade liest.

»Es muß nicht sein«, sagte ich hoheitsvoll und hängte die Dame ab. Dann hatte ich die wahnwitzige Hoffnung, daß jemand in München vielleicht Interesse haben könnte. Der Chef vom Dienst wehrte ab. »Och nööööhhh, nicht sowas! Deutsche Dramen haben was von literarischem Tee. Die machen wir nicht so gerne.«

Im gleichen Moment wußte ich, daß ich die Geschichte zu früh offeriert hatte. Man muß warten, bis die Deutsche Presse Agentur eine Blitzmeldung absetzt. Dann werden die Redakteure wach, dann sind sie munter und meistens sogar richtig freundlich.

Also betrieb ich mein eigenes Geschäft, indem ich die Deutsche Presse Agentur in Bonn anrief, mich mit dem Chef vom Dienst verbinden ließ und artig meine Mitgliedsnummer im Deutschen Journalisten Verband nannte. »Ich habe zwei Tote für euch. Ermordet. Ziemlich grauenhaft. Auf einem Golfplatz ...«

Ich schilderte munter, was denn so passiert sei, und wartete genau fünfzehn Minuten bei stiller Betrachtung meines Gartens. Dann rief der Mann an, der was von deutschen Dramen und literarischem Tee gemurmelt hatte, und erklärte süßlich wie in einer Therapiestunde: »Also, erst mal entschuldige ich mich. Und dann hätten wir eine Bitte ...«

»Jetzt habe ich aber keine Zeit mehr«, sagte ich.

»Aber wir hätten gern die Fotos, die Sie haben.«

»Die sind verkauft«, behauptete ich mit unendlich viel Schmalz in der Stimme. So rächt sich ein Kleinbürger aus den Bergen der stillen Eifel.

Es folgte die Hamburger Konkurrenz und säuselte herum, vor ein paar Minuten hätten sie nicht richtig einschätzen können, was ich habe. Nun sei ihnen klar, daß es sich um eine sehr tiefgehende deutsche Tragödie handele, und sie hätten gern die Fotos, die ich sicherlich sicherheitshalber gemacht hätte. »Besonders die von den beiden Liebenden«, meinte die Dame ganz entzückt.

»Ach«, sagte ich betulich, »die sind vergeben«, und hängte ein.

Dann meldete sich Flora Ellmann mit ungefähr folgendem Monolog: »Also, weißt du, mein Lieber, mich trifft der Schlag. Also mindestens. Die waren ja ein total sexistisches Paar, und noch dazu eines auf dem Konsumtrip. Kein Wunder, daß die den Löffel abgeben mußten. Also ich sage immer wie meine Oma: Der Krug geht so lange zum Brunnen, bis er bricht. Da hat ja wohl der Ehemann der Dame zugeschlagen. Und soweit ich weiß, ist der in einem Club für Bogenschützen. Sag mal, ist das ehrlich so, daß die mitten auf dem Golfplatz ... also, ich will sagen, daß die sowas machten? Und dann dieser Bogenschütze! Herrlich. Wie Robin Hood, würde ich mal sagen ...«

»Flora, bitte. Was hast du über die Toten erfahren?«

»Also, eigentlich nix«, antwortete sie erstaunlich offen.

»Dann mach weiter«, hängte ich sie ab.

Gerade als ich vorhatte, mir einen Kaffee zu kochen, rief der Hamburger Redakteur an und erklärte lapidar: »Ich habe das eben nicht so klar mitgekriegt. Aber jetzt ist es sauber. Hast du Tatortfotos?«

»Na sicher.«

»Bekommen wir die?«

»Na sicher.«

»Wieviel Text?«

»Weiß ich nicht. Laßt mich erst den Mörder fangen, dann sage ich euch, wieviel Text. Die Preise sollten wir kurz erwähnen.«

»Das Übliche«, sagte er. »Aber nur, wenn es exklusiv ist.«

»Ist es«, versprach ich. Dann trennten wir uns.

Ich erklärte Momo und Paul genau, wieviel Whiskas ich liefern könnte, und sie zwinkerten zufrieden und knurrten sich ausnahmsweise nicht an.

Erneut klingelte das Telefon, und Wiedemann teilte mir mit: »Damit Sie sich nicht das Gehirn verrenken – wir haben einen Hauptverdächtigen.«

»Der Ehemann der Frau ist Bogenschütze.«

»Richtig«, sagte er knapp. »Er hat ein mieses Alibi, er wirkt eiskalt, und er verweigert die Aussage. Er hat einen Anwalt zugezogen, der plötzlich Sorgenfalten trägt. Das freut einen deutschen Beamten.«

»Herzlichen Glückwunsch«, meinte ich nicht sehr überzeugt. »Kann ich ein Interview mit ihm machen?«

»Wenn er zustimmt, jederzeit. Aber erst nach den Verhören.«

»Soll mir recht sein«, sagte ich tapfer. Es war, als hätte man eine Nadel in einen prallgefüllten Luftballon gestochen.

Ich erinnere mich gut, daß ich wie ein Traumwandler

zur Anlage ging und wieder Eric Clapton auflegte. *Blues before sunrise ...*

Die Katzen verdrückten sich vorsichtshalber. Nun gut, es würde ausreichen, spannende journalistische Bilder zu liefern. Die Fotos hatte ich, ein paar Tage intensive Recherche – Liebesdrama in einer wertekonservativen Gesellschaft. Es würde keinem Leser die Schuhe ausziehen, aber es würde meinem Konto dienen.

Das Telefon klingelte schon wieder, aber ich wollte nicht abheben. Das Band schaltete sich ein, eine Frau meldete sich geradezu unheimlich ruhig: »Das tut mir leid. Ich hätte Sie gern gesprochen.«

Ich nahm ab. »Baumeister hier.«

Die Frau sagte: »Guten Tag auch. Es ist ja egal, wer ich bin, oder?«

»Wenn Sie wollen.«

»Stimmt es, daß Frau Kutschera tot ist?«

»Das stimmt.«

»Und der Pierre auch?«

»Der auch.«

»Stimmt es, daß die Polizei Kutschera verhaftet hat? Das hört man so.«

»Das weiß ich nicht. Sie haben ihn wohl zu einem Gespräch gebeten.«

»Er war es aber nicht. Ich meine, wenn das gestern abend passiert sein soll, dann war er es nicht.«

»Wer sind Sie denn?«

»Ist das wichtig?«

»Es wird immer wichtiger.«

»Na gut. Ich bin Ruth Möller. Ich bin ... ich bin eine Freundin von Heidelinde. Aber auch eine Freundin von ihrem Mann. Der war gestern hier. Mit Waltraud Kinn. Ich denke ja, man muß die Wahrheit sagen. Die waren gestern abend hier.«

»Was heißt hier?« fragte ich vorsichtig.

»Hier bei mir. Ich habe ein Haus, ich meine, sie kamen hierhin.«

»Wieviel Uhr war das?«

»Fünf, also siebzehn Uhr. Ich wollte ... ich habe damit ja nichts zu tun ... die wollten miteinander reden. Denen ging es dreckig, wissen Sie.«

»Bis wann sind die bei Ihnen gewesen?«

»Bis um zwei heute nacht.«

»Ist das beweisbar?«

»Na sicher. Ich hab ihnen doch Tee und Kaffee gemacht.«

»Ruth Möller, das ist mehr als wichtig. Wo wohnen Sie?«

»In Walsdorf.«

»Und der Kutschera hat Ihr Haus nicht verlassen?«

»Nicht eine Minute. Ich habe den noch nie so erlebt. Er hat geweint, richtig geweint.«

»Ich möchte mit Ihnen sprechen.«

»Ja, sicher. Birkenweg sechs.«

»Bis gleich«, sagte ich.

Ich wollte alles Mögliche gleichzeitig tun. Dann fiel mir Wiedemann ein. Ich rief die Polizei in Daun an, und man sagte mir, sie könnten verbinden. Es gab merkwürdige Pieptöne, dann ein kräftiges Rauschen.

»Baumeister hier. Ich denke, Sie haben Ihren Mörder verloren.«

»Wieso?«

»Weil ich die Frau habe, die ihm ein Alibi gibt.«

»Scheiße!« rief er heftig. »Die Adresse bitte.«

Ich gab sie ihm.

»Fahren Sie nicht dorthin«, befahl er knapp. »Ich will zuerst mit ihr sprechen.«

»Klar«, versprach ich.

»Vielen Dank. Rodenstock muß gleich eintrudeln. Ich lasse die Leichen nach Daun bringen. Krankenhaus. Wir sehen uns dort. Übrigens noch etwas: Es handelt sich wirklich um Margarine. Streng genommen um ein Erzeugnis unter dem Handelsnamen *Rama*.«

»Wie haben Sie das so schnell rausgekriegt?«

»Mein Chemiker ist gut. In dieser *Rama* war ein Stoff, der nicht auf den Frühstückstisch gehört und ... «

»Curare«, tippte ich schnell.

»Das nicht«, sagte er. »Wir wissen noch nicht, um was für ein Gift es sich handelt.« Dann hatte er aufgelegt.

Paul lief auf mich zu und fiel wie üblich auf der Stelle um. Er wedelte mit allen Pfoten, und ich kraulte ihn und sagte: »Ich weiß, mit wem ich sprechen muß, mein Lieber. Mit Charlie. Und Charlie mag Katzen nicht, also mußt du zu Hause bleiben.«

Paul war das ganz egal.

Ich spielte die kleine Hausfrau, richtete Rodenstock das Gästezimmer her und bezog ein Bett. Er sollte es richtig gut haben bei mir. Ich spielte sogar mit dem Gedanken, ihm ein paar wilde Rosen neben das Bett zu stellen, aber das ließ ich doch sein.

Es schellte, ich schrie: »Reinkommen! Kognak kommt, Kaffee kommt, bittere Schokolade habe ich auch.«

Jemand sagte etwas schrill: »Wie?«, aber es war nicht Rodenstock, es klang eher weiblich.

Also polterte ich die Treppe hinunter, und da stand sie. Sie war etwas kleiner als ich, stämmig und wirkte hoffnungslos freundlich. Dunkle, schulterlange Haare rahmten eine Brille, die auf erhebliche Kurzsichtigkeit hinwies. Aber die Augen strahlten. Sie trug eine Lederjacke aus dem Krieg 70/71, Jeans und die Sorte schwarzer Stiefel, die im australischen Outback sehr beliebt ist. Sie sagte: »-Ich wollte zu Herrn Baumeister.«

»Der bin ich.«

»Ich habe Sie schon angerufen, aber Sie waren nicht da«, erklärte sie. Vielleicht war sie 28, vielleicht 30, nein, eher 25.

»Was kann ich für Sie tun?«

Sie lächelte. »Das geht hier nicht auf der Treppe.«

»Ach, du lieber Gott. Kommen Sie rein. Gleich neben Ihnen sind Sessel und sowas. Viel Zeit habe ich aber nicht.«

»Das macht nichts«, murmelte sie etwas stumpf. Sie drehte sich zur Seite und hockte sich im Arbeitszimmer in einen Sessel.

»Ich heiße Marcus«, stellte sie sich vor, »Dinah Marcus. Ich bin aus einem Nest hinter Daun. Da lebe ich. Nun geht das nicht mehr so gut. Ich wollte fragen, ob Sie vielleicht wissen, wo ich journalistisch arbeiten kann. Oder, wie ich an Kontakte komme.«

Du lieber Himmel, jemand der meinen Berufsstand anstrebte. An einem Montag. Eine Frau. Mitten in der Eifel. »Was haben Sie denn bisher geschrieben?«

»Allerhand, einiges, in alternativen Szeneblättern, Sie wissen schon.«

»Ich weiß gar nichts«, meinte ich. »Ich arbeite fast immer allein. Wie alt sind Sie denn?«

»Fünfunddreißig«, antwortete sie. »Ich bin Soziologin. Aber wer braucht schon eine Soziologin?«

»Das weiß ich auch nicht«, gab ich zu. »Haben Sie denn irgend etwas Geschriebenes mitgebracht?«

Mit dem rechten Zeigefinger fuchtelte sie unentwegt in der Luft herum. »Ich könnte was schicken. Aber hat das überhaupt Zweck? Ich meine, lesen Sie das?«

»Das lese ich«, nickte ich. »Aber im Moment haben wir hier einen Doppelmord, da geht es etwas lebhaft zu.« Ich erwähnte das so beiläufig, als handelte es sich um Alltägliches.

Sie war irritiert. Sie sagte: »Aha!« Dann fuhrwerkte sie erneut mit dem Zeigefinger vor ihrem Körper herum. »Ich meine, ich muß irgendwie sehen, wie ich mich in der Eifel durchschlage. Ich liebe die Eifel. Ich will hierbleiben.« Sie hielt inne. »Wer ist denn ermordet worden?«

»Das ist nicht weiter wichtig«, erklärte ich großspurig. »Haben Sie Zeit?«

»Ja. Ziemlich viel.«

»Haben Sie auch ein Auto?«

»Ja.«

»Ist da auch Sprit drin?«

»Wenig.«

»Dann tanken Sie voll. Hier ist Geld. Sie können sofort etwas tun. Ein Paar ist ermordet worden. Der Mann war Banker. Das Paar hatte eine Jagdhütte bei Bleialf. Ich muß verdammt schnell wissen, wo diese Hütte genau steht. Bitte feststellen, nicht reingehen, auch nicht einbrechen. Geht das?«

»Natürlich«, sagte sie. »Aber ich brauche die Namen.«

Ich gab sie ihr, und sie lief zu einem silbrigen Golf, der knatternd von dannen zog. Es klang wie eine Kriegserklärung an sämtliche Eingeborenen.

Mittlerweile war es hoher Mittag, die Sonne stand stark über dem Land, in einem Schattenflecken unter der Birke lagen meine beiden Katzen und dösten vor sich hin, ein ganz matter Wind ließ die Blätter fliegen und übergoß den Baum mit Silber. Es war einen Moment so, als könne die Zeit stillstehen.

Annette kam mit dem kleinen Kevin vorbei und verkündete, ihr Walter feiere Geburtstag in der Schutzhütte und es gebe Spießbraten. Für einen Junggesellen ist das eine wunderbare Nachricht.

Kaum war sie verschwunden, brauste ein leibhaftiger Polizeistreifenwagen auf den Hof, und Rodenstock stieg aus, reckte die Arme gen Himmel und sagte: »Baumeister, ich brauche frische Luft.« Er sah überraschend gut aus, hatte zwar eine feuerrote Nase wie ein Warnzinken, aber seine Augen waren erstaunlich hell. Hinter ihm lud ein Uniformierter zwei Koffer aus und fragte: »Wohin damit?«

»Ich nehme sie«, sagte ich.

»Ich will nur schnell die Scheißkrawatte loswerden«, sagte Rodenstock heiter.

»Warum tragen Sie überhaupt eine?«

»Das weiß ich auch nicht«, meinte er. »Wo sind die Leichen?«

»Im Dauner Krankenhaus. Wir fahren gleich hin. Erst mal Kaffee und so?«

»Erst mal das. Die Toten rennen ja nicht weg. Was haben Sie für einen Eindruck?«

»Ein richtiges Liebesdrama«, gab ich Bescheid. »Mehr ist nicht erkennbar. Aber dieser Mord war ungeheuerlich perfekt.«

»Vielleicht aus Zufall?« fragte er.

»Kann sein«, nickte ich.

Paul kam harmlos um die Hausecke, nahm Anlauf und pflanzte sich an den rechten Oberschenkel meines Gastes.

»Nicht schlagen«, rief ich hastig.

Rodenstock verzog das Gesicht, sagte aber nichts. Er griff Paul behutsam, löste die nadelscharfen Krallen, hielt ihn im Genick hoch. »Du wirst noch lernen müssen, mein Junge«, sagte er. »Aber eigentlich hast du mir beigebracht, wie sich Leben anfühlt.«

»Ich fahre dann«, meldete sich der Uniformierte lahm. Als wir nickten, verschwand er mit Vollgas.

»Wissen Sie«, sagte Rodenstock, »ich wäre wahrscheinlich auch ohne die beiden Toten hier erschienen.«

»Die Gesundheit?« Ich wollte es hinter mich bringen, und er sollte nicht zappeln müssen.

»Erstaunlich«, grinste er. »Ich habe Krebs, aber der rührt sich nicht mehr. Operieren wollen sie nicht, sie sagen, das ist sinnlos, wenn keine Gefahr besteht. Es besteht keine Gefahr.«

»Herzlichen Glückwunsch. Jetzt gibt es Kaffee und so weiter.«

In der Küche plauderte Rodenstock eine Weile über sein Rentnerdasein, rauchte eine Brasil vom Format Kanonenrohr, trank Kognak und Kaffee und aß bittere schwarze Schokolade. Seit ich ihn kannte, hatte ich immer welche im Haus. So ist das, wenn man jemanden mag.

Wenig später zog er sich gemütlich an, wie er das nannte, und wir fuhren nach Daun. Im Krankenhaus Maria-Hilf wurden wir erwartet. Ein junges Mädchen führte uns in den Keller, in einen sehr kalten Raum, in dem Ventilatoren liefen.

Wiedemann stand an einem Fensterschacht und rauchte nachdenklich einen seiner widerlichen Stumpen. Pierre Kinns und Heidelinde Kutscheras Leichen lagen nackt unter sehr grellen grünen Neonstreifen.

»Mensch, Knubbel!« sagte Rodenstock ganz gerührt, und sie umarmten sich.

»Hallo, mein Alter«, brummte Wiedemann etwas verlegen. »Sieh dir die Bescherung an.«

»Habt ihr Gummihandschuhe hier?« fragte Rodenstock.

»Sicher doch, in dem Karton da«, murmelte Wiedemann.

Rodenstock zog die Wolljacke aus, krempelte die Arme hoch und streifte die Gummihandschuhe über. »Welcher interessiert dich mehr?« fragte er.

»Die Frau«, erwiderte Wiedemann knapp. »Kopfdurchschuß. Links rein, rechts raus. Knochen sehr glatt durchschlagen.«

»War es mit Sicherheit Sperma?« erkundigte ich mich.

Er nickte. »Es war Kinns Sperma, sogar das ist glasklar.«

»Seid mal ruhig«, forderte Rodenstock. »Hast du eine Lupe oder ein Vergrößerungsglas?«

Wiedemann reichte ihm eines, das groß und klobig wirkte.

Rodenstock fragte: »Irgend etwas verändert?«

»Nichts«, sagte Wiedemann. »Keine Sonde eingeführt, keine Spiegelung gemacht. Wir wollten warten, bist du da bist.«

»Habt ihr am Tatort Profile gefunden?«

»Nicht die Spur. Wenn etwas dagewesen wäre, hätten wir es gefunden.«

»Also sehr perfekt«, nickte Rodenstock. Er betrachtete die Kopfwunde der Frau aus nächster Nähe, dann bat er unvermittelt: »Dreht sie mal um.«

Wahrscheinlich meinte er Wiedemann und mich. Ostentativ wollte ich sagen: »Das mache ich nicht.« Aber ich machte es, und es war leichter, als ich dachte.

Lange betrachtete Rodenstock den Ausschuß, ließ sich dann ein Zentimetermaß geben und legte es an die Wunde. Er krauste die Stirn, sagte aber nichts. Dann wandte er sich der Leiche Pierre Kinns zu. »Das Weiße ist Bindegewebe, das ist klar. Aber was ist das gelbe, diese Schlieren?«

»*Rama* macht das Frühstück gut«, erwiderte Wiedemann.

»Sonst noch ein Stoff?«

»Ja, hochtoxisch. Das ist das Einzige, was wir bisher wissen. Wir werden draufkommen, fragt sich nur wann.«

»Wenn es hochtoxisch ist«, murmelte Rodenstock und starrte weiter durch das Vergrößerungsglas, »können wir davon ausgehen, daß der sehr genaue Schuß unwesentlich war. Hauptsache, er traf. Er mußte nur irgendwo Blutbahnen treffen, dann setzte eine Vergiftung ein, sehr schnell, sehr kraß. Ich würde dir raten, die Autopsien noch heute nacht durchzuziehen – falls du jemanden im Staatsdienst findest, der Nachtschicht schieben will.« Er grinste.

»Du hast doch einen Hintergedanken«, sagte Wiedemann schnell.

»Habe ich auch«, nickte Rodenstock. »*Rama* macht Sinn, *Rama* bindet Flüssigkeiten, aber auch Körniges. Du kannst Flüssiges unter Margarine verstecken, verstehst du?«

»Und die Waffe?«

»Hm«, murmelte Rodenstock. »Gibt es hier ein Waffengeschäft?«

»Ja«, sagte ich. »Gleich um die Ecke.«

»Dann laßt uns gehen«, forderte er knapp und zog sich wieder an. Er sagte kein Wort mehr, war vollkommen in sich selbst versunken.

»Er hat es schon«, flüsterte Wiedemann.

In dem Geschäft war ein junger Verkäufer, der uns freundlich entgegenlächelte.

»Junger Mann«, begann Rodenstock, »was halten Sie von einer Armbrust?«

»Oh«, sagte der und grinste, »verteufelt gute Sache. Wir haben da neuerdings die *Panzer II*. Darf ich Ihnen das zeigen?«

Der junge Mann verschwand, und Rodenstock trommelte leicht nervös auf die Glasfläche des Verkauftresens. Der Junge kam mit einem großen Pappkarton zurück und öffnete ihn. »Das hier ist *Panzer II.* Ein Glasfiberbogen, *Duran* heißt das Zeug, mit 70 Kilogramm Zuggewicht. Wir haben ein Zielfernrohr. Die Waffe ist auf 40 Meter absolut punktgenau. Und sie entwickelt eine Wahnsinnsdurchschlagskraft.« Er strahlte, er war stolz.

»Kann ich die kaufen? Ohne Waffenschein?«

»Selbstverständlich, die ist waffenscheinfrei.«

»Aber das Ding ist doch absolut tödlich«, mahnte Rodenstock milde.

»Das kann man wohl sagen«, trumpfte der Verkäufer auf. »Sie sollen irgendwann waffenscheinpflichtig werden. Deshalb haben wir dieses Jahr auch schon sechs oder acht von den Dingern verkauft.« Er beugte sich leicht vor. »Ich lasse sie Ihnen für einen glatten Tausender.«

»Mit was schießt man denn?« fragte Rodenstock.

»Aluminiumpfeile, rund, vorne ein Vierkantprofil.«

»Das Pfeilchen will ich sehen«, bat Rodenstock begeistert.

»Selbstverständlich«, nickte der junge Mann. Er kam mit einem Karton wieder, öffnete ihn und ließ die Pfeile über die Theke rollen. Sie waren stark, daumendick und etwa 25 Zentimeter lang.

»Wie macht man das denn?« erkundigte sich Rodenstock.

»Ganz einfach«, erklärte der junge Mann. »Hier vorne ist eine Schlaufe, da stellen Sie den Fuß rein. Dann greifen Sie den Bogen, spannen ihn und klinken ihn ein. Dann legen Sie einen Pfeil in die Führung, und ab geht die Post. Wenn man das übt, erreicht man eine erstaunlich schnelle Schußfolge.«

»Machen Sie das mal vor«, sagte Rodenstock.

Der junge Mann führte es vor, und es sah einfach aus. Schließlich legte er einen Pfeil ein.

»Darf ich mal?« lächelte Rodenstock

»Aber sicher, nur bitte nicht auf irgend etwas, was hier rumliegt oder so. Oder vielleicht nur zielen oder so ...« Jetzt wurde der Verkäufer unruhig, aber es war zu spät.

Rodenstock hob die Waffe sehr professionell, linste durch das Zielrohr. Es gab einen sehr matten Laut, ein kurzes, kaum wahrnehmbares ›Pflop‹, dann federte der Pfeil in der Wandtäfelung. Von den 25 Zentimetern waren nur noch etwa sieben Zentimeter zu sehen.

»Das tut mir leid«, sagte Rodenstock in die Stille.

»D... d... das ist halb so wild. Kann man ja was vorstellen«, stammelte der Verkäufer. Er war einige Schattierungen blasser.

»Das ist es«, nickte Wiedemann. »Haben Sie eine Liste der Leute, die so eine Waffe gekauft haben?«

»Nein«, entgegnete der Verkäufer. »Wozu?«

»Richtig, wozu«, murmelte Wiedemann. »Aber Sie kennen doch sicherlich einige der Käufer privat, oder?«

»Ja, zwei, drei«, sagte der junge Mann.

Wiedemann zeigte ihm seine Marke. »Schreiben Sie die Namen auf, und schweigen Sie gegenüber jedermann.«

»Ach so, ja«, meinte der junge Mann verwirrt. »Von denen schießt aber doch keiner ... ach, du lieber Gott.« Er hatte verstanden.

»Wir schreiben schnell den Hersteller an«, schlug Rodenstock vor. »Dann können wir so ein Ding kriegen. Es ist ganz einfach: der Täter schoß und sammelte die beiden Pfeile wieder ein.«

»Ich müßte mich aber noch erkundigen«, sagte der Verkäufer zaghaft. »Ich weiß manchmal nur die Vornamen.«

»Dann tun Sie das«, lächelte Wiedemann. »Ich schicke morgen jemanden vorbei. Und bemühen Sie sich bitte um jeden Käufer.«

Wir gingen hinaus in die Sonne.

»Das entlastet den bogenschießenden Ehemann aber nicht«, erklärte Wiedemann.

»Und das Alibi?« fragte ich.

»Das Alibi scheint wasserdicht«, gab Wiedemann zu. »Eigentlich zu dicht. Noch nie hat sich der Mann mit der Frau des anderen getroffen. Aber ausgerechnet gestern abend mußte er das tun. Und gleich über viele Stunden.

Irgend etwas riecht. Aber ganz dringend, Baumeister: Nicht schreiben, keine Informationen weitergeben. Versprochen?«

»Na sicher«, sagte ich. Einige Sekunden war ich versucht, ihm von der Jagdhütte zu berichten. Aber ich ließ es sein. Ich kenne die Vorgaben einer Mordkommission in bezug auf Medienleute sehr genau, und Wiedemann war bisher mehr als großzügig gewesen. Nicht etwa, weil ich der Baumeister war, sondern ein Freund des alten Rodenstock. Es konnte geschehen, daß er von einer Sekunde zur anderen zuklappte wie eine Auster – und es würde geschehen. Irgendwann würde er entsetzt begreifen, daß er ausgerechnet einen Journalisten zum Vertrauten gemacht hatte. Keiner von ihnen kann das vertragen.

»Gehen wir ein Eis essen?« fragte Rodenstock unternehmungslustig.

»Ich nicht«, sagte Wiedemann. »Ich habe Schicht.«

Also mümmelte ich brav ein Eis mit Rodenstock, ehe wir uns auf den Heimweg machten.

Im Wagen fiel ihm plötzlich ein: »Dieser Tote ist also Banker, und die Liebesgeschichte lief zwei Jahre. Beruflich muß er schon längst tot gewesen sein, oder?«

»Das war er durchaus nicht«, erzählte ich. »Im Gegenteil, er zog das Lieblingskind des Sparkasssenchefs durch: Ein sogenanntes Erlebnisbad namens *Tropicana* mit Restaurant, Hotel und allen Schikanen. Angeblich hat er dem Bankboß seine Kündigung angeboten, angeblich hat der Bankboß gesagt: Deine Liebesgeschichten gehen mich nichts an, und ...«

»Das ist doch verlogen«, dröhnte Rodenstock.

»Sie sagen es. Was passiert mit einem Banker, der so eine Affäre hat?«

»Banken sind konservativ. Mag sein, daß ein Banker in der Großstadt mit einer solchen Affäre eine Weile leben kann. Hier auf dem Land ist das unmöglich. Er kann sich scheiden lassen und die Geliebte heiraten. Dann kommt er mit schweren Schürfwunden davon. Die Regel ist aber, daß er beruflich aufgeben muß. Wir sollten uns also gelegentlich fragen, wieso Pierre Kinn noch Banker war, als er starb.«

Rodenstock richtete es sich in seinem Autositz gemütlich ein und starrte hinaus in den Wald. »Vielleicht«, sagte er nach einer Weile tonlos, »vielleicht konnte dieser Pierre gar nicht entlassen werden und wurde deshalb erschossen.«

Drittes Kapitel

Rodenstock stellte fest, daß er müde sei, und verschwand in seinem Bett. Ich nahm an, daß die unternehmungslustige Soziologin noch eine Weile brauchen würde, und machte mich auf die Reise zu Charlie.

Charlie residierte zur Zeit in seinem Haus in Monschau, wobei nicht klar war, ob dieses Haus überhaupt noch sein Eigentum war. Charlie besaß dem Vernehmen nach rund zehn Häuser, von Nizza über Rom bis zu den kleinen Antillen, Köln und der Eifel. Er ließ die Häuser munter rotieren, verkaufte mal eines an einen Kumpel, dann wieder an sich selbst, dann wieder überschrieb er es seiner Frau – das richtete sich danach, wieviel Bares er brauchte. Es war durchaus vorgekommen, daß er an einem Tag drei Mietshäuser kaufte, am nächsten Tag total Pleite war und sich das auch notariell beglaubigen ließ. Wiederum einen Tag später setzte er locker seine Unterschrift unter einen Wechsel über zwei Millionen, und der Wechsel platzte nicht. Charlie, das war ganz sicher, war der absolute Schrecken aller Finanzämter.

Charlie trug ständig, selbst in den Heiligen Hallen zu Bayreuth, Jeanshemden und darüber eine Weste aus Hermelin, das Ganze zu giftgrünen oder grellroten Jeans über handgenähten Schuhen aus London, die er bei jeder Gelegenheit von den Füßen streifte, weil er meinte, sie zu tragen, sei Buße für das ganze Leben.

Noch niemals hatte irgendein Mensch Charlie richtig arbeiten gesehen, er verfügte auch nicht über ein büromäßiges Gelaß. Das einzige, was er brauchte, war sein Telefon. Er notierte nie etwas, und böse Zungen behaupteten, das sei auch nicht möglich, denn er sei ein Analphabet. Leute, die ihn ernstnahmen, und deren Zahl überwog, stellten lapidar fest, er vergesse niemals etwas, weshalb er auch den Beinamen ›der Elefant‹ trug.

Von Charlie stammt die beste Definition des Kapitalismus, die ich je gehört habe. Eines Tages lärmte er volltrunken im Clubhaus des Golfplatzes, richtete sich mit wäßrigen Augen über die normalen 160 Zentimeter Körpergröße auf und erklärte in seiner unnachahmlich schlunzigen rheinischen Sprechweise, die mich an Heinrich Böll erinnerte: »Also, ich bin ein beschissener Kapitalist, wenn ich ein Hotel in die Eifel baue und dann hoffe, daß irgendein Reisender in Damenunterwäsche vorbeikommt und nach den Zimmerpreisen fragt. Aber wenn ich dreißig Männergesangvereine und den Hauptbetriebsrat von VW in Wolfsburg dazu kriege, ihre Kegelpartien und Jahresausflüge in meinem Hotel zu verbringen, küßt mir die Deutsche Bank den Arsch und kriecht vor Demut unter dem Teppich her. Dat, meine Damen und Herren, is Kapitalismus!«

Charlie, auch das war sicher, mischte in dem Hotel- und Badekomplex in Kyllheim mit, und sicherlich geschah nichts Wichtiges ohne ihn und sein Telefon.

Er hatte einen alten Bauernhof gekauft, der hinter einer haushohen Hecke aus Hainbuchen stand und so außerordentlich heimelig wirkte, als hätte Walt Disney ihn bauen lassen. Ein wenig abseits auf einem Rasenfleck standen ein Maserati und ein Mercedes S, weil Charlie niemals etwas anderes fuhr und von BMW behauptete, das seien Autos für Neureiche. Den Autos nach zu schließen, mußte er also vorhanden sein, wenngleich auch das Gerücht ging, er habe vor jedem Haus einen Maserati und einen Mercedes stehen.

Ich läutete und faßte energisch an die Türklinke. Es war allerdings keine Klinke, es war ein etwa zwei Kilogramm schwerer Amethystklumpen, und wahrscheinlich hatte nicht Charlie ihn anbringen lassen, sondern seine Frau, die im Golfclub auch gemeinhin ›Klunkerchen‹ genannt wurde, was durchaus zärtlich gemeint war.

Ein junges weibliches Wesen in einem strengen mittellangen schwarzen Kleidchen mit weißer Schürze und entzückend gestärktem Häubchen öffnete mir.

»Ich bin der Baumeister, ich muß dringend zu Charlie.«

Das erstaunte sie nicht weiter. Sie sagte: »Ich frage nach«, und ließ mich stehen. Dann erschien sie wieder: »Rechts die Treppe runter, geradeaus. Er ist in der Sauna.«

»Das riskiere ich.« Ich folgte ihren Anweisungen und mußte husten, als ich in den Nebel stolperte. Ich sah nichts, und augenblicklich begann ich zu schwitzen.

»Du ziehst dich am besten aus, Jung«, sagte Charlie von irgendwoher.

»Mache ich«, keuchte ich und tastete mich wieder hinaus. Ich zog mich aus und griff erneut an. »Charlie, ich komme wegen Pierre Kinn und Heidelinde Kutschera. Weißt du von ihrem Schicksal?«

»Na, sicher weiß ich dat. Ach, Baumeisterchen, wieso hast du auch so ein Scheißgewerbe? Du solltest meine Memoiren verfassen. Ja, Mensch, wie wäre es damit? Du schreibst meine Memoiren, ich bezahle dich gut. Aber ja, also der Pierre. Du hast sie gefunden, nicht?«

»Nicht ich, sondern Erwin.«

»Die Frau war allererste Sahne.« Charlie grunzte. »Aber es geht eben nicht an, daß jemand rumbumst und seine Kinder vergißt. Geht einfach nicht. War der Ehemann der Täter?«

»Ich weiß es nicht. Vielleicht ja, vielleicht nein. Glaubst du, es könnte jemand aus dem Club gewesen sein?«

»Sehr unwahrscheinlich«, entschied er. »Der Pierre Kinn war ein lustiger Typ, immer gut drauf. Na sicher, er weiß eine Menge über ein paar Clubmitglieder, schon wegen seines Berufes. Ich kann mir aber nicht vorstellen, daß jemand hingeht und ihn mit einer Armbrust umlegt. Und die Frau gleich dazu.«

»Wieso weißt du das mit der Armbrust?«

»Seit einer Stunde. Die Vögelein haben es mir berichtet. Armbrust stimmt doch, oder?«

»Im Ernst, wer hat es dir gesagt?«

»Da ist jemand im Morddezernat, der mal Wirtschaftssachen gemacht hat. Der ist mir was schuldig. Versuch nicht, ihn rauszukriegen. Was denkst du?«

Langsam konnte ich ihn erkennen, langsam schälten sich seine Umrisse heraus. Bis jetzt hatte ich gestanden, jetzt setzte ich mich auf einen Schemel. Charlie lag nackt auf einer Holzbank. »Es sieht alles nach einem Liebesdrama aus. Aber die Erschießung selbst war unheimlich perfekt. Das paßt nicht zusammen, verstehst du?«

»Verstehe ich nicht«, meinte der kleine fettige Berg auf den Holzlatten. »Stell dir vor, ein Ehemann ist stinksauer, dann erledigt er das vielleicht ganz cool. Oder er beauftragt jemanden. Ich sage dir: Ich würde jemanden beauftragen. Es gibt solche Leute, ich weiß das.«

»Was kostet das?«

»Du findest Kosovo-Albaner, die das für fünfhundert erledigen. Westeuropäer sind teurer. Bis zu zwanzigtausend. Aber gut.«

»Ein Eifler Handwerker, der einen Mordauftrag vergibt?« zweifelte ich.

»Warum nicht?« fragte er kühl. »Wir sind doch lernfähig. Im Ernst, Baumeister, das Motiv ist doch verdammt stark. Bei euch Pressefritzen kann man nie sicher sein. Endlich habt ihr ein Liebesdrama, dann wollt ihr eine Verschwörung daraus machen. Das ist doch unlogisch!«

»Kennst du den Tötungsvorgang? Ich meine, hast du dir genau berichten lassen?«

»Der Geschäftsführer hat was geschwafelt. Aber nichts Klares. Wie ist es abgelaufen?«

»Bahn sechzehn«, sagte ich und berichtete. »Und dann ging er seine Pfeile suchen und verschwand. Das ist nicht kühl, das ist unterkühlt. Ein eifersüchtiger Ehemann kann das gar nicht. Kommt hinzu, daß der Mörder mit irgendeinem Gift arbeitet, das wir noch nicht genau kennen.

Das setzt eine verdammt lange Planung voraus, denn Gifte – egal welche –, kannst du nicht in der nächsten Apotheke kaufen.«

Charlie lachte leise und sehr satt. »Warum kann ich das nicht, Baumeister? – Sei ganz sicher, daß eine Schubkarre Bares dein ganzes Lebensbild verändert. Wenn das Wort ›cash‹ aufkommt, ist das ganze Abendland im Eimer, mein Guter. Nee, nee, Baumeister, Liebe ist Liebe, ich sehe nichts anderes. Ich will ja meinen eigenen Golfclub nicht niedermachen, aber einen Mörder sehe ich da nicht, soviel Intelligenz könnten wir auch nicht gebrauchen. Lang mal auf das Regal da. Da steht eine Pulle.«

Ich goß ihm etwas von dem Whisky ein und reichte ihm das Glas. »Hattest du jemals mit Pierre Kinn beruflich zu tun?«

»Sicher. Laufend in den letzten zwei Jahren. Er hat das *Tropicana* gesteuert, er hat es verdammt gut und straff gemacht. Der Junge hatte Talent. Zwar noch ein paar Stellen, die zu weich waren, aber das hätte sich gegeben.«

»Hättest du ihn angestellt?«

»Niemals. Ich hatte noch nie im Leben einen Angestellten fürs Geschäftliche und werde auch niemals einen haben. Irgendwann fangen sie alle an, den Chef zu hassen. Ich bin doch nicht verrückt! Aber der Junge war gut. Am Anfang hatten wir Schwierigkeiten mit der Finanzierung. Der Junge hat das schnell und effektiv gedreht. Richtig gut.«

»Hast du Kapital drin?«

»Ist das eine Frage oder ein Verdacht?« Er kicherte plötzlich im Falsett.

»Eine Frage, Charlie, nur eine Frage.«

»Ich habe Freitag meine Einlage rausgenommen. Aber das hat mit Pierre Kinn und seiner schnuckeligen Geliebten nichts zu tun.«

»Womit hat es denn zu tun, Charlie?«

»Das ist schwer zu erklären. Ich hatte nicht viel drin, drei Festmeter, also drei Millionen. Ich habe sie rausgenommen, weil ich im Urin hatte, daß es nun genug ist.«

»Das ist mir zu schwammig. Was ist denn genau passiert?«

Charlie hielt die Augen geschlossen und die Hände brav auf dem weißen Bauch gefaltet. »Passiert ist nix, Baumeister. Wenn ich im Urin habe, daß ich rausgehen soll, gehe ich raus. Natürlich willst du wissen, warum ausgerechnet Freitag. Also, weil ich dachte, genug ist genug. Und weil es was anderes gab, was mir besser erschien.«

»Du kannst aber doch nicht einfach mit drei Millionen aus so einem Objekt rausgehen. Die sind doch verplant, mit denen wird kalkuliert.«

»Freitag endete die zweite Finanzierungsstrecke. Ganz offiziell. Und weil jemand anders bereit war, meine drei zu ersetzen, habe ich sie rausnehmen können. Ganz einfach. Niemand ist nervös deswegen. Außerdem mag ich Hotels nicht. Ich bin mal mit einem baden gegangen. Sowas merkt man sich.«

»Hast du mit den drei Millionen gut verdient?«

»Peanuts. Aber was tut man nicht alles für die Eifel.«

»Du hättest dein Geld aber nicht abgezogen, wenn die Sache bombensicher ertragreich sein würde, oder?«

»Ein bombensicheres Geschäft gibt es in dieser Milchstraße nicht mehr«, erklärte Charlie voller Verachtung. »Vielleicht noch hier und da in alten Mafiakreisen, aber die sind so gottverdammt elitär, daß sie dich niemals reinlassen, es sei denn, du hast ein paar gemeinsame Leichen im Keller.«

»Hast du Leichen im Keller?«

Er kicherte wieder hoch. »Selbstverständlich, Baumeister. Aber ich werde dir ihre Namen nicht sagen. Was ist? Schreibst du meine Memoiren?« Er wollte das Gespräch beenden.

»Sagst du mir Bescheid, wenn du irgend etwas erfährst?«

»Sicher«, nickte er milde, wobei klar war, daß er allein entscheiden würde, ob und was er mir sagte. Er war ein kleiner, fetter, sehr mächtiger reicher Mann, runde sechzig Jahre alt und kaum zu überlisten. Das alles wußte er sehr genau.

Vom Hohen Venn her blies ein kühler Wind, der Winter kämpfte gegen die Sonne. Klunkerchen kam in einem mausgrauen Trainingsanzug um die Ecke und winkte aufgeregt. Sie sah aus wie eine Sozialhilfeempfängerin, die die Hoffnung aufgegeben hat, das Leben zu treffen. Aber sie war ausgesprochen guter Dinge, und alles an ihr bebte und wogte. Sie war so dick wie ihr Mann und ebenso angriffslustig, und man sagte, sie bei schlechter Laune anzutreffen sei unwahrscheinlicher als ein Lottogewinn.

»Baumeisterchen, wie steht es um die Morde? Verrat mal, was du weißt.«

»Sie sind tot, mehr weiß ich auch nicht. Was erzählen deine zahllosen Schwestern, alle die Wißbegierigen?«

Sie hatte plötzlich ein kummervolles Gesicht. »Liebe, sehr viel Liebe – aber aussichtslos. Irgendein Schwein hat es gemacht. Die meisten tippen auf einen bezahlten Killer, weil es so grausam gelaufen ist. Ich mochte den Pierre irgendwie. Er war ein Filou, aber ein guter. Der Mann von der Heidelinde scheint ein ganz Cooler zu sein. Möglich, daß der dahinter steckt. Es ist irgendwie blödsinnig, die Hauptdarsteller abzumurksen. Das Stück ist dann zu Ende. Was sagt mein Charlie?«

»Das meiste, was er weiß, sagt er nicht.«

»So ist er nun mal. Hast du dich mal mit Pierre oder Heidelinde unterhalten?«

»Niemals«, sagte ich. »Andere Welten. Und du?«

»Ich habe mal mit ihr ein Stück Torte gegessen. Im Clubhaus. Sie war aber ziemlich schweigsam. Damals waren sie gerade aus Hawaii zurück und schwammen im Glück.«

»Sie waren in Hawaii?«

»Ja, wußtest du das nicht? Also, sie waren zusammen in Hawaii. Wie ich so mit ihr Kuchen esse, kommt Piere um die Ecke und sagt ganz versunken, mehr zu sich selbst, was H. J. U. wohl sagen würde, wenn er das wüßte. Dann sah er mich und schwieg natürlich.«

»Wer ist H. J. U.?«

»Wahrscheinlich sein Chef, Hans-Jakob Udler.«

»Wann war denn der Hawaii-Trip?«

»Im Sommer vor einem Jahr, als alles anfing. Stimmt die Sache mit dem Wasserbett mitten im Wald?«

»Ich weiß es nicht, das wird überprüft. Hast du eine Ahnung, warum dein Mann sein Geld aus der Kyllheim-Geschichte genommen hat?«

»Ich weiß nur, daß er in solchen Sachen einen Riecher hat. Und meistens hat er recht.«

»Ruf mich an, wenn du etwas erfährst.«

»Mache ich«, nickte Klunkerchen, und sie würde es wohl wirklich tun.

»Noch eine Frage. Haben die beiden Hawaii damals hier gebucht, also in der Eifel?«

»Das weiß ich nicht, aber das ist doch egal.«

»Das ist nicht egal«, sagte ich. »Mach es gut. Weißt du, ob Walburga zu Hause ist?«

»Weiß ich nicht. Aber sie hat bestimmt wie immer Migräne. Es ist wurscht, ob ihr ein Liebhaber abhaut oder das Heizöl zu spät kommt: sie hat Migräne.«

Ich brauste los Richtung Walburga, von der erzählt wurde, sie habe mit großem Erfolg vier sehr reiche Männer überlebt und sei dabei immer vergnügter geworden. Sie mußte ebenfalls an die Sechzig sein, war gute zehn Zentimeter größer als ich und hätte bei den ollen Römern sicher den Spitznamen ›Faba‹ geführt, was Bohnenstange heißt. Kein Mensch wußte, warum sie Mitglied im Golfclub war, denn Golfspielen war nicht ihre Sache, weil sie den Ball zu ihren Füßen nicht mehr erkennen konnte. Sie spielte trotzdem eine gewichtige Rolle im Club, und niemand traf eine wirklich wichtige Entscheidung, ohne Walburga zu hören. Es ging die indiskrete Sage, daß sie mindestens zwei Herren aus dem Club eine Weile in ihrem Bett besichtigt und ihnen zudem Kredite zu enorm günstigen Zinsen zugespielt hatte. Ob das der Wahrheit entsprach, wußte keiner genau, aber derartige Gerüchte sind so edel, daß Wahrheitsgehalte keine Rolle spielen.

Ich fuhr also die B 258 zurück Richtung Blankenheim und bog in Sistig nach Nettersheim ab. Walburga hatte ein ziemlich umfangreiches altes Gasthaus gekauft und umrüsten lassen, was heißt, daß sie mindestens zwanzig Gästezimmer in jeweils verschiedenen Farben installiert hatte. Kein Mensch verstand, warum sie so scharf auf Gäste war und das Haus ständig voll hatte, denn sie ging mit ihren Gästen um wie ein Dorfschullehrer um 1900 mit den Erstkläßlern.

Das Haus war ein Granitbau und wirkte abweisend. Auf dem Kies davor standen mindestens fünfzehn Autos der oberen Klasse, und es war totenstill. Jemand hatte erzählt, Walburga zwinge ihre Gäste täglich zu Bridgepartien und niemand mogele so offensichtlich wie sie, aber es sei streng verboten, das zu merken.

Ich schellte, und es rührte sich nichts. Die Tür war offen, also trat ich ein. Es roch intensiv nach Bohnerwachs, und der Holzboden spiegelte so extrem, daß man auf die Idee kommen konnte, man habe seine Schlittschuhe vergessen.

»Hallo!« rief ich.

Jemand erwiderte betulich: »Hallo«, und kam herbeigeschlurft. Es war ein sehr alter dürrer, lächelnder Mann, der sich vor mir aufbaute, sich nach vorn beugte wie ein Japaner und ergeben murmelte: »Ich bin Hansi, einer ihrer Verblichenen.«

»Ich bin Baumeister. Wo ist sie denn?«

»Sie hat eine neue Allergie entdeckt. Es sind Ärzte bei ihr. Fünf oder sechs, was weiß ich. Das wird eine Weile dauern.«

»Ich habe keine Weile Zeit. Können Sie ihr ausrichten, Baumeister ist hier und es geht um den Pierre?«

»Ich versuche es«, sagte er wildentschlossen.

Ich hockte mich in einen alten schwarzgelackten Stuhl, der irgendwann im Mittelalter vermutlich als Folterinstrument gedient hatte.

Es dauerte ungefähr zwanzig Minuten, dann kam Walburga, weiß in Seide, steif wie ein Stock, die Treppe hinunter, geführt von einem etwa zwanzigjährigen jungen Mann mit sehr hellen Augen, der so aussah und sich so gebärdete wie die, die man bei den alten Griechen Epheben genannt hatte. Er ging leicht seitlich hinter ihr und bemühte sich, den Eindruck zu erwecken, als sei jede Stufe für seine Schutzbefohlene ein lebensgefährliches Hemmnis.

»Herr Baumeister«, stellte Walburga mit tiefer Stimme fest. »Ich vermute, Sie wollen mir Fragen stellen, die ich ohnehin nicht beantworten kann.«

»Ich habe eigentlich nur eine Frage«, erklärte ich. Der junge Gott machte mich unsicher. Er hatte so einen Ausdruck totaler Verachtung in den Augen.

»Fragen Sie ruhig«, nickte Walburga und erreichte die unterste Stufe.

»Das geht nicht«, sagte ich stur. »Es ist vertraulich. Es geht Sie an und mich und niemanden sonst.«

Der junge Gott erstarrte.

»Ich will mir keinen Hundertmarkschein pumpen«, beruhigte ich ihn.

Der junge Gott rührte sich nicht, und Walburga lächelte maliziös. »Er würde wirklich nichts annehmen.«

»Ich bleibe lieber«, bekannte der junge Gott.

»Es ist aber eine Vorstellung für Erwachsene«, sagte ich.

Der junge Gott war sehr beleidigt. »Walburga«, klagte er, »wir haben ausgemacht, daß ich dich beschütze. Immer.«

»Nun hör mal eine Weile auf damit«, meinte sie zärtlich.

Ich hatte einen Feind fürs Leben gewonnen. Er schlich die Treppe hinauf wie Waldemar, des Försters Dackel, der nicht mit auf die Jagd darf.

»Legen Sie los«, sagte Walburga. Sie blieb stehen.

»Ich war bei Charlie und Klunkerchen«, begann ich. »Sie wissen nichts, oder sie sagen nichts. Das ist auch in

Ordnung. Klunkerchen erzählte nur, Pierre Kinn und Heidelinde Kutschera seien zusammen in Hawaii gewesen und ...«

»Das ist richtig«, nickte sie. »Vier Wochen. Was ist daran schrecklich? Sie liebten sich, sie wollten irgend etwas neu beginnen, sie hatten eine Chance. Da ist Hawaii doch wunderhübsch, nicht wahr?«

»Das ist richtig«, sagte ich. »Aber ...«

»Sehen Sie mal, Baumeister«, unterbrach sie mich nachdenklich, »es ist doch so im Leben. Erst sind wir arm und sparen, dann sind wir gesättigt und sparen noch immer. Dann begreifen wir, daß wir nichts vom Sparen haben. Dann hängen wir uns die Klunker auf die welke Haut und hoffen auf ein Wunder, nicht wahr? Pierre und Heidelinde waren jetzt jung, und sie brauchten Hawaii jetzt, nicht irgendwann. Ist das so schwer zu verstehen?«

»Durchaus nicht«, murmelte ich. Sie war eine kluge Frau. »Es stellt sich nur eine Frage. Sie waren beide verheiratet, hatten beide Kinder, und sie verdienten gut. Aber wer, um Gottes willen, kann dreißig- oder vierzigtausend Mark ausgeben, um vier Wochen nach Hawaii zu verschwinden? Woher ist das Geld gekommen?«

Walburga sah mich an und lächelte. »Von mir«, sagte sie einfach. »War das alles?«

»Nicht ganz«, sagte ich hastig. »Hatten Sie auch Geld im Kyllheim-Projekt?«

»Nicht eine müde Mark«, behauptete sie. »Wenn Charlie drin ist, gehe ich nicht rein. Sowas mache ich nicht. Er ist ein bißchen schmuddelig, und er erzählt immer drekkige Witze.«

»Können Sie sich vorstellen, wer Pierre und Heidelinde getötet hat? War das wirklich nur eine Liebesgeschichte?«

»Das frage ich mich, seit ich davon gehört habe.«

»Lassen Sie mich eine andere Frage stellen. Haben Pierre und Heidelinde sich Ihnen anvertraut?«

»Das haben sie, aber darüber rede ich nicht. Eigentlich war es absolut nichts, was ihre Ermordung rechtfertigen würde.«

»Wollten die beiden die Eifel verlassen?«

»Das ist mir nicht bekannt. Sie wollten aus dem Bereich Hillesheim-Daun weggehen, aber nicht weit.«

»Sie meinten es also ernst miteinander?«

»Todernst«, murmelte Walburga. Dann geschah etwas Bedrückendes, sie begann lautlos zu weinen.

»Es tut mir leid, ich wußte nicht, daß sie Ihre Schützlinge waren.«

»Ist schon in Ordnung«, schnaufte sie. »Es ist so elend, zu lieben und dafür getötet zu werden.«

»Haben die beiden sich bedroht gefühlt?«

Walburga ging schnell auf ein Fenster zu und starrte hinaus. »Es wird kühl«, meinte sie. »Dann kommt der Winter, alles geht schlafen. Nur ich kann nicht mehr schlafen.« Sie wandte sich mir wieder zu. »Wenn so etwas geschieht, fragt man sich verzweifelt, ob man sich an irgendeine Bemerkung erinnern kann, die auf eine Bedrohung schließen läßt. Ist die Polizei gut?«

»Ich denke, ja. Die Mordkommission ist schnell, und außerdem ist der alte Rodenstock bei mir zu Besuch, ein Profi.«

»Sind die menschlich?«

»Sehr.«

»Werden sie hier auftauchen?«

»Mit Sicherheit. Ebenso wie meine Kollegen von der schreibenden Zunft. Und die vom Fernsehen. Die Geschichte riecht nach Drama, und Dramen werden gefressen.«

»Sollte ich wegfahren? Was meinen Sie?«

»Ich würde Ihnen raten, selbst die Mordkommission zu rufen. Dann haben Sie es hinter sich, werden nicht gesucht und können verschwinden. Sagen Sie mir, wohin?«

Sie lächelte. »Ich werde einen Monat früher nach Chamonix gehen als sonst.«

»Sie wollten noch etwas sagen zu der Frage möglicher Bedrohung.«

»Sie sind ekelhaft beharrlich«, sagte sie und drehte sich wieder zum Fenster. »Da war eine Bemerkung von Heidelinde. Die beiden waren hier, weil sie hier zusammensein konnten, ohne sich verstecken zu müssen. Heidelinde sagte zu Pierre: Wenn unser Baby das erfährt, schleift er die Messer. Sie lachten beide. Das ist alles.«

»Baby? ... Haben Sie sonst den Mäzen gespielt, irgend etwas finanziert, irgendwie geholfen?«

»Ich habe ihnen eine Jagdhütte bei Bleialf geschenkt.«

»Geschenkt? Das waren Sie?«

Walburga drehte sich nicht um. »Was soll ich mit einer Jagdhütte? Ich habe sie damals einem Freund abgekauft, als der klamm war. Ich bin keine Jägerin, und Bambis im Wald finde ich lächerlich. Also habe ich die Hütte der Heidelinde geschenkt. Ganz offiziell mit Papieren. Falls etwas geschieht: Würden Sie mich anrufen? Ich gebe Ihnen die Adresse in Chamonix.«

Ich reichte ihr meinen Block und Schreiber, und Walburga schrieb die Adresse auf. Dann reichte sie mir die Hand. Es war so, als wollte sie mich zu ihrem Verbündeten machen. Sie murmelte: »Verurteilen Sie die beiden nicht. Sie hatten anderes verdient.«

»Schon gut«, meinte ich und ging.

Ich hockte mich in meinen Wagen und schrieb erst mal auf, was Charlie, Klunkerchen und Walburga erzählt hatten, ehe ich mich auf die Heimreise machte.

Es war sehr kühl geworden, und plötzlich war ich müde.

Rodenstock saß mit der Soziologin am Küchentisch und sagte gerade: »Sieh mal an, da studieren Sie und wissen, daß es keinen Job geben wird. Wie lebt man damit?«

»Beschissen«, antwortete die Soziologin trocken.

»Ich grüße euch«, gesellte ich mich zu ihnen. »Haben Sie die Hütte gefunden?«

»Kein Problem«, sagte sie. »Eine richtig schöne Hütte mit einem richtig schönen Kamin und einem Wasserbett und mit überhaupt allen Schikanen. Keiner weiß so richtig, wem sie gehört.«

»Ich weiß es«, erwiderte ich. »Waren Sie drin?«

»Nein«, sie schüttelte den Kopf. »Ein Waldarbeiter turnte da rum. Der hat erzählt, was er wußte.«

»Wir haben einen dritten Toten«, berichtete Rodenstock. »Die gleiche Tötungsart. Ein alter Witwer, ein Bauer, der zwischen dem Golfplatz und Birgel neben einem Waldweg gefunden wurde. Der Mann war über Siebzig. Vermutlich mußte er sterben, weil er dem Mörder begegnete.«

»Stimmt der Zeitpunkt?« fragte ich.

»Exakt«, nickte Rodenstock. »Gestern abend, etwa gegen 18 bis 20 Uhr.«

»Sind Reifenspuren gefunden worden? Das Genie Wolf müßte doch irgend etwas entdeckt haben.«

»Hat er«, bestätigte er. »Der Mörder hat etwas genial Einfaches gemacht: Er hat Schneeketten aufgezogen. Es ist unmöglich, auch nur den Hauch einer Reifenspur zu bestimmen.«

»Es wird immer perfekter.«

»Das schon«, meinte er. »Aber es zeigt auch Risse. Es zeigt dir, daß die Liebesgeschichte nicht so wichtig war. Es muß ein ganz anderes Motiv geben.«

»Aber Liebe ist doch ein schönes Motiv«, murrte die Soziologin.

»Richtig«, fand ich. »Fast zu schön, um wahr zu sein. Ich erzähle mal, wenn ich darf. Ich habe nämlich Nachrichten aus Hawaii.«

»Nur zu«, ermunterte mich Rodenstock. »Oder sollen wir Wiedemann dazu holen? Dann brauchen Sie es nicht zweimal zu berichten.«

»Das ist eine gute Idee«, sagte ich. »Sagen Sie mal, kann eine Soziologin kochen?«

Dinah Marcus strahlte mich an. »Die hier nicht. Ich würde Ihnen auch nicht raten, das herausfinden zu wollen. Ich habe bereits ganze Familien auf die Intensivstation gekocht.«

»Die großen deutschen Hausfrauenwerte zerfallen!« seufzte Rodenstock. »Was ist, wenn wir zu Wiedemann ins Hotel gehen?«

»Gute Idee«, meinte die Soziologin. »Ich habe seit gestern nichts Vernünftiges mehr gegessen.«

»Das hebt die Figur«, sagte ich. »Liegt die Jagdhütte einsam?«

»Total. Kein Mensch kann im Grunde kontrollieren, wer ein- und ausgeht. Nachts, das habe ich herausgefunden, kann man von der Ortschaft aus nicht mal die Scheinwerfer der Autos sehen. Das liegt daran, daß die Hütte oberhalb eines Hohlwegs liegt und ganz verstellt ist von jungen dichten Hainbuchen. Und außerdem sagte eine alte Frau, spukt es da oben.«

Wir fuhren also nach Hillesheim ins *Augustiner Kloster.* Wiedemann war anfangs sehr muffig, weil er zum Umfallen müde war.

Ich berichtete, was ich herausgefunden hatte, und verschwieg nichts.

Wiedemann schickte sofort zwei seiner Leute aus zu Charlie und Walburga. Er murmelte: »Die Hütte hat Zeit bis morgen.«

Wir aßen lustlos etwas, das den Namen Hirschgulasch trug und fade schmeckte. Dann trennten wir uns.

»Haben Sie zufällig Vivaldis *Vier Jahreszeiten*?« fragte Rodenstock, als wir wieder zu Hause waren.

»Habe ich.« Ich schob die CD ein.

Die Soziologin hatte sich vor den Fernseher gesetzt, die Kopfhörer übergestülpt und sah Nachrichten. Nach einer Weile zupfte ich die Kopfhörer beiseite und fragte: »Ist das Schloß kompliziert?«

»Nicht sehr«, antwortete sie nicht im mindesten überrascht. »Es ist ein dickes Vorhängeschloß. Wenn Sie vielleicht einen Seitenschneider haben?«

»Habe ich«, sagte ich.

Rodenstock wollte nicht mit uns fahren. Er meinte, auch ein pensionierter Beamter dürfe nicht so ohne weiteres irgendwo einbrechen. »Aber ich verpfeife euch nicht.«

Wir luden also die Werkzeugkiste in den Jeep und

machten uns auf den Weg. Wir fuhren über Lissendorf, Steffeln, Schwirzheim auf die B 51 und dann über die Schnellstraße an Prüm vorbei.

»Wie kann man um Gottes willen mit Ihrem Beruf in der Eifel hängen?«

Die Soziologin kicherte. »Ich wollte mich selbst entdekken. Jetzt fahre ich für den Erzbischof in Trier die Bistumszeitung aus, beaufsichtige am Wochenende Mehrfachsüchtige in einer Klinik und denke darüber nach, wer ich bin. Im Ernst, es gefällt mir, aber es ernährt mich nicht. Ich will unbedingt eine Spur erwachsener werden und rausfinden, ob ich das will. Ist das schwer?«

»Ich weiß es nicht genau. Ich bin noch nicht erwachsen. Jemand hat mal depressiv geäußert: Wenn wir erwachsen geworden sind, ist es Zeit, sich auf den Tod vorzubereiten. Vielleicht findet man deswegen so wenig Erwachsene.«

»Wenn Sie diese Geschichte schreiben, haben Sie dann einen Abnehmer?«

»Ja, habe ich.«

»Kann man davon leben?«

»Manchmal ja, manchmal nein. Man tut gut daran, einen Gemüsegarten zu haben und eine Ecke für Kartoffeln.«

»Meine Eltern hatten früher Karnickel. Ich kann keine Karnickel mehr sehen. Und ich hasse Koteletts aus der Tiefkühltruhe. Aber wir leben sowieso fast vegetarisch.«

»Wer ist wir?«

»Na ja, diese Kommune in Niederstadtfeld.«

»Kommune in der Eifel klingt nach sittlichem Zerfall.«

»Wir sind aber genauso harmlos wie ein Haufen Pflastersteine. Nur der Pfarrer ist der festen Überzeugung, wir seien Kommunisten. Dabei haben wir alle Bausparverträge.« Sie lachte.

»Aber todsicher habt ihr alle ein zerrüttetes Privatleben, oder?«

»Zerrüttet irgendwie schon, aber schön. Sie müssen jetzt die nächste Ausfahrt nehmen, dann links ungefähr einen halben Kilometer. Oben auf der Kuppe dann rechts in den Wald.«

Anfangs ging es durch einen Tannenhochwald, dann wurde der Weg kurvenreich und schmal, rechts Krüppeleichen, links junge Buchen. Es folgten beidseitig Kiefernpflanzungen mit hohen Zäunen, eine Senke mit einem Bach, der laut schäumte, schließlich eine Steilstrecke in den Hohlweg.

»Jetzt scharf rechts«, dirigierte Dinah Marcus.

Ich schaltete die Scheinwerfer ein. Das Holzhaus lag geduckt unter einer Gruppe haushoher Buchen. Es sah so aus, als sei es aus der Erde gewachsen, und es hatte einen Hauch von Schneewittchen.

»Traumhaft«, seufzte die Soziologin. »Ich habe keine reichen Freunde.«

»Das kann sich ändern, bis Sie achtzig sind«, sagte ich. »Kommen Sie, wir schauen uns an, was wir tun können.«

»Was wird Wiedemann sagen, wenn wir hier einbrechen?«

»Ich möchte vermeiden, daß er es erfährt.«

Sie zuckte zusammen, als ein kurzer hoher Schrei erschallte.

»Schleiereule«, erklärte ich. »Wir müssen erst die Tür untersuchen.«

Das Vorhängeschloß hielt einen schweren handgeschmiedeten Riegel vor der Tür fest. Außerdem hatte die Tür ein Sicherheitsschloß.

»Das ist schlecht«, stellte ich fest. Das Fenster rechts davon war lückenlos in die Holzwand gefügt. Wahrscheinlich war es von innen verriegelt, und wahrscheinlich war nicht feststellbar, in welcher Höhe der Riegel saß.

»Haben Sie bei Tageslicht irgendeine Schwachstelle entdeckt?«

»Auf der Rückseite ist ein Fenster, an dem die Läden nicht schließen«, erzählte sie. »Da müßte es irgendwie gehen.«

Ich stopfte mir die *Prato* von *Lorenzo* und schmauchte

eine Weile. »Also gehen wir hinten rein«, sagte ich. »Fahren Sie den Wagen mal auf die Rückseite, damit wir Licht haben.«

Ich nahm den Werkzeugkasten und ging um das Haus herum. Als die Soziologin den Jeep langsam zwischen drei Baumstämmen durchlotste, sah ich den VW-Polo neben einem Gebüsch stehen und wollte entsetzt abwinken. Es war zu spät.

Jemand atmete hinter mir und befahl zittrig: »Stehenbleiben.« Es war eine sehr junge Stimme, männlich. »Nicht umdrehen!«

Rechts von mir war eine zweite Figur, ungefähr zehn Meter entfernt.

Die Stimme hinter mir rief aufgeregt: »Wir haben ihn! Hol die Frau aus der Karre raus.«

Die Figur rechts von mir bewegte sich auf Dinah Marcus zu und riß die Tür auf. »Komm raus. Schluß jetzt.«

Dinah Marcus stieg aus, stand dann sehr still.

»Der hinter mir hat ein Gewehr oder sowas«, sagte ich laut. »Seien Sie ruhig, nicht nervös werden.«

»Es ist Schrot«, ergänzte die Stimme hinter mir. »Ich kann dich damit totblasen.«

»Sehr eindrucksvoll«, entgegnete ich. »Seid ihr von eurem Kindergarten geschickt worden?«

Es gibt Bemerkungen, die einfach dumm sind, meine war sehr dumm. Zuerst trat er mir mit aller Gewalt in den Hintern, dann schlug er zu und traf in die linke Halsbeuge. Es schmerzte ekelhaft.

»Marcus, seien Sie ruhig«, nuschelte ich.

»Scheißkerl«, zischte der hinter mir. »Du gehst allen auf den Wecker, sonst nichts.«

Ich kniete auf dem weichen Waldboden, und mein Kopf schmerzte sehr intensiv. Irgend etwas lief auf mein Hemd und war warm und klebrig.

»Baumeister«, die Stimme der Marcus war sehr schrill. »Was ist los?«

»Nichts«, sagte ich gepreßt.

Der, der bei der Marcus stand, fragte heftig: »Und jetzt?« Es klang ratlos.

Der hinter mir wußte keinen Rat. »Sind zwei Arschlöcher«, sagte er verächtlich. »Wußten wir doch. Abreibung reicht.« Er atmete jetzt schneller, er bereitete sich auf irgend etwas vor.

»Aber doch keine Frau«, sagte der andere ängstlich.

Ich spuckte ein bißchen Blut. »Wer eine Frau schlägt, bezahlt bar«, sagte ich undeutlich.

Der hinter mir verstand es gut, und er trat zwischen meine Beine. Er traf punktgenau, weil ich ohnehin kniete. Der Schmerz kam mir wie eine langgezogene Explosion vor. Der Schmerz blieb. Dann sah ich rechts von mir den Doppellauf des Gewehres auf dem Boden. Ich wußte, daß ich wahrscheinlich nur diese eine lächerliche Chance hatte. Ich beugte mich sehr tief hinunter und drückte mich nach hinten ab. Zwischen Körper und Oberschenkeln traf ich ihn und warf ihn zurück. Aber ich hatte erhebliche Schwierigkeiten, mich aufzurichten, weil es höllisch schmerzte. Ehe ich stand, war er über mir und drückte mich nach hinten. Er war sicherlich anderthalb Köpfe größer als ich und entschieden stärker. Seine rechte Hand lag auf meiner linken Schulter, und seine linke Hand kroch an meinem Hals entlang. Ich spürte Panik, ich lag flach auf dem Rücken, und unter meiner rechten Hand hatte ich den kühlen Doppellauf der Flinte. Ich griff sie und stieß ihm das Metall mit aller Gewalt in die Seite. Er schnappte nach Luft, und ich sah, wie seine Augen vor Schmerz ganz weit wurden. Dann war er schlaff.

Ich tauge nicht für Gewalt, ich tauge schon gar nicht für Gewalt gegen Kinder. Die Sekunden danach sind die Zeit der Scham, und sie sind bohrender als körperlicher Schmerz.

»Tut mir leid«, sagte ich. »Scheiße!« Es wäre gut, sich auf den Waldboden zu legen und den Atem ruhig werden zu lassen. Es wäre gut, ihn zu bitten, ob wir vielleicht zusammen eine Zigarette rauchen könnten. Es wäre sehr gut, ihm sagen zu können: »Hör zu, du probierst das Leben aus, ich kann das verstehen.« Aber diese Welt funktioniert nicht so.

Ich stieß ihn von mir herunter, nahm die Waffe und richtete sie auf seinen Kumpel, der leicht seitlich versetzt hinter Dinah Marcus stand. »Komm her, Sauhund«, sagte ich. »Ich schieße, wenn du dich nicht beeilst.« Es erschreckte mich, als ich begriff, daß ich wirklich schießen würde.

»Ist ja nichts passiert«, stotterte er mit einer Kleinjungenstimme. Dann kam er langsam über die zehn Meter zu mir; er hatte Angst.

»Im Werkzeugkasten ist ein Strick«, sagte ich. Das Hemd klebte auf der Schulter, und es schmerzte höllisch, als es durch die Bewegung losriß. »Ich brauche ein Pflaster.«

»Ich hole alles«, sagte die Soziologin erstickt.

Der Junge, der auf mich zukam, war vielleicht achtzehn oder neunzehn Jahre alt. Er war schmächtig, trug Springerstiefel und einen Bundeswehrpullover.

»Setz dich auf den Boden«, befahl ich.

»Das Gewehr funktioniert doch gar nicht mehr richtig«, sagte er heiser.

»Das ist mir wurscht«, erklärte ich. »Was wolltet ihr hier?«

»Na ja, gucken, was in dem Blockhaus ist.« Es klang unsicher.

»Woher seid ihr?«

»Aus Daun.«

»Ihr seid also sechzig Kilometer gefahren, um nachzugucken, was hier drin ist. Mitsamt einer Schrotflinte.«

»Ja, klar«, nickte er.

»Erzähl das deiner Großmutter«, sagte die Marcus heftig. »Lassen Sie mal sehen, was da ist. – Die Haut ist gerissen, das sieht schlimm aus.«

»Nicht wichtig. Wir werden den Strick zerschneiden und sie fesseln. Dann holen Sie die Bullen: Wiedemann muß her.«

Wir fesselten ihnen die Hände auf den Rücken und packten sie nebeneinander auf den Boden. Der Bewußtlose begann sich zu rühren.

»Fahren Sie zum nächsten Telefon«, sagte ich zur Marcus. »Aber erst mal ein Pflaster auf die Wunde.«

»Das geht doch nicht. Sie müssen zum Arzt«, erwiderte sie ängstlich.

»Später«, entschied ich. »Erst mal ein Pflaster.«

Sie klebte mir ein Pflaster auf die Wunde und fragte sich dann laut, was geschehen würde, wenn ich aus irgendeinem Grund das Bewußtsein verlieren sollte. Als ich nicht darauf einging, fuhr sie lamentierend ab, nachdem sie den Polo der jungen Leute gedreht und seinen Scheinwerfer angestellt hatte. Es war ein Bild des Friedens: Der lädierte Baumeister und seine zwei gefesselten Hobbykriminellen.

»Kommen jetzt die Bullen?« fragte der Schmächtige.

»Und wie«, antwortete ich. »Wer hat euch geschickt?«

»Niemand«, behauptete er. »Wenn du die Stricke losmachst, haue ich auch nicht ab.«

»Was wolltet ihr denn wirklich?«

»In diese Hütte«, sagte er. »Da soll ein Fernseher sein und ein Videorecorder und solche Sachen. Wir wollten das verscheuern.« Das klang verblüffend glaubwürdig.

»Was ist mit deinem Kumpel? Kann er einen Auftraggeber haben?«

»Nein, das hätte der doch gesagt. Er hat nur gesagt, kann sein, daß Leute auftauchen. Aber Leute können überall auftauchen.«

»Wie heißt er denn?«

»Manni heißt er. Aber wir nennen ihn Bulle. Er ist stark.«

Der Bulle rührte sich, versuchte, sich an den Schädel zu fassen, was nicht gelang, und stöhnte dann. Er war übergangslos wach und fluchte: »Scheiße!«

»Wer hat dich geschickt?« fragte ich nun ihn.

»Niemand«, sagte auch er.

»Woher weißt du von dieser Hütte?«

»Hat jemand von erzählt. In der *Stuw* in Daun. Wir wollten nur gucken.«

»Er holt Bullen«, flüsterte der Schmächtige warnend.

»Von mir aus«, sagte der Bulle. »Wir haben schließlich nichts getan.«

»Du hast Bemerkungen gemacht. Du hast gesagt, ihr habt mich erwartet.«

»Nicht doch«, erwiderte er, und er lachte tatsächlich. »Klar, wir haben gedacht, jemand kann kommen, aber ...«

»Du hast nicht an jemanden gedacht, sondern an mich«, sagte ich schnell.

»Ich weiß doch gar nicht, wer du bist! Ist mir auch scheißegal.«

»Du lügst«, brüllte ich.

»Warum soll er denn lügen?« fragte der Schmächtige schrill. »Wir haben hier nichts gemacht, wir sind ja nicht mal in die Hütte rein.« Er hatte recht.

Weil ich ein praktischer Mensch bin und dachte, daß Wiedemann eine Weile brauchen würde, um in diese tiefe Pampa zu gelangen, stand ich auf und marschierte um das Haus herum. Es war sehr still, der Himmel hatte sich bezogen, die Schwärze der Nacht war perfekt. Mit welcher Begründung konnte ich einbrechen? Etwa mit dem Verdacht, das Liebespaar habe ein paar Leichen in diesem Keller deponiert? Es gab keine vernünftige Begründung.

Als ich um die Ecke schlich, um zu meinen Gefangenen zurückzukehren, war die Nacht zu Ende. Der Schlag traf mich seitlich an den Kopf, und ich spürte nicht einmal, wie ich aufschlug. Ich schwamm durch ein sehr warmes Meer, und merkwürdigerweise brauchte ich nicht einmal aufzutauchen, um Luft zu bekommen. Es funktionierte einfach so, Baumeister war zu den Amphibien zurückgekehrt.

Dann explodierte irgend etwas, vermutlich ein Unterwasserfelsenriff oder dergleichen, ich spürte mich nicht mehr, taumelte endgültig im Bodenlosen. Ich erinnere mich undeutlich daran, daß ich ärgerlich war und mir sehnlichst wünschte, jemanden zu verprügeln, statt immer nur verprügelt zu werden.

Als ich aufwachte, lag ich auf etwas Weichem, jemand sagte: »Ganz ruhig, das haben wir bald.«

»Was haben wir bald?« fragte ich, aber vermutlich nahm man mich nicht ernst.

Die Soziologin bemerkte nicht ohne Hohn: »Also, wahrscheinlich hat er den Helden spielen wollen. Wahrscheinlich war er so lässig, daß die beiden bequem abziehen konnten.«

»Amateur«, sagte jemand voller Verachtung. Das war eindeutig Wiedemann.

»Habt ihr sie erwischt?« stammelte ich.

»Ja«, sagte Wiedemann. »Aber nur, weil ihr Auto streikte, nicht, weil Sie sie genagelt haben. Wie geht es?«

»Blendend.«

»Ihre Freundin hier hat dafür gesorgt, daß Sie Hilfe kriegen. Sie sollten ihr dankbar sein. Sie wollten hier einbrechen, nicht wahr?«

»Nicht doch«, meinte ich. Das rechte Auge konnte ich jetzt öffnen. Ich lag eindeutig in einem Ambulanzwagen, und es war angenehm warm.

»Sie haben ein ziemliches Schädeltrauma«, sagte jemand freundlich. »Was hat Sie denn getroffen?«

»Der Kolben einer Schrotflinte. Kann das sein?«

»Das kann sein«, antwortete er. Der Arzt hatte ein breites Vollmondgesicht. Er war der Typ, der ständig die ganze Welt umarmt, um darauf aufmerksam zu machen, wie liebevoll er zu den Menschen ist. »Ich habe Ihnen einen Verband gemacht und die Sache an der Schulter genäht. Sie müssen geröntgt werden.«

»Was ist denn in der Hütte?« fragte ich.

Wiedemann rauchte einen seiner schwarzen Stumpen, es nahm uns den Atem, der Arzt hüstelte abwehrend. »Eigentlich nichts. Es ist eben ein Liebesnest mit allem Drum und Dran. Zehn Hektoliter Körperlotion namens *Moschus*, ziemlich viel Sekt, zwei, drei Dosen Kaviar, ein paar Büchsen Cola, eine Riesenflasche Parfüm namens

Moments, ein paar Liebesfilme auf Video und lauter solche Sachen.«

»Ich denke, wir müssen fahren«, mahnte der Arzt.

»Ich gehe zu Rodenstock und berichte«, erklärte die Soziologin kühl. Ihr Held war ich vermutlich nicht mehr.

»Bis später«, meinte ich. »Oder bleibe ich in der Klinik?«

»Ich denke, nein«, sagte der Arzt. »Wenn Sie versprechen, vernünftig zu sein.«

»Von der Sorte Versprechungen können Sie jede Menge haben«, versicherte ich. Ich war sehr müde, weil der Arzt vermutlich etwas Beruhigendes gespritzt hatte.

Ich wurde erst wieder wach, als sie mich schaukelnd einen hell erleuchteten Gang entlang trugen und einer der Sanitäter vorwurfsvoll klagte: »Und die Würstchen waren schon wieder nicht richtig heiß!«

Der andere schnaubte empört: »Kartoffelsalat können die Weiber überhaupt nicht.«

Ich wurde in einen schneeweißen Raum gefahren und wollte mich tapfer ausziehen. Doch da war ein Drachen, der das nicht duldete und mit Unteroffiziersstimme dröhnte: »Nun laß mich mal an die Buxe, ich kann dat viel besser.«

Dann karrten sie mich auf einen eiskalten Metalltisch, auf dem ich ruhig zu liegen hatte, und jemand beharrte wütend darauf, daß ich meinen Kopf in einem geradezu idiotischen Winkel hielt, obwohl das gemein wehtat. Irgendwann war es vorbei, und ein schmächtiger Weißkittel des Typs Wichtelmännlein erklärte: »Sie haben enormes Glück gehabt. Und nun wollen wir Sie mal rasieren.«

»Rasieren?« fragte ich zittrig. »Warum denn das?«

»Sie haben eine Kopfschwartenwunde, die müssen wir ein bißchen piksen. Und an der Stelle sind Haare, und da sollten keine sein.« Ich vermute, er ging oft mit Kleinen aus dem Vorschulalter um.

Sie kamen zu zweit und wirkten wie eine Abordnung

der Marx-Brothers. Sie piksten mich ein bißchen und machten wichtige Gesichter. In einer auf Hochglanz polierten Tupferschale konnte ich sehen, daß sie bemüht waren, mich zu einem Irokesen umzustylen, ich bekam eine Kahlstelle von der Größe eines Fünfmarkstückes, meine Schönheit schmolz dahin.

Endlich, nach zwei oder drei Ewigkeiten, schob sich der Chef der Truppe einen Stuhl neben mein Bett. »Da ist jemand für Sie«, sagte er und reichte mir unwillig ein Telefon.

Es war Wiedemann. Er fragte: »Waren die Bemerkungen der beiden Jugendlichen eindeutig? Haben die auf Sie gewartet?«

»Eindeutig. Die wußten, daß wir kommen würden. Woher, weiß der Kuckuck, aber sie wußten es.«

»Der Schmächtige nicht«, sagte er. »Dieser Bulle wußte es. Aber er sagt nichts. Na ja, vielleicht morgen, vielleicht übermorgen. Ich lasse die jetzt zu den Eltern bringen. Das ist wahrscheinlich schlimmer als Knast.«

»Sind Sie weitergekommen?«

Wiedemann grunzte unwillig. »Nicht sonderlich. Rodenstock hat was, aber er redet nicht drüber, bis er sicher ist.«

»Was war es für Gift?«

»Wir wissen es immer noch nicht. Wir müssen in die Feinanalyse samt Gewebeschnitten gehen. Morgen wahrscheinlich. Gute Besserung.«

Ich gab dem Arzt das Telefon zurück, und er meinte väterlich: »Sie sollten ein paar Tage unser Gast bleiben.«

»Kommt nicht in Frage. Ich kenne das: Wenn ich erst mal im Krankenhaus bin, werde ich krank. Ich habe keine Zeit.«

»Wegen der zwei Leichen?« Er lächelte ganz fein, wie nur Intellektuelle in der Provinz lächeln können.

»Richtig«, nickte ich.

»Versprechen Sie, sofort zu kommen, wenn etwas nicht stimmt?«

»Ich verspreche alles.«

»Okay, okay. Da ist eine junge Dame, die behauptet, sie fahre mit Ihrem Auto durch die Gegend.«

»Das ist meine Soziologin«, sagte ich grinsend.

»Sie haben sowas?« fragte er.

»Wer hat heute keine?« fragte ich.

Tatsächlich saß Dinah Marcus unten in der Empfangshalle und las Illustrierte. »Hallo«, grüßte sie, »Sie sehen ja wirklich prima aus.«

»Kein Kommentar«, sagte ich. »Schnell nach Hause, ich muß ins Bett.«

»Sehr vernünftig«, murmelte sie. »Ich auch. Ihr Auto finde ich übrigens prima.«

Mir war nicht nach Smalltalk, ich brummte etwas und versuchte frische Luft zu gewinnen.

»Das hätte schiefgehen können«, sagte sie. »Zehn Zentimeter weiter nach rechts, und Sie hätten einen Schädelbruch gehabt.«

»Ich will keine Konjunktive diskutieren. Waren Sie in der Hütte?«

»Na sicher.«

»Irgend etwas gesehen, was Sie neugierig machte? Ich meine, außer den Einzelheiten eines Liebesnestes?«

»Da war ein Video, offensichtlich ein privates. Da stand *Mama Natascha* drauf.«

»Und? Angesehen?«

»Ich habe kein Videogerät. Aber ich habe das Band geklaut. Es liegt im Handschuhfach.«

Einen Moment lang konnte ich nichts sagen. »Sehr umsichtig«, lobte ich dann. »Wiedemann wird Sie dafür hängen.«

»Aber seine Leute waren zu dämlich, es zu sehen.« Ihre Stimme klang vorwurfsvoll.

»Wo war es denn?«

»In einem männlichen klobigen Wanderschuh«, erklärte sie befriedigt.

»Wir kopieren es und schenken es ihm«, entschied ich. »Wenn Sie wollen, können Sie auf dem Sofa im Arbeitszimmer schlafen.«

»Ich habe gehofft, daß Sie so etwas sagen«, knurrte Dinah. »Ich kann nämlich nicht nach Hause.«

»Wieso das?«

»Da liegt ein Macker rum, der sehnsüchtig wartet. Das einzig Gute an ihm ist seine Lederjacke.«

»Auf was wartet er denn?«

»Auf mich natürlich«, sagte sie nicht ohne Stolz. »Er wartet dauernd auf mich.«

»Und wahrscheinlich nimmt er das Geld des Erzbischofs, wenn Sie es verdient haben.«

»Das nimmt er gern«, nickte sie. »Dann geht er Knoblauchspaghetti essen und lobt mich eine Flasche Wein lang für meinen Arbeitseinsatz. Er ist ein ganz sensibler ...«

»So Leute kenne ich auch. Du sagst ihnen, daß du sie nicht magst, und sie fragen dich vorwurfsvoll, ob du es denn vor dir selbst verantworten kannst, Mitmenschen so etwas Mieses zu sagen. Wie lange wird der Macker jetzt warten?«

»Das richtet sich danach, wann ihm der Wein ausgeht und wann das Brot alle ist. Also bis morgen, schätze ich.«

»Das Asylgesuch ist angenommen«, entschied ich.

Rodenstock stand unter der Laterne vor meinem Haus und grinste. Er tönte: »Im Dienste der Gerechtigkeit.«

»Hör auf mit dem Scheiß«, murrte ich.

»Ich habe etwas«, sagte er beschwichtigend. »Ich habe etwas wirklich Wichtiges.«

»Das will ich hören«, forderte die Soziologin.

Wir gingen also ins Haus und setzten uns erwartungsvoll wie Schulkinder.

»Die Kyllheim-Finanzierung ist zusammengebrochen«, berichtete Rodenstock gedankenvoll. »Das Land hatte weitere sechs Millionen versprochen, hat sie aber heute zurückgezogen und auf drei Millionen gekürzt. Das hat dazu geführt, daß einige Handwerker abgesprungen sind. Sie haben sich geweigert und sind samt ihren Bautruppen abgezogen.«

»Kann es sein, daß der Mörder das wußte?« fragte Dinah Marcus.

»Das kann sein«, nickte Rodenstock. »Aber das kann nicht der Grund gewesen sein, Pierre Kinn und Heidelinde Kutschera zu töten. Kinn war nur Vertreter der Banken, und Heidelinde Kutschera hatte überhaupt nichts mit den Finanzen zu tun. Aber das ist noch nicht alles. Die Finanzbasis, auf der das Projekt eigentlich stand, ist auch zusammengebrochen. Da wollen einige Leute verdammt viel Geld wiederhaben. Runde acht Millionen.«

»Charlie!« rief ich und begann zu begreifen.

»Nicht nur Charlie. Der hat rechtzeitig zurückgezogen«, widersprach Rodenstock, »und seine drei Millionen meine ich gar nicht. Als die Planung des Projektes begann, machte man sich erhebliche Gedanken, wie man die erste Finanzierungsstrecke schaffen könnte. Der Trick war uralt. Jeder Handwerker, der in dem Projekt beschäftigt sein wollte, mußte sich schriftlich verpflichten, ein Apartment im Werte von rund zweihunderttausend Mark zu kaufen. Er mußte die Kaufsumme hinlegen. Auf diese Weise konnten die Banken bereits rund 25 bis 30 Millionen nachweisen, ehe überhaupt der erste Bagger auftauchte. Das wiederum verhalf dem Projekt zur notwendigen Glaubwürdigkeit, weshalb Land und Bund mit Krediten winkten. Das heißt, die 30 Handwerker, die eingesetzt wurden, haben zunächst dafür sorgen müssen, daß ihre Arbeit überhaupt stattfinden konnte. Jetzt haben wir den Salat, denn denen gehören jetzt Apartments, die es gar nicht gibt.«

»Wieviel Motive sind denn das?« fragte die Soziologin.

»Dreißig«, antwortete Rodenstock mit leichtem Lächeln. »Und Pierre Kinn war der Mann, der die Apartments verscheuerte, um die Finanzierung sicherzustellen.«

Viertes Kapitel

»Wir brauchen Charlie«, sagte ich. »Er könnte das alles erklären. Ich glaube nicht an dreißig Motive. Ich weiß genau, wie windig diese Finanzierungen sind. Sie sind unsauber, riechen nach Beschiß, sind aber legal. Wir hatten hier einen konkursgegangenen Hotelkomplex, bei dem die Banken frisch, fromm, fröhlich, frei eine Tennishalle mit 1,2 Millionen Wert angaben, obwohl man sie nebenan im Bausatz für die Hälfte kaufen konnte. Da gab es auch 30 Apartments. Die gehörten inzwischen geschiedenen Eheleuten zu gleichen Teilen oder ganzen Erbengemeinschaften. Um das Hotel zu verkaufen, mußte alles renoviert werden. Das ging aber nicht, weil manche Apartments im Besitz von fünf oder sechs Personen waren, die zum Teil nicht einmal mit ihrem Wohnort bekannt waren. – Wir brauchen also Charlie. Warum sollte einer dieser Handwerker den Pierre töten? Und Heidelinde gleich mit?«

»Weil einige Handwerker nicht nur ein Apartment kauften, sondern zwei oder gleich drei. Jetzt sieht es so aus, als würden sie für ihre Arbeit nicht bezahlt werden. Sie haben aber für die Apartments Kredite aufgenommen. Sie können keine zusätzlichen Kredite aufnehmen, damit das Geschäft weiterläuft. Mit anderen Worten: Sie sind pleite. Sie können ihre Läden dichtmachen. Verdammt, Baumeister, was glauben Sie denn, wieviel Wut da entsteht?«

»Nicht unbedingt«, widersprach ich. »Dann steht wie immer die Sparkasse als Retter da und verteilt Kredite an die Handwerker, damit sie nicht schließen müssen.«

»Lieber Gott, welche Abhängigkeiten«, hauchte Dinah.

»Seien Sie froh, daß Sie arm sind«, bemerkte ich. »Ich habe verdammte Kopfschmerzen, ich muß ins Bett. Können Sie Charlie bitten, daß er heute nachmittag vorbeikommt?«

»Das mache ich«, nickte Rodenstock.

»Ich glaube immer noch an das Liebesmotiv«, seufzte die Marcus. »Das ist stark, alles andere ist Tinnef.«

Wir arrangierten uns. Rodenstock verschwand in seinem Zimmer, ich in meinem, und die Soziologin bekam zwei Sofas zur Auswahl. Kurz bevor ich einschlief, kam Paul und kroch in meine Armbeuge. Er seufzte sehr tief, ehe er einschlief.

Dann stand Rodenstock noch einmal in der Tür und meinte: »Sie sind mir teuer, mein Lieber. Das mit den schlagwütigen Jugendlichen war riskant, aber vergleichsweise harmlos. Sie müssen damit rechnen, daß Profis auftauchen. Irgendwer will Ihnen an den Kragen, und es muß nicht der Mörder sein.«

»Wer sonst?«

»Irgend jemand, der nicht will, daß Sie etwas über dieses merkwürdige, im Bau befindliche Luxusbad recherchieren.«

»Dann müßte der aber auch die ganze Mordkommission umlegen, Sie dazu, und die Soziologin.«

»Mörder sind nicht logisch«, widersprach er sanft.

Ich schlief nicht, ich döste bestenfalls. Mein Kopf schien eine Trommel zu sein, und ich spürte an tausend Stellen meinen Herzschlag. Meine Unruhe übertrug sich auf Paul, der schließlich neben der Matratze hockte und wütend maunzte.

Es war Mittag, und draußen schien die Sonne. Im Nebenzimmer schnarchte Rodenstock, und es roch nach Kaffee. Das Telefon schellte, und ich hörte die Soziologin sagen: »Wir haben aber im Moment wenig Zeit.« Das Leben schien weiterzugehen.

Ich schlurfte ins Bad und fand heraus, daß ich mich nicht rasieren konnte, weil mein Gesicht brannte. Also ging ich so nach unten.

Dinah hockte in der Küche und säuselte gerade ins Telefon: »Es war richtig wie im Film, meine Liebe.«

Ich goß mir einen Kaffee ein und verschwand im Arbeitszimmer. Leute, die morgens mein Reich besetzt halten, machen mich grundsätzlich nervös.

Die Soziologin kam mir nach. »Also, ein gewisser Werner hat angerufen, daß er mittags das Brennholz bringt. Dann war eine Frau am Apparat, die unbedingt will, daß Sie irgendeine Rechnung bezahlen. Dann rief eine Redaktion an. Sie bieten fünftausend für das Bild der beiden Ermordeten auf dem Golfplatz. Ich habe gesagt, daß wir uns das überlegen. Es folgte *RTL*, die irgendwas mit *Exclusiv* machen wollen und die trällerten, als singe die Nachtigall ein Liebeslied. Dann kam ein Magazin aus München und meinte, Sie sollten nicht sauer sein und sich noch einmal überlegen, ob Sie die Fotos nicht gegen einen vernünftigen Aufpreis abgeben. Sie haben allerdings nicht gesagt, was vernünftig ist. Dann rief dieser Charlie an, er sei heute nachmittag im Clubhaus und er müsse Ihnen noch etwas sagen. Ich habe ihn dann gebeten hierherzukommen, weil Sie invalide sind. Er sagte, er kommt so gegen sechzehn Uhr. Dann war ein Mann dran, der behauptete, er sei der olle Römer und ob Sie nicht Lust auf einen Tee hätten. Das Ganze so gegen 18 Uhr. Danach rief eine Frau an, die ganz aufgeregt sagte, sie habe sich entschlossen, ein paar Tage bei Ihnen zu verbringen. Ich wußte nicht genau, was ich sagen sollte, ich habe ihre Nummer notiert. Sie ist aus Berlin. Es folgte eine stinksaure Stimme, die einem Verleger gehört. Er will endlich sein Buch, sagt er. Die Nummer habe ich auch aufgeschrieben. Geht das eigentlich immer so?« Sie faltete den Zettel zusammen, auf dem sie das alles sorgsam aufgeschrieben hatte.

»Manchmal geht es etwas hektischer zu«, knurrte ich. »Können Sie Omelettes machen?«

»Das ist so ziemlich das Einzige, was ich kann«, nickte sie. »Ach so, ja, der Wiedemann hat auch angerufen, aber gesagt hat er nichts. Er wollte mit Rodenstock sprechen.«

»Lassen Sie den schlafen. Oder nein, holen Sie ihn raus. Er muß klar sein, wenn Charlie kommt. Und geben Sie mir mal bitte das Telefon.«

Ich rief Walburga an, und die Stimme des jungen Gottes war voller Salzsäure: »Sie wird keine Zeit haben.«

»Sie hat Zeit«, versicherte ich.

Im Hintergrund war ein Stimmengewirr, dann meldete sich Walburga. »Falls Sie fragen wollen, ob ich auch so ein Apartment gekauft habe, lautet die Antwort: nein. Die Behausungen sind mir entschieden zu klein und überdies geschmacklos. Aber, da Sie das alles sowieso rausfinden werden, muß ich gestehen, daß ich einem gewissen Klempner namens Karlheinz Mauer aus Darscheid zwei Apartments finanziert habe, weil der arme Kerl sonst den Auftrag nicht gekriegt hätte. Im übrigen ist der nächste Überbrückungskredit für das Projekt in Kyllheim schon unterwegs, es kann also weitergehen.«

Weil sie natürlich wußte, daß ich ein so dämliches Gesicht machte wie mein letzter Weihnachtskarpfen, lachte sie tief und voller Befriedigung. Dann setzte sie keck hinzu: »Oder wollten Sie etwas anderes fragen?«

»Nein, nein, ich bin nur verblüfft. Von wem stammt dieser Überbrückungskredit?«

»Von einer Schweizer Finanzgesellschaft.«

»Wer hat ihn besorgt?«

»Na, der Herr der Sparkasse, der kleine Udler. Dafür haben wir ihn doch zum Direktor gemacht, oder?«

»Sie haben ihn zum Direktor gemacht?«

»Nicht offiziell.« Sie lachte wieder. »Es ist so, lieber Baumeister: die Leutchen, die erhebliche Gelder einliegen haben, werden natürlich gefragt, ob sie denn mit diesem Herrn Udler eventuell einverstanden sein könnten. Wir gehören nicht zur Demokratie einer Sparkasse, aber wir bestimmen.«

»Können Sie sich denn vorstellen, daß jemand von den Handwerkern den Pierre getötet hat, weil er wegen der Kreditunterbrechung sauer war?«

»Niemals!« dröhnte sie. Dann wurde sie sanft wie ein Lamm. »Es war eine Liebesgeschichte, sonst nichts, mein lieber Baumeister. Das blöde Kyllheim-Projekt ist doch Pipifax.« Das klang aus ihrem Mund verächtlich.

»Sie wollen mir also erzählen, daß der angebliche Kreditzusammenbruch kein Zusammenbruch war?«

»Richtig«, bestätigte sie. »Das passiert bei derartigen Bauvorhaben dauernd. Da kriegen ein paar Ministeriale kalte Füße und kürzen die Kredite. Dann springt jemand ein, und alles geht weiter. Das ist oft so, das ist sogar meistens so.«

»Ich wandere aus«, sagte ich, »das ist mir zu chaotisch.«

Sie lachte wieder und hängte ein.

»Es ist eine Liebesgeschichte, nicht wahr?« fragte meine Soziologin.

»Ich weiß es nicht«, seufzte ich. »Was ist mit der dritten Leiche?«

»Die entstand wahrscheinlich im Vorübergehen«, vermutete sie. »Ich habe gehört, wie Wiedemann sagte, der alte Mann müsse seinen Mörder gekannt haben. Da gibt es irgendeinen Experten bei den Bullen, der hat aus den Spuren gelesen, daß der alte Mann diesen Mörder im Wald traf und sogar noch in aller Ruhe ein paar Schritte auf ihn zu machte. Kein Kampf, kein Weglaufen, nichts. Es war wieder so ein Pfeil mit irgendeinem Gift. Der alte Mann war 78. Wenigstens hat er keine Verwandten mehr, die um ihn weinen. Da war übrigens noch ein Anruf, den ich nicht notiert habe. Die Flora Ellmann, die von den Grünen. Sie wollte etwas loswerden, aber mir hat sie nichts verraten.«

»Flora«, murmelte ich. Ich rief sie an.

»Hör mal«, schrillte sie, »das ist ja vielleicht ein Durcheinander. Und diese Liebesarie, also ich weiß nicht.«

»Was hast du herausgefunden?«

»Hast du *Radio RPR* gehört? Also, das hat der Adamek gut gemacht. Ganz cool, ganz von außen. Sie haben übrigens den Ehemann in eine Zelle gesteckt, also diesen Kerl von der Kutschera. Etwas muß doch sein, auch wenn er angeblich ein Alibi hat.«

»Was ist mit der Frau von Pierre?«

»Die läuft frei herum, das heißt, sie läuft natürlich nicht rum. Sie hockt irgendwo und traut sich nicht raus. Klar, würde mir auch so gehen.«

»Wie hängt das alles mit dem Projekt in Kyllheim zusammen?«

»Ich sehe da keine Verbindung. Das ganze Ding in Kyllheim soll runde sechzig Millionen kosten. Von Anfang an war klar, daß das nicht ganz glatt laufen würde. Erst gab es Grundstücksfragen, dann Handwerkerfinanzierung, dann Dachfinanzierung durch Bund und Land, dann zapften sie irgendwelche EG-Fonds an, dann krachte es mal wieder im Gebälk, dann half irgendeine Bank aus, dann kamen private Geldgeber hinzu, aber da ist nicht erkennbar, weshalb denn die beiden sterben mußten. Nee, nee, Kyllheim ist das normale Chaos, aber kein Grund für einen Mord. Was ich rausbekommen habe, ist, daß Pierre und Heidelinde zusammen auf Hawaii waren.«

»Das weiß ich schon.«

»Warum fragst du mich dann?« sagte sie beleidigt. »Dann weißt du wahrscheinlich auch schon, daß sie öfter in der Schweiz waren. Sie sind richtige Schweiz-Freaks gewesen. Wußtest du das?«

»Nein, wußte ich nicht. Sie machten halt Urlaub. Wenn sie dort Freunde hatten ... Sie brauchten Unterstützung für ihre gebeutelten Seelen. Da fällt mir übrigens ein, daß du von einem Bauernhof stammst, liebe Flora. Der liegt in Kyllheim. Hast du auch abgesahnt beim Hotel- und Badbau?«

»Nicht die Spur. Ich bin mit zwei Grundstücken dabei, aber das lief normal. Nee, da war nichts Krummes. Ich sage immer: Saubere Abmachung, saubere Zahlungen und keiner kann mir an den Karren fahren. – Du sollst ja verprügelt worden sein heute nacht.«

»Woher weißt du das?«

Flora kicherte befriedigt. »Ich habe eine Freundin, Beruf Krankenschwester. Hier läuft nichts, ohne daß alle es wissen, Baumeister.«

»Wo hält sich die Ehefrau auf, die Frau Kinn?«

»Das weiß kein Mensch, aber ich nehme mal an, sie ist bei ihren Eltern. Die haben einen alten kleinen Hof in Jünkerath. Weißt du, wann die beiden beerdigt werden?«

»Keine Ahnung, aber sicherlich erst in der nächsten Woche.«

Dann hatte ich plötzlich eine Idee. »Sag mal, Flora, dir ist doch bestimmt auch angeboten worden, ein Apartment in dem Projekt zu kaufen, oder?«

»Jaaa«, nuschelte sie gedehnt.

»Und? Hast du eines gekauft?«

»Hm, meine Brüder waren dafür, das zu machen. Da haben wir es gemacht. Familienbeschluß, wenn du weißt, was ich meine.«

»Eins oder zwei, Flora?«

»Zwei«, sagte sie widerspenstig. Dann setzte sie schnell hinzu: »Ich konnte nichts machen, meine Brüder haben mich überstimmt.«

»Aha. Nun denn, mach es gut, bis demnächst.«

Das Mitglied im Verbandsgemeinderat Flora Ellmann hatte sich also knietief in den Schlamm begeben. Ich kicherte wie jemand, dem etwas fröhlich Abartiges widerfährt.

»Wir sollten uns dieses Video angucken«, mahnte die Soziologin.

»Nicht jetzt. Ich muß schnell nach Jünkerath. Ich beeile mich.«

»Kann ich mitkommen?«

Sie hatte das Recht dazu, aber ich dachte an die Ehefrau und sagte: »Das geht nicht. Die Frau wird trauern, zwei Leute werden sie sehr verwirren.«

»Pierre Kinns Witwe?«

»Richtig.«

»Viel Glück«, wünschte sie und war ein bißchen beleidigt.

Ich fuhr über Wiesbaum quer nach Birgel und beeilte mich. Es war nicht schwer festzustellen, wohin ich mußte, denn im Laden der Türken, die fraglos das beste Obst in der Gegend verkaufen, gab eine dickliche Frau schnaufend vor Aufregung Auskunft: »Die Eltern von Pierres Frau? Och, das ist ganz einfach. In Richtung Don-Bosco-Haus und dann zweihundert Meter weiter.«

Das Haus war uralt, ich vermutete ein Baujahr um 1800, es lag geduckt an einem sehr steilen Hang und war umgeben von alten Apfelbäumen, von denen zwei noch voller Früchte hingen. Es waren knallrote Äpfel, die in der Sonne schimmerten. Offensichtlich war der Hof nicht mehr bewirtschaftet, denn das Betonviereck der Miste war leer, und auf dem Hof stand kein Fahrzeug. Wahrscheinlich besaßen sie noch einen alten Traktor, mit dem ihr Vater zuweilen nach Jünkerath fuhr, um unterwegs alten Träumen nachzuhängen.

Ich schellte. Der Mann, der mir öffnete, war klein und hager und trug einen Blaumann mit einer flachen Schirmmütze. »Ja, bitte?« fragte er mißtrauisch.

»Ich möchte mit Ihrer Tochter sprechen. Ich weiß, das wird schwer sein, aber ich bitte trotzdem darum.«

Er schüttelte sehr bedächtig den Kopf. »Das geht nicht«, sagte er. »Sie weint nur, sie kann gar nicht reden. Sind Sie von der Presse?«

»Ich lebe hier in der Eifel, und ich bin von der Presse.«

»Sind Sie dieser Baumeister?«

»Ja, der bin ich.«

»Ich frag mal«, murmelte er und verschwand. Es dauerte nicht lange, dann kam er kopfschüttelnd wieder. »Sie kann nicht.«

»Schon gut. Hier ist meine Telefonnummer. Vielleicht ruft sie mich einmal an. Und richten Sie ihr mein Beileid aus.«

»Beileid!« sagte er verachtungsvoll und schloß die Tür.

Ich ging zum Wagen zurück und wollte gerade abfahren, als der alte Mann erneut erschien und winkte. Also stieg ich wieder aus.

»Sie will doch«, sagte er. »Aber regen Sie sie nicht auf.«

»Ich bemühe mich.«

Ich stand in einem dunklen, engen Flur.

»Sie ist oben in ihrem Mädchenzimmer«, erklärte der Vater dumpf. »Oben rechts.«

Die Tür war weißlackiert und hing ein wenig schief in den Angeln. Ich klopfte und ging hinein. Das erste, was ich sah, war ein Ast des Apfelbaums mit den knallroten Früchten.

»Setzen Sie sich«, sagte Kinns Witwe. Sie hockte am Fenster in einem Korbsessel; vor ihr auf einem kleinen Tischchen brannten vier Teelichter. »Wollen Sie einen Tee? Ich habe nur Tee.«

»Tee ist in Ordnung.«

Der Raum war niedrig, die Tapete war mit Monden und Sonnen bedeckt, dazwischen kleine malvenfarbene Rosen. Es war ein Mädchenzimmer.

Sie war eine zierliche Frau mit dunklem Haar, Pagenschnitt. Sie trug einen blauen Pulli zu dicken, dunkelroten Leggings und grauen Wollsocken mit einer feuerroten Kappe an den Zehen. Ihr Gesicht war schmal, ihre Augen wirkten ruhig und waren dunkel, die Lippen voll. Ohne Zweifel war sie eine hübsche Frau von dem Typ, bei dem sich Männer zuweilen fragen, wie so ein zierliches Wesen Kinder auf die Welt bringen kann. Vor ihr stand ein Aschenbecher voller Kippen. Sie rauchte *Reval*, und offensichtlich rauchte sie Kette. Leere Schachteln hatte sie einfach auf den blauen Wollteppich fallen lassen.

»Ich rauche wieder«, erklärte sie. »Ich habe zehn Jahre nicht geraucht. Jetzt hilft es.«

Ich stopfte mir eine *DC*, die ich im *KADEWE* in Berlin gekauft hatte, und zündete sie an. Ich hatte keine Eile, wußte nicht, was ich sagen sollte.

»Was wollen Sie denn wissen?«

»Das weiß ich nicht so genau. Ich möchte Ihnen erst einmal sagen, daß ich nachempfinden kann, wie dreckig es Ihnen geht. Ich werde auch nicht morgen in der *BILD* darüber schreiben. Können Sie sich einen Menschen vorstellen, der hingegangen ist und Ihren Mann und Frau Kutschera getötet hat?«

»Ja«, sagte sie. »Mich zum Beispiel. Und Hans Kutschera auch.« Plötzlich brach ein Lächeln durch. »Natürlich waren wir es nicht, aber vorstellbar ist das. Wenn Sie mich sonst fragen: Nein, ich kann mir keinen vorstellen. Meinen Sie, ob ich ihn noch einmal sehen kann?«

»Das wird sicher möglich sein. Was war er für ein Mann?«

»Tja, Sie können sich vorstellen, daß ich das heute nicht mehr genau weiß. Ich habe immer gedacht, der Alptraum muß doch mal vorbei sein. Aber er wäre niemals vorbei gewesen. Das weiß ich jetzt. Ich nehme mal an, sie war sexuell ein Luder und mein Pierre war abhängig.«

Vorsicht Baumeister, sehr dünnes Eis!

»So etwas habe ich auch bereits gedacht«, log ich. »Hat er sich denn verändert in den letzten zwei Jahren?«

»Ja, das hat er. Bis dahin war er ein guter Vater gewesen, und meine Ehe war in Ordnung. Nicht aufregend, aber es war eine Menge los, und man konnte sich aufeinander verlassen. Zu den Kindern war er gut, ein Freund. Von heute auf morgen kam die Kutschera, und alles war kaputt. Oh ja, er hat sich verändert, er wurde erst kühl, dann kalt, und er redete nur noch über Geld. Er hat ja gut verdient, aber er konnte immer trennen zwischen Leben und Geldverdienen. Das tat er dann nicht mehr.«

»Ist das indiskret, wenn ich frage, wann Sie ihn abgeschrieben haben?«

»Vor einem dreiviertel Jahr. Da habe ich begriffen, daß das alles nichts mehr mit mir zu tun hatte. Da habe ich ihn gebeten, auszuziehen und in die Scheidung einzuwilligen.«

»Und? Was tat er?«

»Er zog nicht aus, und er wollte die Scheidung auch nicht sofort.«

»Kann das sein, daß er mit Rücksicht auf die Bank so gehandelt hat?«

»Nein. Bei der Bank war sein Ansehen schon schlecht genug.«

»Hans-Jakob Udler behauptet das Gegenteil. Er sagt, er habe Pierre sehr gemocht, und er sagt, die Bank hätte kein Recht, ihm in sein Privatleben reinzureden.«

»So ein Scheiß!« rief Kinns Frau. »Die lügen doch alle, die sind doch alle so fromm und edel. Tatsache ist, daß Udler meinen Mann wirklich mochte. Aber da gibt es ja noch andere im Vorstand. Die haben erst mal die Tantiemen meines Mannes beschnitten. Zuletzt kriegte er keinen Siebener-BMW mehr als Dienstwagen, sondern nur einen läppischen Dreier. Pierre hat dann die Differenz selbst bezahlt, weil er sagte, das würden die Kunden sofort merken.«

»Für Sie ist die Situation jetzt günstiger, oder? Sie bekommen doch bestimmt Versicherungsbeträge.« Ich mußte das fragen, obwohl mir jedes Wort schwer fiel.

»So ist es«, bestätigte sie sachlich. »Irgendwie ist es so, als habe er etwas geahnt. Vielleicht hat er das.«

»Hat er nie darüber gesprochen, was er mit Frau Kutschera vorhatte?«

»Doch, das war ganz klar. Frau Kutschera sollte Weiterbildung machen. Sowohl Computer- wie Pressearbeit. Sie sollte die Öffentlichkeitsarbeit für dieses Bad und Hotel in Kyllheim machen. Ich habe ihm gesagt, das geht nicht gut, ich habe ihm gesagt, er soll um Gottes willen aus der Eifel verschwinden. Aber er lachte nur und antwortete, daß Bargeld sich immer durchsetzt.«

»Das heißt also, er wollte in der Eifel und in der Bank bleiben?«

»Ja, und das ist so verwirrend. Sie hätten ihn auf Dauer feuern müssen. Ich verstehe bis heute nicht, warum er das nicht gesehen hat. Er war wirklich ein heller Kopf, aber an der Stelle war er total vernagelt. Die Männer hier sind alle so: Sie wollen sich in der Eifel durchsetzen, sie wollen sich dort durchsetzen, wo sie auf die Welt gekommen sind und wo die Nachbarn sagen: Aus denen wird nie was! Sie wollen den Erfolg um jeden Preis, und die ganze Eifel muß Zeuge sein. Sowas Verrücktes!« Sie schnaufte unwillig. »Er stammt eben aus bescheidenen

Verhältnissen. Die Eltern kriegten die Kinder kaum satt, der Vater war Maurer, die Mutter ihr Leben lang krank. Das steckte in ihm, das kriegte er nicht raus.«

»Kann es sein, daß jemand den Pierre umbrachte, weil er zum Beispiel den Handwerkern Apartments im Kyllheim-Projekt angedreht hat?«

»Warum denn?« fragte sie schrill. »Das ist doch bei so teuren Bauten völlig normal. Pierre hat die Finanzierung durchbekommen, und eigentlich müßten die doch dankbar sein. Er hat niemals jemanden persönlich übers Ohr gehauen, das machte er einfach nicht.«

»Aber jemand muß einen Grund gehabt haben, den Pierre zu töten und Heidelinde gleich mit. Fällt Ihnen gar nichts ein?«

»Wirklich nicht«, flüsterte sie, und ihr Gesicht war ein schwarzer Fleck vor dem hellen kleinen Fenster.

»Hat Ihr Mann eigentlich sich selbst auch ein Apartment gekauft?«

»Nein«, sagte sie. »Nicht für sich. Er hat eins für mich gekauft und eins für die Kinder. Und ich bin dankbar, denn die kann ich jetzt sofort zu Geld machen. Ich muß hier raus, ich muß das alles hinter mich bringen, ich will weg hier.« Ihr Kopf schlug nach vorn, und sie weinte.

»Was ist mit Kutschera? Wollte er sich scheiden lassen?«

Sie schüttelte den Kopf. »Der kam überhaupt nicht mehr klar mit dem Leben. Der hat mir gesagt: Wenn ich mich scheiden lasse, kann ich mich gleich aufhängen. Nein, er wollte sich nicht scheiden lassen.«

»Dann brauchte Ihr Mann die Scheidung auch nicht so eilig«, sagte ich ganz sanft.

»Stimmt«, rief sie plötzlich hell. »Darüber habe ich noch gar nicht nachgedacht. Ja, das stimmt.«

»Woher stammt Pierre?« fragte ich.

»Aus Schutz, das liegt vor Manderscheid.«

»Haben Sie Verbindung zu seiner Familie?«

»Natürlich. Der Vater telefoniert sechsmal am Tag mit mir. Der würde sich am liebsten einen Strick nehmen.«

»Würden Sie ihn anrufen? Würden Sie ihn bitten, fünf Minuten mit mir zu sprechen?«

»Natürlich«, sagte sie, aber sie war nicht mehr bei der Sache.

Sie ging mit mir hinunter und telefonierte mit ihrem Schwiegervater. Dann nickte sie mir zu: »Fünf Minuten, sagt er, nicht mehr.«

»Eine Frage noch. Hans Kutschera wird von der Polizei festgehalten. Kann er der Mörder sein oder der Auftraggeber für den Mord?«

»Niemals. Der Mann ist doch fertig, der ist nur noch ein Wrack.«

»Danke«, murmelte ich und ging.

Ich fuhr, so schnell ich konnte, über Niederbettingen nach Gerolstein hinüber, dann von dort über Gees nach Oberstadtfeld und Schutz. Unterwegs rief ich mich selbst an und erklärte Rodenstock, ich würde mich etwas verspäten. »Und sagen Sie Wiedemann, er kann diesen Kutschera freilassen. Der hat wahrscheinlich nichts damit zu tun.«

»Kutschera ist wieder frei«, sagte Rodenstock. »Beeilen Sie sich. Sie müssen sich ein Video anschauen.«

»Was ist denn drauf?« fragte ich.

»Eine nackte Frau reitet einen nackten Mann«, faßte er das Gesehene zusammen. »Widerlich.«

»Was heißt das?«

»Na ja«, schnaufte er unwillig. »Wir kennen weder die Frau noch den Mann.«

In Schutz kam linker Hand zuerst Bernds Schreinerei, der kleine Kunststücke in Inneneinrichtung liefert, dann die Kurve nach links, dann nach rechts, schließlich die schmale Straße den Berg hinauf. »Es ist ein kleines Haus, in dem man heute gar nicht mehr wohnen würde.«

Sie hatte noch etwas gesagt: Die Eltern hatten die Kinder kaum satt bekommen, die Mutter war immer krank gewesen.

Das Haus war ein uraltes Trierer Einhaus: Wohnhaus,

Stall und Scheune unter einem Dach, in einer Front. Wahrscheinlich war es einer jener Bauten, die Experten begeistert unter Denkmalschutz stellen, dann aber mit Abbruch bestrafen, weil kein Mensch das Geld hat, die uralte Substanz zu erhalten. Der Schimmel war in die Außenmauern gekrochen und ließ sie grünlich und grau aussehen. Um eine bessere Wärmedämmung zu bekommen, hatte jemand Rolläden eingebaut, die allesamt geschlossen waren. Es machte den Eindruck, als sei es ein sehr totes Haus, als sei das Leben vor sehr langer Zeit daraus entwichen. Kein Auto vor der Tür, kein Hinweis auf Menschen, kein Briefkasten, keine Türklingel.

»Da meldet sich bestimmt keiner«, rief eine alte Frau von einem Fenster gegenüber, als ich an die Haustür klopfte.

Ich antwortete nicht, ich klopfte erneut.

Ein junger Mann öffnete, er war vielleicht dreißig Jahre alt, und es war unverkennbar, daß er ein Bruder von Pierre war. Er murmelte ohne Gruß: »Vater wartet in der Küche. Er ... er weint viel. Haben Sie eine Ahnung, wann wir Pierre zur Beerdigung kriegen?«

»Ich weiß es nicht«, sagte ich. »Sie untersuchen wohl noch. Wie geht es Ihrer Mutter?«

»Sie liegt im Bett, sie sagt gar nichts mehr. Aber sie war schon immer krank. Das gibt ihr den Rest. Es ist wirklich scheiße, weil er war doch ihr Liebling. Haben Sie ... ich meine, haben Sie ihn tot gesehen?«

»Ja, das habe ich.«

»Können meine Eltern ihn sehen? Ich meine, man weiß ja nicht, was solche Schüsse anrichten, oder ...«

»Sie können ihn sicher sehen«, meinte ich. »Sie wissen doch, man braucht nur ein winziges Loch zum Tod.«

»Ja. Ich kenne das ja nur aus dem Fernsehen, aber so ist es wohl.«

»Können Sie sich denn vorstellen, wer so etwas hat tun können?«

»Eigentlich nicht«, erwiderte er. »Nein, wirklich nicht. Außer vielleicht, man denkt an Pierres Nachfolger.«

»Nachfolger? Gibt es einen Nachfolger?«

Der Bruder hatte leicht rötliches Haar und ungewöhnlich helle Augen; er war einer dieser Typen, die an unsere Urväter in der Eifel erinnern, die Kelten. Er nickte und sah mich dabei unverwandt an. »Sicher wird von einem Nachfolger geredet. Es hieß schon immer, daß der Glauber von der Raiffeisenkasse in Cochem an der Mosel Pierres Nachfolger werden würde. Das ist wirklich ein eiskalter Hund. Ich meine, ich habe nichts gesagt, denn ich weiß auch nichts. Aber der Glauber – na ja, der könnte was gedreht haben.«

Es war sehr still, aus irgendeinem Raum kam ein leises Summen, irgendwo lief ein Eisschrank.

»Kennen Sie diesen Glauber? Halt, erst eine andere Frage. Ihr Bruder ist nicht einmal vierundzwanzig Stunden tot. Wieso gibt es schon einen Nachfolger?«

»Wegen der Frau«, sagte er. »Das mit Pierre und der Frau konnte doch nicht gutgehen. Vor einem Jahr schon hat man erzählt, der Udler, der Direktor hätte diesen Glauber als Nachfolger für Pierre ausgeguckt. Ich kenne Glauber, ich weiß, der ist hart, der ist sozusagen ... ich rede zuviel.«

»Sie reden nicht zuviel, das ist schon in Ordnung. Also: Udler hatte den Glauber aus Cochem zum Nachfolger erwählt. Richtig? Und Pierre wußte das. Auch richtig?«

»Auch richtig. Aber Pierre hat sich nichts daraus gemacht. Er grinste immer nur, wenn man ihn darauf ansprach. Wir haben mal vor dem Haus Tischtennis gespielt. Ich habe gefragt, was er mit dem Gerede um den Glauber macht. Er lachte und sagte: Wenn Glauber mein Nachfolger wird, bin ich schon Kilometer weiter. Wörtlich: Kilometer weiter. Irgendwie war ihm das völlig egal. Glauber ist wirklich ein Schwein. Jedenfalls in Banksachen brutal.«

»Mit anderen Worten: Sie haben daran gedacht, daß Glauber Ihren Bruder getötet haben könnte, um schneller an seinen Schreibtisch zu kommen?«

»Also, wenn ich ganz ehrlich sein will, habe ich das

gedacht. Aber Sie erzählen das doch nicht? Oder schreiben drüber?«

»Um Gottes willen, nein. Aber warum sollte Glauber auch die Geliebte Ihres Bruders umbringen?«

»Darauf habe ich keine Antwort. Ein Aufwasch vielleicht. Seit es im vorigen Februar an der Mosel zu der Schlägerei kam, glaube ich erst, daß Glauber hinter sowas stecken könnte.«

»Was war an der Mosel?«

»Da hat die Freiwillige Feuerwehr Cochem ein Karnevalsfest veranstaltet. Und uns von der Freiwilligen Feuerwehr hier eingeladen. Wir sind hin, alle Mann. Dann kam es spät in der Nacht zu einer Schlägerei zwischen Glauber und Pierre. Wie das genau angefangen hat, weiß kein Mensch. Das war in der Sektbar. Ich weiß nur noch, daß Glauber schrie: Ich mache dich platt, du Schwein, ich zeige dir, daß ich besser bin. Ich kriege deinen Job, du Schwein, und so weiter. Dann schlug er auf Pierre ein.«

»Und wie hat Pierre sich verhalten?«

»Er stand da und grinste sich eins. Aber so war er immer. Als wäre Glauber ein kleiner, wütender Pinscher.«

»Und sie haben sich geprügelt?«

»Nicht richtig. Pierre trank ja kaum. Er wich aus und wartete, bis dieser Glauber nur noch rumkeuchte. Dann haute er ihn um. Glauber war betrunken.«

»Sagen Sie mal, war die Liebesgeschichte zwischen Pierre und Heidelinde tatsächlich so tief?«

»Oh ja, die war, verdammt noch mal, sehr tief. Sehr echt, meine ich. Es war eben Pech, daß sie sich so spät begegnet sind.«

»Aber jemand anderes als Glauber fällt Ihnen nicht ein?«

»Nein.«

»Kann es irgendwie mit der Bank zusammenhängen? Mit Geschäften?«

»Das weiß ich nicht. Ich bin Kunde bei einer anderen Bank. Und meine Alten auch. Nichts für ungut, Sie reden doch nicht drüber?«

»Nein, ich rede nicht drüber. Wo ist Ihr Vater?«

»Da in der Küche. Und vorsichtig, der Mann ist völlig fertig.«

»Sicherlich.«

»Und nicht rauchen, er hat Asthma. Und laut reden, er hört schlecht.«

»Alles klar.«

Ich klopfte nicht, ich ging einfach hinein. Der Mann saß schmal und in sich zusammengesunken vor einem winzigen Fenster, das auf den Hinterhof hinausging. Er trug einen alten, verschlissenen Pullover zu ausgefransten, dreckigen Arbeitshosen. Er hielt beide Hände auf der Tischplatte verschränkt, und sie zitterten. Der Kopf wirkte extrem schmal, zeigte einen kleinen Kranz kurzer grauer Haare. Er bewegte sich nicht.

Ich legte ihm die Hand leicht auf die Schulter und bedankte mich, daß er mit mir reden wollte. »Können Sie sich vorstellen, wer so etwas Schreckliches tut?«

Der Kopf kam ganz langsam hoch, sein Gesicht war sehr weiß, es sah so aus wie das Gesicht eines sehr ernsten verschreckten Kindes. »Kann ich nicht«, die Worte kamen rauh und belegt. »Wat hat er denn wem getan? Nix! Er war ein guter Junge. Och jehh ... er war so ein guter Junge.« Dann weinte er.

Ich setzte mich ihm gegenüber und schwieg.

»Daß der Herrgott mir sowas antun kann. Ich bin ein alter Mann, ich habe doch nix, ich habe keinem wehgetan. Pierre ist ein guter Junge. Meine Frau ... wir kommen nicht mehr zurecht. Es ist wie im Krieg. Du kriegst einfach gesagt, er ist nicht mehr, und du sollst irgendwie damit fertig werden. Und das geht doch nicht.« Er machte einige sehr schnelle Bewegungen mit der rechten Hand, was seine Hilflosigkeit noch deutlicher machte. »Du kannst doch mit sowas nicht rechnen. Ich war Treiber bei Udler, wenn er mit seiner Clique gejagt hat. Er fragte eines Tages, was ich mir wünsche. Ich sagte: Eine Lehrstelle für den Pierre, der kann gut mit Zahlen. Der Junge kriegte die Lehrstelle. Jetzt das! Nicht mal vierzig ist er geworden. Alles nur wegen dieser Frau, wegen dieser Hure, wegen dieser verdammten dreckigen Hure, wegen ...«

»Sie war keine Hure«, sagte ich laut.

»Häh?« fragte er verblüfft. »Was war sie denn? Wenn sie keine Hure war, was war sie denn?«

»Er liebte sie.« Ich glaube, ich schrie fast, ich war sehr wütend. »Und was halten Sie von dem Glauber?« fragte ich etwas ruhiger.

»Den kenne ich nicht, der soll ja Pierres Stelle kriegen. Sollte er schon seit langer Zeit. Wohl ein neuer Liebling von Udler. Aber der Glauber war für den Pierre doch ein Lackel. Der Junge hat den doch gar nicht ernstgenommen.«

»Aber wenn der Nachfolger schon feststand, was wollte Pierre machen? Er muß doch irgend etwas zu dir gesagt haben, oder?«

»Pierre hat immer gesagt: Das schaukel ich schon. Er sagte immer: Ich schaukel das! Und seine Kinder, oh nein, was werden die sagen?«

»Wenn Pierre entlassen werden sollte, was wollte er machen? Hast du das gefragt?«

»Habe ich. Er sagte immer: Vatter, ich gehe niemals aus der Eifel raus. Das habe ich nicht nötig. Er hatte ja auch viele Freunde. Allein im Golfclub hatte er eine Menge Freunde. Diesen Charlie ja auch, der soll ja sogar Multimillionär sein. Er sagte: Vatter, Charlie läßt mich niemals fallen. Und er sagte: Vatter, Charlie braucht mich.«

»Er hat gesagt, Charlie braucht mich?«

Der alte Mann nickte heftig. »Hat er gesagt. Aber ich weiß nicht mehr. Irgendwer hat meinen Pierre erschossen. Aber wir haben doch keinen Krieg.«

»Es muß Krieg gewesen sein!« sagte ich heftig. »Es war ein Krieg, und keiner hat gemerkt, daß es einer war.«

Ich hielt es plötzlich in all dieser Trauer nicht mehr aus und ging hinaus. Ich setzte mich in den Wagen und fuhr, fuhr verantwortungslos schnell.

Charlies Maserati stand noch auf meinem Hof, ein seltsamer Anblick in der Eifler Landschaft. Sie hockten alle zusammen im Arbeitszimmer, Dinah, Rodenstock, Wiedemann und Charlie. Offensichtlich hatten sie sich die Köpfe heißgeredet, denn sie wirkten erleichtert, als ich hereinplatzte.

»Ich habe eine Menge Neuigkeiten«, berichtete ich. »Was habt ihr?«

»Ein Video«, sagte Rodenstock. »Ich führe es mal vor, damit Sie sehen, welch ein sittenloser Sumpf die Eifel sein kann.«

Die Soziologin und der Wiedemann sahen sich an und begannen zu kichern.

Charlie meinte wegwerfend: »Was heißt so ein Streifen schon? Soll doch jeder seinen Spaß haben. Was sind wir denn so engstirnig?« Er hatte ein Glas Pflaumenschnaps neben sich stehen und wirkte sehr entspannt und heiter.

Das Video lief an. Zu sehen war zunächst eine Frau in schwarzen Strapsen. Die Frau war aufregend langbeinig und schön. Schwarzhaarig und hartkantig geschminkt wirkte sie ein wenig wie ein Tier. Sie hatte eine Peitsche in der Hand, eine kurzstielige Peitsche mit einer sehr langen, dünnen Schnur. Sie befahl mit einer sehr tiefen Stimme: »Komm her und gehorche!« Dann folgte eine helle, farbenschillernde Unterbrechung. In der nächsten Einstellung saß sie auf einem vollkommen nackten Mann, der auf Händen und Knien kroch. Er lachte, kreischte, grölte: »Das ist ein Ritt, das ist ein Ritt!« Der Mann mochte um die Fünfzig sein, und er drehte der Kamera den Rücken zu. Diese Einstellung blieb ungefähr zwei Minuten, dann folgte Schneetreiben.

»Das ist alles«, sagte Rodenstock. »Wer ist die Frau, und wer ist der Mann?«

»Der Mann ist der Sparkassenboß Hans-Jakob Udler«, stellte ich fest.

»Oh weia«, Wiedemann ruckte in seinem Sessel nach vorn. »Wenn Kinn und die Kutschera dieses Band in Besitz hatten, dann wissen wir auch, weshalb Kinn nicht längst gefeuert war. Dann haben sie Udler erpreßt oder zu erpressen versucht. Das sieht böse aus für Udler.«

»Ich habe noch etwas«, berichtete ich. »Udler hatte seit langem einen Nachfolger für Pierre Kinn. Der Mann heißt Glauber und arbeitet in der Raiffeisenkasse in Cochem. Man sagt, der Mann sei eiskalt, ein Karrierist. Kinn wußte von diesem Nachfolger und hat sich nicht im geringsten irritiert gezeigt. Im Gegenteil, er hat seinem Vater gesagt, er habe die Situation voll im Griff.«

»Charlie«, fragte Wiedemann, »könnte das Ihrer Meinung nach für Udler ein Grund sein, Kinn zu töten?«

»Niemals«, sagte Charlie energisch. »Das ist doch Blödsinn, das ist doch nicht mal das Schwarze unterm Fingernagel wert. Machen wir uns doch nichts vor: Wenn gesoffen wird, dreht jeder mal durch und tut Dinge, die er normalerweise nicht tut. Was soll das? Was beweist dieses Filmchen? Nichts beweist es. Ich sage euch: Udler ist ein fähiger Banker, der die Sparkasse hochhält und ihren Einfluß sichert, der gute Entscheidungen trifft.«

»Charlie, das stimmt so nicht«, widersprach ich. »Pierre Kinn hat gesagt, Charlie ist mein Freund. Charlie braucht mich. Wieso hat dieser Sparkassenpopel dich gebraucht, Charlie? Du bist ein Mann mit viel Geld, und der Pierre war bestenfalls Bote. Wieso brauchst du ihn?«

Charlie kniff die Augen zusammen. »Hat er gesagt, er braucht ... ich brauche ihn? Wieso sollte ich ihn brauchen? Wozu? Finanziell knipse ich dem pro Sekunde einmal das Licht aus. Wieso sollte ich ihn brauchen? Vielleicht war er besoffen?«

»Pierre Kinn trank kaum etwas!« entgegnete ich.

»Der Vater muß das mißverstanden haben«, sagte Charlie angewidert. »Jeder weiß was, jeder will mitreden, keiner hat Ahnung. Das ist in der Eifel gemeingefährlich. Ich sage euch, es war eine Liebesgeschichte, sonst nichts.« Er stand auf. »Nehmt es mir nicht übel, aber ich habe heute abend Gäste. Wenn ich helfen kann – jederzeit.« Charlie ging hinaus.

»Er wäre durch ein solches Filmchen nicht erpreßbar«,

knurrte Rodenstock. »Was machen wir jetzt mit Udler? Ist er unser Mann?«

»Das kann sein«, überlegte Wiedemann. »Aber es ist nicht zwingend. Vielleicht ist er von Kinn und der Kutschera erpreßt worden – obwohl das eigentlich, verdammt noch mal, nicht in mein Bild paßt. Aber etwas anderes.« Er bewegte sich unruhig. »Mir gefällt dieses Setting hier nicht.«

»Dieses was?« fragte Dinah.

Rodenstock grinste säuerlich. »Mein Kollege Wiedemann ist Beamter und Mitglied einer Mordkommission. Er kann seine Gedankengänge hier nicht bloßlegen, und er kann auf keinen Fall zulassen, daß sozusagen Zivilisten ihre Überlegungen dazu beisteuern. Mit anderen Worten: Er muß getrennt von uns operieren. Das wolltest du doch sagen, Knubbel, oder?«

»Das muß ich. Im Grunde ist es schon nicht zu verantworten, daß ich diesen Geldsack, diesen Charlie, mit einigen Überlegungen füttere und mir dann auch noch anhöre, was er dazu meint. Ich will sagen: Mein Oberstaatsanwalt macht mir die Hölle heiß. Wenn das vor einem Prozeßbeginn bekannt wird, können wir den Prozeß aufgrund der Antragslage durch die Verteidigung vergessen. Ich kann dich ins Vertrauen ziehen, mein Alter, ich kann dich sogar um Meinung und Hilfe bitten, du bist Kripobeamter a. D., dein Dienstfeld gilt immer noch. Aber ich kann nicht Baumeister reinnehmen und auch nicht die Frau Marcus. Ich stecke in einer Klemme, denn ich habe weder was gegen Frau Marcus noch gegen Baumeister.«

»Wenn Sie mit Udler reden, darf ich also nicht teilnehmen?« hakte ich nach.

»Richtig«, sagte Wiedemann. »Verdammt noch mal, Baumeister, ich muß jetzt zunächst entscheiden, ob ich Udler als Verdächtigen vernehme oder aber als möglichen interessanten Zeugen anhöre. Diese Entscheidung treffe ich mit meinen Leuten, und meine Leute sind gut. Dann übermittle ich unser Ergebnis dem zuständigen

Staatsanwalt. Dem kann ich aber doch nicht erklären: Ich lasse Baumeister und eine völlig sachferne Soziologin teilnehmen, weil die mir sympathisch sind.«

»Moment, Knubbel, Moment!« Rodenstock hob den rechten Zeigefinger. »Ich habe Baumeister mal in einem Fall zugezogen, weil Baumeister gewisse Kenntnisse hatte, an die ich weder so schnell noch so direkt herangekommen wäre. Ist das soweit klar? Baumeister ist ein V-Mann, leuchtet das ein?«

Wiedemann wollte heftig werden, aber Rodenstock wehrte ab: »Laß den Opa noch etwas sagen: Mordkommissionen haben in der Regel beschissene Erfahrungen mit Journalistinnen und Journalisten gemacht. Einverstanden. Aber Baumeister schreibt nicht für Tageszeitungen, er schreibt also nicht morgen oder übermorgen. Noch etwas: Baumeister schreibt nicht, ohne dir den gesamten Text vorher auf den Tisch zu legen. Dann kannst du Änderungen einfordern. Wir haben das damals durchgegangen, es gab nicht eine Sekunde Ärger. In einer Beziehung gebe ich dir recht: Das mit Frau Marcus wird eng.«

»Scheiße«, sagte die Soziologin. »Da habe ich gedacht, ich könnte was lernen. Und jetzt werde ich dazu verdonnert, im Vorzimmer zu warten. Habe ich nicht im *Spiegel* oder *Stern* gelesen, daß Journalisten ganz offiziell die Arbeit von Sonderkommissionen der Polizei mitverfolgen dürfen?«

»Richtig«, nickte Rodenstock. »Aber dann lag vorher eine Genehmigung des Oberstaatsanwaltes vor. Die gibt es hier nicht.«

»Also ohne mich«, murmelte die Marcus. »Doch ich habe eine Bitte.«

»Jetzt kommt die Hintertür«, warnte ich.

»Ich möchte umfassend informiert werden.«

»Das mache ich«, versprach Rodenstock.

»Ich weiß es nicht, verdammt noch mal.« Wiedemann war wütend und erregt. Er stand auf und ging hinaus.

»Er ist einmal böse übers Ohr gehauen worden«, erläuterte Rodenstock. »Jemand vom Fernsehen hat ihn um Auskunft gebeten und versichert, daß er die Informationen nicht verwendet. Er hat sie zwei Stunden später verwendet. Live.«

»Scheißbranche«, meinte die Soziologin. »Weiß man denn nun, welches Gift verwendet worden ist?«

»Wir wissen es seit zwei Stunden«, nickte Rodenstock. »Aber ich sage kein Wort, ehe nicht Wiedemann es selbst erklärt.«

Wiedemann kam nach zwanzig Minuten zurück. Dinah hatte Kaffee gekocht, ich hatte Schnittchen gemacht. Wiedemann hockte sich hin und sagte: »Ich verlasse mich darauf, ich verlasse mich wirklich darauf. Keine einzige Information über die Kommission und ihre Mißerfolge und Erfolge, keine Information über irgendeinen Beamten der Kommission. Keine Information über den Fall selbst, egal, welche Kleinigkeit es betrifft.«

Wir nickten brav.

»Also gut. Kommen wir zur Todesursache. Aus den Spurenuntersuchungen meines Kollegen Wolf wissen wir, daß Pierre Kinn etwa zwanzig Meter vor der Stelle entfernt, an der er später lag, getroffen wurde. Bestimmte Spuren im Gras sind eindeutig. Bis zu seinem Hinfallen hat es etwa sechzig bis einhundertzwanzig Sekunden gedauert. Wir können das gleiche für Heidelinde Kutschera annehmen. Mit Sicherheit haben beide in diesen längsten Sekunden ihres Lebens eine Hölle an Schmerzen erlebt. Sie wissen, daß wir außerdem *Rama*-Spuren entdeckt haben. Selbstverständlich haben wir uns gefragt, wieso Margarine? Die Leichenöffnung ergab bei beiden ein zunächst noch verwirrenderes Bild. Wir haben es mit einem Herzstillstand zu tun, auf den natürlicherweise Sekunden später ein Zusammenbruch des Kreislaufs erfolgt. Wir dachten an ein Kontaktgift. Ich muß leider etwas ausholen, damit Sie begreifen, mit welch einem diabolischen Mörder wir es zu tun haben. Ist Ihnen die *Hellabrunner Mischung* bekannt? Vor etwa 20 Jahren hat ein leitender Veterinär im Tierpark Hellabrunn in München zwei Chemikalien zusammengemischt, die es ermöglichten, kleinere und größere Tiere zu betäuben, zu behandeln und dann die Tiere streßfrei ausschlafen zu lassen. Nun gibt es inzwischen einen Stoff namens Etorphin, verwendet in einem Präparat, das den belanglosen Namen *M 99* führt. Dieser Stoff ist etwa tausendmal wirksamer als Morphium oder Morphiumderivate und auch tausendmal wirksamer als die *Hellabrunner Mischung*, er wird vor allem in Afrika benutzt. Dort muß man zuweilen Elefanten lahmlegen, um sie behandeln oder operieren zu können. Das geschieht mit einer genau auf das Körpergewicht abgestimmten Menge von *M 99*. Tierärzte dürfen dieses Mittel nur verwenden, wenn sie gleichzeitig ein Antidot auf eine Spritze ziehen, also ein Präparat, das die Wirkung von *M 99* aufhebt. *M 99* ist grauenhaft wirksam. Ich gebe Ihnen ein Beispiel: ein englischer Tierarzt benutzte *M 99*, um eine Kuh zu operieren. Er verletzte sich leicht an der Spritzennadel. Er schaffte nicht einmal mehr die wenigen Meter bis zu seinem Auto, und er verfügte über kein Gegengift. Er war tot. Man kann dieses *M 99* überhaupt nur mit einer Schutzbrille und langen Handschuhen verwenden. Wenn Sie den Bruchteil eines Tropfens auf die Zunge oder auf die Schleimhäute der Augen bekommen, sind Sie nach wenigen Sekunden tot.«

»Wie kommt man daran?« fragte ich.

»Das wissen wir noch nicht genau«, bekannte Wiedemann. »Wir müssen davon ausgehen, daß Tierärzte in Zoos das Zeug verwenden. Wir müssen auch davon ausgehen, daß es gelegentlich von Tierärzten verwendet wird, wenn es sich um schwere Tiere, also zum Beispiel Rinder oder Pferde, handelt.«

»Wie kam das Zeug in die Leichen?« fragte Dinah Marcus.

»Mit der Margarine«, antwortete Wiedemann seufzend. »*M 99* ist eine wäßrige Lösung. Der Täter hat zunächst die Pfeile mit Margarine eingeschmiert, vornehmlich vorne an der Spitze. Dann hat er winzige Tröpfchen

M 99 auf diese Margarineschicht aufgetragen und sie mit der Margarine umhüllt. Die Pfeile trafen auf und durchschlugen das Gewebe. Dabei wurden die Tröpfchen direkt in die Blutbahn gebracht. Also alles sehr perfekt ausgedacht und eben absolut tödlich. Mit anderen Worten: Der Mörder wußte, was er tat, und muß bei der Tat Schutzbrille und Handschuhe getragen haben. Wahrscheinlich aber sogar eine komplette Körperverhüllung, also beispielsweise eine Plastikhaube, die ihn ganz bedeckte. Denn bei der hohen Anfangsgeschwindigkeit der Pfeile mußte er damit rechnen, daß winzige Partikel zurückschießen und ihn treffen.«

»Die Frage ist also, kann Udler dieser Täter sein?« schloß Rodenstock lapidar.

»Wenn Kinn und Kutschera ihn erpreßten, ja«, meinte ich. »Er hat ein Motiv, ein doppeltes sogar. Erstens geht es um ihn persönlich, zweitens geht es um die Bank, die er führt.«

»Aber ist es ihm zuzutrauen? – Meine Antwort lautet: nein.« Wiedemann stand auf und ging hin und her. »Er ist der Typ des absolut seriösen Geschäftsmannes, inklusive eines leichten Bauches. Ich habe die Vorstellung, daß der Täter sportgestählt ist, eine Kriegertype.«

»Warum kann ein Krieger keinen Bauch haben?« fragte Dinah aufmüpfig.

»Hat er denn ein Alibi?« fragte ich.

»Hat er, und hat er nicht«, antwortete Wiedemann ganz ruhig. »Er war am Sonntag abend in der Bank. Er sagt, von ungefähr sechs Uhr abends bis Mitternacht. Er ist eindeutig gesehen worden, als er sie verließ. Er hat Akten für eine Sitzung vorbereitet, die heute stattfinden sollte. Sie fand wegen des Todes von Kinn nicht statt.«

»Kann er die Bank zu Fuß verlassen haben und in einen anderen Wagen eingestiegen sein?« spekulierte die Soziologin. »Ich will sagen: er kam an, parkte sein Auto. Das blieb dort, bis er die Bank wieder verließ, während er sie tatsächlich sofort zu Fuß verließ und irgendein anderes Fahrzeug benutzte?«

»Wir müssen mit ihm reden«, entschied Wiedemann. »Aber nicht jetzt. Ich bin hundemüde.«

Rodenstock kniff die Lippen zu einem schmalen Strich zusammen. »Keine gute Vorbereitung«, befand er. »Wir müßten versuchen, die Frau aufzutreiben, die ihn in dem Video reitet.«

»Du willst seinen Weg einengen«, murmelte Wiedemann. »Du hast recht.«

»Ich mache darauf aufmerksam, daß ich mit Ihrer Truppe konkurrieren werde«, sagte ich. »Ich will zunächst zwei Dinge erledigen. Erstens will ich mit Kutschera sprechen, und zweitens will ich diese Dame suchen, die sich ja vermutlich Natascha nennt, wenn man der Beschriftung der Videohülle glauben kann.«

Wiedemann grinste. »Ich habe die Ahnung, daß Sie genau wissen, wo Sie Natascha suchen müssen, oder?«

»Ich kenne in Daun einen Mann, der sich zum moralischen Maßstab aller Dinge macht und der ständig seinen Kindern beibringen will, was ein anständiger Bürger ist. Dabei weiß jeder, daß er mindestens einmal im Monat nach Wittlich in einen Puff fährt. Auf dieser Basis werde ich recherchieren.« Ich konnte mir ein Lachen nicht verkneifen. »Im Ernst, ich habe keine Geheimnisse.«

»Kutschera wird nichts hergeben«, meinte Wiedemann. »Er ist schweigsam, er ist ein Sensibelchen in tiefer Trauer.«

»Ich versuche es«, beharrte ich.

»Ich muß zu meinen Leuten«, sagte Wiedemann.

»Kann ich mit Ihnen Natascha suchen?« fragte Rodenstock.

»Na sicher«, nickte ich. »Haben Sie Erfahrung mit Nutten?« erkundigte ich mich bei der Soziologin.

»Nein. Sollte ich?«

»Frauen verstehen Nutten viel besser als Männer«, sagte ich. »Sie sollten mitkommen.«

»Sie wären mich sowieso nicht losgeworden«, erwiderte das erstaunliche Wesen.

Fünftes Kapitel

Wir fuhren abends los, als die tiefrote Sonne die Eifel in ein Höllenloch verwandelte und den Tälern einen silbernen Schimmer gab.

»Entweder Dockweiler oder Gerolstein«, sagte ich. »Ich denke an eine bestimmte Frau. Ihr Name ist Monika Hammer, und sie hat mit dem Schlaginstrument nur die Stimme gemein.«

Es war nicht schwer, in Dockweiler zu erfahren, daß Monika Hammer bei ihrem Freund in Gerolstein war. Und in Gerolstein war es nicht schwierig herauszufinden, daß sie im *Terrace* weilte. Ihre Schwiegermutter in spe kommentierte freundlich: »Sie ißt für ihr Leben gern Knoblauchbrot.«

Während die anderen im Auto warteten, betrat ich das *Terrace.*

Dort verbreitete Monika Hammer gerade, umgeben von aufmerksam lauschenden Jungmannen, ihre Version des Doppelmordes auf dem Golfplatz. Sie wirkte aufgeregt und sehr überzeugend. Als sie mich sah, sagte sie hell und befriedigt: »Da isser ja!«

»Haben Sie einen Moment Zeit für mich?«

Sie hatte, und wir zogen uns in den Schatten einer gewaltigen Zimmerpalme zurück.

»Der Herr Udler ist sehr katholisch«, begann ich.

»Das isser«, strahlte sie. »Kennen Sie die Geschichte vom Pfarrer, dem er ein neues Meßgewand schenkte?«

»Kenn ich nicht.«

»Die Bank spendierte dem ein neues, prächtiges Meßgewand. Aber Udler wollte es ihm nur geben, wenn der Pfarrer in Udlers Haus eine Heilige Messe lesen würde. So traf die Kirche das Geld.« Sie kicherte. »Was wollen Sie jetzt?«

»Das Wasserbett habe ich besichtigt, jetzt interessiert mich eine Dame namens Natascha. Ihr Beruf ist ganz eindeutig, sie verdient Geld in der Horizontalen. Sie ist eine schöne, schwarzhaarige, langbeinige Sünde, und ich muß wissen, wo sie arbeitet.«

»Also bei Udlers Frau kann ich mir das vorstellen. Kennen Sie Udlers Frau?«

»Nein.«

»Die ist noch katholischer als Udler selbst. Man sagt, sie trägt zwei Eheringe. Einen von Udler und einen für den Herrn Jesus. Also, das sagt man, ich weiß nicht, ob das stimmt. Sie ist sehr christlich, und sie hat immer einen Gesichtsausdruck, als hätte sie gerade in eine grüne Zitrone gebissen. Es wird gemunkelt, daß Udler so einmal im Monat was nebenbei für Herz und Körper braucht. Alle fahren nach Wittlich oder nach Trier. Bei Udler ist das anders, der fährt nach Aachen. Also das erzählt man, ich weiß nicht, ob das die Wahrheit ist.«

»Wer könnte mehr wissen?«

»Niemand, soweit ich beurteilen kann. Aber Aachen ist unbedingt richtig, denn seine Sekretärin, die ich im Moment vertrete, sagt hin und wieder: Wenn Udler schlecht gelaunt ist, muß Klein-Natascha ran.«

»Sieh einer an«, murmelte ich. »Gibt es sonst etwas Neues?«

»Ja. Die Finanzierung in Kyllheim ist kurzfristig zusammengebrochen, steht aber jetzt wieder.«

»Wer ist denn eigentlich diese Schweizer Gesellschaft, die eingesprungen ist?«

»Das weiß ich nicht. Ich weiß nur, daß bei sehr sicheren Objekten die Schweizer immer bereit sind, die Finanzierung zu übernehmen. Genauer: Jemand aus Liechtenstein.«

»Wissen Sie etwas über Charlie, diesen Multimillionär?«

»Eine witzige, eiskalte Type. Er hat mit der Bank zu tun, aber viel ist es nicht. Udler kann gut mit ihm, Pierre konnte auch gut mit ihm.«

»Wissen Sie etwas über die grüne Flora Ellmann? Finanziert die sich auch über Ihre Bank?«

»Da weiß ich nix. Aber ein Kollege hat mal gesagt: Flora ist unheimlich grün, aber wenn es um Bares geht, ist sie rabenschwarz.«

»Ein schöner Spruch«, lobte ich. »Machen Sie es gut.«

»Jederzeit«, meinte Monika Hammer hochzufrieden.

Im Wagen erklärte ich: »Sie heißt wohl tatsächlich Natascha und praktiziert in Aachen.«

»Kein Problem«, erwiderte Rodenstock. »Ich kontaktiere einen Kollegen der Nacht. Also an der nächsten Telefonzelle halten.«

Die war schräg gegenüber an der Post, und wir beobachteten Rodenstock, wie er sanft gestikulierend Natascha beschrieb.

»Er ist ein netter Kerl«, sagte die Soziologin. »Gar nicht wie ein Bulle.«

»Die meisten Bullen sind nicht wie Bullen«, steuerte ich bei.

Rodenstock kam zurück. »Also, wir haben es mit drei Nataschas in Aachen-Mitte zu tun. Alle drei praktizieren in Wohnungen rund um den ehrwürdigen Dom, und alle drei sind im Grunde Amateure. Unsere Natascha, lang, schlank und ägyptisches Profil, heißt tatsächlich Carmen Striezel und stammt aus Oberhausen-Sterkrade. Sie ist verdammt teuer.«

»Ich liebe den Luxus«, kommentierte die Soziologin. »Und was ist, wenn sie nichts sagt?«

»Sie sagen immer was«, antworteten Rodenstock und ich wie aus einem Mund.

Die Fahrt verlief schweigend. Nur einmal kam ein leichtes Röcheln aus Richtung unserer Soziologin. Sie schlief wie ein Baby.

Aachen ist eine zweifelsfrei schöne Stadt, und die Gegend um den Dom hat etwas von luxuriösem Schlendern in vergangenen Jahrhunderten. Sehr viel Cafés und Kneipen hatten sich auf den Bürgersteig ausgedehnt, Tische und Stühle aufgestellt und mehrten ihr Bares. Es war ein traumhafter Abend mit einem leichten, warmen Wind und dem Geflüster von Heimlichkeiten.

»Das ist was für einen trockenen Weißwein, nichts für Nataschas«, murrte Rodenstock.

»Anschließend gibt es Weißwein«, versprach ich.

»Was machen wir denn mit Natascha?« fragte Dinah.

»Wir kaufen sie für zwei Nummern«, gab ich Auskunft. »Das ist bei Nutten normal und üblich und heizt den Kreislauf des Geldes an.«

»Wie roh«, gab sie indigniert zurück.

»Hier muß es sein«, knurrte Rodenstock. »Weiß der Teufel, warum ich mich als Opa auf so Geschichten einlasse.«

»Weil Sie Geschichten lieben«, sagte ich.

Auf dem Klingelschild stand *Susi 1 x schellen, Yvonne 2 x schellen, Natascha 3 x schellen,* in ordentlichen Blockbuchstaben. Wir schellten also dreimal, der Summer ertönte, wir betraten das schmale, nach Traditionen riechende, enge Treppenhaus und begannen mit dem Aufstieg. Im dritten Geschoß lehnte Natascha schlank und rank am Treppengeländer und sagte rauchig wie eine Gauloise: »Nix da, keine Gruppe!«

»Wir wollen deinen Körper nicht, Schwester«, sagte die erstaunliche Dinah Marcus. »Wir brauchen dein Hirn.«

Natascha lächelte schnell und berufsmäßig. »Das kenne ich, und die nächste Frage lautet schon, wie schnell ich mein Hirn ins Bett legen kann.«

»Nichts da«, strahlte die Soziologin. »Wirklich von Frau zu Frau.«

Natascha stemmte die Hände in die Hüften und stellte fest: »Dann sind zwei Frauen als Macker verkleidet.«

»Sagen wir mal so«, begann Rodenstock gemütlich. »Wir brauchen eine Auskunft über einen Mann namens Udler, Vorname Hans-Jakob ...«

»... Wohnort Daun in der Eifel«, fuhr Natascha fort. »Was ist mit dem? Hat ihn der Sensenmann geholt? Ich habe ihn immer gewarnt, er hätte einen zu hohen Blutdruck.«

»Ach was, dem geht es gut«, sagte Dinah Marcus. »Was ist? Können wir reden?«

Natascha spitzte den Mund, als wollte sie uns küssen. »Ich bin aber Geschäftsfrau.«

»Zwei Nummern, reicht das?« fragte ich.

»Zwei schnelle oder zwei gute?«

»Zwei gute«, antwortete Rodenstock. »Also wieviel?«

»Zwei Lappen«, sagte sie. »Und im voraus.«

Es ist schon merkwürdig: Immer, wenn ich recherchiere, gerate ich in die Situation, für etwas bezahlen zu müssen, das ich nicht kenne. Ich kaufe dabei nicht etwa die Katze im Sack, sondern ich weiß nicht einmal, ob im Sack etwas drin ist. Auch diesmal reichte ich ihr das Geld und sagte: »Da sind aber Kaffee und andere Dinge drin, oder?«

»Kaffee und Bier, pro Nase ein Getränk«, versprach sie. »Kommt rein, erste Tür rechts.« Natascha stakste auf unendlich hohen Absätzen voraus. Ihre Strümpfe hatten hinten lange Nähte, das Kleidchen war feuerrot und eigentlich nur ein Stoffstreifen.

Der Raum war ein kleiner Tanzsaal, ganz in rotem Plüsch. Es gab nur ein paar Hinweise auf die Spezialität von Natascha, ein hohes hölzernes Gerüst zum Beispiel, an dem allerlei Spielsachen hingen: Ketten, Peitschen, Stricke und ähnliches Rüstzeug.

»Also, was ist mit Hans-Jakob?« fragte sie und ließ sich elegant in einem niedrigen Sessel nieder. Ein paar Augenblicke lang geriet sie dabei in das Licht eines Spots, den sie irgendwo hoch an der Decke hatte anbringen lassen, Klein-Natascha war keineswegs mehr die Jüngste, sie bewegte sich wohl straff auf die Vierzig zu, und der berufliche Streß hatte ihr Gesicht sehr hart werden lassen. Sie war mit Sicherheit genau der Typ, den ein Mann wie Udler brauchte, der sich mit Kleinigkeiten wie Vorspielen und Ähnlichem nicht mehr abgeben mochte, weil er sie für verschenkte Zeit hielt.

»Das wissen wir nicht genau«, sagte ich.

»Du hast ihn hier in diesem Raum gefilmt, Schwester«, hauchte Dinah. »Wenn ich mich nicht täusche, hast du Hans-Jakob von der Ecke dort aus in den Raum hineingeritten. Ihr hattet richtig Spaß. Unsere Frage ist jetzt: Wie kommt das Filmchen in die Hände von Leuten, die diesen Film eigentlich gar nicht hätten haben dürfen?«

Rodenstock räusperte sich und setzte hinzu: »Es geht mit anderen Worten um Erpressung, Schwester.«

Nataschas Gesicht war nun maskenhaft starr und wirkte wie aus Holz geschnitzt. Sie versuchte, auf der Hut zu sein. »Habt ihr was mit den Bullen zu tun?«

»Ich bin ein Bulle außer Dienst«, nickte Rodenstock. »Es geht um einen Doppelmord. Ich vermute, Sie haben dem Ermordeten das Filmchen verscherbelt. Der hieß Kinn, Pierre Kinn.«

Sie wollte wütend werden, aber es gelang ihr nicht. Dummerweise sagte sie: »Ich verstehe überhaupt nichts von Video und so.«

»Von Video war noch gar nicht die Rede«, sagte Dinah satt. Sie stand auf und ging auf einen Tisch zu, auf dem eine Menge Flaschen und Gläser standen. »Sieh mal an, ein Stativ«, bemerkte sie ruhig. »Und darauf eine Kamera.« Sie stellte sich dahinter. »Schöner Blick.«

»Manche Kunden wollen das«, erklärte Natascha. »Sie sehen sich das dann zu Hause an und haben noch mal was davon.« Sie hatte wirklich gute Nerven.

»Also, was ist gelaufen?« fragte ich. »Wir haben wirklich nicht viel Zeit. Hans-Jakob ist ein Stammkunde. Das wissen wir schon. Wie oft kommt er denn und seit wann?«

»Er kommt zweimal im Monat, aber nicht zu einem festen Termin. Er ruft vorher an und kommt dann. Das geht seit vier Jahren so. Er ist ein richtig lustiger Typ und sehr spendabel.«

»Wollte er denn gefilmt werden?« fragte Rodenstock sanft.

»Nein. Das war einfach ein Spaß. Ich habe den Film in irgendeine Schublade getan und wollte ihm den bei einer Gelegenheit mal vorführen. So als Gag. Aber ich habe es dann vergessen.«

»Bis ein Käufer kam«, ergänzte Dinah.

»Ja. Aber der Pierre war doch nicht gegen den Hans-Jakob. Der wollte doch nur einen Fez machen.«

»Einen Fez?« hakte ich nach. »Das hat er gesagt?«

»Na ja, erst mal wollte er das Ding überhaupt sehen. Ich habe es ihm gezeigt, weil es ja wirklich harmlos war. Es war ja eher ein Gag ...«

»Nicht so, Natascha«, mahnte Rodenstock. »Wieviel hat Pierre Kinn für die sechs Minuten gezahlt?«

»Nicht viel, eher ein Trinkgeld. War ja nur ein Gefallen für einen Freund von Hans-Jakob.«

»Du machst mich richtig ärgerlich, Schwester«, sagte Dinah ohne jede Betonung.

Ich versuchte es noch einmal auf die freundliche Tour: »Pierre hatte den Film. Und seine Freundin hat gesagt, er hätte anständig dafür bezahlen müssen. Wieviel, Natascha?«

»Eintausend«, behauptete sie.

Ich schüttelte den Kopf.

»Zwei ... ach, Scheiße, also er hat dreitausend bezahlt.«

»Wieviel waren es wirklich?« fragte Dinah.

»Wir erfahren es sowieso«, murmelte Rodenstock freundlich.

»Fünf Riesen«, sagte sie mürrisch. »Aber was hat denn das Video mit Mord zu tun?«

»Das wissen wir noch nicht«, gab ich zu. »Also fünf Riesen für sechs Minuten. Du solltest in den Verband Deutscher Kameramänner eintreten. Was hat Pierre denn noch erzählt? Hat er dich auch ... also hat er ...«

»Hat er nicht«, sagte sie. »Er wollte nur den Film, und seine Frau saß unten im Wagen.«

»Hat er gesagt, wozu er den Film braucht?« fragte Rodenstock.

»Hat er nicht.«

»Ich vermute, du hast ihm eine Kopie gezogen«, meinte Dinah. »Die sechs Minuten sind doch nicht alles, was du aufgenommen hast, oder?«

»Du kannst jetzt alles loswerden«, ermunterte sie Rodenstock. »Du solltest das auch tun. Könnte sein, daß ein paar Kollegen kommen, und dann mußt du zweimal im Monat zum Amtsarzt. Und wahrscheinlich viel Steuern zahlen.«

Eine Weile war es sehr ruhig.

»Dieser Pierre war dreimal da«, erzählte Natascha endlich. »Er hat wirklich gesagt, der Hans-Jakob wäre sein Chef und er wolle nur mal einen Fez machen. Es ist nicht mehr auf dem Film. Man kann Udler nicht mal erkennen. Sechs Minuten, mehr gibt es nicht. Eigentlich war das sogar ein Versehen, weil meine Freundin Mimi die Kamera eingestellt hat und wir nichts davon wußten. Man sieht doch nur den Hängearsch vom Hans-Jakob.« Sie schnaufte unwillig. »Na gut, es war eine Möglichkeit, schnell ein paar Scheine zu machen. Was hat das mit Mord zu tun?«

»Eigentlich nichts«, sagte Dinah. »Wir haben keinen Kaffee und kein Bier bekommen.«

»Wollen wir auch nicht«, sagte Rodenstock und stand auf. »Kann ich bitte das Original haben?« Er hielt die Hand auf, als ginge es um ein Fünfmarkstück.

»Ja, schon gut«, maulte Natascha. Sie kramte in einer Tischschublade herum und reichte ihm das Video.

Wir gingen hinaus, und sicherlich machten wir einen sieghaften Eindruck, wenngleich niemand von uns wußte, was dieser Sieg zu bedeuten hatte und ob es denn ein Sieg war.

Auf der Straße blieb Dinah stehen. »Also hat Pierre Kinn zu seinem Chef Udler gesagt: Ich habe einen Porno mit dir als Hauptdarsteller. Und dafür hat dann Udler die Armbrust auf Kinn und Heidelinde gehalten.«

»So könnte man vorschnell urteilen«, meinte Rodenstock düster. »Aber etwas an der Sache gefällt mir nicht.«

»Ich will jetzt trockenen Weißwein«, wechselte die Soziologin das Thema.

Also marschierten wir in eine der urigen Kneipen, in der vorwiegend studentisches Volk lagerte und sich darüber unterhielt, innerhalb welcher Frist man später die Welt erobern könnte.

Ich bekam einen Kaffee, der Rest der Belegschaft Wein, und die Marcus entschied sich für Kassler, Kartoffelbrei und Sauerkraut.

Es geschah wie nebenbei, und zunächst achteten wir nicht darauf. Die Soziologin mümmelte ihr Kassler, Rodenstock schlürfte laut und genießerisch den Wein, ich träumte über meinem Kaffee. Sie kamen ziemlich unauffällig in Jeans und schwarzen Lederjacken aus drei Richtungen, und einer, ein Mann mit blondem Pferdeschwanz und einem Gesicht, als verzehre er von Zeit zu Zeit ein Kilo Dachpappennägel, fragte kühl: »Hier ist doch sicher noch Platz, oder?« Während er das sagte, drehte er den Stuhl vor sich und setzte sich rittlings darauf.

Der zweite war ein dicklicher Mensch, ungefähr dreißig Jahre alt. Er hatte drei oder vier Brillantpunkte in beiden Ohrmuscheln und trug ein ziemlich schweres silbernes Kreuz auf einem nicht mehr sauberen gelben Pulli. Er schnauzte in irgendeine Richtung: »Drei Bierchen.«

Der dritte war sanft und hager und einen Kopf kleiner als seine beiden Genossen. Er lächelte, und er hörte damit auch nicht auf, als er den Teller mit dem Essen vor Dinah Marcus wegnahm, eingehend betrachtete und dann genußvoll hineinspuckte. Er murmelte: »Aber sowas kann man doch nicht als Essen bezeichnen.«

Rodenstock hatte die meiste Erfahrung, er zuckte nicht einmal zusammen, verzog nicht das Gesicht, beugte sich nur gemächlich vor, nahm den Teller und schnellte ihn flach wie eine Diskusscheibe dem Schmalen ins Gesicht. Das Gesicht wurde breit wie ein Mond, der linke Nasenflügel war gespalten, die Oberlippe blutete heftig.

In die Stille murmelte Rodenstock: »Das tut mir aber leid.«

Ich rutschte von der anderen Seite dicht an Dinah heran und sagte leichthin: »Du wolltest doch noch auf einen Kaffee zu Oma, Liebling.«

Der mit dem Pferdeschwanz, der seine Akne-Phase noch immer nicht im Griff zu haben schien, sagte kurz und hell: »Oh, oh, oh!«, während der Schmale sich vorbeugte, um hygienischer bluten zu können.

»Das ist gar nicht gut«, flüsterte der Dicke.

»Ich will nicht mehr zu Oma«, meinte Dinah. Sie war totenbleich, aber sie hielt sich gut.

»Paßt auf, Freunde«, sagte Rodenstock liebenswürdig. »Wir können uns in Ruhe über alles unterhalten. Aber wir hassen es, wenn jemand sich nicht benehmen kann.«

»Ich habe hier einen Ballermann, Opa«, verriet der mit dem Pferdeschwanz.

»Das beeindruckt uns nicht«, sagte ich. »Die machen immer so einen Lärm. Also, was wollt ihr denn? – Liebling, du solltest vielleicht doch rausgehen.«

»Ich gehe nicht raus«, fauchte die Soziologin. »Ich will was lernen.«

Der mit dem Pferdeschwanz legte die Unterarme auf die Stuhllehne. »Wir sind Freunde von Natascha«, erklärte er. »Natascha sagt, ihr habt ein Video bei ihr abgestaubt. Natascha sagt, ohne zu bezahlen. Das ist doch nicht gut, oder?«

»Das kommt drauf an«, lächelte Rodenstock. »Hier ist das Ding. Schiebt es euch sonstwohin, marschiert raus und feiert euren Sieg.« Er legte das Video auf den Tisch.

»So geht das aber nicht«, sagte der Dicke mit leicht kicksender Stimme.

»Doch, so geht das«, versicherte ich.

Der Schmale hatte eine Serviette genommen und tupfte sich sanft wie ein Schmetterling das Blut aus dem Gesicht. Er konnte es nicht fassen.

»Tut weh, nicht?« fragte Dinah schamlos.

»Also, da ist der Film, und nun laßt uns in Ruhe«, murmelte Rodenstock.

»So war das nicht gemeint«, erwiderte der mit dem Pferdeschwanz. »Wir müssen ein bißchen Schmerzensgeld für Natascha kassieren.«

»Du bist dumm«, stellte Rodenstock fest. »Am besten ist, du trocknest ihre Tränen und schenkst ihr einen Heiermann, du Versuchslude.«

»Ich höre wohl nicht richtig«, japste der Dicke.

Ein Kellner lief hinter mir durch die Reihe, und ich sagte laut: »Zahlen, bitte.«

Der Kellner blieb stehen und rechnete auf seinem Block.

Rodenstock stand auf, Dinah stand auf, ich holte Geld aus der Hosentasche. Der Kellner nannte eine Zahl, ich reichte ihm einen Geldschein, bekam das Wechselgeld zurück, legte ein Fünfmarkstück auf den Tisch und lächelte: »Für Klein-Natascha.« Dann stand auch ich auf.

Vor dem Lokal starrte Rodenstock in den herbstlich dunklen Himmel. »Das war eine Amateurtruppe.«

»Ich möchte die Profis erst gar nicht kennenlernen«, sagte Dinah. »Das war doch ekelhaft.«

Wir beobachteten durch die Kneipenfenster, wie die drei zusammenstanden und erregt miteinander redeten.

»Wir sollten verschwinden«, meinte ich. »Haben Sie den Film?«

»Na sicher«, nickte Rodenstock. »Wahrscheinlich hat Natascha nur mal telefoniert, um zu demonstrieren, wieviel gute Freunde sie hat. Das braucht man in dem Metier.«

»Ein harmloses Nebenspiel?« fragte die Marcus, und Rodenstock nickte wieder.

»Schönen Dank auch«, sagte ich.

Wir fuhren in die Nacht, und wir schwiegen vor uns hin.

Als ich auf den Hof rollte, verkündete die Soziologin: »Ich müßte mal nach Hause und andere Sachen anziehen.« Sie stakste müde zu ihrem silbernen Golf und winkte uns zu, bevor sie wendete und vom Hof fuhr.

»Netter Mensch«, sagte Rodenstock. »Wer ist sie eigentlich?«

»Das weiß ich noch nicht genau«, antwortete ich. »Wenn mich nicht alles täuscht, wollte sie ursprünglich nur wissen, wie man journalistisch arbeiten kann und dafür auch noch bezahlt wird.«

»Sie bekam eine ausführliche Antwort«, stellte er fest.

Aus irgendeinem Grund ärgerte mich das, aber ich sagte nichts und bückte mich, um Paul und Momo zu streicheln, die um unsere Beine wedelten.

»Haben Sie jetzt eine blasse Vorstellung, warum Pierre Kinn und Heidelinde Kutschera sterben mußten?« fragte Rodenstock.

»Nein«, gab ich zu. »Das ist alles sehr verwirrend.«

»Wir haben wirklich nichts«, klagte er. »Da wird ein Pärchen umgebracht. Der Mann war Sparkassenmächtiger, verscherbelte windige Apartments, aber letztlich nichts Illegales. Sein Chef will ihn seit langem ersetzen, weil in diesen konservativen Landstrichen verbotene Liebe eine Art Selbstmord ist. So weit, so gut. Wer, verdammt noch mal, hat denn nun in diesem Filz ein wirkliches Motiv?«

»Gehen wir ins Bett.«

Gründlich, wie ich nun einmal bin, fütterte ich die Katzen und sah ihnen zu, wie sie heißhungrig fraßen und sich anknurrten, als sei nicht genügend da. Dann kontrollierte ich den Anrufbeantworter, und selbstverständlich waren vier Anrufe drauf. Der erste Anrufer meldete sich erst gar nicht und beeindruckte nur durch zwei tiefe Seufzer. Der zweite war meine hoch zu verehrende Bank, die fröhlich röhrte, ich solle gefälligst keine Schecks mehr ausstellen, weil Ebbe sei. Dann war Alfred drauf, der ebenso fröhlich wie die Bank mitteilte, er fahre jetzt ins Gran Dorado an den Heilbachsee und falls ich nichts zu tun hätte, sollte ich doch einfach nachkommen. Dann kam Flora Ellmann.

»Siggi, hier ist die Flora, und ich hoffe, daß niemand dein Band abhört, der nicht dazu berechtigt ist. Du merkst schon, daß das eine Anspielung auf deine gelegentlichen weiblichen Besucher ist, die kein Mensch mehr auseinanderhalten kann. Also, Siggi, weißt schon, daß ich ... also daß ich auch irgendwie in der Kyllheim-Planung drinhänge. Und ehe du von anderen etwas erfährst, habe ich überlegt, ob es nicht besser ist, du kommst einfach her und ich erzähle dir ein bißchen. Ich meine, Offenheit gegen Offenheit, wie meine Großmutter immer sagt. Egal wann, komm her, sonst kann ich nicht schlafen. Hier ist Flora Ellmann, und es ist Mitternacht.«

Es war jetzt zwei Stunden nach Mitternacht, und sie hatte erbärmlich geklungen. Ich marschierte also wieder raus, nahm den Jeep aus der Garage, machte mich über Wiesbaum und Birgel auf den Weg. Nebel war hochgezogen und deckte den ganzen Golfplatz ab wie ein Leichentuch.

Flora Ellmann hatte es mit Wein. Entweder war sie heiter, dann war es Weißwein, möglichst trocken, oder sie erging sich in schniefigen Schicksalsbetrachtungen, dann war es Rotwein, den sie zärtlich »meinen Wutmacher« nannte. Sie hockte in einem unbeschreiblichen alten Bademantel völlig undefinierbarer Farbe auf einem Sofa und sah aus wie ein Kind, dem sämtliche Liebe entzogen worden war.

»Setz dich, setz dich«, murmelte sie nuschelnd. »Also, was hast du über mich erfahren?«

»Daß du geldgeil bist«, antwortete ich wahrheitsgemäß.

Sie nickte, schniefte und nickte noch einmal. »Die Eifel war immer arm«, sinnierte sie. »Du kriegst hier beigebracht, möglichst viel zusammenzuraffen. In der Regel hast du das erreicht, wenn du alt bist. Dann kannst du nichts mehr damit anfangen. Ich bin fast vierzig, ich sollte mich mal nach einer starken Schulter umgucken.«

»Ich bin kein Lebenswegberater«, sagte ich vorsichtig. »Du wolltest mir was erzählen.«

»Ach, richtig. Gieß dir doch einen ein, ich habe noch ein paar Pullen. Oder willst du Wasser?«

»Wasser«, nickte ich. »Du hast also Apartments gekauft. Von Pierre Kinn? Und weshalb?«

»Naja, weil meine Familie das so wollte. Mein Bruder ist Tischler. Er wollte unbedingt den Auftrag für den Innenausbau im Hotel in Kyllheim. Er hatte kein Geld, sich ein Apartment zu kaufen, aber Kinn sagte: Wenn du den Auftrag willst, mußt du zeichnen. So fing das Ganze an.« Flora schniefte wieder vor sich hin, richtete dann einen verschwörerischen Blick auf mich und fragte: »Glaubst du, daß ich in meinem Alter noch einen vernünftigen Kerl ins Bett kriege?«

»Warum nicht?« entgegnete ich. »Dein Bruder ist doch strikt SPD, oder?«

Sie nickte. »Isser. Er haßt den Verbandsbürgermeister, und er haßt Leute wie Pierre Kinn. Er sagt immer, die Banker sind Leute, die uns suggerieren, man müsse pausenlos Geld ausgeben und könne dabei auch noch die gute Laune behalten. Also gut, eigentlich konnte er sich kein Apartment leisten. Aber er mußte, wenn er den Auftrag haben wollte. Deshalb kam er zu mir.«

»Hast du denn soviel Geld?«

Sie schüttelte den Kopf. »Nicht genug. Aber ich habe etwas, was andere nicht haben. Grundstücke. Daher bin ich kreditwürdig und kann für meinen Bruder ein Apartment zeichnen. Das siehst du doch ein, Baumeister, oder?«

»Also kam Pierre Kinn hierher und hat dich beschwatzt?«

»Nicht ganz so. Erstmal kam der Verbandsbürgermeister. Er machte einen Vorschlag. Er hat drei Grundstücke in einem Gebiet, das demnächst als Baugebiet ausgewiesen wird. Meine Grundstücke liegen in der Ortsmitte und an einem Hang, der wahrscheinlich in zehn Jahren baureif gemacht wird. Der Bürgermeister sagte, sie brauchen meine beiden Grundstücke in der Ortsmitte für das Bad und das Hotel. Er sei bereit, mir seine dafür zu geben, wenn ich bereit wäre, etwa hunderttausend als Ausgleich draufzulegen.«

»Aber der Mann ist doch von der CDU«, rief ich.

»Richtig, aber Grundstücke nehmen darauf keine Rücksicht. Ich merkte jedenfalls, daß ich eine Art Schlüsselposition hatte. Gab ich meine beiden Grundstücke nicht ab, saß die Projektleitung in der Klemme. Und sie hatten keine Ausweichmöglichkeit. Aber sie hatten sich auf das Projekt schon festgelegt.«

»Flora«, sagte ich sanft. »Heißt das, daß du sie ein bißchen erpreßt hast?«

»Ach, Siggi-Schatz«, entgegnete sie träumerisch, »was läuft denn heute noch ohne ein bißchen Erpressung?« Sie griff nach dem Glas auf dem Tischchen und zog es mit viel zu viel Schwung an die Lippen. Das Glas entleerte sich auf ihrem Bademantel. Sie kickste »Huch!« und wischte die rote Soße elegant und nachdrücklich mit dem Ärmel des Bademantels ab.

»Also, weiter, Flora. Dann kam also vermutlich Pierre Kinn, oder?«

»Richtig, dann kam Pierre. Aber natürlich nicht hierher, wir trafen uns auf neutralem Boden in einer Kneipe in Trier. Pierre kam mit einem wirklich guten Vorschlag.« Sie kicherte. »Er war wirklich ein Schätzchen, wenn es um Zaster ging. Er sagte, ich solle der Gesellschaft die beiden Grundstücke im Dorfkern verkaufen. Und zwar so, daß ich sie erst an den Verbandsbürgermeister abgab, der mir dafür seine drei Stücke in dem Bebauungsgebiet überließ. Dann würde der Bürgermeister der Gesellschaft die beiden Grundstücke weitergeben. So weit, so gut. Dann sollte ich ein Apartment für mich und eines für meinen Bruder zeichnen. Dafür bekäme mein Bruder den Auftrag des Innenausbaus der gesamten Nebenräume des Bades und der Wirtschaftsräume des Hotels. Also eine Verdoppelung des Auftrages. Weil ich dem Verbandsbürgermeister für drei Grundstücke hunderttausend Mark zusätzlich bezahlen sollte, aber nicht soviel auf der hohen Kante hatte, wollte die Sparkasse mir entgegenkommen und meine neuen drei Grundstücke in dem Siedlungsgebiet mit Vorkaufsrecht sofort übernehmen und dafür runde hundertachtzigtausend hinlegen. Das wäre zunächst mal ein Reingewinn von achtzigtausend. Klingt gut, Baumeisterchen, nicht?«

»Klingt gut«, nickte ich. »Wir haben jetzt also die Grünen in trauter Verbindung mit der SPD und der regierenden CDU. Wo bleibt die FDP und der Freie Wählerverband?«

»Kommt noch, kommt noch«, gluckste Flora, goß sich erneut Rotwein ein und trank, als sei sie zwei Tage lang wasserlos durch die Wüste Gobi gelaufen. Sie drehte sich eine Zigarette, und ich nahm das als Aufforderung, mir die neue Stummelpfeife von *DC* zu stopfen.

»Weißt du eigentlich, daß Pierre Kinn selbst Apartments gekauft hat?« fragte ich sie.

»Aber sicher weiß ich das«, nickte sie. »Er glaubte an das Projekt.«

»Glaubst du denn nicht daran?« fragte ich schnell.

»Später, später«, winkte sie ab. »Ich begriff also bei dem ganzen Grundstücksdurcheinander nur eins: Sie konnten mir mit so viel Angeboten und Krediten kommen, wie sie wollten: Wenn Flora Ellmann nein sagte, waren sie echt aufgeschmissen, denn dann konnten sie das gesamte Projekt vergessen. Also fing ich an zu überlegen.« Sie starrte rotweinblind in die trübe Funzel der Stehlampe.

»Flora, du bist ein Aas«, sagte ich anerkennend, denn ich wußte genau: Wenn Flora mit all ihrer Kaltschnäuzigkeit zu planen begann, mußte sich jedermann hinter dem Schreibtisch ducken. »Also gut, du hast die beste Position gehabt. Und wie hast du das ausgenutzt?«

»Alles für die Partei, Baumeister, alles für meine geliebte Partei. Du weißt doch, ich wollte schon immer ein Tagungshaus für alternative Vereine und Verbände. Ich wollte das schon immer, und jedermann spottete über mich. Jetzt habe ich euch! dachte ich. Ich hatte sie wirklich.«

»Flora, es ist bald Morgen, und ich muß irgendwie ins Bett. Also, sei lieb und laß deine Katzen aus dem Sack.«

»Ich zitierte also wieder den Pierre zu mir. Pierre, sagte ich zärtlich, ich habe eine Bitte. Ich brauche ein günstiges altes Bauernhaus, und ich weiß, daß die Sparkasse sowas in der Schublade hat. Ich brauche den Ausbau des alten Bauernhauses mit einem Unterkunftsteil und einem Tagungsteil. Ich brauche überhaupt sehr viel Kies für das Projekt. Ich möchte, daß die Bank mich dabei heftig materiell unterstützt. Dann noch was, Pierre, weil du so ein hübscher Knabe bist: Ich brauche natürlich Sonderkonditionen, ich brauche auch einen ordentlichen Verein mit einem richtigen Vorsitzenden. Das sollst du werden, Pierre. Dann habe ich noch eine Bitte an den Verbandsbürgermeister: Ich hätte gern einen Sitz im Finanzausschuß. Falls die FDP nicht zustimmen sollte oder der Freie Wählerverband sich querstellt, dann könnten wir doch erreichen, daß die mich unterstützen, wenn ihr ihnen im Preis bei den Apartments entgegenkommt. Die Ratsherren sind doch hauptberuflich Handwerker. Oder, Pierre?« Sie war wie ein kleines zärtliches Mädchen, das genau wußte, sie würde alles kriegen, was sie wollte.

»Also hängen alle drin?«

»Sicher«, bestätigte Flora. »Wenn das Projekt in Kyllheim steht, kommt mein Tagungshaus an die Reihe. Alles fertig, und kein Mensch kann mehr einen Rückzieher machen, egal, was passiert. Nur haben sie mir leider meinen Vorsitzenden um die Ecke gebracht. Das finde ich unfair.«

»Wie weit ist denn die Bank bei den Preisen entgegengekommen?«

»Dreißig Prozent, Baumeisterchen.«

»Und wie hat man das vertuscht?«

»Ganz einfach, Siggi-Schätzchen. Sie haben Geld bekommen von der Gemeinde, vom Land, aus Euro-Töpfen, sie haben was von der Wirtschaftsförderung, von privaten Einsteigern und was aus den eigenen Quellen. Das alles haben sie in einen Topf geschmissen und rühren es seit anderthalb Jahren immer wieder um. Kein Mensch weiß mehr, was eigentlich von wem verbraten wurde, was noch vorhanden ist. Jemand, der das prüfen soll, der muß zwei Jahre Zeit mitbringen und wird wahrscheinlich nicht die Hälfte aufdecken.«

»Was zahlst du jetzt für deine Tagungsstätte?«

»'nen Appel und 'n Ei, Baumeister-Schatz.« Sie goß sich das nächste Glas ein. »Und ich sitze im Finanzausschuß.«

»Das kann ich niemals schreiben, das kapiert kein Mensch.«

Flora lachte plötzlich schallend: »Alle, die so ein Scheiß Apartment nicht bezahlen konnten, haben es von der Bank kreditiert gekriegt. Mein kleiner Pierre und Udler haben das gedeichselt. Ganz einfach. Und alles völlig legal.«

»Udler hat sehr viel Macht«, murmelte ich.

»Oh ja. Er war hier, er hat mich besucht, obwohl er mich so wenig leiden kann wie der Aussätzige die Krätze. Er war ganz klein mit Hut und hat gesagt, es ginge alles glatt über die Bühne und ich brauchte mir nicht die geringsten Sorgen zu machen.«

»Du bist ein Glückskind, Flora. Ich finde es wirklich gut, daß du mir das erzählt hast, und ...«

»... weißt du, ich dachte, du würdest es sowieso stückweise erfahren, und da wollte ich dir lieber die ganze Geschichte erzählen, ehe du auf dumme Gedanken kommst.«

»Aber einen dummen Gedanken habe ich schon, Flora. Die ganze Kiste ist zwar das totale Chaos, aber ich finde überhaupt kein Motiv. Udler hat Macht, Pierre hat Können bewiesen, jeder hat ein Apartment, der Bau geht munter voran. Wer, um Gottes willen, hatte einen Grund, Pierre und Heidelinde zu töten?«

Flora verzog den Mund und schnalzte leicht. »Das ist richtig. Pierre hat alles auf die richtige Schiene gebracht. Es ist niemand in Sicht, der nicht irgendwie daran verdient hat. Aber vielleicht wollte jemand die Heidelinde um die Ecke bringen und hat Pierre der Verwirrung wegen einfach mitgetötet. Hast du mal daran gedacht?«

»Habe ich«, ich trank das Wasser aus. »Du hast trotzdem irgend etwas gegen das Projekt in Kyllheim, nicht wahr?«

»Sagst du es nicht weiter?«

»Nein, ich habe nicht die geringste Veranlassung.«

»Also gut. Wir haben ein tropisches Bad mit allen Schikanen plus ein Hotel mit allen Schikanen. Wir haben genug Kapital, um die Sache hochzuziehen. Wir haben sogar schon jemanden, der das Hotel und das Restaurant pachtet. Wir haben auch jemanden, der das Bad betreiben will. Es gibt ein Wort, das diese Gesellschaft über alles liebt. Das heißt Gewinn. Wir sind hier in der Eifel, der Tourismus ist erst im Aufbau, Köln ist hundert Kilometer entfernt. Bis jetzt liegen die Kalkulationen so, daß die Übernachtung in dem Hotel viel zu teuer sein wird für Eifler Verhältnisse. Die Eintrittskarte ins tropische Gewässer wird für eine Familie mit vier Kindern unerschwinglich sein. Mit anderen Worten: Ich gehe jede Wette ein, daß das Ding eher pleite ist, als der fünfzigtausendste Besucher sich die Füße naß gemacht hat. Aber du mußt die Schnauze halten, Baumeister.«

Ich murmelte etwas wie »Großer Gott« und ging.

Der Nebel hatte sich breitgemacht, streckenweise mußte ich Schritt fahren.

Ich hatte die fröhliche Vorstellung, ich würde mit einer gewaltigen sportlichen Hechtrolle in meinem Bett landen, aber daraus wurde nichts.

Die Soziologin hatte sich den Oliver Stone-Film *Platoon* eingelegt. Ohne den Kopf zu bewegen, sagte sie: »Krieg ist etwas von Männern für Männer, oder?« Und da ich nicht antwortete, setzte sie hinzu: »Ich habe kein Bett.«

Ich hockte mich ihr gegenüber in einen Sessel und murmelte: »Es ist vier Uhr.« Es war keine sonderlich intelligente Bemerkung, und ich wollte sie irgendwie abschwächen, aber ehe ich etwas sage konnte, wandte sie mir das Gesicht zu. Jemand hatte sie geschlagen, ihre rechte Wange war geschwollen und schillerte blau und grün.

»Es geht mich ja nichts an«, sagte ich erschrocken. »Aber ...«

»Nein, eigentlich nicht«, stimmte sie zu. »Ich lebe mit jemandem zusammen, klar. Ich will nicht mehr, auch klar. Ich will seit Wochen nicht mehr. Er trinkt ziemlich viel.«

»Und er liegt in deinem Bett.«

»Und er liegt in meinem Bett.« Sie schluchzte trocken auf.

»Soll ich ihn rausschmeißen?«

»Das geht nicht, das muß ich selbst machen. Ich bin ja schon groß.«

»Dann mach es jetzt. Jetzt ist er verschlafen und sieht mies aus.«

»Aber dann hat er kein Bett.«

»So ist das Leben.« Ich stand auf, und ich strich ihr, gegen meinen Willen, über das Haar.

Jemand hatte die Tür meines Schlafzimmers offenstehen lassen. Paul lag auf meinem Kopfkissen, Momo etwas unterhalb. Sie starrten mich verschlafen an, blinzelten und maunzten träge. Sie benahmen sich wie eine Ehefrau, die dem zu spät kommenden Mann sagt, nun sei es aber endlich Zeit. Ich versuchte also, mich so ins Bett zu packen, daß ich sie nicht allzusehr störte.

Als ich aufwachte, war der strahlende Herbst vergangen, es regnete in Strömen, und die Pflaumenbäume vor dem Schlafzimmerfenster bogen sich unter einem peitschenden Wind. Es klopfte, und Rodenstock erschien mit einem Topf Kaffee.

»Haben Sie so etwas wie in Aachen oft gemacht?« fragte ich. »Haben Sie oft angegriffen, wenn ein Angriff bevorstand?«

»Nicht oft«, schüttelte er den Kopf. »Vielleicht drei- oder viermal in meinem Leben. Aber die Jungens hätten uns verprügelt, das steht fest. Ich habe Wiedemann Bericht erstattet, wir treffen uns um vierzehn Uhr in einem kleinen Raum im Landratsamt, um mit Udler zu sprechen. Wir wollen ihm Aufsehen ersparen. Und Sie?«

»Ich war bei Flora Ellmann, bei der Landkreisgrünen Nummer Eins. Sehr aufschlußreicher Unterricht in Demokratie und Filz.« Ich erzählte ihm, was es zu erzählen gab.

»Das alles ist in jedem Landkreis so oder so ähnlich«, murmelte er. »Es gibt wirklich kein Motiv her. Ich habe auch mit Dinah gesprochen. Sie ist eine Tapfere. Sie hat es verdient, daß man ihr hilft.«

»Und ›man‹ bin ich, wenn ich das richtig verstehe.«

»Na ja, Sie können ihr doch etwas zu schreiben geben oder so.«

»Hat sie diesen Kerl rausgeschmissen?«

»Ja, hat sie. Sie sagte, er hätte sehr dämlich ausgesehen.«

»Das ist gut. Ich werde mich schönmachen. Schön für Udler.«

Sechstes Kapitel

Wiedemann war schlecht gelaunt. »Wenn die drei ersten Tage ergebnislos verlaufen, rennt die Mordkommission ins Leere. Heißt es.«

»Wir kriegen ihn«, beruhigte ihn Rodenstock. »Du hast bisher fast alle gekriegt.«

»Wenn es ein ›Er‹ ist«, wagte ich einzuschränken. »Mit einer Armbrust von derartiger Durchschlagskraft und mit einem solchen Gift, hätte das auch meine achtzigjährige Oma gekonnt.«

Es war wohl keine qualifizierte Äußerung, sie schwiegen.

Im Landratsamt wurden wir sehr diskret von einem jungen Mann empfangen, der flüsternd fragte: »Sind die Herren von der Behörde?« und, als Wiedemann nickte: »Dann darf ich Sie bitten, mir zu folgen.« Er brachte uns in ein Gelaß mit einem großen Tisch und acht Stühlen, in dem sich sonst nichts befand.

»Trostlos«, urteilte Wiedemann, »aber geschmackvoll.«

Der junge Mann zuckte leicht und wissend mit den Achseln. »Es soll ja gewissermaßen so sein, als wären Sie niemals hiergewesen.«

»So haben wir es gern«, nickte Wiedemann.

Nach zwei Minuten öffnete Hans-Jakob Udler die Tür, kam hinein und benahm sich alles in allem so, als wären wir angetreten, seine Befehle in Empfang zu nehmen. Er bewegte sich fast tänzerisch, war locker, sehr ausgeglichen. Er trug einen beigefarbenen Sommeranzug, der nicht ganz zum Regen paßte, aber immerhin verdächtig nach Rohseide aussah. Er breitete die Arme aus, als wollte er uns segnen, und sagte heiter: »Ich bin Ihnen für die Diskretion sehr dankbar. Udler ist mein Name.«

Als er mir dann die Hand gab, stutzte er: »Wir kennen uns. Aber das klärt sich.« Er setzte sich und versicherte: »Was immer Sie wollen: Von mir bekommen Sie jede Unterstützung, wie sich von selbst versteht. Wir können beginnen.«

Es war eine feste Absprache: Wiedemann sollte das Gespräch führen, Rodenstock und ich würden den Mund nicht aufmachen.

Also räusperte sich Wiedemann, und ich begriff, daß er unter allen Umständen Udler sofort in eine miese Position drängen wollte. Er sagte locker: »Zunächst einmal schöne Grüße von Natascha aus Aachen. Sie wissen schon, Gerbergasse, gleich neben dem Dom.«

Udler tätschelte leicht die goldene *Piaget* an seinem linken Handgelenk. »Sie müssen mich, mit wem auch immer, verwechseln. Natascha? Aachen? Ich bin, wie Sie sehen, nicht einmal erstaunt. Die Adresse kenne ich nicht.« Er sah uns der Reihe nach offen an, seine Augen waren harte, vollkommen ausdruckslose, flache blaugraue Kiesel.

»Wir haben das Video«, lächelte Wiedemann. »Das Ding ist amateurhaft, sechs Minuten lang. Es zeigt Sie, Herr Udler, nackt und auf allen Vieren. Sie werden geritten von der langmähnigen schönen Natascha, die eine Peitsche schwingt.« Klugerweise sagte er nicht, daß man Udler darauf nur identifizieren konnte, wenn man Udler kannte.

»Das kann ich mir nicht vorstellen«, Udler wurde tonlos. »Heißt das, daß ich das Gespräch abbrechen muß, um meinen Anwalt hinzuzuziehen?«

Zweifelsfrei eins zu null für Udler.

»Das können Sie halten wie Sie wollen.« Wiedemann steckte sich einen Stumpen etwas heftig ins Gesicht und rauchte ihn dann an.

Rodenstock hüstelte sofort.

Udler war clever, er antwortete nicht direkt, er suchte und fand einen hervorragenden Ausweg. »Also, daß Sie, meine Herren, von der Kripo sind, ist ja zweifellos klar. Aber der Herr Baumeister ist doch nicht von der Kripo und dazu noch Pressemensch. Warum nimmt er teil?«

»Er gehört keiner Redaktion an, er schreibt kein Wort und gibt auch kein Wort ohne Zustimmung heraus. Es spielt auch keine Rolle, welche Profession er hat. Er ist ein wichtiger Informant in dieser Sache, Mitarbeiter.«

Wiedemann spulte das herunter, als habe er das erwartet und sorgfältig erwogen.

Udler war klug genug, sich nicht darauf festzureiten. »Aha«, sagte er und nickte bedächtig.

»Die Aussage dieser Natascha geht dahin, daß Sie Stammgast sind«, murmelte Wiedemann. »Um eine Verwechslung handelt es sich nicht, und es macht auch keinen Sinn, wenn Sie jetzt empört sind und Ihren Anwalt verlangen. Sie sind hier nicht Beschuldigter, Sie sind möglicherweise ein Zeuge und Informant. Ich betone das Möglicherweise, denn bewiesen ist das noch nicht. Es kann sein, daß Ihr Wissen uns auch nicht weiterbringt.«

»Sie werden selbstverständlich nichts an die Öffentlichkeit weitergeben?« fragte Udler ganz sachlich.

»Selbstverständlich nicht«, bestätigte Wiedemann.

»Hm«, Udler trommelte mit den Fingern seiner rechten Hand auf den Tisch. »Man sagt, Pierre und die Frau starben durch Gift. Was für ein Gift war es?«

»Das wissen wir noch nicht«, log Wiedemann gekonnt. »Aber zurück zu Natascha. Stimmen Sie dem Grundmuster zu, daß Sie hin und wieder dort zu Besuch sind?«

»Ich stimme zu«, nickte Udler. »Sie sagten, auf diesem Video reitet sie mich?« Ein wenig ungläubig.

»Das sagte ich.«

»Der Alkohol, der Teufel«, murmelte er versonnen.

Zwei zu null für Hans-Jakob Udler.

»Was ist, wenn dieses Video in die Öffentlichkeit gerät?« fragte Wiedemann.

»Das wäre zweifellos peinlich«, antwortete Udler ohne jedes Zögern. »Aber nun wieder nicht so peinlich, daß es mich Kopf und Kragen kosten würde. Was, um Himmels willen, tut man nicht alles im Suff.« Er lächelte voller Charme. »Sehen Sie, meine Herren, wenn ich das einmal übertrieben formulieren darf: Unter diesen Umständen müßten nach jeder Karnevalsession in Köln die Vorstände jedes Vereins zurücktreten und geschlossen Selbstmord begehen.« Er zeigte die ganze Batterie schneeweißer dritter Zähne.

Drei zu null für Herrn Udler.

»Mit anderen Worten: Sie streiten nicht ab, daß ein solches Video existiert?«

Das war eine ungeschickte Frage, und Wiedemann begriff das sofort, konnte sie allerdings nicht ungeschehen machen.

»Wenn Sie es sagen, glaube ich es«, strahlte Udler. »Allerdings muß ich eines betonen: diese Natascha ist ein, nun sagen wir, eigentlich ehrliches Häschen. Sie hat mit keinem Wort erwähnt, daß irgendein Zuhälter – war es ein Zuhälter? – das fotografierte. Natürlich kann ich jetzt nicht mehr zu freudvoll albernen Stunden nach Aachen aufbrechen. Dort habe ich übrigens studiert.«

Vier zu null, fünf zu null, sechs zu null für Herrn Udler.

»Können Sie sich vorstellen, daß Pierre Kinn Sie mit diesem Film erpressen wollte?«

Udler beugte sich gespannt wie eine Feder weit über den Tisch. Er war offenkundig fassungslos, er lauschte Wiedemanns Worten nach und mochte sie nicht glauben, nicht ernsthaft in Erwägung ziehen. Er kniff die Augen zusammen, spitzte den Mund, schüttelte den Kopf. »Wie bitte? Der Pierre? Mich erpressen? Mit so einem Filmchen? Mit so einem Scheiß?« Er zog sich ein paar Zentimeter zurück, spannte sich dann wieder nach vorn.

»Nein, nein, nein, Herr Kommissar, überlegen Sie doch bitte einmal: Das wäre gänzlich hirnrissig. Sie äußern einen bösen Verdacht, und ich kann nur erwidern: Pierre hat mich nicht erpreßt. Ich wußte doch gar nicht, daß dieses blöde Material existiert. Und gleich noch etwas, damit wir uns klar verstehen: Pierre hätte nie und nimmer versucht, mich mit so einem, geradezu dämlichen Video zu erpressen. Mit so etwas kann man Udler nicht erpressen, und Pierre wäre niemals so dumm gewesen, das auch nur zu versuchen.« Udler entspannte sich etwas, atmete langsamer. Dann lächelte er wieder unvermittelt. »Wenn ich das richtig verstehe, besaß Pierre also dieses Filmchen. Wie lange denn schon?«

»Ein paar Wochen mindestens«, antwortete Wiedemann. Er wußte, daß seine Stellung schwach war, und gab es durch seinen Gesichtsausdruck zu.

»Gleich die nächste Frage, Herr Kommissar, und die Antwort interessiert mich nun wirklich: In welche Richtung, meinen Sie, konnte Pierre mich denn erpressen?«

»Daß er seinen Job bei der Bank behält«, erwiderte Wiedemann einfach.

»Den Job war er seit vielen Monaten los«, bellte Udler scharf. »Es ist unmöglich in der Eifel, einen jungen Mann mit der Belastung eines außerehelichen Verhältnisses weiter zu beschäftigen, das funktioniert einfach nicht. Pierre wußte das.«

»Wenn er es wußte, was wollte er denn unternehmen? Hatte er einen neuen Job?«

»Das weiß ich aufrichtig nicht.« Udler war jetzt schlecht gelaunt. »Wenn ich Ihre Gedanken nachvollziehe, hat also Pierre das Filmchen bei Natascha aufgetrieben und wollte mich damit erpressen, ihn weiter in der Bank zu beschäftigen. Das ist ein perfekter Holzweg. Pierre brauchte mich nicht zu erpressen, und ich bin nicht erpreßbar. Seien Sie doch nicht so eng, meine Herren. Ich bin ein Mann in den Fünfzigern. Ich bin mit einem lebenden Vaterunser verheiratet, und jeder im Landkreis weiß das. Wenn ich total betrunken gefilmt werde, dann ist das peinlich, aber ich würde kein Zweimarkstück dafür opfern, das zu verhindern. Unter uns kann ich durchaus zugeben, daß Natascha mir großen Spaß gemacht hat. Kein Problem.«

Sieben bis zwanzig zu null für Udler.

»Eine andere Frage. Sehen Sie ein irgendwie geartetes Motiv, Pierre Kinn und Heidelinde Kutschera zu töten?«

»Nein. Es ist mir scheißegal, ob Sie mir das glauben, oder nicht. Ich zerbreche mir den Kopf, weil ich den Jungen aufrichtig gern hatte. Ich finde keinen Grund. Die Leute hätten Schlange gestanden, ihn zu engagieren. Der Grund, weshalb Pierre trotz dieser unseligen Affäre so lustig blieb, ist doch genau in der Tatsache zu suchen, daß er jede Möglichkeit hatte weiterzukommen – in Banken genauso wie in der Privatwirtschaft. Ich kann mir vorstellen, daß Sie sich gedacht haben: Aha, der Kinn hat Udler erpreßt, und der griff mal kurz zur Armbrust. Ich bin um Ihretwillen froh, daß wir uns hier getroffen haben. Schlagen Sie sich das aus dem Kopf, meine Herren.«

»Tja, das wär's«, Wiedemann klang süßlich.

Udler nickte, stand auf und verbeugte sich leicht. »Ich bin die nächsten Tage in Daun. Ich sage meiner Sekretärin, sie soll Sie sofort durchstellen, wenn Sie anrufen. Ich helfe Ihnen, jederzeit. Meine Herren.« Er senkte das Haupt wie ein kommandierender General, wir waren entlassen. Ausgesprochen beschwingt ging Udler hinaus.

»Falsche Fährte«, sagte Rodenstock bitter.

»Er hat einfach zuviel Macht«, meinte ich

»Das Filmchen taugt nichts«, knurrte Wiedemann. »Wir haben nicht den Hauch eines Motivs.« Er erklärte, er wolle schnell zu seinen Leuten, um noch einmal den ganzen Fall zu besprechen.

Ich fuhr mit Rodenstock heim. Er sagte wütend, er wolle schlafen, aber er schlief nicht. Statt dessen zog er eine Bahn Packpapier im Gästezimmer quer über die Wand und schrieb energisch mit einem Filzstift: *Motive!* darauf. Dann warf er leicht angewidert den Stift auf den Tisch und beschloß: »Ich gehe wirklich schlafen.«

Dinah Marcus hatte einen Melissentee gekocht und badete ihre verquollene Wange darin. Ich berichtete von Udler, und mein Tonfall muß eindeutig resignativ gewesen sein, denn sie sagte leicht gönnerhaft: »Nur nicht aufgeben, Baumeister, du bist doch gar nicht so schlecht.«

Ach richtig, wir duzten uns. »Was hat denn der Kerl in deinem Bett gesagt?«

»Er schluchzte, ich mache ihn heimatlos.«

»Und? Ist er verschwunden?«

»Ja. Wenigstens vorläufig. Ich lasse ein neues Schloß einbauen. Was machst du jetzt?«

»Das, was ich immer tue, wenn anscheinend nichts weitergeht. Ich frage meine Katzen, ob sie mit mir spazierengehen. Dann versuche ich nachzudenken.«

»Hast du ein Kopfschmerzmittel? Scheiße, ich sehe aus wie meine eigene Großmutter.«

»Im Schreibtisch findest du was. Bis gleich.«

Natürlich ging ich nicht spazieren. Ich fuhr nach Kelberg zum Kutschera. Ich wollte sehen, wie ein Mann aussieht, der seine Frau an einen anderen verlor und als Tote zurückbekam. Vielleicht konnte ich mit ihm sprechen.

Ich nahm den Weg über Kerpen, Niederehe und die Nebenstraße nach Brück. Es regnete sanft, die Landschaft ertrank in einem nebligen Naß. Ich versuchte es mit der Rod-Stewart-Aufnahme *Unplugged* und ersoff in Selbstmitleid, während er *Waltzing Mathilda* röhrte. Es ist mir unvorstellbar, daß Maria Callas das gleiche erreicht hätte.

In der scharfen Kehre vor Brück stand ein Rehbock auf der Fahrbahn und rührte sich zunächst nicht von der Stelle. Das ist keinesfalls verwunderlich, denn wenn schon wir Menschen in modernen Zeiten nur noch kopf- und hilflos herumrennen, wie soll es den Tieren des Waldes erst gehen, den wir versauern? Nach einer Weile, nach ausgiebiger Betrachtung meiner brennenden Scheinwerfer, entschloß sich der Bock zu ein paar matten Sätzen in den rettenden Dschungel.

Kutscheras Werkstatt lag im Hinterhof eines alten Bauernhauses, dicht an der Kreuzung der beiden Bundesstraßen. Es standen eine Menge Bretterstapel herum, aber nichts wies darauf hin, daß hier irgend jemand fröhlich seinem Handwerk nachging. Keine Maschine surrte, keine Lampe brannte, es wirkte trostlos.

Schließlich fand ich ihn, nachdem ich eine Tür geöffnet hatte. Es war ein großer langgestreckter heller Raum, in dessen Decke Glasscheiben eingelassen waren. Kutschera stand an einer Werkbank und tat nichts. Er stand da und starrte aus dem vollkommen staubbedeckten Fenster.

»Ich bin Baumeister«, sagte ich vorsichtig.

»Ich habe damit gerechnet«, nickte er. »Ich habe nicht mal einen Stuhl hier.«

»Das macht nichts. Darf ich Pfeife rauchen?«

»Sicher. Haben Sie Tabak dabei? Ich muß hier irgendwo eine alte Pfeife rumliegen haben.«

Er war ein sehr großer Mann, sicherlich größer als einen Meter achtzig. Er wirkte massiv und stark, hatte kurzgeschorene graue Haare und war der Inbegriff des Handwerkers, der sein Metier versteht und den wir Normalverbraucher als ewige Versicherung gegen alle Tücken des Alltags begreifen. Er hatte Hände wie kleine Bratpfannen, und ich konnte mir nicht vorstellen, daß er damit eine Frau streichelte. Ich reichte ihm meinen Tabakbeutel, und er roch daran.

»Eigenmischung?«

»Ja. Wenn ich jetzt unpassend komme, sagen Sie es ruhig. Ich verschwinde dann wieder.«

»Und Sie kommen wieder«, grinste er matt. »Schon gut, ich weiß ja ungefähr, wer Sie sind. Schreiben Sie drüber?«

»Ich weiß es noch nicht. Zur Zeit, das kann ich versprechen, gibt es gar nichts zu schreiben. Ich weiß, die Tageszeitungen sind voll davon, aber wenn Sie genau hinsehen, steht eigentlich nichts drin.«

»Das stimmt«, nickte er. »Es steht wirklich nichts drin. Im *Trierer Volksfreund* steht allerdings, die Polizei hätte ein paar vielversprechende Hinweise.«

»Das ist nicht wahr, das ist Kokolores.«

Kutschera schwang sich schnell und leicht auf die Werkbank, ich hockte mich auf einen Stapel Türen. Er schmauchte vor sich hin und sagte: »Gut, der Tabak. Was wollen Sie wissen?«

»Ich weiß eigentlich nicht, was ich fragen soll. Ehrlich gestanden bin ich verwirrt. Wir haben komische Dinge entdeckt. Zum Beispiel in Kyllheim den Bau eines Bades, eines Hotels und dreißig Apartments, die von den eigenen Handwerkern gekauft werden mußten. Alle möglichen derartigen Dinge. Aber wir finden kein Motiv für irgendeinen Täter. Der Mord war so verdammt gut ausgedacht und perfekt.«

»Aber wer kommt so einfach an *M 99*?« fragte er nachdenklich.

»Woher wissen Sie das?«

»Das weiß doch die ganze Eifel. Die Kripo ist nur deswegen draufgekommen, weil der Pächter der Kasselburg in Pelm die darauf hingewiesen hat. Und der ist ein guter Freund von mir. Die Eifel kennt keine Geheimnisse. Ich weiß auch, daß sie anfangs dachten, ich sei es gewesen.« Er räusperte sich. »Ich habe denen ganz offen gesagt, daß ich es verdammt gut gewesen sein könnte. Aber ich war es nicht. Und schon gar nicht mit *M 99*.«

»Wie haben Sie das Spiel überhaupt durchgehalten?«

»Das weiß ich nicht«, meinte er dumpf. »Ich weiß nur, wie es ausgegangen ist.«

»Haben Sie denn nie versucht, mit Kinn zu reden?«

»Doch, habe ich. Vor einem Jahr. Ich habe ihm gesagt: Ich schlag dich tot, wenn du das nicht sein läßt! Er stand vor mir und sagte, das sei ihm egal, das müßte ich hinnehmen. Einfach so.«

»Sie haben nicht zugeschlagen?«

»Nein, habe ich nicht. Ich habe erst dann begriffen, wie ernst das zwischen denen war. Ich dachte zu Anfang, das wäre irgendeine Geschichte, wie sie mal vorkommt. Aber es war etwas anderes.«

»Was war es denn Ihrer Meinung nach?«

»Was völlig Verrücktes. Ich konnte nichts machen, die Kinder auch nicht.« Er sprach leise und schüttelte den Kopf.

»Wo sind die Kinder?«

»Bei der Oma. Ich wollte sie raushalten. Aber ich kann sie nicht raushalten, weil alle Leute versuchen, mit ihnen drüber zu reden. Das ist schlimm. Ich habe schon daran gedacht, nach der Beerdigung mit den Kindern nach Ibiza oder irgendwoanders hinzufahren. Jedenfalls weit weg.«

»Eine gute Idee«, sagte ich. »Auf Dauer sollten Sie sowieso besser weggehen.«

Er starrte mich an. »Das sagen Sie auch? Komisch, das sagen alle, und ich glaube, es ist wirklich besser. Aber ich bin Eifler, das wird schwer.«

»Kanada ist doch zum Beispiel sehr schön. Den Kindern würde es bestimmt gut tun, sie könnten vergessen. Hier in der Eifel wird man noch nach zwanzig Jahren über die Sache sprechen. Sie wissen das.«

»Ich denke das auch«, nickte er. »Was haben Sie denn rausgekriegt? Sie und die Polizei?«

»Eigentlich wenig. Wir haben niemanden gefunden, der einen wirklichen Grund hatte, beide zu töten. Können Sie sich in Ihren wildesten Phantasien jemanden vorstellen, der einen Grund gehabt hätte?«

»Vielleicht ein faules Geschäft in der Bank?« fragte er.

»Da sind einige Geschäfte, die etwas streng riechen. Aber ob die ein Grund sein könnten, ist zu bezweifeln.«

»Hat sie ... ich meine, hat sie leiden müssen?«

Ich dachte daran, daß der Spurenexperte Wolf gesagt hatte, die beiden tödlich Getroffenen hätten wahrscheinlich irrsinnige Schmerzen durchstehen müssen. »Ich glaube nicht, ich glaube, es ging schnell.«

»Das muß doch einer wochenlang geplant haben«, wunderte er sich. »Du mußt erst mal eine Armbrust haben. Na gut, das kannst du erledigen, indem du eine kaufst. Dann mußt du *M 99* besorgen, und das bekommst du nirgendwo, wenn du nicht Tierarzt bist. Vielleicht hatte der Mörder das auch schon? Aus irgendeinem Grund hatte er es, und er erinnerte sich daran. Dann mußt du wissen, daß die zwei auf dem Golfplatz sind, und du mußt wissen, wann sie ungefähr auf der Bahn sechzehn ankommen. Sonst stehst du dir die Beine in den Bauch.«

»Wahrscheinlich ist der Mörder ihnen gefolgt. Oder er wußte durch irgendeinen Zufall, daß sie am Sonntag abend auf dem Golfplatz sein würden.«

»Na, gut. Das leuchtet mir noch ein. Aber dann muß der Mörder doch eiskalt gewesen sein. Oder? Also müssen sie etwas gewußt haben, was den Mörder in Gefahr brachte. Anders ist das doch nicht zu erklären. Was ist mit diesem Charlie, diesem Multimillionär, der manchmal mit dem Kinn zusammenhockte?«

»Das scheint sehr unwahrscheinlich. Charlie hat viel Geld, und was anderes interessiert ihn nicht. Er wäre niemals so dumm, wegen Geldes einen Menschen umzubringen, oder gar zwei. Charlie war es nicht.«

»Sagen Sie«, murmelte Kutschera. »Aber es leuchtet schon ein. Wie sollte Pierre Kinn denn für den auch gefährlich sein? Und erst recht meine ... also erst recht nicht die Heidelinde.«

»Es ist darüber nachgedacht worden, ob Ihre Frau vielleicht was wußte, was für jemanden gefährlich war. Ich meine, vielleicht ist Pierre Kinn nebenbei getötet worden und eigentlich sollte Ihre Frau getötet werden.«

»Warum denn das? Das ist doch völlig ... also das ist doch Unsinn. Heidelinde war doch ... na ja, sie war irgendwie abgedreht, aber sie war doch ... sie war doch harmlos, ich meine ...«

»Sie war nicht harmlos«, widersprach ich heftig. »Sie hatte eine Liebesgeschichte mit einem Mann, und die war so ernst, daß sie ihr Leben aufgeben wollte. Das Leben mit Ihnen und den Kindern. Man könnte jetzt sagen, daß wirkt irgendwie krank, aber vielleicht war das nicht krank, sondern normal. Nun wird diese Frau getötet, und ich will herausfinden, warum das passierte. Sie sagen,

Ihre Frau war harmlos; ich sage, jemand hat sie getötet. Also, was wissen Sie von Ihrer Frau?«

»Was soll ich wissen? Ich weiß alles.« Er sprang von der Werkbank. »Na gut, eigentlich weiß ich nichts. Aber daß kein Mensch sie umzubringen braucht, das weiß ich nun wirklich.«

»Regen Sie sich nicht auf. Als das mit Pierre Kinn begann, wie lange hat sie versucht, das geheimzuhalten?«

»Eigentlich gar nicht«, sagte er tonlos. »Sie hat es überhaupt nicht geheimgehalten. Das fing so vor zwei Jahren an. Ziemlich harmlos. Das war bei den Planungen für dieses Bad und Luxushotel in Kyllheim. Eines Tages hatte sie gesagt, die Kinder wären jetzt groß genug, um tagsüber allein zu sein. Sie meinte, es wäre gut, wieder in den Beruf zu gehen. Sie ist Bürokauffrau. In diesem Hotel hatte sie die Chance, Öffentlichkeitsarbeit zu machen, also Werbung und so. Ich sagte: Das ist Klasse, das soll sie machen. Sie war dann dreimal auf einer Fortbildung, sie büffelte wirklich wie verrückt. Sie war aber auch häufiger weg, und sie war so komisch. Ich habe sie gefragt, was ist los? Sie antwortete, sie hätte eine Geschichte mit dem Pierre Kinn, und ich müsse Geduld haben. Hah! Geduld haben. Ich hatte Geduld, ich habe gebetet, lieber Gott, laß es bald vorbei sein! Aber es ging nicht vorbei. Sie sagte, sie liebt ihn. Sie sagte, es sei ernst. Sie bot mir die Scheidung an, sie wollte nichts haben, nicht mal die Kinder. Ich sagte, ich warte. Ich weiß nicht, wie oft ich das gesagt habe. Tausendmal, schätze ich. Es gab Tage, da bin ich nach Feierabend in die nächste Wirtschaft eingefallen und habe mich solange mit Bier und Schnaps abgefüllt, bis ich nichts mehr spürte.«

»Was hat sie erzählt, was hatten sie und der Pierre denn vor?«

»Der Kinn hatte den Bankjob, sie sollte das Hotel managen. Das veränderte sich langsam. Ich weiß eben nicht, was sich veränderte. War ja klar, daß der Kinn unter diesen Umständen niemals bei der Bank bleiben konnte, ach, was sage ich, der konnte nicht mal in der Eifel bleiben.

Das habe ich auch meiner Frau gesagt. Einmal war ich betrunken, ich weiß auch, daß die Kinder zuhörten, aber ich konnte mich nicht mehr zusammenreißen ...« Er rieb sich die Augen, er weinte. »Ich habe sie angeschrien, ich habe gebrüllt: Du Arschloch, du kannst nicht mit diesem Wichser ficken und gleichzeitig hoffen, in der Eifel glücklich zu werden. Ich habe solange geschrien, bis unsere Nachbarn kamen und mich beruhigten. Das tut mir leid, aber ich wußte nicht mehr aus noch ein.« Er drehte sich leicht wie ein betrunkener Tanzbär und wischte sich mit einem dreckigen Tuch über die Augen. »Verdammt noch mal, nimmt das denn nie ein Ende?«

»Was hat sie geantwortet?«

»Sie sagte irgendwie ... ja, wütend, oder mit Verachtung: Was weißt du denn schon. Die Eifel ist out, das Hotel ist längst nicht mehr wichtig. Wir haben was anderes vor. Das sagte sie.«

»Wann war das?«

»Vor drei oder vier Monaten.«

»Können Sie den Termin genauer angeben?«

»Kann ich nicht. Ich habe ein Hirn wie ein Badeschwamm. Mensch, Junge, ich kann nicht mehr.«

»Was sollte sich ändern?«

»Das erzählte sie nicht. Ich habe sie mehrmals gefragt, aber sie erzählte nichts. Ich weiß nur, ich dachte: Jetzt ist alles aus. Und es war aus.«

»Die ganze Zeit hat sie bei Ihnen gewohnt? Im Ehebett?«

»Nein, nein, da hatten wir eine Lösung gefunden. Sie ging abends rüber zu Freunden von uns und schlief dort allein. Oh Mann, ich weiß nicht, wie ich damit klarkommen soll.«

»Damit kann kein Mensch gut klarkommen«, meinte ich. »Vielen Dank. Denken Sie ruhig mal an Kanada, die brauchen Handwerker.« Es tat körperlich weh, ihn dort im Dämmer seiner lautlosen Werkstatt stehen zu sehen und nichts für ihn tun zu können, außer Wortblasen abzusondern, die ihm überdies Schmerzen zufügten.

»Wenn Sie reden wollen, rufen Sie mich an. Tag und Nacht«, verabschiedete ich mich.

Es regnete noch immer, der Nebel hatte sich verfestigt und wirkte wie ein klatschnasses Tuch. Kutschera blieb einfach stehen, neigte den Kopf und weinte lautlos.

Ein wenig war es so, als läge tiefer Schnee. Der Nebel schluckte die Geräusche und ließ die Welt seltsam still und harmlos scheinen. Es war wohl einer der Abende, an denen man beginnt, nach sich selbst zu suchen. Ich nahm den gleichen Weg zurück.

Auf der Höhe über Brück mußte ich Schritt fahren und hätte beinahe eine schwere Zugmaschine von hinten erwischt, die den üblichen Fehler aller Landmaschinen hatte: Funzeln statt Rückleuchten. Jemand hatte sich hinter mich geklemmt, und es ging in gemächlichen 20 km/h in die Linkskurve vor der scharfen Kehre. Ich rechnete aus, daß ich bis zum Hof etwa fünfzehn Minuten brauchen würde, also war es noch möglich, Nina Simone mit ihrem rauchigen *Don't smoke in bed* einzuschieben. Als die Gute gerade loslegen wollte, blendete mein Hintermann auf und schoß mit einem mörderischen Satz an mir vorbei, setzte sich vor mich und stellte sich quer. Wir standen genau im inneren Scheitelpunkt der Rechtskehre. Es war ein Jeep *Cherokee* mit Hamburger Kennzeichen, er hatte das Warnblinklicht eingeschaltet.

Weil ich ein höflicher Mensch bin, stieg ich aus. Vermutlich war er einer der vielen tausend Städter, die während eines ausgedehnten Eifelnebels für immer verlorengehen. Ich sagte also fröhlich »Hallo«, um ihm deutlich zu machen, daß Rettung nahte.

»Guten Abend«, grüßte er höflich und drehte sich aus seinem Sitz heraus. »Sind Sie Siggi Baumeister?«

Ich bestätigte das und setzte hinzu: »Falls Sie Schwierigkeiten haben, können Sie sich hinter mir halten. Ich kann Sie führen.«

»Das wird nicht nötig sein«, antwortete er. Er sprach keinerlei Dialekt. Er trug einen locker und weit fallenden grauen Pullover und Jeans. Er war vielleicht fünfzig Jahre alt, hatte ein hageres, ernsthaftes Gesicht unter kurzem grauem Haar und sah etwas oberlehrerhaft auf mich herunter. »Ich habe einen Auftrag.«

»Moment«, sagte ich, »ich will der Simone erst mal den Hals abdrehen.« Ich ging zurück und schaltete das Radio aus.

Er stand dort, bewegte sich nicht und wirkte äußerst gelassen.

»Sie haben also einen Auftrag«, wiederholte ich. Ich wußte genau, daß der Mann ernstzunehmen war, ich fühlte mich hilflos.

»Ja«, nickte er. Er war einfach neugierig auf mich und sah mich an.

»Dann fahren wir zu mir nach Hause«, schlug ich mit trockenem Mund vor.

»Das wird nicht nötig sein«, sagte er. »Sie ahnen doch sicher, daß das unnötig ist.«

Ich nickte, sprechen konnte ich nicht mehr.

Er sah sich um. »Hier kommt stundenlang niemand vorbei«, sagte er. Es war eine Feststellung, keine Frage. »Sie sollen sehr gut sein in Ihrem Fach. Eigentlich mag ich es nicht, Profis auszuschalten.« Er hatte jetzt eine Waffe in der rechten Hand, irgend etwas tiefschwarz Bedrohliches, und es war klar, daß er schon viel zuviel gesagt hatte.

Ich weiß sehr gut, daß meine Reaktion lächerlich war, aber ich weiß auch, daß ich nur diese eine Chance hatte. Ich mußte irgend etwas sagen, irgend etwas ganz Normales, ich mußte eine oder zwei Sekunden schinden. »In diesem Fall müßten Sie aber eine ganze Mordkommission töten.«

Er bekam ganz kleine Augen vor Heiterkeit. »Ich richte mich nach meinem Auftragsbuch«, erwiderte er. Seine Sprache war glatt ohne jede Höhe und Tiefe.

»Wer hat denn etwas gegen mich?« fragte ich, nur um Zeit zu schinden.

»Das ist mir unbekannt«, erklärte er ernsthaft. »Sie können sich umdrehen.«

Rechts von mir war ein Fleck mit feinem Granitsplit, ungefähr zwei Meter breit. Dann kam eine scharfe Senke in einen schmalen Graben, dann eine Erdstufe, etwa fünfzig Zentimeter hoch, schließlich die Kieferndickung. Schon die zweite Reihe der Stämme war nicht mehr zu sehen.

»Ich dreh mich nicht um«, meinte ich. »Sie können mir ins Gesicht schießen.«

Ohne Zweifel war er erstaunt und machte eine schwache, abwehrende Bewegung mit der linken Hand. »Nicht doch«, sagte er leise.

Dann trat ich mit aller Gewalt zwischen seine Beine. Ich kann heute nicht mehr sagen, ob ich das Knie benutzte oder den rechten Fuß hochbrachte. Ich weiß es einfach nicht. Er schrie gellend und kippte nach vorn.

Ich versuchte nicht, an seine Waffe heranzukommen. Ich drehte mich ab, sprang über den Graben und tauchte zwischen die Stämme, wobei ich mit der rechten Schulter scharf und schmerzhaft gegen einen Ast stieß.

Plötzlich schoß er. Es klang merkwürdig harmlos und hatte nichts gemein mit den bellenden Schüssen in Actionfilmen. Er erwischte mich im linken Oberschenkel. Es tat nicht weh, es war wie ein kurzer Schlag ohne Echo. Ich kniete, und Äste waren in meinem Gesicht. Er war jetzt unterhalb von mir und atmete sehr heftig. Ich legte mein Gewicht auf das linke Bein, drehte mich und trat in sein Gesicht. Irgend etwas schepperte unter ihm, er rutschte ein Stück weg. Er keuchte: »Nicht doch.«

Ich spüre, wie schwierig es ist, Gewalt zu beschreiben. Fast unmerklich schwindet mit jedem Wort die Realität einer solchen Begebenheit. Beinahe zwanghaft versuche ich, mir den besseren Part zuzuschieben, mir die Attitüden des Siegers zu geben. Es gab keinen Sieger, und ich hatte in dieser Nacht nur Angst, die zuweilen ins Kraut schießt und zur Panik wird.

Die Distanz zwischen uns betrug nicht mehr als zwei Meter, und ich wollte nichts so sehr wie den Schutz der Bäume. Aber in meinem Rücken war ein Stamm, und etwas stach schmerzhaft in meine linke Seite. Ich ließ mich nach vorn fallen und landete auf ihm. Ich spürte eine kalte Wut.

Es war obszön, weil mein Gesicht seinem sehr nahe war und weil ich seinen Atem roch. Ich sah, daß er die Augen geschlossen hielt und daß die Waffe zwischen seinen Beinen lag. Ich griff danach, und wahrscheinlich gehört es zu den festen Versatzstücken in den Funktionen unseres Gehirns, daß ich erwartete, er würde ebenfalls danach greifen. Er griff nicht danach, atmete scharf und stoßweise, und vor seinem Mund bildete sich eine Blase.

Ich hatte die Waffe, und ich schoß. Ich bin ganz sicher, daß ich nicht zielte. Ich bin auch ganz sicher, daß ich ihn nur zum Schweigen bringen wollte, niemals töten. Ich drückte einmal ab und versuchte dann panisch, von ihm herunterzukommen.

Sein Kopf klappte auf die Seite, er streckte die Beine aus wie ein Mann, der sehr müde ist. Er atmete nicht mehr.

Der erste Gedanke danach war absurd. Ich dachte: Vielleicht hat er sich falsch ausgedrückt, vielleicht war er harmlos, vielleicht war das ein Mißverständnis. Wir reden oft über Gewalt, aber wir sind vollkommen überfordert, wenn sie uns trifft.

Das erste, an das ich mich wieder klar erinnere, war die Tatsache, daß mir sturzartig schlecht wurde und ich mich übergab. Das tat weh, ich hatte kaum etwas im Magen, und es wollte nicht aufhören. Dann ging ich zu meinem Wagen und schaltete aus irgendeinem Grund die Blinkanlage aus. Das gleiche machte ich bei dem Jeep.

Plötzlich fiel mir die Waffe ein. Ich wußte nicht, wo sie war. Dann kam die Angst, daß er aufstehen und auf mich schießen würde. Ich wagte es sekundenlang nicht, zu ihm zu gehen. Als ich es riskierte, lag er unverändert und starrte mit sehr leeren Augen in den Himmel, der nicht zu sehen war. Die Waffe lag dicht neben seinem Gesicht, es bereitete mir Qual, sie zu nehmen und in die Tasche zu stecken.

Der Schmerz setzte ein. Er kam heftig und stoßweise und breitete sich in meiner linken Körperhälfte aus. Augenblicklich konnte ich kaum mehr gehen, hatte kein Gefühl mehr im linken Bein.

Ich humpelte zu meinem Auto und zog mich auf den Sitz. Der Mann hatte mich seitlich außen in den Oberschenkel getroffen, die Hose war vollkommen durchblutet. Ich nahm das Taschenmesser und schnitt den Stoff auf. Das Loch war sehr klein, die Kugel mußte in meinem Bein stecken.

»Hier kommt stundenlang niemand vorbei«, hatte er gesagt.

Ich legte meinen Kopf soweit wie möglich zurück und dachte fieberhaft, daß ich Hilfe holen mußte. Ich hatte Furcht, ich würde ohnmächtig werden, wenngleich mir diese Furcht sofort dumm vorkam, denn sie würde den Schmerz auslöschen. Dann kam so etwas wie ein schwarzes Tuch über mich.

Jemand rüttelte an meiner Schulter und rief laut: »Siggi! Siggi!«

Ich versuchte hochzukommen, aber es gelang nicht. Ich lag quer auf beiden Vordersitzen.

»Beruhige dich, nicht bewegen. Du hattest einen Unfall. Ich fahre und hole die Sanis.« Es war eine Männerstimme.

»Nix Unfall«, stammelte ich. »Er wollte mich töten. Der Tote da wollte mich töten.«

»Welcher Tote?« fragte die Stimme.

»Der Tote da«, sagte ich.

Die Geräusche von Schritten, Stille, wieder Schritte.

»Er hat mich ins Bein getroffen«, erklärte ich. »Bist du es, Tom?«

Merkwürdigerweise muhte eine Kuh.

»Ja«, sagte er. »Ich bin mit zwei Rindern unterwegs. Ist das eine Schußwunde in deinem Bein?«

»Ja. Hast du Aspirin bei dir oder sowas?«

»Habe ich nicht. Ich hole jetzt Hilfe.«

»Warte mal, warte mal. Nicht einfach Hilfe. Fahre zu mir nach Hause. Rodenstock heißt der Mann. Er muß sofort hierherkommen. Verdammt! Hast du wirklich kein Aspirin?«

Tom lachte leise, wie er dies immer zu tun pflegt, wenn jemand eine dumme Bemerkung macht. »Brauchst was anderes«, sagte er.

Schritte, dumpfes Trampeln der Tiere in dem Hänger, irgendwelche nicht zu identifizierenden Geräusche. Dann gab er Gas und verschwand. Ich war sehr müde.

Die Wunde schmerzte gleichmäßig scharf, und allmählich konnte ich die Augen öffnen und durch die Frontscheibe in den wabernden Nebel sehen. Ich drückte das Band mit Nina Simone ein, und sie tönte tröstlich in die Stille. Aus irgendeinem Grund mußte ich weinen, und es machte keinen Sinn, sich zu wehren.

Zuerst traf Tom mit Rodenstock und Dinah ein.

»Bleiben Sie liegen, bleiben Sie liegen«, sagte Rodenstock schnell. »Wo ist der Tote?«

»Rechts im Graben.«

»Du bist verrückt«, schluchzte Dinah. »Warum fährst du denn allein durch die Gegend?«

»Weil ich immer allein durch die Gegend fahre«, erwiderte ich.

»Ich kenne den Mann nicht«, meinte Rodenstock, »aber es ist eine Neun-Millimeter-Beretta, und ich würde sagen, das ist Profigerät. Wollte er Sie einwandfrei erschießen?«

»Wollte er. Wieso aus Hamburg?«

»Er ist nicht aus Hamburg«, sagte Rodenstock knapp. »Der Wagen ist ein Mietwagen von *Avis*, in Frankfurt ausgeliehen. Wiedemann kommt gleich, der Sani auch.«

»Du machst einen Scheiß«, meinte Tom, der Jungbauer, freundlich.

»Wir haben es nicht richtig ernstgenommen«, fluchte Rodenstock. »Verdammt noch mal, wir hätten wissen müssen, daß es ausufert.«

»Hätten wir nicht«, sagte ich. »Es ist doch ein Provinzskandal, nichts anderes.«

»Hast du arge Schmerzen?« fragte die totenbleiche Soziologin.

»Es geht. Ich friere.«

»Das ist normal«, sagte Rodenstock. »Übrigens, herzlichen Glückwunsch, das hast du fein gemacht. Wirklich gut.« Dann grinste er. »Wir sollten uns nach soviel Durcheinander endlich duzen, oder?«

»Das ist schön«, nickte ich und meinte es so. »Was sagt deine Erfahrung? Wie lange nageln die mich im Krankenhaus fest?«

»Ein paar Tage«, vermutete er. »Aber ich habe keine Erfahrung, ich bin nie ins Bein geschossen worden, ich war nie ein Held.«

Ein Zivilfahrzeug mit Blaulicht kam heran. Wiedemann stieg aus und schubste die anderen beiseite. Er beugte sich über mich: »Ist das wahr, wollte der Sie umlegen?«

»Das ist wahr.«

Er verschwand, und ich hörte, wie er hastig mit anderen Männern sprach und kurze Anweisungen erteilte.

Endlich erreichte auch der Notarzt mit irrem Geheul und quietschenden Reifen die Szene, hinter ihm folgte der Bus vom Roten Kreuz. Der Arzt war ein freundlicher junger Mann und sehr resolut. Er zerrte mich nach vorn, obwohl ich schrie wie am Spieß.

Er sagte: »Na, na, na, wer wird denn gleich.« Dann nahm er eine Lampe und leuchtete mein Bein ab. »Steckschuß«, rief er begeistert, als komme so etwas nur alle Schaltjahre vor. »Sie müssen sofort in den OP, junger Mann. Fühlen Sie sich gut?« Er wartete meine Antwort nicht ab, sagte irgend etwas zu den Sanitätern, fuhrwerkte an meinem linken Arm herum und setzte mir eine intravenöse Spritze. Dabei murmelte er: »Wir werden jetzt ganz ruhig.« Ich wurde überhaupt nicht ruhig, ich schlief ein. Alle Ärzte lügen.

Ich hatte keine Ahnung, wieviel Zeit vergangen war, der hagere Mann in Weiß wirkte beruhigend wie ein Uhu. Mit mildem, väterlichem Lächeln erklärte er: »Sehr sauberer Steckschuß, sehr sauberer Schußkanal, sozusagen hygienisch sauber, wie wir Hausfrauen es gern haben. Hier ist die Kugel, Herr Baumeister. Wie Sie sehen, ist sie kaum deformiert. Tatsächlich hat sie den Knochen nicht gestreift. Schmerzen?«

»Nein. Wann kann ich gehen?«

»Ich denke, in ein paar Tagen«, lächelte er. »Sie können dem Schöpfer danken, daß es so glimpflich verlaufen ist. Sagen Sie, wollte man Sie wirklich umbringen? Ich meine, einfach so?«

»Einfach so.« Auf meinem Nachttisch stand ein gewaltiger Blumenstauß. Rosen in allen Farben. »Wer hat mich da beschenkt?«

Der Arzt grinste und wurde noch menschlicher. »Ein Haufen Leute hält mich von der Arbeit ab. Alle fünf Minuten ruft jemand an und fragt, ob es Ihnen auch gut geht. Also, von mir aus können Sie versuchen, sich hinzustellen. Wollen Sie?«

»Na sicher«, nickte ich. Dann schwang ich die Beine etwas zu heftig, und mir wurde schwarz vor Augen.

»Langsam, alter Mann«, mahnte der Arzt schadenfroh.

Später lag ich wieder im Bett und betrachtete verwundert den kleinen Bleiklumpen. Eine Schwester kam herein, gab mir eine Spritze und versicherte hoch und heilig, das mache mich nur ruhig. Aber ich schlief selbstverständlich sofort wieder ein. Krankenschwestern lügen auch.

Ich wachte auf, weil es klopfte.

Wiedemann kam herein. »Sie bereiten mir schlaflose Nächte. Ist das hier der Mann, der Sie töten wollte?«

Er reichte mir ein Foto, ich nahm es und warf einen Blick drauf. »Richtig, das ist er. Wer ist der Mann?«

»Erst einmal frage ich. Wie lange haben Sie ihn beobachten können, bevor es zu dem Treffen kam?«

»Etwa eine Minute. Sein Auto war im Nebel dicht hinter mir.«

»Haben Sie ihn jemals vorher bei einer anderen Gelegenheit gesehen?«

»Mit Sicherheit nicht.«

»Wieviel Sätze hat er ungefähr mit Ihnen gesprochen? Oder, anders formuliert: Ehe Sie ihm in die Eier traten, haben Sie sich mit ihm unterhalten?«

»Ja, zuerst hat er gefragt, ob ich Siggi Baumeister bin. Dann sagte er, er habe einen Auftrag. Eigentlich mache es ihm keine Freude, Profis kaltzustellen. Ich würde doch ahnen, wozu er gekommen sei. Schließlich sagte er einfach, ich solle mich umdrehen.«

»Das sagt er zu jedem Opfer«, nickte Wiedemann. »Arbeiten Sie augenblicklich an einem Thema in Verbindung mit organisierter Kriminalität?«

»Nein. Auf lange Sicht bereite ich ein Sachbuch über die Situation der deutschen Polizei vor. Da spielt organisierte Kriminalität eine Rolle, aber das ist nicht akut.«

»Arbeiten Sie sonst an einem Thema, das mit Verbrechen zu tun hat?«

»Nein, bis auf den Doppelmord nicht. Wer ist der Mann?«

»Er ist ein Killer, oder besser gesagt, ein Profikiller. Er heißt Claudio Medin, ist Deutsch-Italiener und hat wahrscheinlich mehr Blut an den Händen, als man sich vorstellen kann. Es ist sicher, daß er im Auftrag italienischer Mafiakreise in Frankfurt mindestens drei Kroaten getötet hat, die im Drogengeschäft tätig waren. Wahrscheinlich ist er auch der Mann, der im vorigen Jahr in Miami in Florida einen Kokskönig aus Cali abschoß. Im Februar hat er im Auftrag japanischer Triaden ein Ehepaar aus Sri Lanka getötet, das in den europäischen Heroinhandel investiert hatte. Mit Sicherheit ist er derjenige, der in Moskau im Mai den Chef eines Kuriersyndikats ausgeschaltet hat, das später von Schweizer Kreisen übernommen wurde. Medin hatte zwei Adressen in Frankfurt. Eine normale Wohnung sowie eine tote Wohnung, in der lediglich zwei Telefone mit Anrufbeantworter standen. Auf diese Telefone, die er alle halbe Jahre mit einer anderen Nummer versah, konnten Aufträge gesprochen werden. Akzeptierte er einen Auftrag, schickte er dem Auftraggeber eine Postkarte, auf der nichts stand. Nie hat er gefragt, aus welchem Grund er jemanden töten sollte, nie hat ihm jemals Vorschriften gemacht, wie er vorzugehen hatte. Er war einfach gut, und er war teuer. Er kassierte grundsätzlich hundert Prozent im voraus und bekam in der Regel zwanzigtausend Dollar pro Auftrag plus Spesen. Wem, lieber Siggi Baumeister, sind Sie zwanzigtausend Dollar wert?«

»Niemandem«, sagte ich hastig.

»Aber ein Irrtum ist ausgeschlossen«, mahnte er.

»Kann man den Auftrag feststellen?«

»Das konnte das BKA«, nickte Wiedemann. »Auf dem Anrufbeantworter sind Reste von Sprache, der Apparat hat nicht gut gelöscht. Die Anweisung ist sehr kurz und besagt: Zu erledigen ist Siggi Baumeister. Dann folgt Ihre komplette Adresse.«

»Vielleicht hat unser Doppelmord eine ganz andere Dimension«, überlegte ich.

»So muß es sein.«

»Aber warum ausgerechnet ich? Warum nicht Sie und Rodenstock?«

»Gangster und Ganoven sind nicht logisch«, meinte er. »Ein bestimmter Aspekt in der Geschichte läßt mich vermuten, daß Sie sehr gefährdet sind, ich aber nur meine Pflicht tue. Das heißt, jemand fürchtet, daß dieser Fall in allen Einzelheiten öffentlich breitgetreten wird. Dafür können nur Sie in Betracht kommen, die Mordkommission oder die Staatsanwaltschaft nicht. Wir ermitteln, wir klagen an, aber wir haben keine Macht über Medien.«

»Medin verwirrte mich eigentlich mehr, als daß er mir Angst machte. Weiß das Bundeskriminalamt etwas darüber, wie er mit seinen Opfern umging?«

Wiedemann nickte. »Er war ein paarmal erfolglos, bedingt durch besondere Umstände. Abgesehen davon, daß man starke psychopathologische Akzente in seiner Akte betont, wird vor allem darauf hingewiesen, daß er einen enormen Drang hat, sich dem Opfer persönlich zu nähern. Er will das Gespräch, er will sich anscheinend unterhalten, ehe er tötet. Das wird so interpretiert, daß er dadurch für sich selbst feststellen will, daß er ein ganz normaler, intelligenter Mensch ist mit einer ganz normalen Aufgabe, die er leider bewältigen muß. Was er zu Ihnen sagte, entspricht dem Bild: Sie sind ein netter Kerl, Baumeister, und beruflich sicher ein Profi, aber nun sollten Sie sich umdrehen, damit ich Sie erschießen kann. Natürlich wollte er auch Macht und Gelassenheit demonstrieren.«

»Er war verrückt, aber ich hätte mich tatsächlich nicht gewundert, wenn er gesagt hätte, er wolle erst eine Weile plaudern.«

»Das war sein Tod.« Wiedemann nahm einen Stumpen aus der Tasche und steckte ihn dann unwillig zurück, als er begriff, wo er war. »Erzählen Sie mir von dem Gespräch mit dem Ehemann der Heidelinde Kutschera?«

Ich berichtete so genau wie möglich. Als ich an die Stelle kam, an der Heidelinde Kutschera ihrem Mann gesagt hatte, das Hotel sei out und die Eifel für die Zukunft nicht mehr so wichtig, wurde Wiedemann stutzig und unterbrach mich.

»Das hat er uns nicht erzählt.«

»Wahrscheinlich haben Sie nicht gezielt gefragt. Das muß vor drei oder vier Monaten gewesen sein.«

»Hotel out und Eifel unwichtig? Bei wem würden Sie ansetzen?«

»Charlie, am besten bei Charlie«, riet ich. »Aber der wird schwer aufzutreiben sein.«

»Nicht sehr«, lächelte Wiedemann. »Er hockt draußen auf dem Gang und will Ihnen Blumen bringen.«

»Wieso das? Schlechtes Gewissen?«

Er kniff die Augen zusammen. »Warum eigentlich nicht? Übrigens, wir haben etwas Interessantes herausgefunden. Erinnern Sie sich an die beiden Jugendlichen von der Jagdhütte? Der größere von beiden, der Schläger, hat sehr unbürokratisch einen Kredit von der Sparkasse bekommen. Ist das nicht komisch? Ohne Antrag.«

»Sehr komisch«, nickte ich. »Also rein mit Charlie.«

Mit dem gestöhnten Vorwurf: »Junge, was machst du denn für einen Scheiß!« kam Charlie hineingekullert, warf seine Blumen auf mein frisch operiertes Bein und knutschte mich nach rheinischer Sitte heftig ab. Er roch intensiv nach irgendeinem Eau de toilette, das er vermutlich literweise verbrauchte. »Na, Jung, du machst uns Kummer. Nun sag mal, wie war dat denn?«

»Kurz und fast schmerzlos, Charlie. Gut, dich zu sehen. Wie geht es Klunkerchen?«

»Die hat irgendwo in Köln eine Armenküche aufgemacht. Seitdem sehe ich sie nur noch mit Pennern.« Er grinste. »Sie macht sich gut zwischen denen. Besonders wenn sie im Nerz die Brillis mit denen spazierenführt. Nee, im Ernst, die muß was fürs Herz haben. Und du? Du solltest den Löffel abgeben?«

»Ich lebe noch einigermaßen. Charlie, Wiedemann und ich haben ein Problem. Du hast doch oft mit Pierre Kinn zusammengehockt. Vor drei Monaten spielten plötzlich für Pierres und Heidelindes Zukunft das Hotel und Bad in Kyllheim keine große Rolle mehr. Das hat Heidelinde zumindest ihrem Mann gesagt. Kannst du dir vorstellen, was da gewesen ist?«

Er zog sich einen Stuhl heran und setzte sich. »Vor drei Monaten sagst du? Was soll da gewesen sein?«

»Das ist die Frage«, murmelte Wiedemann. »Wir wissen, daß die Affäre der beiden gesellschaftlich tödlich war. Ursprünglich wollten sie trotzdem in der Eifel bleiben und sich hier durchsetzen, jeder an seinem Platz. An der Einstellung muß sich etwas geändert haben. Haben Sie ihm einen neuen oder anderen Job angeboten?«

»Ich? Ach, du lieber Gott, nein, sicher nicht. Ich kaufe Leute. Phasenweise. Sie erledigen was für mich, ich bezahle sie. Soweit so gut, aber niemals Angestellte. Nein, ich habe ihm nichts geboten.«

»Hast du ihm auch nichts vermittelt?« fragte ich.

»Nichts, ehrlich nicht, Junge. Ich vermittle auch nie. Wenn es dann Knatsch gibt, und den gibt es immer, fällt die Sache auf mich zurück, und es heißt: Charlie, wieso hast du mir nicht gesagt, daß der Typ faul ist?« Er grinste auf eindeutig dreckige, aber immerhin liebenswert Art. »Bei euch habe ich so den Eindruck, als ob ihr gar nicht wißt, was ihr eigentlich fragen sollt.«

Wiedemann starrte ihn mit großen Augen an und nickte. »Da ist was dran.«

»Eine Frage weiß ich aber noch«, sagte ich. »Du machst immer so den Eindruck, als ginge dich diese ganze schnöde Welt nichts an. Das ist ein schöner Trick. Aber ich traue dir im geschäftlichen Bereich fast jede legale Gaunerei zu, die man sich ausdenken kann. Die Frage lautet: Wenn du erfährst, daß jemand hingegangen ist und Pierre und Heidelinde umgebracht hat, was ist dein erster Gedanke?«

Er senkte den Kopf. »Ich denke sofort Bargeld.« Nun hob er den Kopf wieder und versuchte ein Lächeln. Es mißlang. »Ich denke immer Bargeld. Aber die Frage ist gemein, Baumeister. Meinen ersten Gedanken kann ich nicht verraten, denn Gedanken sind frei. Mein zweiter war die Frage: Wer kann so idiotisch gewesen sein, das zu tun? Ich sage dir, Baumeister, der, der das getan hat, der war ein Erste-Klasse-Dummkopf. Denn für eine ganze Menge Leute war der Pierre der beste Postbote, den sie je hatten.«

»Der beste Postbote?« fragte ich.

»Oh Gott«, stöhnte Wiedemann, »nicht auch das noch.«

»Kann mich jemand aufklären?« fragte ich jetzt aggressiv.

»Postbote heißt, Baumeisterchen, daß er Geld nach Luxemburg schaffte. Geld aus der Eifel nach Luxemburg. Das ist hier so eine Art Freitagsvergnügen. Alle Leute, die über zuviel Bargeld verfügen und nicht möchten, daß das Finanzamt es entdeckt, haben Konten in Luxemburg. Sie jammern in der Eifel, wie beschissen es ihnen geht, und erzählen nach dem siebten Bier ganz stolz, daß es ihnen schon wieder gelungen ist, fünfzigtausend rüberzuschaffen. Man schätzt, Baumeister, daß jeder fünfte Eifler Haushalt ein Konto jenseits der Westgrenzen hat. Und der gute Pierre hat daraus eine Dienstleistung gemacht. Er schaffte das Geld rüber, richtete die Konten ein. Er war für sehr viele, die heimlich in Luxemburg deponieren, der absolut beste und diskreteste Postbote, den sie haben konnten. Und noch was, meine Lieben: Pierre hatte das am besten bekannte Handy der Eifel. Denn, wenn die Leute wissen wollten, was sie mit dem Geld in Luxemburg am besten tun könnten, riefen sie Pierre an.«

»Warum haben wir das nicht entdeckt?« rief Wiedemann verblüfft. »Verdammt noch mal, wir haben sogar rekonstruiert, wann er zum letzten Mal Dünnschiß hatte. Verdammt noch mal!«

»Immer mit der Ruhe«, strahlte Charlie. »Wer sollte Ihnen denn ausgerechnet das sagen?«

»Hat er für dich auch Geld nach Luxemburg geschafft, Charlie?« bohrte ich weiter.

»Ein paar Mal, ja. Aber das ist jetzt vier oder fünf Jahre her. Ich habe ihn auf die Idee gebracht. Jetzt nicht mehr, Baumeister, jetzt nicht mehr.«

»Und wohin verschickst du dein Bares jetzt?«

»Keine Antwort«, meinte er zufrieden.

»Haben Sie eine Ahnung, wieviel Pierre in den letzten Jahren rübergebracht hat? Und gab es irgendwelchen Zoff dabei?« fragte Wiedemann.

»Bei Pierre gab es keinen Zoff«, winkte Charlie ab. »Er hatte sogar alleinige Kontenvollmacht in mindestens sechzig oder siebzig Fällen. Ich habe im Sommer mal überschlagen, daß er kontentechnisch gesehen über mindestens 30 Millionen verfügte. Vermutlich hat er mindestens 50 Millionen rübergebracht.«

»Brachte das viel Geld ein?« wollte ich wissen.

»Er hatte feste Sätze. Pro Konto war es relativ wenig. Alles in allem machte er durch die Masse aber pro Monat locker sechzehn bis siebzehn Riesen. Bar, netto, steuerfrei.«

»Heiliger Strohsack«, hauchte Wiedemann. »Sind das nicht ein Haufen Motive?«

»Wenn Sie mich fragen, ist das nicht *ein* lausiges Motiv«, meinte Charlie. »Warum soll ihn denn jemand umlegen, wenn alles gut läuft?«

»Könnte er jemanden über den Tisch gezogen haben, Charlie?«

Charlie schüttelte den Kopf. »Unmöglich. Das wäre Selbstmord gewesen, und so dumm war er nicht.«

»Aber angenommen, jemand hat in Luxemburg sehr viel Geld, das offiziell nicht existiert. Pierre war für ihn also gefährlich, also brachte er Pierre um.« Wiedemann wedelte mit den Händen, als wollte er ein Motiv herbeizaubern.

»Du lieber Gott, ihr strohdummen Laien«, seufzte Charlie angewidert. »Nahezu alles Geld, das nach Luxemburg wandert, ist rabenschwarz, lieber Kripomensch. Wollen Sie ein Beispiel über unkontrollierte Gelder in der Eifel? Also, ich gebe Ihnen ein praktisches Beispiel: Jemand hat vier oder fünf gute Ferien-Apartments irgendwo am Nürburgring. Offiziell wirbt er um Touristen und macht ihnen per Anzeige verbilligte Sonderangebote. Inoffiziell vermietet er alle Apartments für das Zehnfache des üblichen an die Rennfreaks und Autonarren, die jeden Preis bezahlen, um bei jedem Rennen dabei zu sein. Diese Frau oder dieser Mann macht durch Verkauf von Bier, Wein und Sekt, Schokolade, Frühstück und Mittagessen ein Schweinegeld. Er kann pro Jahr locker hunderttausend Mark schwarz machen. Für den ergibt sich die Frage: Wohin mit dem Zeug? Läßt er es auf der Sparkasse, kann das bei Kontrollen unangenehm werden. Also schafft er es weg. Er ruft Pierre an. Hören Sie auf, daß Pierre für irgendwen gefährlich war. Wenn, dann war er für alle gefährlich.«

»Wußte Udler das?« fragte ich.

»Ganz unwahrscheinlich«, sagte Charlie. »Na, sicher wird er es gewußt haben, aber er wußte es bestimmt nicht offiziell, und er würde es nicht einmal kommentieren. Außerdem, meine Herren: Pierre war im Außendienst. Diese Leute sind hochspezialisiert, und niemand spioniert ihnen nach. Sie können praktisch tun und lassen, was sie wollen. Ob Pierre Mittwochmorgen kurz nach Luxemburg fuhr oder am Samstagmorgen: Wer soll das kontrollieren? Hauptsache, es funktionierte; und es funktionierte. Ganz nebenbei: Pierre hat auch für den Ehemann seiner Geliebten Geld nach Luxemburg geschafft. Das weiß ich durch Zufall.«

Wiedemann und ich dachten darüber nach. Der Kriminalist sah so aus, als habe er in eine rohe Kartoffel gebissen.

»Charlie, ich habe einen Verdacht«, formulierte ich langsam. »Bist du beleidigt, wenn ich ihn laut werden lasse?«

»Ich bin selten beleidigt, und wenn, merkst du es nicht.«

»Du hast doch deine Millionen aus dem Bau in Kyllheim abgezogen, nicht wahr? Obwohl alle Beteiligten sagen, das sei ein ganz sicheres Geschäft für alle Anleger. Glaubst du das eigentlich auch?«

»Na ja«, antwortete er mit einer wegwerfenden Geste. »Ich hatte ein Objekt im Auge, das entschieden besser ist und mehr Profit abwirft.«

»Kann es denn nicht sein, daß du gar nichts mehr mit dem Projekt zu tun haben wolltest?«

»Moment, Moment«, wurde er hastig. »Ich habe mein Geld rausgezogen, bevor der Mord geschah.«

»Ja, ja, das weiß ich. Aber hast du es rausgezogen, weil du geahnt hast, daß alle Gelder, die drinstecken, genau geprüft werden? Irgend etwas in der Art, Charlie?«

»Irgend etwas in der Art«, nickte er.

»Es war schwarzes Geld, nicht wahr?«

Charlie schloß die Augen, dann sah er Wiedemann eindringlich an, und als der bedächtig nickte und versicherte: »Ich höre gar nicht zu«, murmelte Charlie: »Also, sagen wir mal so: ich hätte Schwierigkeiten gehabt, die Herkunft der Gelder offenzulegen. Zu kompliziert, verstehst du?«

Mein Bein begann zu schmerzen, ich drückte auf die Klingel. Eine Schwester kam herein, ich bat sie, mir etwas zu geben. »Aber nicht so einen Hammer, daß ich wieder vierundzwanzig Stunden schlafe.«

»Die Herren sollten sowieso gehen«, knurrte die Schwester muffig.

»Die Herren gehen schon«, nickte Wiedemann. »Draußen wartet Weibliches.«

Charlie und Wiedemann gingen, ich bekam eine bitter schmeckende Pille, und Dinah kam herein. »Du bist ja ein internationales Ziel geworden.« Sie berührte mich nicht, sie war verlegen.

»Ich bin eben wer«, frotzelte ich.

»Im Ernst, steigst du jetzt aus?«

»Nicht die Spur. Es wird doch jetzt erst heiter.«

»Aber vielleicht schaffst du den nächsten nicht mehr«, sagte sie atemlos. Dann schlug sie sich die Hand vor den Mund: »Tut mir leid, das wollte ich nicht. Ist das ... ist das ein schlimmes Gefühl?«

»Ja.«

»Vielleicht willst du reden?«

»Will ich nicht. Wie geht es Rodenstock?«

»Er ist zu Hause und martert sein Hirn. Er sagt dauernd: Wir müssen etwas übersehen haben.«

»Haben wir wahrscheinlich auch.«

»Sind Mordfälle immer so kompliziert?«

»Meistens«.

»Du bist wortkarg.«

»Wahrscheinlich.«

»Tut mir leid. Ach, Baumeister, ich habe mir einfach Sorgen gemacht.«

»Wieso das? Wir sind doch nicht verheiratet«, entgegnete ich muffig.

»Das war eine Scheißbemerkung«, schloß sie und begann zu weinen.

»Tut mir leid. Aber eigentlich weiß ich doch gar nicht, wer du bist.«

»Das könnte man ja ändern«, schniefte Dinah. »Irgendwer hat gesagt, du bist ein Angstbeißer.«

»Ich?«

»Ja, du. Aber vergiß es, ist ja auch egal. Also, ich bin, na ja, ich bin jemand, der ewig gesucht hat, wo er zu Hause sein kann. Sonst ist da wenig. Ein paar Männer, ein paar Wohnungen. – Das mit dem toten Killer macht dich fertig, nicht wahr?«

»Ziemlich. Ich war panisch, verstehst du? Ich begreife nicht, warum ich geschossen habe. Ich begreife das wirklich nicht.«

»Aber er wollte dich erschießen, Baumeister.«

»Ja, ja, schon. Ich habe ihm in die Eier getreten, und ich muß ihn voll getroffen haben, denn er lag da und hatte die Waffe nicht mehr in der Hand. Ich hätte sie nehmen können und sagen können, was man dann sagt. Hände hoch oder irgend so einen Blödsinn.«

»Aber er hatte doch noch die Messer«, sagte sie.

»Was meinst du?«

»Er hatte Messer. Er hatte ein Messer an jeder Seite. Er hätte dich ... er hätte dich trotzdem getötet.«

»Hat man die gefunden? Das wußte ich nicht. Aber das macht nichts. Er muß benommen gewesen sein, die Waffe lag einfach rum.«

»Vielleicht wollte er, daß du sie nimmst, vielleicht wollte er das, um dich schneller in die Hand zu bekommen.«

»Warum sagst du das? Ich habe sie genommen und geschossen.«

»Was solltest du sonst tun?«

»Ihn bedrohen. Er war doch gar nicht bei sich. Er war bewußtlos.«

Sie war verwirrt. »Selbst wenn er ... also, er wollte dich töten. Und er hätte dich getötet. Er hat doch das Geld dafür schon gehabt, Baumeister, bist du nicht ein bißchen zu edel?«

»Edel? Ach, Scheiße! Er konnte nichts machen, verstehst du? Er war ohnmächtig und ich angeschossen.«

Sie schüttelte sanft den Kopf, nahm meine Hand, sah mich an und lächelte, wie Frauen eben lächeln, wenn sie etwas besser wissen. Ich konnte mich gar nicht wehren, ich mußte heulen, und es dauerte sehr lange. Ich wollte nicht, daß sie es sah, vergrub mein Gesicht in den elend großen Kissen und atmete nichts als Krankenhaus ein.

Irgendwann sagte Dinah leise: »Da kommen zwei vom Bundeskriminalamt. Sie sind angereist wegen dieses Killers. Du mußt eine Aussage machen.«

»Sag dem Rodenstock, er soll auf dich aufpassen.«

Sie errötete, sie errötete richtig. »Das tut der sowieso schon. Bevor ich fuhr, mahnte er, ich soll langsam fahren und aufmerksam sein, und wenn mir was auffällt, einfach vors nächste Haus fahren und schellen und all so einen Blödsinn.«

»Dann tu das wirklich«, sagte ich. »Es ist doch Tag, oder?«

»Es ist acht Uhr abends, du bist schon die vierte Nacht hier. Die haben dich mit Spritzen im Dauerschlaf gehalten. Willst du irgendwas zu lesen oder was Besonderes zu essen? Weintrauben oder so? Wenn ich in ein Krankenhaus muß, nehme ich immer Weintrauben mit. Aber ich habe nicht viel Übung.«

»Ich will nichts, nur aufstehen und abhauen.«

»Erst morgen die BKA-Leute«, sagte Dinah jetzt energisch. »Erst die Arbeit, dann das Vergnügen.«

Siebtes Kapitel

Die beiden Beamten des Bundeskriminalamtes erwiesen sich am nächsten Morgen als aufdringlich freundliche junge Männer, die nichts weiter vorhatten, als mich etwa achtmal genau erzählen zu lassen, was geschehen war. Der Jüngere von beiden fluchte wie ein Rohrspatz auf seinen Computerlieferanten, der ihm eindeutig den falschen Laptop geliefert habe. »Ein Scheißding, das bei jedem Furz abstürzt.«

Sie mußten das Protokoll dann tatsächlich handschriftlich aufsetzen, eine ungeheuerliche Arroganz der Realitäten.

Dann bereitete ich meinen Abflug vor, indem ich mich aus dem Bett bewegte und anzog. Brav auf einem Stuhl hockend, erwartete ich den Chefarzt, der mich nach dem Mittagessen mit endlosen väterlichen Ermahnungen entließ. Ich nahm ein Taxi.

Rodenstock hatte das Packpapier an der freien Wand des Gästezimmers total mit Filzschreiber bedeckt. Es gab so seltsame Kürzel wie *h. k. M.* und *l. k. A. v.*, was ›hat kein Motiv‹ und ›liegt keine Aussage vor‹ hieß. Hinter Udler stand *l. w.*, und Rodenstock erläuterte: »Das heißt, er lügt wahrscheinlich. Wie geht es dir, mein Sohn?«

»Gut. Ich möchte Spaghetti Carbonara. Haben wir sowas?«

Dinah nickte. »Aber besser wäre wahrscheinlich ein Steak. Ich habe den Eisschrank vollgekauft. Aber ich kann doch nicht kochen. Ich habe eben statt Wasser Kaffeepulver in die Espressomaschine geschüttet.«

»Du bist einfach mordgeschädigt«, urteilte Rodenstock sanft. »Ich werde kochen.«

»Du bist meine Rettung«, antwortete sie ernsthaft.

Ich legte mich eine Weile auf mein Bett. Momo und Paul kamen und beklagten sich bitter, daß ich sie so lange alleingelassen hatte. Paul wühlte sich mit sehr hartnäckigen Kopfstößen in meine rechte Achselhöhle, schnurrte eine kurze Weile und war dann eingeschlafen. Momo zupfte an seinem Schwanz, um ihn zu stören, entschied sich aber dann für das Kopfkissen und legte den Kopf dicht neben meinen. Ihre Welt war in Ordnung.

Draußen hatte es zu regnen begonnen. Wir schliefen ein und wurden von Rodenstocks Gebrüll geweckt: »Die Steaks sind zu Braunkohle verarbeitet, die Raubtierfütterung kann beginnen!«

Die ersten zehn Minuten des Essens verliefen schweigend, dann sagte Rodenstock: »Ich würde gern mit einem Menschen sprechen, der in Geld ertrinkt und der mir dieses Durcheinander hier einigermaßen erklären kann.«

»Walburga«, schlug ich vor. »Sie ist eine englische Lady, die es nur zufällig in die Eifel verschlagen hat.«

»Kann sie kommen?«

»Walburga kann nie kommen, zu Walburga muß man pilgern. Ich rufe sie an. Falls sie noch nicht in Chamonix ist.«

Ich rief sie an, und sie zeigte sich gnädig. »Ich muß zwar ein Bridgeturnier vorbereiten, aber zwanzig Minuten habe ich für euch.«

Regen und Nebel beherrschten noch immer das Land und lagen wie ein festes Tuch unverrückbar in einer bestimmten Höhenlage. Als wir auf der Höhe über Dollendorf unter einen klaren Himmel fuhren, sagte Rodenstock: »Das ist schön, das ist wie im Flieger.«

Walburgas Ephebe war nicht da, wahrscheinlich hockte er in der Sauna und pflegte seinen Körper. Sie öffnete uns selbst, was ganz ungewöhnlich war, und sie begrüßte Rodenstock und Dinah mit großer Freundlichkeit. »Kommt herein, die ihr mühselig und beladen seid. Um was geht es? Hat Charlie wieder ein krummes Ding gedreht?«

»Es geht immer noch um den Doppelmord«, erklärte ich.

Wir durften in den Blauen Salon, der deshalb so hieß, weil von Wand zu Wand ein blauer Seidenteppich lag, auf dem wir wie auf Eiern gingen.

»Keine Rücksicht«, dröhnte Walburga. »Das Ding ist besser als ein Fußabtreter.«

Wir hockten uns auf Louis-Quattorze-Stühlchen und tranken Tee aus Fingerhüten, die eigentlich zu kostbar zum Anfassen waren.

»Ich habe ein Problem«, erklärte Rodenstock. »Ich habe eine Mordkommission mehr als zehn Jahre geleitet. Ich würde also sagen, ich verfüge über eine reichhaltige Erfahrung. Dieser Fall allerdings macht mir Kummer, weil – abgesehen von dem Ehepartner der Ermordeten – uns kein Mensch begegnet, der einen wirklichen Grund gehabt hätte, diese Menschen zu töten. Wir suchen verzweifelt ein Geheimnis, wobei wir nicht einmal wissen, ob es überhaupt ein Geheimnis gibt. Wir haben ein absolutes Finanzchaos um das Bade- und Hotelprojekt in Kyllheim, aber wir wissen nicht genau, ob es sich überhaupt um ein Finanzchaos handelt. Vielleicht ist auch das normal. Ich habe also, wenn Sie gestatten, eine Bitte: Können Sie mir die Ereignisse erklären?«

Walburga griff von einem Teewagen eine Ebenholzkiste, öffnete sie und nahm eine Aluminiumröhre heraus. Die wurde aufgeschraubt, zum Vorschein kam eine Zigarre in einer Folie. Sie entfernte die Folie und sah Rodenstock an.

Rodenstock blinzelte verträumt, und sie reichte ihm die Zigarre mit den Worten: »Schöne Grüße von Davidoff!«

Dann machte sie sich eine zweite zurecht. Als die Zigarre zu ihrer Zufriedenheit gleichmäßig brannte, räusperte sich Walburga, hielt die leicht qualmende Zigarre vor sich und betrachtete nachdenklich den Rauch. »Wenn ich Sie recht verstehe, Herr Kriminalkommissar – oder sind Sie mehr?« Sie sah ein bißchen aus wie Marlene Dietrich als Pokerspielerin auf dem Missisipi.

»Entschieden mehr«, grinste Rodenstock. »Kriminaloberrat.«

»Hm. Wenn ich Sie also recht verstehe, dann wollen Sie von mir eigentlich nicht den Namen eines Verdächtigen, den ich sowieso nicht habe, sondern vielmehr meine Einschätzung der Lage?«

»So ist es«, nickte Rodenstock.

»Also ist Gehirn gefragt und keine Plapperei.« Sie schmunzelte. »Im Sinne meiner Schwestern möchte ich mich bedanken, daß Sie Gehirn voraussetzen. Kommen wir zunächst zu dem, was Sie verwirrt. Das, was Sie wahrscheinlich verwirrt, ist die Tatsache, daß Pierre Kinn Gelder in Luxemburg plazierte. Nun, das ist üblich, und wie viele der Gelder schwarz sind, kann ich Ihnen nicht sagen. Beide Felder geben für mich keinen Mörder her, weder Kyllheim noch Luxemburg.«

»Aber wer kann dann ein Interesse daran haben, Siggi Baumeister für zwanzigtausend Dollar töten zu lassen?« fragte Rodenstock.

»Das frage ich mich auch«, nickte sie. »Es muß etwas sein, was wir nicht wissen oder ständig übersehen. Ist es richtig, daß Udler irgendwas mit einem Nuttchen in Aachen hatte?«

Ich nickte. »Aber das beeindruckt ihn nicht. Er sagt, er sei mit einem lebenden Vaterunser verheiratet und das sei nur begrenzt zu ertragen.«

»Schreckliche Frau«, bestätigte Walburga.

»Da gibt es noch einen Punkt. Pierre und Heidelinde haben etwa vor drei oder vier Monaten ihre Meinung geändert. Heidelinde sagte zu ihrem Mann, der Hotelkomplex in Kyllheim und ihr Job dort seien, ebenso wie die Eifel, nicht mehr so wichtig. Wissen Sie etwas davon?«

»Nein.« Sie wirkte ehrlich. »Ich fürchte, da kann ich Ihnen nicht helfen.«

»Moment noch«, sagte ich. »Haben Sie etwas von dem Verdacht gehört, daß das Bad und das Hotel sich nicht in die Gewinnzone retten können, weil sie viel zu teuer sein müssen?«

»Natürlich. Kann sein, kann nicht sein. Die privaten Finanziers machen alle ihren Schnitt. Eng wird es bei den Subventionsmitteln. Möglich, daß die verlorengehen. Aber irgendwie geht sowas immer weiter.«

»Was ist, wenn das Ding vor der Öffnung pleite macht?«

»Nichts. Dann wird es von irgendeiner anderen Gruppe übernommen, die sich einen Gewinn verspricht.«

»Kann es sein«, fragte Rodenstock, »daß Pierre Kinn bei anderen Banken Neider hatte, die ihn ausgeschaltet haben?«

Walburga lächelte boshaft. »Bei Männern, die im Management stecken, kann alles sein.«

»Aber Sie glauben nicht daran?« erkundigte ich mich.

»Ich würde sie ausschalten«, nickte sie. »Sehen Sie mal, Baumeister, wenn Manager sich beim Mobbing kaputtmachen, dann geschieht das selten auf eine wirklich intelligente Weise. Ich weiß das, ich habe Firmen in

Deutschland und im Ausland. Der Doppelmord auf dem Golfplatz ist derart raffiniert in Szene gesetzt, daß das erhebliche kriminelle Energie verrät und außerdem ein Gehirn von Format. Sagen Sie, Herr Kriminaloberrat, denken Sie das nicht auch?«

»Das verwirrt mich gerade an diesem Fall«, bestätigte Rodenstock. »Der Mord selbst stinkt geradezu vor Perfektion.«

»Der Ehemann der Kutschera ist mit Sicherheit auszuschließen?«

»Mit Sicherheit«, bestätigte ich.

»Dann bleibt das ein Rätsel«, meinte Walburga.

»Hat Pierre Kinn eigentlich auch in Ihrem Auftrag schwarze Gelder transportiert?«

Sie ließ den Kopf ein wenig nach vorn fallen, zog an der Zigarre, sah dem Rauch nach. »Ja, einmal. Das war so eine komische Sache, die ich einem Wirtschaftsermittler der Staatsanwaltschaft Trier erklären mußte, weil sie eigentlich nicht begreifbar war.« Sie lachte, und weil es ihr zu laut erschien, hielt sie sich eine Hand vor den Mund. »Es ist zehn Jahre her, daß ich einem lieben Freund mal eine Menge Geld geliehen habe. Ich hatte es, er brauchte es. Er konnte es mir jahrelang nicht zurückgeben, dann kam es nach neun Jahren mit Zins und Zinseszinsen zurück. Ich hatte es in den Bilanzen getilgt. Wie sollte ich jetzt erklären, daß ich plötzlich um ein paar Hunderttausende reicher war? Ich konnte es eigentlich nicht. Da sagte ich zu Pierre: Nimm's mit, zahl es auf eines der Konten in Luxemburg ein. Ich weiß nicht wie, aber irgendein Wirtschaftsamt erhielt Kenntnis von dieser Rückzahlung, und ich war dran.« Sie seufzte. »Sonst ist nichts mit Schwarzgeld, Baumeister.«

»Wir kommen nicht weiter«, stöhnte Rodenstock in fast komischer Verzweiflung.

»Muß denn der Doppelmord überhaupt irgend etwas mit diesem Kyllheim zu tun haben?« sagte Dinah.

»Muß es wirklich nicht«, sagte Rodenstock. »Aber wir haben keine andere Spur.«

Walburga richtete sich auf ihrem Stühlchen ein wenig auf und wirkte wie eine Dorfschullehrerin aus dem vorigen Jahrhundert. »Ich hätte Sie nicht empfangen, wenn ich Ihnen nicht doch eine neue Idee mitgeben könnte. Man sollte ineffiziente Treffen tunlichst vermeiden. Das, was die junge Dame sagte, scheint mir wichtig und unter Umständen vollkommen richtig. Haben Sie einmal überlegt, daß Baumeister für etwas getötet werden sollte, was mit dem Mord an Pierre und Heidelinde nicht das geringste zu tun hat? Daß die beiden ermordet worden sind, weil etwas vorlag oder stattgefunden hat, was mit dem Projekt Kyllheim nicht das geringste zu tun hat? Und daß der Tötungsversuch Baumeisters mit dem Doppelmord nicht das geringste zu tun haben muß? Wohl aber mit dem Projekt in Kyllheim?«

»Also drei getrennte Felder«, sagte Rodenstock in die Stille.

Walburga nickte. »Es kann doch sein, daß irgend etwas mit dem Kyllheim-Projekt nicht stimmt und daß verhindert werden soll, daß Baumeister das aufdeckt. Also versucht man, ihn zu töten. Und daß Kinn und Kutschera getötet wurden, wobei das Motiv absolut nicht in Kyllheim zu suchen ist.«

»Was Genaueres haben Sie nicht?« fragte Rodenstock.

»Nur noch eine zusätzliche Überlegung«, erklärte sie. »Die Eifel ist ein wertekonservativer Landstrich. Leider blüht das Bigotte. Es könnte doch sein, daß Pierre Kinn und Heidelinde Kutschera sich gegen Heiligtümer vergangen haben? Beide brachen sie ihre Ehe, beide vernachlässigten sie zwangsläufig ihre Kinder, beide betrogen ihre Ehepartner und verließen sie. Es kann doch jemand hingegangen sein und den Richter gespielt haben! *Ten little niggers* – ich erinnere Sie. Dann paßt auch die raffinierte Art des Mordes. Jemand, der für sich in Anspruch nimmt, die öffentliche Moral zu verkörpern, kann sich Zeit lassen, gut planen und grausam und effizient töten.«

»Was glauben Sie, wie viele solcher Täter in Frage kommen?« fragte Rodenstock.

»Ich weiß es nicht. Mir fallen dazu einige Namen ein. Aber nennen werde ich keinen. Nehmen Sie es mir nicht übel, aber meine Verpflichtungen warten.«

Wir verabschiedeten uns also, hockten mißmutig im Auto und trieben durch den Nebel heimwärts.

»Was ist mit einem Verrückten?« schlug Dinah vor, als wir es uns wieder in meinem Haus gemütlich gemacht hatten.

»Die sind hier doch alle mehr oder weniger verrückt«, antwortete ich. »Das Gefährliche ist eben, daß diese Verrücktheit normalerweise nicht zutage tritt.«

»Man kann sagen, daß Kinns Leben ein Dienstleistungsleben war. Hätte er einen Kunden in großer Manier betrogen, wüßten wir das längst. Was ist aber, wenn er zufällig von irgendeiner drohenden Finanzaktion erfahren hat, irgendeiner geplanten Übernahme, von der eigentlich niemand etwas wissen sollte?« Rodenstock seufzte theatralisch und gab sich selbst die Antwort. »Dann suchen wir in Jahren noch.«

»War er eigentlich käuflich?« warf Dinah ein.

»Er brauchte nicht käuflich zu sein, er verdiente genug«, entgegnete ich mürrisch.

»Du spinnst«, sagte sie einfach. »Wenn die Summe hoch genug ist, wird jeder käuflich.«

»Aber wozu, meinst du, sollte er gekauft werden?« fragte ich.

»Das weiß ich doch nicht«, entgegnete sie ärgerlich. »Vielleicht wollte eine andere Bank das Geschäft in Kyllheim machen?«

»Sparkassen sind halb-öffentlich. Deshalb übernehmen sie bei diesen Projekten, die öffentlich gefördert werden, auch die Leitposition. Da können andere Banken gar nicht konkurrieren, oder zumindest nur begrenzt. Nein, nein!« Rodenstock fuchtelte mit beiden Armen in der Luft. »Wir sind in einer Sackgasse. Der Zustand der Eifler Gesellschaft ist nicht gerade geeignet, Klarheiten herzustellen. Verschwägert und versippt sind nicht einmal Parteien klar voneinander zu unterscheiden. Ein Kompromiß bedeutet hier durchaus, daß der SPD-Bürgermeister ein Grundstück vom CDU-Oppositionsführer zum Sonderpreis bekommt und der dafür seinen grünen Liebling favorisieren darf, der wiederum dem Herrn von der Unabhängigen Wählergemeinschaft besonders gute Geschäftskonditionen einräumt. Das ist doch ekelhaft, ist das. Das war mein letzter Vortrag heute.«

»Das ist in Garmisch nicht anders als im Allgäu oder in Nordfriesland«, schnappte ich.

»Besonders klärend wirkt das nicht«, seufzte die Soziologin.

»Ist mir scheißegal«, sagte Rodenstock.

»Hört doch auf«, steuerte ich bei. Es war wirklich nicht unser Tag.

»Ihr seid beide total vernagelt«, klagte die Soziologin. »Zwei Komponenten der Geschichte streichen euch um die Füße wie läufige Katzen, und ihr seht sie einfach nicht. Klar, man kann der Meinung sein, das sei alles eine total provinzielle Arie. Aber zwei Dinge sagen: Nix Provinz! Das eine ist die Art des Mordes, das andere die Tatsache, daß Baumeister von einem Berufskiller getötet werden sollte. Darauf müßten wir uns konzentrieren.«

»Klingt hervorragend nach Spuren von Gehirn«, sagte Rodenstock. »Aber ausgerechnet diese sozusagen internationalen Aspekte haben einen Fehler: Den ersten Mörder können wir nicht fragen, den Killer auch nicht mehr.«

»Ihr seid ekelhafte Machos«, rief sie aufgebracht.

»Sippenhaft«, sagte ich.

»Dann ist da noch eine Komponente, auf die wir uns konzentrieren könnten«, fuhr sie vollkommen unbeeindruckt fort. »Wir wissen ziemlich sicher, daß sich vor drei bis vier Monaten etwas änderte: Kinn und Kutschera brauchten weder die Eifel noch das Projekt in Kyllheim, um glücklich in der Zukunft leben zu können. Wir müssen herausfinden, was das war. Das können wir nur herausfinden, indem wir rekonstruieren, was sie zu diesem Zeitpunkt taten und wen sie trafen.«

»Dein Wort in Gottes Ohr«, meinte ich.

»Ich arbeite dran«, sagte sie süßlich. »Ich brauche die Telefonnummern des Kutschera und der Kinn. Hast du die?«

Ich gab ihr die Telefonnummern und zog mich zurück in mein Bett. Paul und Momo hockten einträchtig auf der Fensterbank und sahen in das trübe Wetter hinaus.

Als Dinah mich heftig an der Schulter wachrüttelte, war ich gerade dabei, irgendwo auf den Bahamas die Luxusyacht einer langbeinigen Blonden zu betreten, die ernsthaft der Meinung war, sie könne ohne mich nicht leben.

»Irgend etwas war mit Liechtenstein«, berichtete die Soziologin hell vor Aufregung. »Kutschera sagt, sie waren vor drei Monaten dreimal hintereinander in Liechtenstein. Und zwar innerhalb von neun Tagen. Sie sind jeweils nachts runtergerast und dann 24 Stunden später zurück. Frau Kinn sagt dasselbe.«

»Liechtenstein ist klein, aber verdammt groß, wenn man nicht weiß, wohin sie dort gefahren sind. Gibt es Hinweise?«

»Ja. Frau Kutschera hat eine Art Tagebuch geführt. Da steht in den letzten Junitagen mehrmals die Eintragung Vaduz und Stadtcafé 11 Uhr. Dann einmal Brennerhof 14 Uhr. Das reicht, Baumeister. Laß uns fahren.«

»Wie bitte?«

»Laß uns nach Liechtenstein fahren. Die Eintragungen reichen doch!«

»Haben wir Fotos der Toten?«

»Nein.«

»Dann ruf Wiedemann an und bitte ihn, uns welche zu geben. Ich kann ja begreifen, daß du bei diesem Scheißwetter aus der Eifel rauswillst, aber dann sollten wir wenigstens komplett ausgerüstet sein.«

Sie schrie »Juchhuh!« und ließ sich auf mich fallen, was mich angesichts eines spitzen angewinkelten Ellenbogens um den letzten Rest von Luft brachte. Ich wußte nicht, wie leicht Soziologinnen glücklich zu machen sind.

»Du bist süß!« schrie sie schrill.

»Bitte nicht«, sagte ich und strampelte mich unter ihr hervor. Ich suchte Rodenstock und fand ihn auf dem Bett liegend. Er las *Stille und Sturm*.

»Wir wollen mal eben nach Liechtenstein«, sagte ich. »Kutschera und Kinn waren dort. Mehrmals. Einwände?«

»Keine, solange du mir Bescheid sagst, was los ist«, antwortete er. »Auf mich alten Knochen kannst du verzichten. Es wird wahrscheinlich eine Gewalttour.«

»Wird es«, nickte ich. »Wir fahren jetzt, und wir fahren durch.«

»Da ist noch etwas«, fuhr er fort, »ich habe noch einmal alle Informationen Revue passieren lassen. Ich denke, Charlie verschweigt uns was.«

»Das denke ich auch. Er ist ein Pirat, aber kein schlechter.«

»Dieser Filz hier macht mir Sorgen. Kennst du die Affäre Stauber? Kennst du nicht? Gut. Also Stauber ist ein kleiner Maschinenbauer Richtung Mosel. Er hat in drei Jahren rund vier Millionen Steuern hinterzogen. Das konnte er auch ruhig tun, weil der Finanzbeamte, der den Betrieb prüfte, nicht nur einen einträglichen Nebenjob als Kneipier hatte, sondern auch noch in seiner Freizeit als Steuerberater für Stauber fungierte. So etwas baut Motive auf, die wir nur schwer entdecken können.«

»Wir hacken meiner Meinung nach viel zu sehr auf reinen Gelddingen herum. Vielleicht liegt das Motiv in ganz anderen Lebensbereichen. Vielleicht war es wirklich eine reine Liebesarie ...«

»Baumeister«, sagte er heftig. »Wie soll es sich um eine reine Liebesgeschichte handeln, wenn der Mörder so überlegt und massiv vorging? Und wer, zum Teufel, soll dann der Mörder sein, wenn beide Ehepartner wasserdichte Alibis haben?«

»Auf nach Liechtenstein«, meinte ich.

»Wir können die Fotos von der Polizeiwache in Daun mitnehmen«, gesellte sich Dinah zu uns. »Baumeister, glaubst du, wir werden Glück haben?«

»Wir müssen es versuchen«, sagte ich. »Du fährst bis Koblenz, dann auf die A 61 bis Kreuz Weinheim, dann quer Richtung Nürnberg und hinter Crailsheim auf der Süd-Autobahn an Neu-Ulm vorbei. Wir gehen in Lindau über die Grenze. Und ich werde endlich schlafen.«

»Aye, aye, Sir«, sagte sie. »Ich wollte schon immer mal ein Auto fahren, an dem wirklich alles funktioniert.«

Wir fuhren in die Nacht, nahmen in Daun die Fotos auf und gingen in Mehren auf die Autobahn. Es regnete in Strömen, es machte mich schläfrig. Das Autobahnkreuz Koblenz erlebte ich schon nicht mehr, wurde irgendwo im Hunsrück vorübergehend wach, zerrte einen Pullover aus der Tasche und stopfte ihn mir unter den Kopf. Es regnete noch immer. »Du fährst sehr gut«, nuschelte ich.

»Du merkst doch gar nichts davon«, sagte Dinah fröhlich.

»Ja, eben!«

Als sie tankte, wurde ich erneut wach.

»Ich habe kein Geld«, sagte sie.

»Dann nimm gleich mehr, damit du was in der Tasche hast.«

Es war ihr peinlich, sie druckste herum, sie wollte wütend werden.

»Ich bin nicht schuld an deiner Lage«, sagte ich vorsichtig.

»Ach, Scheiße«, sagte sie und nahm die Scheine. »Du schwimmst ja auch nicht drin.«

»Zu zweit schwimmt es sich auch bei Niedrigwasser besser«, tröstete ich. »Du hast vierhundert Kilometer gemacht, du bist richtig gut.«

Sie stapfte davon, bezahlte und kam zurück. »Ich spendiere dir einen Kaffee von deinem Geld.«

Es war neblig, der Tag war schon gekommen, hatte sich aber noch nicht durchgesetzt. Die Menschen, die in der Raststätte hockten, wirkten muffig.

»Wie lange lebst du schon in der Eifel?« fragte ich.

»Sieben Jahre«, erzählte sie. »Es war ein Versprechen,

es war das Versprechen, in einer Gemeinschaft eine andere Sorte Leben aufzubauen. Das ging schief, weil sich die Leute plötzlich daran erinnerten, daß sie nicht anders leben wollten, sondern begüterter. Jetzt prügeln sie sich um die Häuser, in denen das ungemein rührselige weltliche Kloster eingerichtet werden sollte.«

»Du willst wieder fort?«

»Nein, will ich nicht. Ich liebe diese Eifel, ich will mich irgendwie festsetzen und einen Platz finden. Deshalb auch der Versuch, journalistisch zu arbeiten.«

»Und Männer?«

»Ich habe mir meistens welche ausgesucht, die noch ärmer dran waren als ich. Das muß unbewußt passiert sein, aber es passierte. Sie kamen und gingen, und ich trat auf der Stelle. Was ist mit Frauen?«

»Das weiß ich nicht genau. Manchmal denke ich: die ist es! Aber dann kriege ich Schiß und kratze die Kurve. Eigentlich geht es mir gut, eigentlich geht es mir schlecht. Ich bin jetzt seit elf Jahren hier.«

»Dann ist dir der Filz nicht neu.«

»Nein, sicherlich nicht. Filz kann auch rührend sein. Da hat zum Beispiel eine Gemeinde ein Versammlungshaus gebaut. Als es fertig war, stellten sie fest, daß sie die falsche Heizung eingebaut hatten und es nicht möglich war, in dem Saal Handball zu spielen. Sie hatten überhaupt nicht durchdacht, was in dem Ding eigentlich stattfinden sollte. Sie haben es nur haben wollen. Keiner war schuld, und jeder hielt die Schnauze. Solche Beispiele gibt es auch.«

»Gibt es auch Beispiele anderer Art wie Kinn und Kutschera?«

»Na sicher. Haufenweise, aber eben ohne Mord am Schluß. Es gibt viele Männer, die wie Udler dauernd in irgendeinen Puff fahren. Es gibt Paare, die sich offiziell kaum kennen, sich einmal im Jahr auf Sri Lanka treffen oder weiß der Himmel wo. Es ist jedesmal ein Skandal, selbst wenn es nur die Ausmaße einer Seifenblase hat.«

»Aber du magst die Leute, nicht wahr?«

»Ja, ich mag sie, weil ich im Grunde genauso bin. Nichts anderes als ein mieser Bürger, der gern über den Nachbarn schwafelt.«

»Das ist nicht dein Ernst.« Sie lachte.

»Doch, das ist mein Ernst. Dieses Gerede ist nicht nur gefährlich, es ist auch rührend dämlich. Als ich einmal Monate lang nicht im Haus arbeitete, sondern an einem anderen Platz, regte sich mein Vermieter darüber auf, daß ich nicht mehr arbeitete. Ob ich denn die Miete bezahlen könnte? Das sagte er aber nicht mir, sondern in der Kneipe. So ist das, und daran wird sich nichts ändern. Bist du noch nie das Opfer von Gerüchten gewesen?«

Sie lachte. »Na sicher. Die Leute sagen von uns, wir seien Kommunisten und rote Socken. Dabei sind wir genau die gleichen Spießer wie sie selbst, nur eben wortreicher und manchmal ein bißchen verlogener. Bei uns leben Sozialhilfeempfänger, die sich ein Haus bauen, und das macht die Leute mißtrauisch.«

»Wie soll das bei dir weitergehen?« fragte ich.

»Das weiß ich nicht. Irgend etwas Altes hört auf, irgend etwas Neues fängt an.« Sie errötete leicht. »Ich denke, vielleicht fängt für mich etwas mit dir an.«

»Wieso mit mir?« fragte ich. Wahrscheinlich ahnte ich, daß sie ein Sturkopf war, und wahrscheinlich fürchtete ich ihren gemeingefährlichen Hang zu direkten Bemerkungen. Ich erwischte mich, wie ich nachdenklich das Salzfäßchen in meinen Kaffee leerte.

»Das weißt du doch«, entgegnete sie leichthin. »Ich habe mich in dich verliebt. Das ist so, und du kannst es nicht umdrehen.«

Ich hörte Elvis Presley *I am crying in the Chapel* heulen und wußte wirklich nichts zu sagen. »Aha«, sagte ich. Und dann: »Ich muß nachdenken, wie ich dazu stehe.«

»Mußt du nicht«, lächelte sie, und sie hatte so eine widerliche Art, mir direkt in die Augen zu schauen und dabei nicht einmal zu blinzeln. »Nichts ist für die Ewigkeit, Baumeister. Und wahrscheinlich ist es ausreichend, ein- oder zweimal mit dir ins Heu zu steigen. Ich habe meine Lektionen alle gelernt.«

»Moment mal«, widersprach ich empört. »Wer redet von Heu? Ich will gefragt sein.«

»Ich habe dich gefragt«, sagte sie und rief: »Zahlen, bitte!«

Ich kam mir ziemlich ekelhaft vor, und ein wenig fühlte ich mich wie ihr Dackel.

Die nächste Strecke fuhr ich, und ich war bemüht, das Thema nicht weiter auszubreiten. Ich berichtete also von ein paar wundersamen journalistischen Heldentaten, die ich vollbracht hatte, bis sie mich leise lachend unterbrach: »Also, ich wollte dich wirklich nicht in die Enge treiben.«

»Du treibst mich nicht in die Enge«, sagte ich. »Ich will Zeit haben, verstehst du? Ich glaube nicht, daß ich gut bin im Heu, wenn es nur das Heu ist, sonst nichts.«

»Aber riskieren willst du nichts«, erwiderte sie schnell. »So ist das doch immer. Die Leute verkriechen sich unter der Bettdecke, spielen an sich selbst herum. Wenn sie echt gefordert werden, wollen sie wieder schnell unter ihre Decke.«

»Siehst du das nicht sehr einfach?« fragte ich

»Mag sein«, sagte sie langsam. »Aber so ist es nun mal.«

Danach kam glücklicherweise eine längere Pause, der Tag wurde heller, der Nebel verzog sich, im Süden tauchten ein paar blaue Himmelsflecken das Land in helleres Licht. Wir kamen schnell voran, ich schob ein Band mit Clapton-Songs ein, stöpselte den Elektrorasierer in den Feueranzünder und machte mich landfein.

»Wie gehen wir vor?« erkundigte sich meine Soziologin.

»Das werden wir an Ort und Stelle entscheiden. Wir haben nur das Stadtcafé und diesen Berghof. Also ran und warten, was passiert.«

Wir riefen Rodenstock aus Lindau an, und er berichtete uns, es habe sich absolut nichts getan. »Wir hocken hier erstarrt«, sagte er.

Wir gingen über die Grenze nach Österreich, dann in die Schweiz. Ab Feldkirch fuhr ich sehr schnell, als mache uns das erfolgreicher. Wir erreichten die flache Schüssel, in der Vaduz liegt, und Dinah rief: »Wir kommen! Nehmt euch in acht!«

Die Zeit der Touristen war vergangen, ihre neue Zeit noch nicht gekommen, das Leben in den Straßen floß träge. Das Stadtcafé war leicht zu finden, wir marschierten hinein und bestellten etwas.

»Wir müssen einen immerwährenden halbamtlichen Charakter vermitteln«, sagte ich leise. »Das macht Eindruck, das führt am schnellsten zum Ziel. Freundlich, aber knallhart.«

Die Bedienung war eine abgearbeitete ungeschminkte Frau um die Dreißig. Ich legte ihr die Fotos von Pierre und Heidelinde vor und fragte: »Wir wissen, daß diese beiden Leute hier vor etwa drei Monaten häufig in diesem Café waren. Wir müßten wissen, mit wem sie sich trafen, da beide bei einem Unfall ums Leben kamen. Verstehen Sie?«

»Oh ja«, strahlte sie. »An die beiden erinnere ich mich gut. Die waren so verliebt. Frisch verheiratet, wie? Sie sind verunfallt? Oh nein, wie schrecklich. Die trafen Herrn Dr. Danzer. Das ist ein Anwalt, ein bekannter Anwalt unten aus der Au.«

»Ach, ja. Wir danken Ihnen. Vertritt Dr. Danzer deutsche Firmen?«

Die Kellnerin lachte. »Das weiß man nicht, welche Nationalität diese Firmen haben. Wie schrecklich, daß die tot sind. Ja, ja, der Verkehr.«

Wir zahlten. Draußen sagte Dinah: »Das kommt mir alles viel zu einfach vor.«

»Um herauszufinden, ob es das ist, müssen wir zu diesem Danzer«, entgegnete ich.

»Wie ist das mit dem Bankgeheimnis in der Schweiz und Liechtenstein?«

»Nicht mehr so rigide wie noch vor ein paar Jahren, aber immer noch kannst du hier in Liechtenstein oder in der Schweiz Bargeld en masse loswerden, und niemand kann feststellen, wo es steckt. Zunächst wird ein Anwalt mit der Gründung einer Firma beauftragt, dann fließt das Geld in diese Firma. Praktisch ist es damit verschwunden. Zwischen dir und deinem Geld steht dann immer der Anwalt, der keine Auskunft zu geben braucht und den kein Mensch dazu zwingen kann, Auskunft zu geben. Es sei denn, jemand kann beweisen, daß es Geld aus kriminellen Handlungen ist. Aber dieser Beweis gelingt so gut wie nie.«

»Scheiß Kapitalismus«, sagte Dinah gereizt.

Es war ein merkwürdiges Haus, und es hatte vermutlich einmal als kleines Bauernhaus angefangen. Stück um Stück hatte man Stahlbetonwürfel hinzugefügt, zwischen denen das alte brave Häuschen zerdrückt zu werden schien. Es gab zwei Schilder. Auf einem stand: *Dr. Antonio Danzer.* Auf dem anderen standen die klein geprägten Namen von bestimmt mehr als hundert Firmen. Die Wortteile ›Finanz‹ und ›Trade‹ kamen in fast allen Namen vor.

»Wir sehen vermutlich nicht aus wie Klienten von Dr. Danzer«, sagte ich

»Wir werden auch nie welche«, antwortete Dinah und schellte.

Eine Frauenstimme kam aus dem Lautsprecher: »Ja, bitte?«

»Wir ermitteln in Sachen Pierre Kinn«, sagte ich. »Wir müssen Herrn Dr. Danzer sprechen.«

»Einen Augenblick«, sagte die Frau ohne Betonung. Dann kam ihre Stimme wieder. »Er hat Zeit für Sie. Bitte die Treppe hinauf und erste Tür rechts.«

Der Summer tönte, ansonsten war das Haus entsetzlich still.

»Wir sind in den Hallen der Großfinanz«, flüsterte ich.

Im Treppenhaus lag auf jeder Stufe ein anderer kleiner Teppich, die Bilder an den Wänden waren wohl Originale. Wir klopften und traten ein.

Der Mann hinter dem Schreibtisch sah nicht so aus, als könne er Antonio Danzer heißen, aber er war es.

Er lächelte sehr zurückhaltend – er war der Typ des vierzigjährigen alerten Managers, der gelegentlich der Frau eines Kollegen zuflüstert, er sei mit allen menschlichen Schweinereien dieser Welt bereits konfrontiert worden und wundere sich über nichts mehr. Er trug ein erlesenes Grau über einem blauen Oberhemd mit weißem schmalen Kragen und schwarzer Krawatte mit weißen Elefanten drauf. Damit macht man darauf aufmerksam, daß man den *World Wilde Life Fund* unterstützt und jüngst mit Prinz Phillipp gefrühstückt hat, als es darum ging, die bengalischen Tiger zu retten. Danzer hatte ein schmales, energisches Gesicht mit zuviel Bräune aus dem Topf, und seine Gesten waren energisch und sparsam.

»Nehmen Sie Platz. Ich habe wenig Zeit. Ich kann Ihnen wahrlich keine Auskunft über irgendeinen Klienten geben. Das ist mir untersagt. Wenn es aber um Herrn Kinn und Frau Kutschera geht, mache ich bis zu einer gewissen Grenze eine Ausnahme.«

»Das ist sehr schön«, erwiderte ich.

Wir setzten uns auf die beiden Stühle, die in Front vor seinem Schreibtisch aufgebaut waren, und ich fragte mich, über wieviel Geld insgesamt in diesem Raum schon verhandelt worden war. Eine völlig idiotische Phantasterei.

»Wissen Sie vom Tod der beiden?«

»Ja, aus der Zeitung selbstverständlich«, nickte er. »Ich habe täglich zwei englische, zwei deutsche, zwei Schweizer und zwei internationale Blätter. Das muß man in meiner Position. Und Ihr Wunsch, bitte?«

»Wir sind in einer Klemme«, sagte Dinah. »Wir ermitteln wegen des Doppelmordes. Da uns einige wichtige Einzelheiten aus dem Leben der beiden Toten nicht bekannt sind, müssen wir Sie befragen. Hatte Pierre Kinn eine Firma bei Ihnen?«

»Nein«, antwortete Danzer. »Um Gottes willen, nein. Ich kenne Herrn Kinn zufällig aus einem gemeinsamen

Urlaub. Ich konnte ihm ein paarmal Tips geben. Deshalb trafen wir uns. Das war alles.«

»Hatte Kinn denn vor, zusammen mit Frau Kutschera eine Firma zu betreiben?« fragte ich.

»Davon ist mir nichts bekannt«, lächelte er. »Darüber haben wir nie gesprochen. Wie kommen Sie überhaupt auf mich?«

»Ganz einfach«, sagte Dinah. »Ihr Name stand im Notizbuch von Frau Kutschera.«

»Ach so«, hüstelte er, und es war eindeutig: Wäre Heidelinde Kutschera nicht schon vorher getötet worden, hätte er sie jetzt liebend gern umgebracht. Gute Leute machen niemals Notizen.

»Was ist mit dem Berghof?« fragte ich.

»Das ist ein Tagungshaus von mir«, erklärte er. »Nur ein paar Schritte von hier entfernt. Ich lade Management-Leute zu Seminaren ein. International, wissen Sie?«

»Also, Kinn hatte keine Firma bei Ihnen?«

»Richtig«, nickte er. »Keine Firma bei mir.«

»Es gab auch keine Absprachen, gelegentlich mit Bargeld hier aufzutauchen?« fragte ich. Ich mochte ihn nicht.

Er schloß gelangweilt die Augen, und keiner seiner edlen Züge glitt aus. »Ich bin kein Mensch für das Bare«, sagte er angewidert. »Ordentliche Firmensitze mit ordentlichen Verträgen.«

»Entschuldigung«, meinte ich. »Pierre hatte es mit Geldtransporten. Sagen Sie, kennen Sie einen gewissen Hans-Jakob Udler?«

»Nein. Wer, bitte, soll das sein?«

»Nicht der Rede wert«, sagte Dinah. »Können Sie uns denn aufklären, was Kinn und Kutschera beruflich vorhatten?«

»Nicht im geringsten«, antwortete er und lachte so, als käme ihm die Frage gänzlich naiv vor. »Sehen Sie, verehrte gnädige Frau, ich kannte die beiden nur flüchtig.«

»Das habe ich schon verstanden«, sagte ich. »Aber Sie müssen doch irgendein Thema bei Ihren Gesprächen gehabt haben.«

»Sicher hatten wir das«, bestätigte er.

Schweigen.

»Das war es dann wohl«, durchbrach ich die Stille. »Wir bedanken uns.«

»Es tut mir sehr leid«, meinte er und stand auf. Er war ein großer Mann.

»Mein Gott, ist das ein Arsch!« sagte Dinah verbittert im Wagen. »Und jetzt?«

»Jetzt suchen wir erst mal für die nächsten Stunden eine Bleibe«, schlug ich vor. »Irgendwie sind wir hier noch nicht am Ende.«

Wir fuhren nur fünfhundert Meter. Da stand ein Schild *Gasthof und Hotel*, und darunter *Dr. Danzer.*

»Es bleibt in der Familie«, murmelte meine Soziologin.

Sie hatten ein Doppelzimmer frei. Auf zwei Einzelzimmer mochte ich nicht bestehen, weil das kleinkariert gewirkt hätte und weil wir schließlich eine Menge miteinander zu besprechen hatten.

Sie zerrte sich den Pullover über den Kopf, ließ die Jeans fallen und klagte: »Ich bin völlig erledigt.« Dann sank sie auf das Bett.

Sicherheitshalber nahm ich eines der beiden zierlichen Sesselchen. Ich langte nach dem Telefon und rief mich selbst an.

»Bitte?« fragte Rodenstock.

»Hör zu, Papa, es sieht nach einem Fehlschlag aus. Der Verbindungsmann heißt Dr. Danzer in Vaduz. Er traf die beiden ein paar Mal, aber es ging, wie er sagte, immer nur um Tips. Eine Firma haben sie hier nicht, und sie hatten angeblich auch nicht vor, eine zu gründen.«

»Glaubst du das?«

»Nicht die Spur«, sagte ich. »Aber wir können niemanden zwingen, Auskünfte zu geben. Der Name Udler sagte ihm auch nichts. Er hat über den Doppelmord in der Zeitung gelesen, behauptet er. Er liest viele Zeitungen.«

»Dann schlaft euch aus und kommt heim.«

»Hm«, murmelte ich und hängte ein. »Nichts Neues. Wir sollen einfach wieder nach Hause kommen.«

»Erst schlafen«, sagte sie und öffnete nicht einmal die Augen.

Eine Weile blieb ich noch in dem Sessel hocken, dann zog ich mir die Schuhe aus und legte mich neben Dinah auf das Bett. Ich war hundemüde, und es war mir plötzlich gleichgültig, ob sie mich überfallen würde oder nicht. Sie schlief, ihr Atem ging ganz ruhig.

Als ich wieder aufwachte, waren vier Stunden vergangen, und Dinah fuhrwerkte im Bad herum, sang einen Gassenhauer schräg und falsch und sehr laut.

Es war später Nachmittag, die Dunkelheit kroch heran, und ich fühlte mich ausgesprochen gut.

Dann stand Dinah nackt, wie Gott sie geschaffen hatte, in der Badezimmertür und sagte: »Es ist toll, du solltest in die Wanne steigen. Man kann alle miesen Menschen, die man getroffen hat, von der Haut waschen. Ich habe übrigens keine Jeans mehr, keinen Pullover, keine Unterwäsche. Ich bin nicht darauf eingerichtet, in Hotels zu übernachten.«

»Wir könnten etwas einkaufen gehen«, antwortete ich. »Irgendein Geschäft wird noch geöffnet sein.«

»Du sollst es mir nur pumpen«, sagte sie ernsthaft.

»Natürlich, nur pumpen«, bestätigte ich ebenso ernsthaft.

Also fuhren wir ins Zentrum von Vaduz und suchten nach einem Geschäft, dessen Preise in etwa unseren Gewohnheiten entsprachen. Es dauerte ziemlich lange, bis wir eines fanden. Dinah suchte Jeans aus, einen Pullover, eine Garnitur Wäsche, und ich bestand darauf, daß sie alles gleich zweimal kaufte. »Wir können das nächste Hotel nicht ausschließen«, sagte ich.

Sie schrieb sich gewissenhaft auf einen Zettel, was das alles kostete, und sie sagte: »Kann ich es in zwei Raten zahlen?«

Ich wurde sauer. »Es ist eine Art Betriebskleidung. Stell dich nicht so an!«

Sie sah mich an, sagte aber nichts und bemühte sich um Fassung. »Ich will noch einmal diese dicken knallroten T-Shirts sehen«, sagte sie dann mit einer ganz hohen Stimme.

»Tut mir leid«, haspelte ich. »Es ist gepumpt«, nickte ich, »natürlich, wie du willst.« Ich kam nicht zurecht mit mir selbst. »Du solltest vielleicht ... Ich bin mal eben verschwunden.«

Ich ging hinaus, fand mich ekelhaft und sah keinen Ausweg. Schließlich trottete ich zwei Häuser weiter in eine Drogerie und kaufte *Roma* von Laura Biagiotti, gleich einen halben Liter, damit es richtig wehtat.

Dann wartete ich, bis Dinah aus dem Laden hinauskam und gab ihr die Schachtel. »Es tut mir leid, ich bin ein Arsch.«

»Einsicht«, sagte sie aufreizend langsam, »ist das erste Loch im Wasserkopf.«

Wir fuhren in das kleine Hotel zurück, und Dinah lächelte mich zaghaft an. »Wir sind schon ganz schön kaputt«, stellte sie fest.

»Du hast recht«, sagte ich. »Riechst du gern Parfum?«

»Ja, aber nur wenn keine Grünenfrau dabei ist, die empört sein kann.«

Wir aßen in der Bauernstube für sündhaft teures Geld Lachs an Spinat, und sie mümmelte: »Ich kaue gerade auf zwanzig Franken fünfzig rum. Und es tut mir nicht mal leid. Und anschließend will ich einen Caramel-Pudding in Courvoisier und abschließend irgendeine Käseschweinerei.«

»Genehmigt«, sagte ich. »Und ich werde mir eine Zigarre bestellen, die soviel kostet wie ein Schnitzel in der Eifel. So ist das nun mal, wenn Bauern reisen.«

»Du bist ein Verrückter«, meinte sie liebevoll. »Und ich würde dich gern fragen, ob du bezahlen kannst, aufstehen und mit mir ins Bett gehst. Diesmal will ich eine klare Antwort.«

»Das geht«, nickte ich. »Ich muß mich nicht einmal überreden.«

Sie griff über den Tisch und nahm meine Hand, und ich ließ es gut sein, wenngleich ich mich umsah, als könnte man uns bei einer unsittlichen Handlung beobachten. Die Eifel ist die Heimat eines Rudels Pharisäer, und ich schien mich ihnen angeschlossen zu haben.

Ich bezahlte, ließ mir eine Rechnung geben, und wir standen auf, gingen sprachlos und seltsam befangen die Treppe hinauf.

Im Zimmer drehte sich Dinah herum und murmelte: »Du kannst die Augen geschlossen halten. Ich möchte dich ausziehen.«

Es wurde eine konzertierte Aktion, wobei wir uns gewaltig gegenseitig in die Quere kamen und dann dazu entschließen mußten, uns jeweils selbst auszuziehen.

»Sag bloß nichts«, murmelte sie. »Komm einfach langsam in mich rein und sag mir, daß du mich magst.«

»Ich mag dich«, sagte ich.

Später lagen wir im dunklen Zimmer, starrten an die Decke und hielten uns an der Hand.

»Ich denke immer, ich möchte irgendwo zu Hause sein und rücksichtslos leben können. Und natürlich will ich geheiratet werden, und natürlich denke ich auch an ein Kind. Und all das kann ich mir doch nicht ständig verkneifen.«

»Das mußt du doch nicht«, sagte ich. »Manchmal habe ich den Gedanken, es könnte sich lohnen, die Tiere in der Eifel einem kleinen Mädchen oder einem kleinen Jungen zu erklären. Wie müßte denn ein Mädchen heißen?«

»Sophie«, antwortete sie. »Für einen Jungen habe ich noch keinen Namen.«

»Dann laß uns Sophie erarbeiten«, sagte ich.

Irgendwann schliefen wir ein, und meine letzte Wahrnehmung war ihr ruhiger Atem in meinem Gesicht.

Es war eine unglaublich grelle Detonation, wenngleich kein Licht aufblitzte. Es war ein scharfer, heller Knall. Ich kam hoch, war sehr verschreckt, ich spürte, wie mein Herz raste. Ich spürte, wie Dinah neben mir hochschoß und ins Dunkel starrte. Sie wollte irgend etwas sagen, aber etwas verschloß ihr den Mund.

Der erste Schlag traf mich seitlich am Kopf, der zweite irgendwo in der Gegend des Halsansatzes. Ich schlug auf den Boden, wollte »Dinah« sagen, aber ich konnte nicht sprechen. Dann sah ich gegen das Fenster einen drohenden Schatten, der sich schnell bewegte. Etwas Hartes traf mich peitschend an der Brust und preßte alle Luft aus mir heraus.

Dinah schrie grell und langgezogen, und jemand stoppte diesen Schrei. Ich hörte, wie sie fiel und dumpf seufzte. Ich versuchte, auf die Knie zu kommen, aber das gelang nicht, und das Letzte, was ich dachte, ehe jemand mich erneut traf, war: Mein Gott, warum waren wir so naiv?

Achtes Kapitel

Alles war unendlich mühsam. Es war nicht wie das Aufwachen am Morgen. Du öffnest die Augen und siehst nichts. Weil du nichts siehst, schließt du die Augen wieder und wirst in der gleichen Sekunde von panischer Angst befallen. Da ist die Erinnerung an wuchtige Schläge mit irgendwas, mit einem Knüppel, mit einer Faust, mit Springerstiefeln. Du willst schreien, und es funktioniert nicht. Irgend etwas verklebt dir den Mund, dein Gesicht ist unbeweglich. Du willst den Mund öffnen, und das geht nicht. Du willst erschreckt mit der Hand zum Mund fahren. Das geht, aber wenn du ihn berührst, schmerzt es brennend. Du öffnest die Augen wieder, und du siehst wieder nichts, alles ist absolut schwarz. Natürlich keuchst du vor Angst, und bei jedem Atemzug schmerzt der Mund, die Mundhöhle, die Brust. Es ist unendlich mühsam, normal zu atmen. Du japst vor Erregung.

Ich versuchte über meine Lippen zu lecken. Dann tastete ich mein Gesicht ab. Es war mit etwas überzogen, das wie eine Kruste wirkte und das Gesicht spannte. Ich blätterte eine Winzigkeit davon ab und steckte sie in den Mund. Es schmeckte süßlich und salzig, und da wußte ich, daß es Blut war. Ich lag auf dem Rücken, auf grobem Tuch. Die Struktur kannte ich. Sie war wie von Kartoffelsäcken. Der Raum roch nach nichts, höchstens nach Feuchtigkeit.

Weil mein Kopf schmerzte, versuchte ich, ihn nicht zu bewegen. Statt dessen bewegte ich die Augen und bemühte mich, etwas zu erkennen. Es blieb schwarz, keine Umrisse, keine Schatten, nicht der Schimmer einer Lichtquelle. Ich konnte atmen, die Luft war kühl, aber sie stand, sie bewegte sich nicht. Unter dem groben Tuch war ein hartes gespanntes Tuch, Leinen. Am Rande dieser Fläche ein vierkantiger Holm aus Holz. Ich lag wohl auf einer Trage oder einem Feldbett.

Ich sagte: »Hallo«, konnte aber nicht herausfinden, ob der Raum groß oder klein war. Kein hallendes Echo. Niemand reagierte, nur die Schwärze schien mich zu schlucken.

Ich ließ den rechten Arm hängen, er pendelte ins Leere. Ich drehte mich leicht nach rechts, und meine Hand erreichte einen steinernen Boden, glatten kalten Beton. Meine rechte Nierengegend schmerzte scharf. Wahrscheinlich keuchte ich noch immer. Dann wurde ich mutiger, und ich zog das rechte Bein hoch. Das schmerzte auch. Ich erinnerte mich, daß jemand in unser Zimmer gekommen war, daß er über mir gestanden und mich geschlagen hatte.

»Dinah«, rief ich.

Wer immer es gewesen war, sie mußten mich angezogen haben. Wir waren nackt gewesen. Sie hatten mich also angezogen. Es waren meine Jeans, und es war mein Pulli, es war auch meine Lederweste. Die Taschen waren leer. Die Schuhe fehlten, ich war barfuß, hatte keine Strümpfe an.

Vielleicht hatten sie mich erschlagen, vielleicht war ich tot.

Ich sagte noch einmal: »Hallo.« Der Raum schien nicht groß, der Raum klang jetzt klein und hohl. Und meine Stimme hatte ich deutlich gehört.

Ich zog beide Beine an. Das schmerzte erneut. Aber das mußte so sein, denn sie hatten mich sehr brutal geschlagen. Ich senkte die Knie nach rechts und drehte mich. Ich jammerte, als ich die Beine auf den Boden setzte. Aber ich saß. Dann stand ich auf, und die Bewegung war etwas zu schnell. Ich fiel seitlich nach vorn, ich brachte die Arme nicht vor meinen Körper. Ich versuchte, die Knie ganz weich zu machen und mich nach unten durchsacken zu lassen. Es ging nicht, ich fiel. Ich schlug mit dem Kopf gegen etwas Weiches, ich plumpste auf die Trage, auf die sie mich gelegt hatten.

Sofort stand ich wieder auf. Ich hörte meinen Atem. Er ging sehr schnell, als sei ich eine weite Strecke gelaufen.

Dann machte ich einen, zwei, drei Schritte nach vorn. Den rechten Arm hielt ich ausgestreckt. Kein Raum konnte so perfekt dunkel sein. Die haben dich blindgeschlagen, dachte ich entsetzt. Dann stieß ich mit der Hand gegen eine Wand. Sie war wie der Fußboden glatt und kalt.

Ich rief erneut: »Dinah.«

Ich entschied, nach links zu gehen und meine Schritte zu zählen. Nach vier Schritten erreichte ich einen Winkel. Neunzig Grad, dann erneut nach links. Nach drei Schritten eine Tür oder etwas Ähnliches. Aus Stahl. Die Zarge auch aus Stahl. Ich suchte eine Klinke, es gab keine, es gab nur einen Knauf, kein Schlüsselloch. Ich versuchte trotzdem, Nähte ausfindig zu machen, um wenigstens einen Spalt Helligkeit zu erwischen. Vermutlich hätte ich meine gesamten Rentenansprüche gegen ein einziges Streichholz getauscht.

Dann weiter, drei Schritte, wieder ein rechter Winkel, nach links. Sechs Schritte. Wieder eine Ecke, nach links fünfeinhalb Schritte, dann erneut drei Schritte. Wenn ich mich jetzt drehte, mußte ich nach drei Schritten die Liege erreichen. Ich erreichte sie.

Schmerzen setzten ein, ich konnte sie nicht lokalisieren. Anfangs dachte ich, es sei mein Kopf. Aber dann registrierte ich, daß irgend etwas mich am Atmen hinderte. Es schmerzte. Ziemlich klar überlegte ich: Sie haben mir Rippen gebrochen.

Ich erinnerte mich an das Krankenhaus in Daun. Am Oberschenkel mußte ein Verband sein. Ich öffnete die Hose und ließ sie fallen. Der Verband war noch da, aber er war verrutscht. Wenigstens diese Wunde schmerzte nicht. Ich zog die Hose wieder an und betastete mein Gesicht. Soweit ich das feststellen konnte, war es ganz blutverkrustet. Etwas unter dem rechten Ohr pochte dumpf und sendete Schmerzen durch den Schädel.

»Dinah?«

Ich legte mich hin, weil ich das Gefühl hatte, schwindelig zu werden. Dann hatte ich plötzlich Lust auf eine Pfeife. Es gab keine, auch den Tabak und das Feuerzeug hatten sie mir abgenommen.

Die Frage war, warum lebte ich noch? Ich mußte irgendeinen Wert für sie haben – wer immer sie waren.

Was hatten sie mit Dinah gemacht? Aus einem verrückten Grund meinte ich, daß auch sie so etwas wie ein normales Empfinden haben müßten. Also, einer Frau wird kein Leid getan. Im gleichen Moment wußte ich, daß das völlig blödsinnig war. Wenn ich irgendeinen Wert für sie hatte, mußte Dinah den gleichen Wert haben. Was ich wußte, wußte Dinah auch.

Hatten sie Dinah geschlagen? Schlägt man Frauen? Leute, wie die, die mich geschlagen hatten, würden sie vermutlich vergewaltigen.

Ich dachte: Du mußt dein Gefängnis besser kennenlernen. Ich stand auf und erreichte direkt die Tür – etwas mehr als vier Schritte. Ich schlug dagegen, es hallte dumpf. Ich schrie.

Plötzlich waren da entfernte Geräusche, und ich wagte nicht zu atmen. Etwas passierte jenseits der Tür. Die Tür bewegte sich, und ich erwartete einen Lichtschimmer. Aber es blieb dunkel.

Ein Mann sagte: »Ruhig, mein Freund.« Er sagte es ganz freundlich und beinahe väterlich. Eine grelle, gelbe Lichtbahn zog wie ein Blitz durch den Raum. Eine Taschenlampe. Der Strahl zitterte auf dem Boden, ein hellgelber tröstlicher Fleck. Dann wanderte er hoch und blendete mich.

»Wir stehen ja schon«, meinte der Mann gemütlich. Der Stimme nach konnte er vierzig oder fünfzig Jahre alt sein. Er war eine Spur kleiner als ich und dicklich.

»Nun legen wir uns aber wieder hin«, fuhr er fort. »Da werden wir auch schneller gesund und vernünftig. Ts, ts, ts, warum legen wir uns denn nicht hin?«

Er schlug mir in das Gesicht. Es war ein peitschender Schlag, und er kam von der Seite und riß mich um.

»Wir müssen uns hinlegen, weil wir fit sein müssen, wenn der Chef mit seinen Fragen kommt. Der Chef ist so fürsorglich. Er hat gesagt, wir haben wahrscheinlich Kopfschmerzen. Und er sagte: Nimm Aspirin mit, er braucht es. Unser Freund braucht Aspirin!«

Ich lag flach auf dem Beton und konnte nicht antworten.

»Wir gehen jetzt zum Feldbett«, befahl er und trat mir an den rechten Oberschenkel. Schmerzen können sich explosiv verstärken, ich schnappte nach Luft, und Dunkelheit fiel über mich.

Es können nur Sekunden gewesen sein, denn als ich versuchte, mich aufzurichten, stand der Mann über mir und stellte seinen Fuß auf meinen rechten Oberarm. »Wir legen uns jetzt hin, wir sind doch ein guter Junge.«

»Hör zu«, keuchte ich, »ich lege mich hin. Nimm den Scheißfuß da weg. Ich kann mich nicht hinlegen mit deinem Scheißfuß auf mir.«

Er verstärkte den Druck: »Du wirst jetzt zu der Liege kriechen. Arnold befiehlt dir zu kriechen. Also kriech!«

Ich drehte den Kopf, er nahm seinen Fuß weg, und ich kroch.

»So ist es brav, mein Junge. So machen wir das richtig. Dann kriegst du auch das Glas Wasser und das Aspirin.«

Ich erreichte das Feldbett und kroch hinauf. »Hör zu, ich muß dir was sagen.«

»Onkel Arnold hört zu«, erwiderte er freundlich.

»Es ist wegen der Frau, wegen Dinah Marcus. Sie ist da reingestolpert, sie weiß nichts. Sie ist eine Bekannte, aber sie hat keine Ahnung, um was es geht.«

»Um was geht es denn, mein Freund?« fragte er. »Weißt du denn überhaupt, um was es geht?«

Ich war verblüfft. »Nein, ich weiß nicht, um was es geht.«

Er lachte fröhlich. »Du mußt dir keine Sorgen machen um deine Matratze. Du willst Onkel Arnold bloß verständlich machen, daß die junge Frau die Reise mitgemacht hat, weil du etwas zum Ficken brauchst. Ist es so?«

»So ist es«, nuschelte ich.

»Du mußt Onkel Arnold nicht belügen«, sagte er. »Aber nimm erst mal Aspirin, und kotz mir bloß nicht in den Keller. Putzfrau spiele ich nicht.« Er reichte mir ein Glas mit Wasser, wechselte dann die Taschenlampe in die andere Hand und gab mir zwei Tabletten. Dabei sah ich sein Gesicht. Es war rund wie ein kleiner Mond, teigig bleich und mit Augen, die wie Schlitze in einem massiven Fettpolster saßen.

»Wann kommt denn der Chef?« fragte ich.

»Das weiß man nie«, antwortete er. »Du denkst, er kommt gleich um die Ecke, und du mußt noch drei oder vier Stunden warten. Das weiß keiner.«

»Wer ist denn der Chef?«

»Das weiß auch keiner.« Er kicherte hoch im Falsett.

»Sag ihm bitte, daß die junge Frau wirklich nichts damit zu tun hat. Ich wollte sie eigentlich nicht mitbringen.«

»Aber sie redet schon«, gluckste er. »Sie hat schon viel berichtet. Richtig spannend.«

»Sie lügt«, sagte ich.

»Wer wird denn schlecht von Freunden reden«, sagte er vorwurfsvoll. Diesmal traf er meine linke Kopfhälfte und dann eine heiß brennende Stelle unterhalb der Rippen.

Ich war sofort bewußtlos, und ich erlebte nicht, wie er den Keller verließ.

Diesmal war das Erwachen noch mühseliger, weil alle Erinnerungen sofort da waren, weil kein Schlag vergessen war, weil alles schmerzte. Ich hatte sekundenlang die brennende Sehnsucht, Arnold würde wiederkehren und mir den endgültigen Knockout verpassen oder vielleicht eine Pille, die mich für Ewigkeiten in Schlaf sinken ließ.

Ich schrie, oder jedenfalls versuchte ich zu schreien. Ich warf mich zur Seite und fiel auf den Beton. Völlig sinnlos krallte ich die Finger in die glatte, kalte Fläche. Dann schwamm ich in irgendeiner trüben kalten zähflüssigen Masse, ich sah Farbwirbel vor den Augen, große, glühend rote Räder, die sich rasend drehten. Dann war es wieder dunkel, und ich schwebte durch irgendeinen Raum ohne Licht.

Wahrscheinlich ist das menschliche Gehirn nur begrenzt fähig, Schmerzen zu empfinden, wahrscheinlich schaltet es irgendwann ab, sucht im Archiv nach freundlichen Bildern.

Erst war sie neben mir, und ich spürte ihre Haut, dann war sie auf mir und murmelte hastig: »Ich liebe dich einfach, und ich habe dich in mir, und ich will, daß es bleibt.« Dann bog sie sich zurück und begann, hastig zu atmen und kleine, helle Schreie auszustoßen. Sie keuchte: »Ich werde dich auch noch lieben, wenn du ekelhaft bist und mich nicht mehr willst.«

»Aber ich will dich ewig.«

»Dann schweig und arbeite daran, daß ich es spüre.«

Sie fiel von mir herunter auf die Seite und lachte glücklich wie ein Kind. Sie spielte mit dem rechten dikken Zeh zwischen meinen Beinen herum, und sie sagte leise: »Baumeister, es ist richtig gut.«

»Ja«, sagte ich. »Kann sein. Mit dir zu schlafen ist sehr schön.«

»Können wir das wiederholen?« fragte sie.

»Ich werde es freundlich in Erwägung ziehen«, sagte ich.

»Überleg nicht lange«, sagte sie.

»Du bist unersättlich«, murmelte ich.

»Das kannst du erst beim fünften Mal behaupten. Aber so gut bist du wahrscheinlich nicht.«

»Das kommt darauf an, wie gut du bist«, sagte ich. Das Haus war ganz still.

»Ich bin sehr gut!« rief sie hell.

Irgend etwas quietschte leicht. Es war die Stahltür. Der Mann, der sich Onkel Arnold nannte, trug eine Schreibtischlampe vor sich her. »Vorsicht, die Schnur«, sagte er. »Sehen Sie, Chef, der liegt ganz friedlich da.«

»Du wirst ihm doch nicht Schmerzen zugefügt haben?« sagte Dr. Danzer.

Onkel Arnold grinste. »Ich bin nicht für Schmerzen.«

»Wie geht es Ihnen?« fragte Danzer.

»Ich habe Schmerzen. Es ist mir wichtig, Ihnen zu sagen, daß die junge Frau in die Geschichte reingeschliddert ist und das meiste gar nicht mitbekommen hat. Lassen Sie sie frei.«

»Wir sind aber sehr edel«, lächelte er. »Sie können sich dieses Theater sparen, Baumeister. Dinah Marcus weiß einiges, aber ich weiß, daß Sie entschieden mehr wissen. Sie haben jetzt die Wahl. Sie erzählen mir alles, oder aber wir warten, bis Sie alles erzählen, und bis dahin kümmert sich Onkel Arnold um Sie.«

»Was wollen Sie denn wissen?« fragte ich.

»So ist es recht«, flüsterte Onkel Arnold.

»Alles, was Sie über diesen dubiosen Fall des Pierre Kinn und seiner Geliebten wissen. Ich will den Hintergrund, Baumeister.«

»Ich bin hier, um den Hintergrund zu erhellen«, erklärte ich. »Ich kenne den Hintergrund nicht.«

»Das klingt sehr dumm«, er war vorwurfsvoll. »Sehr, sehr dumm.«

»Wir sollten die Brausetherapie machen, Chef«, schlug Onkel Arnold vor.

»Arnold hat immer so exquisite Ideen«, sagte Danzer ohne jede Betonung. »Erzähl uns mal, was das ist.«

»Ziemlich einfach, Chef«, erwiderte Onkel Arnold. »Ich hab das mal von Leuten gehört, die für die Kokainkartelle in Bogota und Rio gearbeitet haben. Die pickten sich von Zeit zu Zeit einen von der Drogenbehörde heraus, der was Wichtiges wußte. Sie klebten ihm den Mund zu, steckten einen Trichter in ein Nasenloch und gossen Sprudelwasser rein. Sie sagten, das hätte kein Mensch länger als ein paar Minuten ausgehalten, und er hätte freiwillig alles gesagt.«

»Lassen Sie die Frau gehen«, forderte ich.

»Sie ist immer noch ein erfreulicher Anblick«, sagte Danzer. »Sie können sie sehen. Friedchen, zeig sie ihm.« Er trat einen Schritt beiseite.

Zwei Frauen tauchten in der Tür auf. Eine war sehr groß und massig und wirkte dunkel und grau. Sie hielt Dinah vor sich fest. Sie hatten ihr beide Augen zugeschlagen, und sie konnte mich nicht sehen.

»Heh«, sagte ich. »Sie lassen dich sicher laufen.«

»Das tun wir sicher nicht.« Danzer war erheitert.

»Tritt ihnen in die Eier, Dinah«, brüllte ich.

»Das ist unhöflich«, Onkel Arnold war empört. Er schlug mich in die linke Halsbeuge, er schlug geschickt mit der Handkante. Es tat höllisch weh, und ich schrie und krümmte mich zusammen.

Bevor der nächste Schlag kam, sagte Danzer gelassen: »Ich habe sehr viel Zeit.«

Ich wollte sagen, daß er mich am Arsch lecken könne, ich wollte so unendlich viel sagen, aber Onkel Arnold traf mich erneut, diesmal vorne am Hals, und ich verlor sofort das Bewußtsein.

Das Geschick hatte keine freundlichen Bilder für mich, es schickte einen Alptraum. Ich taumelte in einem matten blauen Neonlicht durch einen mit Sackleinwand verhängten engen Gang. Es gab keine Decke, es gab eigentlich auch keinen Fußboden. Ich mußte durch matschigen Untergrund waten, in dem sich große weiße Würmer ringelten, die fluoreszierend ein mattes Licht abstrahlten. Ich war der letzte Mensch im Untergang der Erde, und rechts und links hinter der Sackleinwand wurden von Zeit zu Zeit Kojen sichtbar, in denen eine tote Frau lag. Die Frau war in ein weißes schlichtes Seidenkleid gehüllt, hatte die Hände über dem Bauch gefaltet, und zwischen den Fingern steckte ein silbernes Kreuz. Es war Dinah, und sie hatten versucht, ihr die zugeschwollenen Augen wegzuschminken. Das war nicht gelungen. In jeder Koje lag Dinah.

Ich schrie, ich wurde wach, ich lag auf dem Beton neben dem Feldbett. Es herrschte Schwärze.

Onkel Arnold fragte von der Tür her: »Befinden wir uns wohl?«

»Ich hätte gern ein Aspirin oder etwas Stärkeres.«

»Ein Aspirin? Sind wir denn gewillt zu reden?«

»Ich bin gewillt.«

»Das ist fein«, rief er fröhlich.

Als ich das nächste Mal aufwachte, lag ich auf dem Feldbett. Onkel Arnold hatte sich einen kleinen Fünfziger-Jahre-Sessel in den Raum geschoben, neben sich die Schreibtischlampe gestellt und lümmelte sich.

»Ich finde es gut, daß du reden willst«, meinte er. »Ich darf dir erneut Aspirin geben. Dann werden wir klären, ob du etwas anderes sagen willst, als nur Beschimpfungen auszustoßen.«

»Sag Danzer, ich rede mit ihm. Ich rede nicht mit dir, nur mit Danzer.«

»Mit mir braucht kein Mensch zu reden«, entgegnete er.

»Wer redet auch schon gern mit Henkersgehilfen«, sagte ich.

»Das ist nicht recht«, sagte er vorwurfsvoll. »Ich arbeite sehr umfassend.«

»Das glaube ich. Hol Danzer.«

»Das geht nicht. Er hat anderweitig zu tun. Ich habe ein kleines, feines Tonband hier. Und ich weiß auch genau, was ich dich fragen soll.«

»Meine Bedingung ist, daß ihr Dinah freisetzt. Laßt sie gehen, dann rede ich.«

»Keine Bedingung«, stellte er fest. »Du kannst keine Bedingung stellen, du bist schwach, in einer schwachen Position.«

Ich überdachte das. »Also gut. Hol Danzer. Nicht auf dieses Tonband.«

»Das Tonband ist aber gut«, beharrte Onkel Arnold.

»Also, deine erste Frage«, lenkte ich müde ein. »Nein, halt, erst mal Aspirin. – Wieso nur zwei? Im Krankenhaus würden sie mir wahrscheinlich Morphium spritzen.«

»Ich gebe dir vier«, sagte er und stand auf. Er bewegte sich behende. Er stellte ein Glas Wasser neben das Feldbett und legte die Tabletten daneben auf den Beton.

Es war sehr schwierig, die Tabletten zu schlucken, mein Mund war trocken.

»Also, erste Frage.«

»Erste Frage. Wie bist du eigentlich in die Geschichte hineingeraten?«

»Ich habe die zwei Toten gefunden, oder sagen wir, ich war der zweite, der sie fand. Der erste ist jemand aus meinem Dorf, der auf dem Golfplatz arbeitet.«

»Kanntest du die beiden, also den Kinn und die Kutschera, schon vorher?«

»Nein. Ich kannte sie nicht.«

Frag ruhig, bis jetzt bist du auf gänzlich ungefährlichem Terrain.

»Warum mischt du dich ein? Du bist nicht von der Polizei, oder?«

»Ich bin nicht von der Polizei. Ich bin Journalist. Morde faszinieren mich.«

»Du machst dich aber hübsch harmlos, mein Junge. Und was ist mit deinen zahlreichen Verbindungen in die Welt der hehren Geheimdienste? Du solltest das Onkel Arnold doch nicht verschweigen.«

»Wie bitte?«

»Wir wissen, daß du undercover arbeitest. Eigentlich wollen wir nur herausfinden, wieso du so ausgesprochen freundschaftlich mit Männern wie Wiedemann und Rodenstock umgehst. Rodenstock ist ein Fuchs, und er ist auch für den Bundesnachrichtendienst tätig. Wie du siehst, wissen wir das alles.«

Er verwirrte mich, und ich war bemüht, es nicht allzu deutlich werden zu lassen. Weich aus, Baumeister, versuche einen großen Bogen, laß ihn hängen, tritt ihm in die Eier, mach ihn sauer.

»Du meinst, weil ich Wiedemann und Rodenstock kenne, müßte ich irgendwas mit Geheimdiensten am Hut haben?« Ich war belustigt, und ich zeigte es ihm.

»Ts, ts, ts. Das ist doch durchaus ehrenhaft, warum verschweigst du das? Du bist ein Journalist, du machst heikle Themen. Du machst sie mitten in der Eifel, wo Fuchs und Hase sich gute Nacht sagen, wo kein Schwanz dich liest. Aber du stehst manchmal im *Spiegel*. Da wird man doch mißtrauisch sein dürfen. Du sagst, du kennst Rodenstock. Warum sagst du Onkel Arnold nicht die Wahrheit, kleines Schweinchen? Er lebt doch gegenwärtig in deinem Haus, du Wichser!« Er war sehr laut geworden und rutschte mit einem einzigen Schritt an mich heran. Blitzschnell schlug er mit beiden Händen zu. Es schmerzte, es nahm mir den Atem, ich wollte schreien, aber es war zu spät. Ich versank in einem grauen Nebel, der die Schmerzen kaum dämpfte. Als ich nach einigen Minuten den Kopf wieder heben konnte, saß Onkel Arnold im milden Schein der Lampe lächelnd in seinem Sessel.

»Sieh mal, wir sind seriöse Liechtensteiner Geschäftsleute, wir gehen mit großem Ernst unserem Beruf nach. Du bist in diesem Spielchen weniger als eine Kellerassel. Ich liebe Kellerasseln, sie sind so grau und platt, und sie kommen überall durch. Siehst du, was ich hier habe? Es ist dein Reisepaß. Baumeister, Siegfried, geboren in Duisburg und so weiter. Sieh mal, wie viel du uns wert bist!« Er blätterte den Paß auf, riß einzelne Seiten heraus und ließ sie auf den Beton flattern. »Du bist eine Assel.«

»Wohl kaum«, nuschelte ich. »Du gibst der Assel verdammt viel Aspirin und verdammt viel Zeit. Arnold, du bist nichts anderes als ein Zwerg. Dein Gesicht sagt, daß du ein Verlierer bist. Es macht dir Spaß, Leute zu quälen, die in einer schwachen Position sind. So einfach ist das.«

Friß das, Zwerg! Ich wollte ihn zornig haben, ich fürchtete seine Schläge nicht mehr, sie waren mir egal. Ich hatte zugleich das dumpfe Gefühl, daß mir all mein Mut nichts nutzte, ja, daß er mich töten würde. Aber auch das war mir gleichgültig.

»Also gut, lieber Onkel Arnold. Was soll ich denn zugeben? Daß ich Geheimagent beim Bundesnachrichtendienst bin? Gut, gebe ich zu. Daß ich vielleicht hin und wieder für den deutschen Verfassungsschutz arbeite? Kein Problem, entspricht ebenfalls der Wahrheit. Vielleicht noch eine Prise CIA? Bitte sehr, kannst du haben, Arnold-Schätzchen. Um das Bild abzurunden und dich richtig froh zu machen, könnten wir uns vielleicht einigen, daß ich hin und wieder auch für den israelischen Mossad gearbeitet habe, ganz zu schweigen vom lieben alten KGB. Magst du es so, Arnold?«

»Ihr rollt Finanzverwicklungen auf«, sagte er seltsam sachlich. Er hatte die Hände über dem dicklichen Bauch gefaltet und wirkte sehr gelassen.

»Na sicher, wir tun von morgens bis abends nichts anderes.«

»Der tote Kinn und die tote Kutschera sind nur Beiwerk«, setzte Arnold seine Feststellungen fort.

»Richtig. Irgendwelche Leutchen gehen immer dabei drauf. Mach nur weiter, Arnold-Schätzchen.«

»Rodenstock ist reaktiviert, wir wissen das. Wiedemann arbeitet ihm zu. Es geht uns darum, daß du uns den Hintergrund skizzierst. Unter Freunden, sozusagen. Warum bist du sofort bei Udler aufgetaucht?«

»Bei Udler?« Was wußten sie eigentlich nicht? »Ich mußte bei Udler auftauchen, weil er der Chef von Kinn war. Aber Udler ist sauber, wie es aussieht. Wir finden kein Motiv, Arnold. Deshalb bin ich hier. Wann wirst du endlich vernünftig, Onkel Arnold? Ich bin ein Journalist, sonst nichts. Der Doppelmord ist Realität. Rodenstock ist ein alter Freund, und er hat absolut nichts mit dem Bundesnachrichtendienst zu tun. Ihr habt eine Paranoia.«

Er lächelte. »Das hier ist ein internes Papier«, sagte er und wedelte mit einem DIN A4-Blatt. »Darf ich vorlesen? Hier heißt es: ›Der gemeinsame Ausschuß des Bundestages schlägt in dieser Sache vor, eine Kommission zur Aufhellung der finanziellen Verflechtungen zu gründen. Dabei ist darauf zu achten, daß die Kommission als Gremium nicht öffentlich bekannt wird und erfahrene Beamte zugezogen werden. Für die Leitung schlagen wir den Kriminaloberrat Rodenstock vor, derzeitiger Wohnsitz Cochem an der Mosel.‹ – Hast du zugehört, Baumeister? Damit du nicht auf den Verdacht kommst, ich hätte geblufft oder irgend etwas getürkt, gebe ich dir das Papierchen.« Er reichte es mir, ich nahm es.

Es war die Kopie eines Originals, und ich hatte nicht eine Sekunde Zweifel daran, daß es echt war.

Warum, um Himmels willen, hatte Rodenstock mir nichts davon gesagt? Oder hatte diese Sache mit unserer Sache nichts zu tun? Er war nicht verpflichtet, mir etwas zu erzählen.

»Das heißt gar nichts«, meinte ich ruhig. »Hier steht etwas von der Aufhellung finanzieller Verflechtungen. Aber welche Verflechtungen das betrifft, steht hier nicht. Rodenstock ist ein kluger alter Mann, und er wird sicher zu recht berufen. Was soll das aber in Verbindung mit der Ermordung von Kinn und Kutschera? Arnold, denk doch mal nach.«

Arnold rührte sich nicht, und es hatte den Anschein, als würde er langsam in dem Sessel nach vorn rutschen und irgendwann auf den Boden plumpsen. »Es hat damit zu tun«, seufzte er. »Sieh mal auf das Datum, es ist acht Tage alt.«

Es war acht Tage alt. Ich war ganz sicher, daß sein Rattengesicht deshalb so gelassen wirkte, weil er tatsächlich die beschissene Wahrheit sagte. Die Wahrheit war, daß Rodenstock für den BND tätig war, daß die Bundesregierung sich eingeschaltet hatte, Rodenstock zum

Vorsitzenden einer Untersuchungskommission gemacht hatte, daß hier irgend eine Riesenschweinerei lief, von der ich nicht die geringste Ahnung hatte. Während ich hinter Motiven und möglichen Mördern herjagte, passierte die ganze Zeit über parallel zu meiner Atemlosigkeit etwas, von dem ich nichts wußte. Ich war ausgeschlossen, kein Mitglied des Clubs. Und Rodenstock hatte mich verraten.

»Ich weiß nichts davon«, murmelte ich.

»Du solltest nicht so widerspenstig sein«, sagte Arnold aufgeräumt. »Das ist der Nachteil der freien Mitarbeit. Na sicher, sie schätzen dich sehr, aber sie können dich auch jederzeit fallen lassen. Also, sag dem Onkel Arnold, was los ist, und du kannst nach Hause.«

»Du bist wirklich ein Wichser, Arnold. Ihr könnt mich gar nicht nach Hause schicken. Ihr müßt mich töten.«

»Du bist manchmal richtig helle«, strahlte er.

»Dann schickt wenigstens die Frau heim«, forderte ich. »Sie weiß absolut nichts von dem ganzen Blödsinn.«

»Aber sie hat gesagt, daß zwischen dir und Rodenstock Einstimmigkeit herrscht. Und sie hat auch zugegeben, daß zwischen dir und einem ordentlichen Mitglied der Mordkommission so gut wie kein Unterschied gemacht wird. Sie ist klüger als du, Baumeister. Wir haben sie auch gefragt, ob sie sich vorstellen kann, daß du für Geheimdienste arbeitest. Sie gab zur Antwort, daß du wahrscheinlich besser wärst als die meisten Geheimdienst-Hengste. Woher hat sie das wohl?«

»Verdammt, sie ist in mich verknallt. Was soll sie sonst sagen?«

»Du bist wirklich stur, mein Junge«, flötete er manieriert.

Plötzlich hatte ich eine Idee, ich wollte die Situation umkehren. Ich fragte schnell: »Warum, um Gottes willen, wollt ihr denn hier in Liechtenstein wissen, was bei uns in der Eifel los ist?«

Er grinste. »Das kann doch keine ernsthafte Frage von dir sein, Junge. So dumm kannst du gar nicht sein.«

»Ich bin so dumm«, beharrte ich.

»Es ist ganz einfach. Wir haben direkte finanzielle Interessen, verstehst du? Wenn ihr blöden Geheimdienste drin rumrührt, werden wir sauer und wissen nicht, wie wir weiter verfahren sollen. Deshalb sollst du uns erzählen, wie weit eure Ermittlungen gediehen sind.«

Na sicher, es war so einfach. Sie wollten wissen, was ich nicht wußte. Es war sehr grotesk, und ich mußte grinsen. Sein Gesicht umwölkte sich unheilvoll.

»Du solltest mich nicht verscheißern«, sagte er. »Ich kann alles vertragen, nur kein fieses Mitleid, keine Arroganz und keine Herablassung. Dazu, Kleiner, bin ich viel zu gut. Ich sage dir, du hast nur noch eine Chance. Falls du das nicht begreifen solltest, wird es trübe aussehen. Danzer ist nicht gerade milde, wenn es um seine Existenz geht.«

Er war immer lauter geworden, ich hatte die Arme gehoben, er stand neben mir und schlug zu. Diesmal gestattete er sich mehr als einen Schlag, und er führte sie alle mit der Handkante. Er mußte jahrelang geübt haben, denn er traf mit einem Wirbel von Schlägen immer nur Stellen, an denen es wirklich verheerend schmerzte. Ich wurde erneut bewußtlos.

Jemand rüttelte an meiner Schulter, jemand faßte sehr hart zu.

»Du hast deine Chance«, meinte Onkel Arnold. Er stand neben dem Feldbett, und ich sah nichts als die Kugel seines Bauches.

»Wir wissen also, daß Sie geheimdienstlich arbeiten«, sagte Danzer von irgendwoher. »Sie sollten mich aufklären, wie weit Ihre Arbeit gediehen ist. Erfreulicherweise sind Sie selbst hierhergekommen, so daß ich mir eine Reise in die schöne Eifel sparen konnte, und ...«

»Aber Sie haben einen Killer geschickt«, sagte ich.

Er war einen Augenblick lang verwirrt, faßte sich aber schnell, sah mich an und nickte betulich. »Sie meinen Medin? Natürlich meinen Sie Medin. Nein, den habe ich nicht geschickt. Wissen Sie, Medin galt im Gewerbe lange

Jahre über als die beste Notbremse, die man kaufen kann. Aber in den letzten Jahren baute er rapide ab. Das wußte ich natürlich. Nein, Medin stammte nicht von mir ...«

»Aber Sie kennen ihn«, fragte ich rasch nach.

Danzer nickte lächelnd. »In diesem Gewerbe tätig zu sein und Medin nicht zu kennen, würde bedeuten, eine absolute Null zu sein. Immerhin war er eigentlich gut genug, die Sache zu erledigen. Aber Medin traf Baumeister. Baumeister legte Medin um. Künstlerpech. Selbstverständlich weiß ich, daß Sie Onkel Arnold und mich gnadenlos umlegen würden, wenn Sie nur die Chance einer einzigen Sekunde hätten. Aber diese Chance gebe ich Ihnen nicht. Wie Sie sehen, kenne ich Sie gut, und meine Informationen über Sie sind umfassend. Ich will Ihnen gerne zugestehen, ein äußerst gefährlicher Mann zu sein. Aber ich bin besser, Herr Baumeister, viel besser.«

»Sie wissen nicht viel«, sagte ich.

»Niemand weiß alles«, erwiderte er milde. »Also fassen wir zusammen, wobei es vollkommen unerheblich ist, in welcher Weise Sie und Wiedemann und dieser Rodenstock dienstlich miteinander verschränkt sind. Sie ermitteln die Finanzsituation bei etwa sechzehn Projekten in der Bundesrepublik Deutschland. Wir wollen wissen, wie weit Ihre Arbeit fortgeschritten ist. Sollten Sie nicht antworten, würde das dazu führen, daß Onkel Arnold Ihre letzte Ruhestätte bestimmen darf. So etwas tut er gern. Wollen Sie es sich noch einmal überlegen?«

»Ich kann Ihnen nichts sagen, weil Ihre gottverdammte Exegese falsch ist. Ich habe mit Geheimdiensten nichts zu tun. Ich will herausfinden, weshalb Kinn und Kutschera getötet worden sind, sonst nichts.«

»Deshalb zieht Rodenstock in Ihr Bauernhaus ein?« fragte er sarkastisch.

»Deshalb«, nickte ich.

»Deshalb dürfen Sie Zeuge eines Verhörs sein, bei dem der Bankdirektor Udler vernommen wird?« Er lächelte schmal.

»Ach, scheiß drauf, Danzer. Sie sind doch von einer Paranoia besessen.«

»Ich bin nur ein Geschäftsmann, der seine Chance wahrt«, antwortete er, und er glaubte selbst daran.

»Udler ist ein kleiner Bankpisser in der Eifel. Schon in Koblenz weiß kein Mensch von seiner Existenz«, sagte ich. Reg ihn auf, Baumeister, mach ihn an, gib nicht nach!

»Udler ist zugegeben ein kleiner Mann«, nickte er. »Er ist sehr katholisch und sehr gläubig. Ich übrigens auch.«

»Das glaube ich aufs Wort. Weil Kinn und Kutschera was miteinander hatten und wahrscheinlich gut miteinander ficken konnten, müssen Sie mir doch keine Geheimdiensttätigkeit anhängen.«

»Sie sind vulgär«, sagte er.

»Wirklich!« bestätigte Onkel Arnold aufgebracht.

»Wie auch immer, ich kann Ihnen nicht von etwas berichten, von dem ich nichts weiß. Sie sollten endlich die Frau gehen lassen. Sie kommen in Teufels Küche, falls uns etwas passiert.«

»Das klingt nicht sehr überzeugend«, murmelte Danzer. Das Schlimme war, er hatte recht, und er wußte es.

»Ich bitte um einen kurzen Tod«, stöhnte ich.

»Nicht doch«, seufzte Onkel Arnold, und er hob den Blick, wie jemand, der sich unendlich langweilt.

Plötzlich gab es ein fiepsendes Geräusch, und Danzer griff in die Innentasche seines Jacketts. Er holte ein Telefon heraus und klappte es auf. »Ja, bitte?« fragte er.

Ich habe ein gutes peripheres Blickfeld. Ohne Danzer aus den Augen zu lassen, sah ich, wie Onkel Arnold sich straffte und seinen Chef neugierig anstarrte. Ich wußte sofort, daß sich etwas gewandelt hatte.

»Ja«, sagte Danzer tonlos. »Reden Sie.« Er stand auf und ging langsam durch die Tür hinaus und verschwand.

»Nicht doch«, hörte ich von irgendwo. »Davon ist mir nichts bekannt, und Sie müssen mir schon glauben, daß ...« Er stockte.

»Die Scheiße dampft«, sagte ich voll Hoffnung.

»Nicht doch, mein Junge«, meinte Onkel Arnold sanft.

Danzer kam zurück. Er sagte mit völlig steinernem Gesicht: »Sie können gehen.«

Onkel Arnold war empört, warf sich in die Brust, aber er schwieg.

»Ich gehe nicht ohne die Frau«, sagte ich.

»Sie sind sehr clever«, murmelte Danzer nicht ohne Anerkennung.

»Wo ist Dinah?«

»Sie wird gleich bei Ihnen sein.«

»Wo ist mein Wagen?«

»Ich lasse ihn vorfahren. Sie sind wirklich sehr clever.«

»Lecken Sie mich am Arsch«, sagte ich. »Mach's gut, Zwerg.« Ich strahlte Onkel Arnold an. Langsam stand ich auf, ich konnte gehen. Sie ließen mich vorangehen, sie redeten kein Wort. Es ging über eine ordentliche, saubere Kellertreppe nach oben in einen breiten, von Licht erfüllten Flur. »Wie lange war ich Ihr Gast?«

»Eine Nacht, einen Tag, eine Nacht«, sagte er. »Aber natürlich waren Sie niemals hier.«

»Natürlich nicht«, nickte ich.

»Nichts für ungut«, sagte Onkel Arnold unsicher.

»Ich werde dich nie vergessen«, beteuerte ich. »Wo ist Dinah?«

»Moment«, Danzer öffnete eine Tür und rief: »Bring sie her, Friedchen.«

Der Teppich, auf dem ich stand, war teuer und von einem leuchtenden Blau, wie ich es mochte. »Wo kann man so etwas kaufen?« fragte ich.

»Zürich, Bahnhofstraße«, antwortete er.

Friedchen brachte Dinah. Sie konnte gehen, aber nicht gut sehen.

»Ich bin hier«, rief ich.

Sie kam nahe an mich heran und hielt sich fest.

»Das Auto«, sagte ich.

»Steht dort«, entgegnete Danzer.

Ich öffnete die Tür, das Tageslicht traf mich grell. Die Sonne schien.

»Das hättest du nicht gedacht, was?« fragte Onkel Arnold.

»Das hätte ich nicht gedacht«, bejahte ich. »Langsam, die Treppe.« Ich führte Dinah Stufe um Stufe hinunter, öffnete die Beifahrertür und half ihr hinein, ging um den Wagen herum und setzte mich hinter das Steuer.

»Sie sollten etwas für sich tun«, sagte Danzer nebenbei. »Jenseits des Tals ist eine Klinik.«

»Wahrscheinlich gehört die auch Ihnen.«

»Leider nicht«, meinte er, hob leicht die Hand und verschwand im Haus. Onkel Arnold blieb noch ein paar Sekunden stehen und sah mir zu, wie ich startete und wegfuhr. Sein Gesicht war so ernst wie das eines Mannes, der überlegt, ob ihm jetzt vielleicht ein Geschäft durch die Lappen gegangen ist.

Dinah saß vollkommen verkrampft, sie hatte den Sicherheitsgurt nicht angelegt, beugte sich weit vor, stützte die Arme auf die Knie und hatte die Hände vor dem Gesicht.

»Was haben sie mit dir gemacht?« fragte sie dumpf.

»Nur geschlagen«, sagte ich. »Immer wieder geschlagen.«

»Mich nur einmal. Dieser Fette hat gesagt, er würde es gern mit mir machen. Da habe ich was erzählt. Aber ich weiß nicht mehr genau, was ich erzählt habe. Ich glaube, ich habe dir geschadet.«

»Hast du nicht«, beruhigte ich sie. »Konntest du gar nicht, denn wir wußten nichts.«

»Ist das wirklich so?«

»Das ist wirklich so.«

»Aber warum haben sie uns so plötzlich rausgelassen?«

»Das weiß ich nicht. Ich habe nicht einmal eine Ahnung. Wir brauchen ein Krankenhaus und ein Telefon.«

»Ich brauche kein Krankenhaus, ich habe nur zwei Veilchen. Wieso brauchst du ein Krankenhaus, Baumeister.« Sie hob den Kopf, sie sah jämmerlich aus.

»Wo ist denn deine Brille?«

»Kaputt. Der Fette hat sie mir zerschlagen.« Sie fuhr sich mit der Hand über den Nasenrücken. Da war ein tiefer Schnitt. »Da steht ein Schild mit einer Krankenhausanzeige. Was hast du denn, Baumeister?«

»Ich weiß es nicht genau. Sicherheitshalber«, meinte ich. »Hast du Aspirin oder so was?«

»Nein, aber im Krankenhaus werden sie was haben.«

»Ich möchte wissen, wer den Danzer angerufen hat«, murmelte ich.

»Sollen wir nicht erst zu den Bullen und Anzeige erstatten?« fragte Dinah.

»Oh, nein, doch nicht sowas«, sagte ich wütend. »Glaubst du im Ernst, daß das irgendeinen Sinn macht? Was willst du beweisen? Du kannst doch nicht mal einen Beweis dafür bringen, daß wir in seinem Haus waren.«

»Solche Leute sind das«, sagte sie nach einer Weile.

»Natürlich. Er ist reich, er ist wahrscheinlich sehr reich. Er ist von Gangstern soweit entfernt wie der Nordpol vom Südpol. Die Polizei würde lachen.«

»Läuft so etwas immer so?«

»Das weiß ich nicht, aber hier ist es so gelaufen.«

»Du mußt da raus, Baumeister. Das ist doch viel zu gefährlich.« Sie begann zu weinen. »Was sagst du denn im Krankenhaus?«

»Irgendwas. Meinetwegen sind wir in eine Prügelei geraten oder so. Beruhige dich, wir sind frei und können heim in die Eifel.«

»Ich habe Kopfweh«, quengelte sie wie ein Kind.

»Wir sind gleich da. Ich hätte dich nicht mitnehmen dürfen.«

»Hast du denn so etwas geahnt?«

»Nein, natürlich nicht.«

Das Krankenhaus war klein und wirkte solide. Im Empfang saß eine dicke Frau, aß Torte von einer Pappplatte und trank Kaffee dazu.

»Kein Besuch«, beschied sie uns. Dann blickte sie auf, sah mich an, dann Dinah und winkte nach rechts. »Ambulanz, letzte Tür links. Unfall?«

»Nein. Schlägerei.«

»Guts Nächtle. Letzte links.« Ihre Augen blinkten so mitfühlend wie die einer toten Forelle.

Wir gingen also den langen Gang entlang, und es war ein gutes Gefühl, als Dinah ihren Arm unter meinen schob und ihn drückte.

Die Ärztin war blutjung, und um ein Haar hätte ich sie gefragt, ob ihr Abitur länger als zwei Monate her sei. Aber sie hatte die drahtige Art der Ambulanzärzte bereits gut drauf. Sie sah uns an und entschied: »Die Dame in den Stuhl da, der Herr auf die Liege. Autounfall?«

»Nein«, wiederholte ich. »Wir sind in eine Prügelei geraten.«

»Wo denn? Wieder im *Tamburin*?«

»Wir wissen nicht genau, wie die Kneipe hieß. Es waren Jugendliche.«

»Das können wir später klären«, meinte die Ärztin. Dann schrie sie: »Ulf! Ulf!«

Von irgendwoher kamen schnelle Schritte, ein junger Mann bog um die Ecke.

»Zieh mir Spritzen auf. Dalli. Und guck nicht so! Lokale Betäubung bei der Dame für den Nasensattel. Bei dem Herrn werden wir später sehen.« Sie wandte sich zu mir. »Wo tut es Ihnen denn besonders weh?«

»Überall. Aber eigentlich brauchten wir erst mal ein Telefon.«

Sie sah mich an, als hätte ich ihr einen unsittlichen Antrag gemacht. »Später«, entschied sie. »Bei Prügeleien ist das immer so, daß es sich erst nach einigen Stunden herausstellt, was denn in die Brüche gegangen ist.«

»Aha«, nickte ich, weil mir nichts anderes dazu einfiel.

Zuerst verarzteten sie Dinah, und sie tauchte unter ihren Händen mit einem phantastischen Pflaster zwischen den Augen wieder auf.

»Jetzt geben wir Ihnen eine Lösung, und Sie baden die Augenpartie damit. Wo kommen Sie eigentlich her?«

»Aus der Eifel«, gab Dinah Auskunft.

»Muß man wissen, wo das ist?« fragte die Ärztin.

»Muß man nicht, Schwester«, grinste Dinah. »Aber jetzt mal ran an den Macker.«

Die Ärztin war irritiert und fragte: »Was? Ach so, der Mann. Na ja, also dann der Mann. Ziehen Sie sich aus.«

»Ich fürchte, das geht nicht«, sagte ich.

»Wieso geht das nicht?«

»Rippenbrüche, Prellungen«, murmelte ich eingeschüchtert.

Sie machte ein hübsches Kußmaul und fragte: »Wollen Sie mich verarschen? So schlimm sehen Sie doch nicht aus.«

»Lieber Gott«, hauchte Dinah bleich.

»Na, gut. Also, Ulf, hilf ihm mal.«

Ulf versuchte, mir zu helfen. Er war ein bißchen linkisch und drehte mich zu scharf nach links. Ich rutschte ab und wurde ohnmächtig. Ich hörte noch, wie die junge Ärztin sehr überzeugt flüsterte: »Du Arsch!«

Ich wurde wach, weil jemand mit etwas sehr Kaltem an meinem Hintern herumfummelte. Ich hatte ja einige aktuelle Erfahrungen mit meinen Ohnmachten und riskierte deshalb nur ein Auge. Eine durchaus veritable Krankenschwester versuchte gerade, mir eine Schüssel unterzuschieben.

»Was soll das denn?« fragte ich verblüfft.

»Du drohst mit Stuhlgang«, sagte jemand. Es war Dinah. »Du hast zwei Rippen links und drei rechts gebrochen. Dein linkes Schlüsselbein hat einen Knacks. Wahrscheinlich ist die Milz angerissen. Aber sonst bist du völlig in Ordnung, Baumeister.«

»Ich will keine Schüssel«, knötterte ich störrisch.

»Du kannst nicht aufstehen«, erklärte Dinah sanft mit deutlicher Befriedigung. »Jedenfalls jetzt nicht. Du bestehst im wesentlichen aus Blutergüssen. Du mußt hierbleiben.«

»Das geht aber doch nicht.«

»Ruhig liegen«, sagte die Schwester dicht neben meinem Kopf. »Und, schwupp, jetzt hockst aufi, oder?«

»Lieber Gott«, keuchte ich.

»Schöne Grüße von Rodenstock«, sagte Dinah, wohl um mich abzulenken. »Er war es übrigens, der Danzer angerufen hat.«

»Wieso das?«

»Du hast ihm am Telefon den Namen Danzer genannt. Dann hat er sich gewundert, weshalb wir uns nicht melden. Schließlich hat er Danzer angerufen. Er sagte mir, daß er damit mindestens gegen sechzig Gesetze verstoßen hat. Er ist auf dem Weg hierher.«

»Wie denn?«

»Er fliegt nach Zürich. Von dort mit dem Taxi. Das geht am schnellsten.«

»Das dauert doch einen Tag«, jammerte ich.

»Er muß bald kommen«, sagte sie. »Du liegst hier schon seit achtzehn Stunden. Sie haben dich ruhig gestellt.«

Die Krankenschwester stand herum und sah mich an, mit Erwartung in den Augen.

Als ich »Oh Gott« stöhnte und dann: »Bitte, geht raus«, strahlte sie und erklärte: »Ich wußte doch, daß er Stuhlgang haben würde. Also, ich seh das immer schon weit vorher. Besonders Männer haben dann so einen entzükkenden entrückten Ausdruck in den Augen.«

Neuntes Kapitel

»Wo schläfst du eigentlich?« fragte ich Dinah, nachdem alle hygienischen Einzelheiten zu meiner intensivsten Pein erledigt waren. »Und was ist das für eine Brille?«

»Eine Leihgabe. – Nebenan ist eine Pension. Sehr nette Leute. Ich habe mich informiert. Ich wollte wissen, wer dieser Dr. Danzer ist. Also, hier ist er nichts Besonderes, halt auch nur einer, der viel Geld verdient, und kein Mensch weiß genau, womit. Aber anscheinend will das auch kein Mensch wissen. Er ist ein sehr ehrenwerter Mann mit einer sehr hübschen jungen Frau, die aus dem

Tessin kommt. Hätte ich erzählt, wie Danzer uns traktiert hat, hätten sie todsicher gelacht und mich rausgeschmissen.«

»Habe ich nun wirklich einen Milzriß, oder sieht das nur so aus?«

»Wahrscheinlich nicht«, beruhigte mich Dinah. »Sie sagen, wenn du Dünnpfiff kriegst, hast du einen. Aber du hast keinen Dünnpfiff. Auf dem Röntgenbild ist das wohl schlecht zu erkennen. Die Ärztin, die junge, die hat mich angeguckt und gemeint, eigentlich müßte sie die Polizei verständigen. Du sähst nicht aus, wie einer, der verprügelt wurde, du sähst aus wie einer, den man gefoltert hat.«

»Und? Was hast du gesagt?«

»Nichts«, antwortete sie. »Ich möchte nur wissen, was Danzer weiß und was wir nicht wissen. Rodenstock muß bald hier sein. Er ist ganz verrückt gewesen vor Sorge. Er liebt dich.«

»Ich ihn weniger«, sagte ich, aber ich sagte nicht, weshalb.

Rodenstock traf ein, während ich wohlig und schmerzfrei schlief. Ich wurde wach, als er mit einem vor Kummer grauen Gesicht hereinstürmte und fragte: »Was, zum Teufel, hast du getan?«

»Das frage ich dich«, brüllte ich. »Dinah, laß uns bitte ein Weilchen allein.«

»Scheiß Männergeheimnisse«, trompetete sie. Aber sie ging hinaus.

Rodenstock rutschte sich einen Stuhl neben mein Bett. »Also, was ist? Was hast du? Rippen im Eimer, gequetscht, geprellt. Sag mir genau, was los war.«

»Die Rippen machen mir keine Sorgen«, sagte ich. »Ich mache mir Sorgen um das, was du vielleicht dem Danzer gesagt hast. Weshalb hat der uns so nahtlos die Freiheit geschenkt? Und gleich noch etwas: Wenn du schon in eine Kommission berufen wirst, die sich mit illegalen oder fragwürdigen Finanzgeschäften beschäftigt, wenn schon der Verdacht besteht, unser Doppelmord hängt damit zusammen, dann solltest du mir das vorher sagen, statt in meinem Haus zu wohnen und die Schnauze zu halten.«

Zuweilen glaubst du, einen Menschen ziemlich gut zu kennen. Plötzlich entdeckst du andere Gesichter an ihm, die du nie gesehen hast. Es kam mir so vor, als sehe ich Rodenstock zum ersten Mal. Was ich sah, machte mir keine Freude.

Er starrte mich an, und seine Augen wurden ganz weit. Dann schloß er sie, und es hatte den Anschein, als wolle er seine Hand begütigend auf meine legen. Das tat er nicht. Er öffnete die Augen, sah mich erneut an und griff zum Telefon. Er wählte eine sehr lange Nummer. »Knubbel? Rodenstock hier. Ich bin angekommen. Natürlich glaubt er mir nicht. Erkläre du ihm das, er ist einfach stinksauer.« Er reichte mir den Hörer.

»Wie geht es Ihnen?« ertönte Wiedemanns sonores Organ. »Ich habe gehört, Sie mußten sich im Dienste der Gerechtigkeit die Fresse polieren lassen. Schadensersatzansprüche richten Sie bitte an die Bundesregierung, Anschrift bekannt. Im Ernst, jetzt hören Sie gut zu: Vorgestern, als Sie nach Liechtenstein abgedüst sind, hat Rodenstock bei sich zu Hause in Cochem die Putzfrau angerufen. Sie hat ihm die Post vorgelesen. Dabei war der Brief des Gemeinsamen Ausschusses der Bundesregierung. Bis dahin hatte Rodenstock nicht die geringste Ahnung. Das bedeutet, daß dieser merkwürdige Danzer eher von Rodenstocks Berufung wußte als Rodenstock selbst.«

»Was ist das Ziel dieser Kommission?«

»Das weiß Rodenstock noch nicht genau. Aber ich habe inzwischen erfahren, daß es darum gehen soll, ganz bestimmte Vorgänge bei der Verschiebung und Einsetzung hoher Barmittel im Bereich bestimmter Sparkassen zu untersuchen.«

»Auf gut deutsch, bitte«, drängelte ich.

Er lachte. »Es besteht der Verdacht, daß in vielen öffentlichen Bauvorhaben Schwarzgelder untergebracht wurden, um sie auf diese Weise blütenrein zu waschen. In der Regel sind das so Projekte wie in Kyllheim, also mit Mischfinanzierungen. Da schwirren öffentliche Gelder rum, private Kunden legen Gelder ein, Firmen kaufen sich ein. Es entsteht ein Durcheinander. Dieses Durcheinander, so der Verdacht, ist gezielt, gewollt. Kein Mensch kann hinterher mehr sagen, wohin die öffentlichen Gelder wanderten, was mit ihnen bezahlt wurde, was mit den privaten Mitteln passierte und so weiter und so fort. Nur noch mit dem Projekt befaßte Fachleute könnten für eine Klärung sorgen. Solange aber die privaten Geldgeber befriedigt werden, solange sich also kein Mensch beklagt, ist alles in Butter.«

»Weil die Steuergelder und Subventionsgelder keinen interessieren, weil sie kostenlos sind?«

»Genau das«, bestätigte er.

»Und Kyllheim sieht so aus?«

»Kyllheim sieht verdammt so aus. – Und jetzt geben Sie mir mal den Rodenstock.«

Ich reichte den Hörer weiter, und Rodenstock hörte zu, was Wiedemann ihm zu sagen hatte.

Dann legte er den Hörer zurück und murmelte: »Tut mir leid, das mußte sein. Ich wußte wirklich nichts von dieser Berufung. Jetzt erzähl! – Halt, halt, erst mal holen wir Dinah rein, sonst wird sie sauer. Die sieht ja fürchterlich aus.«

Rodenstock holte sie, dann erzählten wir.

»Es gab einen Punkt, an dem ich schier verrückt wurde«, sagte ich. »Plötzlich behauptete dieser Arnold, du arbeitest für den Bundesnachrichtendienst. Ich will wissen, ob das wahr ist.«

Rodenstock nickte bekümmert. »Es ist wahr. Ich weiß, daß du etwas gegen Geheimdienste hast. Ich bin oft hinzugezogen worden, wenn im Umfeld eines Geheimdienstfalles Tötungsdelikte vorkamen. Zum Beispiel wurde ich in deutsche Botschaften in aller Welt geschickt, wenn der Bundesnachrichtendienst unklare Todesfälle zu untersuchen hatte. Siggi, ich bin Beamter, ich diene diesem Staat, es war meine Pflicht. Das kannst du wörtlich nehmen.«

»Du hast mir nie etwas davon erzählt.«

»Das ist richtig. Ich hätte es sicher irgendwann erzählt. Ich frage mich, wie Danzer an diese Information kommt. Vermutlich durch Bestechung, der Mann ist hochgefährlich. Dinah, fahr mal zu Danzers Haus und fotografiere die gesamte Tafel mit den Firmennamen.«

»Das mache ich«, nickte sie und ging hinaus.

»Warum hat Danzer uns sofort freilassen müssen?«

Rodenstock spitzte den Mund. »Ich sagte ihm, er solle nicht die geringste Schwierigkeit machen, weil ich ihn sonst sofort vor die Bundeskommission laden und gleichzeitig dafür sorgen würde, daß die wichtigen Nachrichtenmagazine Kenntnis davon bekommen. Ich sagte ihm, daß ich den Schweizer Geheimdienst kontaktieren und in seine Firma schicken würde. Und ich ließ ihm keine Zeit zu antworten.«

»Danke.«

»Schon gut.«

»Gibt es irgend etwas Neues bei der Recherche zum *M 99*?« fragte ich.

Er schüttelte den Kopf. »Es gibt einen Haufen Tierärzte, die sich das Zeug gelegentlich in den Giftschrank stellen, weil sie es mit schweren massigen Tieren zu tun haben. Aber nichts weist konkret auf unseren Fall hin, und natürlich gibt kein Tierarzt es freiwillig zu, wenn etwas von dem Zeug fehlen sollte. Was würdest du jetzt tun, wenn du nicht im Krankenhaus wärst?«

»Ich würde mir Danzer schnappen«, erklärte ich. »Ich würde mich auf die Lauer legen und ihn dazu zwingen, uns den Teil zu erzählen, von dem wir offensichtlich keine Ahnung haben. Er weiß genau, was in der Eifel gelaufen ist. Warum?«

»Er hat dort Gelder investiert«, meinte Rodenstock. »Wir können nicht riskieren, ihn hier unter Druck zu setzen. Wie lange mußt du noch hierbleiben?«

»Ich weiß es nicht. Wenn ich ihnen mein Ehrenwort

gebe, daß ich mich nicht bewege, nur flach atme und meistens schlafe, lassen sie mich vielleicht schnell wieder laufen.«

»Das ist aber wirklich ein Risiko«, sagte er väterlich.

Tatsächlich entließen sie mich am nächsten Morgen, nachdem ich schriftlich erklärt hatte, daß ich die Klinik gegen ärztlichen Rat verlassen würde. Ich verfrachtete mich auf den Rücksitz des Jeeps, weil ich dort wenigstens die Beine ausstrecken konnte. Sie hatten mir zwei Sorten Pillen mitgegeben: eine gegen Schmerzen, die andere, um ruhig zu werden. Sicherheitshalber nahm ich immer zwei von beiden Sorten, was dazu führte, daß ich tranig durch halb Europa kutschiert wurde, während vor mir Rodenstock und Dinah über Witze lachten, die ich nicht verstand. Zuweilen hielten sie an, um zu tanken oder einen Kaffee zu trinken, was mir Zeit gab, endlich zu schlafen. Zuweilen sahen sie sich sogar nach mir um und fragten besorgt, ob es mir denn auch gutgehe – aber im Grunde war das wohl nichts als reine Höflichkeit, und ich antwortete stets: »Mir geht es prima, wirklich.«

Nach einigen Ewigkeiten erreichten wir heimische Gefilde, und an der Reihenfolge ganz bestimmter Schlaglöcher merkte ich, daß wir auf den Hof rollten.

Rodenstock sah sich um und bemerkte: »Da ist aber jemand froh, endlich zu Hause zu sein, was? Machen wir es also so?«

»Was sollen wir wie machen?« fragte ich aus meinem Tablettendunst.

Rodenstock bekam große, kugelrunde Augen, und Dinah meinte herablassend: »Dachte ich es mir doch. Er hat überhaupt nichts mitgekriegt.«

»Wir laden Danzer zum Kaffee ein«, erklärte Rodenstock fröhlich.

»So verrückt ist der nicht«, sagte ich.

»Es kommt allein auf die Form der Einladung an«, erklärte Dinah und fuhrwerkte mir mit beiden Zeigefingern vor dem Gesicht herum.

Ich ahnte, daß es keinerlei Sinn machte, mir irgend etwas aus dem wirklichen Leben zu erklären. Ich schwieg also und bewegte mich langsam in Richtung meiner Matratze. Ich hatte das dumpfe Gefühl, endlich einen klaren Kopf bekommen zu müssen, und das erledigt man am besten schlafend. Ich rief nicht einmal meine Katzen.

Im Tran bekam ich schemenhaft mit, daß Dinah sich neben mich legte und »Gute Nacht« murmelte.

Das nächste Bild kam schneidend schnell und brutal. Der Arzt Tilman Peuster hielt meine Hand und schrie: »Können Sie mir sagen, wie es Ihnen geht?«

»Ich habe ihn geholt«, erklärte Dinah von der Tür her. »Du wolltest überhaupt nicht aufhören zu schlafen.«

»Das ist mein Recht«, sagte ich. »Mir geht es gut.«

»Der Verband um die Rippen ist noch in Ordnung«, nickte Peuster. »Bewegen Sie sich vorsichtig, und nehmen Sie keine dieser Tabletten mehr. Ach Quatsch, die spüle ich erst mal im Lokus runter.«

»Aber die sind richtig gut«, protestierte ich.

»Das glaube ich Ihnen«, lächelte er gutmütig. »Damit hätten Sie eine ganze Bundeswehrkompanie bewegungsunfähig halten können. Habe die Ehre.« Er sagte immer so komische Sachen wie ›Habe die Ehre‹.

Gegen Mittag versuchte ich leidlich klar die Treppe nach unten zu schaffen. Irgendwie gelang das.

»Wie willst du denn den Danzer einladen?« fragte ich.

Rodenstock saß am Küchentisch und aß einen Streifen Eifler Knochenschinken. »Wir müssen ein bißchen mogeln«, erklärte er. »Erst telefonieren wir ein bißchen, dann basteln wir ein bißchen, dann kommt er.«

»Du bist verrückt«, sagte ich.

»Das kommt auf den Standpunkt an«, sagte Dinah spitz. »Du solltest dir besser ein Sofa suchen.«

»Bin ich Rentner?« protestierte ich.

»Im Moment, ja«, sagte Rodenstock kühl. »Beweg dich nicht zuviel, reg dich nicht auf. Du wirst alles mitkriegen.«

»Wir bekommen nämlich Besuch«, sagte Dinah wie jemand, der deutlich machen wollte: Ätsch, wir sind besser als du.

»Und mich könnt ihr nicht vorzeigen?«

»Jetzt ist er auch noch beleidigt«, murmelte Rodenstock.

»Ich bin sauer«, sagte ich. »Ich habe ein Recht auf Zuwendung.« Aber ich merkte, daß meine leicht scherzende Beschwerde nicht ankam, sie befanden sich beide in einer ganz anderen Welt.

Rodenstock hockte sich samt Telefon auf den Sessel gegenüber, die Soziologin daneben. Sie hatten beide Notizzettel und Kugelschreiber vor sich und machten den Eindruck, als wollten sie mich verhören. Aber ich spielte nicht die geringste Rolle in ihrem Spiel.

Rodenstock wählte eine lange Nummer und sagte: »Bitte den Gentner im Wirtschaftsressort.« Er hatte plötzlich eine widerlich untertänige Stimme, und er lächelte, als mache es Spaß, einen Heidenspaß, jemandem bis zum Anschlag in den Hintern zu kriechen. »Doktor Gentner?« – »Ach, das ist aber nett! Ich habe ein Problem. Wie Sie sicher wissen, bin ich in die Kommission berufen worden.« – »Ja, vielen Dank auch. Nehmen wir mal an, Doktor, ich habe ein Projekt im Bau, irgend etwas Großes, eine Fußgängerpassage, ein Hallenbad, ein Sportzentrum. Etwas, das sowohl mit öffentlichen wie mit privaten Geldern finanziert wird. Jetzt kommt die Panne, jemand zieht Gelder raus. Ich brauchte also Geld. Was passiert dann?« Rodenstock drückte auf den Lautsprecherknopf.

Eine Stimme so tief wie Vater Rhein tönte: »Interessante Frage, mein Lieber. Ich nehme einmal an, Sie haben keine Zeit. Dann müssen Sie sich nach schnellem, kurzfristigen Kapital umsehen. Da gibt es zwei Zielgebiete: Luxemburg und die Schweiz. Eventuell noch einige Südseeinseln, das kommt darauf an, wo Ihre Freunde sind. Diese Plätze haben in der Regel sogenannte Risikogelder vorrätig. Das sind Anleger, die ohnehin schon satt sind und etwas riskieren wollen.«

»Sehr schön erklärt«, schlängelte Rodenstock kriechend wie ein Leibsklave. »Und wie funktioniert das?«

»Ganz einfach. Sie rufen an, schildern Ihre Lage. Der andere sagt entweder aus dem Stand ja oder nein. Das hängt davon ab, ob er Ihnen vertraut, wie seriös Sie sind.«

»Kann ich diesen Helfer veranlassen zu kommen? Hierher?«

Eine Weile herrschte Schweigen, man hörte sehr deutlich, daß der Mensch am anderen Ende der Leitung schneller zu atmen begann. »Oha, Rodenstock, ich rieche sozusagen eine menschliche Schweinerei.«

»Sie riechen richtig«, sagte Rodenstock gar nicht mehr kriecherisch.

»Das wird schwer, sehr schwer. Diese Leute haben gewöhnlich keine ganz saubere Weste. Möglicherweise wird ihr Finanzgebaren untersucht. Wahrscheinlich ist das doch so, oder?«

»Das können Sie einmal annehmen«, erwiderte Rodenstock leicht zittrig.

»Keine Ungesetzlichkeiten!« dröhnte die Stimme ganz ernst. »Da kann ich nicht mitmachen, davon darf ich nichts wissen. Wenn ich Sie richtig verstehe, wollen Sie einen ausländischen Finanzmakler in die Bundesrepublik Deutschland locken.«

»Ganz gesetzmäßig«, versicherte Rodenstock eifrig.

»Haben Sie denn einen Notfall zu beschreiben?« fragte die Stimme.

»Haben wir«, nickte Rodenstock fest.

Eine Weile war Schweigen.

»Aber Sie können sich vermutlich nicht auf Einzelheiten festlegen, nicht wahr?«

»Einzelheiten wären nicht so gut«, gab Rodenstock zu und grinste wie jemand, der beim Falschparken erwischt wurde.

»Hat Ihr Verbindungsmann ein voll ausgebautes Büro? Sekretärinnen, Sachbearbeiter, Spezialisten für verschiedene Fälle?«

»Hat er«, sagte Rodenstock.

Schweigen.

»Dann rate ich Ihnen folgendes: Warten Sie ab, bis es nachts ist. Rufen Sie also dort erst an, wenn die Büros geschlossen haben. Melden Sie sich mit der Kennummer und ...«

»Moment, was ist eine Kennummer?«

»Das kommt darauf an. Entweder haben Sie bei diesem Makler eine eigene Nummer, oder Sie geben die Nummer Ihres Institutes an, also der Bank, die diese Hilfe will. Banken haben Kennummern, Rodenstock, das sollten Sie wissen. Nicht etwa die Bankleitzahl. Das ist eine Art Code. Ach, du lieber Gott, Rodenstock, wie groß ist denn die Schweinerei, die Sie anrichten wollen?«

»Nicht sehr groß. Nicht skandalträchtig und nur sehr vorübergehend.«

Wieder Schweigen.

»Na ja, ich will Ihnen mal vertrauen. Ich nehme an, Sie haben gar keine Kennummer.«

Rodenstock hatte einen so breiten Mund wie ein Clown. »Habe ich nicht.«

»Um welche Bank geht es denn?«

»Die Sparkasse in Daun«, sagte Rodenstock. »Daun, Eifel.«

»Sparkasse? Ich glaube, mein Känguruh pfeift, wie mein Sohn zu sagen pflegt. Die haben zwei Nummern. Eine im Inlandverkehr, eine im internationalen Verkehr. Moment mal, bitte.« Es gab eine Reihe diffuser Geräusche. Dann war die Stimme wieder da. »Die Nummern sind im Inland SDAU 10-10. Im internationalen Verkehr D-W 16-10-10. Aber was machen Sie, wenn ein anderer Code vereinbart wurde?«

»Dann sind wir im Eimer«, entgegnete Rodenstock knapp. »Ich danke Ihnen sehr für die Hilfe.«

»Gott steh mir bei«, sagte die Stimme.

Rodenstock wandte sich an Dinah. »Wo ist das Foto mit den Firmennamen an Danzers Haus?«

»Hier«, sagte sie.

Er nahm es und starrte es an. »Wahrscheinlich hat jede Firma in Danzers Büro einen eigenen Code. Den knacken wir nie. Udler muß jetzt ran.« Er wählte eine Nummer und verlangte Udler.

»Herr Udler, Rodenstock hier. Sie waren so freundlich, uns Ihre Hilfe anzubieten. Ich nehme das an. Wir versuchten gerade herauszufinden, was Pierre und Heidelinde wohl in den letzten Tagen getan haben könnten. Dabei fiel uns eine Aussage Charlies auf, der sagte, er habe Geld aus der Finanzierung des Kyllheim-Projektes herausgenommen. Anschließend erzählte uns jemand, die Lücke sei durch eine Schweizer Firma geschlossen worden. Welche Firma ist das? Wissen Sie das, oder war das ausschließlich Pierres Werk?«

»Nein.« Udler klang sehr freundlich. »Bei so wichtigen Projekten mache ich das natürlich selbst. Es handelt sich um die Genève-Trade, niedergelassen bei dem Notar Dr. Danzer in Liechtenstein. Soll ich Ihnen eine Verbindung herstellen? Kein Problem.«

»Oh, nein, vielen Dank, das wird nicht nötig sein. Wie funktioniert das denn?«

»In der Regel durch persönliche Verbindungen. Danzer kennt mich gut. Habe ich vorübergehend ein Loch, kann ich mich mit ihm in Verbindung setzen. Je nach Lage schließt er das Finanzloch dann für eine bestimmte Zeit. Also nehmen wir an: Finanzloch über zwei Monate, weil öffentliche Gelder noch nicht zur Auszahlung bereitstehen. Dann kosten die zwei Monate natürlich erheblich mehr Zinsen, aber es wäre ungleich teurer, wenn ich den Bau für zwei Monate stoppen müßte. Abgesehen von dem Skandal, den das auslösen würde.«

»Sind das Risikogelder?«

Er lachte. »Ja, man nennt das so.«

Rodenstock wurde butterweich. »Wie behält man denn die Kontrolle darüber? Also, ich meine, da könnte doch jeder ein paar Millionen auf das Konto legen lassen.«

Udler lachte wieder. »So einfach ist das natürlich nicht. Wir haben eine Kennummer.«

»Aha, also in diesem Fall die D-W 16-10-10?«

»Richtig«, sagte Udler. »Sie sind gut informiert. Aber was soll das mit dem Mord zu tun haben?«

»Das wissen wir nicht«, entgegnete Rodenstock freundlich. »Wir müssen eben jede Spur verfolgen. Sie kennen doch die Genauigkeit von Beamten.«

»Und wie ich die kenne«, dröhnte Udler. »Die Eifel braucht Geld, die Eifel war zu lange Jahre bitterarm. Ich besorge Geld aus allen Quellen, die fließen. Und ich werde meistens von Beamten gestoppt. Das ist mein Alltag. Sparkassen sind immer der verlängerte Arm der Politiker. Und Politiker werden von Beamten gesteuert. Das ist eine Versammlung hochkarätiger Arschlöcher und gleichzeitig mein Untergang.«

»Sie Armer«, murmelte Rodenstock.

»Ach Gott, kein Problem. Man lernt eine Menge Schliche.«

»Danke für die Auskunft. Guten Tag.« Rodenstock legte auf.

»Ich glaube nicht, daß Danzer mit einer Armbrust durch die Eifel geschlichen und *M 99* verschossen hat«, meinte ich.

»Das glauben wir auch nicht, Baumeister«, sagte Dinah. »Wir glauben nur, daß wir bis heute nicht tief genug gegraben haben.«

»Kannst du das mal für den zweiten Bildungsweg übersetzen?«

»Ganz einfach«, murmelte Rodenstock. »Wir haben Helfer. Walburga, Charlie, Udler. Bisher ist aber nicht einmal der Schimmer eines wirklichen Geheimnisses aufgetaucht. Alles ist offen, alles wie aus Glas. Was Udler zum Beispiel eben erklärt hat, würden wir auch herausbekommen, wenn wir sein Büro durchsuchen. Da finden wir dann Unterlagen, in denen eine Genève-Trade der Sparkasse vorübergehend mit ein paar Millionen aushilft. Wir wittern dann ein Geheimnis, und Udler guckt entgeistert und fragt dagegen: Was daran ist denn ein Geheimnis, meine Herren?« Rodenstock wedelte mit beiden

Händen. »Es muß etwas in den tieferen Schichten verborgen sein, verstehst du? Sonst hätte Danzer es niemals riskiert, dich zu schlagen. Danzer ist kühl und handelt mit Geld. Wieso geht er das Risiko ein und will unter Folter von dir wissen, wieviel du weißt?«

»Und was ist, wenn wir offen spielen? Wenn wir Charlie holen, ihm die Sache erklären?«

»Was ist, wenn Charlie selbst drinhängt?« fragte Dinah.

»Aber er kann abschätzen, wann er aufgeben muß«, sagte ich.

»Da ist was dran«, nickte Rodenstock. »Er wird die Biege machen, wenn er begreift, daß es eng wird. Ruf ihn an.«

Also rief ich Charlie an, und er sagte sachlich, er habe keine Lust.

»Keine Lust gilt nicht. Ich war inzwischen in Liechtenstein.«

»Besseres Wetter als in der Scheiß Eifel, was?« Er wich aus.

»Aber ziemlich brutale Leute, Doktor Danzer und so. Wir brauchen dich, Charlie. Sei doch mal nett zu einfachen Leuten.«

»Ihr steckt eure Nasen in Sachen, von denen ihr nichts versteht«, maulte er. »Na gut, ich komme eben rüber.«

Während ich den Hörer auf die Gabel legte, versprach ich: »Wenn es gelingt, gebe ich einen aus.«

»Es wird jetzt eng«, sagte Rodenstock. »Ich werde Wiedemann benachrichtigen. Er kommt in Teufels Küche, wenn er nicht weiß, was wir tun.«

Doch das Telefon schellte, und Rodenstock meldete sich: »Bei Baumeister.«

»Chef«, sagte Wiedemann, »die Sache wird einigermaßen heiß. Wir haben einen Mann aufgetrieben, der möglicherweise einen Schlüssel hat.«

»Was für einen Schlüssel?«

»Er ist beschissen worden. Oder jedenfalls glaubt er, daß er beschissen wurde.«

»Und wie?«

»Von Udler. Er gab zwei Grundstücke ab für das Objekt in Kyllheim. Im Gegenzug sollte er für den Hausbau seines Sohnes einen Kredit bekommen. Natürlich zu besonderen Konditionen. Statt dessen bekam er einen sauteuren Kredit, der bisher nur teilweise ausgezahlt wurde. Der Mann könnte wirklich ein Schlüssel sein, er ist einfach stinksauer.«

»Udler wird niemals so dumm sein, irgendwen richtig übers Ohr zu hauen«, widersprach ich.

Wiedemann hatte das gehört. Er sagte: »Sie haben recht, Baumeister. Aber zuweilen gibt es auch Aufklärung, weil jemand sich irrte. Pannen sind nicht selten unsere Helfer.«

»Wer ist der Mann?« fragte Dinah.

»Schreibt es auf, aber geht nicht an ihn heran, bis ich grünes Licht gebe. Sein Name ist Sasse, Vorname Hermann; Gerolstein, Hasenweg 14. Sonst noch etwas?«

»Eine Menge«, sagte Rodenstock. »Hast du einen Tonadapter angeschlossen? Wenn ja, lege ich los.« Er legte los, es dauerte eine Weile.

»Wohin man schaut, nur Geld«, flüsterte Dinah.

Wir gingen in die Küche und machten uns einen Kaffee. »Da gab es mal einen Fall in Euskirchen«, erzählte ich. »Die Staatsanwaltschaft ermittelte wegen dringenden Verdachtes der Steuerhinterziehung gegen einen Unternehmer. Wie es sich ergab, stießen die Beamten nach einer halben Stunde auf ein Konto, auf dem sechs Millionen Mark Schwarzgelder lagerten. Die gehörten vierzehn Bankkunden. Die Bank hatte das ganz normal auf das Konto fließen lassen. Was ist, wenn wir hier das gleiche finden?«

»Dann haben wir den nächsten Skandal«, schmunzelte Dinah genußvoll. »Es ist schön, mit dir zu arbeiten.«

»Du bist richtig gut«, sagte ich. »Tut mir leid, daß wir so wenig Zeit haben.«

»Wenn es dir leid tut, ist das gut. Du solltest zusehen, daß du bald wieder groß und stark bist.«

»Ja, Tante Dinah.«

Ich widmete mich meinen Katzen, zog mich mit ihnen in mein Schlafzimmer zurück. Momo beklagte sich wie immer bitterlich, und Paul versuchte dauernd, mit seiner Zunge in mein Ohr zu gelangen. Es war ein schwieriges Unternehmen, und sicherheitshalber knurrte er zwischendurch wild, um das Ohr einzuschüchtern.

Endlich kündete Charlie sein Erscheinen an. Als Mann ohne Nerven schoß er in den Hausflur und sang lauthals »Schenkt man sich Roooosen in Tiroooh1 ...«, dann brach er abrupt ab und rief in die Stille des Hauses: »Was wollt ihr? Ich habe nicht viel Zeit.«

Wir fanden uns also wieder zusammen, und ich berichtete ganz gelassen, was wir im schönen Liechtenstein erlebt hatten.

»Danzer? Dr. Danzer?« fragte Charlie. »Kenn ich nicht, den Typen. Was wollt ihr jetzt genau wissen?«

»Wenn er als seriöser Geldmakler zu derartigen Methoden greift, dann muß es ihm eng um den Hals geworden sein, oder?« bohrte ich.

»Sehr eng«, nickte er. »Normalerweise gehen solche Leute sehr leise vor, normalerweise haben sie mit Gewalt nichts am Hut. Dem Mann muß es dreckig gehen. Aber ich weiß natürlich nicht, warum.«

Rodenstock seufzte. »Sie sind ein Schlitzohr, Charlie. Wir tappen im Dunkeln. Sie müssen doch eine Ahnung haben, vor welchen Situationen solche Leute Angst haben. Liegt das in Finanzdingen oder wo?«

»Ach so«, sagte Charlie und lächelte schmal, als habe er jetzt endlich begriffen, auf was wir aus waren. »Er hat wahrscheinlich vor einer bestimmten Sache Angst. Vor der habe ich übrigens auch Angst. Das ist der persönliche Skandal. Ich gebe mal ein Beispiel: Steht in der *BILD* ›Charlie vergab schmutzige Kredite‹. Im gleichen Moment kann ich meine Firma dichtmachen und das Land verlassen. Ganz einfach, weil kein Mensch mehr mit mir Geschäfte machen will. Kein Mensch wird mein Geld annehmen, selbst wenn ich es ihm schenke. Kann sein, daß der Doppelmord mit diesem Doktor Danzer nichts zu tun hat. Egal. Wenn irgendwo darauf hingewiesen wird, daß er in Geschäften drinhängt, die der Ermordete Pierre Kinn verwaltete, ist der Skandal für den Mann perfekt.«

»Nehmen wir an, du hast Pierre schwarzes Geld gegeben. Bar. Nehmen wir an, er transportierte es nach Liechtenstein. Ist Pierre dann dein Kontakt oder ist es Dr. Danzer?«

»Nehmen wir das an«, grinste Charlie süffisant. »Dann ist natürlich Pierre mein Kontakt. Das heißt, ich habe mit dem Danzer nichts zu tun, ich gebe meine Anweisungen an Pierre.«

»Und? Hast du sie an Pierre gegeben?« fragte ich.

»Ach, Junge«, sagte er sauer, »da mußt du aber eine Weile früher aufstehen.«

»Nicht böse sein«, beruhigte Rodenstock schnell. »Wir wollen nur herausfinden, was passiert sein könnte. Nehmen wir an, wir wissen genau, daß es diesem Mann beschissen geht. Er hat Angst vor dem Skandal, Angst, daß sein Name in der Öffentlichkeit auftaucht. Wie kann ich Danzer hierhin in die Eifel kriegen?« Er lächelte so unschuldig, als habe er einen Osterspaziergang in Planung.

Charlies Gesicht glühte auf, wurde breit wie ein Mond. Das war eine Sache, die ihm gefiel, das war ein Ding nach seinem Herzen. »Also, Danzer soll hierher?«

»Danzer muß hierher«, sagte Dinah streng.

»Dann mußt du ihm aber einen großen Happen hinhalten. Junge, Junge. Tja, wie macht man das?« Er bearbeitete beide Nasenflügel, und sein Blick geriet in unendliche Fernen. »Warum soll er denn hierher, wenn ich mal fragen darf?«

»Weil er wahrscheinlich Dinge weiß, die uns den oder die Mörder von Pierre und Heidelinde auf einem Tablett servieren«, erklärte ich.

»Ist das so?« fragte er verblüfft.

»Es ist so«, sagte die Soziologin.

»Man könnte so tun, als sei man eine Bank«, schlug

Charlie ernsthaft vor. Dann strahlte er unvermittelt, weil die Idee ihm sichtlich Spaß machte.

»Daran haben wir auch schon gedacht«, sagte Rodenstock. »Aber geht das nicht irgendwie intimer? Persönlicher?«

»Also, ich würde ihm das Gefühl geben: Wenn er hierher kommt, wird er keinen Skandal mehr zu fürchten haben, und sein Name wird nicht gedruckt.« Er sah uns an. »Ihr müßt ihm mit viel Schmalz in die Ohren gehen. Ihr müßt sagen: Wir brauchen dich! Also, ihr müßt fast schwul wirken oder so. Kriegt ihr das hin?«

»Das weiß ich nicht«, meinte ich. Ich sah Charlie an, und plötzlich wußte ich etwas. Ich mußte lachen. »Würdest du eine Frage beantworten, auch wenn sie dich persönlich betrifft?«

»Du kannst fragen, ich entscheide dann.« Er ließ den Kopf etwas sacken, so daß er plötzlich keinen Hals mehr hatte.

»Ich habe dich eben angerufen und dir angedeutet, daß wir deine Hilfe brauchen und daß das eindeutig mit Danzer in Liechtenstein zu tun hat. Richtig? Du bist nicht sofort ins Auto gesprungen, nicht wahr? Du hast erst telefoniert, Charlie.«

»Ach, du heiliger Schneemann, du bist ein Aas, Baumeister. Ja, ich habe telefoniert.« Er war erheitert.

»Ich weiß, mit wem«, behauptete ich, und ich war so unverschämt sicher, daß ich mir arrogant vorkam.

»Ich wette, du weißt es nicht«, hielt Charlie dagegen. »Ich wette mit dir ... um, Moment mal.« Er griff in die Tasche, holte einen zerknüllten Geldschein hervor und glättete ihn. Es war ein Tausender. »Den setze ich. Aber du rätst es sowieso nicht.«

»Ich schleppe keine Tausender mit mir rum. Vor Zeugen setze ich das Gleiche. Ich bin gutgelaunt und ziemlich fit. Du hast dir gedacht: Wenn die Truppe so verdammt nah an Danzer ist, wenn Pierre Kinn wegen seines Todes rausfällt, wenn die alles aufdecken, dann muß ich, der Charlie, zusehen, daß ich meine Mäuse rette. Du hast mit Danzer telefoniert, du hast gesagt: Weg mit meinem Zaster! Und da du genau weißt, wie man Geld schnell verschwinden lassen kann, hast du ihm wahrscheinlich eine Bankanschrift gegeben, wohin er dein Zeug augenblicklich verschieben soll.«

Charlie kniff die Lippen zusammen, legte eine breite Pranke auf seinen Tausendmarkschein und schob ihn zu mir hinüber.

»Das verstehe ich nicht.« Rodenstock war verwirrt. »Sie haben doch gesagt, Sie kennen den Dr. Danzer gar nicht.«

Charlie grinste flach und sagte kein Wort.

»War es viel, Charlie?« fragte ich.

»Ein paar Koffer voll«, antwortete er wegwerfend. »Ich muß jetzt gehen, Kinder. Ich melde mich noch mal, wenn mir was einfällt.«

»Es sollte dir etwas einfallen, Charlie«, sagte ich. »Und noch was, ich wollte dir nicht zu nahe rücken.«

»Schon gut«, nickte er. »Du nutzt es nicht aus.«

»Hier nutzt keiner was aus«, sagte Rodenstock freundlich. »Keiner redet.«

Charlie stand in der Tür, er sah uns ernst an. »Das ist schon mehr, als man sonstwo in der Welt kriegt.« Dann war er fort.

»Er ist ein Gauner«, sagte Dinah. »Aber ein netter.«

»Seine Heimat ist der Wilde Westen«, lächelte Rodenstock.

»Das Salz des Kapitalismus«, sagte ich. »Ohne diese Typen wäre dieser Staat längst pleite.«

»Wir sind heute aber sehr edel«, fügte Dinah ironisch hinzu.

Momo sprang auf meinen Bauch, und mir blieb die Luft weg. Aber woher soll eine Katze wissen, wie das ist, wenn ein paar Rippen gebrochen sind. Natürlich hüpfte auch Paul auf meinen edlen Körper, aber da er zwei Kilo weniger wiegt als Momo, war der Schmerz erträglicher.

Wiedemann rief nach einer Stunde an. »Ihr könnt den Mann jetzt haben. Was er sagt, klingt ziemlich übel. Er fährt jetzt hier in Daun weg und dürfte in einer halben Stunde zu Hause sein.«

»Gut«, sagte ich. »Hermann Sasse, Hasenweg in Gerolstein. – Fahren wir alle drei?«

»Natürlich«, nickte Rodenstock. »Wir können nicht einen von uns ausklammern.«

»Danke schön«, sagte Dinah artig.

Schon wieder meldete sich das Telefon. Es war noch einmal Charlie.

»Ich habe nachgedacht«, sagte er. »Also, ich helfe euch, und ich versuche nicht, euch nicht zu bestechen. Ich weiß, daß ein Beamter, wenn er Schwarzgeld hört, Meldung machen muß. Auch ein Beamter a. D. Also, was ist, können wir einen Handel machen?«

Dinah und ich sahen Rodenstock grinsend an. »Also, ich verstehe von Geld und Wirtschaftsdingen überhaupt nichts«, tönte er. »Bei Ihnen höre ich schon die ganzen Tage über nicht konzentriert zu. Wie könnte denn die Hilfe aussehen?«

»Ganz einfach. Ich sage dem Danzer, er soll schleunigst herkommen. Hierher zu mir.«

»Und? Wird er das tun?«

»Bei dem, was ich von ihm weiß, wird er notfalls tausend Kilometer auf den bloßen Knien rutschen«, murmelte Charlie. »Wann wollt ihr ihn denn serviert haben?«

»Was weißt du denn so von ihm?« fragte ich Charlie.

»Ich kenne ein paar Geschäfte von Danzer«, sagte Charlie. »Bei einem hätte er mich beinahe in die Scheiße geritten. Er hat mit den Geldern seiner Kunden einen Waffentransport finanziert, der in Deutschland hergestellte Waffen als Landmaschinen deklarierte, die nach Holland gingen. Dort wurde umgeladen, und die Knarren kamen als geröstete Erdnüsse nach Malta. Dann wieder umladen, diesmal als Saatgut nach Rumänien. Dann wieder umladen, und anschließend haben Tschetschenen mit deutschen Gewehren auf Russen geschossen. Ihr könnt euch vorstellen, wie sauer ich war.«

»Also, morgen abend?« fragte Rodenstock.

»Geht klar«, antwortete Charlie. »Aber, bitte, denkt dran: Ich bin ein seriöser Geschäftsmann! Also keine Unterwelttouren und keine Gewalt.«

»Igittigitt, bewahre«, versprach die Soziologin fromm.

Zehntes Kapitel

Hermann Sasse wohnte in Gerolstein in einem jener gelbgeklinkerten Bungalows, die mit einem protzigen handgeschmiedeten Kaminaufsatz demonstrieren, daß hier Ordnung und eine gewisse Wohlhabenheit herrschen. Sasse war ein kleiner, schmaler Mann mit Buckel, schiefem Gang und einem steten Entschuldigungslächeln. Er ging permanent schräg, als habe er gegen einen starken Wind zu kämpfen, war vielleicht fünfzig Jahre alt und trug unter seinem braunen Anzug eine dicke graue Wollweste, als stehe er ungeschützt auf dem Deck eines Fischkutters.

Seine Stimme krächzte: »Ich kann Ihnen gar nichts mehr sagen, das hat sich alles als ein Irrtum erwiesen. Man hat mich soeben benachrichtigt, daß alles seinen Gang geht. Herr Udler persönlich.«

»Aber Sie haben doch schon Herrn Wiedemann von der Mordkommission etwas erzählt«, sagte Rodenstock kühl.

»Das habe ich«, nickte er mit viel Reue in der Stimme. »Aber das war eben, weil ich sauer war. Es ging ja um schlechte Bankkonditionen. Das ist jetzt vom Tisch. Tut mir leid.«

»Wir benutzen Ihre Auskünfte doch gar nicht«, sagte ich schnell. »Wir brauchen nur einen seriösen Informanten, um uns selbst ein Bild zu machen. Ihr Name wird nirgends auftauchen!«

»Tja, das ist mir eigentlich egal«, meinte er mit einem ängstlichen Lächeln. »Der Herr Udler hat mich angerufen und versprochen, daß alles nun ordentliche Wege geht. Und mehr will ich ja nicht.«

Ich sah Rodenstock an. »Dann können wir keine Rücksicht nehmen und müssen schreiben, was wir bis jetzt wissen.« Ich drehte mich scharf zu Sasse um. »Es ist so: Wir können bestimmte Umstände der Morde auf dem Golfplatz nur mit finanziellen Schweinereien erklären, Herr Sasse. Wenn jemand uns aufklären würde, wie diese komischen Dinge zusammenhängen, könnten wir auf Namensnennungen verzichten. So aber müssen wir Namen nennen. Das heißt, meine journalistischen Recherchen erreichen die Staatsanwaltschaft in Trier, die ihrerseits die Namen rauspickt und dann hier auftaucht.«

»Aber ich bin doch nur ein kleiner Fisch«, wehrte Sasse ab.

»Das weiß ich auch«, nickte ich. »Aber da gibt es ja nun noch andere komische Fälle in Kyllheim, nicht wahr? Der CDU-Ortsbürgermeister mit seinem Grundstückstausch ist so jemand. Dann ein SPD-Ratsherr, dann die Flora Ellmann von den Grünen, die auf eine merkwürdige Weise zu viel Ruhm und noch mehr Kredit kommt. Ich sage Ihnen das, Herr Sasse, um Ihnen zu beweisen, daß ich schon längst genügend weiß, um das ganz Kyllheim-Projekt platzen zu lassen.«

Sasse bekam unvermittelt einen sehr roten Kopf, beugte sich vor und wiederholte laut zischend und mühsam beherrscht: »Aber ich bin doch nur ein kleiner Fisch.«

»Das interessiert die Staatsanwaltschaft gar nicht«, sagte ich scharf. »Irgendwann taucht selbstverständlich die Frage auf, wer da welchen Vorteil hatte, wer da unter ziemlich komischen Umständen Kredite und Sonderkonditionen bekommen hat. Oder muß ich Sie daran erinnern, daß es sogar Ratsherren gibt, denen beim Kauf eines Apartments bis zu 30 Prozent des Preises erlassen wurden? Herr Sasse, Herr Sasse, das Ding kann ein Bumerang werden, und Sie wissen das besser als jeder andere.«

Rodenstock spielte nun den freundlichen Mann. »Um Gottes willen, Siggi, mach bitte Herrn Sasse keine Angst.«

Er trat einen Schritt in den Vorraum hinein. »Es ist so, Herr Sasse. Tatsächlich ist mein Freund Baumeister hier nicht so furchtbar hart, wie er scheint. Wir sind nur langsam sauer, denn die Tatsache, daß Sie jetzt zu einem mehr als günstigen Kredit kommen, kann doch nichts daran ändern, daß wir allesamt verantwortungsvolle Bürger sind und daß es auch in unserer Verantwortung liegt, einen Doppelmord so schnell wie möglich aufzuklären.« Er lächelte wie der Heilige Antonius auf mittelalterlichen Holzschnitten. »Sehen Sie, so ein Ereignis trifft ja auch die Eifel. Und die muß sauber werden, nicht wahr? Der Leiter der Mordkommission, Herr Wiedemann, wird Ihnen doch sicher erzählt haben, daß ich sein Lehrmeister war, oder?«

»Das hat er, das hat er«, nickte Sasse schnell. Er tat mir leid, denn er hatte längst verloren, und wahrscheinlich wußte er genau, wie sich ein Verlierer fühlt. Abgesehen von diesem etwas peinlichen Gefühl, war ich zornig und setzte noch einen drauf.

»Nee, Kinder, ich kann doch nicht den Herrn Sasse hier überreden, mir etwas zu erklären, wenn er nicht will. Dann soll er sich eben mit der Staatsanwaltschaft auseinandersetzen, und er wird sein blaues Wunder erleben. Es geht doch nicht an, daß wir jedem eine faire Chance geben.«

»Siggi«, mahnte die Soziologin mütterlich, »nicht so hart. Also, Herr Sasse, damit eines klar ist: Wir wollen nicht wissen, wie hoch der Kredit ist, den Sie von Udler zu unglaublich günstigen Konditionen bekommen. Wir wollen nicht einmal wissen, was Sie im Gegenzug für die beiden Grundstücke am Kyllheim-Projekt bekommen haben. Wir wollen nur wissen, welcher Umstand Sie so geärgert hat.«

»Das ist einfach zu erklären«, sagte er rasch; er witterte eine Chance, uns zu entkommen. »Ich hatte ausgemacht, zwei Grundstücke für das Kyllheim-Projekt zum ermäßigten Preis abzugeben und im Gegenzug dafür einen günstigen Kredit für den Hausbau meines Sohnes zu bekommen. Aber irgendwas in der Bank ist falsch gelaufen. Deshalb war ich sauer.«

»Herr Sasse«, brauste ich auf, »das ist doch nur die Hälfte der Wahrheit. Sie haben ganz klar ausgesagt, daß andere enorme Kredite zu enormen Konditionen bekommen haben, und Sie sollen hohe Zinsen zahlen. Aber es gibt doch da noch einen anderen Bereich. Über den wollen wir sprechen, nur über den.« Lieber alter Mann, betete ich, laß mich jetzt nicht im Stich!

»Herr Sasse, wir müssen über die Schwarzgelder reden. Auch über Ihre! Daran führt kein Weg vorbei!« Dann drehte ich mich weg, und ich gebe zu, daß ich zitterte. Ich konnte auf dem Holzweg sein, ich konnte total neben der Spur liegen. Ich machte ein paar Schritte unter das Vordach. »Dinah, komm. Rodenstock, komm. Laßt uns gehen, wir haben einfach keine Zeit mehr für Diskussionen.«

»Nun bleib mal hier, Siggi«, sagte Rodenstock mit mildem Arbeitgeberlächeln. »Sie müssen das einfach verstehen, Herr Sasse, wir wissen ja, daß es um Schwarzgeld geht. Sie brauchen bei Schwarzgeld nicht zu nicken und nicht mit dem Kopf zu schütteln. Wir wissen das schon längst.« Rodenstock, so schien mir, war irgendwie ein Genie.

Sasse verzog das Gesicht, nahm die Haustür in die Hand und zog sie ganz auf. »Also gut, wenn es unter uns bleibt. Dann kommen Sie mal.«

Es ging in ein mit weißen Fliesen ausgelegtes, riesiges Wohnzimmer mit einer beeindruckenden Fensterfront nach Süden, einem Kamin, der mit alten Eisenbahnschwellen umrahmt war und in dem ein winziges Feuerchen glomm. Die Sitzecke war aus braunem Rindsleder, und alles in allem reichte sie für einen Fußballverein.

Sasse setzte sich auf einen Lederhocker und fragte: »Also, was wollen Sie denn wissen? Allerdings, Namen nenne ich nicht. Ich nicht.«

»Müssen Sie auch nicht«, sagte ich. »Keine Namen, keine Konten, nur Umstände. Wie lange laufen die

Schwarzgelder, wo laufen sie hin, wie werden sie angelegt?«

»Das geht doch nicht«, hauchte er. »Dann kann ja auch der Landrat seinen Hut nehmen.«

»Wieso der?« fragte Rodenstock. »Landräte finden doch immer einen Bauern, den sie opfern können.«

»Der Landrat sitzt im Aufsichtsrat«, flüsterte Sasse. »Das ist doch bei den Sparkassen immer so. Ich kann mir nicht vorstellen, daß Udler das ganz allein gefingert hat.« Dann verzog er das Gesicht zu einem tieftraurigen Lächeln. »Doch, Udler kann das allein gefingert haben. Der ist verrückt, wenn es um die Eifel geht. Er sagt immer: Jahrhunderte war die Eifel das rheinische Sibirien, Jahrhunderte die ärmste Landschaft in Deutschland. Jetzt machen wir Kies und halten die Schnauze. Sowas sagt er dauernd.«

»Also Hans-Jakob Udler«, stellte Dinah sachlich fest. »Wenn ich mich recht erinnere, ist er dauernd bereit, Risiken einzugehen und neben seinen normalen rechtlichen Möglichkeiten auch alle Möglichkeiten auszunutzen, die nicht so ganz legal sind, oder?«

»Da sagen Sie was«, murmelte Sasse. »Also, es ging so los, daß eine Menge Leute hier Schwarzgeld machen. Eigentlich macht jeder Handwerksbetrieb Schwarzgeld. Die Frage ist immer: Was mache ich damit? Udler sagte: Gebt es her, ich bringe es unter. Es ging nach Luxemburg und in die Schweiz, nach Liechtenstein. Der Trick war ganz einfach. Wenn hier ein Projekt zu platzen drohte, ging man zu Udler und sagte: Zur Quelle kam der Knabe. Das hieß, Udler rief dann einen Teil dieser Gelder einfach zurück und konnte helfen.«

»Mal langsam«, mahnte Rodenstock. »Sie gaben zum Beispiel Schwarzgeld an den Pierre Kinn, der es dann nach Luxemburg oder in die Schweiz brachte. Lief das so?«

Sasse war verwirrt. »Wieso Pierre Kinn? Ist das der Tote? Dieser Bankmensch unter Udler? Nein, wieso? Hatte der damit zu tun?«

Es war sehr still.

»Ach du mein lieber Vater«, flüsterte Dinah. Sie war ganz weiß. »Also, das Schwarzgeld lief zu Udler? Wie? Über Konten?«

»Nein, er nahm es nur bar. Ich weiß hundertprozentig, daß das seit mindestens zehn Jahren so geht. Udler sagte immer: Verdammt noch mal, gebt mir den Kies, sonst landet er beim Finanzamt! Her damit, ich mache euch reich. Sagte er immer.«

»Sagte er wie vielen Leuten?« fragte Rodenstock.

»Das weiß ich nicht so genau, ich kenn ja die Unterlagen nicht. Ich schätze mal, dreihundert oder vierhundert. Die meisten von denen richteten extra ein Konto bei Udler ein, damit sie überhaupt auf diese Möglichkeit zurückgreifen konnten. Das funktionierte prima und ganz still.«

»Also ging es um Millionen und nicht nur um ein paar Hunderttausend?« fragte Rodenstock.

»Viele Millionen«, nickte Sasse.

»Und wer kassierte die Vermittlung?« schaltete ich mich wieder ein.

»Udler natürlich. War ja auch sein gutes Recht. Er nahm irgendwas zwischen vier und fünf Prozent. Dafür bekam aber der Anleger auch verdammt viel Zinsen und Sondervergütungen, weil die Gelder ja laufend eingesetzt wurden.«

»Udler schaffte also das Geld aus Deutschland raus. So weit, so gut. Verwaltete er die Gelder dann auch?«

»Na sicher. Ich weiß hundertprozentig, daß er im Januar rumfuhr und Bares verteilte. Also die Gewinne. Und manche verdienen pro Jahr dabei ein feudales Einfamilienhaus.«

»Hermes, der Gott der Kaufleute und Diebe!« sagte Dinah ganz ergriffen. »Sowas kann doch gar nicht gutgehen!«

Sasse sah sie an und schüttelte den Kopf. »Sie sehen doch, daß das gutgehen kann. Selbst wenn die ganzen Leute vor den Kadi kommen: Die meisten haben so einen gewaltigen Reibach gemacht, daß sie getrost ein, zwei Jahre in den Bau wandern würden. Die können sich dann eine Suite leisten und sich selbst verpflegen.« Er war verbittert.

»Was ist das für ein Gefühl, Herr Sasse, nicht beteiligt zu werden?« fragte ich.

Er war ganz weit fort, er starrte irgendwohin, er hatte meine Frage gehört, aber er begriff nicht, daß sie an ihn gerichtet war. »Wie bitte? Ach ja, ich weiß nicht mal, ob ich da wirklich mitmachen wollte. Ich glaube, ich wollte das nicht. Irgendwie kommt ja doch alles raus ... Ich bin ja schwerbehindert, wie Sie sehen. Und Udler war schon in der Grundschule eine Sau. Ich meine, mir gegenüber. Er gab mir den Spitznamen Ständer, weil er sagte, mein Buckel wäre ein Kleiderständer. Er war immer schon brutal. Tja, mehr kann ich Ihnen nicht erzählen.«

»Mehr brauchen wir auch nicht«, meinte Rodenstock. »Wir danken Ihnen sehr. Und natürlich behandeln wir diese Unterhaltung vertraulich.«

»Da wäre ich Ihnen dankbar«, sagte Sasse leise.

Im Auto murmelte Rodenstock: »Er ist nicht in den Kreis der Erlauchten aufgenommen worden, weil Udler sein Schulkamerad war und immer schon etwas gegen Krüppel hatte. Jetzt ist eigentlich glasklar, was abgelaufen ist«, fuhr er zufrieden fort. »Mein Lehrling Wiedemann wird sich freuen.«

»Ich würde dich warnen, von glasklaren Zuständen zu sprechen«, murrte ich. »Scheiße, ich kriege Schmerzen.«

»Ich habe deine Tabletten dabei«, sagte Dinah.

Wir fuhren zum *Terrace*, tranken einen Kaffee, und ich nahm eine Schmerztablette der Sorte supermild, die Peuster mir verordnet hatte. Ich hätte statt dessen auch Milchzucker nehmen können.

»Irgendwie sind wir nun am Ende«, sagte Dinah. »Ist das so? Wenn das so ist, warum fallen wir uns nicht um den Hals und beglückwünschen uns?«

»Weil wir erschöpft sind«, entgegnete ich. »So ist das

immer. Du machst eine Geschichte, die hat irgendwie Erfolg, aber daß sie eigentlich zu Ende ist, willst du nicht wahrhaben. Die Atemlosigkeit war so schön. So ist das immer. Außerdem müssen wir die Geschichte noch schreiben!«

»Und Danzer kommt«, warnte Rodenstock. »Vorher würde ich niemanden zu verhaften wagen.«

»Ob Pierre Kinn gewußt hat, auf was er sich einließ?« fragte Dinah.

»Mit Sicherheit nicht«, sagte ich. »Er war ungeheuer positiv, er war vor lauter Positivismus dämlich. Er war der ahnungslose Yuppie ohne Hirn mit Erfolg. Und er mußte bezahlen.«

»Und seine Geliebte hat garantiert fest daran geglaubt, mit einem Genie zu schlafen. Dabei war er bloß ein hoffnungsloser Träumer. So sind wir Frauen.« Dinah zuckte leicht zusammen.

Wir fuhren nach Hause. Rodenstock sagte: »Ich ziehe mich zum Denken zurück«, und verschwand.

Momo kam, und Paulchen huschte hinter ihm her. Momo beklagte sich über das Elend der Welt, und Paul sah so aus, als wolle er sagen: »Stimmt, Momo hat recht!« Ich gab ihnen also ihren Fraß und sah ihnen zu, wie sie reinhauten.

»Gehst du mit ins Bett?« fragte Dinah.

»Ich wollte dich gerade darum bitten«, sagte ich. »Ich wollte dich bitten, mir ein paar Quadratzentimeter Haut zur Verfügung zu stellen und mit mir darüber zu schwatzen, ob wir diese Geschichte vielleicht zusammen schreiben können.«

»Ist das dein Ernst, Baumeister?«

»Na, sicher ist das mein Ernst. Ein Mann sollte ein Kind machen, einen Baum pflanzen und eine arbeitslose Soziologin beschäftigen. So stelle ich mir das Leben in Deutschland vor. Was ist? Willst du versuchen, sie zu schreiben?«

»Ich allein? Kann ich nicht.«

»Doch, du kannst es. Du riskierst es nur nicht.«

Das Telefon schrillte, ich nahm ab, es war Charlie. »Hör zu, Baumeister. Ich habe Danzer erreicht, und natürlich ist er morgen abend hier. Er kommt mit seinem eigenen Flugzeug nach Bonn, und ich lasse ihn abholen. Nun habe ich eine Frage: Bist du für Kaviar und Sekt? Oder bist du für Erbseneintopf mit westfälischen Mettwürsten? Klunkerchen kocht.«

»Kaviar ist mir zu salzig«, meinte ich.

»Wird Danzer festgenommen?«

»Nein, glaube ich nicht. Wir werden ihn bitten, für die Staatsanwaltschaft zur Verfügung zu stehen. Bloß keine Formalitäten.«

»Hat er eigentlich eine faire Chance?«

»Hat er nicht, Charlie. Das weißt du doch!«

»Das weiß ich«, seufzte er. »Dabei ist er ein Klassegauner.«

»Das Gesetz ist grausam, Charlie, es macht keinen Unterschied, und es hat keinen Humor.«

»Scheißgesetz«, fluchte er und hängte ein.

»Willst du einen Kaffee und etwas zu essen?« fragte Dinah.

»Einen Kaffee, aber nichts zu essen«, sagte ich. »Du könntest uns eine Badewanne einlassen.«

Irgendwie zwängten wir uns in die viel zu kleine Wanne, saßen uns neugierig gegenüber und fragten wortlos den anderen, wer er eigentlich sei und was er eigentlich wolle, wovon er träume und was er erwarte.

»Ich will nur arbeiten«, sagte sie. »Nur arbeiten und einigermaßen dafür bezahlt werden. Nicht vor jeder Rechnung Angst haben müssen, immer die Miete pünktlich bezahlen und mich spießig aufregen über die, die keine Rechnung bezahlen können. Mehr will ich eigentlich nicht. Was willst du?«

»Etwas Ähnliches. Ich wünsche mir aber zudem, daß gelegentlich der ARD-Unterhaltungschef hier einfliegt und mich fragt, was er eigentlich senden soll. Dann würde ich ihm ein Drehbuch schreiben, das ihm die Ohren verknorpelt, und hätte von da an nur noch gelegentlich zu arbeiten. Nur Perserkatzen würde ich mir nicht anschaffen.«

»Würdest du denn nicht gern nach Hawaii fliegen und unter Palmen liegen?«

»Die Palmen auf Hawaii sind numeriert, meine Liebe, und die nicht-betonierten Flächen auch. Die Eifel hat gegenüber Hawaii erhebliche Vorteile. Zum Beispiel ist sie ehrlicher. Also nix Hawaii, statt dessen Lauperath, Kelberg oder Hillesheim.«

»Hillesheim statt Hawaii? Bist du verrückt?«

»Verrückt bin ich auch. Aber kennst du eine Gegend in Deutschland, in der noch so riesige intakte Mischwälder stehen? Kennst du nicht, kannst du nicht kennen. Du bist in einer Stunde in Frankfurt oder Köln, und du hörst das Gras wachsen und den Wind von Westen husten. Verdammt noch mal, wozu dann Hawaii?«

»Du bist ein Kleinkrämer«, murmelte Dinah und trat mir in den Bauch. Das Wasser reichte bis an den Verband, und der war jetzt naß. »Ich will Hawaii sehen und basta.«

»Also gut. Wir machen Hawaii, aber erst nachdem der Unterhaltungschef der ARD hier war«, sagte ich und freute mich daran, wie sie lachte.

Irgendwann landeten wir im Bett, weil das generell gesehen überhaupt der beste Landeplatz in einer zaghaften Verbindung ist.

»Findest du, daß ich zu dick bin?«

»Das nicht. Aber du solltest vorbauen. Ich weiß eine hervorragende Gymnastik, die an den schlimmsten Stellen ansetzt. Und paß auf meine Rippen auf und auf die Prellungen und Blutergüsse und Stauchungen und Sehnenabrisse und dergleichen mehr.«

»Sei still, beweg dich nicht und genieße.«

»Hör auf mit dem Werbedeutsch«, murmelte ich, aber im Prinzip war ich einverstanden.

Morgens um vier Uhr hörte ich Rodenstock mit Wiedemann telefonieren. Er sprach bedächtig, lachte ab und zu, und seine Stimme war voller Zuversicht. Dinah bewegte sich träge neben mir. Lag aufgedeckt bis zur Hüfte, schien sich wohlzufühlen und bewegte schmatzend die Lippen wie ein sattes Baby.

Plötzlich fiel mir siedendheiß ein, was geschehen könnte, wenn Danzer auf die Idee kommen sollte, vor seiner Verabredung mit Charlie ein informatives Gespräch mit Udler zu führen. Ich sprang aus dem Bett, rannte hinunter und nahm Rodenstock das Telefon aus der Hand.

»Was ist, wenn Danzer Udler anruft?« fragte ich.

Wiedemann lachte. »Keine Sorge. Charlie ist ein Sauhund. Charlie hat Danzer gesagt: Wenn du irgend jemandem sagst, daß du hierherkommst, brauchst du die Reise gar nicht erst anzutreten.«

»Wie hübsch«, sagte ich erleichtert und verzog mich wieder. Erst dann bemerkte ich, daß ich nackt war, und Rodenstock mir etwas verständnislos nachschaute.

Wir schliefen bis in den Nachmittag, waren wortkarg, schauten dauernd auf die Uhr und gingen uns auf die Nerven. Jeder suchte ein Zimmer, in dem er allein sein konnte, und fühlte sich gestört, wenn ein anderer auftauchte, um ein Schwätzchen zu halten. Wir warteten auf Danzer und wußten doch eigentlich nicht, was er bringen würde. Es konnte durchaus sein, daß die ganze Sache ein Flop wurde, daß sie uns zurückwerfen würde auf eine Ebene, die etwas völlig Neues erforderte oder mit neuen Erkenntnissen aufwartete, die alles Bisherige über den Haufen warf. Wir waren nervöse Sensibelchen.

Selbstverständlich waren wir eine volle Stunde vor der verabredeten Zeit bei Charlie und deuteten verlegen an, wir müßten uns erst noch einmal besprechen.

Charlie roch natürlich unsere Aufregung und sagte: »Also, ich habe für sechs Leute decken lassen. Silber, versteht sich. In den Strohblumenarrangements stecken die Mikros. Aufgenommen wird nebenan auf drei Tonbändern, von denen eines stromlos läuft, so daß absolut nichts passieren kann. Klunkerchen bedient uns, damit bleibt alles in der Familie. Ich habe das Personal aus dem Haus geschickt. Der Fahrer, der Danzer abholt, wird ebenfalls verschwinden. Störungen sind also ausgeschlossen. Danzer hat übrigens in Bonn eine Nachtstarterlaubnis beantragt, er rechnet also damit, sofort wieder heimwärts zu fliegen.«

»Das darf er«, nickte Rodenstock gutmütig.

Warten, das Tischarrangement betrachten. Danzer sollte an dem einen Kopfende sitzen, am anderen Charlie. Rechts von Charlie Dinah und ich. Links von ihm Wiedemann und Rodenstock.

»Was ist, wenn ich schwanger bin?« flüsterte Dinah mir zu.

»Wir nehmen es, wie es kommt, und freuen uns«, antwortete ich. Dann schreckte ich zusammen. »Was hast du gesagt?«

Sie lachte.

Rodenstock marschierte an der anderen Schmalseite des Tisches auf und ab. Er wirkte wie ein Bär in einem zu engen Käfig. Er fragte: »Sind die Mikros gecheckt? Laufen sie?«

»Die laufen«, sagte Charlie. »Die laufen einwandfrei. Nun entspannt euch doch, Kinners. Das ist ja furchtbar mit euch.«

Wiedemann kam rein, besah sich den Raum, nickte dann, fand sich zu förmlich angezogen, zog die Krawatte aus und steckte sie zusammengefaltet in die Innentasche seines Jacketts. Er klagte: »Es muß euch klar sein, daß Danzer es glatt ablehnen kann, auch nur ein Wort zu sagen. Niemand kann ihn zwingen.«

»Da bin ich nicht so sicher«, grinste Charlie. Er war die Ruhe selbst.

»Laufen die Mikrofone einwandfrei?« fragte Wiedemann.

Charlie bejahte.

»Und nach Hawaii vielleicht Florida oder sowas?« fragte Dinah. »Oder wäre dir Borneo lieber? Oder Neuseeland?«

»Demerath und Desserath«, entgegnete ich.

Wiedemann erklärte: »Ich habe eine formvollendete Bitte des Oberstaatsanwaltes an Danzer zu übergeben. Er möge uns helfen, steht darin. Strafverfolgung sei unter diesen Umständen ausgeschlossen. Ich frage mich, warum ich kein Geldhai geworden bin.«

»Weil du kein Talent zum Bescheißen hast«, sagte Rodenstock trocken.

Klunkerchen trat auf. Von rechts. Sie trug ein wallendes Gewand, irgend etwas aus blumiger Seide. Sie trällerte den *Chor der Gefangenen* aus *Nabucco* und zwitscherte: »Na, Kinderchen, alles parat? Habe ich euch nicht eine schöne Festtafel gezaubert? Nach der Erbsensuppe gibt es Reibekuchen an Räucherlachs. Ihr werdet sabbern, werdet ihr!«

»Weiß sie, was los sein wird?« fragte Rodenstock Charlie.

»Natürlich nicht«, sagte der. »Sie weiß nie, was los ist. Selbst wenn du es ihr sagen würdest. Sie will sowas Ekelhaftes nicht wissen. Geschäft sagt sie, ist immer ein Sumpf. Und Sumpf klebt. Sie ist mein Schätzchen.«

»Was ist, wenn Danzer Bedingungen stellt?« fragte ich.

»Nicht hinhören«, antwortete Wiedemann. »Einfach nicht zur Kenntnis nehmen.«

»Würdest du mich auch heiraten, Baumeister?« hauchte Dinah leise.

»Frag mich in zwei Stunden«, sagte ich.

»Er kommt«, verkündete Charlie. »Setzt euch und macht ein freundliches Gesicht.«

Er kam herein, er trug einen arroganten, nahezu weißen Seidenanzug, eine blaue Krawatte auf weißem Hemd. Er hatte die Hände in den Hosentaschen, und er lächelte, als sei er dabei, die Welt zu erobern. Dann sah er mich und blieb abrupt stehen. Er bemerkte ein wenig klagend: »Das war nicht vorgesehen, Charlie.«

»Das war doch vorgesehen«, sagte Charlie. »Ich habe es dir nur verschwiegen. Setz dich, setz dich.«

Danzer drehte sich herum zur Tür, und den Bruchteil

einer Sekunde lang sah es so aus, als wolle er loslaufen. Aber er ließ es sein, denn der Fahrer von Charlie stand in der Tür, hatte wie ein militärischer Wachposten die Arme im Kreuz verschränkt und starrte ihn überheblich an.

»Charlie, was soll das? Du sagtest, wir beide, du hast nichts von diesen Leuten hier erzählt.« Danzer stand immer noch und bewegte sich nicht.

»Ich bin selbst ein bißchen erpreßt worden«, erklärte Charlie munter. »Komm, setz dich und sei brav. Das ist Baumeister, den kennst du ja. Seine Freundin Dinah kennst du auch. Das ist Rodenstock, der Vorsitzende der Kommission. Und das ist Wiedemann, Leiter der Mordkommission. Komm, setz dich.«

»Setzen Sie sich«, sagte auch ich sehr freundlich.

Er sah mich an und bewegte sich zu seinem Stuhl.

»Erst mal ein Stückchen Vollkornbrot und Griebenschmalz!« zwitscherte Klunkerchen. Sie kam mit einem gewaltigen Holzbrett herein, und Dinah ging ihr entgegen, um es ihr aus den kurzen Armen zu nehmen. »Seid gemütlich, Leute, nehmt einen Happen. Nichts ist wichtiger als gutes Essen. Du schellst, mein Lieber, wenn es weitergehen soll.«

»Ich schelle«, nickte Charlie gnädig. Dann sah er Danzer an. »Es ist ganz zwanglos, mein Lieber. Nichts Offizielles. Hier gab es ja einen Doppelmord, wie du weißt. Du hast Baumeister ein bißchen verprügelt, weil du glaubtest, er arbeitet für Geheimdienste. Weil ich es nicht gerne habe, daß meine Freunde verprügelt werden, habe ich gedacht, ich hole dich her. Nein, du mußt dich nicht umsehen. Du kommst nicht mal raus, wenn du eine Panzerfaust hast. Aussichtslos, mein Lieber. Bleib sitzen.«

»Das kannst du nicht mit mir machen«, sagte Danzer voll unterdrückter Wut.

»Ich habe es schon gemacht«, meinte Charlie zufrieden und strich sich ein Brot mit Griebenschmalz. »Von der Gans. Langt zu, Leute, Klunkerchen hat das selbst gemacht. Mit etwas Apfel, schmeckt phantastisch.« Er biß in das Brot und mampfte.

»Deshalb hast du dein Geld abgezogen«, stellte Danzer kühl fest.

»Deshalb«, nickte Charlie. »Aber mach dir nichts draus. Ich schiebe es dir gelegentlich wieder zu, wenn du aus dieser Sache heil rauskommst.«

»Werde ich verhaftet?« fragte er kalt.

»Nein«, sagte Wiedemann. »Ich habe einen Brief meines Oberstaatsanwaltes an Sie. Es reicht, wenn Sie den zu Hause lesen.« Er stand auf, ging umständlich um den ganzen Tisch und reichte ihn Danzer, der ihn wortlos einsteckte.

»Vielleicht lockern wir die Runde durch ein paar Fragen auf«, sagte Rodenstock. »Erste Frage: Wieviel, glauben Sie, wieviel Geld hat Ihnen Udler ins Haus gebracht? Sagen wir, in den letzten zehn Jahren.«

»Das sind ganz normale Geschäftseinlagen«, erklärte Danzer. »Das weiß ich nicht, ich müßte meinen Chefbuchhalter fragen.«

»Sie sollen nicht lügen«, sagte ich. »Wir meinen ausschließlich die Schwarzgelder.«

»Schwarzgelder? Keine Ahnung davon«, erwiderte er knapp.

»Übertreib es nicht«, warnte Charlie. »Den Jungens geht sonst die Geduld aus. Dann sind sie sauer, und du bist abbruchreif.«

»Also, Ihre Antwort«, forderte Rodenstock.

»Ich werde nicht antworten«, sagte Danzer. Er faßte sich an den Krawattenknoten und richtete ihn aus.

Eine Weile herrschte Schweigen.

»Schlagen Sie immer Frauen?« fragte Dinah. »Oder nein, lassen Sie Frauen immer schlagen?«

Danzer sah sie an und antwortete nicht. Er wußte ein paar Sekunden lang nicht, was er mit seinen Händen tun sollte. Dann griff er in den Brotkorb und nahm ein Stück. Nicht die Spur von Zittern.

»Ich hasse Machos wie Sie«, fuhr Dinah fort. »Machos wie Sie machen die Frauen kaputt. Weiß Ihre Frau, daß Sie Frauen schlagen lassen?«

Danzer antwortete nicht, konzentrierte sich auf das Brot und biß kräftig hinein.

»Ihre Frau soll hübsch sein. Tessinerin, wie ich hörte.« Dinah konnte nicht aufhören.

»Hör auf, Mädchen«, sagte Charlie milde. »Man muß dem Danzer anderen Tabak ins Gesicht blasen, wenn er reden soll. Nicht wahr, Doktor? Soll ich die Geschichte erzählen, wie du einen Herointransport für die Chinesen in Amsterdam verraten hast, um deinen eigenen Transport durchzubringen? Soll ich? Die Amsterdamer haben immer noch keine Ahnung, wer es war.«

»Also los«, sagte Danzer. »Aber niemand kann verlangen, daß ich mich selbst belaste.«

»Die erste Frage war, wieviel Geld du ungefähr für Udler in zehn Jahren untergebracht hast«, wiederholte Charlie.

»Ich weiß es wirklich nicht. Überschlägig würde ich sagen: irgend etwas zwischen dreißig und vierzig Millionen.«

»Deutschmark?« fragte Wiedemann.

»Nein, nein, wir rechnen in Dollar«, antwortete Danzer. »Aber natürlich war mir unbekannt, daß es schwarze Gelder waren.«

»Vergiß den Scheiß!« murmelte Charlie voller Verachtung.

»Es können also sechzig Millionen gewesen sein«, nickte Wiedemann bedächtig. »Seit zehn Jahren. Hübsches Geschäft. Wie kam es dazu?«

»Udler kam über das Gebirge«, erzählte Danzer leichthin. »Wie viele Bankchefs suchte er nach Auswegen. In Deutschland gibt es zu viele Vorschriften seitens der Behörden. Ich machte ihm das Angebot, mit mir zu arbeiten. Seitdem läuft das gut. Wieso? Was ist daran Besonderes?«

»Nichts«, sagte ich. »Schaffte Udler das Geld in bar zu Ihnen?«

»In der Regel, manchmal schickte er Pierre Kinn. Aber selten.«

»Wie kam er denn mit dem Baren über die Grenze?« fragte ich.

»Durch Pendler«, sagte Danzer. »Das ist normal. Irgendeiner der Leute, die aus der Schweiz täglich zur Arbeit nach Deutschland fahren. Kein Problem. Sie werden fast nicht gefilzt.«

»Das Geschäft lief also normal und gut«, nickte Rodenstock freundlich. »Was passierte denn, als Pierre Kinn häufiger bei Ihnen auftauchte?«

»Kinn kam mit einem Vorschlag«, erwiderte Danzer. »Der Vorschlag war gut, ich fand ihn erwägenswert. Kinn sagte, er habe Kontakt zu sehr vielen Anlegern. Ob er mit mir zusammen eine Firma machen könnte. Warum nicht, habe ich gesagt.«

»Und? Haben Sie diese Firma gemacht?« fragte Wiedemann.

»Und wann war das genau?« ergänzte ich.

»Das war genau vor vier Monaten. Kinn kam zusammen mit Frau Kutschera.«

»Mein Gott, wie einfach«, meinte Dinah.

»Wie nannten Sie die Firma?« fragte Rodenstock.

»Finance Mehren. Mehren deshalb, weil die nächste Autobahnausfahrt hier Mehren ist.«

»Woher hatte Kinn die Kunden?« fragte Wiedemann.

Danzer antwortete nicht sofort, nahm sich ein neues Stück Brot. »Das weiß ich selbstverständlich nicht.«

»Danzer«, Charlie war voller Verachtung, »du kriegst den Hals einfach nicht voll. Kinn hat die Leute hier ausgenommen, in Udlers Bereich. Erst hast du Udler bedient und dann die Konkurrenz gepäppelt.«

»Das ist Geschäft«, sagte er leise.

»Das ist Scheiß«, fluchte Charlie.

»Wieso sitzt Udler eigentlich nicht in dieser Runde?« fragte Danzer arrogant.

»Udler hat eine wichtige Sitzung beim Landrat«, erklärte Wiedemann.

»Weiß er denn, daß ich hier bin?« fragte der Liechtensteiner grinsend.

»Selbstverständlich«, nickte ich. »Was hat Kinn anläßlich der Geschäftsgründung gesagt? Wieviel würde er Ihnen pro Jahr rüberbringen können?«

»Wir legten eine Marge von drei Millionen für das erste Jahr fest«, sagte Danzer. »Aber er brachte auf Anhieb fünf Millionen. Fragen Sie mich nicht nach der Herkunft, die Geldgeber kenne ich nicht.«

»Das ist richtig«, bestätigte Charlie. »Die kennt er wirklich nicht. Warum hast du akzeptiert, daß Kinn die Eifel abgraste? Du wußtest doch, daß er seinem Chef Konkurrenz machen würde.«

»Konkurrenz belebt das Geschäft«, sagte Danzer.

»Ich brauche jetzt die Erbsensuppe«, entschied Charlie und läutete. »Bei ausgeleierten Sprüchen brauche ich immer eine Erbsensuppe.«

»Ich nehme also an, Sie haben dann Udler informiert, daß Kinn ab jetzt die Konkurrenz ist.«

»Nein, um Gottes willen«, rief Danzer erstaunt. »Wieso sollte ich das? Wir Liechtensteiner sind bekannt für unsere Diskretion.«

»Herr Udler wußte also nichts?« fragte ich nach.

»Nicht von mir«, sagte er. »Er wird es gemerkt haben, daß er Konkurrenz hatte. Aber er wußte nicht, daß es Kinn und Frau Kutschera waren.«

»Dieses Geschäft wollten die beiden also ausbauen?« fragte Dinah.

»Selbstverständlich.« Danzer war aufmerksam und argwöhnisch, aber freundlich.

Mit dem lärmenden Schlager *Es ist noch Suppe da* hatte Klunkerchen ihren Auftritt. Sie trug eine große Sèvres-Terrine – eine Fünfzig-Pfennig-Suppe in einem 5000-Dollar-Pott. Sie sagte: »Ich liebe euch, Kinderchen. Und wenn ihr das gegessen habt, werdet ihr mich auch lieben. Ihnen zuerst, meine Liebe«, sie gab Dinah etwas auf den Teller.

Dinah probierte sofort, verzog verzückt das Gesicht und säuselte: »Ich kann nicht kochen, aber das müssen Sie mir verraten!«

»Das Geheimnis, meine Liebe, besteht darin, daß man eine bestimmte Kartoffelart so lange kocht, bis die Kartoffeln fast Brei sind. Aber eben nur fast. Die Erbsen etwa 14 Stunden wässern. Und keine gelben, nur grüne! Und die Mettwurst muß aus dem katholischen Wallfahrtsort Telgte bei Münster kommen. Voilà.«

Sie ging reihum und verteilte die Köstlichkeit. Zuletzt tat sie Charlie auf, beugte sich neben seinen Kopf und meinte: »Du bist so rot. Du wirst dich doch nicht aufregen!«

»Nein«, sagte er. »Kein Grund zur Besorgnis.«

Eine Weile löffelten wir und überdachten das Gesagte. Vor mir stand eine Kerze in einem silbernen Leuchter. Sie brannte schräg, ich versuchte den Docht geradezurücken. Komisch, daß Kerzen immer zum Fummeln verleiten.

»Es paßt doch nicht zu Ihrem Metier, Leute wie Baumeister zu verprügeln«, setzte Wiedemann das Gespräch gemütlich fort und sah Danzer nicht an. »Sie verachten Leute wie Baumeister, weil Sie selbst vollkommen lautlos immer reicher werden. War das nicht ein Fehler?«

»Und was für einer«, erklärte der Befragte mit offenem Jungenlächeln. »Meine Information war tatsächlich die, Baumeister sei ein Geheimdienstmann.«

»Von wem kam das?« fragte ich.

»Das möchte ich nicht sagen.«

»Ich würde Ihnen aber raten, das zu tun«, meinte Rodenstock.

»Es kam vom Wirtschaftsministerium in Bonn. Ich erhielt die Information, daß Sie, Rodenstock, Vorsitzender des Ausschusses sein würden. Und da sei ein gewisser Baumeister, offiziell Journalist, der eng mit Ihnen arbeitet und wahrscheinlich BND-Mitarbeiter sei.«

»Schmieren Sie diese Quelle?« erkundigte sich Wiedemann.

»Jede Quelle versiegt, wenn sie nicht gepflegt wird.«

»Hatten Sie den Eindruck, daß Udler massiv am eigenen Reichwerden interessiert ist, oder steckten auch noch andere Überlegungen dahinter?«

»Es gab eine Zeit, da wollte er selbst auch Geld verdienen. Aber dann ließ das nach, dann wollte er nur noch seine Eifel hochbringen. Wie, war ihm vollkommen egal. Hauptsache, es diente der Landschaft hier. Er war wirklich gut, aber er war auch ... nun ja ...«

»Verbissen, fanatisch«, half Wiedemann.

»Genau das.«

»Was genau haben Sie mit Pierre Kinn und Heidelinde Kutschera ausgemacht, als die das letzte Mal bei Ihnen waren?«

»Oh, so genau weiß ich das nicht mehr. Ich weiß noch, daß wir einen Sekt getrunken haben, weil die Sache so gut lief.«

»Du weißt es noch«, murmelte Charlie, »also sag es.«

Danzer hatte sich entschlossen, einen ersten Riegel vorzuschieben. Er blockte. »Ich weiß es wirklich nicht mehr.«

»Gut«, nickte Charlie und schlürfte seine Suppe. »Dann werde ich die Geschichte von Wassiliew aus Moskau erzählen. Mafia-Chef. Alle Leute, inklusive BND und einige Bundestagsabgeordnete, sind dahinter her, wieso dieser Wassiliew soviel Ahnung von Investitionen in Deutschmark hat. Du bist die Nahtstelle, Danzer. Und ich kann es beweisen. Also, erinnere dich.«

»Wassiliew hat dich angeschmiert. Du hast in Sonnenblumenkerne aus der Ukraine investiert, und Wassiliew hat dir ein paar Tonnen Haschisch untergejubelt. Das kann *ich* beweisen.«

Charlie grinste schmal. »Es klappt nicht immer.« Kein Anzeichen von Nervosität.

»Ich bin an eurem Privatkrieg nicht so sehr interessiert«, sagte Dinah. »Herr Danzer! Als Sie von Kinns Tod in der Zeitung lasen oder hörten: Was war Ihr erster Gedanke?«

»Mein erster Gedanke war, Udler hat sich Hilfe geholt.«

»Kennen Sie einen Mann namens Claudio Medin?« fragte Wiedemann.

»Selbstverständlich«, nickte Danzer schnell.

»Sehr schön«, sagte Wiedemann. »Also direkt gefragt, Sie haben Medin nicht in Bewegung gesetzt, um Baumeister abzuschießen? Sie haben auch nicht Medin in Frankfurt angerufen, ihm zwanzigtausend Dollar per Fax angewiesen und Baumeisters Adresse gegeben?«

»Nein.«

»Sie lügen«, behauptete Wiedemann. »Das tut mir leid. Auf dem Tonband des Medin ist Ihre Stimme. Wer hat Sie darum gebeten? Udler?«

»Niemand hat mich darum gebeten.«

»Kennen Sie einen Stoff namens *M 99*?« fragte ich.

»Nein. Ich habe im Zusammenhang mit dem Doppelmord zum ersten Mal in meinem Leben davon gehört.« Danzer lächelte. »Ich kann auch nicht mit einer Armbrust umgehen.«

»Sie machen sich die Hände nicht schmutzig, nicht wahr?« fragte Dinah. »Nur manchmal, wenn Sie Adam in sich entdecken. Dafür haben Sie dann Onkel Arnold.«

»Wir werden beweisen können, daß es Ihre Stimme ist«, beharrte Wiedemann. »Noch einmal die Frage: Hat Udler Sie beauftragt?«

»Noch einmal die Antwort: Es ist nicht meine Stimme, und niemand hat mich beauftragt, einen Killer anzuheuern. Das ist doch verrückt!«

»So verrückt ist es nun wieder nicht«, meinte Rodenstock gelassen. »Bei Licht besehen, haben Sie jahrelang mit Udler ein Schweinegeld verdient, dann den Nachwuchs gepäppelt und Udler fallenlassen. Würden Sie dem zustimmen?«

»Das können Sie formulieren, wie Sie wollen. Das ist der Lauf der Dinge. Charlie macht es genauso. Nicht wahr, Charlie?«

»Leck mich«, sagte Charlie. »Danzer ist der Mann, der deutsche Chemie für den Irak im Golfkrieg über eine seiner Firmen in Fernost abwickelte.«

Wir erwarteten, daß Danzer auch wieder etwas aus dem Hut ziehen würde.

Aber er tat es nicht. Er sagte: »Du hast keinen Beweis.«

»Doch«, nickte Charlie. »Habe ich. Du hast diese Firma verkauft, aber du weißt nicht, an wen. Und ich habe in Kartons mit alten Abrechnungen geblättert. Ich kann sie dir zeigen.«

»Oha!« amüsierte sich Wiedemann. »Und wer wird Kinn und Kutschera ersetzen?«

»Das wird sich ergeben«, sagte Danzer. »Es gibt immer Nachwuchs. Ich glaube, meine Zeit ist um, meine Dame, meine Herren.«

»Ich lasse dich zurückfahren«, bot Charlie an. »Ich will den Nachtisch in angenehmer Gesellschaft zu mir nehmen.«

Danzer stand auf. Er ging langsam zur Tür, weil er selbstverständlich damit rechnete, daß irgendwer ihn aufhalten würde. Aber niemand hielt ihn auf. Und schließlich rannte er fast.

»Hat er den Killer wirklich beauftragt?« fragte Dinah, als er draußen war.

»Hat er«, nickte Wiedemann. »Aber er weiß natürlich, wieviel Möglichkeiten er hat, die Stimmenidentifizierung anzugreifen. Er kann ganz gelassen in die Zukunft blikken. Und seine Rente ist auch gesichert.«

Dann kam wieder ein Auftritt von Klunkerchen: »Jetzt, meine Lieben, Lachs an Reibekuchen. Oh, wir sind ja geschrumpft. Hat der Herr sich empfohlen?«

»Klunkerchen!« mahnte Charlie milde.

Elftes Kapitel

Wir fuhren zu mir nach Hause und hingen dort unseren Gedanken nach.

Da fiepste das Handy in Wiedemanns Tasche. Er nahm es und klappte es auf. Er sagte nur: »Ja«, und hörte zu. Dann steckte er das Ding wieder in seine Tasche.

»Ich habe Udler in seinem Haus unter stillen Arrest gestellt. Aber er ist uns entwischt. Irgendwie ist er aus dem Haus raus, und keiner meiner Leute hat es geschnallt. Scheiße! Scheiße!«

Nach einer Sekunde des Schweigens überlegte Wiedemann: »Er ist Jäger. Vermutlich hat er doch irgendwo eine Hütte.«

»Die hat er«, nickte Rodenstock. »Eine in Kelberg. Und er hat eine zweite bei Hetzerath. Wir sollten uns trennen.«

»Ich schicke zwei Leute nach Kelberg«, sagte Wiedemann und begann zu telefonieren. »Kannst du Hetzerath machen?«

»Natürlich«, sagte Rodenstock. Er sah mich an. »Fährst du mich?«

Ich schüttelte den Kopf. »Geht nicht, Papa, ich habe Schmerzen, ich habe es übertrieben.«

»Ich fahre«, sprang Dinah ein. »Nimm eine Tablette.«

»Ja«, sagte ich folgsam. Nur Rodenstock spürte, daß ich etwas anderes im Sinn hatte, aber er sagte nichts.

Ich wartete, bis sie aus dem Haus waren, zog mich dann aus, duschte ausgiebig und wickelte mich in einen Bademantel ein. Ich legte mir das Video *Platoon* ein, rief Momo und Paul, und beide hockten sich neben mich und beäugten den Vietnamkrieg. Ich rechnete damit, daß er etwa eine Stunde brauchen würde, wenn er es geschickt machte. Und ich war sicher, er machte es sehr geschickt.

Platoon befand sich ungefähr an der Stelle der Handlung, in der der Erkundungstrupp ein vietnamesisches Dorf explodieren läßt und in der völligen Verrücktheit des Krieges eine alte Frau erschießt, als es schellte. Er mußte den Wagen hinter das Haus gefahren haben.

Ich öffnete ihm. »Kommen Sie herein.«

»Haben Sie mich erwartet?«

»Sagen wir, ich bin nicht überrascht.«

Udler trug ein schwarz-weiß kariertes Holzfällerhemd, grüne Jeans und bequeme Slipper. Er wirkte locker, nicht überdreht, er wirkte wie jemand, der genau weiß, was er will.

»Sind Sie allein?«

»Ja. Die anderen suchen Sie in Ihren Jagdhütten.«

»Das dachte ich mir. Darf ich mich setzen?«

»Selbstverständlich. Kaffee, Tee?«

»Etwas Mildes. Also Tee.«

Momo lief zu ihm hin und schabte seinen Kopf an seinem rechten Bein und maunzte. Er bückte sich und streichelte ihn, der Kater gab eine Reihe zärtlich kehliger Laute von sich, Momo schnurrte.

Ich ging in die Küche und setzte Wasser auf. »Auch etwas zu essen?«

»Das nicht«, winkte er ab.

»Wie sind Sie aus dem Haus gekommen?«

»Zur Seite hin über den Hof des Nachbarn. Es war ein Kinderspiel. War Danzer hier?«

»Ja, er war hier.«

»Hat er etwas gesagt?«

»Brauchte er nicht. Wir wußten schon, daß Sie der Mörder sind.«

»Seit wann?«

»Seit wir vor rund 48 Stunden begriffen haben, daß Kinn und Kutschera Sie übers Ohr gehauen haben. Trinken Sie lieber Earl Grey oder reinen Assam?«

»Assam, bitte.«

Ich stand vollkommen verkrampft in der Küche. Ich konnte zu ihm gehen, mich setzen und mit ihm schwatzen. Aber das brachte ich nicht. Ich hatte die verrückte Idee, er würde eine Waffe ziehen und mich erschießen. War es nicht lächerlich, darauf zu warten, daß das Wasser kochte? Es war lächerlich.

Ich ging also zu ihm. Ich sah keine Waffe bei ihm, wahrscheinlich hatte er keine, wahrscheinlich dachte er an alles Mögliche, nur nicht daran, mich zu töten.

»Haben Sie eine Waffe?« erkundigte sich Udler.

»Nein, selbstverständlich nicht. Ich nehme an, Sie wollen ohnehin warten, bis die Jäger nach Hause zurückkehren.«

»Richtig«, sagte er und lächelte wieder.

»Hat eigentlich Danzer Medin geschickt?«

»Ja. Ich rief ihn an, war panisch, ich hatte den Eindruck, die Notbremse ziehen zu müssen. Ich habe nicht die Polizei gefürchtet, ich habe die Medien gefürchtet. Also Sie.«

»Das haben wir begriffen. Glücklicherweise hatte Medin eine Panne. Aber wir haben Danzers Stimme auf Tonband.«

»Danzer war völlig aus dem Häuschen. Auch aus Furcht vor den Medien. Wenn er in Liechtenstein aus der Anwaltskammer fliegt, kann er sich einen Strick nehmen.«

»Wo haben Sie die Armbrust gekauft?«

»Sie werden lachen, in Ravensburg auf einem Trödelmarkt. Jemand hatte sie gekauft und war enttäuscht. Er wollte sie loswerden.«

»Hatten Sie das *M 99* schon?«

»Oh ja, seit Anfang des Jahres.« Udler sprach nicht zu mir, er sprach mit sich selbst. »In Daun campierte ein kleiner Wanderzirkus. Sie kennen das: Menschen und Tiere haben Hunger und kein Geld. Meine Frau kümmerte sich um sie und sammelte. Dann wurde der Elefant krank und mußte operiert werden. Meine Frau holte einen Zooarzt aus Köln. Ich war dabei, es war ja auch Werbung für die Bank. Der Arzt spritzte dem Tier dieses Zeug, und es legte sich nach Sekunden um. Das hat mich fasziniert, ich war vollkommen baff. Ich habe den Beipackzettel genommen und gelesen, was das war. Unfaßbar, daß Menschen solche Stoffe ersinnen. Ich nahm zwei Ampullen an mich, es war ganz einfach. Wenn Sie mich fragen, warum, so habe ich darauf keine Antwort. Gefährliche Stoffe haben mich schon immer gereizt. Totenschädel übrigens auch.«

Ich stand auf, ging in die Küche, goß den Tee auf. Er roch stark und gut. Ich trug zwei Becher, den Zucker und die Kanne hinüber.

»Eine Ampulle haben Sie vermutlich für Kinn, Kutschera und den alten Mann gebraucht?«

»Ja. Es hätte natürlich für eine Kompanie der Bundeswehr gereicht, ich weiß. Aber es ist schwierig, mit dem Zeug umzugehen. Der Bruchteil eines Tröpfchens auf die Zunge oder in die Augenwinkel, und Sie sind unwiderruflich tot. Die zweite habe ich noch.« Er griff in die Brusttasche seines Hemdes und legte eine Ampulle auf den Tisch.

»Um Gottes willen«, hauchte ich.

Er lachte. »Es beißt nicht. Muß ich erklären, weshalb ich hier bin?«

»Eigentlich nicht.« Ich goß ihm Tee ein.

»Es ist etwas merkwürdig, nicht wahr? Aber, ich wollte Sie eigentlich nicht töten lassen. Ich wollte nur erreichen, daß Sie schweigen.«

»Ich weiß«, sagte ich. »Brauchen Sie Milch?«

»Keine Milch, danke. Der Pierre hätte alles versucht. Der Pierre war ein Luftikus. Er redete zuviel und zu oft. Er hätte alles versucht.«

»Sie haben ihn wohl geliebt.«

»Ja, habe ich. Er war mein Sohn, irgendwie. Er war noch nicht reif. Aber diese gottverdammte Romanze hatte ihn vollkommen um den Verstand gebracht. Sie wollten die Welt erobern, die zwei. Das wollten sie wirklich. Pierre war noch gar nicht soweit, er mußte noch wachsen und werden. Und dann geht das Arschloch hin in seinem Sexualrausch und macht mir Konkurrenz.«

»Haben Sie das sofort gemerkt?«

»Na, sicher. Er wandte sich an meine Kunden, und er unterbot mich um glatte zwei Prozent.«

»Haben Sie nicht mit ihm geredet?«

»Oh doch! Nicht einmal, zehnmal. Ich habe ihm gesagt: Junge, mach keinen Scheiß, du bist sowieso mein Erbe. Laß dir Zeit. Geht erst mal ein paar Jahre woanders hin, kommt dann zurück und übernehmt meine Arbeit.« Udler trommelte mit seinen Fingern auf die Sessellehne.

»Was sagte er?«

»Das Übliche. Deine Zeit ist vorbei, alter Mann. Meine Zeit ist gekommen!«

»Es war also ein Krieg?«

»Ja, es war ein Krieg. Er war so hoffnungslos weg von dieser Welt. Er hat überhaupt nicht registriert, daß diese Geschäfte lautlos laufen müssen. Er fing schon an, in Kneipen herumzureden, er könne Schwarzgeld gewinnbringend unterbringen. Es war eine Frage der Zeit, wann ihn die Staatsanwaltschaft kassiert hätte. Damit wäre auch meine Arbeit hinfällig gewesen.«

»Sie sind ein reicher Mann, nicht wahr?«

»Ja. Aber das interessiert mich nicht. Schon lange nicht mehr. Ich bin ein Eifler Jung, ich wollte diese Landschaft hochbringen. Tourismus, Industrieansiedlung und so. Verdammt, wir waren lange genug arm, wir hatten nie die Butter auf dem Brot. Und da kommen Sie mir mit der blöden Natascha!«

»Tut mir leid, aber das sah anfangs nach einer Spur aus.«

Er sah mich an. »Immer nur das Trivialste«, sagte er. Dann trank er einen Schluck Tee.

Ich starrte auf die Ampulle. »Gab es denn keinen anderen Weg?«

Er schüttelte den Kopf. »Es gab keinen anderen. Pierre machte nicht nur mein Lebenswerk kaputt, er tötete die Eifel politisch. Der Skandal hätte jeden Politiker verschreckt, wir hätten nicht mehr mit Subventionen rechnen können. Pierre war noch kein Profi, Pierre wollte ficken und nebenbei reich werden. Er hätte locker zweihundert bis vierhundert Existenzen vernichtet mit allem Drum und Dran. Nein, es gab keine andere Lösung. Haben Sie etwas zu rauchen? Ich rauche nie, aber jetzt möchte ich rauchen.«

»Ich kann Ihnen eine Pfeife stopfen, etwas anderes habe ich nicht.«

»Dann versuche ich das mal«, nickte er. Seine Stimme war wie die eines kleinen Jungen, der dem Vater eine Kippe klaut und damit hinter die Stachelbeeren geht.

Was gab ich ihm für eine Pfeife? Es sollte etwas Stilvolles sein. Es war seine erste und vermutlich auch seine letzte Pfeife. Ich entschied mich für die *Filtro* von *Lorenzo*.

Sie ist groß und leicht, und sie brennt niemals auf der Zunge. Ich stopfte sie bedächtig.

»Was wollen Sie eigentlich von mir?« fragte ich, weil ich die Stille unterbrechen wollte.

»Einfach nur reden«, antwortete er freundlich.

»Anzünden, dann leicht niederdrücken und noch einmal anzünden.«

Er war ein Anfänger, er wirkte linkisch, und er mußte husten. »So ein Blödsinn! Warum soll ich ausgerechnet jetzt rauchen?«

»Sie sind ein guter Banker, sagt man.«

»Das bin ich wohl«, erwiderte er. Aber es interessierte ihn nicht mehr. »Privatleben hatte ich nie und wollte ich nie. Komisch, erst Pierre hat mich drauf gebracht, daß es einen privaten Udler gibt.«

»Haben Sie den Mord lange geplant?«

Er sah mich an, er hatte wahrscheinlich nie darüber nachgedacht. »Nein, eigentlich nicht. Pierre hat mir mal erzählt, die Heidelinde sei richtig geil, wenn sie es im Freien macht, mit einem Rock an und nichts darunter. Also haben sie immer auf der Bahn sechzehn gevögelt. Jedenfalls dann, wenn sie den Teil des Geländes allein für sich hatten. Es war ganz einfach, die beiden waren aber auch so dumm.«

»Sie waren schlicht naiv«, gab ich zu. »War denn das mit dem alten Mann notwendig?«

»Mir schien es so«, murmelte er. »Jetzt weiß ich, daß die ganze Sache die Folge einer scheinbaren Ausweglosigkeit war. Der alte Mann hat mich gesehen, das Auto gesehen, die Schneeketten gesehen. Es mußte sein. Und es wäre perfekt gewesen, wenn Sie sich nicht eingemischt hätten.«

»Das ist nicht wahr. Wiedemann hätte Sie allein erwischt, Rodenstock auch.«

Udler lächelte müde. »Ich bin anderer Ansicht. Wissen Sie, was ich glaube, was Pierre mit dem Video der Natascha vorhatte? Er wollte es mir schenken. Das hätte zu ihm gepaßt. Er war nicht nur naiv, sondern manchmal auch geschmacklos. Glauben Sie, daß es Danzer erwischen wird?«

Es war erstaunlich, wie breit noch immer seine Interessen waren.

»Er wird sich über diesen Fall das Genick brechen«, vermutete ich. »Ich habe übrigens noch immer nicht verstanden, wo der Unterschied zwischen Luxemburg, Liechtenstein und der Schweiz liegt, wenn es darum geht, Schwarzgelder unterzubringen.«

»Das klärt der Fachmann in Sekunden«, sagte er und fuhr sich mit den Fingern der rechten Hand an den Mund, als müßte er sich vergewissern, noch da zu sein. »Jahrzehntelang versteckte man sein Geld in der Schweiz oder Liechtenstein, was banktechnisch dasselbe ist. Dann hieß es, dort seien die Banken gezwungen, Konten und ihre Inhaber preiszugeben. Das stimmt absolut nicht, solange Sie dort einen Statthalter haben. Gleichzeitig machte Luxemburg seine Pforten auf für alle Gelder dieser Welt. Der Irrsinn war nun, daß viele Leute hingingen, ihr Geld in der Schweiz einpackten und es nach Luxemburg transportierten. Es war eine dieser völlig sinnlosen Modeströmungen, denn selbstverständlich hatten die Schweizer Spezialisten schnell herausgefunden, daß bestimmte Gelder in Luxemburg tatsächlich mehr Rendite brachten. Also gründeten sie dort ebenso blitzschnell Firmenableger. Mit anderen Worten: Ob ich Geld in die Schweiz brachte oder nach Luxemburg, das war egal – es landete immer auf Danzer-Konten. Pierre hat dämlicherweise lauthals behauptet, Luxemburg sei günstiger, obwohl er den Hintergrund kannte. Pierre war ein Anpasser.«

»Aber Sie haben Pierre geliebt, nicht wahr?«

Er sah mich an und ließ den Kopf ein wenig nach vorn hängen. Er nickte, sagte nichts, er nickte nur. Er versuchte etwas zu sagen, aber er konnte es nicht. Schließlich schlug er die Hände vor das Gesicht und weinte.

Das dauerte unendlich lange, und ich verspürte den Drang, ihn zu umarmen. Aber ich tat es nicht.

»Ich habe selbst zwei Kinder«, erzählte er. »Aber eben Kinder. Ich hatte wirklich nur Pierre, und er war klug, doch er mußte reifen. Dann machte er alles kaputt, wirklich alles.«

Dann wieder dieses lautlose Weinen.

Plötzlich griff er nach der Ampulle, schob sie sich in den Mund und biß zu. Es war ein furchtbar leises Geräusch, es war furchtbar endgültig.

Ich fuhr nicht hoch, ich schrie nicht, zuckte nicht zusammen, ich hatte das erwartet und doch nichts dagegen tun können.

Er sah mich an und starb, und ich ließ ihn da sitzen und schloß seine Augen.

Dann marschierte ich zur Anlage und legte Christian Willisohns *My own Blues* ein, und als Dinah reinkam, war er beim 12. Stück *Cajun groove*.

Lieber alter Mann, geh gut mit ihm um.

Eifel-Schnee

VORBEMERKUNG

Dieser Drogenkrimi wurde im Jugendhaus Jünkerath unter außergewöhnlichen Umständen geboren. Jugendliche hatten sich beschwert, ihre Eltern wüßten nichts über die Drogenszene in der Eifel, würden nur labern. So zähle ich sie auf:

Alex, Andreas, Cahit, Christine, Christoph, Daniel, Dirk, Duran, Etscha, Gaby, Gudrun, Heike, Janine, Julchen, Kathleen, Kenan, Kersten, Maria, Michael, Nena, Nikola, Patrick, Pierre, Ralf, Rainhardt, Sascha, Simone, Sven, Yvonne. Ihnen gilt mein tiefer Dank. Dank selbstverständlich auch an Elvira Mommer, Ulrike Erb-May, Rainer Simon und Tilman Peuster – die Betreuer. Mogeln war unmöglich, und die romantischen Vorstellungen des Autors wurden zuweilen schmerzhaft korrigiert.

Für Jutta Näckel und ihren Max in Kelberg; für Beate Leisten und Michael Piater in Adenau.

»Wir lebten, als hätten wir eine Wahl, als wären wir nicht allein, als würde nicht ein Moment kommen, in dem jeder von uns begreift, daß das Leben vorbei ist, daß wir ohne Bremsen auf eine Wand zufahren ...«

Hanif Kureishi in *Der Buddha aus der Vorstadt*

ERSTES KAPITEL

Weihnachten, das steht im Handbuch jedes anständigen Deutschen, ist ein hohes Fest, eine äußerst gefühlige Angelegenheit. Also hatte ich mir ein paar sehr schöne Zweige der Weimutskiefer aus dem Wald geholt, dazu im Supermarkt in Hillesheim zwei Kartons rote und blaue Weihnachtskugeln erstanden und vier Pakete rotes und vier Pakete silbernes Lametta – man gönnt sich ja sonst nichts. Ich hatte mir vorgestellt, zusammen mit meinen Katzen ein gemütliches Fest zu verleben, versonnen in brennende Kerzen zu blicken und sehr andächtig zu sein. Einmal im Jahr braucht der Mensch das.

Am Heiligen Abend machte ich gegen Mittag Schluß mit der Arbeit und hielt Momo und Paul eine informative Rede, in der ich ihnen grob erklärte, was es mit dem menschlichen Weihnachten so auf sich hat, weshalb wir dieses Fest feiern und warum die Hälfte der Weltbevölkerung in Schmalz ersäuft, wenn sie nur an diese Tage denkt.

Meine Katzen sind sehr kluge Tiere, und sie hörten mir offensichtlich aufmerksam zu, blinzelten und zeigten blanke Kinderaugen. Dann beobachteten sie nervös, wie ich eine Dose Ölsardinen öffnete und ihnen jeweils die Hälfte auf die Teller füllte. Sie fraßen mit einer ungeheuren Geschwindigkeit und lauschten dann erneut, während ich ihnen mit väterlicher Güte mitteilte, daß das nur die Vorspeise gewesen sei. Der Hauptgang bestand aus je einhundert Gramm grober, handgedrechselter Bauernleberwurst, das Dessert aus je drei Eßlöffeln Vanillefla direkt von einer holländischen Molkerei nahe Utrecht.

Momo übergab sich als erster. Er erledigte das sehr dezent in einer dunklen Ecke unter dem alten Küchenherd, die ich nur erreichte, indem ich mich bäuchlings platt auf die Fliesen legte. Paul, der als jugendlicher Rabauke nicht soviel Rücksicht nahm, entleerte seinen Magen kurzerhand auf meinem neuen schwedischen Wollteppich.

Weil Weihnachten war, schimpfte ich nicht.

Dann gingen wir daran, unseren Weihnachtsstrauß aufzustellen und festlich zu schmücken. Die Kiefernzweige waren etwa einen Meter zwanzig lang, und die Vase, die ich auserkoren hatte, war aus Ton und ungefähr vierzig Zentimeter hoch. Handwerklich geschickt, wie ich nun einmal bin, legte ich etwa ein Kilo Kieselsteine unten in die Vase, um sie genügend zu beschweren. Schließlich füllte ich Wasser auf. Da hinein kamen die Zweige, die angenehm nach Zitrone rochen. Ich arrangierte sie so, daß eine Ikebana-Meisterin neidisch gewesen wäre. Die Kugeln und eine hoch künstlerische Drapierung des Lamettas folgten.

Derweil erzählte ich meinen Katzen die Geschichte von meinem Vater und mir, als wir zusammen einen Weihnachtsbaum geschmückt hatten und dabei unbedingt einer Flasche Whisky auf den Grund gehen mußten. Ich gestand ihnen auch, daß ich sturzbetrunken von einer Leiter in den zwei Meter hohen, höchst aufwendig geputzten Baum gefallen war, der anschließend so ausgesehen hatte wie ein Kohlstrunk nach den ersten Nachtfrösten.

»Weihnachten«, erklärte ich den Katzen, »ist für jedermann ein Anlaß, sich zu erinnern. An all die vielen Weihnachtsfeste, die man im Kreis seiner Lieben verbracht und die man auf die wunderbarste Weise überlebt hat.«

Momo hatte sich in den Sessel vor den Fernseher gelegt, Paul zu seinen Füßen. Sie schauten mir zu, und wahrscheinlich dachten sie: Der Alte sollte weniger reden und statt dessen noch ein paar Ölsardinen rausrükken.

Gegen 17 Uhr sendete die *ARD* eine seit Jahrhunderten beliebte ölige Sendung in der Art *Wir warten auf das Christkind*. Andächtig lauschten wir dem Thomanerchor, der ganz verzückt bekundete, es sei erneut ein Ros entsprungen. Später brutzelte ich mir Bratkartoffeln mit sechs Spiegeleiern und überlegte, in die Christmette nach Maria Laach zu fahren. Seit ich Kind war, habe ich einen erschreckenden Hang zu mönchischem Leben. Aber dann fand ich die Idee gar nicht mehr so gut, weil es ja geschehen konnte, daß mich jemand anrief und mir fröhliche Weihnachten wünschen wollte. So etwas ist ja nicht auszuschließen.

In diesem Moment klingelte entfernt mein Handy. Ich wußte genau, ich hatte gegen Mittag in der Wanne gesessen und telefoniert. Also mußte das Gerät im Badezimmer sein. Es fand sich unter einem Haufen alter Handtücher.

»Siggi Baumeister. Fröhliche Weihnachten denn auch«, meldete ich mich.

»Ich bin es«, antwortete Dinah kläglich. »Ich wollte, ich wäre nicht zu meinen Eltern gefahren.«

»Du hast darauf bestanden«, schnauzte ich.

»Na denn, fröhliche auch«, schniefte sie. »Mein Vater schmückt gerade den Tannenbaum. Wie geht es denn den Katzen?«

»Phantastisch«, behauptete ich. »Wie geht es dir?«

»Nicht so gut«, jammerte sie. »Meine Mutter hat darauf bestanden, daß ich ein Kleid anziehe. Jetzt fühle ich mich wie achtzehnhundertachtundachtzig. Baumeister, meinst du, ich könnte übermorgen schon nach Hause kommen?«

»Sicher kannst du das. Hast du deinen Eltern erzählt, daß es mich gibt?«

»Noch nicht. Ich bin noch gar nicht dazu gekommen. Ich habe ein paar Freundinnen und Freunde getroffen. Dann hat mein Vater einen Puter gekauft und versaut. Er hat die Plastiktüte mit den Innereien dringelassen und plötzlich roch das so furchtbar … Baumeister, ich wollte, ich wäre in der Eifel. Was machst du heute abend?«

»Ich stelle mir vor, du wärst hier«, antwortete ich wahrheitsgemäß. »Habt ihr einen neuen Puter?«

»Nein, aber ein Karnickel. Ich mag kein Karnickel. Ich fühle mich ganz scheußlich.«

»Das legt sich. Wie geht es deiner Mutter?«

»Prima, soweit ich weiß. Sie hat eben länger geweint. Wenn sie an Weihnachten grundlos weint, geht es ihr immer gut. Ich ruf dich später noch mal an. Nimm das Telefon mit ins Bett.«

Ich hockte auf dem Badewannenrand und erklärte einem unsichtbaren Besucher: »So geht es Leuten, die behaupten, sie könnten Weihnachten ganz gut allein verbringen, verdammte Scheiße!« In diesem Augenblick kam von unten zunächst ein merkwürdiges Klatschen, dann ein Poltern, als sei etwas Schweres auf die Holzdielen gefallen, und ein merkwürdiger Laut zwischen heller Lebensfreude und tiefem Erschrecken. Ich verzog keine Miene, weil ich Kummer gewöhnt bin. Langsam und gefaßt stieg ich in das Erdgeschoß hinab, und ich ging ungeheuer lässig, damit die blöden Viecher nicht dachten, ich wollte sie überraschen. Tatsächlich fuhren sie arglos mit ihrem neuen Weihnachtsspiel fort.

Paul hatte etwas Faszinierendes entdeckt. Er sprang auf die Fensterbank, leckte sich hingebungsvoll und scheinbar traumverloren die Pfoten, um dann wie von der Sehne geschnellt in den Weihnachtsstrauß zu springen. Der lag längst auf dem Teppich, hatte sich von ungefähr vier Litern Wasser befreit und bildete ein entzückendes Arrangement von dunklem Grün und bunt glitzerndem Schmuck. Unter dem Strauß lag Momo auf dem Rücken und schien sich mächtig zu freuen, als Paul angesegelt kam. Sie balgten sich nach Herzenslust, fauchten und schienen viel Spaß miteinander zu haben.

»Ich hasse euch«, rief ich in eine plötzlich aufkommende Stille. »Ich hasse euch aus tiefstem Herzen.« Ich würdigte sie keines Blickes mehr, räumte das Chaos auch nicht auf, verzog mich in mein Bett. Ich grollte und las Nietzsche. Irgendwann schlief ich ein.

Als das Telefon schellte, war es drei Uhr. Ich nörgelte: »Wieso bist du noch auf?«, aber es war nicht Dinah, es war jemand, der mit kindlicher Stimme aufgeregt fragte: »Bist du dieser Journalist?«

»Ja«, bestätigte ich. »Fröhliche Weihnachten. Und wer bist du?«

»Ich bin Schappi«, sagte er. »Ole und Betty sind tot. Die sind am Brennen.«

»Langsam, bitte. Du bist also Schappi, und es ist drei Uhr nachts. Stimmt das?«

»Ja.«

»Und du hast nichts getrunken?«

»Nein.«

»Also gut. Und wer sind Ole und Betty?«

»Ole ist mein Bruder. Und Betty ist seine Frau, also seine Freundin.«

»Und die sind verbrannt?«

»Ja, die brennen immer noch.«

Panik kroch in mir hoch. »Warum weckst du dann nicht Nachbarn oder sonstwen? Und wieso rufst du hier an? Woher hast du meine Telefonnummer?«

»Mama und Papa stehen sowieso schon auf, die haben mich gehört. Ole hat gesagt, du heißt Baumeister und auf dich ist Verlaß. Sagt Ole.«

»Und von wo aus rufst du an?«

»Vom Birkenhof in Jünkerath.«

»Was brennt denn da genau?«

»Die Scheune. Da haben die sich zwei Zimmer gemacht. Das weiß doch wirklich jeder.«

»Warum rufst du mich an?«

»Weil Ole gesagt hat, er will sowieso alles mit dir besprechen.«

»Was will er besprechen?«

»Was so los ist. Kannst du mal kommen?«

Ich wußte nicht, was ich sagen sollte. Ich kannte ihn nicht, ich wußte nichts von Ole und Betty, und vom Birkenhof in Jünkerath hatte ich auch noch nie etwas gehört. Aber der Junge klang sehr ernst und aufrichtig.

»Guck genau nach, ob Papa und Mama schon auf sind, dann rufst du die Feuerwehr«, bestimmte ich schließlich. »Wähl die eins, eins, zwei und sage, daß es brennt. Ich komme.«

»Ist gut, Mann«, antwortete er erleichtert.

Ich hockte noch eine Weile auf der Matratze und dachte über diese Kinderstimme nach, ehe ich mich anzog und hinausging. Es war sehr kalt, der Himmel war ein schwarzes Loch, und durch den gelben Lichthof der Laterne fiel sanft der erste Schnee des Jahres. »Fröhliche Weihnachten«, sagte ich halblaut. Sicherheitshalber fügte ich hinzu: »Verdammter Mist!«

Ich fuhr über Hillesheim, weil ich es nicht riskieren wollte, zwischen Wiesbaum und Birgel bei Glätte von der Straße gefegt zu werden. In den großen Wäldern hinter Hillesheim konnte ich aufdrehen und zog zwei rabenschwarze Streifen durch den weißen Schnee. Auf *Radio RPR* dröhnte jemand mal wieder *White Christmas*, und ein gelangweilter Moderator erzählte, daß ihm seine Frau die dreißigste Krawatte geschenkt habe. Hinter Birgel ging es in die langgestreckte Rechts-Links-Kombination, und ich geriet ins Rutschen. Jenseits der Eisenbahnbrücke, wo die ersten Häuser Jünkeraths stehen, sah ich, was ich nicht hatte glauben wollen. Rechts in der Niederung der Kyll lag vor einem dichten Waldstück ein großer Hof. Neben diesem Hof, ungefähr zweihundert Meter entfernt, loderte ein gewaltiges Feuer, von dem ich wußte, daß es von einer Scheune Nahrung bekam. Merkwürdig, dachte ich, ich fahre vielleicht fünfzigmal pro Jahr diese Strecke und noch nie habe ich diese Häuser gesehen.

In Jünkerath weiß ich nie, wie ich am schnellsten über die Bahnlinie komme. Da entdeckte ich vor mir die blaublitzenden Lichter eines Feuerwehrwagens und folgte ihnen. Es wirkte gespenstisch, die Sirene war nicht eingeschaltet. Gleich darauf folgte mir das grellblaue Licht einer Funkstreife, die ihr Horn benutzte, dahinter ein zweites Feuerwehrauto. Wir rasten jetzt mit hoher Geschwindigkeit an dem Wald entlang und donnerten in voller Fahrt über den Hof des großen Bauernhauses. In den Augenwinkeln sah ich, wie Männer und Frauen heftig gestikulierten; sie rannten alle zu der brennenden Scheune, ihre Schatten tanzten grotesk.

Ich fuhr nicht bis an das Feuer heran, weil ich wußte, daß dort in kürzester Zeit alles durch Fahrzeuge verstopft sein würde. Ich lenkte den Wagen ein Stück in die Wiese hinein und stellte mich vor mein Auto, um zu beobachten, was es zu beobachten gab. Das Feuer war höllisch laut, weil die Scheune ganz aus Holz war, das in der Gluthitze mörderisch krachte. Ich schaute zu, wie die Feuerwehrleute sich schnell in einer Reihe formierten und ihnen jemand kurze, schnelle Befehle zubellte. Die Reihe löste sich auf, die Männer begannen, ihren Aufgaben nachzukommen.

Ein mächtiger Mann kam von links den Weg entlang gerannt und schrie im höchsten Diskant: »Ole! Ole! Ole!« Es schien, als wolle er direkt in das Feuer hineinlaufen. Einer der Feuerwehrleute stellte sich ihm in den Weg und wurde glatt und brutal umgestoßen. Ein uniformierter Polizist hielt den Rennenden schließlich auf und redete auf ihn ein. Irgendwo hatten die Männer inzwischen eine Pumpe angeschlossen, und das Wasser schoß aus drei Rohren in die Glut.

Eine Frau näherte sich dem Geschehen. Sie trug etwas lang wallendes Weißes, darüber einen dunklen Mantel. Sie ging behutsam, als hätte sie Angst, sie könne jemanden wecken. Sie ging wie in Trance und sie weinte ganz laut. Hinter ihr war ein kleiner Junge, den sie hinter sich her zerrte, als sei sie sich seiner Gegenwart nicht bewußt.

Der Polizist führte den mächtigen Mann beiseite und schrie: »Ich brauche einen Arzt!« Jemand antwortete etwas, das ich nicht verstehen konnte. Es schneite immer heftiger.

Ich zog den Wagen ein paar Meter vor, um besser sehen zu können, und setzte mich hinein. Ich zündete mir eine Pfeife an und paffte vor mich hin. Ole und Betty. Wer waren Ole und Betty? Und wieso wollte dieser Ole zu mir kommen, um etwas zu besprechen?

Ein zweiter Streifenwagen erschien auf der Bildfläche, ein dritter von der Feuerwehr, und dann, als habe sich eine Schleuse geöffnet, sehr viele Privatfahrzeuge. Am Brandherd setzten sie jetzt Schaum ein. Balken stürzten in einem grellen Funkenregen in das Inferno, Feuerwehrleute schrien sich Informationen zu, Polizisten versuchten, Neugierige abzudrängen. Irgendwann hatte ich Eisbeine und startete den Motor, um mich aufzuwärmen.

Da sah ich das Kind auf mich zukommen und war auf eine elende Weise fassungslos. Woher wußte dieses

Kind, wo ich stand, wer ich war? Ich öffnete die Beifahrertür. »Steig ein«, sagte ich.

Er war vielleicht zehn Jahre alt und dünn wie ein Hänfling. Er hatte hellblondes Haar über einem schmalen Gesicht mit ganz großen Augen und trug einen Schlafanzug, darüber einen Parka und an den Füßen Pantoffeln. Er wirkte zerbrechlich.

»Da ist Schokolade im Handschuhfach«, erklärte ich.

Er öffnete das Handschuhfach, nahm die Schokolade und brach ein Stück ab.

»Wann hast du gemerkt, daß es brennt?«

»Ich wollte eigentlich rüber zu Ole, wegen Weihnachten. Betty hat gesagt, ich darf kommen. Aber mein Vater hat es verboten, er meinte, ich soll mich nicht immer bei denen rumtreiben. Ich habe gewartet, bis alle schliefen, dann wollte ich rübergehen. Da brannte das aber schon.«

»Wieso glaubst du denn, daß Ole und Betty tot sind? Vielleicht leben sie, vielleicht sind sie einfach rausgelaufen.«

Der Junge schüttelte den Kopf. »Ole sagt immer, wenn sie viel Hasch rauchen, ist ihm alles egal. Und wenn er dann säuft, kriegt er gar nix mehr mit.«

»Du weißt ganz sicher, daß sie in der Scheune waren?«

Er nickte nur.

»Wie alt ist sind denn Ole und Betty?«

»Ole ist fünfundzwanzig, und wie alt Betty ist, weiß ich nicht. Aber ich schätze mal, sie ist auch fünfundzwanzig.«

»Und sie leben in der Scheune?«

»Ja.«

»Wie lange schon?«

»Sehr lange«, sagte er. »Als ich im Sommer mal Geburtstag hatte, da waren sie schon in der Scheune.«

»Aber wieso in der Scheune?«

»Weil Ole immer Krach mit Papa hatte. Und weil Papa immer sagt, Ole soll ihm aus den Augen gehen, sonst schlägt er ihn noch mal tot. Deswegen. – Ich glaube, da geht jetzt einer von den Feuerwehrleuten rein.« Seine Stimme überschlug sich plötzlich, und er öffnete die Tür und rutschte hinaus. Wieselflink rannte er durch den

Schnee, eine ganz schmale, verlorene kleine Figur, beladen mit der irrwitzigen Hoffnung, Ole und Betty könnten grinsend aus dem Feuer auftauchen und sich über ihn amüsieren – ihn aber auch in die Arme nehmen.

Radio RPR brachte in den Nachrichten die Meldung, daß der Heilige Abend in Jerusalem außergewöhnlich friedvoll verlaufen sei und daß der Heilige Vater in Rom die Hoffnung hege, diese Welt werde endlich ein ruhigerer Hort.

Zwei schnelle BMW erreichten das Gelände, schwarz lackiert, Blaulicht. Es waren sieben Männer, Brandexperten wahrscheinlich, vielleicht ein Teil der Mordkommission aus Wittlich. Es schneite in großen, dicken Flocken.

Unmittelbar vor der brennenden Scheune stand eine Gruppe zusammen; die Menschen diskutierten wild. Ihre tiefschwarzen Umrisse vor dem Feuer wirkten wie ein perfekter Scherenschnitt. Zwei Feuerwehrleute mit Atemschutzgeräten gesellten sich zu der Gruppe. Jetzt war nur noch schwer auszumachen, wer hier etwas zur Brandbekämpfung beitrug oder wer einfach nur Zuschauer war.

Aus den nächsten zwei Polizeiwagen stiegen acht Beamte, und sie begannen, die Zuschauer zurückzudrängen. Sie machten es langsam, freundlich, aber unerbittlich. Ich erblickte auch den massigen Mann wieder, der so verzweifelt nach Ole geschrien hatte. Er ging gebeugt auf die Frau im Nachthemd zu, legte ihr einen Arm um die Schultern und redete mit ihr. Er wirkte behutsam. Dann bewegten sie sich langsam von der brennenden Scheune fort und verloren sich auf dem Wiesenweg zu ihrem Hof. Der Kleine, der sich Schappi nannte, war nicht bei ihnen. Plötzlich sah ich ihn, wie er mit kleinen Schritten, sich dauernd zum Feuer umblickend, auf mich zukam.

Er öffnete die Beifahrertür. Sein Gesicht war ganz verschmiert von Asche und Ruß. Er weinte vollkommen lautlos, legte die Hände auf die Autokonsole und starrte hinunter auf seine Füße. Er konnte wohl das Feuer nicht mehr ertragen. Merkwürdigerweise sprach er so kühl, als gebe er einen sachlichen Kommentar.

»Sie sagen, sie holen jetzt Ole und Betty raus.«

»Das ist wohl so«, nickte ich.

»Verbrennen Menschen total?«

»Ich weiß es nicht.« Ich war plötzlich wütend auf Dinah, daß sie nicht neben mir hockte und den Jungen in die Arme nehmen konnte. »Soll ich dich nach Hause fahren? Zu deinen Eltern?«

Er schüttelte energisch den Kopf.

»Es wäre aber besser«, meinte ich. »Deine Mutter wird dich jetzt brauchen. Ole ist weg, aber du bist noch da, verstehst du.«

Feuerwehrleute trugen zwei lange schwarze Wannen herbei und stellten sie ab.

Ich startete den Motor. »Du frierst«, sagte ich. »Du holst dir den Tod.«

Ich fuhr aus der Wiese heraus und kurvte durch die geparkten PKW. »Weißt du denn, was Ole mit mir besprechen wollte?«

»Weiß ich nicht.«

»Aber irgend etwas muß doch los gewesen sein.«

»Na ja, wegen dem Holländer.«

»Ist der Holländer ein Freund? Wer ist der Holländer?«

»Weiß ich nicht. Papa sagt, er schlägt ihn tot, wenn er nochmal auf den Hof kommt.«

Wir kamen vor dem Wohnhaus an, ich ließ Schappi aussteigen und ging dann mit ihm. In jedem Raum des Hauses brannte Licht, zu hören war kein Laut. Da tauchte in einer Tür die Frau mit dem Nachthemd auf und strich an uns vorbei. Sie sah uns nicht, sie bewegte panisch schnell die Lippen, als spreche sie aufgeregt mit jemandem.

»Mama«, stammelte der Kleine.

»Komm mit«, sagte sie tonlos und streckte die Hand aus.

Der Kleine griff nach dieser Hand und ließ sich mitziehen. Ich wußte, daß es sehr schwer sein würde, erneut mit ihm zusammenzutreffen. Ich setzte mich wieder ins Auto und fuhr heim.

Zwei Stunden brauchte ich ungefähr, um das Weihnachtschaos meiner Katzen aufzuräumen. Früh am Morgen rief Dinah wieder an und berichtete, es gehe ihr besser und ihre Eltern hätten verständnisvoll reagiert, als sie ihnen von mir erzählt habe.

»Mama fragte natürlich sofort, ob wir heiraten. Ich habe ihr gesagt, daß wir an der Idee arbeiten. Und was war bei dir?«

»Nichts Besonderes«, log ich. »Laß dir Zeit, wir haben Weihnachten, und alle Menschen guten Willens sind friedlich.«

»Du bist richtig zärtlich, Baumeister«, sagte sie hell.

Ich ging schlafen, und als ich aufwachte, hatte ich stechende Kopfschmerzen. Ich duschte kalt und machte mir einen Kaffee. Das war am ersten Weihnachtstag gegen 16 Uhr. Wenig später rief ich den Arzt Tilman Peuster aus Jünkerath an und riskierte die Frage, ob er Patienten mit den Namen Ole und Betty habe.

»Habe ich«, antwortete er. »Aber eigentlich darf ich Ihnen keine Auskunft geben, da ist was passiert.«

»Ich weiß, aber die sind doch verbrannt, ich war da«, sagte ich. »War noch etwas übrig von denen?«

»Nicht sehr viel«, sagte er. »Sie haben sie in die Gerichtsmedizin nach Bonn gebracht.«

Eine Weile herrschte eine unnatürliche Ruhe.

»Ich weiß, daß Sie keine Auskunft geben dürfen, aber darf ich trotzdem fragen, ob ...«

Er unterbrach mich schnell. »Ich weiß, was Sie fragen wollen. Ich würde es so formulieren: die ersten Untersuchungen sind gelaufen. Die beiden waren tot, als das Feuer noch gar nicht ausgebrochen war. Das habe ich sozusagen als Bürger gehört, das hat mit meiner Schweigepflicht nichts zu tun.«

»Haben Sie die Leichen gesehen?«

»Kurz. Aber ich muß jetzt mit den Patientenunterlagen nach Bonn. Die Sache ist eine vertrackte Geschichte.«

»Etwas mit einem Holländer?«

»Davon höre ich zum erstenmal«, antwortete er. »Aber mir war auch neu, daß die beiden Heroin gespritzt haben sollen.«

»Heroin auf einem Bauernhof«, sagte ich verblüfft.

»Auch das kommt vor«, murmelte er melancholisch. »Es ist allerdings noch bestürzender zu erfahren, daß das Heroin in sie hineingespritzt wurde. Als sie schon tot waren, versteht sich. Aber vergessen Sie das wieder. Das verstößt nun wahrscheinlich gegen hundert Gesetze und Verordnungen über Behinderung der staatsanwaltschaftlichen Ermittlungen.«

»Wie waren sie denn, dieser Ole und diese Betty?«

»Tja, wie waren sie«, nuschelte Peuster. »Sie haben Jahre nach einem Lebensweg gesucht, nach einer Zukunft. Aber viele Chancen hatten sie nicht, eigentlich hatten sie gar keine. Ich muß los, Baumeister. Machen Sie es gut, essen Sie Ihre Weihnachtsplätzchen und erinnern Sie sich an Ihre Kindheit. Sie hatten doch eine, oder?«

Ich antwortete nicht mehr, hängte einfach ein. Zuweilen entwickelte der Arzt eine ziellose Ironie, der ich mich nicht gewachsen fühlte. Wie hatte Chandler seinem englischen Verleger geschrieben? – *Ich bin ein kleiner Mann in einer großen Welt, und mein Haar wird schnell grau.*

Draußen war es dunkel geworden, es schneite wieder, der Wind kam scharf aus Nordwest, die flirrend weißen Striche des Schnees lagen fast waagerecht, in den beiden Zügen des Kamins heulte es an- und abschwellend wie aus einer mißtönenden Orgel. Ich schlug Christoph Ransmayers *Morbus Kitahara* auf, entschlossen, Literatur zu saufen, und fand das Buch so gut, daß ich nach zwei Seiten aufhörte, weil es mich begeisterte, aber auch bedrohte. Vielleicht ist Weihnachten ungeeignet für hohe Kunst, vielleicht ist Weihnachten tatsächlich dem Kitsch der Götter vorbehalten, vielleicht ist Weihnachten ausschließlich die hohe Zeit der Laubsäge und der handgeschöpften Norwegerpullover. Ich war unruhig, ich wußte nicht, was ich tun sollte, das Haus war sehr still, die Katzen lagen eng aneinandergeschmiegt auf der Fensterbank zum Garten hin und hatten wohl beschlossen, mich zu übersehen, keine Streiche auszuhecken.

Da rief Rodenstock an und fragte, ohne jeden Gruß und ohne fröhliche Weihnacht: »Sag mal, kommst du dir auch so überflüssig vor?« Als könnte ich ihn beschimpfen oder ihm die Leviten lesen wollen, fuhr er schnell fort: »Ich weiß, daß Dinah bei ihren Eltern ist, Gott schütze die Eltern. Sag mal, was war das für ein Brand heute nacht? Ich meine den in Jünkerath.«

»Es hat zwei junge Leute erwischt. Sieht nach Doppelmord aus.«

»Mit anderen Worten, du recherchierst schon?« Er wirkte gierig.

»Nein. Und ich weiß nicht, ob ich einsteigen soll. Erst sind sie getötet worden. Wie, weiß ich nicht. Dann ist ihnen Heroin gespritzt worden. Warum, weiß ich nicht. Dann wurde ihnen die Bude überm Kopf angezündet. Frag mich nicht, was das alles soll. Wenn es einen Oscar für Dämlichkeiten geben würde, müßte dieser Täter einen kriegen. Das ist ja fast so dumm wie die Krimis im Fernsehen.«

»Wieso denn?« fragte Rodenstock gemütlich. »Vielleicht dient das alles nur der Verwirrung? Und die Toten? Was waren das für Leute?«

»Es waren keine Leute, es waren Leutchen. Junge Menschen, solche von der falschen Straßenseite, solche, mit denen anständige Eifler sich überhaupt nicht abgeben. Wo hast du eigentlich davon gehört?«

»*SWF drei, Radio RPR, WDR II*, die sind alle voll davon. Aber niemand sagt, daß es sich um Mord handelt. Ich vermute mal, das fällt unter die Kategorie ‚tragische Schicksale dicht am Weihnachtsbaum'. Was hältst du davon: komm her, und wir weinen zusammen!«

»Keinen Bock. Wer leitet die Mordkommission zur Zeit?«

»Ein Mann namens Sternbeck. Dem Vernehmen nach hat er anstelle eines Rückgrats ein Stück Naturgummi. Angeblich ist er ein fauler Hund, der seine Leute antreibt und gelegentlich willigen Sekretärinnen die Röcke hebt. Komm schon, Baumeister, schwing dich in dein Auto, und mach einen Besuch bei einem schweigsamen Rentner an der Mosel. Du kannst Dinah auch von hier aus nerven, falls es das ist.«

»Das ist es nicht, mein Lieber. Ich bin durcheinander, weil ich einem Kind begegnet bin, das zusehen mußte, wie die einzigen Menschen, die es liebte, verbrannt sind. Das schmeißt mich irgendwie. Ich komme mir überflüssig vor.«

»Weißt du, wie man Bratäpfel macht?«

»Was soll das?«

»Also, weißt du es oder nicht?«

»Na ja, Apfel aushöhlen, mit Nüssen und Rosinen füllen, ab in die Röhre. Nach ungefähr einer oder zwei Stunden ...«

»Alles falsch. Apfel aushöhlen ist richtig. Aber dann mußt du die Rosinen in Brandy tränken, ach so, du bist ja Abstinenzler.«

»Na gut. Komm schon her. Nein, warte, ich hole dich ab.«

»Endlich hast du begriffen, was mich bewegt.« Rodenstock krähte ziemlich fröhlich. Ich wußte, daß er Weihnachten immer an seine Frau dachte und sich dabei scheußlich fühlte. Seit sie gestorben war, lebte er in dem diffusen Gefühl, an ihrem Tod schuld zu sein.

Ich fuhr also über Walsdorf und Zilsdorf nach Daun, dann nach Mehren, querte die Autobahn und schoß über die Höhen der Mosel, als würde ich dafür bezahlt. Schwarz wie Tinte pulste der von Wasserbauern schlicht versaute Fluß durch das Tal, verströmte den Charme einer zu dicken Sopranistin im Hüftgürtel; sein Wasser murmelte nicht einmal, schlabberte dahin wie Öl.

Rodenstock hatte mittlerweile die dritte Flasche eines staubtrockenen Rieslings in Angriff genommen und war dabei etwas weinerlich geworden.

»Verdammt«, murmelte er leicht lallend, »dieses Weihnachten ist eine beschissene Zeit.«

Ich gab ihm recht und trug seinen Koffer. Wir waren noch nicht einmal an der Obergrenze der Weinberge, als er mit sattem Schnarchen kundtat, daß es ihm eigentlich verdammt gut ging. Vor Dreis-Brück fragte er dann plötzlich: »Wie alt ist denn das Kind?«

»Zehn Jahre, schätze ich. Der tote Mann war sein großer Bruder. Und der wollte angeblich mit mir über Probleme reden. Jetzt geht das nicht mehr.«

»Wer sagt das?«

»Das Kind. Ach, vergiß es. Es ist eine Scheißgeschichte unter Jugendlichen oder so.«

»Sieh mal da, ein Fuchs.«

»Wir haben viel zu viel Füchse. Manche von ihnen laufen nicht mehr weg, wenn du mit dem Auto vorbeikommst. Und auf die Vögel, die angeblich zum Überwintern nach Süden fliegen, ist auch kein Verlaß mehr. Die bleiben einfach hier. Wenn die Polkappen abschmelzen, sind wir hier Küstengebiet und müssen die Eifel zwischen uns, den Belgiern und den Holländern aufteilen. Wahrscheinlich sprechen wir dann niederländisch und haben ein Königshaus, das wir lieben dürfen. Und ...«

»Du bist schlecht drauf«, urteilte Rodenstock.

»Na und?«

»Vielleicht bekommt es dir nicht, ohne Dinah zu sein.«

»Hah! Ich bin erwachsen.«

»Seit wann?« Er lächelte. »Mach dir nichts vor, Weihnachten bringt uns alle um. Paß doch auf, du landest gleich im Graben.«

»Du denkst an deine Frau, nicht wahr?«

»Na sicher. Sie machte zu Weihnachten immer einen Truthahn. Aber das war es nicht. Es war auch nicht die Bescherung mit den Kindern. Es war unser wilder Tag. Am zweiten Weihnachtstag haben wir die Tür abgeschlossen, das Telefon ausgehängt und sind nicht aufgestanden. Im Bett gefrühstückt, gegessen, getrunken. Wir haben erzählt, Erinnerungen gehabt, Kniffel gespielt, einen Sekt aufgemacht, geschlafen, gegessen. Na ja, es war eben schön. Nun ist sie weg, und ich sollte Weihnachten wie ein vernünftiger Mensch verbringen. Kommt nicht in die Tüte.«

»Warum bist du nicht bei deiner Tochter?«

»Sie paßt irgendwie nicht zu mir. Sie ist so sauber, sie ist ewig so nett zurechtgemacht, niemals hat sie ungepflegte Hände, und immer riecht sie wie eine ganze Parfümerie. Hildegard Knef hat mal gesagt, sie hätte der deutschen Frau ihr Kernseifengesicht geklaut. Meine Tochter hat ein Kernseifengesicht. Aber sag niemandem, daß ich ihr Vater bin. Natürlich hat sie mich eingeladen, und es war ziemlich schwer, eine Ausrede zu finden.

Aber ich finde, es reicht, wenn ihr Mann mit ihr Weihnachten feiern muß.«

»Du bist giftig«, stellte ich fest. »Du bist genauso giftig wie ich.«

»Ruf deine Dinah an«, riet er sanft. »Laß dir die Stacheln ziehen, und schenk deinem Besucher gleich einen Kognak ein, servier ihm Kaffee, eine dicke Brasil und bittere Schokolade.«

»Darauf wäre ich nie gekommen«, sagte ich.

Ich war froh, daß Rodenstock da war. Als dann Paul auf seinen Schoß hüpfte, sich sechsmal drehte und selig seufzte, war es richtig nett.

Dinah hatte Käsecreme aus Roquefort hinterlassen. Wir füllten die Masse in halbe Birnen und mümmelten vor uns hin. Es war der Eifelhimmel.

»Kann ich mir morgen mal die Brandstelle ansehen?« fragte er.

»Selbstverständlich.«

»Haben schon Redaktionen angerufen?«

»Nein, es ist Weihnachten, und sie liegen vorübergehend im Halbschlaf.«

»Weiß Dinah davon?«

»Nein. Sie würde sofort kommen, und das wichtige Treffen mit ihren Eltern wäre zerstört. Nein, nein. Im übrigen ist doch noch nichts los. Das wird erst nach Weihnachten rundgehen.«

Ich irrte mich. Wir wollten gerade ins Bett gehen und lesen, als Dinah anrief und aufgeregt erzählte: »Eigentlich gefallen mir meine Eltern diesmal gut. Sie sind nicht muffig, sie wissen nichts besser, und sie verweisen auch nicht dauernd auf ihre ungleich größeren Lebenserfahrungen. Sie sind einfach nett.«

»Dann bleib doch noch ein paar Tage. Rodenstock ist hier. Warte, er will dir eine schöne Zeit wünschen.« Ich reichte ihm das Handy und hörte zu, wie er mit ihr sprach und sich darüber freute. Sie war für ihn die Tochter, die er nicht mehr hatte, und Dinah war sehr stolz darauf. Wir einigten uns, daß sie heimkommen würde, wenn ihr danach war, und ich versprach ihr, sie jeden Tag anzurufen.

»Du rufst mich morgens an, Baumeister, und ich dich abends. Und ich liebe dich.«

»Wollt ihr heiraten?« fragte Rodenstock, als ich das Gespräch beendet hatte.

»Wir arbeiten an der Idee. Kennst du noch jemanden bei der Mordkommission?«

»Ja, aber den werde ich nicht anrufen, der redet zuviel.« Er klemmte sich *Schlafes Bruder* unter den Arm und wünschte eine gute Nacht. »Vielen Dank, daß du mich geholt hast.«

»Selbstverständlich«, sagte ich. »Wenn dir kalt ist, in der Truhe liegen Wolldecken.«

Es war zehn Uhr an diesem Abend, als Gondrom anrief. Gondrom war einer jener Fernsehproduzenten, die ernsthaft der Meinung sind, ohne sie würden die Öffentlich-Rechtlichen verkommen. Er hatte stets mit gleichbleibender Begeisterung wahre Kunst im Blick, aber es kam sehr häufig vor, daß er nörgelte: »Du kannst diesen Serienhelden nicht plötzlich so intelligent machen. Das verwirrt unsere Zuschauer. Sie sind gewöhnt, daß der Mann unrasiert und bedeutungsschwanger in die Welt blickt. Aber sie sind nicht gewöhnt, daß er denken kann.« Es gab auch die weibliche Variante: »Also, wir haben einen verheirateten Manager. Der hat eine Frau, durchaus konservativ. Wieso, um Gottes willen, ist diese Frau bei dir plötzlich in einem Ausschuß der Stadt? Wieso mischt sie bei Greenpeace mit, wieso vertreibt sie Karten für UNICEF. Das ginge ja noch alles. Aber daß sie ihrem Mann aktiv hilft, ein Problem zu lösen, macht mir den Helden total kaputt. Verstehst du, die Frau sollte bestenfalls bei der Bahnhofsmission ein kleines Licht sein, aber ansonsten durch das Lösen von Kreuzworträtseln ihrem Ehemann eine Art Stichwortgeber sein. Wo kommen wir denn da hin, wenn wir die Frauen intelligenter machen als ihre Männer.« Das ist Gondrom live.

»Du sitzt doch sicher schon an dem Fall«, sagte er jubilierend. »Kann ich dein Material haben, kann ich das? Wir sollten ein Skript bei der Filmförderung einreichen. Ich denke an den Arbeitstitel ‚Liebe in den Zeiten der Kälte'. Das wird Eindruck machen.«

»Wieso denn Liebe? Von Liebe ist doch gar keine Rede. Zunächst nur von einem Doppelmord.«

»Aber es klingt so gut. Und könnte man nicht einbauen, daß sie ein Kind von seinem Vater erwartet?«

»Wie bitte?«

Jemand schellte, dann donnerte jemand gegen meine altersschwache Haustür. Meine Dankbarkeit war ungeheuer.

»Ich kriege Besuch«, sagte ich hastig. »Ich ruf dich nach den Feiertagen an.«

»Aber vergiß es nicht«, drängte Gondrom. »Ich habe mir auch schon überlegt, ob der tote junge Mann nicht ein Superdealer ist und das Mädchen eine Undercover-Agentin des Bundesnachrichtendienstes.«

»Das ist phantastisch«, bestätigte ich und hängte ein. Bis heute weiß ich keine Antwort auf die Frage, warum ich Leuten wie Gondrom überhaupt zuhöre. Wahrscheinlich bin ich hoffnungslos gutmütig.

Unten vor der Tür stand Schniefke. Kein Mensch wußte mehr, warum er Schniefke genannt wurde, er selbst auch nicht. Er war um die 25 Jahre alt, ohne erlernten Beruf, verließ sich auf die Großzügigkeit seines Vaters, den er selbstverständlich haßte, und gab auf die Frage, was er denn könne, die lapidare Antwort: »Alles.« Es war ihm durchaus hilfreich, daß er daran glaubte. Er war klein, vierschrötig, mit einem beachtlichen Bauch versehen und hatte zwei bemerkenswerte Zahnlücken. Sein Haar war lang und dunkel und glänzte, als habe er seinen Kamm in Margarine getränkt. Er war ziemlich betrunken und hielt sich am Türrahmen fest.«Grüß dich, Siggi. Hast du einen Moment Zeit?«

»Um was geht es?«

»Um Ole und Betty. Die sind doch verbrannt, und man redet, irgendeiner hat die vorher umgebracht. Und ich war mittags mit denen zusammen. Wir haben ein halbes Hähnchen gegessen. Ich habe dreißig Gramm Haschisch bestellt und bezahlt. Wer gibt mir jetzt die Kohle wieder? Der Vater vielleicht?«

»Komm erst mal aus der Kälte raus«, erwiderte ich.

Er ging in eleganten Bögen den Flur entlang in das Arbeitszimmer und ließ sich in einen Sessel fallen. »Haste denn auch ein Bier?«

»Habe ich«, nickte ich. Ich lief die Treppe hinauf, öffnete Rodenstocks Zimmer und sagte: »Du solltest dir den ersten indirekten Zeugen anhören.«

»Wie schön«, strahlte er.

Ich stellte Schniefke eine Flasche Bier und ein Glas hin. Er verschmähte das Glas und nahm einen gewaltigen Zug. »Frohe Weihnachten denn auch«, sagte er und rülpste.

Rodenstock kam herein und grüßte ihn freundlich.

»Keine Sorge«, beruhigte ich Schniefke. »Das ist ein Freund.«

»Das ist korrekt«, sagte Schniefke. »Ich weiß ja, daß du gute Freunde hast. Also, was soll ich machen? Soll ich dem Vater 'ne Rechnung schicken? Schließlich habe ich drei Blaue gelöhnt.«

»Eine Rechnung würde ich für nicht so gut halten«, begann ich vorsichtig.

»Eine Rechnung wofür?« fragte Rodenstock nebenbei.

»Er hat bei Ole und Betty dreißig Gramm Hasch geordert und gleich bezahlt«, gab ich Auskunft.

»Viel Geld«, sagte Rodenstock ernsthaft.

»Und wie!« gab Schniefke ihm recht. »Und zwei Blaue habe ich von Friedbert gekriegt. Der will die Joints oder sein Geld zurück. Da sehe ich alt aus, sehr alt. Hast du noch ein Bier?«

»Wo hast du die beiden getroffen?« fragte ich.

»Bei der Hähnchenstation in Daun«, sagte er. »War kein Zufall, ich wollte das Zeug besorgen, und Ole hatte gesagt, sie wären gegen zwölf Uhr da.«

»Machten sie irgendwie einen komischen Eindruck. Ich meine, hatten sie Angst, oder war jemand hinter ihnen her?«

»Hinter Ole und Betty? Nicht doch, Junge. Die waren gut drauf, die waren wirklich gut drauf. Wir haben sozusagen einen Joke nach dem anderen gerissen. Dann kamen noch ein paar Kids und wollten Ecstasy. Aber das hatte Ole nicht.«

»Aber sie hatten Haschisch für Sie?« fragte Rodenstock.

Er nickte. »Hatten sie, hatten sie immer. Also, sie waren gut drauf, und Ole sagte, er würde im nächsten Jahr die Geschäfte besser machen. Ich fragte: Hast du denn keine Angst vor den Bullen? Er lachte nur und meinte, das ginge alles klar, die Bullen hätten andere Sorgen. Was ist jetzt, soll ich dem Vater sagen, ich kriege die drei Lappen zurück? Oder was?«

»Was passiert, wenn du das Geld nicht hast?« fragte ich.

»Ich komme in die Mangel«, murmelte er hellsichtig.

»Ich kann es Ihnen leihen«, schlug Rodenstock vor. »Wenn Sie mir eine Quittung unterschreiben.«

»Mach ich, mach ich«, sagte Schniefke dankbar. Er sah mich an und erklärte großartig: »Baumeister kann bezeugen, daß ich immer ehrlich bin. Egal, was passiert, ich bin immer ehrlich.«

Ich nickte, weil mir nichts anderes übrig blieb. Er nahm das Geld von Rodenstock, unterschrieb eine einfache Quittung und fragte: »Kannst du mir noch ein Bier für unterwegs mitgeben?«

Ich konnte. In der Tür bat ich: »Kann ich dich anrufen, wenn ich noch etwas wissen will?«

»Jederzeit«, antwortete er. »Die Nummer hast du ja.«

Schniefke zog auf dem Weg zu seinem Auto eine wunderbar ästhetische Linie in den Schnee. Zu Beginn meiner Zeit in der Vulkaneifel hatte ich immer protestiert, einfach gesagt, es sei unverantwortlich, in so einem Zustand noch Auto zu fahren. Das hatte ich längst aufgegeben, nachdem ich erfahren hatte, wie viele Menschen hier an jedem Wochenende betrunken ihr Vehikel bewegen. Ganz stolz war mir berichtet worden, es gebe einen Milchwagenfahrer, der seit zwanzig Jahren an jedem Wochenende vierzigtausend Liter einsammelt und dabei voll wie eine Haubitze ist.

»Er ist kein Zeuge, solange er besoffen ist«, sagte ich.

Rodenstock nickte und teilte mit, er werde erneut ins Bett gehen.

Es gab keinen Grund, daran zu zweifeln, daß Ole und Betty Schniefke mittags um 12 Uhr in der Hähnchenstation getroffen hatten. Am Heiligen Abend. Jemand mußte sie also danach getötet haben. Irgendwie. Dann mußte dieser Jemand Heroin in die Leichen gespritzt haben. Schließlich hatte er sie dann in ihre Scheune transportiert. Oder, sie waren schon dort gewesen.

Dann war das Feuer gelegt worden. Ich wußte, daß dieses Kind, Schappi, wahrscheinlich Antworten auf einige dieser Fragen hatte. Ich wußte auch, daß es schier unmöglich sein würde, an das Kind nochmal heranzukommen, ohne unangenehm aufzufallen.

Von oben rief Rodenstock laut: »Wir werden den ganzen Heiligen Abend rekonstruieren müssen.«

»Nicht nur den«, rief ich zurück. »Wir werden die Geschichte von Ole und seiner Betty verfolgen müssen. Die ganze gottverdammte Geschichte.«

»Wieso gottverdammt?« fragte er gutgelaunt.

»Weil Liebesgeschichten in der Eifel schweigend erledigt werden«, brummte ich. »Ehe dieses Bergvolk die Worte ‚Ich liebe dich' in den Mund nimmt, muß es entweder total besoffen sein oder total pleite. Die günstigste Voraussetzung ist geschaffen, wenn beide Zustände zugleich auftreten.«

ZWEITES KAPITEL

Wie ich sehr viel später erfuhr, hatte aus einem nicht nachvollziehbaren Grund die *Deutsche Presse Agentur* ungewöhnlich spät reagiert und war erst gegen Abend des ersten Feiertages groß eingestiegen. Das hatte zur Folge, daß Briebisch von der Hamburger Redaktion mich gegen sechs Uhr morgens aus dem Bett holte und mir lautstark erklärte, wieso er mich um sechs anrufe. Ob ich etwas von diesem mysteriösen Brand gehört habe und ob ich eventuell bereit sei, ein kurzes Memo für die Redaktion zu schreiben, aus dem hervorgehe, daß das alles nicht wichtig genug sei, jemanden zu schicken oder sonstwie größer einzusteigen.

»Es ist Weihnachten«, flehte er, »machen Sie mein spießbürgerliches Leben nicht kaputt!«

»Aber es ist ein Fall«, sagte ich rachsüchtig. »Es handelt sich um einen Doppelmord.«

»Ein einfacher Doppelmord ist aber nix für uns«, erklärte er erhaben.

»Aber es ist insofern eine interessante Geschichte, als daß die beiden eigentlich dreimal umgebracht wurden: Erst getötet, dann kriegten sie Heroin, dann wurden sie verbrannt.«

»Das ist doch unlogisch«, sagte er.

»Das ist deutsch«, erwiderte ich. Ich starrte in den Garten. Weiße Flocken ließen sich dort nieder.

»Haben Sie Fotos von dem Feuer?«

»Habe ich. Ich mache das Memo und verlange, daß ihr in 24 Stunden entscheidet. Wenn ihr nein sagt, kann ich das Material anderen verkaufen. Ist das okay?«

»Das ist sehr okay«, antwortete Briebisch erleichtert.

Rodenstock hatte einen leichten Schlaf und stand plötzlich in der Tür. »Hat sich der Mörder tränenblind gemeldet und will mit dir sprechen?«

»Nein. Es war eine Redaktion. Jetzt werden sie das Material sichten und anrufen, jetzt kann ich vorübergehend das Gefühl haben, wichtig zu sein. Kaffee?«

»Ja«, sagte er. »Ungefähr zwei Liter. Und dann hätte ich gern Ottens Leberwurst und zwei Scheiben von diesem Eifel-Vollkornbrot, das ich an der Mosel nicht kaufen kann.«

»Ich habe gesalzene Butter aus Mean-Havelange«, lockte ich.

»Ist das ein Luxusschuppen hier«, sagte er verächtlich. Dann grinste er unvermittelt und forderte: »Her mit dem Zeug.«

Wir hockten uns in die Küche und frühstückten eine geschlagene Stunde lang, wie es sein sollte, wenn man sich wohl fühlen will. Danach machten wir uns landfein, weil Rodenstock unbedingt die Brandstelle besichtigen wollte. Als es gegen acht Uhr zögerlich dämmerte und der Schnee nur noch sehr fein und dünn rieselte, verließen wir das Haus.

»Ich habe den Eindruck, als würdest du diesen Fall nicht mögen.«

»Das ist richtig«, sagte ich. »Einen Drogenfall zu recherchieren, ist sehr schwer. In diesem wertekonservativen Landstrich laufen Drogen erheblich verdeckter als in den Ballungsräumen, und du wirst stets und ständig belogen. Es gibt unglaublich viele Eltern, die bei Drogen die Augen ganz fest zukneifen und einfach nicht sehen wollen, was Realität ist. Das gleiche gilt für die Ortsbürgermeister. Beispiel: Da laufen in einem Dorf zwei Sozialhilfeempfänger zwei Kilometer weit bis zur nächsten Tankstelle, um die auszurauben. Sie wollen beide Geld für Heroin und werden erwischt. Der Ortsbürgermeister ist beim Verhör dabei, die Täter gestehen sofort. Zwei Stunden später behauptet der Bürgermeister in einem Gespräch mit mir, seine Gemeinde sei vollkommen clean. Und ich hatte die Wahnsinnsidee, daß er selbst an seine Worte glaubte. Du hast recht, ich würde mich drücken, wenn ich könnte.«

»Gibt es viele Drogen hier?«

»Jede Menge. Unglaubliche Mengen von Haschisch und Ecstasy. Auch Kokain, aber meistens schlechtes Zeug. Gott sei Dank wenig Heroin, aber es gibt verdammt viele Jugendliche, die irgendwelche Medikamente schmeißen, weil sie so leicht drankommen.«

»Und die Obrigkeit leugnet?«

»Nicht nur die Obrigkeit, vor allem die Eltern. Hier gab es einen leibhaftigen Kriminalbeamten, der behauptete, man wisse nicht, wie Ecstasy wirkt. Zum gleichen Zeitpunkt lagen auf der Intensivstation des Krankenhauses zwei Jungen, beide 18, deren Kreislauf kollabiert war. Sie hatten durchgehend von Freitagabend bis Sonntagabend Pillen eingeschmissen, und sie behaupteten steif und fest, man hätte ihnen gesagt, Ecstasy sei ausgesprochen harmlos. Das Einfachste ist immer noch, man streitet schlicht ab zu wissen, was Drogen sind, was sie bewirken. Jede betroffene Familie empfindet das als Schande und fragt sich vollkommen fassungslos, wieso das Kindchen denn das Zeug frißt. Auf die Idee, das Kindchen könne eventuell massive seelische Probleme haben, kommt kein Mensch. Das hat etwas damit zu tun, daß die Eifel immer schon ein verspottetes Gebiet war. Da will man sich nicht nachsagen lassen, daß es jetzt auch Drogen gibt.«

»Du bist ja richtig wütend«, stellte Rodenstock fest.

»Bin ich auch. Denn diese Kinder können selbstverständlich nur in den seltensten Fällen zu ihren Eltern gehen und um Hilfe bitten. Dazu kommt eine geradezu groteske Polizeiorganisation. Wenn ich ein Dealer wäre, würde ich vorwiegend in der Eifel arbeiten, denn hier kannst du das Zeug unverpackt in einer Schubkarre transportieren – du gerätst niemals in die Gefahr, einem Bullen zu begegnen. Hier ist bullenfreie Zone, hier ist die absolute Freiheit angesagt, hier ist der Himmel für Kiffer.«

»Du übertreibst.«

»Ich übertreibe nicht. Zwischen Wittlich und Koblenz sind zwei Kriminalbeamte für Drogen zuständig. Sie beackern ein Gebiet, das halb so groß ist wie das ganze Saarland. Das erste, was die Jugendlichen hier auswendig lernen sind, die Autonummern der Rauschgiftfahnder. Neulich hat sich ein Fahnder einen Wagen von einem Bekannten gepumpt. Als er von Wittlich die Mosel hinunterfuhr und dann in die Eifel abbog, wußten die Kids in Daun schon Bescheid und haben ihm freundlich zugewinkt. Der Mann soll knapp einem Nervenzusammenbruch entkommen sein. Ich weiß, was ich sage, ich habe Drogen recherchiert.«

»Bist du dafür, Haschisch zu legalisieren?«

»Ja. Und sofort bitte. Die Erwachsenen machen sich doch lächerlich. Handel verboten, Konsum erlaubt. Hast du dreißig Gramm bei dir, bist du nur kriminell, wenn der Stoff über 7,5 Gramm THC enthält. Und das entschied das oberste der in dieser Sache zuständigen Bundesgerichte. Haben die bei der Urteilsfindung gekifft? Wenn du Zeug von saumäßiger Qualität bei dir hast, darfst du wahrscheinlich einen halben Zentner im Handschuhfach transportieren und bleibst ein anständiges Mitglied der Gesellschaft. Mich ärgert, daß Erwachsene die Jugend so wenig ernstnehmen, mich ärgert, daß diese Erwachsenen so dämlich sind, sich ständig zu blamieren, und im gleichen Atemzug für sich in Anspruch nehmen wollen, respektiert zu werden.«

»Ich wußte gar nicht, daß du zum Prediger taugst.« Er grinste.

»Ach, Scheiße!« sagte ich.

Wir rollten mittlerweile zwischen Wiesbaum und Birgel die schmale Straße entlang, und das Land lag in schweigsamer Pracht unter der weißen Decke. Ich ärgerte mich über meine Redseligkeit mit Zeigefinger, ich war nicht einverstanden mit Leuten, die so tun, als könnten sie der Nation etwas beibringen, als wüßten sie alles besser.

»Entschuldige«, murmelte ich.

»Schon gut«, erwiderte Rodenstock. »Du hast ja recht. Glaubst du, wir bekommen heraus, was Ole und Betty Heilig Abend gemacht haben?«

»Schwierig wird's auf jeden Fall. Vor allem deshalb, weil diese jungen Leute ständig mit dem Auto unterwegs sind. Und sie sind verdammt schnell unterwegs, zudem ist die Reihenfolge der Punkte, die sie anfahren, niemals logisch. Wir müssen so schnell wie möglich an Freunde von ihnen heran.«

»Kennst du welche?«

»Nein.« Ich erreichte die Kreuzung an der B 421 und mußte eine Weile warten, weil zwei Fahrer funkelnagelneuer PKW ausprobiert hatten, welches Fahrzeug die härtere Schnauze besaß. Sie standen da im Nieselschnee und schrien sich an. Der eine von ihnen trug Pantoffeln und etwas, das ich eindeutig eine lange Unterhose nennen würde. So ist die Eifel, so ist das Leben hier.

Als wir dicht an ihnen vorbeirollten, schrie die Unterhose gerade mit vor Zorn hochrotem Gesicht: »Du bissene Lappes, bis du!«

»Hatte dieser Ole einen Beruf? Und Betty?«

»Ich weiß es nicht, Rodenstock. Ich weiß eigentlich noch gar nichts.«

Als wir im Eingangsbereich von Jünkerath waren, hielt ich an und zeigte auf die verbrannte Scheune jenseits des Kylltals. »Links davon ist der Hof der Eltern, also Schappis Zuhause.«

»Wenn jemand zu Ole und Betty in die Scheune wollte, mußte er also über den Hof des Vaters?«

»Nicht unbedingt. Ich habe es noch nicht nachgeprüft, aber der Kleine hat gesagt, daß Ole und sein Vater nicht gerade in biblischer Friedfertigkeit miteinander lebten. Die Jungs, die ihren Vater nicht mögen, haben immer einen zweiten Weg. Wahrscheinlich kommt ein Waldweg von hinten an die Scheune heran, oder es gibt einen Wiesenweg von der anderen Seite durch das Tal. Wir werden sehen.«

Die Brandstelle qualmte noch, der rieselnde Schnee hatte das Feuer nicht ganz löschen können.

»Hast du ein Fernglas?«

»Na, sicher«, sagte ich und kramte das Glas aus dem Handschuhfach.

Rodenstock nahm es und richtete es auf die verbrannte Scheune ein. »Da sind zwei Männer«, murmelte er dann. »Sie nehmen Proben. Vielleicht ist es besser, wir lassen uns jetzt nicht sehen. Sie müssen ja nicht wissen, daß wir mitspielen wollen.«

»Dann laß uns die Schleichwege des Ole suchen.«

Ich quälte mich also durch die Längsachse Jünkeraths, die seit Jahren in einem gleichmäßig saumäßigen Zustand glänzt. Wir bogen nach Esch ab, querten die Eisenbahnlinie auf der Überführung und hielten uns rechts. Ich machte den Fremdenführer: »Dort ist das Gelände der Eisenbahnfreunde Jünkerath, dann folgt Mannesmann. Übrigens ist dies eine Gegend Deutschlands, in der seit mehr als zweitausend Jahren Eisen verhüttet wird. Es gibt hier ein Museum, in dem uralte Takenplatten gezeigt werden und äußerst kunstvolle Gußöfen, die du heute nicht mehr bezahlen könntest.«

Offensichtlich hatte Rodenstock kein Wort verstehen wollen, denn er fragte versunken: »Glaubst du, daß die beiden eine Bedrohung wahrgenommen haben?«

»Das ist unwahrscheinlich. Nichts wäre einfacher gewesen, als schlicht ein paar Tage zu verschwinden. Hier geht die Straße nach Feusdorf hoch, hier ist der Punkt, wo der Weg zum Birkenhof abzweigt. Ich fahre also den Berg hoch, und du bist so gut und achtest auf einen möglichen Waldweg.«

Zweihundert Meter weiter mündete einer. Ich hielt kurz und schaltete den Allradantrieb ein. Es ging in einem weit geschwungenen Bogen durch dichtes Tannengehölz, dann kam in einer engen Kehre der Übergang zu Birken- und Erlenbestand. Die Biegungen waren scharf, die Räder zogen eine schmierige, tiefe Spur durch den Matsch. Ganz unvermittelt tauchte links von uns die Brandstelle auf.

»Das wäre Nummer eins«, sagte ich. »Hierfür braucht man aber einen Jeep. Es muß also noch eine Nummer zwei geben.« Ich drehte und lenkte den Wagen bergauf. Sehr versteckt war dort eine weitere Abbiegung. Dieser Weg war wesentlich besser ausgebaut und härter aufgefüllt, und es machte nicht die geringsten Schwierigkeiten, in weniger als drei Minuten unten im Tal anzukommen. Die Reste der Scheune lagen jetzt rechts von uns in etwa einhundert Metern Entfernung.

»Das hätte mich auch gewundert«, meinte ich. »Also konnte niemand im Haupthaus kontrollieren, wann Ole und Betty in ihrer Scheune waren und wann nicht.«

»Wie muß ich mir das eigentlich vorstellen?« fragte Rodenstock pingelig. »Sie können doch nicht so einfach in einer Scheune gehaust haben, zwischen Bretterwänden, durch die der Wind pfiff.«

»Ich weiß nicht, wie sie das technisch gelöst haben.«

»Laß uns hier verschwinden«, sagte er. »Vielleicht können wir irgendwo einen Kaffee kaufen.«

»Kaffee um diese Zeit am zweiten Weihnachtstag gibt es nicht«, beschied ich ihn. Ich drehte, und wir verschwanden wieder im Schutz des Waldes. »Ich zeige dir jetzt was typisch Eiflerisches.«

Ich fuhr nicht nach Jünkerath zurück, sondern nach Feusdorf die Steigung hoch. Hier lag der Schnee doppelt so hoch wie unten im Kylltal. Oben bog ich links nach Esch ein, dann ging's wieder scharf nach rechts, wo wir die schmale Straße zurück nach Jünkerath erreichten. Es war ein Traumweg. Links und rechts Hochwald, links und rechts von schwerem Schnee behängte Weißtannen, eine Traumlandschaft. Ich fuhr in die Mündung eines Waldweges, hielt an und stopfte mir die *Silke Brun von Stanwell*, die Dinah mir geschenkt hatte und auf die ich so stolz war.

»Das ist etwas für das romantische deutsche Herz«, sagte ich.

Rodenstock sagte nichts, nickte nur und sah starr geradeaus.

Ich merkte erst nach einer Weile, daß ich einen Fehler gemacht haben mußte, denn er schneuzte sich plötzlich geräuschvoll und wischte sich über die Augen. »Weihnachten ist eben große Scheiße«, sagte er.

Wir standen eine halbe Stunde dort, und niemand kam vorbei.

»Laß uns fahren«, meinte er endlich mit belegter Stimme. »Wir werden auch das kaputtkriegen, wir Menschen kriegen alles kaputt.«

Wir fuhren hinunter nach Jünkerath und ließen uns beim Türken ein Gläschen Tee geben. Sonderlich überraschend war das nicht, daß der Laden auf hatte. Er war so etwas wie der Marktplatz der Türken, lebensnotwendiger Treffpunkt, Mittelpunkt einer kleinen, höchst lebendigen Gemeinschaft. Überdies, so versicherten sämtliche Hausfrauen, bot das Geschäft das beste Gemüse an.

Der Tee war rabenschwarz und gut.

Wenig später versuchten wir es erneut über den Wiesenweg. Die Brandexperten waren verschwunden. Wir ließen den Wagen im Wald stehen und gingen die wenigen Meter zu Fuß.

Rodenstock blieb vor dem Chaos der Zerstörung stehen und rührte sich nicht. Ich wußte, daß er allen Tatorten in seinem Leben so begegnet war: stumm und mit höchster Konzentration. Wahrscheinlich sah er auf diese Weise mehr als alle anderen, die neugierig und hektisch den Ort des Geschehens zehnmal umrundeten. Jemand hatte mal von Rodenstock gesagt: »Er war der stillste Leiter einer Mordkommission, den man sich vorstellen konnte. Aber deswegen war er auch der beste.«

»Was siehst du?« fragte ich nach einer Weile.

»Technisch geschickt gemacht«, murmelte er. »Sie haben sich in der Scheune eine fast perfekte Zwei-Zimmer-Wohnung mit Bad und Küche gebaut. Hatte Ole Ahnung vom Bauen?«

»Wahrscheinlich. Alle Bauern haben Ahnung, und alle Bauern bauen alles selbst. Und sie können auch alles. Ole hatte wahrscheinlich Kumpel genug, die ihm geholfen haben.«

»Die Unterkunft hatte nur einen Nachteil«, sagte er und bewegte sich immer noch nicht. »Sie hatten keine Fenster. Aber sie wollten wahrscheinlich keine Fenster, sie wollten ihre kleine Welt mit niemandem teilen, und sie wollten die Welt auch nicht sehen. Sieh mal, die Öfen da. Holz hatten sie genug, sie hatten es immer warm. Hast du eigentlich diesen Arzt, diesen Peuster gefragt, ob Betty schwanger war?«

»Nein. Wie kommst du darauf?«

»Ich denke mir, daß diese etwas ungewöhnliche Behausung so etwas wie eine wunderbare Höhle war, in der sie sich verbargen und sich liebten. Aber wahrscheinlich denke ich zu romantisch, oder?«

»Kann sein. Wir werden es aber erfahren, denke ich. Deine Höhlentheorie klingt gut.«

Wir standen am Rand des tiefschwarzen riesigen Flecks, der einmal die Wohnung von Ole und Betty gewesen war.

»Wer, um Gottes willen«, fragte Rodenstock leise, »gibt sich die Mühe, solch junge harmlose Leute auf diese Weise zu töten?«

»Ein Irrer vielleicht«, versuchte ich zaghaft.

Er schüttelte den Kopf. »Nein. Viel zu aufwendig für einen Irren. Erst töten, dann Heroin spritzen, dann verbrennen. Jeder, wirklich jeder, der ein wenig Ahnung hat, wird wissen, daß Heroin nachweisbar ist und der Eintritt des Todes vor dem Brand auch. Nein, nein. Trotzdem muß die sehr komplexe Tat eine Bedeutung haben. Vielleicht sollte jemand gewarnt werden, vielleicht will der Täter ein Zeichen geben.«

»Vielleicht, vielleicht, vielleicht ...«

Hinter uns fragte plötzlich eine helle Stimme: »Entschuldigung, sind Sie von der Polizei?«

Wie aus einem Mund antworteten wir beide: »Nein«, und drehten uns um.

Es war eine junge Frau, vielleicht 25 Jahre alt. Sie trug einen Rollkragenpullover und darüber eine dicke weiße Wolljacke. Dazu Jeans und Snowboots. Auf dem Kopf hatte sie eine feuerrote Nikolausmütze, wie sie in diesem Jahr plötzlich Mode geworden war. Sie fror trotzdem, sie hatte eine rote Nase und ihre Stimme kam zittrig. Sie stand da und wußte nicht weiter, wahrscheinlich hatte sie fest damit gerechnet, daß wir Polizeibeamte waren.

»Ich war nachts an der Brandstelle«, sagte ich behutsam. »Ich war hier, als das passierte. Es hat mich sehr mitgenommen. Deshalb sind wir hier. Kannten Sie Ole und Betty?«

Sie nickte.

»Sind Sie mit ihr zur Schule gegangen?« fragte Rodenstock unschuldig.

»Ja, klar. Erst sind wir zusammen zur Grundschule, dann später zum Gymnasium, noch später zur Berufsschule, als wir Lehrlinge waren. Wir haben im gleichen Betrieb gelernt.

»Ich wußte gar nicht, daß Betty einen Beruf gelernt hatte«, meinte Rodenstock.

»Oh doch«, sagte sie. »Wir haben beide Friseuse gelernt. Aber sie hat die Lehre geschmissen, sie wollte nicht mehr. Und Ole wollte auch nicht, daß sie arbeitet. Er sagte immer, Arbeit wäre die blödeste Tätigkeit, die man sich aussuchen könnte.« Sie kicherte einen Hauch lang. »Er war schon ein Verrückter.«

»Was hatten die beiden denn vor?« fragte Rodenstock.

»Deswegen bin ich eigentlich hier.« Sie suchte umständlich in ihren Hosentaschen, kramte dann zerknüllte Papiertaschentücher heraus und schneuzte sich lautstark die Nase. »Ich mußte einfach hierherkommen, ich kann immer noch nicht glauben, daß sie verbrannt sind. Na ja, jetzt ist sowieso alles zu spät ...«

»Sie müßten sich an die Polizei wenden, wenn Sie etwas wissen«, riet Rodenstock beinahe gemütlich.

»Oh, das tue ich nicht«, entgegnete sie lebhaft. »Bestimmt nicht. Hinterher steht mein Name in der Zeitung, und ich kriege nichts als Schwierigkeiten. Nein, auf keinen Fall, das tue ich nicht. Außerdem ist das alles vielleicht doch nicht so wichtig, und die Polizei wird es sowieso erfahren.«

»Gab es Probleme bei den beiden?« fragte Rodenstock gefährlich freundlich.

»Nein, das denn nicht«, sagte sie versonnen. »Es geht ja niemanden was an, aber eigentlich sollten sie heute von Frankfurt aus nach Kanada fliegen. Sie wollten erst mal mit einem Drei-Monats-Visum zu alten Freunden aus der Eifel, die irgendwo bei Montreal leben. Dann wollten sie sich umsehen und sich Arbeit besorgen. Die waren schon seit Wochen selig, sie waren gar nicht mehr von dieser Welt, sie wollten es in Kanada packen.«

»Ach, du lieber Gott«, meinte Rodenstock betroffen, »das ist ja richtig tragisch. Wußten denn Oles Eltern davon?«

»Die hatten keine Ahnung«, erwiderte sie ohne sonderliches Interesse. »Ich glaube, bis auf ein paar Bekannte wußte niemand, daß sie abhauen wollten. Sagen Sie mal, sind Sie nicht der Journalist, der für solche Magazine schreibt?«

»Der bin ich«, nickte ich. »Wie heißen Sie denn?«

»Prümmer, Gerlinde Prümmer«, sagte sie. »Wollen Sie darüber berichten?«

»Das weiß ich nicht, das wird sich herausstellen.«

»Ich heiße Rodenstock«, stellte sich Rodenstock vor.

Eine Weile schwiegen wir.

»Waren Sie mal in dieser Wohnung?« fragte Rodenstock dann.

»Na sicher. Ich kam hier immer her, wenn Betty die Haare geschnitten haben wollte. Ich war ihre Friseuse, und sie erzählte mir, was alles so los war.«

»Besteht die Möglichkeit, daß die beiden jemals Heroin gedrückt haben?« fragte ich.

Gerlinde Prümmer bekam große Augen. »Heroin? Niemals. Betty hat gesagt, wenn sie Heroin spritzt, kann sie ein Baby vergessen. Und sie wollte immer ein Baby mit Ole haben. Sie hat gesagt: In Kanada wird das was!«

»Ich habe eine etwas verrückte Frage«, sagte ich. »Ich weiß auch gar nicht, ob die Frage Sinn macht. In der Nacht, als es brannte, hat der kleine Schappi mich angerufen. Ich bin sofort hierher gefahren. Natürlich habe ich kurz mit Schappi geredet, aber der war so ... so voller Trauer, daß es unmöglich war ...«

Sie unterbrach mich. »Schappi war Bettys Liebling. Und Betty und Ole waren Schappis Lieblinge. Ich denke die ganze Zeit, seit ich es gehört habe, darüber nach, was das Kind jetzt tut. Der muß verrückt werden. Er hat von morgens bis abends nur von Ole und Betty geredet.«

»Es ist sicher keine faire Frage«, begann ich vorsichtig, »aber Schappi hat gesagt, sein Vater will jemanden totschlagen. Ist so etwas wörtlich zu nehmen?«

Sie überlegte. »Hm, der Vater, also Herr Mehren, ist schon ... also ziemlich brutal. Ole ist oft geschlagen worden. Das hörte erst auf, nachdem er einmal seinen Vater verprügelt hat. Das muß so vor zwei, drei Jahren passiert sein. Aber nicht, daß Sie darüber schreiben und sagen, sie hätten das von mir.«

»Keinesfalls«, beruhigte ich. »Hat Herr Mehren auch Schappi geschlagen?«

Sie nickte. »Jedenfalls solange, bis Ole gedroht hat, wenn er das nochmal tut, geht er nicht nur zum Jugendamt, sondern auch zum Staatsanwalt.« Gerlinde Prümmer starrte auf ihre Stiefel im Schnee.

»Wo wohnen Sie denn?« fragte ich. »Haben Sie Telefon? Sind Sie damit einverstanden, daß ich Sie eventuell anrufe und Ihnen weitere Fragen stelle? Ich meine, es könnten noch welche auftauchen. Und ich garantiere Ihnen, daß niemand wissen wird, daß ich Sie überhaupt kenne.«

Es war zu sehen, daß sie jetzt in Verlegenheit war. Sie druckste herum. »Meinem ..., also meinem Mann wäre das gar nicht recht. Wenn er das weiß, dann verbietet er mir, aus dem Haus zu gehen. Kann ich Sie nicht anrufen?«

»Natürlich.« Ich fummelte eine Visitenkarte aus der Lederweste und gab sie ihr. »Ich werde Sie nicht anrufen«, versprach ich. »Aber können Sie sich in den nächsten Tagen bei mir melden?«

»Ich muß übermorgen zu meinen Eltern«, nickte sie. »Das ginge.«

»Dann bleibt nur eine Frage noch«, Rodenstock nuschelte ein wenig. »Mein Freund Baumeister hat mit Schappi gesprochen, und der erwähnte etwas von einem Holländer. Kennen Sie einen Holländer?«

»Ja, sicher. Damit meint er bestimmt den Jörn van Straaten. Das ist ein Bekannter von Betty und Ole. Schon seit Jahren kennen die sich. Er ist schon etwas älter, so fünfzig würde ich mal schätzen. Der war manchmal hier bei denen. Und sie hatten immer viel Spaß. Betty hat mir gesagt, der Mann wäre ohne Familie und sehr einsam. Komisch, jetzt fällt mir auf, daß sie niemals erwähnte, wo sie den kennenlernt hat. Aber vielleicht war er ja auch ein Bekannter von Ole.«

»Und Oles Vater hat den Holländer nicht gemocht?«

»Das weiß ich nicht«, sagte sie nach kurzem Nachdenken. »Aber Oles Vater mochte sowieso niemanden, der hier zu Ole und Betty in die Scheune kam.«

»Wieso?«

»Weil Schappi meinte, sein Vater würde wahrscheinlich auch den Holländer totschlagen«, erklärte ich.

»Wenn er betrunken ist, will er die ganze Welt totschlagen«, sagte sie. »Egal, ob Kirmes ist oder Feuerwehrfest oder Disko, wenn er getrunken hatte, will er die ganze Welt totschlagen. Also, wenn Sie mich fragen, ist er ein ... ja, ein widerlicher Kerl.«

»Noch etwas«, bat Rodenstock. »Alle Welt hält es für normal und selbstverständlich, daß Ole und Betty kifften und das Haschisch auch verkauften. War Ole in Sachen Drogen dann schon vorbestraft?«

»Nein.« Sie schüttelte den Kopf. »Ich weiß, daß im letzten Sommer was lief, Betty hatte furchtbare Angst. Sie sagte: Wenn du in den Knast mußt, kann ich aus der Scheune ausziehen, weil dein Vater mich mit der Pferdepeitsche vom Hof prügelt. Das klingt ziemlich furchtbar, aber ich glaube, sie hatte recht. Das traue ich dem Mehren zu. Jedenfalls passierte dann gar nichts. Seine, also ich meine, Oles Verhandlung war angesetzt. In Wittlich. Aber dann kam zwei Tage vorher ein Schreiben vom Gericht, daß sie die Anklage fallenlassen. Weshalb sie das taten, stand nicht drin. Betty sagte immer wieder: Es ist ein Wunder geschehen, es ist ein Wunder geschehen.«

»Weshalb sollte er denn vor Gericht?« fragte Rodenstock.

»Wegen LSD hat Betty gesagt. Wegen fünfzig Portionen LSD.«

»Fünfzig Portionen?« Meine Stimme klang sehr schrill.

»Wir danken Ihnen sehr«, sagte Rodenstock schnell und reichte ihr die Hand.

»Aber bitte nichts sagen«, bat sie.

»Kein Wort«, versprach ich erneut.

Gerlinde Prümmer stapfte davon, sie nahm den Waldweg, auf dem wir gekommen waren.

»Ich sehe, wie deine Maschine da oben drin rattert«, sagte Rodenstock leise. »Denkst du an die fünfzig Portionen LSD?«

Ich nickte. »LSD ist ziemlich gefährlich, kann sofort zur Psychose führen, ist das letzte Scheißzeug und völlig unberechenbar. Wenn er mit 50 Portionen erwischt worden ist, bedeutete das todsicher Knast. Es bedeutete langen Knast. Und plötzlich wird das Verfahren eingestellt. Was soll das?«

»Ole hat zu Schniefke gesagt, die Bullen hätten andere Probleme, als ihm Angst zu machen. Was kann das bedeuten? Kanada paßt irgendwie. Die beiden sahen hier keine Chance. – Ich habe Kontakt zur kanadischen Botschaft«, knurrte Rodenstock. »Laß uns fahren, wir müssen telefonieren.«

»Mir fällt gerade ein, daß wir nicht einmal den Familiennamen von Betty kennen«, stellte ich verblüfft fest.

Wir fuhren heim und kamen gerade rechtzeitig, um zu verhindern, daß Paul den Eisschrank ausräumte. Entweder hatten wir vergessen, das Möbel zu schließen, oder er hatte es selbst geöffnet. Jedenfalls stand es sperrangelweit auf, und man sah Paul an, wie er intensiv überlegte, was er als erstes genußvoll zwischen die Zähne nehmen sollte.

Während Rodenstock telefonierte, schleppte ich Kohlen und Holz für den Kaminofen und heizte kräftig ein. Mittlerweile lag der Schnee gute dreißig Zentimeter hoch, und der Wetterbericht meldete, daß die Kälte in den nächsten Tagen halten würde. Das ist das Phantastische an der Eifel: es gibt noch richtige Jahreszeiten.

Rodenstock gab Auskunft: »Es ist richtig. Sie hatten sich Visa besorgt. Ein Visum für den Besuch bei alten Freunden. Betty heißt übrigens Sandner.«

»Fällt das nicht unter Datenschutz?«

»Du lieber Himmel«, seufzte er. »Wenn ich den Datenschutz ernst nehme, fange ich niemals einen Mörder. Ich habe einen Bekannten bei den Kanadiern, der Zugang zu den Computern hat. Er war so freundlich nachzusehen. Und ich wäre so freundlich, für ihn nachzusehen, wenn ich Herr des Computers wäre. Datenschutz ist ein phantastischer Bluff für Otto Normalverbraucher. Ich kenne kaum einen Kriminalbeamten, der nicht zwei- bis zwanzigmal im Monat gegen den Datenschutz verstoßen muß, weil sonst jeder Erfolg doppelt und dreifach so lange auf sich warten lassen würde. Ich dachte, du wüßtest das.«

»Ich weiß es ja auch. Aber manchmal hoffe ich eben, daß es nicht so ist«, erwiderte ich.

»Du bist ein Träumer«, seufzte er.

»Zu Befehl«, grinste ich.

»Nach Schniefkes Schilderung«, überlegte Rodenstock, »waren Ole und Betty am Mittag des Heiligen Abend sehr gut drauf. Sie haben offenbar von der Gefahr nichts geahnt. Nach Schniefkes Schilderung waren sie sogar übermütig. Wahrscheinlich wegen des bevorstehenden Fluges nach Kanada. Wie können wir erfahren, wohin sie gefahren sind, nachdem sie die halben Hähnchen verlassen haben? Wer könnte das wissen?«

Ich gab keine Antwort, weil ich keine hatte.

»Wir müssen schnellstens herausfinden, wer außer dieser kleinen Friseuse noch weitere Kenntnisse über unser Pärchen hat. Eigentlich hätten wir die Friseuse danach fragen müssen, war aber nicht möglich, weil wir sie sonst konfus geredet hätten. Merke dir: Geh vorsichtig mit wichtigen Zeugen um. Sie sind eine Kerze, die an beiden Enden brennt.«

»Noch so ein Spruch, und du hast eine Woche frei«, unterbrach ich.

»Ruf dein Mädchen an«, befahl er. »Ihr Herz wird warten.«

»Für den Spruch zahlst du einen Hunderter Bußgeld«, lachte ich. Aber ich konnte Dinah nicht anrufen, weil das Telefon vorher klingelte.

Es war der Arzt Tilman Peuster. »Tach auch.«

»Guten Tag. Was gibt es? Hat man den beiden zur Sicherheit vielleicht noch Strychnin eingeflößt?«

»Das ist es nicht«, murmelte er. »Man, also ich meine, die Polizei hat einen Mörder.«

»Das gibt es nicht«, rief ich. Etwas nahm mir die Luft.

»Doch, doch«, sagte er. »Es ist, vorsichtig ausgedrückt, ein ausländischer Mitbürger. Aber ich will Sie nicht unnötig raten lassen. Die Fahnder der Polizei sind auf einen Türken gestoßen, der mit Ole einen Heidenkrach gehabt hat. Der Türke soll behauptet haben, Ole hätte seinem Sohn Haschisch verkauft. Privat sage ich Ihnen, das kann durchaus sein. Aber jetzt kommt's: Vor dem Haus, in dem der Türke wohnt, ist es vor vier Tagen zu einem wüsten, lauten Streit gekommen. Dabei muß der Türke geschrien haben: Du Schwein müßtest für diese Sache mit meinem Sohn brennen, jawohl brennen! Jetzt haben sie den Mann zum Verhör nach Wittlich geschafft und verbreiten stolz die Meldung, sie hätten den Täter wahrscheinlich ...«

»Und Sie glauben natürlich kein Wort davon«, stellte ich fest. »Noch etwas: Wußten Sie, daß die beiden nach Kanada fliegen wollten?«

»Ja«, antwortete er einfach. »Ich wußte das. Und an den türkischen Vater als Doppelmörder glaube ich nicht. Zu dem Zeitpunkt, als die beiden umgebracht worden sind, also am Nachmittag des Heiligen Abend, war der Mann bei mir, und ich habe seinen Hintern mit einem Messer attackiert. Er hatte ein Furunkel und konnte nicht mehr sitzen. Anschließend konnte er erst recht nicht mehr sitzen. Er lag in meiner Praxis auf dem Bauch auf einer Liege und hatte sich eine türkische Tageszeitung mitgebracht. Und weil ich Dienst hatte, Junggeselle bin, nichts von Weihnachten halte und überhaupt, habe ich mit ihm geschwätzt. Mindestens bis neun Uhr abends. Außerdem ist der Mann zwar sehr temperamentvoll und aufbrausend, aber viel zu klug, um Ole und Betty etwas anzutun.«

»Was wollen Sie jetzt tun?«

»Ich rufe jetzt die Polizei an«, sagte er ruhig. »Ich dachte, Sie sollten das wissen. Die Festnahme zeigt diese Mordkommission nicht gerade im strahlenden Glanz.«

»Die Information ist Gold wert«, gab ich zu. »Danke.«

Ich erzählte Rodenstock, was Peuster berichtet hatte, und wiederum war es so, als höre er mir nicht zu, weil etwas anderes ihn fesselte. Er drehte sich zu mir und sagte langsam. »Wenn Ole und Betty die Gegend hier mit Stoffen versorgt haben, dann müssen sie doch aus so etwas wie Nachfolger haben. Also Leute, die für sie einspringen, wenn sie selbst aus irgendeinem Grund ausfallen. Wir müssen also herausfinden, bei wem sich Drogenkonsumenten melden, wenn sie etwas haben wollen – heute! Dealer achten immer scharf darauf, daß das Geschäft problemlos läuft. Die beiden wollten auswandern. Frage: Wem haben sie ihr Geschäft vererbt?«

»Man könnte glatt zu der Meinung kommen, du würdest als Kriminalist was taugen«, sagte ich. »Wir sollten versuchen, an Mario heranzukommen. Mario ist klug, Mario weiß alles, und Mario hat alles an Drogen probiert, was es hierzulande gibt.«

»Wie alt ist denn dieser Wunderknabe?«

»Sechzehn, glaube ich. Er hat es mal fertiggebracht, einen Doppelschluck LSD einzuschmeißen. Und das mitten in Daun vor der Post. Er behauptet seitdem, einen unfehlbaren Einblick in die Psyche der Ureinwohner zu haben. Die Telefonnummer, habe ich die Telefonnummer? Ich habe sie.«

»Wenn er sechzehn ist, taugt er möglicherweise nur bedingt als Zeuge«, murmelte Rodenstock skeptisch.

»Heh«, widersprach ich, »du bist pensioniert, du bist jetzt Amateur.«

Er lächelte flüchtig: »As time goes by.«

Mario wohnte in einem Flecken namens Niederstadtfeld, wo immer das war. Sein Vater meldete sich mit einem gestreßten bulligen: »Ja, bitte?«

»Baumeister hier. Kann ich Mario sprechen?«

»Ich habe keine Ahnung, wo der sich jetzt rumtreibt«, muffelte er.

»Ist er denn zu Hause?«

»Müßte eigentlich. Aber ich weiß sowieso nie, was hier läuft. Ich schreie mal, Moment.«

Ich hörte ihn laut und deutlich rufen. Dann war er wieder am Hörer: »Der Flappmann kommt gleich.«

»Wieso Flappmann?«

»Weil er dauernd Ameisen im Hirn hat«, stöhnte der gequälte Erzeuger. »Jetzt will er ein Apartment in Gerolstein. Und raten Sie mal, wer ihm das finanzieren soll?«

Dann war Mario am Telefon: »Eh, hallo, Baumeister, gut. Was willste denn?«

»Ich muß mit dir sprechen, wenn es geht.«

»Na sicher. Wann und wo?«

»Wie wäre es, wenn ich jetzt vorbeikomme und dich aufsammle.«

»Ja, eh, ist gut, Mann. Komm vorbei. Bis gleich.«

»Er redet immer wie im Kino«, teilte ich Rodenstock mit. »Aber er ist ein Seelchen, ein richtig netter Kerl.«

»Und was schluckt er zur Zeit?«

»Das weiß ich nicht. Aber wenn er versöhnlich gestimmt ist, wird er uns das sagen.«

»Was macht der Vater?«

»Der hat einen leitenden Posten beim Finanzamt.«

Ich fuhr über Walsdorf bis Dreis und rollte dann gemächlich durch die schöne verschneite Waldstrecke nach Rengen. Der Himmel war an manchen Stellen blau, es war minus fünf Grad, und überall standen holländische, belgische und deutsche PKW in den Mündungen der Waldwege. Ihre Besitzer waren auf und davon in die winterliche Pracht.

»Hey«, sagte Mario erfreut, als er in den Wagen stieg. »Das ist ja richtig super, dann brauche ich keinen Truthahn zu essen.« Dann sah er Rodenstock und zögerte.

»Das ist mein Freund«, erklärte ich. »Ein Ex-Bulle, damit gleich klar ist, um was es geht. Du hast doch nichts dagegen?«

»Warum soll ich was dagegen haben?« fragte er. »Ex-Bulle ist doch gut. Die ohne Ex machen einem Streß, das sind die doofen.«

»Wie nett«, seufzte Rodenstock und schaute in den Autohimmel.

Ich gab Gas. »Es ist so, daß wir uns in aller Ruhe mit dir über Drogen unterhalten wollen, nachdem das mit Ole und Betty passiert ist.«

Mario hockte hinter uns, hatte sich genau in die Mitte gesetzt, so daß ich sein Kindgesicht im Spiegel hatte. »Weißt du schon, daß die schon tot waren, als das Feuer ausbrach? Und daß die angeblich Heroin drinhatten?«

»Sicher wissen wir das. Woher hast du es?«

»Das geht so rum.«

Ich wußte genau, daß es bei dieser Antwort keinen Sinn machte, weiter zu fragen. Er würde nicht mehr erzählen, und er würde niemals jemanden preisgeben.

»Baumeister ist der Meinung, daß wir dir vertrauen können«, setzte Rodenstock an. »Zuerst wurden die beiden umgebracht, dann spritzte jemand Heroin in sie hinein, und zum Schluß zündete jemand die Bude an.«

»In dieser Reihenfolge?« fragte er mit ganz schmalen Augen.

»In dieser Reihenfolge«, bestätigte Rodenstock.

»Und das ist kein Gequatsche, Mann?«

»Kein Gequatsche«, sagte Rodenstock. »Wir haben erfahren, daß die beiden mittags in Daun an der Hähnchenstation den Schniefke getroffen haben. Wir wissen aber nicht, wo sie getötet wurden und wann. Wir müssen also den Heiligen Abend rekonstruieren.«

»Das sehe ich ein«, nickte er ernsthaft. »Oles Vater muß ein Schwein sein.«

»Das hörten wir auch«, erwiderte ich. »Aber hier in der Eifel laufen verdammt viel Gerüchte, und für viele Gerüchte gibt es keine Beweise. Sag mal, Ole und Betty haben doch gedealt, das können wir als gegeben voraussetzen. Hast du eine ungefähre Ahnung, wieviel sie im Monat umgesetzt haben?«

»Im Monat? Wozu braucht ihr das?«

Vorsichtig, Baumeister, heißes Pflaster. »Wir brauchen es, weil wir die Szene verstehen wollen, weil wir uns einen Überblick verschaffen müssen. Es kann sein, daß sie aus Drogengründen getötet wurden. Es kann aber auch sein, daß das Motiv ganz woanders liegt. Also, wie hoch schätzt du ihren Umsatz?«

»Ich habe mit Ole geredet. Auch über Umsätze. Er setzte pro Woche zuletzt an die zehntausend um. Eh, Mann, ich weiß, das glaubst du nicht, aber es war so, es war wirklich so.«

Eine Weile herrschte Schweigen, und ich bog von Oberstadtfeld auf Neroth zu, um am Scharteberg vorbei auf Kirchweiler zuzufahren.

»Was blieb denn dabei für ihn übrig?«

»Ungefähr ein Viertel, also im Monat um die Zehntausend, sagte er.«

Ich hatte plötzlich eine Idee. »Sag mal, als du erfahren hast, daß die beiden ermordet worden sind, was war dein erster Gedanke?«

»Sowas wie: das darf doch gar nicht wahr sein. Sie wollten ja heute eigentlich nach Kanada. Sie wollten Freunde besuchen, die da drüben leben und die vorher in Stadtkyll gelebt haben. Ole hat gesagt, wenn alles glatt läuft, bleiben sie in Kanada. Ich weiß nicht, ob ...«

»Wir wissen das selbstverständlich«, nickte Rodenstock. »Wenn ich dich also richtig verstehe, dann hat Ole dir angeboten, das Geschäft zu übernehmen. Stimmt's?«

Es war still. Der Sendeturm auf der rechten Seite ragte majestätisch in ein blaues Himmelsloch. Jemand hatte eine Kurve zu eng genommen und war im Straßengraben gelandet. Er hatte das Auto einfach stehengelassen. Links brach ein Eichelhäher aus einer Krüppeleiche, und ein Fischreiher querte mit mächtigen Schwingen die Straße.

»Es ist so, Mario«, sagte ich und sah ihn im Spiegel an. »Wir werden alles herausfinden, was wir herausfinden müssen, um diese Schweine zu erwischen. Du kannst uns die Sache vereinfachen, du kannst einfach beschließen, uns zu helfen.«

»Bringt das was?«

»Selbstverständlich. An was hast du gedacht?«

»Ich hab ja Ferien, Mann. Können wir einen Tagessatz ausmachen? Ich will nämlich auch wissen, welches Schwein das war. Mensch, eh, das mußt du dir mal vorstellen: Da haben die endlich einen Weg nach Kanada, da haben die ein Visum, da haben die eisern Geld gespart und die Tickets gekauft, da freuen die sich ein Bein ab. Und dann das.«

Da hockte er und konnte das Leben in all seiner Ungerechtigkeit nicht begreifen. In jedem Ohr eine silberne Sicherheitsnadel von gewaltigen Ausmaßen, in jedem Nasenflügel einen beachtlichen Brillanten, an den Zeigefingern der linken und rechten Hand je einen silbernen

Totenkopfring mit kleinen grünen Steinen als Augen. Er trug einen geradezu sagenhaft dreckigen Pullover und eine tarnfarbene Hose aus Bundeswehrbeständen. Er war ein einziger, schmaler, energischer Protest gegen diese Erwachsenenwelt, und sein blaugefärbter Hahnenkamm wirkte wie eine Flamme der Verachtung.

»Du schuldest mir eine Antwort«, mahnte ich.

Ich kam auf der kleinen Kreuzung an und bog nach links ab auf Gerolstein zu. Er hockte zwischen uns, und seine Augen waren ganz weit weg. »Ich habe es nicht glauben wollen«, sagte er.

Also eine andere Fährte, dachte ich. »Kennst du diesen Holländer, diesen Jörn van Straaten?«

»Klar, jedenfalls dem Namen nach. Persönlich nicht. Muß aber eine tolle Type sein, hat Betty immer gesagt. Sind die vollständig verbrannt?«

»Na ja, nicht ganz«, gab ich Auskunft. »Der Rest reichte für die Gerichtsmedizin. Woher kommt denn dieser Holländer? Amsterdam, Utrecht, Eindhoven oder woher?«

»Aus s'Hertogenbosch«, teilte Mario mit. »Ole und Betty waren ein paar Mal da. Sie hatten immer viel Spaß.«

»Ist dieser van Straaten ein älterer Mann, der sich langweilt?« fragte Rodenstock sanft.

»Wenn ich das richtig verstanden habe, ja. Aber, wie gesagt, ich kenne den Mann nicht.«

»Wer hat Ole und Betty beliefert?« fragte ich.

»Verschiedene Leute. Für Haschisch gibt es eben andere als für Ecstasy und so. Wer das war, weiß ich nicht, kann ich mir auch nicht vorstellen. Ich deale nicht. Woran sind sie denn nun wirklich gestorben?«

»Das wissen wir nicht«, sagte Rodenstock. »Es gibt noch einen anderen fragwürdigen Punkt. Die Kripo hat in diesem Jahr, wohl im Sommer, Ole mit fünfzig Portionen LSD erwischt. Ein Gerichtstermin in Wittlich war schon angesetzt, und er hätte todsicher in den Knast gemußt. Dann wurde das Verfahren eingestellt. Bei fünfzig Portionen LSD wird das Verfahren nie eingestellt. Was ist da passiert?«

»Das weiß ich nicht«, sagte Mario viel zu schnell.

»Das glaube ich dir nicht«, erwiderte ich ruhig. »Jeder hier wußte von der Geschichte. Es wurde darüber geredet. Was hast du also gehört?«

»Darüber spreche ich nicht so gern. Das mußt du verstehen, Mann.«

»Das ist akzeptiert«, nickte ich. »Keine Frage mehr in diese Richtung. Hast du eine Freundin?«

»Na sicher. Sie geht in die Parallelklasse, sie ist aus Hillesheim und heißt Vera. Sie ist nicht auf Stoff, falls ihr das fragen wollt. Sie raucht nicht mal und ißt nur vegetarisch. Heh, Leute, habt ihr was dagegen, wenn ich mir einen Joint baue?«

Ich schaute Rodenstock von der Seite an. Er nickte sanft, und ich hörte, wie er murmelte: »Mach nur, mein Junge, wenn es dir schmeckt.«

»Wie ist die Situation mit den Bullen hier?« fragte ich.

»Bullen finden überhaupt nicht statt, Mann«, antwortete Mario. »Seitdem sie Kripo anders organisiert haben, siehst du Uniformierte, aber du siehst ganz selten nur Kripoleute. Die kommen ja kaum noch, wenn irgendwo eingebrochen wurde. Die haben keine Zeit und keine Leute. Ich habe neulich den Kremers getroffen, der hier in Daun für Eigentumsdelikte und so tätig ist. Was meinst du, Mann, was der sich geleistet hat. Eh, das ist nicht zu fassen, ist das. Also, wir treffen uns vor der Rosenapotheke, und er fragt mich, ob ich Lust habe, mit ihm im *Lo Stivale* 'ne Pizza zu essen. Sicher, sage ich. Also marschieren wir ins FORUM und hocken uns in eine Ecke. Da sagt er plötzlich, ich könne hin und wieder was verdienen, wenn ich ihm Bescheid stoße, wann Stoff nach Daun gebracht wird, wer den Stoff bringt und was für Stoff. Ich frage ihn, Mann, eh, du machst doch gar nicht Drogen, und er sagt, das spielt keine Rolle, er müsse alles machen, was anfällt, weil sie nicht genügend Leute haben und weil das Verhältnis zu den uniformierten Bullen scheiße wäre. Er sagt: Ein Anruf kostet dich aus einer Zelle dreißig Pfennig, und ich gebe dir jedesmal für deine dreißig Pfennig einen Blauen.«

»Du bist nicht darauf eingegangen«, stellte Rodenstock fest.

»Ich? Mann eh, bin ich wahnsinnig? Der Arsch kann mich mal. Du wirst nicht erleben, daß ich wen hinhänge. Dieser Kremers ist doch ein Arschficker, ist das. Der ist so doof, daß ihn die Schweine beißen. Irgendwie ist er auch schmierig, weil er sein Grinsen nicht mehr abstellen kann. Nein, Herr Kremers, habe ich gesagt. Und dann wollte er meine Pizza nicht bezahlen.«

Ich fuhr die 410 ein Stück nach rechts, dann durch Pelm hindurch die Nebenstraße zum Adler- und Wolfspark hoch. Mario öffnete ein kleines Stück zusammengefaltetes Seidenpapier und schüttete etwas von den braungrünen Krümeln, die darin lagen, auf den Tabak, mit dem er das Zigarettenblättchen gefüllt hatte. Er drehte ganz locker und selbstsicher, steckte sich die Tüte zwischen die Lippen, nachdem er sie der Länge nach mit der Zunge naß gemacht hatte. »Es ist grüner Afghan«, erklärte er. »Das ist ein gutes Zeug, das du normalerweise hier nicht kriegst.«

»Und woher hast du das?« fragte Rodenstock.

»Extra für Weihnachten und Sylvester«, sagte er befriedigt. »Kostet das Doppelte, ist aus Holland, aber lohnt sich auch. Jimmy hat das mitgebracht.«

»Wer ist Jimmy?« fragte ich. Sein Joint roch stark nach Vanille.

»Kennst du sowieso nicht«, wehrte Mario ab. »Jimmy ist ein Kumpel. Er hat sich einen Dreier-BMW mit dem Zwei-Liter-Motor gekauft. Damit die Finanzierung glattgeht, saust er einmal im Monat rüber nach Amsterdam und kauft gut ein. Jimmy ist fast immer gut drauf, obwohl er sein eigenes Zeug nicht raucht, und noch nie E geschmissen hat.« Er grinste. »Jimmy ist eben ein guter Handelsmann.«

»Gibt es viele solcher Typen?« fragte Rodenstock.

»Ich denke doch. Ich kenne einen, der ist nicht von hier, der verdoppelt jeden Monat sein Taschengeld durch E und zwei, drei Kilo Hasch. Was habt ihr über Betty rausgefunden?«

»Nicht viel«, sagte ich. »Eigentlich nur etwas vom Lebenslauf und so. Wie war die Story zwischen Ole und Betty? Weißt du da was drüber?«

»Ja, aber nicht viel. Anfangs war es ja so, daß sie sich gehaßt haben. Betty machte mit allen möglichen Makkern rum, und sie war auf jeder Scheißdisko, egal ob in Trier oder Koblenz oder irgendwo auf dem Dorf. Das muß so vier, fünf Jahre her sein. Damals wurde geredet, daß sie ... daß sie es eben für Geld macht. Ole wollte nichts mit ihr zu tun haben, aber sie war scharf auf Ole. Damals passierte auch die Geschichte mit ihrem Vater ...«

»Moment, was war das für eine Geschichte?« unterbrach Rodenstock.

»Der kam vor den Kadi«, sagte Mario trocken. »Sie hat ihn angezeigt, sie hat ihren eigenen Vater angezeigt, sie hat behauptet, er hat sich besoffen und sie dann geschlagen und, na ja, eben hergenommen.«

»Selbstverständlich Freispruch«, vermutete ich.

»Scheiße, Mann«, sagte er mit einem kleinen Triumph, »der Alte mußte in den Knast.«

»Wenn ich dich richtig verstehe, hat die Betty mit vielen Männern geschlafen. Und das, nachdem ihr Vater verurteilt worden ist, wegen ...«

»Moment, nicht ganz so«, sagte er sachlich. »Sie hat einwandfrei als Nutte gearbeitet. Sie hat die Macker bezahlen lassen. Sie hat mir mal gesagt, das wäre die einzige Möglichkeit gewesen, ein paar Groschen für sich selbst zu haben. Sie war zwanzig, da kriegte sie sonntags fünf Mark Taschengeld. Sie wollte immer von zu Hause weg, und wenn damals der Blödeste ihr gesagt hätte, er würde sie heiraten – sie hätte ihn geheiratet, bloß um wegzukommen. Tja, und dann kam eben Ole. Er hat ihr gesagt, daß sie es nicht nötig hätte. Er würde für sie sorgen, und da brauchte sie es nicht mehr zu tun.«

»Und«, fragte Rodenstock sehr scharf, »hat sie es nicht mehr getan?«

Ich sah Marios Gesicht im Spiegel, ich beobachtete, wie er plötzlich rot wurde, wie sein Blick abirrte, wie er verzweifelt nach einer Antwort suchte, wie er sagte: »Das weiß ich nicht. Woher soll ich denn sowas wissen, Mann?«

»Du mochtest sie sehr gern, nicht wahr?« fragte ich nach.

Jetzt antwortete er nicht, er hatte sich in sein Schnekkenhaus zurückgezogen und war nicht mehr bereit, etwas zu sagen, er mochte uns plötzlich nicht mehr. Er rutschte auf dem Sitz zurück, er rutschte in die Ecke und starrte hinaus.

»Du hast mit Betty geschlafen«, bemerkte Rodenstock beinahe gemütlich. »Das heißt, sie hat mit dir geschlafen. Wahrscheinlich war sie die Frau, die dir zeigte, wie das ist – mit einer Frau zu schlafen.« Er schien nicht unsicher, er hatte keinen fragenden Unterton in der Stimme, er stellte nur etwas fest, und ich gestehe, daß ich ihn wegen seiner gottverdammten Arroganz in diesem Augenblick maßlos bewunderte.

Er wandte sich mir gelassen zu. »Ich bin ein alter Mann mit vielen Erfahrungen. Es geht hier um Mord, und das ist kein Wettbewerb im geschickten Lügen. Könntest du mich zu Hause absetzen?«

»Selbstverständlich«, nickte ich und hatte ein wenig Mitleid mit Mario, der sich jetzt sicher gelinkt vorkam. Ich gab also Gas, um den Druck auf Mario nicht allzu intensiv werden zu lassen. Ich fuhr über Hillesheim nach Hause, setzte Rodenstock vor der Tür ab. Knapp verabschiedete er sich von Mario: »Mach es gut, junger Mann.«

Dann fuhr ich weiter.

»Was will der eigentlich?« fragte Mario aufgebracht. »Mann, eh, ich würde wirklich gern wissen, was der Arsch sich einbildet. Das geht ihn doch gar nichts an, was zwischen Betty und mir war, oder? Mann, eh, das ist ein Arsch, dieser Opa.«

»Quatsch«, widersprach ich fröhlich. »Der Mann war sein halbes Leben lang Leiter einer Mordkommission. Und er ist einer der besten, das kannst du glauben. Er hat dir auf die Zahn gefühlt. Und weil er recht hatte, warst du so verdattert, daß es dir die Sprache verschlagen hat. Was ist denn dabei zuzugeben, daß eine gute

Type dir das Bumsen beibrachte. Das ist ihm genauso ergangen und mir auch. Also, was soll's?«

»Na ja, ich kann diese alten Knacker nicht leiden, die immer ganz genau wissen, wie das Leben so spielt. Die sind ja wie mein Vater. Der behauptet auch immer, nichts wäre ihm fremd, alles weiß er, alles kann er steuern. Aber daß meine Mutter mit dem Verkäufer von der Tiefkühlkost rummacht und sich auf der Tischtennisplatte ... na ja, davon hat er wirklich keine Ahnung.«

»Mein Freund Rodenstock ist einfach sauer«, sagte ich behutsam. »Er ist ein Typ, der immer auf der Seite von Leuten wie Ole und Betty war. Und er kann es nicht vertragen, wenn jemand hingeht und diese Leute einfach umnietet. Er haßt Gewalt.«

»Wieso behauptet er dann einfach, daß Betty mit mir geschlafen hat, obwohl er keine Ahnung hat und nicht dabei war?«

»Er spürt dein Gefühl für Betty«, erklärte ich.

»Aber wenn es nicht so war?« Er schrie fast.

»Sieh mal, Mario«, murmelte ich. »Es war aber so. Und es war ja auch richtig so. Hat Ole davon erfahren?«

Er schwieg unendlich lange. »Er wußte es nicht«, gab er schließlich heiser zu. »Und sie hat ja auch nie mehr Geld genommen. Ach, Scheiße ist das alles. Ich habe Betty gewarnt, daß das mit dem Dealen schiefgehen kann. Aber sie wollte nicht hören, sie wollte nur mit Ole nach Kanada. Sie sagte immer: Ich liebe Ole, und wenn es das Letzte ist, was ich tue: Ich liebe ihn in jeder Sekunde.«

»Und was hat Ole über Betty gesagt?«

»Du hast ja Ole nicht gekannt«, er hatte plötzlich ein leichtes Stottern in der Stimme. »Ich habe mal erlebt, wie Ole total besoffen war und die Nerven verlor und sie anschrie: Mach meine Liebe nicht kaputt. Das ist das Einzige, was ich besitze. Immer wieder schrie er, daß das das Einzige sei und heulte dabei. Stell dir das vor, Mann, eh, er heulte wirklich Rotz und Wasser. Und ein anderes Mal hat sie gesagt, er würde seinen verdammten Manta mehr lieben als sie. Da bremste er die Karre, fuhr rechts ran und legte sich unter die Karre. Er ließ das Öl ab. Das

Ganze, ohne zu reden, verstehst du? Und dann startete er und fuhr ein paar Kilometer. Da waren fünfzigtausend Mäuse im Arsch. Ich sage dir, der war ein Wahnsinniger.«

»Mario, ganz ernsthaft: Hast du eine Idee, wer für diese Sauerei verantwortlich sein könnte?«

Er starrte an mir vorbei durch die Windschutzscheibe, und Tränen liefen aus seinen Augen. »Ich weiß es nicht, Mann, ich habe keine Ahnung. Ich kann an gar nichts anderes mehr denken. Ich habe gedacht, vielleicht war es jemand, der diese Szene hier übernehmen will. Aber da sehe ich keinen. Ich habe auch gedacht, daß es vielleicht sein Vater gewesen ist. Der hat immer gewollt, daß Ole den Hof übernimmt. Das ist ja ein Riesenhof. Aber Ole ist abgesprungen und hat gesagt, er wäre keiner, der auf einer Zugmaschine sitzt, pflügt und den Mähdrescher fährt und solche Sachen. Ich habe alles mögliche gedacht, Mann, eh, wirklich alles mögliche. Ich komm nicht weiter.«

»Dauerte deine Geschichte mit Betty lange?«

Wieder Ruhe, wieder Spannung, wieder Druck.

»Es war doch keine Geschichte«, murmelte er. »Ich hatte damals noch nie ... na ja, ich hatte noch nie mit einer Frau geschlafen. Und da ergab es sich so, daß Ole in Belgien oder in Holland war. Und ich war bei ihnen ...«

»Moment mal, in der Scheune?«

»In der Scheune«, bestätigte er. »Wir haben was getrunken, Betty und ich. Und ich habe ihr gesagt, daß ich ..., also, daß ich keine Erfahrung habe und so. Da sagte sie: Moment mal, das haben wir gleich, und ...«

»War es schön?« fragte ich.

Er nickte, dann schwieg er, bis wir vor seinem Elternhaus standen. »Jetzt muß ich doch diesen Scheiß-Truthahn essen.« Mario sah mich an. »Du hattest recht. Ole wollte, daß ich sein Geschäft übernehme. Ich will das aber nicht.« Er starrte in die Luft. »Ich bin zu jung, und ich kann das meinem Vater nicht antun. Und Vera sagt, wenn ich was mit Stoff habe, kann ich sie gleich abschreiben. Sie schläft nicht mit einem, der dealt. Mach's gut, Baumeister.«

»Mach es gut, Mario.« Ich wollte ihm einen Vorsprung geben, einen Vorsprung von drei oder vier Sekunden. Peter Falks *Colombo* hat eines blendend umgesetzt: die wirklich wichtigen Fragen kommen spät, fast zu spät. Mario hatte die kleine Treppe vor der Haustür schon hinter sich und fummelte die Schlüssel aus der Jeans. »Sekunde«, rief ich laut. »Da hätte ich fast etwas vergessen.«

Er drehte sich und kam zurück an den Wagen. »Ja klar, Mann, wir haben vergessen, zu welchem Tagessatz ich mitmachen kann.«

»Richtig. An was hast du gedacht?«

»Können wir einen halben Blauen pro Tag machen?«

»Wieviel Tage?«

»Na ja, solange ihr mich braucht.«

»Einverstanden. Aber noch was: Wieso kam Ole überhaupt auf die Idee, dir das Geschäft anzubieten?«

»Na ja, er kennt mich lange, zwei, drei Jahre. Er weiß, daß ich den Mund halte und daß ich keinen bescheiße. Er weiß auch, daß ich niemals zuviel kiffe und daß ich kaum E schmeiße oder andere Pillen. Wir haben ja auch oft geredet. Jedenfalls hat er das gesagt.«

»Er hat dich am Heiligen Abend gefragt, nicht wahr? Er ist von der Hähnchenstation in Daun zu dir gekommen? Komm schon, Mario, hilf mir.«

»Er ist nicht zu mir gekommen, wir haben uns getroffen. Auf Platz drei.«

»Was ist Platz drei?«

»Die BP-Tankstelle in Daun. Da ist immer viel Betrieb. Wir tankten und sahen Öl nach und Frostschutzmittel und so.«

»Wieviel Uhr war es, Mario?«

»Es war Punkt ein Uhr mittags. Ich weiß das deshalb so genau, weil meine Eltern sauer waren, daß ich nicht pünktlich zum Essen kam. Wir haben das ein bißchen gezogen, das Treffen meine ich. Irgendwie war das bescheuert, weil ich sie ja nie wiedersehen würde. Sie hatten die Tickets nach Kanada, sie wollten heute fliegen. Und Ole war komisch drauf. Er sagte: Mensch, Kleiner, du wirst uns fehlen. Du mußt uns unbedingt besuchen, Kleiner. Er sagte immer Kleiner zu mir. Er war die ganze

Zeit kurz davor zu heulen. Dann stieg Betty aus und machte was Komisches. Du kannst an der Tankstelle auch Blumen kaufen. Die kriegen die jeden Tag aus Holland. Betty kaufte einen Strauß Tulpen. Sie gab sie mir, und sie weinte. Scheiße war das.«

»Noch etwas zum Schluß: An wen wenden sich die Kids denn jetzt, wenn sie Stoff wollen? Wer macht Oles Geschäft?«

»Das weiß ich nicht, Mann. Ich weiß es wirklich nicht.«

»Dann solltest du heute noch versuchen, Stoff zu kaufen«, schlug ich vor.

Mario grinste. »Das ist Anstiftung, Mann. Aber ich hätte das sowieso getan.« Er nickte mir freundlich zu, wie lebenserfahrene Opas das so tun.

»Hat Ole an der Tankstelle denn nicht gesagt, wohin sie anschließend fahren wollten?«

»Daran mache ich doch schon rum, Mann. Ole mit Sicherheit nicht. Betty hat was gesagt. Sie müßten noch was aufnehmen.«

»Was heißt das deiner Meinung nach?«

»Sie haben irgendwo wen getroffen, um Stoff zu übernehmen. Und darin waren sie Klasse. Sie trafen sich niemals richtig, sie machten Stipvisitendeals. Sie fuhren ihre Karren auf einem Wirtschaftsweg oder einer Nebenstraße aneinander vorbei, machten die Fenster auf und kriegten das Zeug in den Wagen geschmissen.«

»Und das Geld.«

»Das Geld läuft immer getrennt. Das kriegt man dann, wenn man sich zum nächsten Mal trifft. Und man kriegt es auf die gleiche Tour. So kannst du niemals was nachweisen, die Bullen könnten hundert Meter entfernt stehen, sie hätten keinen Beweis.«

»Und du hast auch keine Ahnung, wer ihnen Stoff brachte, was das war und woher es kam?«

»Nichts«, sagte er und schüttelte den Kopf. »Man sieht sich, Mann«, meinte er dann und sprang die Treppe hinauf.

Ich fuhr heim. Rodenstock war dabei, Holz aus der Garage zu schleppen. »Es zieht an«, erklärte er, »es wird wirklich kalt. Wir haben minus acht. Wie war es?«

»Viel Gefühl«, sagte ich. »Ole, Betty und Mario waren eine Familie, und sie meinten es verdammt ernst.«

Rodenstock ging vor mir her durch den Flur und legte den Arm voll Holz auf den Korb neben dem Ofen.

»Etwas macht mir Kummer, Baumeister«, murmelte er. »Du hast den Humor verloren. Ständig sieht man deinen Zeigefinger. Du dozierst über Drogen wie ein Oberlehrer. Du bist wie ein beschissener Pädagoge, der die Nation belehren will.«

»Ist das wirklich so schlimm?«

»Noch viel schlimmer«, muffelte er.

»Ich bin Alkoholiker, Rodenstock, ein blütenreiner Suffkopp. Ich habe ein Jahrzehnt meines Lebens versoffen, ich weiß nicht mehr, was damals war. Wenn es um Drogen geht, raste ich aus.«

Er starrte mich an und lächelte dann. »Wie lange ist das her?«

»Zehn Jahre. Aber es ist noch immer wie gestern. Tut mir leid. Komm her, ich habe rohen Schinken und einen uralten Gouda.«

»Das ist gut«, nickte er. »Also riechst du, wenn jemand süchtig ist?«

»Ja. Schwule riechen sich. Ich rieche Süchtige.«

»Ist Mario süchtig?«

»Mit Sicherheit nach dem Leben. Nicht nach irgendeinem Stoff.«

»Du siehst jetzt, wozu es gut war«, murmelte er. »Wie schlimm ist denn Haschisch wirklich?«

»Verdammt harmlos im Vergleich zu Alkohol. Das ist auch ein Punkt, der mich aufregt. Die braven Eltern fürchten Haschisch wie der Teufel das Weihwasser. Aber sie sind nicht bereit zu akzeptieren, daß die Suchtpotenz bei Alkohol tausendmal gefährlicher ist. Es gibt keinen Haschischtoten auf dieser Welt, aber allein 60.000 Alkoholtote pro Jahr in diesem kleinen Land.« Ich mußte grinsen. »Das war das Wort zum Sonntag.«

Rodenstock hockte sich an den Küchentisch. »Ehe ich es vergesse, Dinah ist auf dem Weg hierher. Sie rief eben an und hatte nur eine einzige wütende Frage. Und die lautete: Recherchiert ihr etwa schon? Sie hat es im Fernsehen gesehen, sie wird viel Gas geben.«

»Das ist gut«, sagte ich. »Das ist sehr gut.«

DRITTES KAPITEL

»Würde denn jemand wie Ole, oder anders gefragt, würden Ole und Betty in jedem Fall versuchen, einen Ersatzmann für das Geschäft zu finden?« fragte ich Rodenstock.

»In jedem Fall«, antwortete er. »Meiner Ansicht nach sind sie todsicher keine Bürokraten und wahrscheinlich alles andere als pingelig oder ordnungsliebend. Aber eines werden sie sich überlegt haben: es war durchaus nicht sicher, daß sie in Kanada bleiben konnten. Sie haben bestimmt damit gerechnet, daß etwas schiefgehen könnte. Beispielsweise bestand die Gefahr, daß sie keine Arbeitserlaubnis bekommen würden. Für diesen Fall mußten sie die Möglichkeit haben zurückzukehren, wenigstens für einen bestimmten Zeitraum. Sie mußten also einen Ersatzmann finden, um das Geschäft nach ihrer eventuellen Rückkehr sofort wieder übernehmen zu können. Ist doch logisch?«

»Das ist sehr logisch«, sagte ich. »Aber selbst Mario scheint nicht zu wissen, wer der neue Dealer sein könnte.«

»Das glaube ich nicht«, bemerkte Rodenstock kühl. »Das glaube ich absolut nicht. Zumindest hat er einen Verdacht.«

»Nun gut, wir werden ihn sozusagen schluckweise weiter befragen.«

Rodenstock säbelte sich eine Scheibe von dem hartgeräucherten Schinken ab. »Hast du dir überlegt, daß Mario vielleicht in Gefahr schweben könnte? Wenn das Motiv in Drogen zu suchen ist, dann ...«

»Wir können doch nicht alle Jugendlichen, die Ahnung von der Szene haben, in Schutzhaft nehmen. Dann haben wir hier zwanzig Leute zu verpflegen und ersticken im Haschqualm.«

»Wir müßten wissen, was meine Kollegen von der Kommission tun«, sinnierte er. »Wir haben enorm viele lose Enden. Wir haben den kleinen Jungen, den Schappi, wir haben die Jugendfreundin Prümmer, wir haben Mario, wir haben die Mordkommission, wir haben diesen Arzt, wir haben diesen Holländer.«

Ich griff nach dem Handy und wählte noch einmal Marios Nummer. Seine Mutter war schlechtgelaunt. »Stundenlang kocht man das Essen, dann hauen sie es sich in zwanzig Minuten rein, und du stehst da im Chaos der Küche. Warten Sie, ich hole ihn – falls er noch da ist.«

Er war noch da. »Mann eh, Baumeister, ich wollte gerade los. Mit dem Moped bei dieser Saukälte.«

»Wo willst du denn hin?«

»Ich habe eine Idee.«

»Wo du Stoff kriegen kannst?«

»Roger.«

»Machst du eine Andeutung?«

»Na ja, es läuft so in die Richtung, was ich dir mal im Sommer erzählt habe, als wir uns am Gemündener Maar getroffen haben. Erinnerst du dich?«

»Ist das dein Ernst?«

»Warum denn nicht? Die Welt ist doch sowieso komisch. Dann ist mir noch was eingefallen, was ich fragen wollte. Haben die an der Brandstelle Geld gefunden?«

»Das wissen wir nicht, wir kennen die Untersuchungsergebnisse nicht. Aber wenn Geld da war, wird es logischerweise verbrannt sein.«

»Vermutlich nicht«, sagte er mit leiser Heiterkeit in der Stimme. »Ole hatte da einen Trick. Er wußte ja, daß Bullen bei Hausdurchsuchungen immer erst nach Bargeld suchen. Eigentlich ist Bargeld ja sowas wie ein ... Wahrzeichen? Na ja, jedenfalls läuft nix ohne Bargeld. Und Ole hatte eine Kassette, so eine aus Stahl, wie man sie in Warenhäusern kaufen kann. Aus Stahl und abschließbar. Die hatte er aber nie in der Wohnung, die war immer irgendwo dicht am Haus. Ich denke mal, daß die Bullen die bis jetzt nicht gefunden haben, oder?«

»Und du hast keine Ahnung, wo er die versteckt hat?«

»Keine. Ging mich ja auch nichts an. Wenn er Bares brauchte oder Bares wegschaffen wollte, ging er raus.«

»Kannst du dich daran erinnern, wie lange so etwas dauerte?«

»Drei, vier Minuten mindestens. Er hatte die Kassette nicht in der Scheune. Man hörte nämlich immer die Scheunentür klappern.«

»Du bist richtig gut«, lobte ich. »Kannst du mir sicherheitshalber sagen, wohin du jetzt fahren willst?«

»Warum denn, hast du etwa Angst?«

»Angst? Weiß ich nicht. Aber vielleicht mischen Leute mit, die sehr schnell bereit sind, Gewalt auszuüben. Deshalb.«

»Der doch nicht. Denk an die Geschichte vom Sommer. Mach's gut, Alter.«

»Die Geschichte vom Sommer, Mario erinnerte mich an den Sommer. Er scheint jetzt jemanden zu treffen, von dem er erfahren will, ob er das Dealen übernommen hat beziehungsweise wer den Job jetzt macht«, berichtete ich Rodenstock.

»Und was war im Sommer?«

»Eine komische Sache. Du kennst Mario ja jetzt. Klein, schmächtig, liebenswert, in beiden Ohren zwei Sicherheitsnadeln, Klamotten, die mindestens vier Jahre die Waschmaschine nicht gesehen haben, alte Springerstiefel, die so aussehen, als seien sie für den Krieg 70/71 gebaut worden. Dieser Mario wird von beinahe allen Leuten automatisch mit Haschisch und weiß der Teufel was in Verbindung gebracht. Und gleiches gilt für die drei oder vier Kumpels, die er hat. Im Sommer haben sie sich mal mit zwei Mopeds auf die Socken nach Wittlich gemacht. Das ist so ähnlich, als würdest du versuchen, mit deiner Badewanne den Nordpol zu suchen. Sie waren ziemlich lange unterwegs, gingen ins Kino und machten dann die Tour zurück. Unterwegs trafen sie einen jungen Mann in einem Golf, dem das Auto verreckt war und der keine Ahnung von Technik hatte. Das haben wir gleich, sagten sie. Sie reparierten die Karre. Der junge Mann fragte dann, wie er sich denn erkenntlich zeigen könnte. Och, antworteten sie, vielleicht mit einem Kasten Bier? Macht einen Zehner. Aber er gab ihnen keinen Zehner. Er sagte strahlend: Ich glaube, ich habe was Besseres für euch. Dann machte er das Handschuhfach auf, holte etwas heraus, das in Packpapier eingewickelt war. Es war ein brauner etwas schmieriger Brocken. Sah aus wie Wochen altes Bratfett. Er rupfte ungefähr zwanzig, dreißig Gramm davon ab und gab es ihnen. Es war Hasch. Mario hat sich noch beschwert und gesagt, Bier wäre ihnen wirklich lieber. Aber der junge Mann sagte nur im Ton eines Grundschullehrers: Ach geht mir weg, ich kenne doch Typen wie euch. Dann setzte er sich in seinen Golf und rauschte ab. Soweit so gut. Wenige Tage später holte sich Mario mitten in Daun beim *EDEKA* eine Dose Cola. Als er bezahlte, stand dieser junge Mann hinter ihm. Diesmal in Uniform. Er war bei der Bundeswehr, er war Leutnant. Wenn er jetzt sagt, ich soll mich an die Geschichte erinnern, dann muß er eine Spur in Richtung Bundeswehr gemeint haben, oder?«

Rodenstock nickte und zückte sein eigenes Telefon. »Hoffentlich geht das nicht in die Hose, hoffentlich ist diese Geschichte für den Mario nicht zehn Nummern zu groß. Gib mir mal die Nummer von diesem Arzt!«

Ich diktierte sie ihm. »Er heißt Peuster.«

»Herr Peuster? Rodenstock hier, Sie erinnern sich. Können Sie mir sagen, wie die beiden getötet worden sind?«

Er hörte eine Weile zu, sagte dann artig »Danke und auf Wiederhören« und unterbrach die Verbindung. »Es sieht so aus, als hätte man ihnen schlicht und einfach das Genick gebrochen. Es gibt Leute, die das draufhaben. Sie fassen den Kopf, winkeln ihn leicht an und drehen dann mit einem gewaltigen Ruck. Wenn das stimmt, haben wir es mit Profis zu tun, zumindest mit Leuten, die äußerst brutal vorgehen.«

»Was bedeutet das für uns?«

»Daß irgend etwas im Hintergrund eine Rolle spielt, von dem wir noch keine Ahnung haben«, sagte er düster. »Ich sollte mit der RG 25 im Bundeskriminalamt sprechen. Aber ich weiß nicht, wer die Abteilung leitet.«

»Kannst du das für den zweiten Bildungsweg übersetzen?«

»RG bedeutet Rauschgift. Die Nummer 25 meint die sogenannte Rauschgiftlage. Das kann nur Deutschland betreffen oder aber Europa oder andere Teile der Welt. Die Jungs sind gut, sie wissen ziemlich genau, welche Stoffe an welchen Punkten konzentriert oder gar nicht auftreten, sie kennen die Situation an den Grenzen, sie können ziemlich genau sagen, was in der Eifel, im Hunsrück, im Westerwald gebacken wird. Das ist praktisch Geheimdienstarbeit. Ich möchte mich an die heranrobben.« Er nahm das Handy, das auf dem Brettchen mit dem Schinken lag, und lächelte schmal: »Ich versuche das jetzt mal.«

Dann ging er hinaus. Immer, wenn etwas bei Telefonaten unsicher schien, wollte er allein sein. Ich hörte, wie er im Flur zu Paul sagte: »Nun bete mal zu deinem Katzengott, daß ich Erfolg habe.«

Ich dachte darüber nach, was Mario über eine mögliche Geldkassette gesagt hatte, und ganz automatisch fiel mir Thomas Schwarz ein. Er war ein langer Lulatsch, ein dürrer großer Mann, vielleicht 30 Jahre alt. Er sagte von sich selbst, er sei ein Schrottmann. Schon während seiner Jugend war er mit seiner Mutter vom heimischen Mehlem aus in die Eifel gefahren. Er war zum Sammler geworden. Erst sammelte er Steine, dann zu Steinen gewordene Fossilien, später alte Flaschen. Schließlich hatte er bei der Sprengmittelräumung zu arbeiten begonnen, hatte im Bereich des eiflerischen Hallschlag geholfen, die Uraltmunition einer Fabrik zu orten, und gehörte zu jenen, die wütend sagten: »Da liegt noch alles voll, da liegt noch Giftgasmunition.« Da aber die Gesetzeshüter sich entschlossen hatten, alte Munition nur auf dem Fabrikgelände zu vermuten und nicht auf den Äckern nebenan, fühlte sich Schwarz zuweilen wie ein Rufer in der Wüste, der unnütz heiser wird. Es gab auch Leute, die Thomas Schwarz den »Immergrün-Mann« nannten, weil er zusammen mit den Archäologen herausgefunden hatte, daß auf altem und uraltem menschlichen Siedlungsgelände in der Eifel vor allem Immergrün wächst. Ehemalige Weiler und Dörfer, die während des Dreißigjährigen Krieges brandverheert für immer verschwunden waren, oder Dörfer, deren Einwohner wegen bitterer Armut im 18. und 19. Jahrhundert ausgewandert waren und deren Häuser andere Dörfler abgerissen hatten, um eigene zu bauen, konnte Thomas Schwarz orten: Es gab dort massenhaft Immergrün. Er war ein Sachensucher, und seit er bei einem Unternehmen für Sicherheit angeheuert hatte, suchte er seine Sachen zumeist mit einem Metalldetektor.

Ich rief ihn an und erwischte ihn sofort, mußte allerdings warten, bis er zu Ende gehustet hatte.

»Entschuldigung«, keuchte er, »ich habe eine Bronchitis, und Uli hat eine Grippe. Eigentlich müßten wir Antibiotika schlucken, aber die Apotheken in Bonn sind leer gekauft. Was kann ich für dich tun?«

»Könntest du mit einem Detektor eine Metallkassette finden? So etwa in der Größe eines Schuhkartons?«

»Kein Problem. Bei dir in der Gegend gab es zwei Tote bei einem Brand, nicht wahr? *RTL* hat eben in den Nachrichten gesagt, es war wohl Doppelmord.«

»Es geht um diesen Fall«, bestätigte ich. »Und ich werde nicht warten können, bis ihr beide wieder gesund seid.«

»Das mußt du doch auch nicht«, sagte Thomas. »Ich vermute sowieso, daß die Krankheit ziemlich psychosomatisch ist. Ich fahre in einer halben Stunde los, okay?«

»Das ist wunderbar«, verkündete ich.

Ich brüllte Rodenstock zu: »Ein Kumpel mit einem Metalldetektor kommt, wir können die Ole-Kassette suchen gehen.« Gleichzeitig versuchte er mir zu verklickern: »Die RG 25 ist nicht im geringsten erstaunt, daß es in Sachen Drogen einen Doppelmord gegeben hat.« Ich wurde schriller und setzte hinzu: »Einer muß den Thomas Schwarz begleiten«, und Rodenstock nickte, als habe er mir ernsthaft zugehört, und murmelte: »Das ist doch verrückt: Die behaupten, hier in der Eifel herrscht ein Drogenkrieg.«

Eines der Telefone gab Laut, und zufällig war ich gemeint. Ein Mann namens Meier oder Mayer oder Mayr, jedenfalls jemand, der sich Staatsanwalt nannte, fragte aggressiv: »Man hat Sie an der verbrannten Scheune gesehen. Sie recherchieren also. Haben Sie etwas am Brandherd gefunden und mit sich weggetragen?«

»Mit sich was?« fragte ich.

»Haben Sie etwas entwendet?« wiederholte er.

»Nicht die Spur«, brüllte ich zurück. »Warum sollte ich so etwas tun?«

»Das weiß ich auch nicht«, erwiderte er. »Halten Sie sich bitte raus.« Dann hängte er unvermittelt ein, als habe er die Lust verloren, mit mir zu sprechen, und ich sagte zu Rodenstock: »Der Staatsanwaltschaft geht der Arsch mit Grundeis.«

Der murmelte: »Das mußt du dir einmal vorstellen! Das Bundeskriminalamt hat diese Brutalitäten erwartet.«

Ich dachte in diesem Augenblick intensiv an Schappi und fragte: »Ob dieses Kind jemanden hat, der ihm wirklich zuhört und es ernst nimmt?«

Wir benahmen uns wie Erstkläßler, und Rodenstock hauchte plötzlich mit großen Augen: »Was hast du da eben gesagt?«, während ich erklärte: »Ich weiß von nix, ich habe dir nicht zugehört.«

»Ich dir auch nicht«, gab er zu. »Vielleicht sollten wir einen Kaffee machen und uns selbst nicht so wichtig nehmen?«

»Das wäre eine Möglichkeit«, nickte ich. »Glaubst du wirklich, daß Mario gefährdet ist?«

»Ja«, sagte er einfach.

»Dann bin ich dafür, daß wir zum Markus Schröder nach Niederehe fahren, eine Forelle essen und warten, bis der Anfall vorbeigeht.«

»Das ist eine blendende Idee. Sag den Forellen, wir kommen.«

Wir schrieben auf einen Zettel für Dinah: *Sind bei Markus!!* und machten uns auf den Weg.

Einige höchst ehrbare Mitglieder des Golfclubs saßen samt Familien im Schankraum und warteten auf die Fütterung. Eine Kollegin vom *RTL*-Fernsehen hatte offensichtlich die Mutter eingeladen, die in einer unglaublichen Explosion von rosafarbenen Stoffen prangte und alles mit einem violetten Hut gekrönt hatte. Sie lehnte steif wie ein Plättbrett vor der dunklen Täfelung und sah sich unentwegt um: Seht her, ich bin die schier unglaubliche Mutter diese ungeheuer toughen, der Nation so teuren jungen Dame.

Wir bekamen den Vierertisch vor dem Zigarettenautomaten und orderten zwei Forellen in Mandeln samt Zubehör. Rodenstock bestellte sich die beste Zigarre des Hauses, schnitt mit seinem Taschenmesser die Spitze ab, führte das Rauchopfer zum rechten Ohr und drehte es, um zu prüfen, ob der Tabak die richtige Feuchte hatte.

»Wir müssen uns vielleicht austauschen«, schlug er vor.

»Ich habe nichts Besonderes erfahren. Etwa in einer Stunde kommt ein Freund namens Thomas Schwarz. Er besitzt einen Metalldetektor. Wir können nach der Kassette von Ole suchen. Und du?«

»Das Bundeskriminalamt war sehr entgegenkommend. Hier in der Eifel herrscht ein im Verborgenen geführter Drogenkrieg, weil einige Strukturen durch den Ausfall von Leuten und durch Verhaftungen zerbrochen sind. Leute aus Köln wollen die Eifel, aber auch Leute aus der Eifel selbst. Der Mann war nicht einmal erstaunt, als ich von einem Doppelmord sprach, er sagte nur lapidar, die Szene werde immer brutaler, die Polizei hier sei entschieden unterbesetzt und sie hätten keine Hoffnung, daß der Markt zerschlagen werden könne. Haschisch kommt im wesentlichen aus Holland und Belgien, Ecstasy aus Holland, Polen und den baltischen Staaten, die mittlerweile auch alle Tricks draufhaben. Die wirklich scharfen Sachen wie Kokain, Heroin und bestimmte Metamphetamine kommen in der Regel entweder aus Koblenz die Mosel hoch oder aus Köln oder aus Holland. Es läuft hier keine Bauerndisko mehr ohne Ecstasy. Ich habe natürlich gefragt, was für Gruppierungen diesen Krieg führen. Er sagte, das sei nicht klar, vor allem nicht klar beweisbar.«

»Das ist ein Scheißfall«, meinte ich. »Wir schwimmen, wir können nicht einmal beweisen, daß Ole und Betty aus Drogengründen umgebracht wurden. Ich möchte

Mäuschen spielen können und hören, was dieser seltsame Vater sagt.«

»Und wenn wir ihn fragen?«

»Das müssen wir sowieso. Aber vielleicht schlägt er uns tot.«

»Wir müssen auch nach s'Hertogenbosch wegen dieses Jörn van Straaten.« Rodenstock grinste. »Ich war so lange nicht mehr in Holland.«

»Da ist noch etwas«, erzählte ich. »Ein Staatsanwalt rief an und forderte, wir sollten uns da raushalten. Es war merkwürdig, der Mann wirkte fahrig, hängte dann auch einfach ein, nachdem er uns zunächst verdächtigt hatte, etwas an der Brandstelle geklaut zu haben.«

»Die werden rotieren«, sagte er nachdenklich. »Staatsanwälte sind erstaunlicherweise auch nur Menschen, obwohl sie ständig den Eindruck zu machen versuchen, als seien sie eine sehr besondere Unterart des homo sapiens. Jetzt laß uns den Fall eine Forelle lang vergessen.«

Ungefragt bekamen wir einen Teller mit köstlicher Kartoffelsuppe, so ist der Markus nun einmal. Als wir die Löffel beiseite legten, war Dinah hinter mir und verdeckte mit ihren Händen meine Augen. »Von drauß vom Walde komm ich her«, sagte sie und umarmte dann Rodenstock. Sie wollte keine Forelle, sie wollte einen staubtrockenen Riesling und ein Stück Fleisch. Markus nickte väterlich und ging in die Küche an seine Werkbank.

Rodenstock berichtete Dinah, was passiert war, und er machte es sehr konzentriert und kurz. »Du siehst also, es gibt einen erstklassigen Doppelmord. Und es hat zwei Leutchen erwischt, die normalerweise einen solchen Aufwand gar nicht wert sind. Aber aus irgendeinem Grund mußten sie aus dem Weg geräumt werden. Ich persönlich vermute, sie wurden getötet, weil sie etwas wußten, was sie nicht wissen durften. Baumeisters momentane Einschätzung kenne ich allerdings nicht.«

»Ich glaube alle fünf Minuten etwas anderes«, murmelte ich. »Es kann genauso gut möglich sein, daß diese schrecklichen Tode mit Drogen überhaupt nichts zu tun haben. Für mich scheint nur klar, daß beide Elternpaare versagt haben, Oles Eltern und Bettys Eltern. Die Tragik liegt darin, daß die beiden ausgerechnet heute nach Kanada fliegen wollten, um endlich aus der Eifel herauszukommen und etwas Neues zu versuchen.«

»Ich hasse Drogen«, meinte Dinah. »Ich habe mal ein Stück Pflaumenkuchen gegessen, auf das Haschisch gestreut war. Es war furchtbar, ich kam stundenlang nicht mehr richtig zurecht und habe nur noch blöde in die Gegend gegrinst. Was kann ich jetzt machen?«

»Wir müssen uns sowieso teilen«, sagte ich. »Vielleicht solltest du versuchen, mit Oles Eltern zu sprechen und dabei gleichzeitig eine Brücke zum kleinen Schappi zu schlagen.«

»Das ist sehr gut«, nickte Rodenstock. »Baumeister kann sich auf Mario konzentrieren, und ich stoße bösartig auf meine Kollegen nieder und versuche herauszufinden, was sie herausgefunden haben.«

»Tragen deine Eltern meine Existenz mit Fassung?« erkundigte ich mich.

»Na ja.« Dinah grinste leicht. »Es wurde Zeit, daß ich verschwinde. Gestern abend streikte der Fernseher, und Mutter machte Vater persönlich dafür verantwortlich. Er behauptete, genügend Ahnung von Technik zu haben, um die Kiste zu reparieren. Das dauerte erst einmal drei Stunden, und morgens gegen zwei gab es einen zischenden Laut, und das Ding sprühte Funken. Die Hauptsicherung flog raus, und mein Vater erklärte, die deutsche Industrie sei auch nicht mehr das, was sie mal war. Jedenfalls war der Fernseher total hinüber, und wenn es nach meiner Mutter gegangen wäre, hätte Vater nachts noch einen neuen kaufen müssen. Sie haben heute morgen beim Frühstück nicht mehr miteinander geredet. Ich habe ihnen ein Foto von dir gezeigt, Baumeister. Und mein Vater knurrte sichtlich befriedigt: Der sieht aber alt aus!«

»Ich fühle mich auch so«, sagte ich.

Wir hockten noch eine Weile gemütlich beisammen und erzählten Schwänke aus unserem Leben, bis Rodenstock mahnte, wir müßten gelegentlich an die Arbeit denken. Wir fuhren heim und kamen gerade rechtzeitig, um zu erleben, wie Thomas Schwarz in einem uralten

Mitsubishi Colt auf den Hof rumpelte und dann entsetzlich quietschend anhielt.

Wenn Thomas Schwarz aus einem Auto steigt, hat man immer den Eindruck, er müsse Qualen ausstehen, bis er sich entfaltet hat. Er wird in Sekunden jeweils um etwa dreißig Zentimeter größer und endet schließlich irgendwo bei zwei Meter. Ihm zur Seite stand seine Uli, eine junge Frau mit rabenschwarzen kurzen Haaren, von denen sie eine Art Fuchsschwanz hatte stehenlassen, was äußerst dekorativ wirkte.

»Kann man jetzt im Dunkeln etwas machen?« fragte ich.

»Ja«, nickte er, »schließlich habe ich eine Taschenlampe.«

»Ich will die abgebrannte Scheune sehen«, forderte Dinah.

»Ich werde telefonieren und meinen Charme spielen lassen«, verabschiedete sich Rodenstock.

Wir fuhren mit zwei Wagen, weil es unzweckmäßig war, die ganze Technik von einem Auto in das andere zu verladen. Es wurde eine schnelle Reise, die Straßen waren sauber und trocken, und erst als wir in Jünkerath waren, begann es erneut, leicht zu schneien. Da wir dem Auto des Schwarz nicht trauten, lud er nun doch ein paar geheimnisvolle Teile um, und wir begannen den Abstieg.

»Es ist so«, erklärte ich. »Der Mann hat nach einer Zeugenaussage niemals Bargeld im Haus gehabt. Aber Drogen bedeuten Bargeld. Er ging stets hinaus, um welches zu holen oder zu verstecken. Da er ein Bauernsohn ist und also mit der Natur gelebt hat, vermute ich, daß er in unmittelbarer Nähe der Scheune ein Versteck hatte. Der Hang ist steinig, es ist eine Tufformation, also vulkanisch. Das Versteck mußte lediglich wassersicher sein.«

»Wenn das so ist, finde ich es«, sagte Thomas lapidar. »Was ist, wenn dort noch andere Leute sind?«

»Dann drehen wir um und hauen wieder ab«, bestimmte ich.

Es war niemand da.

Der Detektor war eine besenstiellange Einrichtung, die in eine Metallplatte mündete. Daran waren mehrere Skalen befestigt, die sofort heftig zu zittern begannen, als Thomas einen Hebel umlegte. Er nahm eine kleine Taschenlampe und steckte sie sich der Einfachheit halber in den Mund.

Dann ging er los.

Das Licht der Taschenlampe tanzte zwischen den Bäumen am Fuß des Hangs. Es waren Krüppeleichen und einzeln stehende junge Birken, ungefähr acht Jahre alt. Der Detektor summte kaum hörbar.

»Hier ist was«, meldete Thomas ruhig. »Komm mal mit dem Spaten her.«

Ich ging zu ihm. »Wieso funktioniert das so schnell?«

Er grinste. »Das ist ganz einfach. Ich gehe davon aus, daß er die Kassette nicht vergraben hat. Das wäre dumm, weil dann immer wieder neue Spuren entstünden. Er hat die Kassette unter einen Tuffvorsprung gesteckt und dann einfach faulendes Laubwerk und kleine Äste davor gehäuft. Einfach und wirksam. Sieh genau hin und faß dann mit dem Blatt des Spatens flach am Boden der Höhlung nach.«

Ich bekam mit der ersten Bewegung die Kassette auf den Spaten. Sie war nicht sonderlich schwer, eine Standardausführung, wie sie für einen halben Hunderter in jedem Kaufhaus zu haben ist. Die Farbe war Eierschale.

»Wir hauen ab«, sagte ich. »Der Schlüssel wird sowieso durch das Feuer geschmolzen sein.«

»Diese Schlüssel schmelzen nicht bei einem normalen Feuer«, erklärte Thomas. »Aber das Ding ist leichter zu öffnen als eine Heringsdose.«

Wir waren vierzig Minuten später an meinem Haus, und Thomas nahm die Kassette, ging hinüber in die Küche und machte sich etwa zwanzig Minuten dran zu schaffen. Dann rief er: »Das ist ein schönes Weihnachtsgeschenk!«

Die Kassette enthielt 18.000 kanadische Dollar, 12.800 holländische Gulden, 7.800 DM und einen Verrechnungsscheck über 46,80 DM, ausgestellt von der Allianzversicherung.

»Das sind unter anderem die Ersparnisse für Kanada«, sagte ich. »Das fotografieren wir, die Kassette muß dann sowieso zur Staatsanwaltschaft.«

»Die werden dich verfluchen«, sagte Dinah.

»Das werden sie nicht«, widersprach ich. »Wenn sie selbst nicht auf die Idee gekommen sind, werden sie insgeheim dankbar sein für dieses Geschenk.«

Während ich fotografierte, fragte Thomas: »Wie sind sie denn wirklich getötet worden? Im Fernsehen heißt es, daß man es noch nicht weiß.«

»Doch, doch«, antwortete Rodenstock. »Ihnen ist das Genick gebrochen worden.«

»Iihh«, Uli schüttelte sich.

»Ein Schnaps steht im Eisschrank«, sagte ich. Ich stürzte mich auf eine Handvoll weicher Aachener Printen.

Da klingelte das Telefon, und eine Frauenstimme fragte: »Baumeister?«

»Ich bin dran«, meldete ich mich. »Wer da, bitte?«

»Ich bin die Prümmer, Sie wissen schon, die Freundin von Betty. Also, ich weiß nicht, ob es stimmt, aber ...« Sie begann laut zu schluchzen.

»Seien Sie ganz ruhig«, murmelte ich.

»Scheiße, das ist nicht so einfach«, schniefte sie. »Ich bin in einer Telefonzelle am Bahnhof, ich habe gesagt, ich muß mal an die frische Luft. Also, ich habe hintenrum gehört, daß Betty schwanger gewesen ist. Angeblich im dritten oder vierten Monat. Ist das nicht furchtbar?«

»Das ist furchtbar. Können Sie mir sagen, wie ich an Sie herankomme?«

Sie wurde ein wenig klarer. »Ich habe darüber nachgedacht. Mein Mann ist so irre eifersüchtig. Wenn vielleicht eine Frau ... haben Sie eine Frau?«

»Habe ich.«

»Dann sollte die mich zu Hause anrufen und ganz einfach fragen, ob ich bereit bin, mich mit Ihnen über Ole und Betty zu unterhalten. Dann würde mein Mann sicher nicht so ...«

»Schon kapiert«, sagte ich. »Wir rufen Sie dann an. Noch eine Frage: Von wem haben Sie das mit der Schwangerschaft gehört?«

»Von einer Frau, die hier immer nur die Ratsche genannt wird. Sie weiß alles und sie trägt alles weiter, aber meistens stimmt, was sie behauptet.«

»Bis später dann«, verabschiedete ich mich. Ich rief Tilmann Peuster an. »Ich habe noch eine Frage. Ist es richtig, daß die Betty schwanger war?«

»Stimmt«, bestätigte er. »Ich weiß das erst seit gestern abend. Woher haben Sie das?«

»Ein Gerücht, gestreut von einer Frau in Jünkerath. Ich kenne sie nicht. Ist der Türke, der unter Verdacht stand, wieder frei?«

»Selbstverständlich«, sagte Peuster. »Wir müssen jetzt nur dafür sorgen, daß alle erfahren, daß der Mann als Täter niemals in Frage kam. Das Furchtbare ist, daß sich Jünkerath auf ihn als Täter schon richtig eingeschossen hatte.«

»Ich werde es jedem erzählen«, versicherte ich und bedankte mich bei ihm.

Als Thomas Schwarz und seine Uli gefahren waren, meinte Rodenstock: »Wir sollten wegen der Kassette sofort die Staatsanwaltschaft in Trier anrufen. Die mögen es nicht, wenn man etwas zu lange für sich behält.«

»Dann tu das«, sagte ich.

Er ging telefonieren, kam sofort wieder in die Küche und seufzte: »Das war nicht so gut. Ich soll das Ding sofort nach Wittlich bringen. Ich mußte zusagen.«

»Ich fahre dich«, bot sich Dinah sofort und ungefragt an. Sie sah mich an und murmelte sehr offen: »Du solltest dich vielleicht ausruhen, bis wir zurück sind.«

»Zielst du auf unsittliche Handlungen ab?«

»Selbstverständlich«, nickte sie. »Abschalten kannst du woanders.«

»Gute Aussichten«, befand ich.

Rodenstock pumpte sich einen Rollkragenpullover von mir, und sie machten sich auf den Weg. Ehrlich gestanden, war ich dankbar, eine Weile allein zu sein. Dieses Weihnachten war an mir vorbeigerauscht, ohne auch nur im geringsten weihnachtlich zu sein. Weil ich aber ein hoffnungsloser Romantiker bin, legte ich *Queen* ein und hörte andächtig zu, wie Freddy Mercury jubelte

It must be heaven ... Anschließend gab es von Oscar Peterson *Swingin Piano*. Ganz langsam hielt Ruhe Einzug in meine strapazierte Seele, bis Dr. Ralf Siepmann von der *Deutschen Welle* anrief und fröhlich sagte: »Einen schönen Weihnachtsbaum denn auch. Ich habe hier einen unserer Redakteure für Sie. Kann der Informationen haben über diese grausliche Doppelmord-Geschichte? Wird bezahlt.«

»Gegen Geld kann er fast alles haben«, antwortete ich. »Her damit.«

»Mein Intendant läßt Sie schön grüßen.«

»Grüßen Sie zurück.«

Der Redakteur war ein junger Mann, der knappe und präzise Fragen stellte und mich nicht länger als zwanzig Minuten aufhielt. Von unseren privaten Fährten und Ermittlungen erzählte ich ihm nichts. Dann kochte ich mir einen Tee und kramte in meiner Erinnerung nach dem schönsten Weihnachtsfest, das ich erlebt hatte. Beruhigt stellte ich fest, daß es eine ganze Reihe davon gegeben hatte, als meine Eltern noch lebten und meine Großeltern ihren weihnachtlichen Besuch bei uns abstatteten. Meine Großmutter, die Klara, hatte jedesmal darauf bestanden, mit uns Skat zu spielen, und jedesmal hatte sie heftig gemogelt. Sie hatte mir gestanden, Skat ohne Mogeln sei eine höchst langweilige Sache. Mein Großvater hatte sich auch nach fünfzig Jahren Ehe nicht an die Schummeleien seiner Frau gewöhnen können und hielt ihr jedesmal einen furchtbaren Vortrag über die Notwendigkeit der Deutschen, endlich zu begreifen, daß es ohne Fairplay nun einmal nicht gehe.

Meine Großmutter Klara pflegte dann hoheitsvoll zu antworten: »Ich bin keine Deutsche, ich bin aus Essen-Kupferdreh!«, worauf mein Großvater hohnlachend mindestens dreimal »Hah!« sagte und dann schmollte. Ich dachte, daß es gut war, solche Großeltern gehabt zu haben, ich dachte, daß ich allen Grund hätte, zufrieden zu sein. Aber dann schob sich Schappis Gesicht vor alle diese Bilder meiner Vergangenheit, und ich glaubte zu hören, wie er schluchzte und nach Ole und Betty seufzte.

Ich rief die Auslandsauskunft an und fragte nach Mijnheer Jörn van Straaten in s'Hertogenbosch. Sie gab mir die Nummer, und ich wählte sie sofort.

Er hatte eine volltönende, sehr energische Stimme.

»Meine Bitte ist ungewöhnlich«, begann ich. »Sie hatten hier Freunde in Jünkerath. Ich recherchiere den Fall Ole und Betty als Journalist und möchte Sie fragen, ob ich Sie besuchen darf?«

»Aber selbstverständlich«, sagte er in einwandfreiem Deutsch. »Tja, das wühlt in meiner Seele.«

»In meiner auch. Wäre Ihnen einer der nächsten Tage recht?«

»Natürlich. Rufen Sie mich vorher an. Kommen Sie in die Verweerstraat 78. Das ist im Zentrum. Trinken Sie Kaffee oder Tee?«

»Tee«, sagte ich.

»Ich freue mich«, behauptete er. »Ich denke nur, ich werde wenig hilfreich sein.«

»Das sehen wir dann«, tröstete ich ihn.

Ich hockte mich auf das Sofa, und sofort war Momo links und Paul rechts. Sie waren eifersüchtig aufeinander und knurrten sich über meinen Bauch hinweg an. Es ist ein gutes Gefühl, mit einer so intakten Familie zu leben.

Als das Telefon erneut schellte, war es zwanzig Minuten nach zehn, die Nacht war rabenschwarz, es schneite sehr heftig, der Wind kam aus Nordost, die Temperatur lag bei minus zehn Grad. Ich dachte, es sei Dinah oder Rodenstock mit der Mitteilung, sie kämen jetzt heim, aber es war eine männliche Stimme, gänzlich atemlos.

»Mein Mario stirbt, oh Gott, mein Mario stirbt.« Es war Marios Vater.

»Was ist passiert?«

»Das wissen wir nicht.« Er weinte jetzt. »Intensivstation im Maria-Hilf in Daun. Sie wissen nicht, ob sie ihn durchkriegen, und ich drehe hier langsam durch ...«

»Warum sind Sie nicht im Krankenhaus?«

»Die ... die ... sie haben mich gefeuert, weil ich ... weil ich ausgeflippt bin ...«

»Und Ihre Frau?«

»Sie ist hier bei mir, die haben mir eine Spritze gesetzt, ich denke, ich drehe ...«

»Ich fahre hin«, sagte ich hastig. »Sagen Sie denen im Krankenhaus, ich komme jetzt.«

Dicke, große Flocken fielen vom Himmel, und es war sehr kalt. Als ich die schmale Straße durch die Felder nach Walsdorf hinüberfuhr, rauschte ich kurz vor der alten, kleinen Brücke auf das Bankett, durchbrach einen Zaun und landete auf einer Wiese. Ich war so kopflos, daß ich einfach einen Bogen fuhr und erneut durch den Zaun brach, um wieder auf die Straße zu kommen. Aus irgendeinem Grund, wahrscheinlich weil ich auch wütend war, gelang das sogar. Wo die schmale Fahrbahn um einen weit vorspringenden Buchenwald kurvt, kam ich erneut ab, blieb diesmal gleich auf der Wiese und gab einfach Gas. Ich wurde erst wieder vernünftig, als ich die Schnellstraße von Kerpen nach Walsdorf erreichte, erst dann begann ich wieder normal zu atmen und nahm wahr, daß ich mit dem Auto unterwegs war.

Ich glaube, ich redete ganz laut mit mir selbst, ich glaube, ich sagte: »Kann sein, daß wir das verbockt haben. Kann sein, daß wir den Mario nicht hätten einspannen dürfen.« Aber dann wußte ich, daß Mario in jedem Fall selbst recherchiert hätte, ganz einfach, weil er Betty und Ole geliebt hatte, weil er selbst hatte wissen wollen, was da geschehen war.

»Lieber Gott, mach keinen Scheiß«, betete ich. »Das kannst du nicht machen.« Ich bin nicht sicher, daß der alte Mann mir zuhörte.

Der Nachtpförtner zeigte mir den Weg zur Intensivstation, und ich mußte eine Weile warten, ehe sich eine Krankenschwester um mich kümmerte.

»Ich komme wegen Mario«, erklärte ich zitternd. »Der Vater hat mich angerufen. Was ist mit dem Jungen?«

Eine furchtbare Sekunde lang dachte ich, sie würde sagen: »Er ist nicht mehr«, oder irgend etwas in dieser Richtung. Statt dessen antwortete sie: »Na ja, so doll ist der nicht dran.«

»Was haben Sie denn festgestellt?«

»Es ist noch ein bißchen früh«, entgegnete sie energisch. »Aber Sie können ihn sehen. Er ist bei Bewußtsein, aber er steht unter starken Medikamenten.« Sie ging vor mir her in einen hohen Raum, in dem nur ein Bett stand. »Aber nicht so lange«, mahnte sie.

Er lag auf dem Rücken und stierte an die Decke. Er war mit zahllosen Drähten an irgendwelche Maschinen angeschlossen, und rechts und links waren ihm Infusionen gelegt worden. Aber er hatte immerhin keinen Nasenschlauch.

»Heh«, grüßte ich.

Er bewegte nicht einmal die Augen.

»Du machst vielleicht Sachen«, sagte ich hilflos.

Er bewegte noch immer nicht die Augen, sagte aber mit sehr leiser und spröder Stimme: »Ich konnte gar nichts machen, das ging alles viel zu schnell. Jedenfalls war er nicht da.«

»Wer war nicht da? Der, mit dem du dich treffen wolltest?«

»Ja, der.«

»Du mußt mir sagen, wer das war«, meinte ich. »Du mußt das jetzt, denn du wirst eine Weile hierbleiben müssen. Was hast du eigentlich abgekriegt?«

»Weiß ich nicht. Ich habe nicht mal Schmerzen. Ich nehme an, sie haben mich mit Valium oder sowas vollgestopft.«

»Das haben sie sicher. Also, wen wolltest du treffen?«

»Diesen Leutnant, der uns damals das Hasch geschenkt hat.«

»Und der war nicht da?«

»Nein.«

»Wo sollte das Treffen sein?«

»Wenn du von Daun aus Richtung Rengen und Kelberg fährst, geht es links ab nach Kradenbach. Kein Baum, kein Strauch. Zweihundert Meter hinter der Abbiegung wollte er stehen. Da stand auch ein PKW, aber es war nicht seiner. Ohne Licht. Plötzlich schoß er los. Ich hab noch versucht, von der Straße wegzukommen. Ab ins Feld. Aber es langte nicht mehr. Er erwischte mich voll.«

»Es war also Absicht?«

»Das war astrein Absicht, aber das wird mir kein Mensch glauben.«

»Woher war das Auto? Hast du die Nummer gesehen?«

»Kölner Kennzeichnen.« Seine Sprache wurde undeutlicher, er nuschelte und verschluckte ganze Silben und sein Gesicht war jetzt schneeweiß.

»Schon gut, schon gut«, sagte ich hastig. »Ich brauche den Namen von dem Leutnant.«

»Westmann«, murmelte Mario.

»Und dein Moped ist Schrott?«

»Ja.« Er grinste. »Aber versichert.«

»Ich fahre so bald wie möglich zu diesem Holländer. Ist dir zu dem noch etwas eingefallen?«

Er nickte und schloß die Augen, er war sehr erschöpft. »Mir ist aufgefallen, daß Betty und Ole eigentlich nicht wollten, daß man den kennenlernte. Es war so, als wollten sie sagen: Der gehört allein uns! Kann sein, daß das Schwachsinn ist, aber so sehe ich das. Hast du von Heinrich Mann *Der Untertan*?«

»Ja klar.«

»Kannst du mir das pumpen, ich habe ja jetzt Zeit. Und das wollte ich schon immer mal lesen. Die Angela Schüll vom Buchlädchen in Daun hat gesagt, ich müßte außerdem unbedingt *Schiffsmeldungen* lesen, von einer Kanadierin.«

»Das stimmt, ein wirkliches Klassebuch. Ich besorge dir das. Vielleicht solltest du jetzt schlafen?«

»Das kann ich noch genug«, lallte er. Doch er schlief schnell ein, und es wirkte seltsam beruhigend, daß er übergangslos leise zu schnarchen begann.

Ich schrieb auf einen Zettel: *Halt die Ohren steif, wir brauchen dich noch!* und ging hinaus. Draußen stand, auf den Zehen wippend, ein Weißkittel, vielleicht vierzig Jahre alt. Er lächelte freundlich. »Mein Name ist Grundmann, ich bin der Arzt von dem Mario. Er hat was Komisches gesagt. Die Leute reden manchmal Unsinn, wenn sie zu uns eingeliefert werden.

Der Unsinn vom Mario ist so sehr Unsinn, daß ich mich frage, ob da etwas dran sein kann.«

»Was ist es denn?«

»Während wir ihn untersuchten, sagte er plötzlich, ohne daß wir gefragt hätten, er wäre absichtlich von einem PKW mit Kölner Kennzeichen umgefahren worden. Ist das möglich?«

»In diesem Fall war das mit ziemlicher Sicherheit so. Ich wollte Sie ohnehin bitten, den Mario so schnell wie möglich in ein Zimmer zu legen, das nicht jedermann erreichen kann.«

Der Arzt war betroffen, er druckste herum. »Darf ich erfahren, was dahintersteckt?«

»Natürlich. Das hängt mit dem Brand und dem Doppelmord in Jünkerath zusammen. Vermutlich eine Drogengeschichte. Sie sollten auch die Staatsanwaltschaft in Trier anrufen.«

»Das müssen wir bei diesen unklaren Unfällen sowieso«, nickte er. »Normalerweise wäre dieser Junge sicherlich tot. Daß er noch lebt, verdankt er der Tatsache, daß er sich wegen der Eiseskälte so dick angezogen hat. Der PKW hat ihn stumpf an der rechten Flanke getroffen. Mit ungeheurer Wucht. Er hat ein Schädel-Hirn-Trauma. Das ist in solchen Fällen normal. Aber ich fürchte, wir können seinen rechten Fuß nicht retten.«

Ich konnte nichts sagen.

»Wissen Sie, ob er ein … nun sagen wir gefestigter Charakter ist?«

»Ich weiß, daß er zwar höchst sensibel, aber seelisch wohl sehr stark ist. Doch wer ist schon stark, wenn er einen Fuß verliert? Er ist sehr jung.«

»Sagen Sie dem Vater bitte nichts«, bat er. »Das möchte ich selbst tun.«

»Klar«, versprach ich. Ich bedankte mich und machte mich auf den Heimweg. Ich fuhr ganz trödelig und überlegte, wie Mario damit fertig werden würde, daß er nur noch einen Fuß hatte.

Dinah und Rodenstock waren inzwischen wieder zu Hause. Ich berichtete ihnen, woher ich kam, und Rodenstock fluchte wild, als mache er sich Vorwürfe.

»Das ist ja schrecklich«, hauchte Dinah tonlos. »Und er weiß nichts davon?«

»Nichts. Was sagt die Staatsanwaltschaft zu der Kassette?«

»Sie waren einfach sauer, daß wir auf die Idee gekommen sind und sie nicht«, lächelte Dinah. »Aber sie konnten sich schlecht beschweren. Irgendwie habe ich den Eindruck, daß sie der Mordkommission nicht allzuviel zutrauen.«

Ich legte mir *Moon over Bourbonstreet* auf, Rodenstock war schon im Bett verschwunden, Dinah hockte mir gegenüber in einem Sessel. Da gab das Faxgerät ein Klingelzeichen, und ich beobachtete, wie sich die Nachricht aus Hamburg malte: *Wir möchten die Story exklusiv für die übernächste Ausgabe. Geht das? Und haben Sie Fotos?*

Alles klar! faxte ich zurück.

»Du bist ganz schön fertig, nicht wahr?« fragte Dinah.

»Ja« gab ich zu. »Die Geschichte schmeißt mich. Hinterher wird sich herausstellen, daß diese Tode schrecklich nutzlos waren – wie immer.«

»Gehst du mit mir ins Bett?«

»Ja. Aber ich werde nicht …«

»Ich auch nicht«, sagte sie schnell.

Im Bett fragte sie plötzlich: »Hättest du eigentlich was dagegen, ein Kind zu kriegen?«

»Ich kriege so selten eines«, entgegnete ich. »Nein, ich hätte nichts dagegen.«

»Du brauchst mich auch nicht zu heiraten, Baumeister.«

»Das weiß ich«, sagte ich. »Aber ich bin in dieser Beziehung schrecklich konservativ. Wenn du einen dicken Bauch bekommst, heirate ich dich.«

»Wenn es ein Mädchen wird, soll es Sophie heißen«, sie hatte eine sehr träumerische Stimme, lag auf dem Rücken und bewegte sich nicht.

»Und ein Junge?«

»Da habe ich noch keinen Namen. Vielleicht Siggi II?«

»Um Gottes willen, nicht sowas. Der Junge wird sein Leben lang leiden.«

Nach einer Weile murmelte sie zufrieden: »Wir können ja noch darüber nachdenken. Schlaf gut, und ich liebe dich.«

»Schöne Träume«, wünschte ich ihr. Dann starrte ich gegen die Decke und dachte darüber nach, wo der oder die Mörder Ole und Betty den Hals gebrochen haben könnte. Wahrscheinlich in der Scheunenwohnung. Wenn es wirklich Profis gewesen waren, dann hatten sie es bestimmt vermieden, mit zwei Leichen im Kofferraum durch die Hügel zu kurven. So dämlich würde kein Profi sein.

Das Telefonklingeln unterbrach meine Gedanken. Ich fluchte unterdrückt und beeilte mich. Die Kinderstimme, die ich mein ganzes Leben lang nicht mehr vergessen werde, sagte: »Hier ist Schappi, und ich wollte mal fragen, was du so herausgefunden hast.«

»Nicht viel«, sagte ich. »Es ist mitten in der Nacht, kannst du nicht schlafen?«

»Kann ich nicht, ich muß immer denken.«

»Das wird sich bessern. Paß mal auf, eigentlich ist es gut, daß du anrufst. Ich brauche deine Hilfe. Kannst du mir sagen, wann Ole und Betty am Heiligen Abend in der Scheune angekommen sind? Du hast mir erzählt, Betty hätte gesagt, du darfst am Heiligen Abend bei ihnen sein. Wann hat sie dir das gesagt?«

»Ja, also, als sie wiederkamen. Ich weiß nicht, wann das war.«

»Sie kamen von Daun, oder?«

»Weiß ich nicht. Ich habe gesehen, wie sie kamen. Dann bin ich zu denen hin, und Betty sagte, sie fände es schön, wenn ich abends komme. Aber ich durfte ja nicht.«

»Was hast du denn alles gemacht am Heiligen Abend? Ich meine, vor der Bescherung zu Hause. Hast du Geschenke für deine Mama und deinen Papa eingepackt?«

»Ja, das habe ich auch gemacht. Das war, als ich bei Ole und Betty gewesen bin. Ich mußte dann ja in die Kirche, ich mußte in die 18-Uhr-Messe, ich bin Meßdiener.« Er klang stolz.

»Gut, du bist also in die Kirche gegangen.«

»Nein, mein Papa hat mich hingefahren. Das macht er immer.«

»Das ist aber nett. Hast du bei Ole und Betty ein fremdes Auto stehen sehen?«

»Nee, das fremde Auto war erst da, als wir zurückgekommen sind.«

»Da hast du das gesehen?«

»Ja, genau.«

»Was für ein Kennzeichen hatte das denn, und was war das für ein Auto?«

»Es war ein C 230 von Mercedes, das weiß ich, weil ich die Bilder sammele. Und er war aus Köln. Aber ich bin nicht hingegangen, weil Ole gesagt hat, ich soll niemals kommen, wenn er Besuch hat.«

»Wann hat er das gesagt?«

»Das hat er oft gesagt, das hat er immer gesagt.«

»Weißt du, warum er das gesagt hat?«

»Nein, weiß ich nicht.«

Er wollte dich schützen, dachte ich fiebrig. Er wollte dich vor bestimmten Menschen bewahren. »Bist du auch niemals dabei gewesen, wenn dieser Holländer zu Besuch war? Dieser Jörn van Straaten?«

»Doch, einmal war ich dabei. Aber da war Ole nicht da, und ich kam rein, und Betty und der Holländer waren am Ficken.«

»Wie bitte?« fragte ich schrill.

Mit der Unschuld eines Kindes, das feststellt, daß alle Erwachsenen dämlich sind, sagte er: »Na also, die haben gefickt. Wieso?«

Mir fiel nichts anderes ein, als: »Och, nur so.« Dann sprach ich rasch weiter: »Wann war denn das?«

»Das weiß ich nicht mehr.«

»Kannst du dich erinnern, ob das abends oder tagsüber war? Und was für ein Hemd hast du getragen?«

Er überlegte eine Weile. »Sommer«, entschied er dann. »Weil, ich war mittags mit Betty mit nackten Beinen unten in der Kyll.«

Jetzt kommt es, Baumeister, sei vorsichtig, behandle ihn wie ein rohes Ei. »Sag mal, wollte dein Bruder die Betty eigentlich heiraten?«

»Weiß ich nicht. Sie haben gemeint, man müsse nicht heiraten. Betty hat ja erzählt, sie kriegt jetzt endlich ein Kind. Da habe ich gesagt, daß die meisten heiraten, wenn sie ein Kind kriegen. Ole hat nur gelacht.«

»Hat er sich auf das Kind gefreut?«

»Ja klar. Er hat ... also, ich war dabei, als Betty beim Frauenarzt war. Ich mußte im Wagen warten. Dann sind wir nach Hause gefahren, und Ole hat gerade den Pajero gewaschen. Betty hat gerufen: Du wirst Vater! Da hat er gebrüllt, und ich dachte erst, er schimpft oder so. Aber er hat sich gefreut und gesagt, wenn es ein Junge wird, soll er so heißen wie ich.«

»Wie heißt du denn? Du heißt doch nicht Schappi.«

»Mein Name ist Michael«, erklärte er. »Ich heiße Schappi, weil das das erste Wort war, das ich gekonnt habe, als ich noch ganz klein war. Ole hat auch zu mir gesagt, wenn das Kind kommt, bist du der jüngste Onkel in Jünkerath.«

»Deine Eltern schlafen jetzt wahrscheinlich, oder?«

»Ja, die schlafen. Die haben beide ziemlich viel getrunken. Sie weinen auch viel.«

»Das kann ich gut verstehen. Sag mal, weißt du eigentlich, was Ole und Betty so vorhatten in nächster Zeit?«

»Na, sie wollten doch nach Kanada. Und dann sollte ich nachkommen und bei ihnen leben. Sie haben gesagt, da wäre auch der Niagara-Wasserfall. Stimmt das?«

»Das stimmt. Hast du deinen Eltern von Kanada was erzählt? Und hast du ihnen auch erzählt, daß Betty und der Holländer gefickt haben?«

»Ich habe meinen Eltern nie was von Ole und Betty verraten. Ich habe doch Ole und Betty mein Ehrenwort gegeben. Und ich habe Betty nichts von Ole gesagt und Ole nichts von Betty. Ich bin ja jetzt schon größer, und Ole meinte, ich soll mich nie einmischen und ich soll auch niemals tratschen.«

»Sind Ole und Betty eigentlich oft nach Holland gefahren zu dem Holländer?«

»Ja, ich glaube schon, aber genau weiß ich das nicht. Ich war ja nie mit. Einmal ist Betty allein hingefahren, da war Ole sauer, und er hat sie fast geschlagen. Aber Ole ist auch allein zu dem Holländer gefahren, das weiß ich genau. Und dann war da ja auch noch der Kremers, das ist ein Zivilbulle. Der kam auch manchmal. Ole hat mir gesagt, daß Betty davon nichts wissen sollte. Aber sie hat es trotzdem irgendwie mitgekriegt, und dann hatten sie Qualm in der Küche. Betty hat gesagt, der Kremer ist ein mieser Bulle, und jedes zweite Wort ist gelogen.«

»Moment mal, du meinst den Kriminalpolizisten aus Daun?«

»Klar, das ist der aus Daun. Den hat Ole getroffen. Und einmal war ich dabei, aber sie haben mir gesagt, ich müßte im Wagen bleiben. Das war Ende der Sommerferien, das war im belgischen Supermarkt, wenn man nach Kronenburg fährt und dann etwas weiter.«

»Der belgische Supermarkt in Losheim, gleich nach der Kreuzung?«

»Ja, der. Die haben immer so gute Schokolade, und Ole hat da immer Zigaretten gekauft und so Sachen. Kaffee auch.«

»Wirst du eigentlich nicht müde?« fragte ich, um ihn ein wenig abzulenken.

»Ich kann sowieso nicht schlafen, weil ich immer an das Feuer denken muß. Kannst du mal vorbeikommen. Ich meine, einfach so?«

»Das tue ich«, versprach ich. »Das tue ich ganz sicher.«

»Kann ich dich denn auch mal besuchen? Ich habe auf der Karte nachgeguckt, wo du wohnst. Ist ja nicht weit.«

»Es ist nicht weit«, bestätigte ich. »Aber jetzt mußt du schlafen gehen. Tust du das?«

»Ja, das tue ich. Darf ich noch mal anrufen?«

»Jederzeit. Gute Nacht, Schappi.«

Als ich in das Schlafzimmer zurückkam, begann Dinah sich zu räkeln und fragte träge: »Was ist denn los?«

»Schappi hat angerufen«, berichtete ich. »Er hat massive Schlafprobleme. Ein Bulle mischt in der Geschichte auch mit.«

»Schöne Aussichten«, murmelte sie und schlief wieder ein.

VIERTES KAPITEL

Als ich aufwachte, hockten Dinah und Rodenstock längst in der Küche und frühstückten.

»Der Kripobeamte Kremers, der in Daun stationiert ist, hatte anscheinend engen Kontakt zu Ole«, sagte ich. »Sie trafen sich im belgischen Supermarkt vor Losheim.«

»Steht das ohne Zweifel fest, daß Ole diesen Kremers traf?« fragte Rodenstock.

»Schappi erzählte das heute nacht. Und ich glaube ihm.«

»Gibt es Fotos von Kremers?« fragte Dinah.

»Die müßte es geben. Sartoris vom *Trierer Volksfreund* müßte welche haben, das Blatt zitiert den Bullen öfter. Ich glaube, er heißt Dieter mit Vornamen.«

»Das erledige ich«, murmelte Dinah. »Und zwar jetzt. Wir müssen es beweisen, oder? Sonst glaubt uns kein Mensch. Kremers wird niemals bestätigen, daß er Ole traf.«

»Wir brauchen das Foto«, nickte Rodenstock. »Gute Reise.«

Sie verschwand, und ich versuchte mittels Kaffee wach zu werden. »Wir müssen heute noch an die Gerlinde Prümmer ran, diese Freundin von Betty. Die Gute scheint es ja streckenweise ziemlich schlimm getrieben zu haben. Da fällt mir ein: Ole fuhr einen Mitsubishi Pajero. Das ist ein Jeep. Wo ist der eigentlich?«

»Kann man klären«, meinte Rodenstock. »Ich rufe die Staatsanwaltschaft an.« Er verschwand ebenfalls, und ich begrüßte in Ruhe meine beiden Katzen, die um meine Beine strichen. »Hallo, ihr Schönen. Weihnachten ist vorbei, der Alltag hat uns wieder, alles geht von vorne los.«

Sie schnurrten und schienen das normal zu finden.

Nach einer Weile kam Rodenstock zurückgeschlurft und nörgelte: »Die Staatsanwaltschaft ist auch nicht mehr das, was sie mal war. Pajero? fragte der Mensch.

Pajero? Pajero? Und dann sagte er: Vielen Dank für den Hinweis. Nein, der ist uns noch nicht untergekommen. Mit anderen Worten, sie haben Oles Auto vergessen, oder besser gesagt, sie haben gar nicht daran gedacht, sich danach zu erkundigen. Ich habe dann auch noch Oles Familie in Jünkerath angerufen. Die sagen, der Pajero sei nicht da, und sie hätten gedacht, die Polizei hätte ihn längst sichergestellt.«

»Es stimmt mich heiter, daß andere Leute auch nur Menschen sind. Mit anderen Worten, das Vehikel ist weg.«

»Richtig«, lächelte er. »Wahrscheinlich geklaut. Es ist meine wilde Hoffnung, daß das der entscheidende Fehler ist, den die Täter begingen. Ein Alleintäter scheidet sowieso aus. Nicht bei zwei Leichen, bei Heroin und einem Brand.«

Er begann, das Frühstücksgeschirr abzuräumen, und ließ Spülwasser einlaufen. »Ich denke, wir sollten diesen Kremers anrufen. Und zwar jetzt, und zwar mit Tonaufzeichnung. Einverstanden?«

»Klar.«

Ich stellte den Telefonapparat auf Aufzeichnung, rief dann Rodenstock zum Mithören und wählte die Nummer der Polizei in Daun. »Dieter Kremers, bitte«, verlangte ich.

»Kremers hier. Was kann ich für Sie tun?« Er hatte eine für einen Mann ungewöhnlich hohe Stimme.

»Mein Name ist Siggi Baumeister, ich bin Journalist. Sie haben doch normalerweise nichts mit Drogen zu tun, oder?«

»Nicht die Spur«, bestätigte er fröhlich. »Das machen die Kollegen in Wittlich.«

»Nun wird aber gemunkelt, Herr Kremers, daß Sie den Kleindealer Ole, mittlerweile eine Leiche, häufig getroffen haben. Stimmt das?«

Ohne eine Sekunde zu zögern, antwortete er mit nicht nachlassender Fröhlichkeit: »Das stimmt natürlich nicht. Wer behauptet denn das?«

»Ich schütze meine Informanten. Aber Sie kennen beziehungsweise kannten Ole doch, oder?«

»Selbstverständlich. Jeder auf dieser Wache kennt Ole.«

»Nun sagt meine Informantin aber, daß sie persönlich diese Treffen zwischen Ihnen und Ole beobachtet hat. Präzise gesagt, im und am belgischen Supermarkt vor Losheim.«

»Es ist also eine Frau«, bemerkte Kremers aufgeräumt. »Ich kenne den belgischen Supermarkt in Losheim natürlich. Aber ich habe dort niemanden getroffen, bestenfalls Kaffee gekauft. Das trifft aber für jeden dritten Einwohner im Kreis Daun zu, oder?«

»Das ist richtig«, gab ich zu. »Wenn Sie es nicht waren, muß das also eine Reinkarnation von Ihnen gewesen sein, oder jemand hat Sie geklont.«

»Mal eine Frage, Herr Baumeister«, sagte er. »Wie oft soll ich denn diesen Ole getroffen haben?«

»Mindestens viermal«, log ich.

Kremers seufzte. »Du lieber Himmel, da hat Sie aber jemand aufs Kreuz gelegt. Sagen Sie mir den Namen der Frau, und ich bringe das in Ordnung.«

»Das geht nicht. Informantenschutz«, entschied ich.

»Können wir keinen Handel abschließen? Sie sagen mir den Namen, und ich gebe Ihnen einen bisher unveröffentlichten Bericht über Betrügereien und Einbruch mit Hehlerei im Kreis Daun.«

»Nein, danke«, lehnte ich ab.

»Sie wissen ja, es wird viel geredet, wenn der Tag lang ist«, kalauerte er.

»Es war ja nur eine Frage«, sagte ich. »Vielen Dank denn auch.« Ich hängte ein.

»Du hast ihn unruhig gemacht«, überlegte Rodenstock. »Er wird versuchen herauszufinden, welche Frau ihn verpfiffen hat. Aber im Grunde taugt seine Aussage nicht, um irgend etwas darauf aufzubauen.«

Mein Handy schrillte, und eine kräftige Männerstimme sagte bedächtig: »Hier ist Grundmann vom Krankenhaus in Daun. Könnten Sie schnell herkommen?«

»Irgendwas mit Mario?« fragte ich ängstlich.

»Mit dem auch. Er ist heute morgen operiert worden. Der Fuß war nicht zu retten. Es ist etwas anderes passiert, Sie sollten wirklich kommen.«

Ich kannte das. Dieser totale Abbruch der gewohnten Rhythmen im Leben, diese Hilflosigkeit angesichts all der Brutalitäten machte Menschen zu äußerst präzise arbeitenden Informanten. Es war so, als könnten sie durch ihre Informationen den Fall schneller zum Abschluß bringen, als sei nichts wichtiger, als alles vergessen zu können.

»Ich komme«, sagte ich und wandte mich an Rodenstock. »Es gibt Arbeit, du bist keine kleine Hausfrau mehr.«

»Was ist?«

»Sie haben dem Mario den rechten Fuß amputieren müssen. Heute morgen. Und der Arzt hat was für uns.«

»Das ist ja furchtbar«, murmelte er. »Der Junge wirkte so aufgeweckt, richtig helle.«

»Laß uns fahren«, forderte ich.

Dr. Grundmann stand beim Pförtner und sah schmal und blaß aus. »Es ist etwas ganz Verrücktes passiert.«

»Das ist mein Freund Rodenstock«, sagte ich. »Absolut ein Freund.« Sie reichten sich kurz die Hand.

»Wir gehen am besten in mein Büro«, schlug Grundmann vor. Er ging mit weit ausholenden Schritten voran, sein Büro war ein kleines Kabuff, in dem kaum Platz war für uns drei.

»Ich erzähle Ihnen den Fall und muß Sie gleichzeitig um absolute Diskretion bitten. Ich habe mich entschlossen, Sie einzuweihen, weil ich vermute, daß das alles irgendwie mit Mario zusammenhängt und den Gerüchten über Drogen hier im Landkreis.« Er setzte sich umständlich und murmelte plötzlich: »Ich werde eine Zigarette rauchen.« Er beugte sich über ein Fach seines Schreibtisches. »Hier müssen doch welche liegen. Ah ja, da sind sie.« Es waren Gauloises.

Ich nahm die *Zenta* von *Georg Jensen* und stopfte sie mir.

»Wir sind hier natürlich nicht auf Drogen spezialisiert«, begann er. Er paffte, er konnte gar nicht rauchen. »Aber immerhin haben wir bei Drogenfällen Aufnahmepflicht, und wir haben junge Ärzte gezielt zur Weiterbildung geschickt. Wir wissen also, was zu tun ist, wenn ein Drogenfall eingeliefert wird. Und die Fälle häufen sich in der letzten Zeit in einem bedrohlichen Umfang. Nun zu dieser Sache jetzt. Ein Sproß einer sehr bekannten, sehr wohlhabenden Familie aus Gerolstein hängt seit Jahren an der Nadel. Heroin. Eigentlich ist er ein Polytoxiko-man, er nimmt also alles, was ihn an- und abtörnt ...«

»Halt, stop«, sagte Rodenstock schnell, »wie alt ist der Knabe?«

»Sechsundzwanzig.«

»Seit wann süchtig?«

»Das wissen wir nicht. Er selbst spricht von drei Jahren, ich nehme an, es sind mindestens sechs.«

»Können wir den Klarnamen haben?« fragte ich.

Grundmann schüttelte den Kopf. »Das geht nicht, aber ich gebe Ihnen Hinweise. Der junge Mann ist auf dringende Bitten seines Vaters freiwillig zunächst in das Krankenhaus nach Gerolstein gegangen. Zur körperlichen Entgiftung. Er hatte versprochen, anschließend nahtlos in eine stationäre Therapie nach München zu verschwinden. Nur dann macht ein solches Verfahren Sinn. Aber dann passierte etwas, das nicht eingeplant war: der junge Mann bekam dermaßen viel Besuch, daß der Kollege in Gerolstein die Verantwortung nicht mehr übernehmen wollte. Er hatte Angst, daß einer dieser Besucher seinem Patienten irgendwelche Stoffe mitbringen würde. Die erste kritische Phase der körperlichen Entziehung war zu dem Zeitpunkt abgeschlossen. Der Kollege aus Gerolstein rief also mich an und bat, ob wir den jungen Mann aufnehmen könnten. Ich sagte selbstverständlich unsere Hilfe zu, aber ich stellte eine Bedingung: Der Kollege in Gerolstein sollte jedermann die Auskunft erteilen, der Patient sei auf eigenen Wunsch nach Süddeutschland verlegt worden und der Name der Klinik sei aus Datenschutzgründen nicht zu nennen.

Nun gut, der Patient wurde also mitten in der Nacht hierher verlegt.«

»Wann war das?«

»Vorgestern«, sagte der Arzt tonlos, und ich ahnte Böses. »Gestern nun passierte folgendes: morgens gegen elf Uhr tauchte ein Besucher bei der Stationsschwester auf und sagte, er sei Drogenberater bei der Behörde und wolle den Patienten besuchen. Der Mann war ungefähr dreißig Jahre alt, trug einen Anzug, Krawatte, sehr ordentlich, ein richtiger Beamter. Die Stationsschwester hielt das alles für völlig normal und zeigte dem Mann das Zimmer des Patienten. Der Mann bedankte sich und ging hinein. Ungefähr eine Stunde später kontrollierte die Stationsschwester routinemäßig vor dem Mittagessen den Patienten. Sie fand ihn nahezu bewußtlos, und er war voll mit Stoff. Ich weiß nicht, ob Sie jemals erlebt haben, wie Heroin bei Entzug wirkt. Der Körper des Patienten wird von wilden Zuckungen erschüttert. Buchstäblich so, als hätte er ein Schlangennest im Magen. Wir wissen nicht, ob er durchkommt, es ist mehr als kritisch.«

»Heiliger Strohsack!« hauchte ich

»Und es ist Heroin?« fragte Rodenstock.

Grundmann nickte. »Kein Zweifel.« Er war aufgeregt, wütend und traurig. »Vielleicht war es ein Dealer, vielleicht ein Freund. Wir wissen es nicht, wir konnten ihn bisher nicht identifizieren. Kremers von der Kripo hat uns versprochen, die Sache unauffällig und sofort zu untersuchen.«

»Dieter Kremers?« fragte ich.

»Ja. Er wußte von mir, daß wir den Patienten übernommen hatten. Er mußte es wissen, er wollte den Mann nämlich verhören, sobald der einigermaßen gesund war.«

»Sieh an«, murmelte Rodenstock.

»Offene Frage«, bolzte ich los. »Warum erzählen Sie uns das?«

»Es ist wegen Mario. Sie haben doch gesagt, sein Unfall war kein Unfall und steht in Zusammenhang mit der Drogenszene hier im Landkreis. Und mein Patient ist heroinabhängig und wird im Krankenhaus unter Stoff gesetzt. Deshalb.«

»Danke«, sagte ich und meinte es so.

»Ist der Patient noch hier?« fragte Rodenstock.

»Selbstverständlich nicht. Wir haben ihn nach Mainz in die Uniklinik fliegen lassen. Sie sagen, es ist kritisch, aber da sie gut sind, hoffe ich, daß sie ihn durchkriegen. Ich frage mich fassungslos, wie diese Leute herausgefunden haben, daß der Patient hierher verlegt worden ist. Gewußt hat es in Gerolstein nur der behandelnde Arzt, nicht einmal seine Schwestern hat er informiert. Gewußt hat es außerdem die Besetzung des Krankenwagens vom Deutschen Roten Kreuz. Aber die schwören, kein Sterbenswörtchen gesagt zu haben. Hier wußte ich davon und die Stationsschwester, sonst niemand. Nicht einmal die stationäre Aufnahme von der Verwaltung, weil die an den Weihnachtstagen selbstverständlich gar nicht gearbeitet haben. Hat also etwa der reiche Papi, der Chemieunternehmer, geschwätzt? Sowas ist doch unvorstellbar, oder etwa nicht?«

»Bleibt noch der Kriminalbeamte«, erinnerte Rodenstock.

»Gut, habe ich auch schon dran gedacht, aber das erscheint mir abenteuerlich, denn der unbekannte Besucher hatte Heroin in einer Spritze bei sich. Schickt Kremers einen Dealer mitsamt Heroin?«

»Unwahrscheinlich«, murmelte ich und kratzte meine Pfeife aus, sie zog nicht.

Rodenstock wollte etwas sagen, schwieg dann aber.

»Sie sollten das wissen«, murmelte Grundmann. »Machen Sie damit, was Sie wollen, aber sagen Sie niemandem, daß Ihr Wissen von mir stammt.«

»Wir versprechen es«, nickte Rodenstock. »Ist … ist Mario schon vernehmungsfähig?«

»Nein. Er liegt noch im Tiefschlaf, und wir wollen diese Phase ausdehnen. Das wird noch schwer genug.«

Wir gingen. Im Aufzug meinte ich: »Kremers hat eine Schweinerei am Bein.«

»Das ist das Phantastische an der Situation eines Beamten«, schimpfte Rodenstock aufgebracht. »Er kann alles abstreiten bis zum Abwinken, er braucht keinerlei Auskunft zu geben. Er sagt, er hat mit Drogen nichts am Hut, er kennt Ole nicht persönlich. Er hat den Gesetzgeber und seinen Staatsanwalt vollkommen hinter sich, wenn er alles abstreitet, im Gegenteil: Er muß es geradezu abstreiten. Verstehst du seinen paradiesischen Zustand?«

»Ja, natürlich«, sagte ich betroffen. »Ich verstehe, was du sagen willst. Aber hältst du die Sache nicht für komisch?«

»Sie ist nicht nur komisch, sie stinkt geradezu«, seufzte er. »Das ist es, was mich so wütend macht. Und wer bitte ist diese Chemie-Sippe?«

Ich mußte grinsen. »Das ist die typische Eifler Art, höchst wichtige Informationen weiterzugeben, ohne Namen zu nennen. Es ist klar, wen er meinte. Und was machen wir jetzt?«

»Halt, stop. Wer ist denn der Süchtige nun? Hat der einen Namen?«

»Hat er. Jonny. Und jetzt?«

»Wir kümmern uns ganz nebenbei um meinen Kollegen Dieter Kremers«, sagte er leichthin.

Wir fuhren nicht direkt nach Hause, sondern nahmen den Weg über Gerolstein und fielen im *Poseidon* ein, um Gouwezi zu essen, geschmortes Schweinefleisch mit dikken Bohnen.

»Was macht dieser Chemievater eigentlich?« fragte Rodenstock.

»Ich weiß nicht genau«, sagte ich. »Die Sippe gilt als sehr reich und steckt mit ihrem Kapital in allen möglichen Unternehmen der Eifel. Der Sippenälteste gilt als autoritär und absoluter Herrscher. Wenn er sagt, daß morgen früh die Sonne nicht über der Eifel aufgehen soll, wird der liebe Gott sich danach richten.«

»Haben wir einen Kontakt in diese Richtung?«

»Ja«, nickte ich. »Melanie heißt die Dame. Sie ist hübsch, langbeinig und absolut ohne Moral. Sie lacht dreckig, hat eine Gauloises-Stimme und säuft Schnaps wie andere Leute Gerolsteiner. Sie ist ein ganz besonderes Schätzchen. Jonny hat sie in Köln aufgegabelt.«

»Nimm dein Handy und ruf sie an.«

Ich gehorchte. »Melanie, Schöne, ich grüße dich. Der Siggi Baumeister braucht dich mal eine halbe Stunde.«

»Wozu?« fragte sie und lachte.

»Zum Reden«, sagte ich.

»Wann?«

»In einer halben Stunde«, bestimmte ich. »Wo?«

»In meinem Apartment«, schnurrte sie. »Das ist ...«

»Ich weiß, wo das ist«, entgegnete ich.

So wurde das Gouwezi nur eine kurze Erholung, weil wir wegen des Termins sehr schnell schlingen mußten. Der Wirt sah besorgt zu und fragte: »Schmeckt es nicht?« Wir versicherten, es sei köstlich, und verschwanden beinahe im Laufschritt.

»Diese Eifel bringt mich noch mal um«, keuchte Rodenstock.

»Alle Leute behaupten, hier ist nichts los«, sagte ich triumphierend.

Melanie war eine weißblonde Schönheit von etwa einem Meter achtzig. Wie sie da in ihrer Apartmenttür stand, wirkte sie locker wie zweieinhalb Meter. Sie trug grüne Leggins zu einem fatal ausgeschnittenen hemdartigen Oberteil, und ihre Beine hörten überhaupt nicht auf. »Hallo!« sagte sie. Dann sah sie hinter mir Rodenstock und grinste: »Aber es wäre doch nicht nötig gewesen, gleich den Papi mitzubringen!«

»Das freut mich aber«, murmelte Rodenstock und reichte ihr die Hand.

Ich wurde umarmt und bekam einen Kuß auf die Wange gehaucht. »Kommt rein, setzt euch, was zu trinken?«

»Nix«, sagte Rodenstock.

»Was liegt an?«

Ich wußte, daß sie arbeitslos gemeldet war, und ich wußte auch, daß sie auf diesen Zustand meistens stolz war. »Wer bezahlt dir denn die Hütte?«

»Das Sozialamt«, erklärte sie und lächelte allerliebst.

»Und wer bezahlt dein Auto? Versicherung? Sprit?«

»Heh, Baumeister, bist du unter die Bullen gegangen? Das ist doch ein Verhör.«

»Quatsch«, widersprach ich. »Ich war zu Besuch bei einem gemeinsamen Freund. Bei einem, der Heroin mochte und jetzt runterkommen will.«

»Ach so«, sagte sie begierig, »jetzt verstehe ich. Wie geht es Jonny?«

»Phantastisch«, sagte ich. »Ich schätze, er schafft es wirklich. Bezahlt er deine Karre?«

»Natürlich. Das Apartment hier gehört ihm, das weißt du doch.«

»Das weiß ich«, bestätigte ich. »Sag mal, Weib, kiffst du, oder hast du irgendeinen anderen Stoff am Bein?«

Sie hatte einen funkelnagelneuen Wohnzimmerschrank aufgebaut, ein erschreckendes Möbel. Es war tiefschwarz lackiert und hatte das Aussehen einer neogotischen Kathedrale im Stil einer mißlungenen Laubsägearbeit. Auf dem Möbel und hinter seinen Glasscheiben hockten, standen und lagen Puppen herum, die meisten vom Typ Pierrot, schwarz-weiß gekleidet und mit einer dekorativen Träne unter dem rechten Auge.

Sie schüttelte ganz sanft den Kopf. »Nicht die Spur. Kann ich mir nicht erlauben. Was sagt Jonny denn so? Wann kommt er wieder?«

»Weiß er selbst nicht. Kommt auf die Therapie an. Hast du ihn hier in Gerolstein im Krankenhaus besucht?«

»Na sicher doch. Aber da ist er ja nicht mehr. Wo ist er, Baumeister? Sie haben im Krankenhaus gesagt, er wär in einer Klinik in Süddeutschland. Aber sie sagen nicht, wo.«

»Das werde ich auch nicht verraten, ich hab's versprochen. Sag mal, kennst du einen Dieter Kremers von der Polizei in Daun?«

Sie überlegte. »Nein, keine Ahnung. Was macht der? Drogen?«

»Ja und nein«, mischte sich Rodenstock ein. »Was würden Sie sagen, wenn ich behaupte, daß Kremers hier in diesem Apartment war? Wenn ich das definitiv weiß.«

Sie lächelte augenblicklich. »Dann würde ich denken, die wissen sowieso schon alles, und antworten: Stimmt, er war hier. Aber er hat gebeten, darüber zu schweigen.«

»Wann war er denn hier?« fragte ich.

»Zweiter Weihnachtstag abends gegen elf Uhr«, ergänzte sie schnell. »Damit ihr nicht weiter zu fragen braucht: er wollte wissen, von wem Jonny das Heroin bekommt. Ich habe gesagt, ich hätte keine Ahnung.«

»Und? Hast du keine Ahnung?« fragte ich.

»Natürlich habe ich Ahnung. Es kommt meistens aus Köln, aber die Leute, die es bringen, habe ich nie gesehen. Jonny kriegt einen Anruf, dann fährt er immer allein zu irgendeinem Treff.«

»Was heißt, daß das Heroin meistens aus Köln kommt?« fragte Rodenstock. »Kam es auch schon mal woanders her?«

»Ja. Die letzten dreimal oder so kam es von Leuten, die hier leben.«

»Von Ole und Betty aus Jünkerath«, sagte ich sehr sicher.

»Stimmt«, nickte Melanie. »Ich habe Jonny gesagt, er soll vorsichtig sein, denn diese kleinen Pinscher könnten ihn leicht erpressen. Aber sie erpreßten ihn nicht, ich lernte sie kurz kennen. Sie waren ziemlich cool drauf. Und jetzt sind sie verbrannt.«

»So isses«, bestätigte Rodenstock. »Sagen Sie mal, Melanie, hat dieser Kremers Ihnen denn etwas versprochen? Ich nehme nicht an, daß er gekommen ist, nur um mit Ihnen einen Schluck zu trinken.«

»Er hat nichts versprochen.« Sie zog die Beine hoch. »Mehr kann ich dazu nun wirklich nicht sagen, weil ich die Männer, die das Heroin aus Köln brachten, überhaupt nie gesehen habe. Das schwöre ich. Komisch war nur, daß Kremers genau wußte, daß Ole und Betty die letzten Male als Lieferanten aufgetreten sind.«

»Genau das wollte ich wissen«, murmelte Rodenstock mit tiefer Befriedigung.

»Was ist?« fragte ich. »Bist du exklusiv für Jonny da?«

Sie nickte. »Na sicher doch. Sein Vater hat angerufen und gesagt, er bezahlt mich weiter und will, daß ich nur für Jonny da bin. Das ist ein toller Zustand, oder? Ich werde bezahlt und muß nichts tun.«

»Sehr gut«, nickte ich.

»Sie sind also quasi bei der Familie angestellt?« fragte Rodenstock erstaunt.

»Korrekt«, murmelte sie.

»Und den Vater bedienst du nicht?« erkundigte ich mich.

»Oh nein«, sie lachte. »Der Gute ist impotent, total impotent. Seitdem sitzt der nur noch im Wald bei seiner Jagd.«

»Wann hast du denn das letzte Mal mit Jonny gesprochen?«

»Gestern, ziemlich früh, bevor er dann nach Mainz weggeflogen wurde«, sagte sie leichthin. Dann zuckte sie zusammen und hauchte: »Verdammte Scheiße!«

»Wenn Sie das auch wissen, was wissen Sie noch?« fragte Rodenstock eindeutig höhnisch.

Sie nickte, sagte nichts, sie war sehr blaß und atmete sehr hastig.

»Laß es raus, Melanie«, forderte ich.

»Ich will nichts mehr sagen«, sie schien plötzlich zu frieren, sie schauerte zusammen.

»Es wäre aber besser«, sagte Rodenstock eindringlich. »Wir könnten sonst auf die Idee kommen, die Staatsanwaltschaft anzurufen.«

»Bloß das nicht«, sagte sie hastig. »Die wissen doch davon gar nichts. Das lief nur zwischen Kremers und Jonny.«

»Was lief da?« fragte ich.

Sie starrte an uns vorbei auf die kleine Terrasse hinaus. »Ich muß wohl«, seufzte sie matt. »Also, soweit ich weiß, hat Kremers Jonny absolute Straffreiheit zugesagt, wenn Jonny seine Lieferanten an Kremers verpfeift und als Zeuge auftritt. Kremers sollte dafür die Bahn freimachen für den Entzug im Krankenhaus und die beste Therapie besorgen, die man in Deutschland haben kann. Das lief alles korrekt ab. Bis gestern. Da kam irgendein Typ und hat Jonny vollgepumpt. Kremers sagte mir eben am Telefon, er hätte keine Ahnung, wer das war, aber er würde das schon herauskriegen. Ich soll einfach den Mund halten und niemandem was sagen. Ich weiß aber, daß Kremers auch bei Jonnys Vater gewesen ist. Und zwar vorgestern. Ich weiß aber nicht, was da besprochen worden ist.«

Ich sah Rodenstock an, und er nickte.«Das reicht erst mal. Ich würde dir raten, dich da rauszuhalten. Das riecht alles ziemlich schmutzig. War Kremers eigentlich sauer, daß das Krankenhaus in Daun Jonny sofort ausgeflogen hat?«

»Er war stinksauer«, nickte sie. »Er hat rumgeschrien, das wäre doch gar nicht nötig gewesen.«

»Sieh einer an«, murmelte Rodenstock.

Wir verabschiedeten uns und gingen.

»Es kann sein, daß Kremers in dieser Sache einen Sonderauftrag hatte«, spekulierte Rodenstock.

»Und wie willst du das herausfinden?«

»Fragen«, sagte er lapidar. »Fragen kostet nichts.«

»Kannst du einem Durchschnittsgehirn bitte dieses Chaos erklären? Du siehst so unverschämt allwissend aus. Das macht mich ganz krank.«

Rodenstock blieb draußen am Portal des Apartmenthauses stehen. »Was wissen wir von Kremers? Wir nehmen mit Sicherheit an, daß er mit Ole zusammengetroffen ist. Wir wissen nicht, warum, weil er abstreitet, daß es so war. Er hat seinen Segen gegeben, daß Jonny von Gerolstein nach Daun verlegt wurde, das heißt, er wußte davon. Er hat Jonny Straffreiheit zugesichert, wenn der die Dealer an Kremers ausliefert. Das ist doch ein eindeutiges Bild, oder?«

»Ich verstehe euch Bürokraten nicht. Was, bitte, ist ein eindeutiges Bild?«

»In diesem Fall ist ein eindeutiges Bild, daß Kremers entschieden abstreitet, überhaupt etwas mit Drogen zu tun zu haben. Tatsächlich aber beherrscht er Jonny, tatsächlich beherrscht er Melanie, tatsächlich mischte er bei Ole mit. Er versuchte auch, Mario zum Spitzel zu machen. Bürokratisch heißt das: Entweder hat er den Spezialauftrag eines Staatsanwaltes, oder aber … sag mal, kommst du nicht drauf?«

»Nein, verdammt noch mal.«

Rodenstock kratzte sich am Kinn. »Also gut, du Greenhorn. Das heißt, Kremers macht einen Alleingang. Er weiß, daß die Polizei auf dem Drogensektor wegen fehlender Leute praktisch nichts erreichen kann. Also sagt er sich: Ich ziehe ein dickes Ding allein durch. Schafft er das und liefert einen Drogenring ab, dann bekommt er eine Belobigung und wahrscheinlich seine Beförderung. Das wiederum bedeutet, daß man ihn möglicherweise auf einen Chefsessel in Sachen Drogenbekämpfung setzt. Jetzt klar?«

»Glasklar. Aber wie sollen wir das beweisen?«

Er sah mich mit schmalen Augen an: »Vielleicht wäre es am einfachsten, es gar nicht zu beweisen, sondern einfach vorauszusetzen.«

»Mit anderen Worten: mein Freund Rodenstock glaubt, daß Kremers den jetzigen Zustand der Szene im Landkreis hergestellt hat.«

»Das könnte sein«, nickte er. »Bisher stolpern wir beide durch diese Szene und mutmaßen. Jetzt, zum erstenmal, kriegen wir Fakten. Und immer hat dieser Kremers sie hergestellt.«

»Das bedeutet, daß Kremers mit Dealern zusammenarbeitet?«

»Es wäre nicht das erste Mal in der deutschen Drogenszene.«

»Aber warum sollte er das tun?« fragte ich drängend.

»Er will eine Generalstabsarbeit liefern, um seine Karriere zu beschleunigen.«

»Und was macht er dann bei dem reichen Mann, beim Vater von Jonny?«

»Das sollten wir den fragen«, entgegnete Rodenstock ruhig.

»Verdammt noch mal, woraus schließt du denn das alles?« Ich glaube, ich brüllte fast.

»Du hast doch gehört, was Melanie ganz nebenbei durchsickern ließ«, seine Stimme war sehr nachsichtig, als habe er ein Kleinkind vor sich. »Es ist etwas schiefgegangen. Dieser Dr. Grundmann hat blitzschnell begriffen, daß Jonny im Dauner Krankenhaus nicht sicher ist. Er ließ einen Hubschrauber kommen und den Patienten wegfliegen. Normalerweise müßte nun Kremers für dieses Manöver des Dr. Grundmann dankbar sein, denn das war die einfachste Möglichkeit, Jonny am Leben zu erhalten. Aber ist Kremers dankbar? Nein, im Gegenteil. Er flucht herum und erklärt Melanie, das Ausfliegen mit dem Hubschrauber sei eine völlig unnötige Sache gewesen. Warum wohl?«

»Du lieber Gott, er wollte ...«

»Wahrscheinlich!« nickte Rodenstock. »Kremers wollte nicht, daß Jonny überlebt, denn Kremers ist im Grunde der Einzige, der diesen merkwürdigen Sozialarbeiter mit Spritze und Heroin ins Krankenhaus schicken konnte.«

»Das ist doch alles total verrückt, um sehr viele Ecken gedacht«, stöhnte ich.

»Da hast du recht«, gab er zu. »Wir sollten uns die Köpfe nicht heiß machen lassen, wir sollten geduldig und solide vorwärts arbeiten. Wir müssen nach Holland, Baumeister.«

»Wir müssen erst zu Gerlinde Prümmer«, berichtigte ich. »Du lieber Himmel, du hast mich besoffen gequatscht.«

»Das tut mir aber leid«, log er.

Dinah war erst nicht zu entdecken, bis wir sie im Bad trällern hörten. Sie hockte in der Wanne, genußvoll, ausgiebig und fast schon sauber, wie sie versicherte. Ich durfte sie besuchen.

»Hast du ein Foto von Dieter Kremers?«

»Habe ich. Liegt drüben im Schlafzimmer auf deinem Kopfkissen. Es zeigt ihn bei einem Vortrag in einer Grundschule. Das Thema war ‚Der fremde Onkel', oder so ähnlich. Er sieht übrigens aus wie ein erfolgloser Zuhälter.«

»Wie, um Gottes willen, sieht ein erfolgloser Zuhälter aus?«

»Das weiß ich auch nicht«, gab sie zu. »Aber Kremers sieht eben so aus, wie ich mir im Augenblick einen erfolglosen Zuhälter vorstelle. Baumeister? Könntest du vielleicht in die Wanne steigen?«

»Die läuft über.«

»Und wenn?«

Ich ging also ins Schlafzimmer und zog mich gemächlich aus. Kremers war ein blonder, dicklicher Mann, vielleicht 175 Zentimeter groß, um die Vierzig. Sein Gesicht war rund wie ein zufriedener Vollmond, und da er lachte, sah ich, daß er schlechte Zähne hatte. Erfolgloser Zuhälter? dachte ich.

Ich stieg zu Dinah in die Wanne, und tatsächlich schwappte etwas Wasser über den Rand.

»Ist es wahr, daß es aus physikalischen Gründen unter Wasser nicht geht?« fragte sie.

»Ich weiß sowas nicht«, sagte ich.

»Wir versuchen es«, meinte sie eifrig.

Eine Stunde später hockten wir alle zusammen am prasselnden Kamin und telefonierten erneut. Dinah meldete uns bei Gerlinde Prümmer an, Rodenstock versuchte bei der Staatsanwaltschaft herauszufinden, wo denn der Mitsubishi Pajero von Ole abgeblieben sei, und ich sprach mit dem Oberstudienrat Werner Schmitz, mit dem ich gelegentlich schwätzte, wenn mir die Welt zum Hals heraushing.

»Was treibst du so?« fragte er gutgelaunt.

»Ich recherchiere die Geschichte in Jünkerath«, sagte ich griesgrämig.

»Und die macht dir keinen Spaß?« Er lachte.

»Nicht sehr. Was sagen deine Flüstertüten in bezug auf die Drogenszene im provinziellen Landkreis?«

Er wurde ernst, machte »hm, hm«, zögerte. »Komisch, daß du das mich fragst. Wenn du den Fall Jünkerath bearbeitest, müßtest du doch genau wissen, was hier gebacken wird.«

»Eigentlich weiß ich es auch, aber das Leben wäre schöner, wenn ich gar keine Ahnung hätte. Also, was reden deine Kundschafter?«

»Sie sagen, die Lage ist ernst, aber nicht hoffnungslos. Im Ernst, die meisten Jugendlichen sind clean, die halten sich raus. Auf der anderen Seite steigt aber die Zahl derer, die es mit Alkohol, Tabletten, Haschisch, Ecstasy, Kokain und so weiter versuchen. Hast du andere Informationen?«

»Nein. Auf jeden Fall haben die Konsumenten den Markt hier ziemlich kostbar gemacht. Kostbar genug, daß ein paar Leute Krieg führen. Was macht dein kostbarer Sohn?«

»Sky? Der droht siebzehn zu werden und hat eine Menge Probleme zur Zeit. Erstens hat seine Freundin ihn verlassen, zweitens hängt er nur noch rum, drittens hat er eigentlich von all seinen angeblichen Freunden die Schnauze restlos voll. Er sagt, die hängen nur noch lallend ab.«

»Was, bitte, heißt das?«

»Das heißt, daß die sich jeden Tag treffen. Jeden Tag woanders und immer im elterlichen Haus oder der elterlichen Wohnung. Dann wird erst einmal eine geraucht, also gekifft. Dabei wird Musik gehört, dann läuft der Fernseher. Wenn sie Pillen haben, schmeißen sie die zusätzlich ein. Dazu wird Bier getrunken und meistens noch ein paar Schnäpse oben drauf. Jeden Tag.«

»Und das regt deinen Sky auf?«

»Der Junge ist vollkommen verunsichert, weil er natürlich weiß, daß diese Zustände zu nichts führen außer zur Auflösung der Persönlichkeit. Aber auf der anderen Seite sind das Kumpel, die er braucht, um nicht ganz allein zu sein. Er sagt, er haßt diesen Zustand. Er gibt zu, daß er ab und zu raucht. Er meint aber, das sei überhaupt nicht sein Problem. Sein Problem sei, daß spätestens eine halbe Stunde nach Beginn des Treffens die ganze Clique benebelt ist. Sky ist ziemlich am Ende.« Schmitz wirkte jetzt bekümmert.

»Hast du Sky mal gefragt, wie lange das dauert, bis eine Lieferung Drogen in Daun ankommt?«

»Das kannst du selbst ausrechnen. Das Zeug kommt von Koblenz, Trier oder Köln. Anderthalb Stunden, nachdem es bestellt wurde, ist es in Daun. Manchmal fahren die Jungen auch selbst, einer mit Führerschein ist ja immer dabei ist. Sie verabreden sich in einer der Großdiskos: Wittlich, Trier, Koblenz und so weiter. Auf dem Parkplatz läuft der Deal, und anschließend geht die Post ab. Das Ganze ist sehr brutal geworden. Das siehst du an Jünkerath, oder?«

»Stimmt«, bestätigte ich. »Was tun die Schulen?«

»Nichts. Die halten sich raus. Und wenn ruchbar wird, daß ein Kind Drogen nimmt, sind die Eltern schuld. Die Eltern schieben die Schuld auf die Schule. Beide Parteien sagen, die Polizei versagt. Die Polizei meint: Wir haben keine Beamten, wir können wegen der Personalnot nicht ermitteln.«

»Und die Jugendämter?«

»Die sind überfordert und können nur warnen. Eltern müssen mehr tun, Schulen müssen mehr tun, die Polizei muß mehr tun. Mit anderen Worten: Die Leistungsgesellschaft zeigt sich in all ihrer kalten Pracht. Stimmt es, daß diese tote Betty sowas wie eine kleine Nutte war?«

»Das wissen wir noch nicht genau«, nuschelte ich. »Sie war auf jeden Fall eine Seele von Mensch, ein guter Kumpel. Und sie wäre ein paar Monate später bestimmt eine gute Mami geworden.«

»Habt ihr denn schon einen Verdacht, wer diese furchtbare Geschichte angerichtet hat?«

»Nein.«

»Und die Staatsanwaltschaft? Weiß die mehr?«

»Ich fürchte, ebenfalls nein. Sag mal, war dieser Ole nicht mal in deiner Schule?«

»War er. Ich kann mich gut erinnern. Hochintelligent. Leider mit Eltern gesegnet, die absolut keine Vorstellung davon haben, weshalb man ein Gymnasium besuchen sollte und was in einer Schule überhaupt vor sich geht.«

»Weshalb ist er denn abgegangen?«

»Wir haben versucht, ihn zu halten, weil er wirklich intelligent war. Er war einfach gut in Deutsch, Geschichte, Sprachen. Aber der Vater meinte wie ein Bullerkopp: Was soll der Jung auf dem Gymnasium? Der faulenzt doch nur. Und um den Hof zu führen, braucht er kein Gymnasium. Es war nichts zu machen. Ich erinnere mich, daß Ole auf dem Lokus vor einem Pissoirbecken stand und weinte. Er weinte hemmungslos und konnte kein Wort sagen. Ich habe dann die Eltern noch einmal besucht. Die Mutter hatte absolut kein Mitspracherecht, und der Vater betonte, alle Eltern seien absolut bildungssüchtig, neurotisch und lebensblind, und er würde diesen Zirkus auf keinen Fall mitmachen.«

»Weißt du, ob Ole einen Erwachsenen hatte, dem er vertraute?«

»Ja, hatte er. Wenigstens damals war das so. Den Pfarrer Hinrich Buch. Aber ich weiß nicht, ob das für die letzte Zeit noch galt.«

»Ich kann ihn fragen«, sagte ich. »Und ... danke dir.«

»Schon gut«, sagte er trocken. »Wir haben eine beschissene Situation, und ich kann die nicht schönreden. Aber bei der Gelegenheit kann ich dich auf einen Punkt aufmerksam machen, der unseren Kindern großen Kummer macht: die Polizei ist angesichts der wachsenden Szene und fehlender Beamter dermaßen unter Druck, daß sie zuweilen völlig wahllos die mit Drogen gefaßten Jugendlichen auffordert, als V-Männer tätig zu sein. Sie verspricht dafür eine besonders faire Behandlung – was immer das heißt. Manchmal verspricht sie auch Geld. Sie züchtet damit einen Stamm möglicher Verräter heran, denn die Kinder urteilen eindeutig: das ist Verrat.«

Ich dachte an Mario. Er hatte diesen Verrat nicht mitmachen wollen und dafür bezahlen müssen. »Du hast recht, das ist eine miese Situation.«

»Und noch etwas sollten wir nicht außer acht lassen. Mein Sky sagt mir immer wieder: wenn Erwachsene über Drogen reden, geht es ausschließlich um Jugendliche. Dabei wissen wir, daß die Jugendlichen zwischen 14 und 18 von der Gesamtzahl der Konsumenten nur ein Viertel ausmachen. Eigentlich sind die Erwachsenen unser Problem. Die Kids wissen das genau, und sie hassen uns für diese Verlogenheit.«

»Kennst du eigentlich den Kripobeamten Dieter Kremers?«

»Ja«, sagte Schmitz sofort. »Bekannt. Sei vorsichtig, der Junge ist link. Mischt der mit?«

»Es sieht so aus. Woher kennst du ihn?«

»Parteiarbeit. Er hat gerade ein Grundstück gekauft, angeblich für einen lächerlichen Preis. In Gerolstein. Er baut, er baut ziemlich groß für einen kleinen Bullen.«

»Gerolstein?« fragte ich. »Und der Verkäufer des Grundstücks ist der Vater von Jonny, der reiche Chemiemann?«

»Du hast ein Wasserschloß am Niederrhein gewonnen«, murmelte er trocken. »Mach es gut, mein Alter, ich muß jetzt los, ich habe keine Zeit mehr.«

Dinah und Rodenstock hatten bereits ungeduldig gewartet, daß ich das Gespräch beendete. »Wir können gleich zur Gerlinde Prümmer«, sagte Dinah. »Sie wartet auf uns. Ihr Mann wird dabei sein.«

»Und der Pajero von Ole ist nicht aufzutreiben«, berichtete Rodenstock. »Was hast du da eben gesagt vom Kremers?«

»Jonnys Vater hat ihm ein Grundstück verkauft. Äußerst billig.«

»Schau, schau«, murmelte Rodenstock. »So trifft man sich wieder.« Er wollte nicht mit zu der jungen Frau. »Drei Leute verwirren sie nur«, erklärte er.

Im Wagen meinte Dinah: »Ich mache mir Sorgen, Baumeister. Ole und Betty sind tot. Melanie wurde eingekauft, Kremers hat den Jonny als Hauptzeugen gegen irgendwelche Dealer. Ich frage mich, wann Leute auftauchen, um uns einzuschüchtern. Mario kann doch nur der Anfang gewesen sein, oder?«

»Das frage ich mich auch«, gab ich zu. »Auf der anderen Seite wäre es ganz hilfreich, wenn jemand sich zu erkennen gibt. Dann würden wir nicht mehr so im Nebel schwimmen.«

»Das ist im Prinzip richtig«, entgegnete sie hell. »Vorausgesetzt, man ist anschließend fähig, noch zu sprechen.«

Die Prümmers wohnten in einem scheußlichen Reihenhaus, das mit Eternit-Platten verkleidet war und einen trostlosen Eindruck machte. Offensichtlich war Gerlindes Mann ein Bastler. Rechts vom Haus standen zwei Uraltautos, links drei. Als ich schellte, erklang das Läutwerk von Big Ben.

»Irre!« hauchte Dinah.

Gerlinde Prümmer öffnete die Tür und war offensichtlich erfreut. »Kommen Sie rein. Wir haben die Kinder zu den Großeltern gebracht, damit wir in Ruhe sprechen können.« Sie ging vor uns her in ein niedriges, kleines Wohnzimmer, das vollkommen von einem riesigen Fernseher und einer Musikanlage beherrscht wurde. Auf einem kleinen Sofa hockte ein schmaler Mann mit einem Dreitagebart. Er stand auf und reichte uns die Hand: »Prümmer, angenehm. Bitte, setzen Sie sich doch.« Er hatte stechende Augen und trug einen Trainingsanzug, der eine fatale Ähnlichkeit mit einer überdimensionierten Strampelhose hatte. »Bier? Oder Kognak? Oder lieber was anderes?«

»Lieber Kaffee«, bat ich.

»Machste mal?« sagte er in Richtung seiner Frau, und sie verschwand – ein guter dienstbarer Geist, offenbar einer, der die Chance zum Widerspruch vertan hatte. Aber was zum Teufel ging mich das an? Sie hatte ihn doch wahrscheinlich freiwillig geheiratet.

»Ich habe Urlaub«, erklärte er. »Der Betrieb hat zwischen den Tagen dichtgemacht.«

»Das ist schön«, murmelte ich. »Sagen Sie mal, kannten Sie eigentlich auch Ole und Betty?«

Er lächelte leicht. »Ja und nein. Also ich mochte die nicht. Ich weiß nicht, warum, aber ich mochte die einfach nicht. Klar, wenn man in einem Dorf lebt, kennt man sich. Ich war ja zusammen mit Ole in der Grundschule. Die beiden hielten sich immer für was Besonderes. Ole sagte immer, er wäre der größte Bauer im Dorf. Mit dem war nicht zu reden, der trug die Nase unheimlich hoch. Und Betty war später genauso, weil sie eben mit Ole zusammen war. Irgendwie war das nie meine Kragenweite.«

»Haben Sie denn auch davon gehört, daß die beiden mit Drogen handelten?« fragte Dinah.

»Na ja, gehört hat man manches, aber man wußte ja nicht, was stimmt. Man redete und redete, und man wußte, daß manches stimmte, aber man wußte nicht genau, was.«

Da war es, dieses zauberhafte ‚man'. Man weiß, man ahnt, man sagt, man glaubt – niemals ich, immer man. Eifel live.

»Anders gefragt«, sagte ich leichthin. »Glauben Sie die Geschichte mit den Drogen?«

»Aber sicher, glaube ich das. Aber darüber redet man doch besser nicht, oder?«

»Warum denn nicht?« sagte Dinah. »Sie sind tot.«

»Na ja, schon. Aber man weiß ja auch, daß Oles Vater … na ja, also er ist ein Dreschflegel. Wenn er hört, man redet über seinen Ole, schlägt er zu. Es ist sogar behauptet worden, daß Oles Vater versucht hat, mit Betty … also, daß er ihr Gewalt antun wollte.«

»Wer hat das behauptet?« fragte Dinah schnell nach.

Prümmer wurde unsicher. »Man hat das so gesagt. Ich weiß nicht, wer das war. Man hat ja auch gesagt, Ole hätte sich die Scheune ausgebaut, weil er sich mit seinem Vater nicht vertrug.«

»Aber was ist dagegen zu sagen?« fragte ich. »Wenn Vater und Sohn sich nicht gut verstehen, ist es doch vernünftig auseinanderzuziehen.«

»Könnte man so sehen«, gab er zu. »Aber, wie gesagt, ich komme mit der Sippe nicht klar. Ole hat ja übrigens nicht mal abgestritten, Haschisch zu rauchen. Er stand manchmal in der Kneipe am Tresen und sagte: Ich rauche meinen Joint, ihr sauft euer Bier. Und ich gehe mit meiner Gesundheit besser um. Was das sollte, verstand hier kein Mensch. Aber er sagte dauernd so verrückte Sachen. Und dann erst das Gerede über Betty …«

»Was war damit?« fragte Dinah.

Er kam um eine Antwort herum, weil seine Frau mit einer Thermoskanne kam und den Kaffee eingoß. »Ich stelle ein paar Plätzchen dazu«, murmelte sie sanft. Schließlich setzte sie sich und sah Dinah freundlich an. »Und Sie arbeiten auch als Journalistin?«

»Ich bin eine«, erklärte Dinah genauso scheißfreundlich. »Können wir mal Tacheles reden? Also, mich würde interessieren, wie das Liebesleben von Ole und Betty aussah. Ich meine, mich interessiert nicht, ob sie die Missionarsstellung bevorzugten oder streng nach dem Kamasutra geturnt haben. Ich will was über die Gefühlslage erfahren.«

Ich hatte ihren Mann angesehen, die maßlose Verblüffung über Dinahs rüde Formulierungen entdeckt. Er war erschrocken, es stieß ihn ab, mit solchen Frauen konnte er nicht umgehen.

»Ich verstehe schon«, begann Gerlinde Prümmer gedehnt.

»Dazu kann hier niemand was sagen«, ging ihr Mann schnell dazwischen. »Dann wird irgend etwas veröffentlicht, und wir kriegen ein Schreiben von einem Rechtsanwalt, weil wir angeblich was gesagt haben, was nicht stimmt.«

»Wir schützen unsere Informanten!« betonte Dinah scharf.

»Wir geben niemals Namen preis«, setzte ich hinzu.

»Mag ja sein«, sagte er. »Trotzdem spricht sich sowas rum, und schon ist es passiert.«

Ich roch etwas, es roch streng. »Wie könnten wir denn dieses Problem beseitigen?«

»Wenn wir Ihnen was erzählen«, erklärte er, »müssen wir irgendwie abgesichert sein.«

»Wieviel?« fragte ich.

»Ich dachte an tausend«, sagte Prümmer.

»Die Hälfte in bar, und das jetzt.« Ich bemerkte, wie Gerlinde Prümmer große Augen bekam. Ihr Mann hatte ihr nichts davon gesagt, sie schwamm in Peinlichkeit.

Nach unendlichen Sekunden, nickte er. »Also gut. Fünf Lappen hier und jetzt.«

Dinah sah mich wütend und fassungslos an. Wie hatte ich ihr erklärt? »Bezahle niemals für Informationen! Geld macht jede Aussage möglich!« Das hatte ich gesagt, und nun kaufte ich ein. Ich blinzelte ihr schnell zu, nahm meine Brieftasche und blätterte fünf Hundertmarkscheine hin. »Ich brauche eine Quittung«, bat ich. Ich schrieb eine aus, und Prümmer unterschrieb.

Dinah raspelte zuckersüß: »Und da die Aussagen von der Ehefrau kommen, gehört ihr das Honorar.« Sie legte die Hand auf die Geldscheine und schob sie vor Gerlinde Prümmer. Deren Peinlichkeitsgefühle wuchsen ins Unermeßliche, und sie murmelte: »Och, wir haben sowieso immer eine gemeinsame Kasse.« Dann schob sie das Geld ihrem Mann zu.

»Na, fein«, sagte Dinah, und es hätte sicher nicht viel gefehlt, und sie hätte sich die Hände gerieben. »Reden wir also über den Verkehr der Geschlechter. Wer mit wem, seit wann, wie oft, warum, mit welchen Folgen?«

»Ach, du lieber Gott!« kicherte Gerlinde Prümmer.

»Also Intimes wissen wir sowieso nicht«, sagte ihr Mann.

»Sicher weiß ich Intimes«, widersprach seine Frau, und er bekam vor Wut schmale Augen.

»Dann hinein in die Intimitäten!« forderte Dinah. »Wie lief diese Geschichte zwischen Betty und Ole ab?«

Gerlinde Prümmer lehnte sich zurück, machte es sich bequem. »Für alle, die nichts wußten, war das eine völlig normale Geschichte«, begann sie. »Es wurde viel geredet, aber geredet wird immer und besonders dann, wenn gar nix passiert. Also Ole, das wollte jeder genau wissen, hatte jede Menge Frauen, und das ist ja auch in Ordnung.« Sie bekam einen ganz schmalen Mund. »Die Männer dürfen eben mit so vielen Frauen schlafen, wie sie wollen. Das ist normal. Wenn eine Frau, die einen festen Freund hat oder verlobt ist, auch nur länger mit einem anderen redet oder vielleicht sogar mit dem essen geht, ist das eine Sauerei, sowas wie eheliche Untreue. Das kennt man ja, und Sie wissen, wie ich das meine.«

»Wie war das bei Betty und ihrem Vater?« fragte Dinah.

»Tja, das war eine furchtbare Geschichte. Der Mann trank viel, er trinkt übrigens immer noch. Und dann passierte es. Betty hat übrigens behauptet, ihre Mutter hätte das alles genau gewußt und natürlich gedeckt, weil man sich schließlich in der Nachbarschaft nicht blamieren wollte. Hier in der Eifel passiert ja viel, was nicht diskutiert wird, weil die Nachbarschaft und deren Meinung wichtiger ist als die Klärung solcher Dinge.«

»Wer hat diesen Vater angezeigt?«

»Betty selbst. Sie hat gesagt, sie hält das nicht mehr durch, sie stirbt dran, sie bringt sich um. Sie ist zur Staatsanwaltschaft nach Wittlich und hat Anzeige erstattet. Die wollten die Anzeige erst nicht entgegennehmen, weil sie Betty nicht glaubten oder für verrückt hielten. Aber sie bestand drauf. Der Vater stritt natürlich alles ab. Jedenfalls in der ersten Zeit. Später stellte er sich auf den Standpunkt, daß seine Tochter schließlich volljährig wäre und sich frei entschieden hätte. Da könnte ihm keiner reinreden. Na ja, er wurde jedenfalls verurteilt. Ich weiß noch, daß ich Betty gefragt habe, wie sie es eigentlich geschafft hätte, das Gerichtsverfahren zu ertragen. Sie meinte damals: Ich habe jetzt Ole, und Ole hat gesagt, ich muß da durch, sonst kriege ich nie meine Ruhe. Als sie mit Ole zusammen war, krempelte der ihr ganzes Leben um. Sie war ... man sagt, sie war im siebten Himmel.«

»Das ist schon ein paar Jahre her«, warf ich ein, um die Geschichte zeitlich einordnen zu können.

»Richtig«, sagte sie.

»Seit wann spielten Drogen eine Rolle?« fragte Dinah.

»Von Anfang an, das weiß ich sicher. Ole qualmte Hasch und schmiß auch schon mal LSD und sowas. Das tat Betty dann auch und behauptete, sie würde das alles spielend beherrschen. Ole war schon arbeitslos gemeldet, hatte schon schweren Stunk mit dem Vater, weil er den Hof nicht machen wollte. Ja, Drogen waren schon immer im Spiel. Aber sie haben noch nicht damit gehandelt, das kam später, also erst in den letzten zwei, drei Jahren. Eins ist jedenfalls klar: es war für beide die große Liebe.«

»Woher willst du denn das wissen?« fragte ihr Mann aggressiv.

»Es wird viel geredet, wenn die Haare lang sind«, entgegnete die Prümmer. »Klar, Betty war kein Kind von Traurigkeit, sie hatte mit vielen Männern was gehabt, aber das hörte so ziemlich auf, als Ole da war.«

»Was heißt denn so ziemlich?« hakte ich nach.

»Das ist die Frage«, nickte sie. »Ich denke mal ... nein, ich will das anders erklären. Da gab es zum Beispiel einen Jungen namens Mario. Der war noch unschuldig, ich meine, er hatte noch nie mit einer Frau geschlafen.

Also ist Betty hingegangen und hat ihm gezeigt, wie das geht. Ich habe ihr gesagt: Bist du wahnsinnig?, aber sie hat nur geantwortet: Du lieber Gott, was ist schon dabei, mir geht doch nichts verloren!«

»Hatte sie auch was mit diesem Holländer?«

»Das weiß ich nicht genau. Manchmal konnte man meinen, ja, manchmal wieder nicht. Erzählt hat sie davon nichts.«

»Können Sie sich an ihren letzten Satz erinnern, den sie zu Ihnen sprach?«

Gerlinde Prümmer nickte: »Oh ja. Das muß rund zwei Monate vor Weihnachten gewesen sein, Ende Oktober oder so. Da sagte sie: Wir können ganz ruhig in die Zukunft sehen, wenn ich es schaffe, Ole von dem Scheiß abzubringen. Dann setzte sie noch hinzu: Der macht so eine Art Selbstmord.« Sie strich sich ein paar Haare aus der Stirn. »Ich konnte damit gar nichts anfangen. Also fragte ich: Was soll das denn? Und sie sagte nur: Ach, das erzähle ich dir später, wenn alles vorbei ist.«

Ihr Mund begann zu zucken, dann weinte sie. »Jetzt ist später, und sie ist tot, verdammte Scheiße.«

Dinah nickte. »Eine entscheidende Frage, Frau Prümmer: hat Ole je erfahren, daß Betty auch mal mit anderen Männern schlief, zum Beispiel mit dem Mario?«

»Das weiß ich nicht genau. Jedenfalls stand für Ole fest, daß sie mit dem Holländer schlief. Ole war nämlich auch vor Weihnachten hier, um sich die Haare schneiden zu lassen. Und bei der Gelegenheit sagte er, er könne Betty manchmal nicht verstehen, jedenfalls nicht bei einem so alten und faltigen Knacker wie dem Holländer. Ich denke, das ist doch eindeutig, oder?«

»Das ist eindeutig«, bestätigte ich.

»Außerdem sagte er noch«, fuhr sie fort, »daß er sich mit diesem Holländer etwas überlegen müsse.«

»Aber er sagte nicht, was?« fragte Dinah.

»Nein, das nicht.«

»Von wem kauften die beiden welchen Stoff?«

»Ich weiß nur, daß sie einen Lieferanten für alles hatten. Den trafen sie irgendwo, dann kam der Deal Stoff gegen Bares, und das war es dann. Zuletzt, da bin ich sicher, waren es Leute aus Köln.«

»Hat Betty Namen erwähnt?«

»Nur einmal sprach sie von einem Typen vom Eigelstein, das ist wohl die Puffgegend in Köln. Sie nannte ihn Smiley, aber ich kann mich auch verhört haben. Jedenfalls so ähnlich wie Smiley.«

Dinah hob den Zeigefinger wie eine Schülerin, die sich meldet. »Und Sie sind sich wirklich sicher, daß das zwischen Ole und Betty die große Liebe war?«

»Absolut«, nickte sie. »Absolut.«

»Haben sie denn dann auch alles gemeinsam durchgezogen? Also, waren sie unzertrennlich wie siamesische Zwillinge?«

»Nein, das nun nicht. Ole meinte, er wäre für die Deals zuständig und es wäre besser, wenn er sie allein macht, dann könnten die Bullen nicht an Betty heran. Na klar, sonst waren sie meistens zusammen.«

»Hatte Ole eigentlich einen Freund, einen Vertrauten?« fragte ich.

»Ist mir nicht bekannt«, sagte sie.

»Noch etwas«, sagte Dinah. »Haben Sie eine Idee, wie wir an den kleinen Schappi herankommen können?«

»Überhaupt nicht«, schaltete sich Prümmer schnell wieder ein, mit einem kleinen nur mühsam unterdrückten Triumph. »Der Kleine hat dem *EXPRESS*-Reporter aus Köln einen Riesenblödsinn erzählt, und die haben das veröffentlicht. Der Vater hat den Kleinen jetzt unter Verschluß.«

»Was hat denn der Kleine erzählt?« fragte ich.

»Er hat gesagt, der Mörder käme aus Köln, denn da wäre am Heiligen Abend ein Auto aus Köln auf dem Hof gewesen.«

»Ja, und?« fragte Dinah.

»Na ja, das ist doch Kindergeschwätz.«

»Wir sollten vielleicht Kinder gelegentlich ernster nehmen«, sagte ich weise und stand auf. »Wir danken Ihnen schön.«

Gertrude Prümmer brachte uns an die Tür. »Das mit dem Geld ist mir peinlich«, sagte sie. Sie drückte Dinah ein kleines Buch aus Plastik in die Hand, wie man es Kleinkindern schenkt. »Da drin sind Fotos von Betty. Ich denke mal, Sie brauchen so etwas. Aber das mit dem Geld wäre wirklich nicht notwendig gewesen.«

»Er wollte es so«, winkte ich ab.

Im Wagen fragte Dinah hinterhältig: »Warum hast du den Mann gekauft?«

Ich überlegte eine Weile, ob ich die Wahrheit sagen oder ausweichen sollte. »Ich mag den Mann nicht, ich mochte ihn keine Sekunde lang. Vor allem, als er sie in die Küche scheuchte, da …«

»… da hast du ihr zeigen wollen, was für einen Arsch sie geheiratet hat.«

»Richtig.«

»Das ist aber ekelhaft, Baumeister.«

»Ich bin manchmal ein Ekel.«

»Und was tun wir jetzt?«

»Wo wir schon mal hier sind,« sagte ich, »fahren wir doch zu Oles Eltern. Mehr als rausschmeißen können sie uns nicht.«

Sie warfen uns nicht hinaus. Oles Mutter war vollkommen stumm, stand wie ein schwarzer, kleiner Berg in der Haustür, nickte nur und ging voraus. Es war ein großes Wohnzimmer, eingerichtet in den sehr typischen Bauernfarben der Eifel: nahezu alles war dunkelbraun.

»Ich hole meinen Mann«, sagte Frau Mehren tonlos und verschwand.

Plötzlich stürmte Schappi herein und rief: »Hallo, Baumeister.«

»Hallo, Schappi! Wie geht's denn so?«

»Gut.«

»Das hier ist meine Freundin, die Dinah.«

»Tag, Schappi«, grüßte Dinah.

Er hockte sich auf eine Sessellehne. »Hier ist dauernd Polizei.«

»Das denke ich mir«, nickte ich. »Kannst du dich denn nun an die Kölner Nummer von dem Mercedes erinnern? Von dem Mercedes am Heiligen Abend.«

»Habe ich nicht drauf geachtet«, sagte er und wiederholte damit, was er schon einmal gesagt hatte. »Fahrt ihr so rum und fragt Leute aus?«

»Das tun wir«, lächelte Dinah.

»Das würde ich auch gern machen«, meinte er verlegen.

Seine Mutter kam wieder herein und sagte: »Schappi, raus mit dir. Das ist nur was für Erwachsene.«

»Darf ich denn mal mitfahren?« fragte er.

»Wenn deine Mutter es erlaubt, immer«, versprach ich.

Er nickte ernst und ging dann hinaus.

»Er trauert sehr«, sagte seine Mutter.

Oles Vater kam herein. Er trug Pantoffeln zu einem Blaumann, wahrscheinlich war er gerade im Stall gewesen. Er begrüßte uns kurz, setzte sich hin und nickte seiner Frau zu. Sie nickte zurück, drehte sich herum und ging hinaus.

»Was kann ich für Sie tun?« fragte er.

»Das wissen wir nicht genau«, sagte Dinah. »Sie wissen ja, Herr Baumeister wohnt praktisch gleich um die Ecke, und er interessiert sich für diesen Fall.«

»Jeder, der damit Geld verdient, ist an uns interssiert«, entgegnete Mehren voller Hohn. »Wissen Sie denn mehr als andere?« Er sah mich an.

»Natürlich«, sagte ich. »Natürlich wissen wir mehr als andere. Ich kann Ihnen zum Beispiel berichten, daß Ole sich bei mir angemeldet hatte, um mit mir seine Probleme zu besprechen.«

»Wie bitte?« Er wirkte verunsichert. »Wann war denn das?«

»Das spielt doch keine Rolle. Zu dem Treffen ist es nicht mehr gekommen. Ich möchte Sie um eine Antwort auf die Frage bitten, welche Rolle Jörn van Straaten im Leben von Ole und Betty spielte.«

»Das Schwein, der Holländer«, sagte er leise. »Tatsache ist ja wohl, daß diese angebliche Freundin meines Sohnes mit dem Holländer ins Bett ging. Wann sie wollte, wann er wollte. Ich habe sie zehn Meter entfernt von der Scheune im Gras liegen sehen. Splitternackt. Ich habe Ole gewarnt: Junge, du machst dich unglücklich, du rennst mitten rein in dein Verderben. Schieß die Frau ab, schieß sie um Gottes willen ab. Aber ... na ja, ich weiß: Er war ihr total hörig.«

»Was heißt das?« fragte Dinah sanft.

»Was das heißt? Na, hören Sie mal: das heißt, sie trieb es mit jedem. Hauptsache Schwanz. Sie war durch und durch verdorben.« Er wurde jetzt lauter, seine Handbewegungen wurden heftiger und schlagender. »Glauben Sie vielleicht, mein Sohn hätte jemals mit Drogen was zu tun gekriegt, wenn diese Frau nicht gewesen wäre? Niemals hatte der was mit Drogen. All diese furchtbare Scheiße, diese Sittenlosigkeit, das fing doch erst an, als diese Hure hier bei ihm einzog.« In seinem linken Mundwinkel erschien ein Tröpfchen Schaum. Mehren stand auf und begann, vor den Fenstern hin und herzulaufen. »Diese Frau war ... sie war eine Sau, sie machte es mit jedem. Sie ist die Person, die meinen Sohn dazu brachte, sein Erbe abzulehnen.«

»Das ist nicht wahr«, widersprach ich. »Das hatte er doch schon abgelehnt, als er mit Betty noch gar zusammen war.«

Oles Vater starrte mich an, und er war in dem Augenblick weiß vor Zorn. »Was wissen Sie denn schon von uns? Gar nichts wissen Sie, alles nur Klugscheißerei. Dieses Weib hat ihn fertiggemacht. Er hatte doch keinen eigenen Willen mehr, er war vollkommen abhängig.« Jetzt schrie er. »Sie ließ die Titten raushängen, und er zitterte. So war es. Sie war ein Schwein. Oh, mein Gott, war die ein Schwein!« Er hatte nun in beiden Mundwinkeln Schaum, und es schien so, als habe er uns vergessen. »Von Anfang an hat sie Ole betrogen, richtig betrogen. Und der Junge war so naiv, das gar nicht zu merken ...«

Ich unterbrach ihn schnell, ich wollte etwas klären, ehe er vollkommen ausflippte. »Der Herr Kremers von der Kripo war doch auch mal hier auf dem Hof. Was wollte der denn?«

Mehren bekam vor Erstaunen große runde Augen und hielt einen Moment inne. »Das ist mal ein netter Mann, der kann mich verstehen. Der hat mir gesagt, Herr Mehren, diese Frau war der Untergang für Ihren Sohn. Wie die schon hier herumlief. Wackelte nur mit dem Arsch. War doch wie eine Einladung für alle. Jeder durfte mal drüber. Und Ole begriff das alles nicht, mein Junge war viel zu gut für diese Welt. Der liebe Gott im Himmel weiß, daß mein Junge für diese Welt zu gut war.« Er war schneeweiß, Schweiß lief ihm in die Augen, er zitterte stark; ein paarmal knickten seine Beine weg, und er hielt sich lächerlicherweise am Vorhang vor dem rechten Fenster fest. Die Vorhangstange fiel von oben herab, und Mehren wischte sie beiseite wie eine lästige Fliege.

Dinah riskierte erneut Einspruch. »Aber Sie haben ihm doch das Gymnasium verboten, und Sie haben zugelassen, daß er sich die Scheune ausbaute.«

»Ja und? Er war doch völlig verrückt nach dieser Hure. Ich habe unseren Pfarrer gebeten, Ole ins Gewissen zu reden. Half alles nichts. Den Sex hat sie ihm gebracht und die Drogen. Und dafür ist er dann gestorben. Ich ... ich weiß nicht, was ich tue ...» Er ging plötzlich in die Hocke, als habe er Furcht umzufallen.

Ich mußte ihn stoppen: »Sie sollten sich nicht so ereifern, Herr Mehren. Und Sie sollten nicht so tun, als sei Ole die Unschuld in Person gewesen. Das wäre Ole gar nicht recht. Außerdem gibt es eine Menge Leute im Dorf, die behaupten, Sie hätten auch mal mit Betty im Heu gelegen. Nur hatte Betty sehr viele Gründe, Sie gar nicht zu mögen.« Ich stand auf, Dinah ebenfalls, und ich ging hinter ihr her zur Tür. »Habe die Ehre«, verabschiedete ich mich in sein vollkommen entsetztes Gesicht. Die Wut in meinem Bauch war wie ein heißer kleiner Ball.

Auf dem Hof meinte Dinah: »Er versucht, seine Welt schönzureden.«

»Er ist aber erwachsen«, entgegnete ich wütend. »Und Erwachsene sollten genauer hinsehen. Trauer hin, Trauer her, er hat seinen Sohn und dessen Freundin aus seinem Leben ausgegrenzt, er hat sie brutal aus der sogenannten guten Gesellschaft rausgeschmissen. Laß uns fahren, Oles Idee mit Kanada war sehr richtig.«

»Aber du bleibst in der Eifel«, sagte sie sanft.

»Na sicher. Ich mag das Land, und ich mag die Leute. Arschlöcher gibt es eben überall. Es gibt überall Prümmers und Mehrens und Kremers und Jonnys und Melanies und Marios.«

»Übrigens Melanie«, seufzte Dinah. »Was spielt die denn eigentlich für eine Rolle.«

Ich nahm die Linkskurve in Birgel mit zu hoher Geschwindigkeit und bremste quietschend ab. Ich mußte grinsen. »Thomas Mann hat ihre Rolle beschrieben, das ist eigentlich Frühkapitalismus pur. Da hat der Sohn eines reichen Mannes etwas zum Spielen, eine Art Edelnutte. Die wird gegen ein monatliches Fixum beschäftigt. Das funktioniert natürlich nur so lange, wie diese Frau für den Sohn attraktiv bleibt, sonst ist sie blitzschnell draußen ...«

»Aber Melanie träumt davon, geheiratet zu werden, oder?«

»Das glaube ich nicht«, sagte ich. »Eine echte Chance hat sie nicht. Sie wird immer eine Art unterbezahlte Nebenfrau bleiben. Das, was mit Jonny passiert ist, gibt Melanie allerdings Auftrieb. Sie weiß nämlich ekelhaft viel über diesen rauschgiftsüchtigen Sohn, und das ist ein enormes Kapital. Deshalb bezahlt der Vater sie auch weiter und kann es sich eigentlich nicht erlauben, sie rauszuschmeißen. Er fürchtet, daß sie sonst auspackt, zu einer Zeitung rennt, ihre Geschichte erzählt.«

»Das ist doch Erpressung.«

»Natürlich ist das Erpressung. Aber in dem Punkt bin ich fies: Ich gönne das solchen Kapitalisten aus tiefstem Herzen. Sie sollen für Melanie bezahlen. Wenn sie clever ist, legt sie in ihrer guten Zeit ein paar Sparbücher an.«

Die Scheinwerfer warfen gleißende Reflexe auf den Schnee. Kurz vor Wiesbaum hockte ein Fuchs im Graben und machte sich nicht die Mühe zu flüchten. Seine Augen schillerten wie Bernstein, dann grün wie Jade.

Zu Hause fanden wir einen Zettel von Rodenstock: *Ich habe mir ein Taxi genommen und bin nach Daun ins Krankenhaus gefahren. Zu Mario.*

»Rodenstock ist etwas ganz Seltenes«, murmelte Dinah. »Trinkst du einen Kaffee mit?«

»Ja, danke. Da gibt es einen katholischen Pfarrer namens Heinrich Buch. Angeblich hat Ole ihm sehr vertraut und viel mit ihm geredet. Ich möchte ihn treffen.«

»Nicht mehr heute«, bestimmte sie. »Du siehst schon ziemlich mitgenommen aus, Baumeister. Und da wir schon über ein Baby gesprochen haben, muß ich dir sagen, daß du in diesem Zustand nicht mal eines zeugen könntest.«

»Du unterschätzt mich, meine Liebe.« Aber sie hatte recht. Ich war müde und fühlte mich faltig wie ein alter Kartoffelsack.

FÜNFTES KAPITEL

Wir waren zu überdreht, um sofort ins Bett zu gehen. Wir machten uns Brote zurecht, türmten sie auf ein Holzbrett, stellten sie auf den Couchtisch, setzten uns, aßen und starrten in den Fernseher. Irgendwann rief Rodenstock an und sagte seltsam belegt: »Ich bleibe noch eine Weile. Kann durchaus sein, daß ich die Nacht bei Mario verbringe.«

»Wie geht es ihm?«

»Gesundheitlich gut«, antwortete er hölzern. »Keinerlei Probleme in Sicht. Der Vater war hier und ist schier ausgeflippt. Mario mußte ihn trösten.«

»Ich lege dir den Hausschlüssel unter die Fußmatte«, versprach ich.

»Seid ihr weitergekommen?«

»Ich denke schon, aber ein Durchbruch ist es nicht. Ich erzähle dir alles in Ruhe, wenn du hier bist. Und sei vernünftig und komm heim, wenn du müde wirst.«

»Das ist kein Problem«, sagte er. » Grundmann hat mir eine Art Couch hier reinstellen lassen.«

»Das ist gut. Grüß Mario herzlich und richte ihm aus, ich komme vorbei, sobald ich kann.«

»Er ist wirklich sehr tapfer«, murmelte Rodenstock und beendete das Gespräch.

Dinah starrte in den Fernseher, schien aber gar nicht wahrzunehmen, was dort lief.

»Ich habe eine Frage an dich als Frau«, riß ich sie aus ihren Gedanken.

»Nur zu, soweit ich weiß, bin ich eine.«

»Das Bild, das wir von Betty bis jetzt haben, ist irgendwie zerrissen. Auf der einen Seite erlebt sie über Jahre mit Ole die große Liebe. Auf der anderen Seite erteilt sie Mario Unterricht und schläft mit diesem Holländer. Mario kann ich mir noch erklären, weil liebevolle Freundschaft so etwas bewirken kann. Aber der Holländer? Was soll das? Ist eine Frau fähig, mit jemandem zu schlafen, nur um Gewalt abzuwenden oder eine Gefahr zu bannen?«

»Ja«, antwortete Dinah. »Nur Männer machen daraus das miese Problem der Moral. Frauen sind sehr praktisch, was diese Dinge angeht. Um die zu schützen, die sie lieben, gehen sie auch ins Bett beziehungsweise stellen ihren Körper zur Verfügung – wie ein Instrument gewissermaßen. Die Schilderungen von Frauen in Kriegen und Notzeiten laufen doch darauf hinaus.«

»Du würdest das auch tun? Also, wenn ich in Gefahr schweben würde, und du könntest mich retten. Aber nur, wenn du dich ... na ja, jemandem hingibst. Würdest du so das tun?«

»Aber ja«, bestätigte sie. »Etwas anderes zu behaupten wäre bigott.«

Gegen elf Uhr schalteten wir den Fernseher aus, um ins Bett zu gehen. Draußen waren vierzehn Grad minus, und ich wickelte vier Briketts in eine dicke Lage Zeitungspapier ein, damit der Ofen bis zum nächsten Morgen durchbrannte. Ich hörte, wie Dinah unter der Dusche trällerte, irgendwo weit entfernt schlug ein Hund an, ein Auto zog die Beulerstraße hoch, und seine Räder drehten auf dem Schnee durch. Ich öffnete die Haustür und blickte eine Weile hinaus. Die Luft war glasklar und sehr kalt. Die Flocken tanzten in gleichförmigen Rhythmen durch den gelben Schein der Hoflampe. Paul und Momo kamen und rieben sich an meinen Beinen. Sie starrten genauso hinaus wie ich, und offensichtlich gefiel ihnen diese Kumpanei, sie schnurrten sehr intensiv und miauten hin und wieder in langgezogenen Tönen. Es klang wie eine freundliche Unterhaltung über unwichtige Dinge.

Plötzlich tauchte links am Rand der Scheune eine kleine Figur auf, und ich mußte nicht einmal die Augen zusammenkneifen, um sofort zu begreifen, wer es war. Er ging wie jemand, der sich durch nichts beirren läßt. Seine schmale Figur war leicht nach vorn geneigt, und er wirkte sehr locker.

»Ich werde noch mal verrückt«, rief ich laut.

Er drehte den Kopf, sah mich und betrat den Hof. Er trug wieder diese Pantoffeln, wieder diesen Parka, aber glücklicherweise statt eines Schlafanzuges normale Jeans und einen dicken Pullover. Nicht im geringsten verlegen sagte er: »Ich dachte, ich komme mal vorbei.«

»Was ist denn da los?« fragte Dinah hinter mir im Flur. »Warum kommst du nicht ins Bett?«

»Das wird nicht gehen«, erklärte ich. »Wir haben Besuch.«.

Sie schaute über meine Schulter auf Schappi, der da mit geradezu unheimlicher Gelassenheit im Schnee stand. »Um Gottes willen, was ist denn passiert?«

»Ich dachte, ich komme mal vorbei«, wiederholte er.

»Ich grüße dich. Das ist aber nett. Komm rein!« Und weil ich stark verunsichert war, stellte ich eine ausgesprochen idiotische Frage: »Seit wann bist du denn unterwegs?«

Er blickte auf seine Uhr und erklärte sachlich: »Ich habe ein paar Abkürzungen genommen, aber eine Abkürzung war ziemlich blöde … sie war länger als die Bundesstraße. Jetzt ist es halb zwölf …«

»Mein Gott«, Dinahs Stimme verriet den Schock. »Wieviel Kilometer sind denn das?«

»Zwölf, schätze ich.« Er bewegte sich, er wollte ins Haus, aber wir standen ihm im Weg.

»Entschuldige«, sagte ich hastig und machte ihm Platz.

Er marschierte an uns vorbei und fragte: »Wohin?«

»Wie?« fragte Dinah schrill. »Ach so, wohin. Na ja, erste Tür links.«

»Betty hatte so einen ähnlichen Bademantel«, stellte er freundlich fest.

»Na, sowas!« murmelte Dinah.

»Was ist?« fragte ich. »Heiße Milch?«

»Hast du auch einen Schluck Cola?«

»Habe ich auch«, nickte ich. »Wann bist du los?«

»So gegen acht Uhr. Papa hat gerade Tagesschau geguckt. Aber die eine Abkürzung war nichts, da habe ich mich verlaufen.«

»Dein Papa weiß nicht, daß du hier bist, oder?«

Schappi schüttelte den Kopf und sah sich aufmerksam um. »Nein. Wenn ich gesagt hätte, ich will dich besuchen, dann hätte er gesagt, ich soll zu Hause bleiben und dir nicht auf den Wecker fallen. Das sagt er immer.«

»Frierst du nicht? Willst du eine Decke?« Dinah war ganz fahrig.

»Nein, ich friere nicht. Ich bin stramm gegangen, da friere ich nicht. Ihr habt es aber gemütlich.«

Ich ging in die Küche, um ihm die Cola zu holen, und hörte, wie Dinah sagte: »Zieh dir den Parka aus, sonst erkältest du dich.«

Ich stellte die Cola vor ihn hin, nahm mein Handy und verschwand nach oben ins Badezimmer. Ich rief bei Mehrens an und erwischte seine Mutter.

»Baumeister hier. Kein Grund zur Aufregung. Schappi ist hier. Er ist gerade angekommen.«

Sie war erleichtert, aber sie war auch empört. »Ja, das geht doch nicht. Das hat der Junge doch noch nie gemacht. Ja sowas! Mein Mann kommt und holt ihn.«

»Das wäre gar nicht gut«, widersprach ich. »Der Junge trauert um seinen Bruder. Wenn er müde ist, kann er hier ein paar Stunden schlafen. Ich bringe ihn morgen heim.«

Sie druckste herum, es war ihr nicht recht, ich war so etwas wie ein Feind. »Ich weiß nicht. Der Junge erzählt immer so viel Blödsinn.«

»Das weiß ich doch«, beruhigte ich sie. »Ich höre nicht hin.«

»Ja, wenn Sie meinen«, sagte sie kläglich.

»Das meine ich. Tschüs, bis morgen.« Ich unterbrach die Verbindung und ging wieder hinunter.

Schappi erzählte gerade: »Ein Autofahrer hat gehalten und geschrien: Heh, Zwerg, wohin willst du denn? Aber ich bin einfach weitergegangen.«

Mir fiel etwas ein, ich rannte hinauf ins Schlafzimmer und holte das Foto des Kriminalbeamten Dieter Kremers. Ich warf es wie nebenbei auf den Couchtisch und gab keinen Kommentar dazu.

Schappi trank von der Cola. »Also, ich glaube, ich muß mal zu Hause anrufen, sonst …«

»Mußt du nicht mehr«, unterbrach ich. »Ich habe gerade mit deiner Mutter gesprochen. Ich habe gesagt, du bleibst heute nacht hier, und ich fahre dich morgen nach Hause.«

Schappi schaute mich an und begann auf eine erschreckend lautlose Weise zu weinen. Er hockte da und zuckte fortwährend. Dinah setzte sich neben ihn und nahm ihn in die Arme. Ich legte Holzscheite auf die eingepackten Briketts und stellte den Zug des Ofens auf. Die Flammen schlugen augenblicklich hoch.

Es dauerte eine Unendlichkeit, bis er ruhiger zu atmen begann und sich die Tränen aus dem Gesicht wischte. Er war so klug wie alle Kinder, er ging darüber hinweg. Mit einem Blick auf das Foto Dieter Kremers meinte er: »Ich habe dir doch gesagt, daß Ole den da getroffen hat. Das war am belgischen Kaufhaus in Losheim. Das war der.«

»Wie oft haben die sich denn getroffen?« fragte Dinah.

»Das weiß ich nicht. Ich glaube oft. Ich war zweimal dabei.« Er setzte erneut ein »Glaube ich« hinzu.

»Wie gefiel der dir denn?« erkundigte ich mich.

»Nicht besonders«, antwortete er. »Ole hat gesagt, der wäre eigentlich ein Arsch, aber vielleicht ... ich weiß nicht mehr, was er dann gesagt hat.«

Dinah lächelte. »Ole hat bestimmt gesagt, dieser Bulle wäre nützlich, oder?«

»Genau!« bestätigte er hell. »Genau.«

»Herzlichen Glückwunsch«, murmelte ich, und erfreulicherweise wurde Dinah ein wenig rot.

Paul und Momo demonstrierten das Elefantenspiel und donnerten die einhundertfünfzig Jahre alte Eichentreppe hinauf und hinunter, die wegen völlig fehlender Isolation wie ein dumpf-sonores Baßinstrument dröhnte. Besonders Paul liebte diesen Baß.

»Die sind aber gutgelaunt«, sagte Schappi leise.

»Sind die fast immer«, sagte ich. »Wenn ich mal mies drauf bin, schleichen sie an den Wänden entlang und sind nervös. Wenn die Welt in Ordnung ist, spielen sie das Elefantenspiel auf der Treppe.«

»Elefantenspiel«, lachte er. »Kälbchen rennen manchmal auch so rum, wenn sie gut drauf sind.«

»Jetzt muß ich aber ins Bett«, meinte ich. »Ich bin hundemüde.«

»Wir gehen auch ins Bett, nicht Schappi?« sagte Dinah.

»Ja klar«, nickte er. »Wo schlafe ich denn?«

»Du kannst im Bett von meinem Freund schlafen und ein eigenes Zimmer haben«, schlug ich vor. »Du kannst aber auch bei uns schlafen. Bei uns liegt eine Riesenmatratze einfach auf dem Fußboden. Da ist Platz genug. Du kannst dir das in Ruhe angucken und dann entscheiden.«

»Ich habe bei Mama geschlafen«, sagte er und war ganz weit weg. »Bis Papa gekommen ist. Dann mußte ich in mein Zimmer.«

Wir marschierten also die Treppe hinauf, und Schappi begutachtete Rodenstocks Zimmer, dann unsere nächtliche Bleibe. Und er war ein bißchen verlegen.

»Kein Problem«, murmelte Dinah. »Du kannst in der Mitte schlafen, wenn es dir nichts ausmacht.«

»Nee, also das macht mir nix aus.«

Wir waren es gewohnt, nackt zu schlafen, weil jemand mir in meiner Jugend geflüstert hat, das sei besonders heilsam und dem Körper bekömmlich. Da wir Schappi nicht in Verlegenheit bringen wollten, zogen wir T-Shirts und Shorts an, und ich pumpte Schappi ein paar kurze Hosen, in denen er vollkommen versank. Er gluckste vor Lachen, als er an sich heruntersah, ließ sich auf den Rükken fallen und strampelte mit den Beinen. »Oh, Mann«, keuchte er, »ich seh wirklich aus wie ein Clown.« Dann lag er zwischen uns, sehr verkrampft, und bemühte sich, Arme und Beine bei sich zu behalten. Er starrte an die Decke, schloß die Augen, als habe ihm das jemand befohlen, blinzelte, sah, ohne den Kopf zu bewegen, zu Dinah hinüber, dann zu mir.

»Du kannst ganz locker sein«, grinste ich. »Wir beißen heute nacht nicht.«

Er prustete wieder vor Lachen, die Beklemmung wich ein wenig. Er drehte sich zu Dinah.

»Du hast in letzter Zeit nicht viel geschlafen, nicht wahr?« fragte sie.

»Nee«, gab er zurück. »Gestern morgen habe ich den Kälbchen die Milch gegeben, die kriegen immer Kraftfutter. Und dann habe ich mich auf einen Haufen Silage gesetzt und bin eingeschlafen. Weil die Kälbchen machen mich immer ruhig.«

»Das wird besser werden«, murmelte Dinah. »Es ist sicher sehr schwer, Ole und Betty zu verlieren.«

»Ja«, sagte er.

Ich überlegte, ob ich die schlimme Geschichte noch einmal ansprechen sollte und dachte dann, daß es wahrscheinlich heilsamer sein würde, darüber zu reden, als nur darüber zu grübeln. »Da ist eine Sache, die ich nicht verstehe«, murmelte ich in das Halbdunkel des Zimmers. »Dein Vater hat mir erzählt, daß dieser Kremers, dieser Kripomann, bei euch zu Hause war.«

»Ja, ja, das stimmt.«

»War der nur einmal bei deinem Vater oder öfter?«

»Öfter«, sagte er, und Zweifel gab es nicht.

»Weißt du, wie oft?«

»Weiß ich nicht, weil ich ja zur Schule muß. Aber Mama sagte, wenn das so weitergeht, koche ich jeden Morgen nur noch Kaffee für die Polizei.«

»Oh Gott«, hauchte Dinah.

»War das jetzt im Sommer oder im Herbst?«

»Das war nach den Sommerferien.«

»Hat jemand gesagt, du darfst das Ole und Betty nicht erzählen?« fragte ich.

»Na, klar, die durften das nicht wissen. Und die Männer kamen ja auch nur, wenn Ole und Betty nicht da waren.«

»Wieso die Männer?« hakte Dinah nach. »Waren außer Kremers noch andere dabei?«

»Ja, ein anderer, ein Jüngerer.«

»War der von hier?«

»Nicht von hier«, antwortete Schappi in die Stille. »Den hab ich noch nie in Jünkerath gesehen.«

»Hatte der ein Auto?« fragte Dinah beharrlich weiter.

»Ja klar. Einen Dreier-BMW. Mit Münchner Kennzeichen.«

»Auch das noch«, sagte ich.

»Wieso?« fragte Dinah.

»Leute aus München in der Eifel bedeuten immer Verdruß«, murmelte ich.

»Was sollten die in dieser Provinz suchen?« meinte sie spöttisch.

Mich ärgerte das: »Die Eifel ist immerhin gut genug für ein paar Riesenschweinereien.«

»Entschuldige«, sagte sie nach einer Weile. »Schlaft gut.« Sie drehte sich von uns ab.

Ich starrte auf das mattblaue Viereck des Fensters und spürte, wie Schappi sich zu mir wandte, langsam und leise. Er hielt die Augen sehr weit offen, als habe er Furcht davor einzuschlafen. Ich dachte an Rodenstock, der jetzt wahrscheinlich auf seiner Liege neben Mario lag und sich fragte, wie dieser Junge es schaffen würde, mit einem Fuß zu leben.

Ich wurde schläfrig.

Als es unten wie ein dröhnender Hammerschlag explosionsähnlich krachte, spürte ich als erstes, wie der Junge blitzschnell hochfuhr und wahnsinnig hastig zu atmen begann. Dann fragte Dinah mit verschwommener Stimme: »Was?«

Ich starrte auf das Leuchtzifferblatt des Weckers. Es war drei Uhr. Ich hörte, wie Dinah nach irgend etwas tastete.

»Kein Licht!« befahl ich scharf.

Schappi saß neben mir, starr vor Schreck.

»Seid leise!« flüsterte ich. Momo und Paul knurrten vor der Türe zum Schlafzimmer.

Ich stand vorsichtig auf und tastete mich zur Tür. Das Haus war totenstill, und ich riskierte es, die Türklinke vorsichtig herunterzudrücken. Die Katzen wischten in den Raum und stellten sich eng an Dinah und Schappi, die auf der Matratze standen.

Ich griff nach Dinahs Hand, nahm Schappi am Arm und zog sie mit mir auf den Flur. Ich deutete auf die Tür zum Dachboden, zog den Schlüssel ab und drückte ihn Dinah in die Hand.

»Ich will aber mit«, hauchte sie wütend.

Ich schüttelte den Kopf und deutete auf Schappi. Dann öffnete ich die Tür zum Dachboden. Eiskalte Luft strömte mir entgegen. Ich winkte die beiden energisch hinein. Sie strichen an mir vorbei, und ich schloß die Tür hinter ihnen.

Von unten war jetzt das Geräusch von Glassplittern zu hören, die herunterfielen. Aber ich konnte nicht ausmachen, ob es aus der Küche kam oder aus dem Arbeitszimmer.

Ich ging ganz normal die Treppe hinunter, weil ich wußte, daß es keinerlei Sinn machte zu versuchen, diese Treppe leise hinabzusteigen. Uraltes Eichenholz knarrt immer, und wenn die Katzen das Elefantenspiel machen konnten, wirkte das Gewicht eines Menschen erst recht wie das Trampeln einer ganzen Herde Dickhäuter. Mein Vorteil, so überlegte ich eine Sekunde lang, ist die Dunkelheit und meine genaue Kenntnis dieses alten Gemäuers. Ich spürte keine Furcht, eher so etwas wie eine konzentrierte Neugier, und lächerlicherweise dachte ich auch: Wer soll uns schon etwas wollen?

Da verlor ich den Vorteil der Dunkelheit. Die Küchentüre ging auf, und das Licht fiel auf mich.

Es waren drei Männer, und sie wirkten trotz meiner leicht erhöhten Position sehr groß. Sie trugen dunkle Pullover, die am Hals nahtlos in eine Kopfhaube übergingen und die hierzulande nur von den Sondereinsatzkommandos der Bundeswehr, des Grenzschutzes oder der Polizei getragen werden. Die Hauben hatten im Gesicht nur einen schmalen Sehschlitz.

»Sieh einer an, der Baumeister«, sagte der erste knödelig und machte einen Schritt nach vorn.

»Guten Morgen«, entgegnete ich lahm, weil mir nichts Besseres einfiel. »Kann ich etwas für Sie tun?« Erst jetzt bemerkte ich, daß jeder einen Baseballschläger in der Hand hatte.

»Wir wollen mal nach dem Rechten sehen«, fuhr der erste fort. »Wir haben gedacht, wir machen mal eine Tour in den Eifelschnee.«

»Das ist schön«, sagte ich. »Wir lieben Touristen. Besonders, wenn sie durchs Fenster kommen.«

»Der hat Nerven«, staunte ein zweiter, wobei ich nicht ausmachen konnte, wer es sagte.

»Bauernland ist immer gut für die Nerven.« Ich wußte genau, daß sie nicht gekommen waren, um zu plaudern. Dieser friedliche Zustand würde in den nächsten Sekunden enden. Also griff ich an. »Was soll der Scheiß?« fragte ich.

Sie ließen sich nicht auf einen verbalen Streit ein, der erste hob den Baseballschläger und zischte: »Wir bringen dir schöne Grüße, du Schwein.« Dann schlug er wischend zu, verfehlte mich aber, weil ich ganz automatisch eine Treppenstufe nach oben ausgewichen war.

»Ach du lieber Gott«, stöhnte ich. »Mamis Lieblinge wollen sich prügeln. Pumpt ihr mir einen von euren Schlägern?«

Er schlug wieder zu, ich stand jetzt vier Stufen über ihm, und sein Schlag glitt an einem Pfosten der Treppe ab.

»Du sollst dich raushalten, Opa«, knurrte er. Dann drehte er leicht den Kopf und setzte hinzu: »Ihr könnt ja schon mal die Möbel zurechtrücken.«

Einige Sekunden lang herrschte Stille, dann sagte einer der beiden anderen: »Na gut.« Er ging in die Küche. Ein wahnwitziger Krach setzte ein, als er mit dem Schläger die Glasscheiben im Küchenschrank einschlug und anschließend das uralte Bauernregal mit dem Tongeschirr von der Wand fegte. Der Dritte war wohl gleich in die große Stube gegangen. Das erste, was ich wahrnahm, war der Knall, mit dem er das Kristallglas von der alten Standuhr zerschmetterte. Das Läutwerk der Uhr schwang mit und erzeugte einen seltsam schmerzlichen Laut.

»Schweine«, schrie ich, während ich den nächsten Schlag kommen sah und eine weitere Stufe ausweichen mußte.

»Ich vermute da oben die Hure, mit der du immer bumst«, sagte der Schläger. Er war sehr siegessicher. »Wir sind extra gekommen, um sie zu besuchen.«

»Das versuch mal«, entgegnete ich. »Aus welcher Sache soll ich mich übrigens raushalten?«

»Du weißt schon, aus welcher«, sagte er.

Ich wußte, daß er auf gleicher Ebene ungleich stärker sein würde mit dem Prügel in der Hand. Ich durfte einfach nicht zulassen, daß er mich die Treppe bis ans Ende hinauftrieb.

»Hast du Ole das Genick gebrochen?« fragte ich leise.

Er antwortete nicht, schlug nicht mehr, er versuchte mit dem Baseballschläger eine stechende Bewegung. Er erwischte mich am linken Oberschenkel, weil es zu plötzlich kam und ich nicht damit gerechnet hatte. Ich befand mich noch drei Stufen über ihm.

»Hast du Betty auch das Genick gebrochen? Als sie sich nicht wehren konnte? Du wirkst wie ein Feigling, du könntest es gewesen sein. Außerdem hast du kein Hirn, das sieht man trotz dieser dämlichen Maske. Bist du Analphabet oder sowas?« Ich drehte mich leicht von ihm weg. »Ich habe keine Angst, Kleiner, ich habe nicht die geringste ...« Ich duckte mich und sprang rückwärts auf ihn hinunter. Er bekam den Baseballschläger nicht mehr hoch, und ich traf ihn mit meinem ganzen Gewicht. Erschreckt atmete er ein. Dann stürzte er nach hinten weg, und ich schien auf die weiße Wand zuzufliegen. Ich landete auf seinem Brustkorb und hatte einen Moment lang diese Maske vor meinem Gesicht, ehe ich zuschlug und der Typ mit einem merkwürdig erstickten Laut reagierte. Er lag nun mit den Beinen himmelwärts auf der Treppe und hatte den Baseballschläger verloren. Der schwebte eine Stufe über uns. Ich nahm ihn, und für eine bedrängende Sekunde wollte ich dem Wehrlosen damit auf den Kopf schlagen.

Aus der Küche kam einer der beiden anderen, sah uns und ging sofort auf mich los, wobei er den Fehler machte, seinen Kumpan nicht zu warnen. Ich wich seinem Schlag aus, trat dem ersten auf die Schulter und schlug jetzt mit dem Schläger zu. Ich hatte wahrscheinlich den Vorteil der größeren Wut und war nicht sehr vorsichtig. Ich traf ihn in die Hüfte, und der Schlag preßte ihm die Luft aus den Lungen. Er knickte nach vorn und ließ seinen Prügel fallen, der über die Fliesen schepperte.

»Hallo, Schweinchen«, sagte ich.

Er kniete da, schüttelte den Kopf und versuchte, klar zu werden. Dann sah ich seine linke Hand flach auf den Fliesen. Sie wirkte wie ein sehr weißer, häßlicher Fleck. Ehe ich einen Gedanken fassen konnte, ehe etwas mich zu bremsen vermochte, schlug ich mit dem Holz auf diesen weißen Fleck. Der Mann schrie hoch und gellend und wollte überhaupt nicht damit aufhören. Schließlich schwieg er unvermittelt und fiel zur Seite.

Der Dritte tauchte nun auch wieder auf und überblickte sofort die Lage. Er sah seine beiden Kumpel am Fuß der Treppe liegen, drehte sich um und verschwand aus meinem Blickfeld. Ich hörte, wie er in die Scherben des Fensters trat. Ich sprang hinterher und erwischte den Mann auf der Fensterbank. Mit aller Kraft schlug ich zu. Er stürzte mit einem Schreckenslaut in den Garten. Erst dann erschrak ich.

»Baumeister!« schrie Dinah. Es klang beängstigend nah.

Ich drehte mich vom Fenster ab, und als ich die Tür erreichte, erblickte ich den ersten Schläger wieder. Er hielt Dinah vor sich und sagte kein Wort.

»Okay, okay«, keuchte ich. »Laß sie los, und zieht ab.«

Er schüttelte den Kopf. Er hatte ein Messer an ihren Hals gesetzt, und sein Atem ging widerlich laut.

»Haut ab«, murmelte ich. »Du bringst mir keine Angst bei, Kleiner. Du bist einfach ein Pinscher, sonst gar nichts.«

Dinahs Gesicht war schneeweiß.

Der zweite zu meinen Füßen begann sich zu bewegen und wollte aufstehen. Ich stellte meinen Fuß auf seinen Rücken. »Bleib da liegen«, befahl ich scharf. Er lag still.

»Baumeister«, stammelte Dinah zittrig.

»Schon gut«, sagte ich. »Er ist im Vorteil.« Ich ließ den Baseballschläger fallen. Der klackerte hölzern über die Küchenfliesen. Dann war es still.

Der Mann zu meinen Füßen regte sich wieder, aber diesmal trat ich einen Schritt zurück.

»Baumeister«, stotterte Dinah erneut.

»Tut mir leid«, sagte ich. »Ich bin nicht so gut in diesen Dingen.

»Wo ist Smiley?« fragte jetzt der erste.

»Aha«, murmelte ich, »Besuch aus Köln vom schönen Eigelstein.« Es gibt Bemerkungen, die einfach dämlich sind. Dies war so eine. »Ich habe ihn in den Garten geschmissen«, setzte ich hinzu. »Das Gelände fällt stark ab, die Höhe liegt bei zweieinhalb Metern. Vielleicht ist er tot, vielleicht hat er sich was gebrochen. Wollen wir nicht ein Bier zusammen trinken?« plapperte ich. »Oder eine rauchen? Wir können doch ganz friedlich sein, oder?«

Der Mann zu meinen Füßen rappelte sich jetzt langsam hoch.

»Guck mal nach Smiley«, forderte der erste scharf. »Und du hältst endlich mal die Schnauze, Baumeister.«

Der zweite glitt an mir vorbei, und wir hörten, wie er durch die Scherben am Fenster stapfte. Endlich rief er dumpf: »Smiley liegt da unten und rührt sich nicht.«

»Krankenwagen«, schlug ich vor. »Notarzt«.

»Halt die Schnauze!« schrie der erste.

»Ich meine es aber wirklich so«, schrie ich zurück. »Du Affe! Der Spaß ist zu Ende, der Ernst fängt an. Da drin ist ein Telefon.«

»Geh raus und guck nach Smiley«, sagte der erste.

Der zweite ging dicht an mir vorbei den Flur entlang zur Haustür. Er drehte den Schlüssel und verschwand. Er ließ die Tür offen, und es wehte eiskalt herein.

»Baumeister«, Dinah hauchte nur noch.

»Tu ihr nichts«, meinte ich. »Laß sie los.«

»Arschloch«, sagte der erste verächtlich.

»Wenn du ihr etwas tust, töte ich dich.«

Viele Tage später haben Dinah und ich überlegt, wie lange diese vollkommen unsinnige und dumme Prügelei denn wohl gedauert hatte. Ich war der Meinung, mindestens zwanzig Minuten. Als wir dann die Situation nachstellten, mußte ich zugeben, daß die mir wie ein Ewigkeit erscheinende Zeit bestenfalls 90 bis 120 Sekunden angehalten hatte. Leute, die boxen, haben mir versichert, daß eine Dreiminuten-Runde unendlich lang sein kann. Jetzt kann ich das verstehen.

Offensichtlich hatte der erste Schläger keinen Plan, er hatte nicht einkalkuliert, daß einer seiner Kumpane ausfallen könnte und ein zweiter sich um den Ausgefallenen kümmern mußte. Er hatte wohl auch nicht damit gerechnet, daß ich mich zur Wehr setzen würde.

Dinah war gefährdet, sobald ich mich bewegte. Also begann ich erneut zu reden. »Hast du gewußt, daß Betty schwanger war? Sie war im dritten oder vierten Monat. Hast du das gewußt? Wann hast du zum letzten Mal mit Kremers gesprochen? Hat er dir etwas versprochen? Na ja, du magst nicht antworten, nicht wahr? Das macht nichts, ich weiß sowieso schon das meiste, denn ...«

»Du weißt gar nichts«, höhnte er. »Du scheißt dir vor Angst um die Frau in die Hose.«

»Laß meine Frau los«, forderte ich

»Die fährt mit uns«, sagte er. »Dann kannst du uns keine Bullen auf den Hals hetzen.«

Dinah begann laut zu jammern. »Ich kann nicht mehr stehen«, weinte sie.

Er riß sie hoch und nahm sie fester.

In diesem Augenblick tauchte Nummer zwei wieder in der Haustür auf. »Der ist weggetreten«, berichtete er. »Der reagiert nicht mehr.« Er war aufgeregt und konnte nicht vermeiden, daß es zu hören war.

»Schlepp ihn ins Auto«, sagte die Nummer eins. »Wenn du damit fertig bist, kommst du wieder her. Dann kannst du noch ein paar Möbel bearbeiten.«

»Der braucht einen Arzt, keine Autotour«, wiederholte ich.

»Halt die Schnauze«, schrie Nummer eins.

Dann war es ein paar Sekunden vollkommen still. In diese Stille fielen wie Tropfen leise schniefende Laute. Der Kopf des ersten schnellte herum, und er blickte die Treppe hoch. Oben stand Schappi und weinte leise.

»Wer ist das?« fragte Nummer eins.

»Der Bruder von Ole«, erklärte ich. »Ihn kannst du besiegen, er ist zehn. Bleib oben, Schappi, bleib einfach dort oben.« Ich konnte Schappis Auftauchen als Unglück bezeichnen, aber es konnte auch Glück sein, denn der Typ war verwirrt, hatte von Schappi nichts gewußt und mußte jetzt mit den Augen immer hin- und hermarschieren. Das war sehr schwierig.

»Der ist verdammt schwer«, rief Nummer zwei von draußen.

»Mach schon!« schrie Nummer eins wütend.

In diesem Augenblick tönte das tuckernde Geräusch eines schweren Diesel durch die Nacht, und Schappi flüsterte tonlos und erleichtert: »Das ist Papa!«

»Scheiße!« sagte Nummer eins heftig.

»Da kommt wer«, meldete der zweite aufgeregt in der Haustür. »Smiley ist im Auto, wir können.«

Das waren die Sekunden der Wahrheit, es kam darauf an, was Nummer eins jetzt entschied. Er ließ Dinah los, und sie sackte mit einem lauten Aufatmen an ihm hinunter. »Gut, Baumeister, halt dich raus, sonst komme ich wieder. Halt dich raus, Mann, sonst bist du tot.«

Ich antwortete nicht, ich riskierte nichts mehr.

Plötzlich stand Bauer Mehren in der Tür und hatte die Szene im Blick. Offensichtlich brauchte er keine Erklärung. Er baute sich breit auf, als die Nummer eins frech wie Oskar guten Morgen wünschte und an ihm vorbei wollte.

»Halt mal«, sagte Mehren. Mit der linken Hand stoppte er den ersten und hob ihn leicht hoch, so daß er keinen Widerstand leisten konnte. »Baumeister, was ist? Brauchen wir den?«

»Ja, das wäre sehr gut«, murmelte ich. »Er ist ein Arsch, aber wir können ihn brauchen.«

Die Nummer eins begann etwas unorganisiert auf Mehren einzuschlagen, aber der war nicht zu erschüttern und offensichtlich auch nicht willens, sich lange mit dem Mann zu beschäftigen. Er schlug ihm mit der Faust seitlich gegen den Kopf und ließ ihn einfach fallen. Dann sah er mich an und fragte höflich: »Die beiden anderen draußen auch?«

»Könnte nicht schaden«, nickte ich.

Er kehrte zurück auf den Hof. Man hörte zwei- oder dreimal, wie eine Autotür klappte, dann schepperte etwas sehr scharf, und Mehren sagte laut und befriedigt: »So!«

»Dinah, Mädchen«, sagte ich. »Komm, es ist alles vorbei.«

»Es war so schrecklich«, stöhnte sie. Plötzlich rappelte sie sich blitzschnell hoch und rannte wie besessen die Treppe hinauf. Ich hörte, wie sie sich übergab.

»Kann mir jetzt mal einer diesen Haushalt hier erklären?« fragte Mehren.

»Ich bin hier, Papa«, meldete sich Schappi. »Hier war vielleicht was los.«

»Da ist was dran«, sagte ich.

Über die nächste Stunde kann ich nur äußerst gebrochen berichten. Ich wollte alles gleichzeitig tun: die Polizei benachrichtigen, Dinah in den Arm nehmen und trösten, das gleiche mit Schappi tun, den Bauern fragen, was zum Teufel ihn denn veranlaßt habe, plötzlich als tatkräftiger, äußerst anständiger Mensch aufzutreten, und gleichzeitig unsere drei Gefangenen ein bißchen befragen. Ach ja, und ich wollte selbstverständlich Rodenstock aus dem Krankenhaus heimrufen. Ich weiß, daß ich von allem ein bißchen tat, aber nichts gründlich. Das Durcheinander hatte mit meiner Verdauung zu tun. Auf Momente höchster Erregung und Angst pflegt mein Körper mit einem Zustand zu reagieren, den die Kölner so liebevoll ‚de flökke Pitter' nennen und der gemeinhin im Volke ‚Dünnschiß' heißt.

Bauer Mehren hatte die Abordnung junger Männer aus Kölns sündiger Meile der Einfachheit halber erst einmal in der Garage verstaut, was ihnen bei minus acht Grad einen leichten Dämpfer versetzte. Dann hatte er sich mit einer Flasche meines aufgesetzten Schlehenschnapses an meinen Schreibtisch gesetzt, um ein wenig fassungslos das Chaos zu betrachten und sich gleichzeitig vorsichtshalber vollaufen zu lassen.

Rodenstock hatte es fertiggebracht, trotz dieser Unzeit einen Taxifahrer aufzutreiben und zu uns zurückzukehren. Er zog sich einen Stuhl so nahe wie möglich an Mehren heran, nickte ihm zu und hielt ihm ein leeres Wasserglas hin, um bei der Vernichtung des Aufgesetzten mannhaft mitzuwirken. Etwa alle zehn Minuten wiederholte er: »Baumeister, du solltest mir gelegentlich mitteilen, was in diesem kleinen Haushalt während meiner Abwesenheit vor sich gegangen ist.«

Dinah ging es nach einer Stunde alles in allem besser. Der Anfall von Migräne war verschwunden, der Magen hatte sich beruhigt, sie konnte drangehen, die Welt neu zu entdecken. Sie hockte in einem Sessel. Schappi pendelte zwischen Dinah und seinem Vater, den er einigermaßen fassungslos betrachtete.

Nur ich spielte zunächst in dem Ensemble kaum eine Rolle, da ich fortwährend mit der Entleerung meines Darmes beschäftigt war.

Schließlich tauchte ein Streifenwagen auf, dessen Besatzung die Abordnung aus Köln liebevoll auf den Rücksitz packte und mit ihnen verschwand. Dann fuhr ein schwarzer Ford Scorpio vor und spuckte einen langen Mann aus, der sich mit: »Gestatten, Volkmann, Staatsanwaltschaft!« vorstellte und dann fragte: »Was war denn eigentlich hier los?«

Als ich freundlich antwortete, ich könne ihm weiterhelfen, schlug er vor, in die große Stube hinüberzuwechseln. Rodenstock gab sich als ehemaliges Mitglied der Mordkommission zu erkennen und bekam die Erlaubnis, sich zu uns zu gesellen.

Volkmann kramte einen Schreibblock aus seiner Aktentasche, dazu ein kleines Diktiergerät. Er schaltete es ein und sagte auffordernd: »Herr Baumeister, was ist passiert?«

Ich berichtete so konzentriert wie möglich und hängte dann die Frage an: »Sind Sie auch an dem Ermittlungen über den Doppelmord in Jünkerath beteiligt?«

Er nickte. »Deshalb bin ich hier. Wir dachten gleich, daß die Ereignisse zusammenhängen. Ich finde es erstaunlich, daß man der Staatsanwaltschaft so wenig Hirn zutraut.«

»Sie sollten mehr Werbung machen«, murmelte Rodenstock. »Wir sind auf eine Sache gestoßen, die mir sehr delikat erscheint. Mein Freund Baumeister ist Journalist, wir recherchieren den Fall, da er damit seine Brötchen verdient. Uns ist dieser Kriminalbeamte namens Kremers aufgefallen, der es offiziell ablehnt, etwas mit der

Drogenszene zu tun zu haben. Er leugnet auch, jemals mit Ole oder Betty zusammengetroffen zu sein, obwohl wir das Gegenteil wissen. Drüben im anderen Raum sitzt der Vater von Ole Mehren. Bei dem war Kremers auch. Kremers hat sehr viele direkt und indirekt Beteiligte an dem Fall manipuliert. Das ist beweisbar. Wer, Herr Staatsanwalt, ist dieser Dieter Kremers?«

Volkmann seufzte und grinste leicht. »Das war eine lange Rede. Tja, wer ist Kremers? Er ist ein sehr guter Kriminalbeamter, er hat in einigen Fällen hervorragende Arbeit geleistet. Wenn er behauptet, mit diesem Drogenfall nichts zu tun zu haben, dann kann es gleichzeitig trotzdem sein, daß er von den Drogenspezialisten aus Wittlich den Auftrag bekommen hat, Antworten auf kleine Nebenfragen zu finden. Wie Sie wissen, haben wir zu wenig Personal, und da kommt es immer wieder vor, daß irgend jemand, der gerade an Ort und Stelle ist, gebeten wird ...«

»Moment, Moment«, ging ich dazwischen. »Ihre Beredsamkeit in Ehren, aber uns geht es um einen sehr merkwürdigen Aspekt: dieser Kremers hat in ganz entscheidenden Punkten des Falles eingegriffen.«

»Aber das kann doch sein, meine Herren«, strahlte Volkmann. »Welche Aufgaben die Staatsanwaltschaft wem zuteilt, das müssen Sie schon der Staatsanwaltschaft überlassen. Herr Kremers darf darüber keine Auskunft geben. Sie sind doch gewissermaßen Eingeweihte, Sie müßten doch wissen, wie das funktioniert.«

»Moment«, sagte Rodenstock scharf. »Es geht um den Kriminalbeamten Dieter Kremers, der erstaunlicherweise von einem indirekt Beteiligten einen Bauplatz zu einem Schnäppchenpreis bekam. Es geht um Kremers, der es fingerte, daß Ole Mehren wegen Besitzes von sage und schreibe 50 Portionen LSD nicht einmal angeklagt wurde, obwohl das jeder Spielregel widerspricht. Und noch etwas, Herr Volkmann, dieser Kremers manipuliert nicht nur, er lügt auch. Glauben Sie mir, wenn wir sagen, was wir wissen, gefriert der Staatsanwaltschaft das Wasser im Arsch.«

Volkmann blickte betreten auf sein Diktiergerät und murmelte, um Zeit zu gewinnen: »Das Ding ist die ganze Zeit mitgelaufen.«

»Das macht nichts«, sagte Rodenstock. »Ich will wissen, was da gelaufen ist.«

Die Lippen des Staatsanwalts wurden schmal. »Ich kann dazu nichts.«

»Sie sollten aber«, meinte ich. »Sonst lesen Sie beim Frühstück Unerfreuliches.«

»Was ist, wenn wir eine Nachrichtensperre verhängen?« gab er zurück.

»Das kann sich nur auf aktuelle Nachrichten beziehen«, sagte ich schnell. »Mittlerweile ist sehr viel Material bekannt geworden, was nicht mehr zu verbieten ist. Lassen Sie das mit der Nachrichtensperre.«

Er sah mich sehr aufmerksam an und kniff die Augen leicht zusammen. »Können wir ein Friedensabkommen schließen?«

»Feuerpause, mehr nicht«, entschied Rodenstock. »Ich bin ein sehr alter Hase, ich weiß, wovon ich spreche. Wenn ich sage, Kremers ist unsauber, dann meine ich das auch so. Und in diesem Zusammenhang eine letzte Frage, Herr Volkmann: Waren Sie persönlich damit befaßt, Ole Mehren aus der Strafverfolgung herauszunehmen, obwohl er im Besitz von sehr viel LSD war?«

»Das kann ich nicht so einfach beantworten.«

»Ich nehme an, Sie brauchen die Erlaubnis Ihres Vorgesetzten?« fragte ich.

»Ja«, antwortete Volkmann knapp.

»Dann wollen wir Sie nicht weiter quälen«, lenkte Rodenstock ein. »Wir vergessen das aber nicht und kommen darauf zurück.«

»Einverstanden«, sagte der Staatsanwalt freundlich. Dann räumte er seine Sachen in die Tasche. Scheinbar ganz nebenbei bemerkte er: »Ich würde Ihnen aber raten, Kremers nicht darauf aufmerksam zu machen, daß Sie seinen Spuren folgen.«

»Wir sind keine Anfänger«, beruhigte ihn Rodenstock und begleitete ihn hinaus zu seinem Wagen.

In meinem Arbeitszimmer verkündete Mehren gerade: »Ich muß heim in den Stall. Die Kühe warten.«

»Sind Sie eigentlich gekommen, um Schappi zu holen?« fragte ich.

»Sicher«, nickte er. »Ich hatte nicht so richtig verstanden, daß ihr hier Oles Tod aufklären wollt. Irgendwie war ich durcheinander und ...«

»Schon gut«, sagte ich. »Ole tut weh, nicht wahr?«

»Ole tut weh«, nickte er

»Betty tut aber auch weh«, wandte Dinah dumpf ein.

»Sie hat Ole beschissen, da gibt es kein Vertun«, sagte Mehren ganz ruhig.

Dinah stand auf und ging ganz dicht an ihn heran. »Das stimmt, Herr Mehren, aber dann darf ich mal fragen, warum sie das getan hat? Denn sie hat Ihren Sohn geliebt.«

Er war einige Sekunden still. »Warum hat sie es denn getan?« fragte er dann.

»Weil irgend etwas sie dazu gezwungen hat«, entgegnete Dinah. »Und wir wissen nicht, was.«

»Herr Mehren«, sagte ich, »wie oft war dieser Kremers bei Ihnen?«

»Ein paarmal.«

»Und warum ist Ihr Sohn wegen des LSD nicht angeklagt worden?«

»Weil er versprochen hat, Betty an die Staatsanwaltschaft auszuliefern und den Kronzeugen zu machen.«

»Betty?« fragte Dinah ungläubig.

»Ja«, nickte der Bauer. »Kremers hat gesagt, mein Junge wäre durch die verführt worden. Und also müßte mein Junge ihm helfen, Beweise gegen sie zu sammeln.«

»Und darauf hat sich Ole eingelassen?« erkundigte ich mich.

»Aber sicher«, sagte er. »Ich war dabei. Kein Zweifel.«

»Das ist unfaßbar«, hauchte Dinah

»Aber es war wirklich so«, beharrte Mehren.

»Wann war denn das?« fragte ich.

»Im Frühsommer«, antwortete er. »Kremers wäre ja niemals an Betty rangekommen. Das konnte nur Ole.«

»Ole hat Betty aufrichtig geliebt«, meinte ich. »Da stimmt doch etwas grundsätzlich nicht. Was hat Ole gesagt, Herr Mehren: Wenn er Betty an die Staatsanwaltschaft ausliefern will, wie wollte er das deichseln, ohne sich selbst zu belasten?«

»Ole sollte den Kronzeugen machen. Außerdem sagte Kremers zu mir, könne man ja ein bißchen tricksen, ein bißchen nachhelfen.«

»Das ist alles nicht wahr«, stöhnte Dinah rauh. »Und wie sollte der Trick aussehen?«

»Deswegen ist Kremers ja im Sommer so oft gekommen. Die Idee war von ihm. Die Polizei sollte bei einer Razzia Drogen finden. Das sollten Drogen sein, mit denen Ole nichts zu tun hat. Mit denen nur Betty in Verbindung gebracht werden könnte. Ich verstehe ja von dem ganzen Scheiß nicht so viel, aber ich wollte Ole von dieser Frau wegkriegen, egal mit welchen Mitteln. Also habe ich gesagt: Dann tricksen Sie mal, Herr Kremers.« Mehren beugte sich über die Schreibtischunterlage, als wollte er im Boden versinken.

»Was passierte dann?« fragte Dinah.

»Einmal kam Kremers mit einem ganzen Karton mit kleinen Glasbehältern. Die waren voll mit Valium, das kennt man ja als Beruhigungsmittel. 40.000 Stück. Ein anderes Mal brachte er einen Beutel mit, so einen Plastikbeutel. Da war weißes Pulver drin, Kokain. Kremers sagte, es sei sehr hochwertig und würde mindestens zehn Jahre Knast bedeuten. Es war ein volles Kilo.«

»Und bei allem hat Ole mitgespielt?« Dinahs Stimme war schrill.

Mehren schüttelte den Kopf. »Er war einverstanden, daß er gegen Strafverfolgungsaussetzung Betty liefert. Aber von Kremers Tricks wußte er nichts. Kremers meinte, es wäre ganz wichtig, daß Ole das nicht weiß, damit er echt überrascht wirkt, wenn die Bullen das Zeugs finden.« Er trommelte mit den Fingern der rechten Hand auf die Schreibtischplatte.

»Sie haben Ihren Sohn verkauft«, flüsterte Dinah. »Richtig verkauft.«

Der Bauer nickte betulich, als sei das eine Selbstverständlichkeit. »Ich war außer mir, ich sah meinen Jungen für Jahrzehnte im Knast verschwinden oder aber verheiratet mit dieser Betty, die ihn doch dauernd beschiß.«

»Und was, verdammt noch mal, hat Ihre Meinung verändert?« fragte ich bitter.

»Kremers hat angerufen. Gestern. Er hat gesagt, ich soll das Zeug im Werkzeugkasten bei den Landmaschinen nicht vergessen. Er sagte, sie sind tot, und wir brauchen es dort nicht mehr ...«

»Hör auf zu labern«, Dinahs Stimme war etwas schrill. »Wir wollen wissen, warum Sie Ihre Meinung geändert haben?! Wieso helfen Sie uns jetzt, wieso?«

Er starrte auf seine Hände. »Wieso? Ich meine, was ...« Er guckte uns an und sah uns doch nicht. »Sie. Ich war im Sommer betrunken, ziemlich betrunken. Und da war diese Betty, und ich hatte die Wahnsinnsidee: ich nehme sie in die Mangel, ich nehme sie richtig her. Ich weiß nicht ... jedenfalls ist das so gelaufen.« Mehren beugte seinen Kopf weit über die Tischplatte. »Sie schrie dann, genauso hätte ihr Vater sie auch schon behandelt.« Er schwieg.

»Wann will Kremers kommen, um das Zeug abzuholen?« fragte ich.

»Heute abend«, antwortete er todmüde.

»Dinah, fahr mit Mehren«, bat ich. »Fotografier den Schuppen mit den Landmaschinen, den Werkzeugkasten und die Drogen da drin. Laß sie da, nicht mitnehmen, nur Proben ziehen. Okay?«

»Okay«, sagte sie.

Gleich darauf fuhr sie mit Mehren und Schappi vom Hof.

»Wie geht es eigentlich Mario?« erkundigte ich mich bei Rodenstock.

»Erstaunlich gut«, sagte er. »Aber ich denke, die Geschichte ist noch lange nicht ausgestanden. Ich brauche dringend ein Frühstück, auf nüchternen Magen ist das alles so schwer zu ertragen.«

»Wie kann Ole Betty ausliefern wollen?« fragte ich ratlos.

»Vielleicht war alles anders? Vielleicht wissen wir etwas ganz Entscheidendes gar nicht. Wir müssen auf jeden Fall nach Holland.«

»Ich möchte erst zu diesem Pfarrer, Heinrich Buch. Kann ja sein, daß er was weiß.«

»Bei einem Katholiken kann ich dir nur raten, alle Hoffnung fahren zu lassen. Nimmst du mich mit?«

Pfarrer Heinrich Buch, das teilte er uns als erstes mit, war pensioniert und hatte akut mit dem Wort des Herrn nichts mehr zu tun. Er war ein echter Häuptling Silberhaar, sah außerordentlich eindrucksvoll aus, zählte wohl mehr als siebzig Jahre und antwortete auf meine Frage, ob er denn Ole Mehren gut gekannt habe, erstaunlicherweise mit: »Ja, ich hatte die Ehre.«

»Wieso Ehre?« fragte Rodenstock irritiert.

»Ich habe Ole immer für etwas Besonderes gehalten«, antwortete Buch. Dann lächelte er. »Es gibt Leute, denen macht der liebe Gott die Erde schwer. Und Ole war so einer. Da habe ich Hochachtung.«

»Wir können Sie natürlich nicht fragen, was er beichtete«, sagte ich. »Aber würden Sie uns helfen, Oles Leben zu rekonstruieren?«

»Da helfe ich gern«, nickte er. »Zu den offiziellen Beichten kam er nie. Er kam immer, um mit mir zu schwätzen. Ich denke, ich war nicht der Pfarrer für ihn, ich war ein Freund. Ich kann auch nicht begründen, warum es so war.«

»Es geht um die Drogen«, sagte Rodenstock. »Ole hat sie verteilt.«

»Er hat sie verkauft«, stellte Buch richtig. »Das war einfach so. Ich habe ihm gesagt, ich halte das für eine Schweinerei.«

»Hat er je über einen Holländer namens Jörn van Straaten gesprochen?« fragte Rodenstock.

»Das hat er. Der Mann gab ihm Rätsel auf. Aber ehrlich gestanden, weiß ich nicht, wie diese Rätsel aussahen, wir haben nur einmal ganz kurz über diesen Mann geredet.«

»Wie stand er zu Betty?« wollte ich wissen.

»Er hat sie geliebt, eindeutig. Sie wissen ja, wie wortkarg diese Jungmannen in der Eifel sind. Kommt ein junger Ehemann nach der Arbeit nach Hause. Quengelt seine Frau: Nie sagst du mir, daß du mich liebst! Tut er empört: Ich sage dir das jeden Tag! Oder gieß ich dir etwa morgens keinen Kaffee ein?« Er grinste. »Ole hat Betty geliebt. Und wie! Es war schön zuzusehen. Sie haben versprochen, hierher zu kommen und sich von mir trauen zu lassen.«

»Aus Kanada?«

»Aus Kanada«, nickte er. »Ole hat es immer schwer gehabt. Meistens hatte er den Vater gegen sich. Und der Vater war auch gegen Betty.«

»Das wissen wir«, murmelte Rodenstock. »Aber es verwirrt uns, daß Ole angeblich seine Betty an die Staatsanwaltschaft verraten haben soll.«

»Wie bitte?« fragte der Pfarrer verblüfft.

Ich berichtete, was Mehren erzählt hatte.

Er hörte aufmerksam zu, schüttelte ein paarmal den Kopf, nickte, schüttelte wieder den Kopf.

»Bei uns ging es zu wie unter Männern«, erklärte er. »Er erzählte, er hätte ein paar Probleme mit Betty. Und sie war ja wirklich ein lockerer Vogel! Ole sagte aber auch, er müsse nur ein paar Tricks anwenden, um sie wieder zur Vernunft zu bringen. Mach das, habe ich gesagt, im Krieg und in der Liebe ist schließlich fast alles erlaubt.«

»Tricks?« hakte ich nach. »Hat er gesagt, welche?«

»Hat er nicht. Aber er schien sich seiner Sache ganz sicher zu sein. Es ist ja auch komisch, daß die ganze Eifel anzunehmen scheint, daß Ole damit angefangen hat, Drogen zu verscherbeln. Er war es gar nicht, es war Betty.«

Rodenstock schaute zu mir herüber. »Wieso war es Betty?«

»Na ja, er hat es so erzählt, und ich hatte nie Zweifel daran, daß es sich tatsächlich so verhielt. Sie hat die Brücke zu den Dealern geschlagen.«

»Zu Leuten in Köln?« fragte ich.

»Das weiß ich nicht. Ich habe sicherheitshalber nie nach diesen Leuten gefragt. Es ist nicht gut, wenn ein Pfarrer zuviel weiß«, lächelte Buch.

»Also, Sie glauben nicht, daß Ole Betty verraten wollte?« vergewisserte sich Rodenstock.

»Richtig, das glaube ich nicht. Er hat niemals davon gesprochen, daß diese Sache mit Betty in Gefahr geraten sei. Wenn er sie verraten hätte, wäre die Geschichte doch zu Ende gewesen, oder? Aber die Geschichte war nicht zu Ende, eigentlich fing sie erst an. Sie bekam doch ein Kind von ihm, und einmal saß er da, wo Sie jetzt sitzen, und heulte vor Freude über das Kind, das Betty erwartete.«

»Das ist alles sehr verwirrend«, murmelte Rodenstock.

»Hat Ole jemals erwähnt, daß er Angst hatte?« fragte ich.

»Nein.« Buch war sich ganz sicher. »Er war kein ängstlicher Mensch. Weiß man denn jetzt, wer für ihren Tod verantwortlich ist?«

Rodenstock schüttelte den Kopf.

»Ole hat sich so auf Kanada gefreut. Er sagte, in Kanada wäre so manches nicht mehr nötig, was hier zum Überleben notwendig sei. Ich nehme mal an, er meinte die scheußlichen Drogen. Er hat gesagt, eigentlich brauchte nur ein bestimmter Mensch zu sterben, dann seien seine Probleme vorbei. Ich habe natürlich an seinen Vater gedacht und ihm Vorhaltungen gemacht, er dürfe so etwas nicht einmal denken.«

Rodenstock starrte aus dem Fenster. »Kann es nicht sein, daß er einen ganz anderen Menschen meinte?«

»Möglich«, nickte Buch. »Aber das ist jetzt schrecklich egal, nicht wahr?«

»Das sehe ich nicht so«, widersprach Rodenstock.

»Wen meinst du?« fragte ich.

»Na, Kremers«, entgegnete er. »Wen sonst?«

»Ich dachte eher an van Straaten«, erwiderte ich. »Wegen Betty.«

»Können Sie mich aufklären?« fragte Buch ganz sanft.

Wir entschuldigten uns, und Rodenstock erzählte ihm, was wir wußten. »Sie sehen, er kann möglicherweise seinen Vater gar nicht gemeint haben.«

»Das scheint mir jetzt auch so«, sagte der Pfarrer betroffen. »Aber ich weiß wirklich nicht, wie ich Ihnen noch weiterhelfen kann.«

»Aber daß Betty diejenige war, die mit dem Dealen begonnen hat, steht für Sie außer Zweifel?«

»Ja«, nickte er. »Er hat es so nebenbei fallenlassen, so wie man über eine ... na ja, eine Selbstverständlichkeit berichtet, verstehen Sie? Und noch etwas, meine Herren: Ole hat mich nie belogen. Ich bin richtig stolz darauf.«

»Wie hast du noch mal gesagt?« fragte Rodenstock nachdenklich, als wir heimwärts zogen. »Die Eifler kriegen das ‚Ich liebe dich' nicht über die Lippen. Ole scheint das ‚Ich hasse dich' auch nicht über die Lippen bekommen zu haben.«

»Ich traue diesem Braten nicht. Paß auf, ich bremse mal.« Ich benutzte den uralten Trick, beim Bremsen auf der eisharten Schneedecke Fuß- und Handbremse gleichzeitig zu benutzen. Der Wagen sprach gut an, rutschte ein paar Meter kontrolliert, stand dann. »Wir haben sehr unterschiedliche Aussagen. Auf der einen Seite war es die große Liebe, auf der anderen Seite hat Ole Betty verraten, an die Staatsanwaltschaft ausliefern wollen. Für die große Liebe sprechen mehr Gründe und vor allem die für mich wichtigeren Zeugen: Schappi, Mario und Gerlinde Prümmer. Wenn da Haß gewesen wäre, dann hätte zumindest Schappi das gemerkt. Er war ganz offensichtlich dauernd mit den beiden zusammen.«

»Aber kann es nicht Haß und gleichzeitig Liebe gewesen sein?« fragte Rodenstock. »Menschen sind doch nicht nur weiß oder nur schwarz – sie sind alles gleichzeitig.«

»Der Denker schlägt zu. Wahrscheinlich stimmt, was du sagst. Ich würde so gern noch einmal zur Melanie.«

»Jetzt? Oh Gott, ich bin müde, ich habe so gut wie gar nicht geschlafen.«

»Dann fahre ich dich heim und alleine weiter zu Melanie.«

Eine Weile lang sagte er gar nichts, ehe er dann einen Knurrlaut von sich gab und fragte: »Hast du eigentlich vor, irgendwann einmal erwachsen zu werden?«

»Ich bin zu aufgedreht, ich kann sowieso nicht schlafen.«

Der nächste Satz kam etwas sarkastisch: »Der Mörder wird es dir danken.«

»Wieso denn das?« fragte ich wütend.

»Weil seine Chancen, heil aus der Sache herauszufinden, mit der abnehmenden geistigen und körperlichen Verfassung seiner Jäger steigen. Ich meine, je überdrehter und aufgeregter du bist, umso schneller wirst du logische Fehler machen, falsche Rückschlüsse ziehen.«

Zuweilen ist es lästig, einen klugen Freund mit Lebenserfahrung zu haben. Vor allem, wenn er recht hat. »Und was schlägst du statt dessen vor?«

»Ausruhen, gammeln, in den Schnee gucken, schlafen. Wir beide haben ein Schlafdefizit von etwa zwanzig Stunden, wir gehen beschissen mit uns selbst um. Ich würde vorschlagen, wir machen einen Tag Pause, dann können wir morgen erneut starten.«

Keine Frage, er hatte recht. Ich versuchte es trotzdem. »Wir müssen so schnell wie möglich zu dem Holländer, zu Melanie, an den Kripobeamten Kremers heran, an den Vater von Jonny in Gerolstein ...«

»Vergiß es erst einmal«, unterbrach mich Rodenstock. »Vergiß vor allen Dingen die Diskussion mit mir. Es ist heller Morgen, ich gehe schlafen.«

»Also gut«, sagte ich sehr von oben herab.

Die Katzen tollten im Schnee, sie balgten sich. Dinah war noch nicht vom Hof der Mehrens zurück, wir gingen in das Haus, und Rodenstock meinte leicht amüsiert: »Ich hoffe, daß du gut versichert bist.« Er stand mitten im Durchgang zwischen der Küche und dem, was vor Jahrhunderten die Erbauer dieses kleinen Hauses die gute Stube genannt hatten.

»Ich habe das dumpfe Gefühl, daß jede Versicherung sagen wird, daß sie die Spuren von Vandalismus nicht ersetzt.«

»Moment, das war kein Vandalismus. Das war bewiesene Zerstörungswut im Rahmen der Recherchen zu einem Doppelmord. Das war körperliche Bedrohung, das war Erpressung, das war alles mögliche.«

Der Küchenschrank, Gelsenkirchener Barock mit Linoleumeinlage, war vollkommen zertrümmert, die Standuhr zerschlagen, eine Stange des uralten Küchenherdes abgebrochen, zwei Buchregale umgekippt und zertreten, beide Deckenlampen zerschmettert, ein Wandregal mit altem Eifler Porzellan von der Wand gerissen und zu Trümmern verarbeitet.

»Hast du eine Ahnung, was das alles wert war?« fragte Rodenstock.

»Nicht die Spur«, entgegnete ich. »Ich werde das alles fotografieren und erst dann aufräumen. Morgen vielleicht.«

»So gefällst du mir schon besser«, murmelte er und verschwand nach oben in sein Zimmer. »Es gibt nur einen Grund, mich zu wecken«, rief er drohend herunter.

»Und wann ist der Zeitpunkt gekommen?« fragte ich.

»Wenn dieses Haus brennt.«

Ich ließ es langsam angehen, holte vom Dachboden eine dicke Folie und zog die über das zerschlagene Fenster zum Garten hin, damit wir die Küche wenigstens zum Kaffeekochen benutzen konnten. Dann hockte ich mich im Kaminzimmer auf einen Sessel und hörte eine CD von Keith Jarrett, und ich spürte, wie Müdigkeit in mir hochkroch und mich in wohlige Trägheit hüllte.

Plötzlich war Dinah da und sagte, sie habe eine Probe des Kokains von Mehren mitgebracht und Rodenstock solle probieren, um herauszufinden, wie gut es sei.

»Nicht jetzt. Laß ihn schlafen. Wir haben beschlossen, bis morgen früh eine Pause einzulegen.«

»Ihr zeigt ja Reste von Vernunft«, spottete sie. »Mehren ist in saumäßiger Verfassung, er will dich sprechen. Ich vermute mal, ein Gespräch unter Männern. Der Mann ist echt infarktgefährdet, denke ich. Er kapiert langsam, was mit seinem Sohn wirklich geschehen ist. Zuletzt sah ich ihn im alten Schweinestall stehen und hemmungslos weinen. Der braucht Hilfe.« Dann setzte sie in einem Anfall von Arbeitswut hinzu: »Ich räume jetzt das Chaos da drüben auf.«

»Kommt nicht in Frage«, sagte ich. »Es wird besser sein, wir bestellen den Versicherungsfritzen hierher. Laß uns ins Bett gehen.«

»Du Lüstling«, entgegnete sie. »Aber das hört sich gut an.«

SECHSTES KAPITEL

Ich war der erste, der das Stillhalteabkommen brach. Nachdem wir einen Tag und Nacht geschlafen, herumgetrödelt, gelegentlich die Fernsehnachrichten gesehen, seltener einen Kaffee getrunken, kaum miteinander gesprochen hatten und uns auf eine drastische Weise auf den Geist gegangen waren, brach ich am nächsten Tag frühmorgens auf. Dinah und Rodenstock diskutierten währenddessen noch lauthals mit dem Versicherungsmann, der selbstverständlich der Meinung war, daß sein Unternehmen für derartig abartige Zerstörungen nicht zuständig sei. Er wiederholte dabei ständig einen Satz, den ich seither hassen gelernt habe: »Mein Unternehmen ist nun weiß Gott sehr kulant ...«

»Ich bin mal kurz weg«, sagte ich in die erregte Diskussion hinein.

Selbstverständlich war Melanie eine Nachteule und lag noch in tiefem Schlaf. Ich mußte oft klingeln, bis sie mit schlaftrunkener Stimme maulte: »Ist da einer pervers?«

»Ich bin es, Baumeister. Ich habe noch ein paar wichtige Fragen.«

Sie öffnete. Glücklicherweise war sie kein Morgenmuffel. »Das kostet dich eine Pulle Schampus«, grinste sie. Sie trug einen weit klaffenden Morgenmantel über einem durchsichtigen Nachthemdchen und sah ohne alle Kriegsbemalung wie ein kleines verletzliches Mädchen aus.

»Ich muß einen Schluck trinken. Ich habe heute nacht zuviel erwischt, ich habe Kopfschmerzen.« Sie stand vor dem neogotischen Schrank und öffnete eine Doppeltür. Dahinter war, indirekt beleuchtet, eine Galerie von Flaschen zu sehen. Sie goß sich einen Kognak ein und trank einen kleinen Schluck. Dann hockte sie sich mit untergezogenen Beinen auf einen Sessel.

»Du hast gesagt, Ole und Betty hätten dir gefallen. Hast du etwas davon gemerkt, daß die Qualm in der Küche hatten?«

»Nein«, antwortete sie. »Im Gegenteil. Sie waren für Eifler Verhältnisse erstaunlich liebevoll zueinander, und sie waren endlich mal ein Pärchen, das keinen Beziehungsknatsch zu haben schien. Das freut einen doch, oder?«

»Eigentlich bin ich hier, um dich zu bitten, mir die ganze Geschichte von Kremers zu erzählen. Ich habe dich nämlich in Verdacht, sehr vieles verschwiegen zu haben. Er hat doch Jonny Straffreiheit zugesichert, wenn Jonny ihm die Dealer liefert. Richtig so?«

»Richtig so«, nickte sie. Sie war jetzt aufgeregt, eine Spur blasser. »Warum sollte ich dich bescheißen, Baumeister? Es gibt doch keinen Grund.«

»Vielleicht doch«, meinte ich. »Und ich könnte dich auch verstehen, wenn es so wäre.«

Sie kicherte etwas gequält. »Das mußt du mir erklären.«

»Erzähl mir ein bißchen von dir, dann erkläre ich dir, was ich meine. Du bist aus Köln, das weiß ich.«

»Ja. Altstadt, rechts vom Dom.« Sie zündete sich eine Zigarette an und starrte dann aus dem Fenster. »Angefangen habe ich als richtige Bordsteinschwalbe. Das weißt du wahrscheinlich auch, das weiß hier jeder. Wir waren vier Kinder, ich war die Älteste ...«

»Wie alt bist du eigentlich?«

»Vierundzwanzig. Ich habe noch eine Bitte, Baumeister. Wenn du drüber schreibst, schreibst du dann die Wahrheit und nicht irgendeinen Scheiß?«

»Wie wäre es, wenn ich dir den Text vorher zur Kontrolle gebe?«

»Das wäre gut«, sagte sie erleichtert. »Meine Mutter, die ich heute noch unterstütze, weil sie es verdient hat, war eigentlich von Anfang an alleinerziehende Mutter. Wir vier Kinder stammen von drei Männern, und keiner hat meine Mutter geheiratet, und jeder hat sich um die Zahlungen gedrückt. Ich hatte immer nur einen Stiefvater, meinen richtigen habe ich nie kennengelernt.« Melanie kicherte, und es war nicht klar, ob nicht ein Weinen darunter lag. »Klingt ganz schrecklich, ich weiß. Ist immer so, als hätte das Leben mich benachteiligt. Hat es aber nicht, ich kann ja was tun. Meine Mama hat als Bediene und als Putzfrau gearbeitet. Meistens hatte sie drei, vier Jobs gleichzeitig, und ich war für meine Geschwister da. Ich war fünfzehn, als ich eine Lehrstelle suchte und keine fand. Wahrscheinlich habe ich keine gefunden, weil ich keine finden wollte. Glaube ich heute. Ich war in einer Jungen- und Mädchenclique, und wir waren alle frühreif und haben alle schon mit zwölf Jahren angefangen, miteinander zu schlafen. Das war normal. Die anderen hatten dann Freunde und Freundinnen, nur ich machte das etwas anders. Ich habe das Leben schon immer etwas anders erledigt.« Sie lächelte leicht. »Wir waren dauernd auf der Domplatte bei den Touristen und hauten die um ein paar Mark an, wir waren richtige Gossenkinder. Und ich merkte, daß besonders die japanischen Macker auf mich standen. Also habe ich mich drauf eingestellt. Zur Clique gehörte auch Herbert, den wir Herbie nannten. Der war so ähnlich wie ich. Ich fragte ihn, ob er mein Zuhälter sein wollte. Er wollte. Wir zockten Japaner ab. Das lief wie irre. Na gut, nur im Winter war es nicht so doll. Wir hatten im Keller einen Raum hergerichtet. Da schleppte ich die Japaner rein. Ich kassierte verdammt gut. Herbie sorgte dafür, daß ich richtig steile Klamotten hatte und so. Natürlich haben wir gekifft und ab und zu E geschmissen.

Herbie fing dann an, Koks zu besorgen. Das bringt einen echt gut drauf, Mann, und es besteht keine Gefahr von Schmerzen oder sowas bei körperlichem Entzug. Du kannst jederzeit ohne Schwierigkeiten aufhören. Dann begann Herbie zu dealen. Wir verkauften den Japanern also erst mal Sex und dann auch Koks. Die Koksdealerei nahm immer größere Dimensionen an, und wir hatten ein Auto, ein Funbike und sparten auf eine Eigentumswohnung. Herbie war ständig gut drauf und zog jeden Tag mindestens drei, vier Lines Koks. Schließlich holte er sich das Zeug selber in Frankfurt. Dabei lernte er die big shots des Gewerbes kennen. Und die ziehen jeden Tag bis zu zehn Gramm Koks! Herbie fand das alles ganz irre, er kokste immer mehr. Na klar, wir haben nicht daran gedacht, daß man auch seelisch von dem Zeug abhängig werden kann. Daran starb Herbie dann.« Melanie blinzelte und drückte den Zigarettenrest im Aschenbecher aus.

»Was ist mit ihm passiert?«

»Er war zum Schluß nervlich vollkommen auf dem Hund. Eines Abends flippte er aus und behauptete, unten auf der Straße würden Hunderte von Bullen auf ihn warten. Auf der Straße war gar nichts. Er schnitt Löcher in die Fenstervorhänge, um das besser beobachten zu können. Dann fiel er um und hatte eine Atemlähmung. Das kommt bei Kokain eben vor, man nennt das ZNS-Lähmung. Ich habe zugehört, wie er krepierte. Oh, mein Gott, ich kann immer noch nicht drüber reden.«

Sie weinte still, und ich ließ sie in Ruhe.

»Na ja, wir haben Herbie beerdigt, und das Leben mußte weitergehen. Ich habe dann abends als Bediene in einer Altstadtkneipe gearbeitet und anschließend als Bardame im *Eve*. Das war ganz schön heavy, aber ich kam über die Runden – bis ich Jonny aus Gerolstein kennenlernte.« Sie kicherte wieder. »Er war richtig süß. Er hatte null Erfahrung, tat aber immer so, als wäre er der Kaiser von China. Und Bares hatte er. Ich habe ihn mir als Stammkunden an Land gezogen. Manchmal hat er mich für eine Nacht ausgelöst, und ich war nur für ihn da. Eines Tages fragte er: Wie wäre es, wenn du nach Gerolstein kommst? Erst wollte ich nicht, aber jetzt … na ja, ich bin hier. Jetzt weißt du aber so ziemlich alles. Und warum soll ich dich übers Ohr hauen?«

»Moment«, wandte ich ein, »ich mache dir nicht zum Vorwurf, daß du uns beschissen hast. Du machst so etwas ja, um zu überleben. Dann ist es eine echte Leistung. Auch ohne Herbie ist dein Leben ziemlich rund gelaufen, oder? Dann ist Jonny gekommen, der Bubi aus Gerolstein. Du hast die Chance gesehen und sie an dich gerissen, wahrscheinlich warst du sogar verliebt, oder?«

»Und wie! Bin ich manchmal immer noch. Er ist ein richtig süßer Schnuddelfuzz.«

»Ach, du lieber Gott. Du wußtest aber von Anfang an, daß Jonny nicht der Typ harter Mann ist und daß er auf verschiedenen Stoffen steht. Du bist ja nicht blöde. Trotzdem bist du hierher gekommen. Der Grund ist wahrscheinlich die Abmachung mit Jonny, daß du eine kostenlose Wohnung bekommst und eine Abfindung pro Monat, sozusagen Taschengeld. Zusätzlich hast du dich arbeitslos gemeldet. Alles in allem verdienst du gutes Geld, nicht wahr? Wieviel ist es rund im Monat?«

»Also ohne das Auto ungefähr fünf.«

»Und wieviel davon kannst du sparen?«

»Gut und gerne drei, meistens dreieinhalb. Aber was hat das alles damit zu tun, daß ...«

»Augenblick Geduld«, sagte ich. »Jetzt kommt dieser Jonny plötzlich auf die Idee, clean zu werden. Er hat die Schnauze voll von den Drogen. Du weißt genau, daß es beim ersten Versuch nicht klappen wird, aber du weißt auch, daß Jonny das schaffen kann, wenn er es wirklich will. Und eigentlich möchtest du ja auch, daß er es schafft. Aber du bist dir auch darüber bewußt, wenn er es schafft, kannst du aus Gerolstein verschwinden. Er tritt dann nämlich das Erbe an, übernimmt die Firma und wird heiraten. Er wird niemals dich heiraten, das Kaliber hat er nicht. Mit anderen Worten: du hast verstanden, daß du bald überflüssig sein wirst. Das tut weh, ich weiß, aber ich muß es so ausdrücken. Da fragt sich der Baumeister, was du anstellen wirst, um dich abzusichern. Deswegen, glaube ich, hast du uns nicht einmal die Hälfte erzählt. Also, was ist wirklich passiert?«

Sie hatte eine heisere Stimme. »Was ist, wenn ich dir nichts weiter sage?«

»Ich werde es wahrscheinlich über kurz oder lang sowieso herausfinden«, meinte ich, und ich hoffte, daß es annähernd überzeugend klang.

»Aber versprochen, ich darf vorher lesen?«

»Du darfst vorher lesen.«

»Na gut. Stimmt genau, was du sagst. Meine Zeit hier läuft ab. Selbst wenn Jonny Rückfälle hat, er wird eines Tages vernünftig werden, heiraten und Kinder machen und ein angesehener Bürger sein und so weiter. Als er nach Gerolstein ins Krankenhaus ging, um sich körperlich zu entgiften, kam schon am ersten Abend Dieter Kremers hierher. Er sagte, er würde Jonny nur wirklich helfen können, wenn ich mitziehe und den Kremers dabei unterstützte.«

»Wie sollte diese Hilfe aussehen?«

»Ich sollte auf Jonny einwirken, daß er wirklich den Kronzeugen macht und so. Dann sollte ich alles aufschreiben, was ich über Drogen hier im Landkreis jemals erfahren habe und weiß. Jonny war ja dauernd mit Leuten zusammen, die auch auf Drogen sind. Da gibt es eine Menge aufzuschreiben. Welche Stoffe, woher sie kommen, Namen der Leute mit Adressen, das Datum der Treffs und so weiter. Ich schrieb und schrieb. Und Dieter Kremers kam jeden Abend.« Sie lächelte mir etwas hilflos zu.

»Was hat er denn dafür versprochen?«

»Er hat versprochen, daß er mir einen guten Abflug verschafft, egal, wohin ich will. Natürlich sollte ich zuerst den Zeugen machen, den Kronzeugen. Dann wollte er für mich sorgen. Er sagte, er könne vielleicht eine Kneipe zu günstigen Konditionen pachten oder kaufen. Ehrlich, das wäre mein Traum.«

»Er kam also jeden Abend?«

Sie nickte.

»Und wann hast du das erste Mal mit ihm geschlafen?«

»Am dritten Abend.«

»Hat er dich dafür bezahlt?«

»Nein. Er lachte und sagte, er hätte kein Geld übrig, um dafür zu bumsen.«

»Wie oft seitdem?«

»Fast jede Nacht. Oh, Baumeister, was ist? Ist er ein Arsch?«

»Ich weiß es nicht genau. Sag mal, wenn er hier war, hat er dann hier geschlafen? Ist morgens hier aufgestanden, hat sich rasiert und ist dann zur Arbeit nach Daun?«

»Korrekt.«

»Wo ist dein Badezimmer?«

»Da hinten die zweite Tür rechts.«

»Moment bitte.« Ich ging in das Bad. Es war groß und geräumig, ganz in Weiß gefliest, hatte eine Toilette, ein Bidet, eine Dusche, eine Wanne, ein Handwaschbecken und ein hübsches schneeweißes Regal mit all dem Schnickschnack, den eine gepflegte junge Frau braucht. Ein Korb für gebrauchte Wäsche enthielt nichts anderes als gebrauchte Wäsche. Da gab es ein kleines Regal mit Handtüchern. Zwischen den Handtüchern war nichts. Der Wasserkasten der Toilette ließ sich sehr leicht öffnen. Nichts. Mein Blick fiel auf die Fliesen, die die Badewanne verkleideten. Dort war ein Viereck eingelassen, damit man an die Zuleitungen kommen konnte. Ich nahm das Schweizer Messer und drehte die Schraube ab.

»Was machst du da drin?« rief Melanie.

»Ich hocke auf dem Pott«, schrie ich zurück.

»Ach so«, sagte sie erleichtert.

Kremers hatte die vier Beutel mit breiten Streifen Tesafilm an die Außenwand der Badewanne geheftet. Absolut sicher und gleichzeitig absolut dumm. Die Dummheit zählte in diesem Fall allerdings nicht, denn es würde lediglich darauf ankommen, zu beweisen, daß Melanie im Besitz von sehr viel Kokain war. Ich schätzte, daß jeder Beutel rund ein Viertelpfund enthielt. Nach Adam Riese hatte der Stoff im Straßenverkehr einen Wert von runden 75.000 Mark, wenn man einkalkulierte, daß er allererste Sahne war. Ich nahm die Beutel, kehrte zu Melanie ins Wohnzimmer zurück und legte die Tüten auf den Tisch.

»Was ist das?« fragte sie verunsichert.

»Kokain«, erklärte ich. »Es klebte an deiner Badewanne.«

»Noch von Jonny?« fragte sie voller Angst. »Unmöglich. Das ist ganz unmöglich, das hätte er mir gesagt.«

»Nicht doch Jonny«, sagte ich. »Warte mal.« Ich riß einen der Beutel auf, nahm ein wenig von dem Zeug an den angefeuchteten kleinen Finger und rieb mir den Stoff auf das Zahnfleisch. Es reagierte sofort, wurde kühl, fühlte sich eisig an und gefühllos. »Das Zeug ist phantastisch gut«, teilte ich Melanie mit.

»Darf ich mal?« fragte sie.

»Aber ja.«

Sie machte ebenfalls die Probe und murmelte dann fachmännisch: »Wenn du dieses Zeugs dreimal streckst, hast du immer noch besseren Stoff als den, der sonst auf dem Markt ist. Ehrlich, kann Jonny so blöde gewesen sein?«

»Kommst du nicht drauf? Es war dein Kremers, und du bist nicht die einzige, die er aufs Kreuz legen wollte. Bei Ole hatte er denselben Trick drauf. Er hätte im entscheidenden Moment seine Kollegen zu einer Razzia geschickt. Sie hätten das Zeug gefunden, und du wärst drangewesen, Mädchen. Niemand hätte dir geglaubt, wirklich niemand. Kremers wäre dich billig los gewesen. Du wärst in den Knast gewandert, verstehst du? Hast du ein Döschen oder sowas? Ich nehme eine Probe mit, dann hängen wir die Beutel wieder auf, und du weißt von nichts.«

»Wie soll ich mich denn verhalten? Oh, verfluchte Kakke, das darf nicht wahr sein!« Sie begann zu weinen, hörte überhaupt nicht auf damit, und dauernd fluchte sie rüde. Einmal brüllte sie: »Ihr Scheißmänner!«, ein anderes Mal: »Ich schneide ihm die Eier ab, ich mache ihn zum Eunuchen.«

»Glaubst du denn, daß du ein bißchen Schauspielkunst aufbringen und so tun kannst, als sei nichts?« fragte ich.

»Ich bin so wütend, ich könnte eine Folge von *Derrick* allein spielen.«

Ich gab ihr alle unsere Telefonnummern für den Fall, daß sie eine Frage hatte und für den Fall, daß sie Gefahr für sich sah. Dann nahm ich sie in die Arme und ging schließlich.

Rodenstock hatte von einem durchziehenden Bäckerwagen einen halben Bienenstich gekauft, Kaffee gekocht und brüllte herum: »Zur Fütterung der Raubtiere antreten.«

»Ich schlage ihn tot«, murmelte Dinah.

Wir waren nicht mehr fähig, über diesen Fall zu sprechen, wir hatten zu viele Fakten, die wir nicht richtig einordnen konnten. Wir strichen umeinander herum, redeten über Belangloses, und einer fiel dem anderen auf die Nerven. Ich zog mich in das Schlafzimmer zurück und las Josef Haslingers *Opernball*, die maßlos eindringliche Geschichte eines möglichen Massenmordes in Wien. Ich blieb ungestört, bis Rodenstock in der Tür stand und beinahe angriffslustig verkündete: »Dinah und ich haben beschlossen, nach Adenau in die *Periferia* zu fahren und zu essen.«

»Und morgen nach Holland?

»Und morgen nach Holland«, nickte er.

Bald darauf fegten wir über Kerpen, Niederehe, Heyroth und Brück Richtung Kelberg und wendeten uns dann nach links auf die Schnellstraße nach Adenau. Wir waren nicht länger als vierzig Minuten unterwegs und fielen in die wunderbare Kneipe ein, als hätten wir eine Wüstendurchquerung hinter uns.

Dinah und Rodenstock einigten sich auf einen trockenen Riesling, ich bekam einen Kaffee, und wir konnten Beate Leisten dafür gewinnen, uns Schweinemedaillions in einem Gemüsebett zu bereiten. Derweil kredenzte uns ihr Gefährte Michael Piater die letzten Neuigkeiten vom Nürburgring, jene Neuigkeiten, die in keiner Zeitung stehen. Wir aßen genüßlich, bestellten ein ausführliches Dessert, und Rodenstock beschloß, daß er uns eingeladen habe. »Meine Rente muß zu irgendwas nutze sein«, murmelte er.

Schließlich lieh ich mir Michaels Handy und rief in Holland Jörn van Straaten an, um mich für den kommenden Morgen anzukündigen.

»Herzlich willkommen«, sagte er freundlich. »Hat man die Täter gefaßt?«

»Noch nicht«, gab ich Auskunft.

Wir langten gegen neun Uhr wieder zu Hause an, und Rodenstock zog sich sofort in sein Zimmer zurück, nachdem er sich lauthals beschwert hatte, daß dieser Fall aus seinem Gehirn einen ungeordneten Steinbruch gemacht habe.

Um sechs Uhr am nächsten Morgen fuhren wir los und kamen uns heldenhaft vor. Es war nicht nur noch stockdunkel und kalt, sondern auch nebelig. Die Sicht reichte nicht weiter als 50 Meter. Hillesheim, Jünkerath, Kronenburg brachten wir schnell hinter uns, weil ich die Strecke genau kannte. Dann aber, als wir jenseits des wuchtigen Kirchturms von Hallschlag durch die Suppe schwammen, mußte ich langsamer werden, um nicht Gefahr zu laufen, einen Unfall zu verursachen. Wir stotterten die B 265 entlang, passierten den kleinen belgischen Supermarkt zur Linken, hinter dem gleich die Krippenausstellung *Krippana* liegt, rutschten nach Losheim hinein und kletterten vorsichtig hoch zum *Weißen Stein,* den endlose Wälder überziehen. In Hellenthal machte das große Freigehege Werbung mit dem *Verleih von Motorschlitten,* und Rodenstock sagte verächtlich: »Damit kriegen die den Restwald auch noch kaputt.«

Kurz vor Höfen erreichten wir die B 258; die Sicht wurde etwas besser, und im Tal der Rur war dann endgültig freie Fahrt angesagt. Hinter Aachen ging es über die A 4 nach Maastricht – Autobahn direkt bis s'Hertogenbosch.

Das flache Land mit den schönen Kiefernwäldern machte uns ruhig.

»Auf dem Drogensektor sind die Holländer Zauberer«, bemerkte ich und war stolz darauf, das zu wissen. »Sie haben durch eine liberale Drogenpolitik in den Jahren von 1982 bis 1991 die Zahl der Drogentoten um fast die Hälfte reduziert. Der Rest Europas ist neidisch und schimpft auf sie. Es ist wie in jeder Familie.«

»Gehen wir mit zu diesem van Straaten?« fragte Dinah.

»Das wäre nicht diplomatisch«, meinte Rodenstock. »Baumeister sollte jetzt erstmal allein gehen.«

»Rechnest du damit, daß wir nochmal zu ihm müssen?« fragte sie.

Er nickte. »Und wahrscheinlich sogar ein drittes und viertes Mal. Während Baumeister bei ihm ist, recherchieren wir in der Stadt den Jörn van Straaten. Vielleicht kommt dabei was raus.«

Wir fielen am Marktplatz in das *Hotel Central* ein, und ich machte mich unverzüglich auf den Weg in die Verwerstraat Nr. 78. Es war ein schmales, sehr altes schönes Bürgerhaus. Im Erdgeschoß war ein Geschäft untergebracht. *Van Straaten – Antiek* hieß es, und als Zusatz gab es die Information preis, daß sich van Straaten auf Fernost spezialisiert hatte. Meine kulturgeschichtlichen Bildungslücken haben erhebliche Ausmaße. Ich war aber durchaus in der Lage einzuschätzen, daß van Straaten sich ziemlich teuer verkaufte: An keinem Stück war ein Preisschild, es war nicht die Spur von Staub zu entdekken, das Schaufenster wirkte unaufdringlich elegant und hatte keine Ähnlichkeit mit der Nippeskommode meiner alten, längst verblichenen Tante Maria, die allen Kitsch der Welt gesammelt und ihn jedem Besucher als ihre antike Sammlung erlesener Stücke angedient hatte.

Ein Glockenspiel ertönte sanft, als ich die Tür zum Geschäft aufzog. Es roch sofort eindringlich nach einer Brasilzigarre von Davidoff in der Preislage um die 100 Mark das Stück, und ich fragte mich, was eine Frau wie Betty wohl gedacht haben mochte, als sie zum erstenmal in diese Versammlung kapitalistischer Sammelsurien tauchte.

Besonders eindrucksvoll war die Verteilung der Lichter. Der Raum war etwa sechs Meter breit, hatte aber sicherlich eine Tiefe von nahezu zwanzig Metern. Während im Normalfall in einem solchen Geschäft unendlich viele Stücke den Besucher verwirren, hatte van Straaten sich auf wenige, ganz bestimmte Exponate konzentriert. Und jedes Stück, jeder Buddha, jeder Haustempel, jede Kali wurde von einer Niederfrequenzlampe angestrahlt, alles wirkte sehr gediegen. Natürlich verkaufte er auch Möbel. Es waren offensichtlich englische Möbel aus Rosenholz.

Van Straaten trat aus dem Hintergrund und zelebrierte seinen Auftritt. Die Davidoff-Zigarre in seiner linken Hand wirkte etwa so wie das Stöckchen des Charly Chaplin – untrennbar Teil der ganzen Figur. Er war ein eindrucksvoller, weißhaariger Mann, schlank, drahtig, braungebrannt, vielleicht fünfzig Jahre alt. Er trug einen maßgeschneiderten grauen Anzug mit Weste, und seine Uhr war eine Rolex mit Brillanten. Er sagte: »Willkommen, herzlich willkommen!« und lächelte das Lächeln einer Zahnpastareklame. Seine dunkelbraunen Schuhe waren bestimmt aus Italien und von der Sorte, die sich gewisse Leute persönlich anfertigen lassen, um nichts mit dem niedrigen Volk gemein zu haben. Van Straaten bot insgesamt einen erschreckend perfekten Anblick, und wäre seine Stimme eine vollautomatische Elektronikstimme gewesen, so hätte mich das auch nicht verwundert.

»Ich bin der Baumeister«, sagte ich. »Ich hoffe nicht, daß ich Sie allzu sehr störe.«

»Keine Spur«, entgegnete er sachlich. »Nur der Anlaß ist ekelhaft. Hatten Sie eine gute Fahrt? Kommen Sie, wir gehen in mein Büro, da ist es gemütlicher.« Er drehte sich und ging vor mir her. »Wann werden denn Betty und Ole beerdigt?«

»Das weiß man noch nicht. Nach dem Wirbel zu urteilen, die diese Vorkommnisse machen, werden die Gerichtsmediziner keine Untersuchung auslassen. Ich vermute, es wird mindestens noch eine Woche dauern. Wann hatten Sie den letzten Kontakt zu den beiden?«

»Das war kurz vor Weihnachten«, erinnerte er sich. »Wir hatten eigentlich vor, Sylvester zusammen zu verbringen.«

Ich fragte nicht weiter, ich überlegte etwas verwirrt: Wieso Sylvester? Sylvester wären sie doch längst in Kanada gewesen, wenn alles wie geplant abgelaufen wäre. Sollte van Straaten nicht wissen, daß sie verschwinden wollten?

»Wir sind am Ziel«, sagte er und machte eine Tür auf. Das Büro war ausschließlich mit englischen Möbeln bestückt und wirkte sehr anheimelnd. Es gab kein Licht außer einer in dezentem Blau gehaltenen Jugendstillampe auf einem Schreibtisch, und zweifelsfrei war sie echt. Das Erstaunliche an dem Raum war, daß er kein Fenster hatte.

Wir setzten uns an ein kleines, ovales, rundherum mit Schubladen bestücktes Tischchen.

»Wie kommen Sie zu diesen Möbeln?« fragte ich. Kaufleuten, dachte ich wütend, muß man Zucker in den Arsch blasen.

»Es ist englisch, Rosenholz, ich importiere das seit etwa zwanzig Jahren und bin Exklusivaufkäufer einer kleinen, aber hochfeinen Fabrik an der schottischen Grenze. Mein Geschäft hat zwei Füße: Asiatica, das Erbe aus kolonialen Zeiten, und die Möbel aus England.«

»Was kostet so ein Stückchen?«

»Ich würde Ihnen entgegenkommen«, lächelte er.«Vierzigtausend, und ich fahre Ihnen den Tisch nach Hause. Wie sind denn Sie an die Bekanntschaft mit Betty und Ole gekommen?«

»Überhaupt nicht«, erklärte ich. »Ich habe sie nicht gekannt. Ich war nur bei der brennenden Scheune, ich bin Journalist, also versuche ich, den Fall etwas aufzuhellen. Und Sie?«

Er saß vollkommen locker in seinem Sessel, hatte nicht einmal die Beine übereinandergeschlagen, starrte in eine imaginäre Ferne, und man konnte den Eindruck gewinnen, als sei ich gar nicht vorhanden. »Das ist jetzt zwei, nein, drei Jahre her. Wir lernten uns im *Eifel-Haus* im Burgbering von Kronenburg kennen. Dort ißt man gut. Der Laden war voll, die beiden wurden an meinen Tisch gesetzt. Ich hatte von jeher ein massives Interesse an Jugendlichen. Das mag daran liegen, daß ich nie eine Familie hatte. Eines ergab das andere. Die beiden waren irgendwie erfreuliche Erscheinungen. Also fingen wir an, uns gegenseitig zu besuchen. Natürlich habe ich dann ab und zu Haschisch mitgebracht, und wir hockten auf dem Bauernhof in der Eifel und kifften.« Weil das offenbar eine erheiternde Erinnerung war, lachte er unterdrückt.

»Wie war das jetzt, als Sie die beiden das letzte Mal sprachen?«

»Das war ein paar Tage vor Weihnachten«, berichtete er bereitwillig. »Ich telefonierte mit Betty. Ich habe seitdem überlegt, ob ich etwas überhört habe, ob sie vielleicht Kummer oder Angst hatte, ob ihre Stimme so etwas verriet.« Er schüttelte nachdenklich den Kopf. »Ich versichere Ihnen, da war gar nichts.«

»Das glaube ich Ihnen«, nickte ich. »Nach allem, was wir wissen, waren sie noch ein paar Stunden vor ihrem Tod völlig ahnungslos. Worüber haben Sie denn mit Betty gesprochen?«

Er preßte einen Moment lang die Lippen fest aufeinander. »Banalitäten. Wie geht es dir? Mir geht es gut. Was gibt es am Heiligen Abend zu essen? Wie ist das Wetter bei euch? Wie geht es Ole? Wie läuft das Geschäft? Ach ja, und wir haben uns für Sylvester verabredet. Wir wollten hier in eine Altstadtkneipe gehen, in der Jazzmusiker spielten. Ole mochte das sehr.«

»Sie waren also fest verabredet?«

»Ja. Es war ausgemacht, daß sie am Sylvestertag mittags hier eintreffen wollten. Ich hatte beim Chinesen um die Ecke sogar eine Ente mit Orangensoße bestellt. Ich sehe, das verwirrt Sie etwas, oder?«

»Nein, nicht im geringsten«, log ich.

»Wie würden Sie denn Ihre Bedeutung für die beiden einschätzen?« fragte ich weiter.

»Das ist schwer zu beantworten«, murmelte er. »Ich würde sagen, ich war ein reicher Onkel.«

Immerhin ein Onkel, mit dem Betty bumste, dachte ich. »Haben Sie erlebt, daß die beiden sich stritten?«

Er schüttelte energisch den Kopf. »Nie. Das machte sie ja gerade so sympathisch, sie gingen sehr liebevoll miteinander um. Streit? Nein, nicht erlebt.«

»Aber Sie müssen doch gewußt haben, daß die beiden Drogen verhökerten«, sagte ich vorwurfsvoll.

Er nickte lächelnd. »Sicher wußte ich das. Ole war hemmungslos naiv, wissen Sie. Er erzählte mir das mit den Drogen, und ich sagte immer wieder: Junge, bei deinem Talent hast du es doch nicht nötig, Drogen zu verkaufen. Aber, wissen Sie, das war ihre Sache, nicht meine. Und ich wollte mich nicht aufdrängen. Lieber Herr Baumeister, das Drogengeschäft vom Ole war ein Pipifax, eine Kleinigkeit. Es war eher ein Abenteuer als eine wirkliche Einnahmequelle.«

Zehntausend Mark Gewinn pro Monat sind kein Pipifax, dachte ich matt. »Sagen Sie, haben Sie je einen Mann namens Dieter Kremers kennengelernt?«

»Nein. Wer ist das?«

»Ein Kriminalist, ein Bulle. Er war mit Sicherheit hinter Ole und Betty her. Haben sie nicht von ihm erzählt?«

»Nein, wirklich nicht.«

»Bitte schildern Sie doch mal, wie so ein Wochenende in Jünkerath ablief? Wie muß ich mir das vorstellen?«

»Einfach und bäuerlich.« Van Straaten lächelte. »Für mich war das immer mit Geschäften verbunden. Ich habe in Westdeutschland Kunden, sehr betuchte Kunden. Die pflege ich. Wenn ich bei Ole und Betty einfiel, dann besuchte ich immer gleichzeitig einige Kunden. Wie lief das ab? Wir bauten uns einen Joint und ließen den rundgehen. Wir sprachen über Gott und die Welt. Wir tranken ein bißchen Alkohol, aber wirklich wenig. Irgendwann morgens gingen wir ins Bett. Ich schlief immer auf dem Sofa im Wohnzimmer. Wir schliefen stets bis mittags, das war für mich das große Vergnügen.«

»Wen mochten Sie lieber. Betty? Ole?«

»Das kann ich nicht sagen. Ich mochte beide.«

»Haben Sie Ole und Betty oft getrennt erlebt? Also Ole allein oder Betty allein?«

»Kaum«, antwortete er, und ich wußte, daß das gelogen war.

»Wenn ich zusammenfassen darf, so haben Sie keinerlei Anzeichen irgendeiner Bedrohung für die beiden bemerkt. Ist das richtig?«

»Korrekt«, nickte van Straaten. »Werden Sie darüber schreiben?«

»Wahrscheinlich nicht«, entgegnete ich. »Darf ich mich bei eventuellen weiteren Fragen noch einmal an Sie wenden?«

»Jederzeit. Ich bin ein dauernd vorhandener Junggeselle.«

»Ist das hier Ihr einziges Geschäft?«

»Ja«, lächelte er. »Und es reicht mir. Es war schön, Sie kennenzulernen, Herr Baumeister. Eine gute Rückreise.« Natürlich brachte er mich formvollendet durch den Laden auf die Straße und winkte mir zum Abschied freundschaftlich zu. Ich trabte über das uralte Pflaster der alten Herzogstadt in das *Hotel Central* zurück. Rodenstock und Dinah waren nirgends zu sehen.

Eine Bedienung näherte sich und sagte freundlich: »Ich soll Sie von dem Herrn und der Dame, mit denen Sie zusammen waren, grüßen. Sie werden bald zurückkommen.«

»Danke. Ich hätte gern eine Kanne Kaffee und ein Stück Fleisch mit grünem Pfeffer, ein Steak. Und durch, bitte.«

»Ja, Mijnheer.«

Es dauerte immerhin noch mehr als eine Stunde, bis Dinah mit Rodenstock im Schlepptau in das Restaurant einfiel.

»Hallo«, rief sie etwas atemlos und eindeutig aufgeregt. »Wie ist es dir ergangen?«

»Eigentlich recht gut«, gab ich zur Antwort. »Er hat ein paarmal gelogen, aber er braucht ja schließlich nicht die Wahrheit zu sagen, wenn es um sein Privatleben geht, oder?« Ich berichtete so umfassend wie möglich und wartete dann auf Rodenstocks Reaktion. Aber der sah nur meine Dinah augenzwinkernd an, und sie zwinkerte zurück.

»Was soll diese Geheimnistuerei?« nörgelte ich.

»Hat er wirklich gesagt, er habe nie eine Familie gehabt?« fragte Rodenstock.

»Wirklich«, bestätigte ich. »Er nannte sich einen Junggesellen.«

»Dann hat er in dem Punkt auch gelogen«, murmelte Rodenstock. »Er war verheiratet und hat vier Kinder. Die Frau und die Kinder leben in Amsterdam. Hat er wirklich gesagt, er habe nur dieses eine Geschäft?«

»Ja, mein Gott. Er hat gesagt, das eine Geschäft reicht ihm.«

»Man erzählt, daß er mindestens fünf dieser Läden hat. Hier, in Amsterdam, in Haarlem, auf Texel, in Utrecht.«

»Was heißt ‚man' sagt? Wer ist ‚man'?«

»Die Bullen«, strahlte Dinah. »Die Bullen, Baumeister.«

»Muß ich euch jedes Wort einzeln aus der Nase ziehen?«

»Ist das van Straaten?« Rodenstock warf ein Schwarzweißfoto auf den Tisch.

»Sicher ist er das«, sagte ich. »Wird er etwa gesucht?«

»Nicht die Spur«, sagte Rodenstock. »Jeder weiß, wo Jörn van Straaten zu finden ist. Ich erzähle dir jetzt die Geschichte, damit du nicht mehr im dunkeln tappst. Du solltest dich auf einige Überraschungen gefaßt machen. Van Straaten ist ein leuchtendes Beispiel für eine kapitalistische Gesellschaftsstruktur.« Er grinste. »Wie habe ich das gesagt?«

»Du kriegst drei Tage Sonderurlaub«, lobte Dinah. »Los jetzt!«

Rodenstock spielte mit einem Paket Bierfilzen von Heineken. »Immer, wenn ich in eine fremde Stadt einfalle, benutze ich einen speziellen Kalender.« Er zog ein kleines schwarzes Büchlein aus der Innentasche seines Jacketts. »Es ist mein IPA-Kalender. Da drin sind die Namen aller Frauen und Männer notiert, die in der *International Police Association* eine Rolle spielen. Ich habe nachgesehen, ob hier in s'Hertogenbosch jemand sitzt, den ich kenne. Siehe da, hier sitzt Emma. Sie ist eine bemerkenswerte Frau …«

»Und bildschön«, fügte Dinah ein.

Rodenstock sah sie etwas irritiert an. »Richtig. Ganz nebenbei ist sie schön. Emma ist hoher Polizeioffizier und stellvertretender Polizeipräsident am Ort. Also sind wir zum Präsidium, und ich habe mich zu ihrem Schreibtisch durchgeschlagen. Emma und ich haben uns in Rom und Stockholm bei Tagungen getroffen, wir haben ein paarmal miteinander gegessen. Entscheidend ist, daß wir in ein paar kritischen Polizeifragen absolut nach wie vor einer Meinung sind. Es gab nicht den geringsten Grund, ihr irgend etwas zu verheimlichen. Wir haben ihr von Oles und Bettys Fall erzählt. Natürlich hatte sie davon gelesen, und sie hat sogar eine Akte, in der die beiden vorkommen. Glaubt man dieser Akte, dann ist dein Jörn van Straaten ein erstklassiges menschliches Schwein.«

Rodenstock machte eine Pause, winkte der Bedienung und bestellte Kaffee und Gebäck. »Er war mit der Frau in Amsterdam rund zwanzig Jahre verheiratet. Sie ließen sich vor etwa zweieinhalb Jahren scheiden, und die holländischen Fahnder sind überzeugt, daß die Scheidung eine getürkte Veranstaltung war, eine von beiden Partnern zielsicher vorangetriebene Entwicklung. Erstens kann das Ehepaar auf diese Weise die Kinder vollkommen heraushalten, zweitens kann van Straatens Frau im dunkeln bleiben, so daß sie in der Lage ist, bei Pech und Pannen nahtlos seine Rolle zu übernehmen. Der eigentlich große Vorteil aber besteht darin, daß van Straaten seine Frau mit allen möglichen Dingen beauftragen kann, die sie erledigt und für die er ein wasserdichtes Alibi braucht. Sie kann für ihn reisen, sie kann für ihn Geld waschen, sie kann Transporte zusammenstellen, sie kann neue Geschäftsverbindungen aufbauen. Ich sage das nur, um deiner ekelhaften Frage zuvorzukommen, was denn eine Ehescheidung mit Drogenhandel zu tun haben könnte. Jedenfalls steht van Straaten seit Jahren in dem Verdacht, einer der größten Dealer zu sein, den die Niederländer haben. Er soll wahnsinnige Mengen aller möglichen Rauschgifte nach Deutschland exportieren. Das heißt, er finanziert diese Exporte und steuert indirekt die Dealernetze. Beweise fehlen bisher.« Er wirkte erheitert. »Meine Freundin Emma glaubt nun, daß Rodenstock ein Zauberer ist und der einzige, der van Straaten erledigen kann. Und das inklusive des Mordes an Ole und Betty. Jedenfalls haben wir Akteneinsicht.«

»Ist das nicht phantastisch?« fragte Dinah.

»Das finde ich nicht«, murmelte ich. »Wenn van Straaten wirklich so ein Großer der Branche ist, dann kann er uns alle Killer der Welt auf den Hals hetzen, oder? Und dann wird er das auch tun, darauf könnt ihr euch verlassen. Dann werden nicht mehr nur kleine Jungen aus Köln vorbeikommen, um meine Wohnungseinrichtung zu zertrümmern, dann wird es ernst.«

»Das könnte geschehen«, nickte Rodenstock.

»Seit wann beobachtet ihn die Polizei denn?«

»Seit vier Jahren«, antwortete Dinah. »Ich wette, Emma ist in Rodenstock verliebt.«

Rodenstock wurde verlegen. »Laß das doch«, sagte er.

»Mal abgesehen von deinen Qualitäten als Herzensbrecher«, bemerkte ich, »hat deine Polizeipräsidentin etwas von van Straatens Sexualleben berichtet?«

»Oh ja«, nickte er. »Das ist seine schwache Stelle. Er soll einen enormen Verbrauch an jungen Frauen haben. Er sucht besonders nach Frauen mit reichhaltigen Erfahrungen.«

»Und Betty war ja ein Profi«, flüsterte Dinah.

»Hat man nie einen Lockvogel an ihn herangespielt?« fragte ich.

»Doch«, berichtete er weiter. »Der erste Versuch ist zwei Jahre alt. Es handelte sich um einen jungen Mann, ein Experte für asiatische Kunst. Der Mann sollte van Straaten vertreten. Hier im Laden, wenn der Chef auf Reisen war. Man weiß bei der Polizei nicht, was passiert ist. Der junge Mann war etwa sechs Wochen in Amt und Würden, als er hier am Rande von s'Hertogenbosch erschossen aufgefunden wurde. Seine Legende muß also geplatzt sein. Van Straaten hatte ein wasserdichtes Alibi, und er besaß auch noch die Frechheit, die Beerdigung des V-Mannes zu bezahlen. Sie versuchten es dann mit einer jungen Frau. Sie spielten sie in Antwerpen an ihn heran, als er mal wieder geil zu sein schien. Anfangs hatten meine holländischen Kollegen den Eindruck, daß es funktionieren würde. Aber dann lag die Gute eines Morgens ebenfalls tot in ihrem Bettchen. Van Straatens Alibi war wiederum astrein, allerdings hat er diese Beerdigung nicht bezahlt.«

»Wieso glaubt die Polizei, daß die Scheidung von der Frau ein Scheingefecht war?« fragte ich.

»Ganz einfach. Das Ehepaar besitzt zusammen fünf Läden. Offiziell gehört van Straaten nur noch dieser eine hier. Aber er rechnet Schecks und Bares immer noch über gemeinsame Konten ab. Die Konten liegen in den Niederländischen Antillen. Von dort laufen die meisten Gelder an Banken auf den Bahamas. Dann trennen sie sich erneut und landen entweder in Liechtenstein, der Schweiz oder in Luxemburg. Das alles riecht nach Beschiß, aber diesen Beschiß konnte ihnen bisher niemand beweisen.«

»Und was ist mit den Drogengeldern? Wo werden die gebunkert?«

»Zum durchaus größten Teil in Deutschland. Er ordert sehr viele deutsche Aktien und öffentliche Anleihen. Aber es ist nicht beweisbar, daß er der Besitzer ist, weil dazwischen mindestens zwei Anwaltskanzleien geschaltet sind. Die geben keine Auskunft, die brauchen auch keine Auskunft zu geben.«

»Welche Größenordnung, meint die Polizei, hat sein Drogengeschäft?«

»Riesig«, sagte Dinah. »Sie gehen aus von bis zu achthundert Millionen Dollar pro Jahr.«

»Außerdem besteht der Verdacht, daß van Straaten Politiker besticht«, murmelte Rodenstock.

»An der Stelle hat Emma gezögert«, warf Dinah ein. »Ich habe nachgefragt, und sie gab zu, daß sie vermutet, daß auch mindestens zwei hohe Polizeioffiziere regelmäßig geschmiert werden. Ist natürlich nicht beweisbar.«

»Wo sitzen diese Offiziere?« fragte ich.

»In Amsterdam«, sagte Rodenstock.

»Sieht van Straaten seine Kinder häufig?«

»Ja«, nickte Dinah. »Aber niemals hier in s'Hertogenbosch, immer nur in Amsterdam oder in einer Raststätte an der Autobahn dorthin. Mindestens einmal im Monat.«

»Und seine Frau?«

»Offiziell treffen sich die beiden nie. Aber heimlich: in Paris, in Madrid, in London. Das ist allerdings kein Grund, ihn festzunehmen, das ist seine Privatsache.« Rodenstock schnaufte. »Der Mann ist wirklich eine schwer zu knackende Nuß.«

»Verfügt er über so etwas wie Bodyguards oder Ähnliches?«

Rodenstock schüttelte den Kopf. »Das ist ein entscheidender Punkt. Viele Fehler großer Dealer und Drogenfinanziers hat van Straaten erst gar nicht wiederholt. Er hatte nie einen festen Stamm von Leuten um sich herum, nie Bodyguards, er ist nie im Rotlichtbezirk aufgetaucht, hat sich nie in Nachtbars herumgetrieben, hat auch nie im Milieu eine müde Mark investiert. Er ist nichts anderes als der Boß eines grundsoliden Familienunternehmens.«

»Aber er muß doch Verbindungen zu anderen Gangs haben oder zu anderen Profis aus dem Gewerbe?«

»Hat er, hat er sicher. Aber diese Verbindungen sind nicht aufzuspüren, weil van Straaten vollkommen unberechenbar ist. Man hat ihm Schatten mit auf den Weg gegeben, sie haben ihn Tag und Nacht nicht aus den Augen gelassen. Dann ließ er sich ohne ein einziges Gepäckstück zum Düsseldorfer Flughafen chauffieren, bestieg eine Direktmaschine nach Rio und war schlicht verschwunden. Nach Tagen tauchte er dann in Acapulco auf. Das Ticket erster Klasse hatte er per Telefon gebucht. Und zwar aus einer Telefonzelle. So Dinger zieht er dauernd ab, er entzieht sich jeder Kontrolle. Er hat es in Neapel fertiggebracht, ein Wasserflugzeug zu besteigen und sich direkt nach Gibraltar fliegen zu lassen. Die Beschatter haben nicht herausfinden können, wie er an diese Chartermaschine gekommen ist.«

»Hat er denn keine Feinde?« fragte ich.

»Doch, hat er«, bestätigte Dinah. »Hat er. Aber das sind gute Bürger, niemand aus dem Milieu. Zum Beispiel gibt es eine Arztfamilie aus Amsterdam, deren achtzehnjährige Tochter er verführte und auf den Strich trieb. Zumindest behauptet das die Familie.«

»Ich habe die Adresse«, ergänzte Rodenstock. »Und wenn du mich fragst, sollten wir sofort dort anrufen, hier bezahlen und uns auf den Weg machen. Amsterdam ist eine schöne Stadt, eine der schönsten in Europa.«

»Und es gibt dort jede Menge Sünde!« murmelte Dinah.

SIEBTES KAPITEL

Es wurde schon wieder dunkel, als wir am Flughafen Schiphol vorbeizogen und auf dem Zubringer aus Den Haag in die Stadt fuhren. Wir querten die Singelgracht, rollten an der Leidsegracht entlang ins Zentrum. Die Arztfamilie wohnte hochfeudal an der Kalverstraat, der großen Fußgängerzone im Zentrum, einen Steinwurf nur vom königlichen Palast entfernt.

»Ich möchte aber vorher schlafen«, sagte Rodenstock.

»Kein Problem«, sicherte ich ihm zu.

Das Hotel hieß *The Tulip;* es war untergebracht in einem alten Kontorhaus. Wir bekamen anstandslos Zimmer, und während Dinah unter der Dusche stand und laut singend ihre Ankunft in Amsterdam zelebrierte, rief ich den Arzt an, sagte, wir seien vorhanden und ob die Möglichkeit bestehe, ihn am nächsten Morgen um neun Uhr zu treffen.

»Kommen Sie, ich freue mich«, meinte er nur.

»Gehen wir denn heute abend ins Rotlichtviertel?« fragte Dinah unternehmungslustig.

»Wir könnten das in Erwägung ziehen, falls du damit einverstanden bist, wenigstens ein Kleidungsstück an deinem Körper unterzubringen.«

»Das schaffe ich schon irgendwie«, grinste sie.

Der Abend wurde ein etwas langgezogener Reinfall, weil Amsterdam zwar durchaus auf der Höhe modernster Laster ist, in der sehr intimen, dichtbesetzten Schwulenbar, die uns der Hotelportier dringend empfohlen hatte, Rodenstock jedoch das große Gähnen überkam. Zehn Minuten später gähnte ich zum ersten Mal, weitere vier Minuten später Dinah. Wir kamen überein, daß die Sünden Amsterdams auch nicht das Gelbe vom Ei seien, und ließen uns von einem Taxi ins Hotel verfrachten.

Mit den Worten »es waren wirklich ganz reizende Tunten« rannte Rodenstock an dem Portier vorbei und verschwand.

»Wir sind ja hoffnungslos spießig«, knurrte Dinah und gähnte wieder.

Wenn ich mich recht erinnere, schlief ich zehn Minuten später schon. Ich wurde nur einmal in der Nacht vom Rauschen des Fernsehers wach. Dinah hatte sich auf das Sofa gelegt und dort ihrem Gähnen nachgegeben.

Nach dem Frühstück gingen wir dann in die Fußgängerzone. Der Weg führte uns durch eine kleine exklusive Ladenpassage in einen Innenhof, dann ging es mit einem Lift in das vierte Geschoß.

Ein kleiner, sehr kugeliger Mann öffnete uns und sagte erfreut: »Aha, die Delegation aus Deutschland. Mein Name ist Kerk.«

Komisch, dachte ich, es gibt Zehntausende von Niederländern, die ein passables Deutsch reden, aber ich kenne kaum Deutsche, die das Niederländische beherrschen. Wir stellten uns vor, und der Arzt bat uns in einen großen Wohnraum, in dem eine silberhaarige, füllige Frau vor einem Kaminfeuer hockte und uns entgegenlächelte. »Meine Frau«, sagte er überflüssigerweise.

Dann gab es einige Verlegenheitsmomente, weil wir nicht recht wußten, wie wir das heikle Thema angehen sollten. Schließlich begann ich: »Wir sind wegen Jörn van Straaten hier. Wir können es nicht beweisen, aber er scheint bei einem Doppelmord im Drogenmilieu in der Eifel eine Rolle zu spielen. Man hat uns von Seiten der Polizei in s'Hertogenbosch geraten, uns an Sie zu wenden. Man sagte, Sie haben trübe Erfahrungen mit van Straaten gemacht.«

»Das ist richtig«, murmelte die Frau. »Darf ich Ihnen etwas zu trinken anbieten? Vielleicht etwas zu essen? Es ist gut, bei diesem schrecklichen Thema etwas im Magen zu haben.« Und ohne eine Antwort abzuwarten, griff sie zu einem Telefon und bestellte etwas.

»Herr Doktor Kerk, ist Ihre Tochter, der die Geschichte passierte, im Haus?« fragte ich.

»Nein«, sagte er. »Sie macht eine Therapie in Alkmaar. Das ist etwa 35 Kilometer entfernt. Wir haben uns dafür entschieden, weil sie nahe an einer Psychose gelebt hat und weil es im späteren Leben sehr schwierig ist, derartige Erfahrungen zu verarbeiten.«

»Wann hat diese Geschichte begonnen?«

»Das war vor etwa zwei Jahren«, berichtete die Frau und rieb ihre Hände, als sei ihr kalt. »Tina, so heißt unsere Tochter, war zu Besuch bei einer Klassenkameradin hier in Amsterdam. Auf diesem Fest war auch Jörn van Straaten. Er ist zweifelsfrei ein sehr eindrucksvoller Mann. Natürlich könnte er ihr Vater sein, aber das hält ihn keinesfalls davon ab, mit den Mädchen ins Bett zu gehen. Ich will es kurz machen. Er mietete meiner Tochter Tina ein Apartment. Übrigens ganz hier in der Nähe. Sie zog aus, wir ahnten nichts von dem Mann. Klar, wir haben uns gefragt, wie das Kind denn die Miete aufbringt. Aber wir haben nicht gefragt, wir wollten nicht indiskret sein, und wir wußten genau, daß sie eine harte Arbeiterin ist, wenn sie etwas haben will. Wir dachten, sie wird irgendwo einen Job als Bedienung haben. Sie trafen sich ungefähr zwei Monate lang. Er reiste, wie wir später erfuhren, jedesmal aus s'Hertogenbosch an. Nach diesen zwei Monaten kündigte er das Apartment, sagte unserer Tochter aber nichts. Er kam einfach nicht mehr. Sie ... sie flippte aus, sie wurde schier verrückt, denn sie liebte den Mann tatsächlich.«

Dinah räusperte sich. »Ich vermute, Ihre Tochter kam dann zu Ihnen und erzählte diese traurige Geschichte?«

»Ja«, nickte der Arzt. »Natürlich wurde sie nicht zum Abitur zugelassen, natürlich verlor sie mehr als ein Jahr. Sie verlor aber auch alle Selbstachtung. Ich bin kein Psychologe, aber ich denke, sie wollte sich bestrafen. Sie versuchte, das Apartment zu halten und durch Prostitution zu bezahlen. Es war ein langer demütigender Prozeß – für alle. Ich bin dann nach s'Hertogenbosch gefahren, um mit van Straaten zu sprechen. Wir dachten, daß es für unsere Tochter einfacher sein würde, wenn sie die Chance bekäme, ihm ein paar Fragen zu stellen. Van Straaten war ganz cool, wie die Jugendlichen heutzutage sagen.

Er sagte, ja, er habe meiner Tochter ein Apartment gemietet. Ja, er habe mit ihr geschlafen. Er meinte auch, unsere Tochter sei großjährig und könne tun und lassen, was sie will. Dann sagte er, ich solle ihm nicht seine Zeit stehlen und seinen Laden verlassen. Das habe ich getan.«

»Also eiskalt?« fragte Dinah.

»Warten Sie ab«, fuhr Frau Kerk fort. »Es ging weiter.«

»Rechtlich konnten wir wenig tun«, begann ihr Mann erneut. »Das war uns von Beginn an klar. Als ich seinen Laden verließ, war es schon Abend, ich übernachtete also in s'Hertogenbosch. Am nächsten Morgen war mein Auto ein Wrack. Es war nichts mehr heil an dem Ding. Ich kann nichts beweisen, aber ich denke, er wollte mich warnen, daß ich ihn nie mehr belästige. Meine Tochter hat auf diese Weise mindestens zwei Jahre ihres Lebens verloren.«

»Hat er Ihrer Tochter Drogen angeboten?« erkundigte ich mich.

»Niemals«, sagte die Mutter. »Wir waren bei der Polizei und erfuhren, daß van Straaten angeblich etwas mit Drogen zu tun hat. Aber Tina konnte das nicht bestätigen. Sie sagte, er hätte hin und wieder gekifft, aber was besagt das schon. Tina jedenfalls hat keine Drogen genommen, und er hat ihr auch keine angeboten.«

Kerk lächelte ein wenig bitter. »Wir wissen, daß wir keine gute Quelle sind. Aber wir haben noch etwas für Sie.« Er spitzte den Mund und atmete stoßweise aus, er war sehr erregt. »Ich habe den Mann zeitweise gehaßt, es hat keinen Sinn, das abzustreiten. Ich bin Neurochirurg mit eigener Klinik, ich brauche Gelassenheit und Ruhe. Aber diese Sache hat mich fast Kopf und Kragen gekostet. Ich ging also zu einem Detektiv und bezahlte sehr viel Geld, um etwas über van Straaten zu erfahren. Der Detektiv leistete gute Arbeit, aber er konnte uns nicht helfen. Vielleicht kann er Ihnen helfen?«

»Wo ist er?« fragte Rodenstock schnell.

»Er kommt gleich«, sagte Tinas Mutter. »Wir haben ihm Nachricht gegeben, daß Sie hier sind.«

»Das ist irre«, sagte Dinah.

Eine junge Frau in einem blauen Kittel mit weißem Häubchen erschien, die einen Servierwagen vor sich herschob. Es gab einen typischen holländischen Imbiß, der vom Umfang her eine Kompanie Bundeswehr satt über den Winter gebracht hätte.

»Das wäre doch nun wirklich nicht nötig gewesen«, seufzte Dinah und schlug zu, als sei ihr Konfirmationsessen das letzte gewesen.

»Kriegst du etwa ein Kind?« flüsterte ich.

»Traurige Geschichten machen mich immer hungrig«, murmelte sie. »Sei ruhig und iß!«

Der Detektiv erwies sich als ein junger Mann namens Paul. Er mochte etwa 25 Jahre alt sein und schien ein Nervenbündel zu sein. Um seinen Mund zuckte es dauernd, er konnte seine Hände nicht ruhig halten, sein rechtes Bein zitterte unentwegt. Hinzu kam, daß er langes, schwarzes Haar trug, Sorte nie gekämmt. Sie glänzten, als habe er sie mit Schuhwichse gepflegt. Ungeheuer lässig sagte er: »Also, ich weiß nicht, ob ich Ihnen helfen kann, aber falls ich das kann, sollten Sie in Erwägung ziehen, mich zu bezahlen.« Dabei zuckte sein Mund, und der Rhythmus seines zittrigen Beines veränderte sich leicht.

»Wir bezahlen«, nickte Rodenstock. »Heißt das, Sie sind auf Nachrichten aus Drogenland gestoßen?«

»Das heißt es«, grinste er.

»Dann legen Sie mal los«, forderte Dinah.

»Hm«, begann er. »Das Ehepaar Kerk hat Ihnen erzählt, daß ich in der Sache mit ihrer Tochter wenig tun konnte. Tatsächlich habe ich diesbezüglich gar nichts erreicht. Aber ich wurde dauernd darauf aufmerksam gemacht, daß van Straaten angeblich etwas mit Drogen zu tun hatte. Und dann wurde es interessant. Ein Informant der Polizei steckte mir, daß es ein Sonderkommando gebe, das fast ausschließlich auf van Straaten angesetzt sei. Es war mir klar, daß die Beamten mir keine Auskunft geben würden. Auf der anderen Seite ärgerte mich dieser van Straaten.« Paul wurde zum erstenmal unsicher, um seinen Mund zuckte es nicht mehr, und sein rechtes Bein hörte auf zu zittern. »Ich bin nach s'Hertogenbosch gefahren. Ich wollte seinen Antik-Laden sehen, ich wollte wissen, wie er lebt, was er tagsüber tut und so weiter. Schräg gegenüber in der Verwersstraat ist ein Kiosk, Zeitungen, Zeitschriften, Süßigkeiten. Der Besitzer erlaubte mir, eine Kamera von einem Zimmer im ersten Stock auf den Laden einzustellen. Ich blieb dort fünf Tage und fotografierte von morgens um neun Uhr, wenn van Straaten den Laden öffnete, bis gegen 18 Uhr, wenn er ihn schloß. Ich fotografierte jeden Menschen, der zu ihm ging.«

»Sind es viele Fotos geworden?« fragte Rodenstock.

»Ja«, nickte er. »Insgesamt einhundertundzwölf.«

»Kann man die sehen?« bat Dinah.

Der Detektiv lächelte plötzlich siegesgewiß. »Können wir vereinbaren, daß Sie mir fünfhundert holländische Gulden für alle diese Fotos bezahlen? Sie sollen sie allerdings nur bezahlen, wenn Sie bekannte Gesichter entdecken. Einverstanden?«

Er griff nach einer Ledermappe neben seinem Sessel, nahm eine Klarsichthülle heraus, die mit Schwarzweißfotos gefüllt war, und sagte: »Bitte sehr!«

Die meisten der Besucher des Jörn van Straaten sahen wir natürlich zum erstenmal, und zudem waren die meisten wohl durchaus normale Kunden. Aber drei von ihnen kannten wir bestens. Der eine war Ole, die andere Betty und der dritte der Kriminalbeamte aus Daun, Dieter Kremers.

»Ich möchte bezahlen«, sagte ich.

»Das ist sehr gut«, freute sich Paul. »Mir reicht ein Scheck. Auf der Rückseite der Fotos steht jeweils das Datum und die Uhrzeit. Ich hoffe, Sie sind zufrieden mit mir.«

Wir versicherten ihm, ihn für alle Zeit unseres Lebens von Herzen zu lieben, und verabschiedeten uns postwendend.

»Ich fahre uns nach Hause«, sagte ich draußen.

»Ich wollte doch endlich mal in einen Puff«, klagte Dinah.

»Bleib ein anständiges Kind«, mahnte Rodenstock. »Du lieber Himmel, der Kremers war bei van Straaten. Das muß man sich auf der Zunge zergehen lassen. Halt an der nächsten Telefonzelle, Baumeister. Ich muß Emma anrufen, sie muß uns noch einmal helfen. Und fahr nicht in die Eifel, sondern so schnell wie möglich zurück nach s'Hertogenbosch.«

»Sieh an, sieh an, die Liebe ruft«, schnurrte Dinah.

»Du bist ekelhaft!« schnaubte er.

Wir hatten die Autobahn gerade erreicht, als Dinah zu schnarchen begann und Rodenstock auf dem Rücksitz nicht mehr zu sehen war, weil er sich hingelegt hatte. Mir war es recht. Ich schob ein Band mit Nina Simone ein und ließ sie den wunderbaren Titel *Don't smoke in bed* singen, es folgte unplugged der phantastische Mister Ackerbilk und als Sahnehäubchen auf das ganze Rod Stewart mit *Dancing Mathilda.* Derweil rollte ich mit 160 Stundenkilometern Richtung Nord-Brabant, bis ich mich daran erinnerte, daß man in Holland nicht schneller als 120 fahren darf. Ich einigte mich mit mir selbst auf einhundertdreißig, man muß mit Kompromissen leben können. Zwischendurch kehrte ich kurz in einer Raststätte ein und trank zwei schnelle Tassen Kaffee, um Schlafanfällen vorzubeugen, tankte noch einmal und stob dann weiter durch dieses erstaunlich platte, schöne Land. Als ich die Autobahn verließ und die Innenstadt von s'Hertogenbosch erreichte, weckte ich Rodenstock und fragte, wohin ich denn steuern sollte.

Er gähnte. »Warte mal, Emma hat mir gesagt, wo sie wohnt. Ach ja, irgendwas mit Anger oder so. In der Nähe einer Kirche. Alles in Holland ist in der Nähe einer Kirche. Moment, die Kirche heißt Westkerk.«

»Sehr präzise«, murmelte ich. Ich fand es trotzdem, und Rodenstock entdeckte ihren Namen auf einem Klingelschild, nachdem er ungefähr zwanzig Häuser abgeklappert hatte. »Ich wußte doch, daß ich es finden würde«, triumphierte er.

»Verliebte Männer sind grauenhaft«, nölte meine Dinah.

Es stimmte, Emma war eine sehr schöne Frau, rothaarig mit beinahe durchsichtigem Teint, schlank und groß. Sie konnte 45 sein, sie konnte 60 sein, sie war beeindrukkend. Sie trug etwas lang an ihr Herunterfließendes, man nennt so etwas, glaube ich, einen Sari.

»Habt ihr Erfolg gehabt?« fragte sie.

»Na ja«, murmelte Rodenstock. »Wie man es nimmt. Der deutsche Kriminalbeamte, der unserer Meinung nach nicht sauber ist, war hier bei van Straaten zu Gast.«

»Schau einer an«, rief sie gutgelaunt. »Ich habe euch etwas zu essen gemacht. Dabei läßt es sich auch besser sprechen. Das ist also Baumeister. Na fein, Leute, kommt rein und gebt euch privat.«

Es war die spärlich, aber teuer möblierte Wohnung einer sehr selbständigen Frau, es wirkte unaufgeräumt, so, als lebe sie wirklich gern hier. Auf einem Eßtisch brannte ein siebenarmiger Kerzenleuchter.

»Du bist eine Jüdin?« fragte Rodenstock erstaunt.

»Aber ja«, antwortete Emma.

»Ich mag Jüdinnen«, meinte er sanft. »Bist du gläubig?«

»Na ja«, gab sie vorsichtig zurück. »Je älter ich werde, desto nachdenklicher macht mich dieses Leben. Nun langt zu«, sagte sie aufgekratzt. »Getränke stehen da drüben auf der Truhe. Kaffee gibt es in der Thermoskanne. Die Akte van Straaten steht da in der Ecke auf meinem Sekretär.« Sechs Aktenordner reihten sich dort aneinander, gut gefüllt, ich schätzte die Ausbeute auf etwa zweieinhalbtausend Seiten.

»Sind die Deutschen in dieser Sache niemals an euch herangetreten?« wollte ich wissen.

»In Sachen van Straaten noch nie. Und da er dauernd in Deutschland ist, hat uns das sehr gewundert. Aber wenn ich jetzt erfahre, daß deutsche Polizisten ihn heimlich besuchen, wundert mich das nicht. Was wird da gelaufen sein?«

»Wir werden es hoffentlich herausfinden«, meinte Rodenstock.

»Ich habe noch einmal in den Akten geblättert«, berichtete Emma. »Ich habe mich gefragt, ob es wirklich keinen Weg gibt, ihn vor den Kadi zu bringen.« Sie sah uns der Reihe nach freundlich an. »Man müßte ihm eine Falle stellen.«

»Wie soll die aussehen?« fragte Dinah.

»Das weiß ich noch nicht«, gab sie zu. »Aber ich denke darüber nach. Erzählt mir ein wenig mehr von diesem deutschen Kriminalbeamten, der euch so auf den Seelen liegt.«

Rodenstock erzählte sehr gemütlich, was wir um und mit Dieter Kremers erlebt hatten, und sofort kam die Frage: »Habt ihr die Bankkonten dieses Herrn?«

»Wie denn?« fragte Rodenstock. »Die gibt uns keiner.«

»Und wie hat er dieses besonders billige Baugrundstück bezahlt?«

»Das wissen wir noch nicht. Wir haben noch nicht einmal die Bestätigung, daß es besonders billig war.«

»Vielleicht sollte man versuchen, den Verkäufer ein bißchen zu erpressen, nicht wahr.« Emma starrte in unsere betroffenen Mienen und lachte schallend wie ein Mann. »Mein Gott, ihr seht nach guter deutscher Sitte richtig moralinsauer aus. Locker, Leute, locker!«

»Wir haben dich erneut überfallen«, begann Rodenstock, »weil ich diesen van Straaten noch genauer kennenlernen möchte. Woher kommt er, was ist das für ein Typ?«

»Das meiste steht in den Akten, und das Beste ist natürlich das, was nicht in den Akten verzeichnet wurde. Du kennst ja meine Vorliebe für psychologische Motivierungen, Rodenstock. Also, ich persönlich glaube nicht, daß er außerordentlich geldgeil ist. Wenn Geld anfällt, gut, wenn keines zu verdienen ist, auch gut. Sein Motiv ist ein anderes. Er findet das Leben in dieser Gesellschaft hier stinklangweilig. Er ist ein stinkreicher Mann, der sich zu Tode langweilte, bis er auf die Sache mit den Drogen stieß. Und deshalb ist seine Abschirmung auch so perfekt. Er hat unendlich viel Zeit, jeden Coup zu planen. Das Spiel macht ihm Spaß, es ist das Spiel eines Solisten gegen die ganze Gesellschaft. Er ist zweifellos ein Schweinehund, aber einer von der hochintelligenten Sorte. Ich würde jedem Menschen raten, mit diesem Mann vorsichtig umzugehen.«

»Glaubst du, er würde im Notfall töten?« fragte Rodenstock.

»Er selbst natürlich nicht. Er ist der Typ, der bei diesem Gedanken igittigitt sagt. Aber er ist jemand, der einen anderen mit den Worten losschicken kann: Töte ihn schnell! Und dann bezahlt er. Wahrscheinlich, weil er die Erfahrung gemacht hat, daß man alles kaufen kann.«

»Hat er seine Frau auch gekauft?«

Emma lächelte Dinah an. »Gute Frage, meine Liebe. Auf eine gewisse Weise hat er sie gekauft. Gleichzeitig ist er von ihr gekauft worden. Er war in seiner Jugend einer der begehrtesten Junggesellen Amsterdams, stammte aus einer stinkreichen Sippe äußerst habgieriger Kaufleute und hätte es eigentlich nicht nötig gehabt, einer geregelten Tätigkeit nachzugehen. Er studierte in Eton, es folgten Georgetown in Washington und die Sorbonne in Paris. Er machte so eine Art privates Studium Generale – von jedem ein bißchen, und von jedem nur das Interessanteste. Zum Beispiel ist er Experte für expressionistische europäische Malerei, außerdem Fachmann auf dem Gebiet alter Münzen aus dem Fernen Osten. Das sind so Kenntnisse, mit denen er unheimlich gekonnt angibt. Er wurde sogar schon zu Gerichtsverhandlungen als Sachverständiger gebeten.« Emma nagte mit makellosen Zähnen an der Unterlippe. » In Deutschland gibt es doch das Sprichwort, daß der Teufel immer auf den größten Haufen scheißt. Bei van Straaten ist das der Fall. Er war immer reich, er wurde immer reicher und ein Ende ist nicht abzusehen. Auf eine gewisse Weise macht ihn das immun, zum Beispiel hatten wir erhebliche Schwierigkeiten, in sein Leben hineinzuleuchten, weil zunächst keine dunkle Ecke sichtbar war. Sein Leben schien vollkommen gläsern verlaufen zu sein: Verwöhnter kleiner Bubi macht die Erde zu seinem Spielplatz und gelegentliche Arbeit zum Hobby. Es war frustrierend, wie ihr euch denken könnt. Was nahm der nun von zu Hause mit? Die Sippe war knietief im Im- und Exportgeschäft beschäftigt, von Malaiischen Bambus bis hin zu Krokodilhäuten, sie machten alles zu Geld. Er hatte einen Bruder, den sechs Jahre jüngeren Marcus, der den gesamten Laden einmal erben sollte. Jörn wurde ausbezahlt, als er 22 Jahre alt war.«

»Wie hoch lag die Summe?« fragte Rodenstock knapp.

»Bankerkreise in Amsterdam schätzen, daß das ungefähr bei 70 bis 90 Millionen Gulden gelegen haben muß. Und es war nur ein Drittel dessen, was ihm eigentlich zustand. Die beiden Brüder hatten sich geeinigt, nicht mehr aus dem Geschäft herauszunehmen. Die lieben sich übrigens heiß und innig, und nichts an dieser Liebe ist gespielt. Van Straaten machte alles mögliche, kümmerte sich vor allem um seinen Spaß im Leben. Und davon hatte er eine Menge. Wo immer sich die reichen Kinder trafen, war er dabei. Nizza, Cannes, St. Moritz, Paris, London, New York, Los Angeles, Moskau – ohne Jörn lief gar nichts. Wir konnten recherchieren, daß er mit 26 Jahren sieben jungen Frauen von beachtlicher Schönheit jeweils ein Apartment gemietet hatte. Er fand das phantastisch. Als er 27 war, heiratete er plötzlich von heute auf morgen, und die Welt der Schönen und Reichen stand Kopf, weil niemand vorher davon gewußt hatte. Er heiratete beileibe keine Schönheit, eher eine biedere niederländische Hausfrau mit zuviel Fettringen um den Bauch, ein gänzlich unauffälliges Wesen von geradezu bestechender Naivität und dummdreister Neugier. Niemand verstand das, jedermann fragte sich sofort, ob Jörn in eine Krise gerutscht sei. Am Tag der außerordentlich prunkvollen Hochzeit gestand die Braut, sie sei im fünften Monat schwanger. Das war sozusagen der gesellschaftliche Hammer.« Emma trank einen Schluck Wein, sie zündete sich eine Zigarette an, sie streifte die Pumps von den Füßen und zog die Beine hoch.

»Mir fehlen einfach negative Aspekte«, meinte ich.

»Die kommen!« versicherte sie lächelnd. »Die kommen noch. Es stimmt, der Kerl wirkt geradezu unheimlich perfekt. Also, er heiratete diese merkwürdige Frau, und es stellte sich heraus, daß Geld Geld geheiratet hatte. Sie brachte insgesamt sieben Fachgeschäfte für Antiquitäten mit in die Ehe. Das war was für Jörn, das machte ihm

Spaß. Er konnte reisen, soviel er wollte, und er konnte jeden müden Kilometer absetzen. Was er natürlich auch tat. Neben seiner Frau hatte er überall auf der Welt Freundinnen, wobei wir nicht wissen, ob diese Ehefrau das von Anfang an wußte oder nicht. Ganz Amsterdam war am Tag der Hochzeit einhellig der Meinung, daß die Ehe bestenfalls ein oder zwei Jahre dauern würde, die Stadt hatte sich gründlich geirrt. Van Straaten konzentrierte sich aus reiner Liebhaberei auf Antiquitäten und war als Solist sehr schnell erfolgreicher als die gesamte Sippe seiner Frau. Das muß man Jörn van Straaten nämlich zugestehen: Er hat genügend Talente, um in jedem Beruf weitaus besser als der Durchschnitt zu sein. Sein Intelligenzquotient liegt nach Meinung meiner Polizeipsychologen bei etwa 134, ist also beachtlich.«

Ihr Vortrag über den trefflichen Charakterkopf des Jörn van Straaten schien Emma Spaß zu bereiten und sie zu beflügeln. Sie ging zu einem Sekretär, holte aus einer Schublade eine Schachtel mit Zigarillos und zündete sich einen an. »Das, was an van Straaten negativ auffällt, ist seine ausgesprochen rücksichtslose Art, Menschen zu benutzen und nach Gebrauch wegzuwerfen. Anfangs bemerkt das keiner, weil van Straaten ein höflicher, netter, zurückhaltender und scheinbar bescheidener Mensch ist. Nach dem Motto: Er ist ja ein Multimillionär, aber trotzdem ein Mensch!« Sie grinste leicht entschuldigend. »Der Mann ist für mich der absolut perfekte Blender. Ich habe zwei Fahnder fast in den Wahnsinn getrieben, weil ich sie gezwungen habe, sich mit Einzelheiten aus van Straatens Leben zu beschäftigen, die normalerweise die Polizei gar nicht interessieren würden. Ich bin aber froh, darauf bestanden zu haben, denn im Zuge dieser Ermittlungen wurden die ersten dunklen Ecken sichtbar. Zunächst: Daß er diese schreckliche Hausfrau geheiratet hat, wird darauf beruhen, daß seine Frau in gewisser Weise ebenso Menschen ausnutzt wie er. Wir wissen sicher: Als sie erfuhr, daß sein, na ja, sein Frauenverbrauch geradezu ungeheuer war, schaffte sie sich drei Liebhaber an, junge Kerle, die ihr Bestes gaben. Seine Frau konnte van Straaten nicht manipulieren. Doch sie verfuhr genauso diskret wie er: Nach außen störte nichts die Friede-Freude-Eierkuchen-Stimmung.«

»Ich muß dich rasch unterbrechen«, schaltete sich Rodenstock ein. »Ich schlafe trotz dieses spannenden Menschen bald ein. Wo liegt der Punkt, wann seid ihr auf ihn in Zusammenhang mit Drogen aufmerksam geworden?«

»Das ist jetzt mehr als zwei Jahre her. Damals verfolgten wir zusammen mit dem Landeskriminalamt Rheinland-Pfalz eine holländisch-deutsch gemischte Gruppe, die ziemlich viel Haschisch und Ecstasy von hier aus über die Grenze brachte. Anfangs dachten wir, es sei eine eigenständige Gruppe, so etwas wie ein joint venture, weil im Gegenzug ziemlich viel Heroin aus Südrußland zurück in die Niederlande floß. Wir wollten sie haben, alle zwölf. Und wir hatten auf deutscher Seite Erfolg mit einem V-Mann, der in die Gruppe lanciert werden konnte. Der Mann war drei Monate lang direkt im Herzen der Unternehmung. Diese Aktion hat sehr viele Kräfte gebunden, war ungeheuer kompliziert zu steuern, sehr zeitaufwendig, sehr teuer. Wir wunderten uns, als wir feststellten, daß die Märkte in Trier, Wittlich, Koblenz, Bonn und Köln von dem Schlag überhaupt nicht beeindruckt waren. Stoff aus Holland schien in unbegrenzten Mengen vorhanden. Frage also: Wer steckt dahinter? Da mußte jemand genau unterrichtet gewesen sein, was wir taten, denn da hatte jemand während unserer Aktionen ein paralleles Netz aufgebaut. Das war sehr riskant, und es zeugte von eiskaltem Mut, vor der die Polizei überall auf der Welt eine geradezu panische Angst hat. Und siehe da, eigentlich konnte es nur van Straaten sein.«

»Wieso sind Sie so sicher?« fragte Dinah.

Emma lächelte in der Erinnerung. »Niemand war wirklich sicher, meine Liebe. Es gab hier im Präsidium sehr viel Krach deswegen. Die Kollegen meinten, ich spinne. Bis wir auf Vermeer stießen. Vermeer war einer der Leute, die Haschisch in großen doppelwandigen Containern aus Marokko kommen ließen. Vermeer war bereit, aus lauter Sauerkeit gegen van Straaten auszusagen. Aber die Beweise, die er brachte, waren mehr als dünn. Trotzdem reichte es, um die wichtigsten meiner Kolleginnen und Kollegen zu überzeugen: Van Straaten mußte eine Hauptrolle im Drogenmilieu spielen. Der Grund für Vermeers Zorn war übrigens, daß ihm van Straaten eine gefälschte indische Götterstatue verkauft hatte. Van Straaten behauptete später, er habe die Fälschung nicht bemerkt, aber da hatte Vermeer ihm bereits einen Schlägertrupp geschickt. Sie schlugen das Geschäft in der Verwerstraat kurz und klein. Und was machte van Straaten? Er kassierte ungeheuerliche Summen von der Versicherung und nahm Vermeer den Markt ab. Der Krieg war eröffnet.

Doch wir haben immer noch keine griffigen Beweise für van Straatens kriminelle Laufbahn, weil er die wirklich wichtigen Deals vollkommen allein ausmacht, niemals mit einer Gruppe auftaucht, keine Patenallüren entwickelt. Und finanziell läßt sich nichts belegen, da wir erst am Anfang stehen und die banktechnischen Verzweigungen nur ahnen können.«

»Also kassiert er niemals selbst«, sagte ich. »Und läßt sich einfach nicht mit Rauschgift in der Tasche erwischen?«

»Richtig«, sagte sie. »Und noch etwas: Er hat zwei Kuriere ausschließlich als Blindkuriere über sechs Monate kreuz und quer durch Europa geschickt. Die Männer transportierten Luft, nichts sonst. Wir haben sie beide mehr als achtmal kontrolliert. Das ist der Vorteil eines reichen Mannes: Er kann unbegrenzt Kapital einsetzen, um die Polizei zu verwirren.«

»Wie groß ist der Markt, den er beherrscht? Wie groß ist das finanzielle Volumen?«

»Etwa zwei Millionen holländische Gulden pro Woche«, antwortete sie, ohne zu überlegen. »Zwei Millionen Gewinn, nicht Umsatz. Die Märkte bestehen aus allen Städtchen und Dörfern in der Eifel, an der Mosel bis Koblenz, im Hunsrück und weit bis in den Westerwald hinein. Zwei Morde gab es bisher in diesem Bereich, die nach unserer Ansicht auf van Straatens Konto gehen. Ein Dealer im Bereich des Nürburgringes, genauer Adenau, ein weiterer in der Pellenz, also Maria Laach, Mendig,

Mayen. Beide wurden erstochen aufgefunden, und beide wurden von einer Gruppe Italiener aus Köln beliefert. Und zwar mit allen Drogen.«

»Und wer betreut diese Märkte heute?«

»Das ist so merkwürdig. Der Markt am Nürburgring wird vermutlich von einer jugoslawischen Gruppe bedient. Wir konnten keine Berührungen mit van Straaten feststellen. Der Markt Maria-Laach/Mayen, Mendig wurde bis jetzt wechselweise von dieser Jugo-Gruppe und von zwei Leutchen bedient, die ihr gut kennt: Ole und Betty.« Sie lächelte und sagte in unsere betroffenen Gesichter: »Ihr seht also: das ist ein echter internationaler Fall und nicht nur ein Skandälchen in eurer sehr schönen Vulkaneifel.«

Rodenstock erhob sich und trat ans Fenster. »Wenn ich dich richtig verstehe, dann glaubst du, daß van Straaten so gefährlich ist, weil er das Ganze wie ein intelligentes Schachspiel managt?«

»Genau das«, nickte Emma. »In der Regel sind Verbrecher geldgeil. Dieser Mann ist weitaus mehr. Und eigentlich ist er unkontrollierbar, weil er sozusagen meisterhaft allein arbeitet.«

»Aber er braucht Leute, die das Zeug transportieren, die abkassieren, die Bestellungen aufgeben.«

»Ja, ja«, sagte sie nachdenklich und zündete sich einen weiteren Zigarillo an, »genau das ist das Problem. Wir glauben, daß Jörn van Straaten die Coups ausheckt, die Bedingungen festlegt, Aufträge erteilt. Und die Frau, von der er nun geschieden wurde, von der er getrennt lebt, besorgt die gesamte Logistik. Das würde passen, denn die beiden sind ein Herz und eine Seele, wenn es darum geht, die gesamte Menschheit als dämlich zu verkaufen. Wir vermuten sogar, daß ihr ältester Sohn, mittlerweile neunzehn Jahre alt, längst eingestiegen ist und nach ganz bestimmten Kriterien die Kuriere auswählt.«

»Wieso war Dieter Kremers bei ihm?« fragte ich. »Gehört Kremers zu den Leuten, die im Auftrage der Polizei zuweilen verdeckt arbeiten? Arbeitet er irgendwie mit Ihren Beamten zusammen?«

Sie schüttelte den Kopf. »Das ist zumindest offiziell auszuschließen. Nein, der Mann arbeitet nicht mit uns, und wir nicht mit ihm.«

»Wir kommen nicht weiter«, murmelte Rodenstock resigniert. »Laßt uns unsere Betten besuchen. Ich bin ein alter Mann, ich brauche Ruhe.« Er sah seine Kollegin an. »Wenn du Lust hast, mich zu besuchen, dann ...«

»Ich habe Lust«, sagte Emma gelassen. »Ich rufe dich an.«

Wir verabschiedeten uns und gingen hinaus, um nach Hause zu fahren. Ich brauchte mehr als vier Stunden, weil der Nebel wieder sehr dicht war.

In der Höhe von Aachen begann es erneut zu schneien, ich mußte noch langsamer werden, als ich ohnehin war. Später klemmte ich mich sicherheitshalber hinter einen Vierzigtonner, der schnaufend in die Berge der Eifel zog.

Paul und Momo benahmen sich wie immer – als seien wir wochenlang fort gewesen. Sie hatten die Inneneinrichtung im wesentlichen unangetastet gelassen, nur auf der Spüle war ein wenig Unordnung. Paul hatte vermutlich drei kleine Teller untersuchen wollen, die daraufhin die Reise auf die Küchenfliesen angetreten hatten.

»Wir sollten spätestens jetzt eine Flasche Sekt aufmachen«, meinte Dinah ganz nebenbei. »Falls es euch entgangen ist: Wir haben Sylvester, und in einer Stunde beginnt ein neues Jahr.«

Wir sagten nichts, wir starrten uns an, und nach einigen Sekunden räusperte sich Rodenstock und erklärte: »Ich halte das für einen bedenklichen Zustand, wir sind irgendwie meschugge.«

»Kein Widerspruch«, sagte Dinah. »Was ist mit dem Sekt?«

»Ich habe keinen«, murmelte ich. »Wirklich Sylvester?«

»Wirklich Sylvester«, nickte Rodenstock. »Es kann vielleicht auch ein aufgesetzter Schlehenschnaps sein, oder? Ich meine ... ach du herrje! Was soll Emma jetzt denken? Ich habe ihr nicht mal ein frohes neues Jahr gewünscht, ich hab das total vergessen. Und, verdammt noch mal, sie hätte doch mitkommen wollen, äh, können, oder? Ich rufe sie an. Vielleicht hockt sie ja allein herum und so.« Er war seelisch zerknittert und verschwand, um zu telefonieren.

»Ich trinke einen Schlehenschnaps«, beschloß Dinah.

Draußen krachte der erste, wahrscheinlich von ungeduldigen Kindern gezündete Kracher, ein paar Hunde begannen zu bellen.

»Prost«, sagte Dinah und trank von dem Aufgesetzten. »Wir sind wirklich bescheuert, uns so in diesem Fall ertränken zu lassen. Willst du einen Kaffee, damit du mit uns anstoßen kannst?«

»Ich mache das mit Wasser. Ich habe das Gefühl, sämtlichen Kaffee zwischen hier und Amsterdam im Bauch zu haben.«

»Ob wir Glück haben werden miteinander?«

»Das haben wir, das können wir beweisen.«

Rodenstock kam zurück, hockte sich auf einen Stuhl und ließ die Finger der rechten Hand nervös auf dem Küchentisch tanzen. »Ich soll euch grüßen und euch ein frohes neues Jahr wünschen und Erfolg bei diesem Fall und einen Haufen Kinder und was weiß ich noch alles. Natürlich ist sie sauer.« Er schwieg, und wir schauten ihn an. Zwei Minuten später setzte er hinzu: »Natürlich hätten wir ihr anbieten sollen mitzukommen. Wir hätten das tun müssen – sagt sie. Normalerweise seien wir doch höflich. Sie hockt jetzt mit zwei Erbtanten in ihrer Wohnung.« Er grinste matt. »Komisch, selbst ältere Juden haben immer Erbtanten.« Dann wurde er unsicher.

»Sie haben eben einen besseren familiären Zusammenhalt«, murmelte Dinah hilfreich.

»Das haben sie wohl«, nickte Rodenstock dankbar. »Kann ich auch so einen Aufgesetzten haben? Ich bin einfach hundemüde und möchte jetzt schon frohes neues Jahr sagen und verschwinden.

Er baute sich mit seinem Glas förmlich vor uns auf: »Ich wünsche euch von Herzen alles Gute im neuen Jahr und so.«

Wir standen ein bißchen verlegen in der Küche herum und setzten uns schließlich, bis etwa um zehn Minuten vor Mitternacht mein Dorf zu explodieren anfing und die

Katzen zu Tode erschrocken unter den Herd sausten und nicht einmal mehr eine Schwanzspitze zu sehen war. So wurden wir ins nächste Jahr geschubst, und eigentlich war es uns von Herzen egal. Die Glocken begannen zu läuten, und wie immer spielten ein Trompeter, ein Saxophonist und ein Tubabläser auf der Straße getragene Weisen; der Musikverein sorgte für die Seinen.

Rodenstock nuschelte: »So ein Scheiß!«, und verschwand.

»Weißt du«, sagte Dinah in die Dunkelheit unseres Schlafzimmers. »Ich glaube, daß Betty eigentlich nur mit anderen Männern schlief, weil sie ihre Liebe zu Ole retten wollte.«

»Ein hoffnungslos weibliches Argument«, brummelte ich. »Sei ein Schwein, rette unsere Liebe!«

»Das verstehst du eben nicht, mein Lieber«, meinte sie selbstbewußt. Irgendwann, nach einer scheinbaren Ewigkeit, war sie eingeschlafen und rutschte im Schlaf so dicht an mich heran, daß ich ihren Atem wie eine warme Brise auf meinem Gesicht spürte.

Ich konnte nicht schlafen, ich wälzte mich vorsichtig zur Seite, stand auf, raffte meine Sachen zusammen und verschwand im Bad, um mich anzuziehen. Als ich auf den Flur zurücktrat, stand dort Rodenstock und plärrte schlechtgelaunt, ob ich ihm etwas in den Kaffee getan hätte, er könne nicht schlafen.

»Das ist vermutlich Emma«, sagte ich unfair, und er starrte mich an und grinste dann etwas verlegen.

Wir hockten uns in die Küche, Momo hüpfte auf seinen Schoß, Paul auf meinen.

»Im Ernst«, murmelte ich, »Emma ist eine wunderbare Frau, oder?«

Rodenstock guckte mich leicht verwundert an. »Ja, und?« fragte er aufmüpfig.

»Du lieber Gott«, regte ich mich auf. »Du solltest dir auch einmal etwas gönnen.«

»Ich bin zu alt, nicht mehr gesund«, bellte er.

»Ja, ich weiß, du hast einen stehenden Krebs«, hielt ich dagegen. »Eigentlich bist du schon lange tot, hast es nur noch nicht gemerkt. Rodenstock, du Gauner, gönn dir doch Emma.«

»Ich weiß nicht«, sagte er zögernd. »Sieh mal, ich bin wirklich alt und ...«

»Sie ist auch nicht mehr ganz jung. Und du wirst doch nicht behaupten wollen, daß du jenseits von Gut und Böse bist, oder?«

»Nein, nein.«

»Na also. Dann nimm sie und macht einen drauf.«

»Das sagst du so«, seufzte er. »Ich bin außer Übung.«

»Dann wird es Zeit, daß du trainierst.«

»Und wenn sie es gar nicht will?«

»Oh Gott. Beschütze mich vor Lustgreisen, die so tun, als hätten sie nie gelebt.«

»Du bist ekelhaft.«

»Das macht mich so sympathisch. Willst du vielleicht andeuten, daß dein Ding da ... dein Ding da nicht mehr funktioniert?«

»Das nicht gerade«, grinste er. »Aber nach herrschender Gesellschaftslehre habe ich keine Rechte mehr in dieser Richtung.«

»Ich habe neulich gelesen, daß Impotenz unter jungen Männern sehr häufig vorkommt«, sagte ich. »Ältere Männer dagegen sind gut in Schuß. Und außerdem soll der Samen jüngerer Männer nichts mehr taugen. Blaue Luft aus schlappen Schwänzen.«

»Du bist ordinär, Baumeister«, rügte Rodenstock sanft und freute sich offensichtlich an meinen Worten. »Vielleicht rufe ich sie an.« Dann räusperte er sich. »Wie wollen wir weiterkommen?«

»Weiß ich nicht«, beschied ich ihn. »Was schlägst du vor?«

»Lose Enden herausfischen und einordnen«, entgegnete er. Er drehte sich um und starrte in die gute Stube hinüber. »Da ist eine Wand. Ich brauche Packpapier oder sowas.«

Ich besorgte ihm das Papier, dazu einige Filzstifte, rot, schwarz und grün, und Reißzwecken. Rodenstock belegte eine ganze Wand mit dem Papier und machte dabei einen höchst konzentrierten Eindruck.

»Fangen wir an, schreiben wir auf, wer bisher alles mitspielte.«

Ich hatte schon immer den Verdacht gehabt, daß sein Gehirn wesentlich logischer und umfassender funktionierte als das meine. Das demonstrierte Rodenstock jetzt auf eine sehr brutale Weise.

Er murmelte: »Also, wir hätten da ...«, und schrieb dann mit außerordentlicher Geschwindigkeit und ohne auch nur ein einziges Mal zu zögern, die Namen aller Menschen auf, die uns in diesem Fall bisher begegnet waren. Ole, Betty, Schniefke, Mario, Marios Vater, Bauer Mehren, der Arzt Grundmann, der Kriminalist Kremers, Melanie, Gerlinde Prümmer, Jonny, der Staatsanwalt Volkmann und so weiter. Vollkommen mühelos erinnerte er sich auch an die Namen derer, von denen wir nur andeutungsweise gehört hatten, wie zum Beipiel Jimmy, diesen Kumpel von Mario, der seinen BMW mit Drogenverkauf finanzierte.

»Und Emma«, ergänzte ich nur noch sanft.

»Und Emma«, nickte er und setzte ihren Namen unter die anderen. »Und jetzt notiere ich mit rot die losen Fäden, okay?« Dann zauberte er wieder, sammelte alles aus seinen grauen Zellen, und nach meiner Überzeugung übersah er nichts: die 50 Portionen LSD, bei denen die Staatsanwaltschaft das Verfahren einstellte, den billigen Bauplatz des Kriminalisten Dieter Kremers, die Kosten für den Neubau. Das Kokain, das wir bei Mehren gefunden hatten, das Kokain bei Melanie, den Leutnant namens Westmann, der Mario und seinen Kumpels für eine Autoreparatur rund dreißig Gramm Haschisch geschenkt hatte, den verschwundenen Pajero von Ole. Wieso hatte Betty gesagt, Ole wolle so eine Art Selbstmord hinlegen? Was hatte Ole gemeint, als er dem Pfarrer Buch sagte, nur *ein* Mensch müsse sterben, dann sei alle Not vorbei? Den Mercedes C 230, der am Heiligen Abend vor der Scheune gestanden hatte. Wieso war es Betty, die mit dem Drogenverkauf angefangen hatte? Wo hatten Ole und Betty den Flug nach Kanada gebucht, und was kostete der? Rodenstock schrieb sehr flüssig und groß und stockte nicht eine Sekunde lang.

»Du bist echt klasse«, sagte ich bewundernd.

»Danke«, murmelte er. »Manchmal tut es gut, das zu hören.«

»Sag das Emma«, schlug ich vor. »Was machen wir jetzt?«

»Die losen Fäden bearbeiten. Wir müssen etwas tun. Also tun wir das Nächstliegende. Du wirst den Bauer Mehren besuchen. Und ich versuche, den Staatsanwalt Volkmann zu erreichen, um zu fragen, was der Dieter Kremers für ein Sauhund ist.« Er hatte leicht entzündete Augen ohne Glanz und wirkte erschöpft.

»Ich protestiere«, widersprach ich. »Wir müssen diesen Tag blau machen, wir müssen das einfach. Wir können nicht dauernd Vollgas geben.«

»Sieh mal an ...«, entgegnete Rodenstock vielsagend.

»Du kannst meinetwegen weitermachen«, fuhr ich fort, »ich merke, daß ich langsam müde werde. Das muß ich ausnutzen. Ich gehe wieder schlafen.«

»Eine gute Idee«, gähnte er.

Wir trotteten also die Treppe hinauf, nickten einander zu, und ich legte mich so geräuschlos wie möglich neben Dinah, die selig wie ein Kleinkind vor sich hinschmatzte. Vielleicht aß sie im Traum ein Erdbeereis oder sowas.

Irgendwann am Nachmittag wurde ich wach, Dinah schlief noch immer, und zum erstenmal seit vielen Tagen räkelte ich mich genüßlich und fand, daß ich noch ein, zwei, drei Stunden Schlaf verdient hätte. Daraus wurde aber nichts, denn Dinah wachte auf und erinnerte mich träge und zärtlich an gewisse Pflichten, denen ich dankbar nachkam, weil so etwas das Leben beflügelt. Bevor wir später wieder einschliefen, hörte ich kurz und eindringlich Rodenstock laut schnarchen. Zweifellos waren wir in diesen Augenblicken eine sehr bemerkenswerte private Mordermittlungsgruppe.

Es war noch fast Nacht, als ich vom Hof rollte, unrasiert und gut gelaunt. In Hillesheim hielt ich an der Telefonzelle am Busbahnhof an. Ich warf zwei Fünfmarkstücke ein und rief Emma an. Ich sagte etwas verlegen: »Es geht mich nichts an, aber haben Sie nicht Lust, mich zu besuchen?«

»Sind Sie ein Kuppler?«

»In diesem Fall ja, in diesem Fall macht es sogar Spaß. Rodenstock ist mein Freund.«

»Ich weiß«, erwiderte sie. »Und wenn er nicht will?«

»Das habe ich heute morgen von ihm auch gehört«, sagte ich und mußte lachen. »Ihr seid wie die Kinder. Er würde Sie jetzt brauchen …«

»Ich bin für dich einfach Emma«, unterbrach sie.

»Na gut, Emma. Also schwing dich auf die Hufe und besuch den Nachbarn in Deutschland. Ich habe eben erlebt, wie gut dein Freund Rodenstock ist. Du solltest dir das angucken. Also, wenn dein Job es zuläßt …«

»Ich habe noch vierzehn Tage Vakantjies«, überlegte sie.

»Mir ist egal, wie du das ausdrückst«, meinte ich. »Komm her und bring Vanillefla mit und etwas von dem holländischen Bumsbrot. Und vielleicht einen alten Genever.«

»Ach, du Gauner«, seufzte sie und hängte ein.

Ich war so guter Dinge, daß ich auf dem Busbahnhof einmal Vollgas gab und dann voll auf die Bremse trat. Bei der anschließenden Schlidderei hätte ich beinahe das Holzhaus umgelegt, in dem man schöne, fettige Bratwürste, halbe Hähnchen, Schaschlik und andere Genüsse kaufen konnte.

Im Stall von Mehren brannte Licht. Dort fand ich den Bauern, allein mit einer hochträchtigen Kuh. Als er mich sah, wunderte er sich nicht im geringsten, sondern erklärte: »Ich muß das Kalb wenden, sonst gehen mir beide ein.« Er zog den Pullover aus, bückte sich und nahm eine Riesentube mit Melkfett. Er schmierte sich den rechten Arm bis zur Schulter dick ein und bat dann: »Halt sie mal fest, das wird ein bißchen wehtun.«

Ich ging also zwischen die Tiere und faßte die Kette der Kuh. Sie hatte riesengroße, geduldige Augen, schnaufte heftig und stellte die Hinterläufe breit auseinander, als wolle sie Mehren entgegenkommen.

»Paß auf jetzt«, mahnte er.

Die Kuh wehrte sich jedoch kaum, sie wußte wohl, daß es um ihr Kälbchen ging.

»Mir ist immer noch schleierhaft, daß Ole Betty verraten wollte«, sagte ich, während Mehren im Innern der Kuh arbeitete und dabei heftig und angestrengt atmete.

»War aber so«, keuchte er. »War wirklich so. Er wollte Betty an den Kremers ausliefern.« Er stützte sich mit der Linken scharf auf die Hinterhand der Kuh und schnaufte laut. »Komm Mädchen, da mußt du durch. Du kriegst ein verdammt großes Kalb, ein Stierkalb, eh? Steh ruhig, Mädchen, ich hab die Hinterklauen jetzt und drehe. Alles klar, Mädchen? Glaubst du denn, du findest den, der es getan hat?«

»Ja, das glaube ich.« Vorsicht Baumeister, ganz vorsichtig. »Ole hat zu Pfarrer Buch gesagt, eigentlich müsse nur ein Mensch sterben, dann hätte er seine Ruh.«

»Na sicher«, ächzte der Bauer. »Die Betty, dieses Luder, diese Hure, die mußte sterben. Dann hätte er seine Ruhe gehabt.«

»Wie heißt du eigentlich?«

»Alwin.«

»Also gut, Alwin. Du redest Scheiße. Ole hat Betty geliebt, er wollte vielleicht töten, aber niemals die Betty. Wer kommt sonst in Frage?«

»Weiß ich doch nicht«, entgegnete er sehr schnell. »Das Luder hätte es verdient.«

»Kannst du nicht endlich begreifen, daß die sich wirklich liebten?«

»Will ich nicht!« schrie er und machte eine letzte große Anstrengung, die sein Gesicht rot anlaufen ließ. Dann zog er den Arm aus der Kuh, drehte sich um und nahm eine große Spritze von einem hochgelegenen Fensterbrett. »Ich muß sehen, daß sie wieder Wehen kriegt«, kommentierte er sein Tun. Er spritzte zügig und sicher. Die Kuh durchlief ein Zittern, und sie versuchte, sich hinzulegen.

»Nicht hinlegen lassen!« befahl der Bauer aufgeregt. »Jetzt kommt es.« Er fuhr wieder mit dem Arm in die Kuh und beruhigte das Tier durch einen zärtlichen Singsang. Nach fünf Minuten kam ihr Baby, und es lag frisch, glänzend, blutig und eingewickelt in eine Haut im Stroh. »Jetzt kannst du dich hinlegen«, meinte Mehren befriedigt zu der Kuh. »Ich sagte doch, ein Stierkalb.«

»Warum erzählst du nicht endlich alles, was du weißt?« fragte ich.

Die Kuh legte sich nicht, wendete sich statt dessen dem Baby zu und leckte es.

»Ich warte auf die Nachgeburt«, erklärte er. »Ich warte immer. Was soll ich denn nicht erzählt haben?«

»Das weiß ich nicht, Alwin«, sagte ich. »Es ist ein Gefühl.«

»Gefühle! Blödsinn!«

Eine graue Katze kam heran und strich um seine Beine. Mehren bückte sich, nahm sie hoch und streichelte sie.

»Was glaubst du, wen wollte dein Sohn töten? Er wollte doch töten, oder?«

Oles Vater nickte unendlich langsam, als mache es ihm körperliche Schwierigkeiten. »Wollte er. Aber ich weiß nicht, wen. Ich weiß es wirklich nicht.«

»Wie wollte er denn töten?«

Er streichelte die Katze, sah mich dann an und hatte ganz schmale Augen. »Mit meinem Jagdgewehr. Er hat es mir geklaut. Es ist weg, es ist einfach weg.«

»Was ist das für eine Waffe?«

»Schrot. Doppellauf.«

»Seit wann hatte er es?«

»Seit, warte mal. Vierzehn Tage vor Weihnachten. Ich habe sofort gemerkt, daß er es genommen hat. Ich habe nicht gefragt, ich habe nur gedacht, hoffentlich erschießt er damit die Hure!« Er ließ die Katze einfach fallen, ging zwei, drei Schritte zurück, glitt dann an der Wand herunter und setzte sich schwer in einen Strohhaufen. Der Bauer weinte. Sein Gesicht hatte sich in Sekunden verändert, es war grau und teigig geworden, und er griff sich in einem schnellen Reflex an die linke Brustseite. »Ich kann nicht mehr«, schluchzte er. »Verdammt noch mal, ich kann nicht mehr. Sie hat ihn bedrängt, daß er den Hof nicht bewirtschaftet.«

»Das hat sie nicht«, widersprach ich. »Das hatte er schon entschieden, als Betty noch gar nicht in seinem Leben war. Als er noch ins Gymnasium ging, hat er schon gesagt, er wolle niemals Bauer sein.«

»Aber warum denn? Er mochte doch Tiere und die Arbeit hier.« Mehren wischte sich mit dem Unterarm über die Nase.

»Man kann doch Tiere und Bauernhöfe mögen und trotzdem nicht Bauer sein wollen«, sagte ich. »Das ist doch normal. Wahrscheinlich wird doch Schappi jetzt den Hof machen, oder?«

»Aber zwischendurch, so vor drei Jahren hat er gesagt, er würde den Hof doch machen wollen. Da muß diese Hure ihn von abgebracht haben.«

»Hör auf, dich zu quälen«, sagte ich. »Sie war keine Hure, und eigentlich weißt du das auch genau.«

»Aber sie hat ...» begann er zu schreien.

»Ja, sie hat«, unterbrach ich ihn scharf, »kein Zweifel. Aber sie hatte Gründe.«

»Aha! Und welche?« fragte er höhnisch.

»Das wissen wir noch nicht«, gab ich zu. Wie hatte Dinah es ausgedrückt: Betty betrog Ole, weil sie ihre Liebe zu ihm retten wollte. Plötzlich begriff ich, was sie gemeint haben könnte. »Gut, er hat dir also das Gewehr geklaut, weil er jemanden töten wollte. Hatte er Munition?«

»Satt«, stöhnte Mehren. »Ich habe ... ich habe nach dem Brand in der Scheune gesucht. Aber nichts gefunden. Und die Kripo kann auch nichts gefunden haben, weil sie sonst nachgefragt hätte. Das Ding ist einfach weg.« Er wurde zunehmend blasser, während er da hockte und auf die Nachgeburt wartete.

»Ich gehe mal pinkeln«, verkündete ich.

»Warum gehst du dazu aus dem Stall raus?« fragte er.

»Weil ich allein pinkeln will«, sagte ich.

Ich lief über den Hof in das Wohnhaus und gleich in das Wohnzimmer. Dort nahm ich das Telefon, rief den Arzt Peuster an und bat ihn, sofort zu kommen. Dann ging ich zurück. Mehren saß unverändert in dem Strohhaufen. Sein Gesicht hatte jede Farbe verloren, die Ringe unter seinen Augen waren fast schwarz und wirkten bedrohlich.

»Gab es denn einen Zeitplan? Wann sollte Ole Betty liefern?«

»Das war noch nicht festgemacht. Kremers sagte, er wolle sich nach den Umständen richten.«

»Und du hast nicht gewußt, daß Ole nach Kanada wollte?«

Der Bauer schüttelte betrübt den Kopf. »Ich habe das erst in der Brandnacht erfahren.«

»Wo hatte er wohl gebucht?«

»Ich nehme mal an, in Daun. Aber das ist doch auch egal.«

Ein Auto fuhr draußen vor, und nach wenigen Sekunden kam Peuster mit seiner Bereitschaftstasche herein. »Morgen«, sagte er munter. Er stellte die Tasche neben Mehren, kramte darin.

»Mal den Pullover ausziehen«, befahl er und schwenkte die Manschette des Blutdruckmeßgeräts.

Mehren wehrte sich nicht. »Was soll das?« fragte er erleichtert, wartete aber nicht, daß jemand antwortete. »Mir tut es da links weh. In den Arm rein. Und in der Brust.«

»Das haben wir gleich«, murmelte Peuster.

»Ich muß heim«, sagte ich und ging.

ACHTES KAPITEL

Ich kam in den Flur meines kleinen Hauses, und dort wartete Dinah. »Gott sei Dank. Ich hatte ein mieses Gefühl, daß er dich verprügelt.«

»Die Zeiten sind vorbei«, murmelte ich. »Guten Morgen.«

»Guten Morgen. Frühstückst du mit?«

»Na sicher. Gibt's was Neues?«

»Ja. Wir fahren gleich zur Staatsanwaltschaft nach Trier«, berichtete sie. »Rodenstock hat mit ihnen gesprochen, sie möchten aber nicht alles am Telefon erzählen.«

Rodenstock erschien und fragte, ob wir im Besitz einer Kopfschmerztablette seien. Ich ging in die Küche und gab ihm zwei. Er hatte den Tisch gedeckt, Kaffee gekocht, Brot geschnitten. Nachdem er die Pillen geschluckt hatte, sagte er: »Wir haben seit Tagen etwas übersehen. Wir fragen uns dauernd, warum Kremers allen Leuten versprochen hat, die Strafe milde ausfallen zu lassen, wenn sie ihr Wissen preisgeben und andere ausliefern. Aber er versprach es allen, die irgendwie an dem Fall beteiligt sind. Da liegt der Hase im Pfeffer.«

»Das verstehe ich nicht«, gestand Dinah.

»Ganz einfach«, erklärte er. »Da Kremers alle Beteiligten und ihre Rollen in dem Spielchen kennt, brauchte er eigentlich überhaupt keinen Kronzeugen. Ist das klar? Er konnte alle hops gehen lassen, er wußte genau, was sie getan hatten.«

»Stimmt«, murmelte Dinah. »Das ist gut, das ist sogar sehr gut.«

»Wenn es Kremers war, der das Kokain an die Badewanne von Melanie heftete, dann müßte er logischerweise auch Marios Elternhaus ausgestattet haben, oder? Der Junge weiß viel, viel zuviel.«

»Und wie!« sagte ich. »Wir sollten nach Niederstadtfeld und das prüfen.«

»Weiter: Woher stammt das Kokain? Aus Asservaten der Staatsanwaltschaft? Das wäre zu riskant gewesen. Also woher hat er es? Unklar ist auch, wer nun den Markt von Ole und Betty erben sollte. Wer ist jetzt der hiesige Hauptdealer? Vielleicht sollten wir mal mit den Bildern des Detektivs Mario besuchen, vielleicht erkennt er jemanden.«

»Du bist ekelhaft berufstätig«, sagte ich.

»Er ist gut«, widersprach Dinah. »Wie weit ist denn die Mordkommission?« fragte Dinah.

»Das kann nicht berauschend sein«, murmelte er. »Die Kommission ist wohl ein Flop.«

»Warum denn das?« fragte Dinah.

»Sie sind noch nicht einmal auf Dieter Kremers gestoßen«, sagte er düster. »Wir müssen zu den zwei Rauschgiftbeamten nach Wittlich. Die brauchen wir auch. Ich will deren Erklärung für die Aktivitäten unseres Herrn Dieter Kremers.« Er goß sich Kaffee ein und grinste. »Wir sollten inserieren. Wir ermitteln diskret aber erbarmungslos!«

»Jetzt ist Frühstück, kein Wort mehr über den blöden Fall«, befahl Dinah.

Erneut rief ich Thomas Schwarz an. »Wenn du nochmal kommen könntest, wäre ich dir dankbar. Ein Gewehr ist verschwunden, eine doppelläufige Schrotbüchse. Nach meiner Überzeugung müßte sie entweder im unmittelbaren Bereich der Scheune liegen oder aber genau wie die Geldkassette dahinter. Machst du das?«

»Klar«, versprach er trocken. »Mit anderen Worten, du kommst nicht mit.«

»Richtig. Wir sollten kein Aufsehen erregen. Außerdem habe ich keine Zeit.«

Dann läutete ich bei Mario durch, der aber zu irgendeiner Untersuchung gebracht worden war. Ich ließ ihm ausrichten, ich käme nachmittags vorbei. Schließlich sagte ich: »Rodenstock, könnt ihr ohne mich zur Staatsanwaltschaft nach Trier? Wir schaffen das alles nicht, wenn wir jeweils zu dritt auftauchen.«

»Das ist richtig«, meinte er. »Wenn Dinah mich nicht fahren müßte ...«

»Ist schon gut«, murmelte sie. »Ich fahre dich, und es ist sowieso besser, wir sind zu zweit. Wieso, um Gottes willen, hast du eigentlich keinen Führerschein?«

»Weil ich immer gedacht habe, daß ich für Vater Staat Morde aufklären und nicht Auto fahren soll«, sagte er freundlich.

Zehn Minuten später fuhren sie.

Ich setzte mich auf das Sofa, kraulte die Katzen und starrte in den Kaminofen, der hell und freundlich loderte. Dann legte ich die Carmina Burana in einer Aufnahme aus Prag ein und hörte zu, die Katzen schliefen längst. Irgendwann schreckte ich hoch und brauchte ziemlich lange, um mich zu orientieren. Es war halb zehn, ich hatte zwei Stunden geschlafen und fühlte mich gut. Ich ging hinauf ins Badezimmer und stellte mich unter die Dusche, während die beiden Katzen sich nebeneinander aufbauten und mir zusahen. Sie wußten genau, daß sie sehr dekorativ wirkten, fuchsrot und rabenschwarz. Paul machte den Eindruck, als wolle er verkünden: Seht her, so schön sind nur wir Eifelkatzen!

Das Telefon klingelte. Es war Mario. Erstaunlich munter und positiv meinte er: »Eigentlich brauchst du nicht extra zu kommen. Ich denke, ihr habt jetzt alle keine Zeit.«

»Haben wir auch nicht. Aber das kann kein Grund sein, dich nicht zu besuchen. Außerdem muß ich dir Fotos zeigen.«

»Ach ja?«

»Ja. Richtig interessante Bildchen. Übrigens, weißt du, wo Ole und Betty die Kanada-Reise gebucht haben?«

»Klar. In Daun.«

»Dann noch etwas. Du hast von deinem Kumpel Jimmy geredet, der seinen Zwei-Liter-BMW mit Rauschgift finanziert. Ich nehme an, Jimmy ist ein Deckname. Wie heißt er wirklich?«

»Meller, Jan Meller. Er geht in Daun ins Thomas-Morus-Gymnasium in die 13. Klasse. Er wohnt ... warte mal ... er wohnt in Dreis. Richtung Hillesheim kurz vor dem Nürburg-Sprudel auf der linken Seite. Aber vorsichtig.«

»Ich komme trotzdem gleich wegen der Fotos. Wieso vorsichtig?«

»Der Vater ist ein ganz Harter. Kannst du mir Weintrauben mitbringen?«

»Mache ich. Sonst noch was?«

Sonst brauchte er nichts zu seinem Glück, konnte sich allerdings nicht verkneifen, halblaut zu sagen: »Und einen neuen Fuß, Größe zweiundvierzig«, bevor er die Verbindung unterbrach.

Das Wetter war diesig und kalt, und wer eben konnte, hütete das Haus und sonst nichts. Daun schien in einer Art Tiefschlaf zu liegen, aber das Reisebüro hatte auf, als hege der Besitzer die durch nichts zu tötende Hoffnung, jemand könne vorbeikommen und ein Luxushotel auf Hawaii buchen.

»Ich bin Siggi Baumeister, ich bitte um Ihre Hilfe«, stellte ich mich vor.

Der Mensch hinter der Theke war groß und schlank, er war der Typ, der immer siegt. »Ich kenne Sie vom Sehen«, erklärte er.

»Aha. Es ist so, daß ich in der Jünkerather Geschichte unterwegs bin. Sie wissen schon, Betty und Ole Mehren.«

»Weiß ich auch«, sagte er mit dem Charme eines Eisfaches.

»Die haben hier Tickets für eine Flugreise nach Kanada gekauft. Hin und zurück, und ...«

»Stimmt nicht«, unterbrach er tonlos. »Nur Hinflug.«

»Aha, nur Hinflug. Nun gut. Ich wollte wissen, wie sie bezahlt haben? Mit Scheck? Bar?«

»Das darf ich nicht sagen«, sagte er. »Die Tickets sind ja wohl mitverbrannt. Ich habe nur die Kopien hiergehabt. Das hat jetzt alles die Mordkommission. Schon seit Tagen. Da kann ich nichts machen.«

»Ich brauche die Dokumente nicht«, erklärte ich. »Ich bin nicht die Polizei. Ich wollte nur wissen, ob die beiden bar bezahlt haben oder mit Scheck.«

Der Reisebüromensch war ein cleveres Kerlchen, er lächelte mit schmalen Lippen und machte sein Spiel. »Na, was vermuten Sie denn?« Dann legte er den Kopf schräg. Vermutlich war er oft unter den Zuschauern von *SAT 1* oder *RTL*.

»Ich soll also raten, hm?« Ich mußte grinsen. »Was kriege ich, wenn ich richtig rate?«

»Was möchten Sie denn?« fragte er, und jetzt lachte er offener.

»Eine der Burgen Heinrich VIII auf Irland?«

»Einverstanden«, sagte er. »Also, Ihre Meinung?«

»Sie zahlten bar«, sagte ich. »Und reden Sie mir nicht ein, daß es anders war.«

»Wieso sind Sie so sicher, Herr Baumeister?«

»Das hat mit der Natur des Falles zu tun«, behauptete ich. Er wollte irgend etwas loswerden, aber was?

»Und was ist die Natur des Falles?« Er trommelte auf die Glasplatte seines Verkaufstisches.

»Drogen«, murmelte ich. »Das wissen Sie doch. Drogen sind immer Bargeld.« Dann riskierte ich die Kardinalfrage. »Sie wollen etwas loswerden, nicht wahr?«

»Das ist ja erstaunlich«, sagte er leise. »Ja, will ich. Es ist so, daß ich Ole mochte ... und Betty natürlich auch. Sie haben bar bezahlt. Etwa eine Woche vor Weihnachten. Damit sie nicht mit jemandem zusammentrafen, rief Ole mich an und sagte, er käme mit Betty nach Geschäftsschluß am Abend. Ich wußte schon, was sie wollten, und er hatte mich gebeten, mit niemandem darüber zu sprechen. Die Unterlagen hatte ich schon fertig. Es war ganz komisch. Ich bin mit Ole ins Gymnasium gegangen, so lange kennen wir uns schon. Diese jungen Leute wollen immer die billigen Flieger, und das ist ja auch richtig so. Aber Ole wollte einen Normalflug und Erste Klasse. Heh, sagte ich, du bist verrückt. Ich bin dankbar für jedes Geschäft, aber das hast du bei mir nicht nötig. Doch am zweiten Weihnachtsfeiertag gab es sowieso keine billigen Flüge, und es mußte der zweite Feiertag sein, sonst kam kein Tag für die beiden in Frage. Also buchte Ole zweimal Erste Klasse Linie Frankfurt-Montreal und ein Wohnmobil für geschlagene drei Monate. Er bezahlte insgesamt etwas über zehntausend Dollar. Na sicher, Ole hat einen Vater, der ziemlich gut betucht ist, aber den Spaß hätte er eigentlich im Sommer für die Hälfte haben können, und …«

»Also, er legte über zehntausend Dollar auf den Tisch. Okay? Gut, wie zahlte er? Deutschmark, Dollar? Holländische Gulden?«

»Deutschmark. Ich gab ihnen die Tickets, und Ole sagte: Das wird ein Riesenspaß! Betty hat die Tickets in die Handtasche gesteckt und meinte ganz komisch, das wird sicher ein Riesenspaß, wenn wir heil ankommen. Ich habe mir nichts dabei gedacht, jetzt aber denke ich mir was dabei.«

»Wie hat Ole reagiert?«

»Er sagte, sie soll kein Hasenfuß sein. Ich erinnere mich an den komischen Ausdruck Hasenfuß, hört man ja nicht oft.«

»Sie glauben also, daß Betty etwas geahnt hat?«

Er nickte. »Das glaube ich. Wenigstens klingt das heute so, oder?«

»Haben Sie das auch der Mordkommission erzählt?«

»Ja, natürlich, aber ich glaube, die machen nichts draus.«

»Und weitere Bemerkungen sind nicht gefallen?«

»Reicht das nicht?« fragte er vorwurfsvoll.

»Das reicht durchaus«, nickte ich. »Vielen Dank. Und wenn Sie noch etwas hören, rufen Sie mich bitte an.«

»Na klar«, versprach er. »Und viel Glück.«

Ich marschierte durch die Fußgängerzone der Kreisstadt den Berg hinunter und erlebte nach vielen Tagen endlich mal wieder ein Stück blauen Himmels und eine Spur der bleichsüchtigen Sonne. Es gab sie also noch. Ich erwischte mich, wie ich ein Lied pfiff. Dann kaufte ich zwei Kilo Weintrauben.

Der Arzt Grundmann hatte Mario mittlerweile von der Bedrückung der Intensivstation befreit und ihn in ein Zimmer ganz am Ende eines Korridors gelegt, in den einem Verbot zufolge kein Besucher des Hauses gehen durfte, weil dort »technische Räume« waren. Wer immer das erfunden hatte, es würde wirken.

Grundmann stand in einer offenen Tür und berichtete, nachdem wir uns begrüßt hatten: »Er hält sich unglaublich gut. Er hat Mut, der Junge ist klasse.«

Ich stand vor Marios Bett und starrte auf ihn hinunter, wie er da bleich und hohlwangig auf seinem Kissen lag. »Scheiße!« entfuhr es mir, und ich nahm ihn in die Arme.

»Sie sagen, es gibt gute Prothesen, die man kaum sieht.« Er hatte Tränen in der Stimme, aber er machte ein paar wirre Bewegungen mit beiden Händen und versuchte, sich wieder in die Gewalt zu bekommen.

»Indianer heulen manchmal auch«, beruhigte ich. »Waren deine Eltern schon hier?«

»Na sicher«, sagte er und putzte sich die Nase. »Mein Vater blieb die ganze Nacht. Und morgens kam meine Mutter. Ich habe sie weggeschickt.« Mario grinste matt. »Die heulen mehr als ich.«

»Aber das ist doch ein gutes Gefühl, oder?«

»Ja«, nickte er. »Das kommt wirklich gut. Oh, Trauben. Ich weiß nicht, normalerweise esse ich die Dinger gar nicht so gerne.«

Ich nahm den Umschlag mit den Fotos des Holländers Paul aus der Tasche und reichte ihm den.

»Schau dir die Galerie in Ruhe an, laß dir Zeit. Ich sage dir dann auch, wo es ist und wem das Haus gehört. Darf man hier rauchen?«

Er lachte: »Natürlich nicht. Aber auf dem Gang haben sie nichts dagegen, weil ich hier der einzige Patient bin.«

»Heißt das etwa, daß du auf den Gang rausspringst und qualmst?«

»Na sicher«, nickte er. »Grundmann sagt, ich sollte in Zukunft jedes Verbotsschild übersehen. Er ist ein guter Typ.«

Ich ging hinaus und ließ ihn für ein paar Züge aus der Pfeife mit den Fotos allein. Als ich zu ihm zurückkehrte, hielt er mir ein Foto hin: »Das ist Jan Meller, der Kumpel aus Dreis. Wo ist das fotografiert?«

»In der Straße, in der der Holländer Jörn van Straaten sein Antik-Geschäft hat. In s'Herzogenbosch. Du warst dort nie?«

»Nein«, bestätigte er. »Was wollte Jan Meller da?«

»Das weiß ich nicht.« Ich starrte auf das Foto des jungen Mannes. Er wirkte nichtssagend, er wäre mir sicherlich nicht aufgefallen. Ein wenig blaß, ein wenig dicklich, genormt in Jeans und einer Lederjacke, die üblichen sportlichen Treter von Adidas in grün-weiß. »Was ist er denn für ein Typ?«

»Scharf auf Moos«, sagte Mario lapidar, »sonst nix. Nur scharf auf Geld. Eigentlich ist er klug, und er spielt verdammt gut Gitarre. Aber er ist so hinter dem Geld her, daß er glatt eine Melodie vergißt. Das könnte mir nicht passieren.«

»Wenn ich dich fragen würde, ob Betty mit dem Dealen angefangen hat oder Ole – auf wen würdest du tippen?«

»Auf Betty«, antwortete er sofort. »Außerdem weiß ich genau, daß Betty drauf gekommen ist.«

»Und wie?«

»Ziemlich einfach. Ole machte so rum. Mal hatte er was, mal hatte er nichts. Und er teilte immer, jedenfalls mit guten Kumpels. Bis dann Betty sagte, sie könnten das genauso gut geschäftsmäßig machen. Das war vor zwei Jahren, würde ich tippen. Betty war die praktische, die den Alltag organisierte.«

»Noch eine Frage. Angenommen, jemand würde behaupten, Ole wäre im Sommer vergangenen Jahres bereit gewesen, Betty an die Staatsanwaltschaft auszuliefern. Würdest du das glauben?«

Er sah mich an und hatte plötzlich Angst in den Augen. »Wie soll ich das verstehen?«

»Das sollst du so verstehen, daß Ole gegen Straffreiheit den Kronzeugen machen und auch gegen Betty aussagen sollte. Angeblich, sagt sein Vater, hatte Ole sich darauf eingelassen.«

Mario dachte darüber nach. »Kann ich mir nicht vorstellen«, sagte er rauh. »Ich meine, sie kriegte ein Kind von ihm. Sie wollten nach Kanada, und, wenn möglich, da bleiben. Sie hatten die Tickets. Was soll das dann? Ich kann mir höchstens vorstellen, daß das ein Trick von Ole war.«

»Ein Trick?«

»Ja, warum nicht? Vielleicht hat er das gesagt, damit der Vater ruhig ist.«

»Noch eine verrückte Frage: Wenn du in eurem Haus etwas verstecken wolltest, sagen wir ein paar Päckchen Koks, wo würdest du das hintun?«

Er war erneut verunsichert. »Wieso? Ich meine, Koks? Habe ich nichts mit am Hut. Wenn ich was verstecken müßte, dann in der Garage. In dem Chaos findet das kein Mensch. Und sowas vermutet man dort auch nicht, weil die Garage tagelang offensteht. Wieso Koks?«

Junge, ich muß gehen. Ruf mich an, wenn du was brauchst. Ich komme wieder.«

»Na sicher«, nickte er. Dann griff er schnell nach dem Telefon, da es klingelte. Er hörte zu und gab mir den Hörer. »Dein Kumpel.«

Rodenstock sagte: »Ich rufe dich aus Trier an, ich dachte mir, daß du zu Mario gehst. Fahr zur Melanie nach Gerolstein. Sie wurde heute morgen vom Hausmeister tot aufgefunden. Es sieht nach Selbstmord aus, aber ich habe ein mieses Gefühl dabei. Alles andere später.« Er legte auf.

»Ist was?« fragte Mario.

»Nichts Besonderes«, log ich. »Mach's gut derweil.«

Das Apartmenthaus wirkte wie immer kühl und wenig einladend. Zu sehen war nichts, nicht einmal ein Rettungswagen des DRK oder ein Streifenwagen. Ich benutzte Melanies Klingel, und sofort summte der Türöffner. Ich ging hinauf, die Wohnungstür stand offen, darin ein Mann, der mich mißtrauisch anschaute. »Was wollen Sie?«

»Ich wollte zu Melanie. Wir kennen uns.«

»Das geht nicht, sie ist …«

»Sie ist tot, ich weiß«, sagte ich. Dann stellte ich mich vor. »War es wirklich Selbstmord?«

»Bis jetzt sieht es so aus.«

»Wie hat sie es gemacht?«

»Das wissen wir noch nicht. Keine Waffe, kein Strick.«

»Wieso hat der Hausmeister sie gefunden?«

Der Mann bekam schmale Augen. »Ach, das wissen Sie auch schon? Sie waren heute morgen verabredet, und er wunderte sich, daß sie nicht aufmachte. Er konnte sehen, daß drinnen Licht brannte. Da hat er die Tür aufgemacht.«

Ich fragte mich, was geschehen würde, wenn die Polizei entdeckte, daß ihr Kollege Dieter Kremers seit geraumer Weile jede Nacht hier zu Gast war. Ich wollte Melanie nicht sehen, ich wollte eigentlich nur wissen, ob die Kokainbeutel noch an Ort und Stelle klebten. Wenn es Selbstmord war, dann ... Baumeister, hör endlich auf zu spekulieren und hau ab hier.

»Schönen Dank«, murmelte ich. »Darf ich Sie anrufen?«

»Sie erreichen mich in Wittlich, mein Name ist Jungen.«

»Danke.«

Ich fuhr über Gees und Neroth nach Niederstadtfeld zu Marios Eltern. Sie sahen beide blaß und übernächtigt aus.

»Ich will keine langen Reden schwingen«, erklärte ich. »Stimmt es, daß Ihre Garage häufig offensteht?«

»Ja«, nickte Marios Vater.

»Dann suchen wir mal nach Beuteln mit weißem Pulver. Kommen Sie!« Ich ging vor ihnen her, während er aufgeregt fragte: »Was soll das? Wird Mario verdächtigt?«

»Nicht die Spur. Aber es kann sein, daß man ihm etwas anhängen wollte.«

»Wie groß sollen diese Beutel sein?«

»Etwa zehn mal zehn.«

In der Garage herrschte tatsächlich Chaos, in dem ein Auto nur Platz haben würde, wenn man mit Vollgas für Platz sorgte. Anfangs schien es unmöglich, hier etwas zu finden, aber dann konstruierten wir einen Fall. »Stellen Sie sich vor, Sie stehen vor der offenen Garage und wollen hier etwas verstekken. Sie haben nicht viel Zeit, ein paar Sekunden nur. Wo würden Sie diese Beutel hintun?«

»In eine leere Farbdose vielleicht? Vielleicht in einen der alten Spankörbe da. Oder in eine der Werkzeugkisten? Was ist denn in den Beuteln?«

»Kokain«, teilte ich mit.

»Mein Junge und Kokain?« Seine Nerven hatten gelitten, er zitterte.

Wir fanden die Beutel in einem Winterreifen, der ziemlich abgefahren an einem dicken Nagel an der Wand hing. Es handelte sich um vier Beutel.

»Ich nehme nur zwei Proben mit«, sagte ich. »Dann verstauen wir es wieder an Ort und Stelle.«

»Ja, aber das geht doch nicht. Wenn jemand kommt ...«

»Wir wollen ja, daß jemand kommt.« Ich riß einen Beutel auf und schmeckte. Es schien ebenfalls guter Stoff zu sein. Einen Kaffeelöffel voll schüttete ich in ein altes Kuvert und steckte es ein. »Wenn jemand kommt, rufen Sie mich an. Sofort.«

Mario Vater versprach es verwirrt.

Rodenstock und Dinah hockten am Küchentisch und schlürften einen Kaffee und einen Kognak. Dinah berichtete: »Die Kölner haben Ole und Betty umgebracht. Dieser Smiley hat inzwischen gestanden. Aber Rodenstock ist der Meinung, Smileys Geschichte ist erfunden. Smiley behauptet, daß Ole und Betty ihnen ein paar wichtige Kunden abgenommen hätten. Sie seien am Heiligen Abend nach Jünkerath gefahren, um die beiden zu bestrafen. Vorher hätten sie gekifft, Ecstasy geschmissen und überdies Koks und anschließend Valium eingefeuert. Er könne sich nur undeutlich erinnern, was vorgefallen sei. Wer den beiden das Genick gebrochen hat, weiß er nicht mehr genau. Wer ihnen Heroin spritzte, daran will er sich auch nicht erinnern. Und wer auf die Idee kam, die Bude anzuzünden, ist ebenfalls unklar...«

»Es sieht so aus, als käme er damit durch«, murmelte Rodenstock düster. »Was ist mit Melanie?«

»Sie wissen nicht, ob es Selbstmord war. Ich konnte nicht riskieren, ins Bad zu gehen und nach dem Kokain zu sehen. Kokain befindet sich übrigens auch in der Garage von Marios Eltern. Wird die Staatsanwaltschaft jetzt gegen Kremers ermitteln?«

Dinah schüttelte den Kopf. »Erstmal schützen sie ihren Mann, sie sagen, er hätte ein paar Aufträge gehabt. Wir sollen alles aufschreiben, was wir über ihn wissen, und ihnen eine Kopie schicken. Mehr nicht.«

»So ist das aber immer«, fluchte Rodenstock. »Oles Pajero steht übrigens in Köln in einer Garage, die von den drei kleinen Gaunern gemietet worden ist.«

»Kleine Gauner ist gut«, sagte ich. »Wir stehen im Grunde doch vor einem Scherbenhaufen. Ole und Betty wurden von drei Kölner Dealern getötet, die jetzt mit ihren Geständnissen rüberkommen und wahrscheinlich in zwei Wochen viermal widerrufen und vier neue Geständnisse erfinden. Die Mordkommission wird einen strahlenden Sieg verkünden.«

»So sieht es aus«, seufzte Rodenstock. »Jörn van Straaten, so wird man uns sagen, ist ein ganz anderer Fall, und Dieter Kremers auch. So läuft das hierzulande.«

»Haben wir uns etwa so abgehetzt, um jetzt aufzugeben?« fragte Dinah dumpf, und als niemand antwortete, sagte sie entschlossen: »Ich friere, ich gehe erst mal heiß baden.«

Die Klingel an der Eingangstür wimmerte. Sie wimmert immer, sie klingelt nie. Thomas Schwarz stand draußen. »Ich habe das Gewehr«, meldete er knapp, »es war ganz einfach. Es war in der rechten Hälfte der Scheune vergraben. Aber höchstens handtief. Es ist im Kofferraum, eingewickelt in eine Plastikfolie.«

»Das ist sehr gut«, sagte ich. »Hat dich jemand gesehen?«

»Vermutlich nicht. Munition war auch dabei. Sechs Schachteln, jeweils vierzehn Posten mit einer Ladung von je achtzig Gramm. Gewaltige Dinger.«

»Hol es rein«, meinte ich und erzählte: »Der Fall scheint zu Ende zu sein. Jemand hat mit einer Nadel in unseren Luftballon gestochen. Jetzt ist er geplatzt.«

Thomas starrte mich etwas verunsichert an, erwiderte aber nichts. Er ging zu seinem Auto und holte die lange Plastikhülle heraus. »Hat etwa jemand gestanden?«

»Ja.«
»Und? Taugt das Geständnis etwas?«
»Wahrscheinlich. Aber die dicken Fische gehen dabei nicht ins Netz.«
»So ist es doch immer«, murmelte er. »Was wundert dich das?«
»Ich glaube an Gerechtigkeit«, behauptete ich, aber ich kam mir dümmlich vor.
Rodenstock begutachtete die Schrotflinte. »Hat Mehren einen Jagdschein?«
»Weiß ich nicht«, sagte ich. »Die Bauern haben fast alle Gewehre, und niemand hat einen Jagdschein. Das ist hier so, und keiner regt sich darüber auf.«
»Wen wollte Ole töten?« fragte Rodenstock.
»Wahrscheinlich van Straaten«, antwortete ich. »Weil er mit Betty schlief.« Ich sagte das so dahin, und plötzlich wurde mir bewußt, daß das durchaus die Wahrheit sein konnte.
»Und warum schlief sie mit van Straaten?« fragte er weiter.
»Um ihre Liebe zu retten, sagt Dinah.«
»Ist völlig verrückt«, nickte er. »Könnte aber sein.«
Die Türglocke wimmerte wieder, und ich war erleichtert, daß ich aufstehen und verschwinden konnte. Diesmal war es Emma, die mit roter Erkältungsnase in einem viel zu vornehmen Outfit im Schnee stand und etwas verlegen griente.
»Heh«, grüßte ich. »Endlich mal ein richtig schöner Besuch. Komm rein.« Ich marschierte vor ihr her in die Küche und sagte wie ein Zeremonienmeister: »Die niederländische Abordnung.«
»Ach, wie?« stammelte Rodenstock sehr laut, dann wurde er rot.
»Wir gehen besser rüber ins Arbeitszimmer«, meinte ich und lotste Thomas Schwarz aus der Gefahrenzone.
»Warum sind die beiden denn getötet worden?« fragte er.
»Weil sie angeblich einer Kölner Dealergruppe Kunden abgenommen haben. Aber das ist reine Idio-

tie, das ist nie passiert. Es wird nur schwierig sein, etwas anderes zu beweisen. Wie geht es deiner Uli?«

»Sie hat sich entschlossen, eine wirkliche Grippe zu kriegen und liegt flach. Deshalb muß ich auch jetzt nach Hause.«

»Dann grüß schön«, sagte ich, »und knutsch sie von mir. Und danke für deine Hilfe.«

»Was tut man nicht alles«, sagte er und machte sich davon.

Dinah hockte in dem fast kochenden Wasser und war hell entzückt, daß Emma eingetroffen war.

»Paß auf, das wird eine richtige Liebesgeschichte. Glaubst du, er wird nach Holland zu ihr ziehen? Oder zieht sie zu ihm an die Mosel?«

Ich wollte wütend werden, wollte losbrüllen, daß das doch jetzt wahrlich nicht unser Problem sei, aber dann mußte ich lachen. Dinah bat mich, ihr den Rücken zu waschen, was ich ausgiebig befolgte. Selbstverständlich nutzte sie meine unbegrenzte Hilfsbereitschaft aus und schlug gleich darauf andere Flächen zur Säuberung vor. Ich zierte mich nicht.

Später fragte sie mich, ob ich denn für die nahe Zukunft einen Plan hätte, und ich antwortete, alles sei kinderleicht. Wir brauchten lediglich zu beweisen, daß Kremers gelogen und betrogen habe und daß hinter allem der Holländer Jörn van Straaten stecke. »Du mußt zugeben, daß das eine lächerlich einfache Übung ist.«

Irgendwann tauchten wir auch wieder in meiner Küche auf und husteten ostentativ, weil Rodenstock mindestens drei seiner fürchterlich schwarzen Brasil geraucht hatte und Emma wohl pausenlos mit Zigarillos dagegengehalten hatte. Sie machten beide einen sehr ernsten Eindruck und bemühten sich, uns nicht anzusehen.

»Ich möchte diesen Jimmy aus Dreis befragen«, erklärte ich, nur um etwas zu sagen. »Er war auch bei Jörn van Straaten.«

»Und ich werde die Eltern Sandner aufsuchen«, murmelte Dinah. »Ich muß einfach mehr über Betty in Erfahrung bringen.«

»Habt ihr Fotos hier?« fragte Emma und schien gewillt, ihre eigene kleine Welt vorübergehend zu verlassen.

»Selbstverständlich«, sagte Dinah und holte das Album, das Gerlinde Prümmer uns mitgegeben hatte.

Emma betrachtete die Bilder. »Hübsch und zweifelsfrei etwas vulgär. Wahrscheinlich im Bett ein Geschoß, oder?«

»Das denke ich auch«, nickte Rodenstock.

»Aber auch unbedingt ein Kumpeltyp und sicherlich immer loyal«, setzte Emma nachdenklich hinzu.

»Was machen wir nun?« fragte Rodenstock.

»Wir müßten wissen, wo Dieter Kremers ein Konto hat, wo er wohnt, wie er das Grundstück bezahlt hat, wie er den Bau bezahlen will. Und dann gibt es doch noch eine sehr dunkle Figur. Erinnert ihr euch, daß Mehren erzählte, Kremers sei einmal in Begleitung eines jungen Mannes erschienen? Eines Mannes, der ein Auto mit Münchner Kennzeichen fuhr. Wer war der Mann?«

Rodenstock seufzte tief auf. »Das ist ein lächerliches Pensum«, entschied er dann. »Das mache ich morgens vor dem Frühstück.«

Wir lachten pflichtschuldig und trollten uns. Dinah fuhr nach Jünkerath, ich nach Dreis.

An der Kreuzung von der B 421 und der B 410 stand zwischen dem *Holzschnitzer* und den *Vulkan-Stuben* eine Telefonzelle. Ich rief Jan Meller an und erwischte eine dröhnende, unfreundliche Männerstimme.

»Ich hätte gern den Jan«, sagte ich.

»Wer ist denn da?«

»Ein Freund.«

Nach einer Weile tönte eine muntere jugendliche Stimme aus der Muschel. »Ja, wer ist dort?«

»Wir kennen uns nicht, wir sollten das aber schnell nachholen. Mein Name ist Siggi Baumeister. Ich bin an der Telefonzelle unten an der Kreuzung. Können Sie kommen?«

»Wieso sollte ich?«

»Ich möchte mit Ihnen über Jörn van Straaten sprechen. Und kommen Sie jetzt nicht auf die Idee, ihn anzurufen. Das wäre dumm.«

»Ich komme«, sagte er. »Wie erkenne ich Sie?«

Ich mußte lachen. »Die Eifel verfügt über die menschenleersten Kreuzungen Deutschlands. Ich bin hier der einzige weit und breit. Drei Minuten, länger warte ich nicht.«

Er brauchte etwa neunzig Sekunden, und das erste, was er sagte, war: »Aber Bargeld ist bei mir nicht zu holen.«

»Wahrscheinlich glaubt Ihr Vater, Sie jobben viel. Und wahrscheinlich glaubt er, Sie finanzieren damit den BMW. Wir beide wissen, daß das nicht so ist, wir beide wissen, daß Sie den Wagen mit Drogen finanzieren, nicht wahr?«

»Wer erzählt denn sowas?«

»Mario zum Beispiel«, entgegnete ich knapp. »Nein, nein, er hat Sie nicht verpfiffen. Er hat einen Fuß verloren, weil ein Dealer ihn umlegen wollte. Ich weiß, daß Sie Ole und Betty aus Jünkerath beerbt haben, ich weiß, daß Sie hier jetzt die Nummer eins sind ...«

»Moment mal«, unterbrach er hastig und verlor seine gesunde Gesichtsfarbe. »Wieso hat Mario einen Fuß verloren?«

»Er sollte getötet werden«, sagte ich. »Also, Sie sind jetzt die Nummer eins. Und ich will wissen, seit wann?« Ich holte das Foto aus der Innentasche und hielt es ihm hin. »Sie müssen erst gar nicht nach Ausreden suchen. Ich habe das Datum und die Uhrzeit. Sie waren eine Woche vor Weihnachten um 15 Uhr bei Jörn van Straaten. Sind Sie seitdem die Nummer eins?«

Er antwortete lange Zeit nicht, er lehnte sich an seinen BMW und bedachte alles. »Er hat mich erpreßt«, sagte er schließlich. »Er wußte, daß ich Hasch aus Holland hole, um den Wagen und den Sprit zu finanzieren. Van Straaten hat mich erpreßt, daß ich es mache.«

»Sie sind geldgeil«, widersprach ich. »Sie brauchte er nicht zu erpressen.«

»Es war aber so«, meinte er, ein wenig nörgelnd.

»Sie versorgen also hier die Vulkaneifel? Und wahrscheinlich auch Maria-Laach, Mendig und Mayen?«

Er nickte. »Hören Sie mal. Ich mache den Kronzeugen, wenn es sein muß.«

»Jemand wie van Straaten würde nie jemanden erpressen, mit Stoffen zu dealen«, sagte ich trocken. »Er braucht geldgeile Leute wie Sie. Ich würde Ihnen dringend raten, auf Tauchstation zu gehen. Das wird ungemütlich werden« Ich ging zu meinem Wagen und fuhr los.

Jan Meller sah nicht sonderlich helle aus, wie er da vor seinem Lieblingsspielzeug stand und mir nachblickte.

Als ich heimkam, befand sich Rodenstock mit Emma in meinem Bauerngarten, hatte den Arm um ihre Schulter gelegt und erzählte etwas. Es mußte Liebe sein, denn es waren zehn Grad minus. Ich kochte erst einmal einen Tee und machte mir ein Brot. Dann hockte ich mich auf das Sofa und zappte durch die Fernsehprogramme, um irgendwo Nachrichten zu erwischen. Die Katzen gesellten sich zu mir, und wir ließen uns berieseln. Ich fühlte zufrieden, wie ich langsam müde wurde. Ich hatte das Gefühl, wieder festen Boden unter den Füßen zu haben.

Emma und Rodenstock kehrten aus der Kälte zurück. Rodenstock sagte: »Meine internationale Emma hat herausgefunden, daß Kremers ein Konto bei der Kreissparkasse und eines bei der Volksbank in Daun hat. Außerdem besitzt er noch eins in Luxemburg bei der gleichnamigen Bank. Wir haben also die Wahl, aber ich denke, wir werden sowieso nichts erfahren. Wir sollten dagegen den reichen Mann in Gerolstein aufsuchen. Und zwar jetzt.«

»Du sagst es«, nickte ich.

Emma meinte, sie müsse etwas für ihre Schönheit tun und schlafen, baden, sich ölen und prächtig duften. Und es wäre lieb von uns, wenn wir uns vom Acker machen würden, um sie endlich einmal allein zu lassen, wonach sie sich seit Stunden sehne.

Also fuhr ich allein mit Rodenstock, der ausgesprochen gelassen und zufrieden wirkte.

»Ziehst du nun nach Holland oder sie an die Mosel?«

»Weder noch«, sagte er. »Wir haben Zeit, wir müssen so etwas nicht sofort entscheiden. Sie will sich nicht pensionieren lassen, sagt sie. Der Beruf macht ihr noch Spaß.«

»Das ist sehr gut«, nickte ich.

Die Adresse des reichen Mannes in Gerolstein konnte jeder herbeten, der sich auf der Straße bewegte. Wir fuhren nach Müllenborn und Scheuern hoch und erwischten gleich nach dem REW eine kleine Straße nach rechts. Es war ein entzückendes Anwesen, hatte sicherlich nicht mehr als etwa zwanzig Zimmer, alles ebenerdig und geschmacklos weiß verklinkert. Der reiche Mann hatte eine Videoüberwachung installieren lassen, und zudem kamen zwei Hunde angetobt, die die Größe von Islandponies hatten und ungefähr so niedlich wirkten wie angreifende Kobras.

»Baumeister und Rodenstock«, meldete ich in das Mikrofon neben der Klingel. »Wir möchten gern den Hausherrn sprechen.«

»Worum, bitte, geht es denn?« antwortete eine quäkende weibliche Stimme

»Um seinen Sohn«, sagte ich.

»Oh, Moment mal.« Gleich darauf wurde der Türöffner gedrückt.

Der Mann sah ohne Zweifel beeindruckend aus, wie er da hinter einem mächtigen Schreibtisch hockte und uns anlächelte. Er war weißhaarig und hatte einen großen Schädel mit einem offenen, sympathischen Gesicht. »Setzen Sie sich. Was kann ich für Sie tun?«

»Das wissen wir noch nicht genau«, entgegnete Rodenstock freundlich. »Wir ermitteln privat in der Drogenszene. Uns ist zu Ohren gekommen, daß Sie dem Kriminalbeamten Dieter Kremers ein außerordentlich günstiges Grundstück verkauft haben.«

»Habe ich«, nickte er. »Kann jeder wissen, geht aber keinen was an.«

»Da soll schon gebaut werden«, sagte Rodenstock.

»Stimmt auch. Ist ein Bekannter von mir. Baut solide Häuser zu einem vorher fixierten Preis. Stellt das ganze

Ding für dreihundertfünfzig hin. Außerordentlich günstig.«

»Wir nehmen an, daß Sie deshalb so günstige Konditionen einräumen konnten, weil Kremers sich intensiv um Ihren Sohn gekümmert hat.«

Der Mann war einen Augenblick lang überrascht, fing sich aber sofort wieder. »Das ist auch richtig. Ich hätte ihm die ganze Sache auch schenken können. Aber auch das geht niemanden was an.«

»Da mögen Sie recht haben«, murmelte Rodenstock. »Trotzdem interessiert es uns. Wir wollen wissen, wie Herr Kremers sein Haus bezahlte? Über die Bank oder bar oder mit einem Scheck?«

»In welcher Funktion sind Sie hier?« Er wurde mißtrauisch.

»Ich bin Journalist«, klärte ich ihn auf. »Ich kannte auch die Melanie.«

Er blinzelte. Das mußte er erst einordnen. »Nun wollen wir dem armen Kripomann doch das Häuschen lassen«, polterte er. »Mein Sohn hatte es mit Rauschgift, und Kremers war der Einzige, der ihm wirklich half. So einfach ist das.«

»Das glaube ich Ihnen«, sagte Rodenstock gelassen. »Wir wollen ja auch nur wissen, wie Kremers bezahlte.«

»Grundstück und Haus in bar. Hier auf diesen Tisch«, sagte er barsch. »Der Mann hat seine Sparkonten geplündert.«

»In deutscher Mark, holländischen Gulden oder in US-Dollar?« fragte Rodenstock.

»In deutscher Mark. Aber was soll das? Ist Kremers etwa nicht sauber?«

»Doch, doch«, gab Rodenstock hastig zurück. »Wie geht es Ihrem Sohn?«

»Er hat das Schwerste hinter sich«, sagte er.

»Sie sind sicher froh, daß die Melanie …« Ich fragte nicht weiter, das war geschmacklos.

»Stimmt, ich bin froh. Hat sich rausgestellt, daß es Selbstmord war. Sie hat wohl verstanden, daß ihre Chancen gleich Null waren.«

»Das ist richtig«, nickte ich. »Das war es auch schon. Auf Wiedersehen.«

Plötzlich wurde er unsicher. »Habe ich etwa was Falsches gesagt?«

»Nicht im geringsten«, versicherte Rodenstock. »Nicht im geringsten.«

NEUNTES KAPITEL

Emma war mittlerweile auch ausgeflogen, und Rodenstock und ich starrten uns etwas dümmlich an. Sie hatte auf einen Zettel geschrieben: *Bin mit dem Taxi zu Dinah!*

»Was will sie da?« fragte Rodenstock.

»Vielleicht war ihr langweilig«, antwortete ich.

Als gegen Abend statt zwei Frauen drei zurückkamen, mußte ich diese Ansicht korrigieren. Dinah stürmte in das Haus und jubelte: »Wir haben die beste Karte unseres Lebens gezogen.«

Hinter ihr war Emma und nickte: »So könnte es klappen.«

Dann folgte eine dritte Frau, und ich war so verwirrt, daß ich anfangs dachte, ich leide unter Halluzinationen. »Das ist ja Betty«, sagte ich verblüfft.

»Nicht Betty«, stellte Emma richtig. »Ihre jüngere Schwester Monika. Neunzehn Jahre. Und sie weiß ziemlich viel. Wir dachten, wir spielen sie an van Straaten heran. Sie soll wie die Möhre vorm Esel wirken.«

»Das klappt nie«, sagte ich erregt.

»Der ist viel zu clever«, brummelte Rodenstock.

»Da bin ich nicht sicher«, strahlte Emma. »Wir sollten es versuchen. Denkt dran, beide Leichen waren bis zur Unkenntlichkeit verbrannt. Vielleicht ist zusammen mit Ole eine andere Frau umgekommen?«

»Aber sie ist blond, nicht rothaarig wie Betty«, wandte ich ein. Dann betrachtete ich dieses hübsche, ja fast schöne Wesen eingehend und merkte, wie verwirrt sie war. »Sie müssen denken, wir sind verrückt«, sagte ich und reichte Monika die Hand. »Ich bin Baumeister. Und das ist mein Freund Rodenstock.«

»Das ist ja sehr höflich«, tönte Dinah spitz. »Wir haben die Idee des Jahrhunderts und machen sie Monika schmackhaft. Und dann hockt ihr hier wie die Spießer und macht die Idee und Monika madig.«

Rodenstock sah Emma an. »Wie stellst du dir das vor?« fragte er.

»Oh, wir streuen eine Zeitungsmeldung«, strahlte sie im Zustand vollkommener Unschuld. »Und dann servieren wir Monika in s'Hertogenbosch.«

»Ist der Beschiß denn nicht zu gewaltig?« fragte ich zaghaft.

»Gewaltig ist er schon«, nickte Dinah, »aber auch schön. Wer könnte sie herrichten?«

»Jutta Näckel aus Kelberg«, sagte ich. »Die hat das drauf.«

»Was wissen Sie denn über die Geschichte?« fragte ich Monika.

»Du kannst sie duzen, das macht es familiärer«, schlug Dinah vor.

Monika Sandner trug weinrote Leggins aus einem plüschartigen Stoff. Darüber einen dicken irischen Rollkragenpullover. Sie war wirklich eine schöne Frau, und sie war es vor allem, weil sie nicht den Hauch von Schminke benutzte.

»Betty war ... sie war so eine Art Vorbild für mich. Wenn sie ganz gut und wenn sie ganz schlecht drauf war, erzählte sie mir von Ole und von ihrer Art zu leben. Wie das in der Scheune so lief. Was sie taten, wen sie kannten und trafen und so.«

»Ole war wirklich ihre große Liebe?« fragte ich.

Sie nickte.

»Warum hat sie dann mit diesem Holländer geschlafen?«

»Sie sagte, das sei ihre Eintrittskarte. Ole hatte keinen Beruf, sie hatten beide keine abgeschlossene Ausbildung. Irgendwie ist sie an den Holländer gekommen. Sie haben ihn getroffen. Und er hat sie dann angerufen und sie gefragt, ob sie nicht Lust hätte, für ihn zu arbeiten. Na sicher, hat sie gesagt, aber sie wußte ja noch nicht, worauf das hinauslief. Aber das war Betty schon egal. Sie wollte viel Geld verdienen, um dann mit Ole abzuhauen. Nach Kanada. Ich glaube, es war ihr egal, was sie dafür tun mußte. Im Herbst hat sie mal gesagt, wenn sie bereit wäre, mit nach Wiesbaden zu gehen, wäre Ole gerettet. Aber der Preis sei zu hoch.«

»Was heißt denn das?«

»Das hängt mit dem Kremers zusammen. Der war völlig von der Rolle, der wollte nur noch mit ihr schlafen und mit ihr zusammensein.«

»Oh, nicht auch das noch«, rief ich abwehrend. »Hat sie etwa auch mit dem geschlafen?«

»Ja«, erwiderte Monika schlicht. »Ich glaube, das mußte sie schon deshalb tun, um Ole die Gerichtsverhandlung wegen der Sache mit dem LSD zu ersparen. Sie hat mir erzählt, Kremers hätte sie glatt erpreßt.« Sie schaute uns der Reihe nach an und war sehr unsicher. »Na klar, eine Heilige war sie nicht, meine Schwester. Auf jeden Fall muß Kremers ihr angeboten haben: Wenn sie mit ihm nach Wiesbaden geht und mit ihm da lebt, würde Ole hier in Jünkerath nichts passieren ...«

»Moment mal«, sagten Rodenstock und ich gleichzeitig. Rodenstock war eine Hundertstel schneller: »Oles Vater sagt, Ole hätte sich bereit erklärt, Betty zu verpfeifen. Also, was nun? Ole Betty oder Betty Ole?«

Monika biß sich auf die Unterlippe. »Das hat Dinah mir auch schon erzählt. Ich verstehe das alles nicht.«

»Aber ich«, murmelte Rodenstock. »Langsam schält sich ein Muster raus. Aber wieso kauft Kremers ein Grundstück und ein Haus in Gerolstein?« Er schlug heftig mit der flachen Hand auf den Tisch. »Du lieber Himmel, er wollte das Haus nicht für sich. Er wollte es seiner Frau in den Rachen schieben und sich verdünnisieren. Des Spießers Rache.« Rodenstock grinste wölfisch, er hatte richtig Spaß. »Das ist ja wirklich ein Hammer: Stopft der Ehefrau das Maul mit einem neuen Haus und verschwindet nach Wiesbaden.«

»Ich verstehe nur noch Bahnhof«, stöhnte Dinah.

Rodenstock kicherte albern. »Wiesbaden heißt, daß er wahrscheinlich einen Posten im Bundeskriminalamt anstrebte. Und um diesen Posten zu kriegen, mußte er zunächst den hiesigen Drogenmarkt aufmischen und an sich ziehen, mußte absoluter Chef im Ring sein. Kommt man irgendwie an Leute heran, die über seine Ehe Auskunft geben können?«

»Betty hat gesagt, das ist keine Ehe. Sie meinte, die sind seit fünfzehn Jahren nicht mehr miteinander ins Bett gegangen. Als das Verfahren wegen des LSD lief, hat sie Kremers wohl sogar versprochen, sie würde es sich ernsthaft überlegen, mit ihm zu gehen. Sie mußte das tun, sie mußte ihn in Sicherheit wiegen.«

»Also ist Kremers Position deshalb so stark, weil er für das Bundeskriminalamt ermittelt hat?« fragte ich.

»Ja«, nickte Rodenstock. »Und ich wette, die Staatsanwaltschaft in Trier war ihm sogar dankbar. Denn sie hat kein Personal, um sich um Drogen zu kümmern. Deshalb decken sie ihn. Letzten Endes arbeitet er vollkommen unkontrolliert. Wenn Kremers etwas tut, das seinen direkten Vorgesetzten in Trier mißfällt, halten sie den Mund, denn wahrscheinlich handelt er ja auf Weisung aus dem Bundeskriminalamt – und umgekehrt. Ein hübsches Arrangement.«

»Wie paßt van Straaten da hinein?«

»Ziemlich einfach«, mischte sich Emma ein. »Van Straaten kannte hier sicher alle, die mit kleinen Mengen dealen. Aus deren Reihen schöpft er seine Mitarbeiter. Also mußte er zwangsweise auf Kremers stoßen. Ich denke, van Straaten lieferte Kremers das Kokain für den Verrat an Melanie, Mehren beziehungsweise Betty und Mario. Niemand, nicht einmal ein Lockvogel der Kripo deponiert an drei verschiedenen Stellen hochwertiges Kokain im Wert von rund dreimal 75.000 Mark. Das heißt, auf den Stoff kam es nicht an, nur auf das Ergebnis.«

»Sehr viele Ideen, keine Beweise«, stellte ich scharf fest. »Und wieso soll jetzt van Straaten auf Monika reagieren? Und, nehmen wir einmal an, er reagiert. Was heißt das, was besagt das, was beweist das? Na los, ihr Genies, erklärt es mir!«

»Das ist doch simpel«, meinte Emma. »Schau mal, Siggi. Wir locken van Straaten mit Hilfe von Monika nach Deutschland. An einem Ort, wo wir absolute Sicherheit haben, daß wir die Kontrolle behalten werden, stellt sie ihm zwei oder drei entscheidene Fragen. Wenn er antwortet, ist er im Eimer ... Entschuldigung, drückt man das auf deutsch auch so aus?«

»Und das willst du machen?« fragte ich Monika.

»Ja«, nickte sie. »Das bin ich Betty schuldig. Warum also nicht?«

»Sie geht phantastisch in die Vollen!« schwärmte Dinah.

»Vorher würde ich gerne noch einbrechen«, überlegte ich. »Ich müßte ...«

»Nichts gegen ein Gesetz!« schnaubte Rodenstock.

Ich antwortete nicht, zuweilen ist es einfach besser, zu schweigen und zu handeln. Also tat ich beleidigt.

»Kannst du dann diese Jutta anrufen?« bat Emma. »Sie muß schließlich noch arbeiten.«

»Mach ich«, sagte ich und rief Jutta Näckel in Kelberg an. Wahrscheinlich bekam ihr Sohn Max gerade sein Abendessen und mochte es nicht, denn sein Geschrei im Hintergrund war gewaltig.

»Baumeister hier. Ich wollte dich um einen Gefallen bitten, Jutta. Da kommen gleich drei mehr oder weniger kriminelle Damen. Eine von ihnen soll so hergerichtet werden, daß sie einer anderen jungen Dame ähnlich sieht. Hast du so etwas schon mal gemacht?«

»Nein, aber etwas hat immer Premiere.« Sie lachte. »Aber ungesetzlich ist da nichts?«

»Nein. Machst du es?«

»Jetzt?«

»Jetzt. Wir müssen es versuchen.«

»Her damit«, sagte sie.

»Ihr könnt fahren«, teilte ich den Frauen mit. »Emma, was ist mit den Zeitungen?«

»Richtig«, nickte sie munter. Sie wählte eine sehr lange Nummer und schien jemanden mit dem Namen Piet erreicht zu haben. Sie sprach niederländisch, sehr schnell. Dann unterbrach sie die Verbindung und strahlte uns an. »Van Straaten wird es beim Frühstück lesen.«

Ich versuchte, gleiches beim *Trierer Volksfreund* zu erreichen. Ich erwischte den Anzeigenleiter, einen Mann namens Blass, der mir schon einmal wegen großer Sachkenntnis aufgefallen war. »Ich habe ein Problem. Wir haben recherchiert, daß möglicherweise in Jünkerath bei dem Doppelmord die tote junge Frau nicht etwa Betty Sandner ist, sondern eine Frau, die noch gar nicht identifiziert ist.«

»Ein scheußlicher Fall«, entgegnete Blass.

»Könnten Sie auf die Eifelseite 1 eine dementsprechende Meldung legen?«

»Das geht, wenn ich mit einer kleinen Anzeige auf die 2 gehe. Zehn Zeilen?«

»Das würde reichen«, bestätigte ich. »Ich muß aber fairerweise zugeben, daß die Meldung eine Ente ist. Es ist ein Gerücht, aber ein sehr wichtiges Gerücht.«

»Wollen Sie den Baum schütteln?«

»Das will ich«, sagte ich erleichtert. »Machen Sie es?«

»Schon passiert«, antwortete er. »Geben Sie mir den Text. Am besten per Fax, dann sind Hörfehler auszuschließen.«

Ich formulierte: *Jünkerath. Der Doppelmord in der Drogenszene macht nach wie vor Schlagzeilen. Wie gut Informierte gestern sagten, besteht durchaus die Möglichkeit, daß es sich bei der weiblichen Leiche nicht um die Lebensgefährtin des Ole Mehren handelt, sondern um eine andere, bisher nicht identifizierte junge Frau. Auf Anfrage lehnte die Staatsanwaltschaft jeden Kommentar ab.*

Die Frauen fuhren nach Kelberg, Rodenstock und ich blieben mit dem hohlen Gefühl zurück, eine riskante Aktion vor uns zu haben, die wir durchaus nicht beherrschten.

Endlich polterte Rodenstock: »Scheiß drauf, wir ziehen es durch. Wir haben doch gar keine Wahl.«

»Glaubst du, daß Dieter Kremers und Jörn van Straaten mit so einer Art Code verkehren?«

»Keine Ahnung. Glaube ich aber nicht. Denn sie werden sich treffen und nie am Telefon über irgendwelche Aktionen sprechen. Warum?«

»Es wäre doch schön, wenn es gelänge, den Kremers in unser Kaffeekränzchen einzubeziehen.«

»Du bist ein Sauhund«, grinste er. »Und wie willst du ihn locken?«

»Mit Jimmy. Wenn Jimmy in Not ist, muß Kremers kommen. Jimmy ist nämlich seine neue Nummer eins.«

Rodenstock hockte sich vor den Fernseher und zappte sich durch die Programme. Er erwischte einen *Derrick* und strahlte: »Das habe ich gern, das ist absoluter Durchschnitt. Das ist richtig deutsch. Bei dem bluten nicht mal die Leichen.«

»Ich fahre mal eben zu einem Kumpel«, informierte ich ihn.

Es schneite schon wieder, aus Ost kam ein scharfer, kalter Wind. Aus einer Stimmung heraus wählte ich den Weg an der Adler- und Wolfsburg in Pelm vorbei. Heute kommt es mir so vor, als habe ich mich nach Gerolstein einschleichen wollen, wenngleich kaum Fahrzeuge auf der Strecke waren und schon gar keine Fußgänger, die man wegen ihrer Seltenheit in der Eifel unter Naturschutz stellen sollte. Wo sich im Sommer Abertausende von Touristen tummeln, herrschte heute tiefste Einsamkeit, der Schnee dämpfte die Rollgeräusche der Reifen, es war geradezu unheimlich still. Ich stellte mir all die Adler und Eulen und Raubvögel vor, die jetzt auf ihren Stangen in dem alten Gemäuer hockten und wahrscheinlich schliefen. Wie können sie bei dieser Kälte schlafen, ohne zu sterben? Die Straße führte am Restaurant vorbei in die erste scharfe Rechtskurve hinunter in das Tal der Kyll. In Pelm stand eine Gruppe Jugendlicher vor dem Häuschen der Bushaltestelle und langweilte sich zu Tode. Einer von ihnen zeigte mir drohend den ausgestreckten Mittelfinger, und wahrscheinlich war er noch stolz darauf. »Van Straaten würde sich freuen«, murmelte ich. »Ihr seid alle gute Kunden.«

Ich zog die Talstraße entlang, rechts befand sich das Gelände von *Gerolsteiner*, links die unsäglich häßliche Rückfront der eigentlich so schönen Fußgängerzone.

Ich fuhr nicht auf den Parkplatz des Apartmenthauses, sondern parkte unten in einer kleinen Seitenstraße und bummelte dann gemächlich den Hügel hinauf zum Eingang. Ich hoffte, daß irgendein Eingang nicht abgeschlossen war.

Natürlich war die Haupthaustür verschlossen. Ich starrte an der Fassade hoch. In vier Apartments brannte Licht. Ich überlegte, einfach zu klingeln, hineinzugehen und abzuwarten, als ein Lichtstreifen schnell und huschend über die Vorhänge in Melanies Apartment blitzte. Ich dachte ganz automatisch: Kremers! und lief die paar Schritte bis zur Ecke des Gebäudes.

Er erschien nicht im Haupteingang, er kam an der Seite heraus und bewegte sich vollkommen gelassen und ruhig, summte sogar vor sich hin. Er ging ein paar Schritte die Straße hinunter, machte dann bei einem Opel-Kombi halt und stieg ein. Dann rollte er davon.

Ich schlich an der rechten Seite des Hauses entlang und entdeckte die Tür. Es handelte sich um eine Metalltür, und sie war nicht verschlossen. Wahrscheinlich eine Absprache unter den Mietern, sicherheitshalber einen Eingang geöffnet zu lassen. Ich erreichte einen Kellergang, grellweiß getüncht, dann eine weitere Metalltür, die in das Treppenhaus führte. Ich wußte, daß die Eingangstür zu Melanies Wohnung versiegelt sein würde, und fragte mich, ob Kremers es riskiert hatte, das Siegel zu brechen.

Das Siegel war zerrissen, und Kremers hatte einen Schlüssel gehabt, natürlich. Ich überlegte einen Augenblick, ob ich es riskieren sollte, und stemmte dann den breiten Schraubenzieher meines Schweizer Messers neben dem Türschloß in den Spalt und drückte die Tür auf. Es roch muffig.

Ich hielt mich nicht auf, ging sofort in das Badezimmer, knipste das Licht an und schraubte das Kachelgeviert an der Badewanne auf. Es war so, wie ich vermutet hatte: Das Kokain war noch da. Das war sehr logisch, daß Kremers es dort gelassen hatte. Die böse, Kokain verkaufende Melanie mußte auch nach ihrem Tod die böse Melanie bleiben. Kremers war konsequent.

Ich machte mich auf den Rückweg und hockte zwei Minuten später schon wieder in meinem Auto. Der Wind hatte nachgelassen, der Schnee fiel in großen Flocken in die schweigende Welt. Ein paar Autos kamen mir entgegen, und sie fuhren unverschämt schnell. Wahrscheinlich junge Leute auf dem Weg zu einer Party oder in eine Disko. Wahrscheinlich versuchten sie herauszufinden, an welchem Punkt sie aus der Kurve getragen würden.

Ich hörte im Geiste Kremers mit seiner unangenehm metallenen Stimme formulieren: »De mortuis nihil nisi bene – nichts Übles über die Toten, meine Damen und Herren. Aber wir können nicht verschweigen, daß Melanie davon lebte, ein Rauschgift zu verkaufen, ein schreckliches Rauschgift, Kokain. Es kann tödlich sein, meine Damen und Herren, und sehr häufig ist es tödlich. Es zerstört das Leben unserer Kinder, das dürfen wir nie vergessen ...« Die Sehnsucht nach ein bißchen Sonne und Wärme überfiel mich, und ich wünschte mir, der Sommer möge für ein paar Stunden zurückkehren. Ich könnte mich unter meine Birke legen und in den Himmel blinzeln.

»Wo warst du?« fragte Rodenstock.

»Ich habe Kremers getroffen. Er ist in Melanies Apartment eingedrungen, um festzustellen, ob das Kokain noch vorhanden ist. Es ist vorhanden.«

»Und du? Bist du auch eingedrungen?«

»Sicher. Ich mußte mich überzeugen.«

»Das war leichtsinnig«, lächelte er.

»Nicht leichtsinniger, als aus Monika Betty zu machen«, antwortete ich, und er gab mir recht.

Die Frauen kamen erst nach Mitternacht zurück, und sie waren müde und schweigsam. Monikas Anblick war verblüffend. Ich hockte mich vor sie, ließ sie sich drehen und hinsetzen und gehen, en face, im Profil. Dabei starrte ich dauernd auf Bettys Fotos.

»Das ist wirklich gut«, sagte ich. »Weißt du, ob deine Stimme Ähnlichkeit mit der von Betty hat?«

»Nicht total«, erwiderte Monika. »Aber es müßte für ein paar Sätze reichen. Man hat uns am Telefon sehr oft miteinander verwechselt.«

»Bist du sehr aufgeregt?«

»Ja.« Sie stockte und lächelte. »Ich stelle mir immer vor, dieser Holländer sieht mich und will unbedingt und sofort mit mir schlafen.«

»Dann mußt du passen«, meinte ich.

»Und wie«, murmelte sie. »Weißt du, es hört sich immer so an, als hätte es Betty nie etwas ausgemacht. Aber es hat ihr etwas ausgemacht. Jedesmal, wenn sie so etwas tun mußte, hat sie hinterher geweint. Manchmal stundenlang. Aber das will ja keiner mehr wissen. Alle denken, die Frau war eine Hure. Einmal Hure, immer Hure. Und sie denken auch, daß Ole das arme Schwein war und sexuell total abhängig von ihr. Nichts stimmt, wirklich nichts. Was mache ich denn nur, wenn er mit mir schlafen will?«

»Er wird keine Zeit dazu haben«, beruhigte ich. »Er wird jede Sekunde brauchen, um seinen Kopf zu retten. Er wird nicht an seinen Schwanz denken.«

Sie wurde rot, und ich entschuldigte mich. Ich dachte etwas fiebrig: Hoffentlich steht sie es durch. Wenigstens zwei, drei Minuten. Was ist, wenn sie es nicht schafft? Würde er sie töten?

»Du kannst neben Dinah schlafen«, sagte ich. »ich hau mich hierhin. Wir müssen früh starten.«

»Ich werde nicht eine Minute schlafen«, vermutete Bettys Schwester.

»Das ist gut so«, befand ich. »Dann siehst du richtig edel krank aus, wenn er dich sieht.«

Sie überlegte, und grinste dann breit. Wenig später gingen Dinah und sie nach oben, und noch nach zwei Stunden hörte ich ihr schläfriges Gemurmel.

Rodenstock und Emma kamen auf ein letztes Glas Wein zu mir. »Weißt du schon, wo der showdown stattfinden soll?« fragte er.

»Ich hätte eine Idee. Ole war der Sohn eines Bauern, also inszenieren wir doch Ferien auf dem Bauernhof«, sagte ich. »Der Mann heißt Adolphi. Ich kümmere mich drum. Jetzt zur Technik: Wollen wir abhören, oder wollen wir auch filmen?«

»Wir wollen auch filmen«, sagte Emma schnell. »Auf jeden Fall.«

»Wer verhaftet, wenn es wen zu verhaften gibt?«

»Meine Leute«, entschied sie. »Wir können deutsche Beamte in dieser Sache nicht gebrauchen, weil wir nicht wissen, wer noch außer Kremers involviert ist. Nach dem Schengener Abkommen dürfen wir unter diesen Umständen verhaften, wenn keine andere Möglichkeit gegeben ist. Es reicht, die deutschen Behörden erst dann zu informieren, wenn wir mit ihm in Holland sind. Ich bin mir nicht im klaren, wie wir mit Kremers verfahren sollen. Ich würde aber sicherheitshalber raten, Kremers mit nach Holland zu transportieren. Wie holst du Kremers ran?«

»Erledige ich gleich per Telefon. Ist euch bewußt, daß es möglicherweise Tage, ja sogar Wochen dauern kann, bis van Straaten etwas unternimmt?«

»Das übliche Los des Kriminalisten«, seufzte Rodenstock. »Warten, warten, warten.«

Emma blieb kühl und sachlich. »Was glaubst du, wieviel Leute brauche ich bei diesem Adolphi?«

»Ich denke, fünf sind ideal. Das Gelände ist ziemlich übersichtlich.«

»Ich schicke jemanden mit technischem Gerät. Körpermikrofon, Richtmikrofon, Knopflochkamera, Aufzeichnungsgeräte und so weiter.«

»Gut so«, nickte ich. »Es bleibt also nur noch, uns viel Glück zu wünschen.«

Ich legte mir *Orange and Blue* von Al di Meola auf und hörte eine Weile zu, ehe ich Jimmy anrief. Ich hatte bei dem ersten Treffen mit ihm Dieter Kremers nicht erwähnt, jetzt mußte ich ihn einsetzen.

Jan Meller war sofort dran, diesmal polterte kein Vater.

»Hören Sie, Baumeister noch einmal. Wir haben ja nun die erste Begegnung hinter uns gebracht, und freundlicherweise waren Sie so nett, die Verbindung zu van Straaten zuzugeben. Ach übrigens, ehe ich es vergesse: Haben Sie inzwischen mit Dieter Kremers gesprochen?«

»Nein. Wieso? Meinen Sie den Mann bei der Kripo?«

»Na sicher meine ich den Kripomann, wen sonst? Bis jetzt bin ich ziemlich zurückhaltend gewesen, aber jetzt muß ich mal Tacheles reden. Falls Sie Kremers doch angerufen haben, sollten Sie das jetzt sagen. Falls ja, müssen Sie nämlich abtauchen, weil Ihr Leben in Gefahr ist.

Mit anderen Worten, der Spaß ist zu Ende, und der Ernst fängt an. Also?«

Eine Weile schwieg er, dann murmelte er kläglich: »Ich wollte anrufen, ich habe es nicht getan, weil Kremers gesagt hat, er haßt Zoff, egal wie der aussieht.«

»Sie geben also zu, daß Sie nicht nur für van Straaten arbeiten, sondern auch für Kremers. Das ist sehr vernünftig von Ihnen.« Ich hatte auf den Knopf gedrückt und zeichnete das Gespräch auf. »Lassen Sie mich mal ein bißchen träumen. Kremers hat Ihnen gesagt, Sie sollen jeden Kontakt mit Kunden notieren, mit Namen, mit Autokennzeichen, mit Wohnort, mit Alter, mit Kindern, warum und wieviele. Das ist doch so, oder?«

»Na ja, klar. Er will die Szene im Landkreis trokkenlegen. Und deshalb braucht er den totalen Überblick.«

»Was zahlt er Ihnen?«

»Den Sprit, klar, dann kriege ich tägliches Bewegungsgeld von einhundert Mark. Garantie im Monat zweitausend.«

»Was ist mit dem Stoff, den Sie weiterverkaufen?«

Er wollte nicht antworten.

»Hören Sie, Jimmy, machen wir uns nichts vor, die Sache fliegt sowieso auf. Also, was machen Sie mit Ihren Gewinnen?«

»Die kann ich behalten«, gestand er tonlos.

»Passen Sie auf«, hämmerte ich ihm ein, »Business as usual. Seien Sie normal erreichbar, notieren Sie jeden Kontakt, verhalten Sie sich normal, steigen Sie auf jeden Kunden ein, auf jede Bestellung. Falls van Straaten anruft, dann ...«

»Der ruft nie an. Kremers auch nicht. Wir treffen uns immer.«

»Regelmäßig?«

»Nein, nach Bedarf. Wenn ich ihn sehen will, rufe ich in seinem Büro an und bestelle schöne Grüße von seiner Frau, er soll mal zu Hause anrufen. Dann treffen wir uns.«

»Wo?«

»Auf der Straße von Dreis-Brück nach Heyroth. Da gibt es einen Waldweg nach links in einer scharfen Kurve. Kann ich mal was fragen?«

»Sicher können Sie das.«

»Wird Kremers verhaftet?«

»Mit absoluter Sicherheit«, sagte ich.

»Können Sie denn meinem Vater … ich meine, wenn mein Vater das erfährt, schmeißt er mich zu Hause raus.«

»Sie müssen es ihm sagen, da führt kein Weg daran vorbei. Sie werden ein wichtiger Zeuge sein. Jetzt passen Sie auf! Wenn ich mich das nächste Mal melde, dann nur kurz. Sie müssen anschließend Kremers zu einem Treffen bitten. Aber nicht auf dem Waldweg, sondern auf einem Bauernhof. Schreiben Sie das ruhig auf. Die Leute heißen Adolphi mit ph. Sie müssen Kremers einen Grund dafür angeben. Sagen Sie, Sie haben enormen Krach mit Ihrem Vater, und Adolphi ist Ihr Fluchtpunkt. Glauben Sie, das wird gehen?«

»Ich hoffe es, ja, es wird gehen«, sagte er. »Muß ich dann dort hinfahren?«

»Na sicher«, sagte ich. »Er muß dort Ihr Auto stehen sehen.«

»Hoffentlich geht das gut«, seufzte Jimmy.

»Das hängt auch von Ihnen ab«, erwiderte ich.

Um zwei Uhr tauchte Emma in einem sehr kostbar wirkenden Morgenmantel auf und stöhnte: »Ich kann nicht schlafen. Und Rodenstock schläft auch nicht. Dinah und Monika sind auch noch wach.«

»Ich habe sowieso noch eine Frage. Die Antwort ist nicht so wichtig, aber in s'Hertogenbosch wolltest du uns erzählen, wie van Straaten Menschen ausnützt. Und wir haben dich aus dem Thema geschmissen. Wie macht er es denn?«

»Legal, sehr legal«, sie lächelte und hockte sich auf die Sofakante. »Er macht es brutal und rücksichtslos, wie harte Manager es machen sollen. Er hat auf dem Antiquitätensektor Mitbewerber aus dem Weg gedrückt, indem er in kritischen Phasen anonyme Anzeigen gegen sie laufen ließ. Meistens wegen Steuerhinterziehung. Er hat sich in Familien von Konkurrenten hineingeschlichen, bis er alles über ein bestimmtes Geschäft wußte. Dann hat er einen günstigen Augenblick abgewartet und das Geschäft übernommen. Er hat laufend angebliche Schwarzkonten in Liechtenstein oder der Schweiz, in Luxemburg oder sonstwo auf der Welt anonym angezeigt. Da sowohl Polizei wie Steuer auf diese Anzeigen eingehen müssen, verschaffte er sich Konkurrenten gegenüber einen zeitlichen Vorsprung. In einem Fall in Hongkong, als es um die Einrichtung eines ganzen Luxushotels ging, hat er unserer Meinung nach einen Mitbewerber töten lassen. Wir sind da ziemlich sicher, aber zu beweisen war wie immer nichts. Bist du unsicher? Denkst du, er kann vielleicht doch ein netter Kerl sein?«

»Nein, nach Ole und Betty denke ich das nicht mehr.«

Um drei Uhr verschwand sie, um einen weiteren Schlafversuch zu unternehmen, und ich legte mich auf das Sofa und starrte in das tintenschwarze Fenster zum Garten hin. Um sechs Uhr morgens wurde der *Trierer Volksfreund* ausgetragen. Unsere Meldung stand auf der Eifelseite 1. Der Countdown hatte begonnen.

ZEHNTES KAPITEL

Um sechs Uhr hockten alle in meinem Jeep, verschlafen und gähnend, und nach zehn Kilometern schliefen die drei Frauen wieder. Nur Rodenstock starrte in die Lichtbahn der Scheinwerfer. »Was wird van Straaten denken, wenn er sie sieht?«

»Das kommt drauf an. Hat er die Zeitung vorher gelesen, wird der Schock nicht allzu groß sein. Auf jeden Fall wird er denken, er leidet unter Halluzinationen. Erst dann wird er überlegen, was er unternehmen kann.«

»Glaubst du, er wird sie töten wollen?« fragte er.

»Ich denke ja«, nickte ich. »Eigentlich muß er es sogar, denn Betty ist lebensgefährlich für ihn. Sie weiß zuviel, sie weiß viel zuviel.«

»Dann schickt er also einen Mann, um das erledigen zu lassen«, murmelte er.

»Das ist reine Spekulation. Vielleicht versucht er es diesmal persönlich.«

Ich wich einem Eichhörnchen aus, das wie ein schmaler Schatten über den festgefahrenen Schnee jagte.

»Ich denke, die schlafen im Winter«, sagte Rodenstock.

»Es ist eben kein Verlaß mehr«, erwiderte ich. »Auf nichts.«

»Was ist, wenn dieser Jimmy Muffensausen bekommt und Kremers anruft?«

»Das Risiko müssen wir eingehen, wir haben gar keine Wahl.«

Wenig später fragte Rodenstock: »Glaubst du, daß van Straaten den Mord richtig geplant hat?«

»Sicher hat er das. Jimmy sagt, er ist von van Straaten eine Woche vor Weihnachten gewissermaßen fest angestellt worden. Wie das, wo Ole und Betty doch noch fest im Sattel saßen und eifrig Geschäfte machten. Es war einer dieser Fehler, den der Beste macht. Van Straaten hat Jimmy in den Markt geschickt, weil er wußte, daß Betty und Ole nicht mehr lange leben würden.«

»Ja, ja«, antwortete er gedehnt. »Glaubst du, du könntest den Trauzeugen machen?« wechselte er dann das Thema.

»Oh ja, mit Vergnügen.«

Von der Rückbank kam Emmas Stimme. »Das ist aber eine erfreuliche Nachricht, Rodenstock. Aber hättest du nicht besser mich gefragt, ob ich dich überhaupt heiraten will?«

»Oh nein!« brüllte Rodenstock. »Das ist ja schlimmer als Ohnsorg-Theater!« Gegen das anschließende Gelächter konnte er sich nicht wehren. Anfangs war er richtig sauer, dann verzog sich sein Mund, wurde breit und breiter. Schließlich gluckste er und hieb sich begeistert auf die Schenkel. »Wir werden es der Welt schon zeigen, Weib!«

»Und wie!« pflichtete sie ihm bei.

»Herzlichen Glückwunsch«, gähnte Monika.

»Sehr schön!« hauchte Dinah innig.

In Höhe Monschau schlief meine gesamte Belegschaft bereits wieder und sortierte erst die Knochen, als ich die letzten Kilometer am Rand von Aachen entlangfuhr, um die Autobahn Richtung Holland zu erwischen. Dinah löste mich ab, ich hockte mich zwischen Emma und Monika und döste sofort ein.

Als ich aufwachte, hatte Dinah die Autobahn verlassen und fuhr sehr schnell auf einer Schnellstraße in die Innenstadt von s'Hertogenbosch. Emma übernahm selbstverständlich das Kommando. »Also: Meine Leute stehen so um die Verwersstraat, so daß van Straaten nicht entkommen kann, falls wir das wollen. Aber das wollen wir ja eigentlich nicht. Wir wollen, daß er dich sieht, Monika. Du kommst also vom Kirchplatz hoch und biegst dann nach rechts in die Straße ein. Du gehst bitte normal, eher langsam als schnell. Du bleibst vor seinem Geschäft stehen. In zwei Häusern gegenüber habe ich ebenfalls Männer und Frauen postiert. Du brauchst also nicht die geringste Furcht zu haben. Wir werden alles filmen und fotografieren. Wir fahren jetzt zuerst ins Präsidium und bringen die Kabel an, die Kamera und all den Schnickschnack ...«

Sie sprach noch gute fünf Minuten weiter, gab sehr ins Detail gehende Verhaltensmaßregeln und schaffte es, daß Monika nicht über Gebühr zittrig war.

Im Präsidium wurde die junge Frau mit all dem Equipment versorgt, das sie brauchte. Dann gingen wir alle auf unsere Posten, das heißt, Rodenstock, Dinah und ich stellten uns in die Einmündung einer Straße etwa hundert Meter vom Antik-Laden entfernt. So hatten wir einen hervorragenden Logenplatz.

»Lieber Gott, hilf ihr«, hauchte Dinah atemlos.

Jetzt kam im dunstigen Licht der schmalen, uralten Straße eine junge Frau in Rollkragenpullover und Jeans, in Westernstiefeln und Parka herangeschlendert, und es war mir bewußt, daß wir nicht annähernd alle Risiken hatten ausschalten können, daß jede Form von Überraschung möglich war bis hin zu einem schnellen Tod. Wer wollte denn behaupten, daß dieser Jörn van Straaten sich so sehr in der Gewalt hatte, daß er nicht hinging und Monika Sekunden nach dem ersten Begreifen erschoß – einfach so, sicher ist sicher.

»Lieber Himmel!« flüsterte Rodenstock.

»Geh nie auf dem Bürgersteig«, hatte Emma ihr eingebleut. »Der ist viel zu schmal, und die Gefahr, daß dir ein Fuß umknickt, ist zu groß. Du gehst in der Straßenmitte, Autos fahren dort nur selten, du kannst also in der Fahrbahnmitte gehen. Du ziehst die Kapuze deines Parkas über den Kopf. Und du streifst die Kapuze ab, wenn du ganz sicher bist, daß er dich im Blick hat. Erst dann, wirklich erst dann.«

Monika lief langsam und scheinbar ohne jede Erwartung, auf eine gewisse Weise wirkte sie trostlos einsam wie eine junge Frau, deren Liebe zerbrochen ist. Hinter ihr tauchte ein flacher Chrysler auf, wir sahen ihn, hörten ihn aber nicht. Er glitt unendlich langsam hinter dem Mädchen her und hielt sich sehr eng an der Bordsteinkante.

»Emma macht das richtig gut«, raunte Rodenstock stolz.

»Wo ist sie denn?« fragte Dinah.
»Was weiß ich«, murmelte er.
Jetzt hielt der Chrysler.
»Sie ist da«, sagte Dinah etwas zu laut, wenngleich niemand auf uns achtete.
Die schmale Figur hatte haltgemacht, war zwei Schritte auf das Schaufenster des Antik-Ladens zugegangen, den Kopf betont hoch. Es kam mir vor, als würde dort eine extreme slow motion ablaufen. Monika hob ihre Hand, ihre linke, und streifte die Kapuze vom Kopf. So stand sie da, und hätte sie geschrien: »Schau mich genau an!«, so hätte mich das nicht gewundert. Dann duckte sie sich in unsere Richtung ab. Sie machte drei oder vier langsame Schritte, bis sie aus dem Blickwinkel van Straatens herausgetreten war. Schließlich bog sie in die Gasse ein, die zum Kirchplatz führte.
Die Schnauze des Chryslers neigte sich weit nach vorn. Jetzt hörten wir den Motor. Der Wagen schoß Zentimeter an van Straaten vorbei, der aus seinem Laden gestürzt war und die Straße hinauf- und hinunterstarrte. Er blieb eine ganze Weile dort, als glaubte er nicht, was er gesehen hatte. Dann ging er mit gesenktem Kopf in seinen Laden zurück. Eines war sicher: Der beherrschte Mann war aus der Fassung geraten.
»Vorhang«, sagte Rodenstock. »Jetzt können wir nur noch beten.«
Wir trafen uns am Präsidium und nahmen Monika in den Arm, die wächsern blaß und zittrig war und nicht wußte, ob sie lachen oder weinen sollte. »Er sah mich, Leute, er sah mich. Das Glas spiegelte etwas, aber ich konnte trotzdem erkennen, wie seine Augen ganz groß wurden. Sein Mund ging auf, als wollte er irgend etwas schreien. Was glaubt ihr, liebte er Betty?«
»Ich denke schon«, nickte Emma. »Auf eine gewisse Weise waren sie sich vermutlich ähnlich. Freibeutertypen.«
Sie ließ sich von einem Streifenwagen in ihre Wohnung fahren, um ein paar Sachen einzupacken. Als sie wiederkehrte, flüchtete sie sich an Rodenstocks breite Schultern, und es war ihr vollkommen gleichgültig, daß

ein uniformierter Konstabler ihres Präsidiums dabei zusah.

»Bis jetzt«, sagte Emma dann spitz, »hatten wir nichts als einen Haufen Glück. Aber ihr Bild hat sich in seinem Herzen eingenistet. Das wird sein Krebs sein.«

Rodenstock starrte sie verblüfft an, als sehe er sie zum erstenmal.

Wir machten uns auf den Heimweg, das Lockmittel war gelegt, Emmas Leute waren längst vor uns auf der Autobahn und fuhren zu dem Bauern namens Adolphi in die Eifel, von dem sie noch nie im Leben vorher gehört hatten. Ich trat aufs Gas, bis Rodenstock spöttelte, es sehe so aus, als bekäme ich es bezahlt. Darauf wurde ich langsamer, und die Gesichter im Rückspiegel wurden etwas weicher. Dinah legte mir von hinten sanft einen Arm auf die Schulter; es war sehr gut, daß es sie gab.

»Will jemand wetten, daß ich es schaffe?« fragte Monika hell.

Niemand wollte das, und sie stotterte: »Bloß keine gute Laune, Leute.«

Emma fragte in Höhe Wißkirchen: »Haben wir irgend etwas Wichtiges vergessen?«, und gab sich selbst die Antwort: »Haben wir nicht, wir sind nämlich gut.«

Das Gelächter wirkte befreiend.

Ich suchte nach Nachrichten im Radio und stieß auf die wahrhaft entsetzliche Institution *RTL – Der Oldiesender,* in dem die Nachrichten den gleichen Stellenwert haben wie das Goggomobil bei Mercedes. Immerhin brachten sie rund fünf Meldungen, wovon die aufregendste war, daß Queen Elizabeth ihrem Charles befohlen habe, sich so schnell wie möglich scheiden zu lassen. Sic transit gloria mundi.

Ich rollte auf den Hof, ließ alle aussteigen und lenkte den Jeep in die Garage. Momo und Paul kamen zu mir, und ich ließ ihnen den warmen Jeep. Sie rollten sich nach zwei Minuten friedlich nebeneinander ein. Der Nebel hatte meine große Birke in einen strahlend weißen Turm verwandelt, der Reif lag kiloschwer auf den durchgebogenen Ästen. Ich stopfte die kurze *DC,* die statt eines pompösen Namens nur die Nummer 195 trug, und paffte vor mich hin. Dinah erschien in der Haustür. »Wo bleibst du denn?«

»Ich bin froh, mal allein zu sein«, knurrte ich.

Sie grinste. »Das wird schon wieder, Baumeister. Sie reißen dein Haus schon nicht ab.« Dann verzog sie die Nase. »Ich kann das verstehen. Ich würde jetzt auch lieber mit dir in der Badewanne hocken.« Sie ließ mich in Ruhe und verschwand.

Ich schleppte ein paar Arme voll Holz und eine Handvoll Briketts in das Arbeitszimmer. Der Ofen war noch an und loderte hell auf, als die trockenen Buchenscheite Feuer fingen. Ich holte mir ein Kissen und blieb vor dem Feuer hocken.

Es war schon dunkel, als der erste Anruf kam. Es war ausgemacht, daß ich an das Telefon gehen sollte. Jemand sagte mit starkem niederländischen Akzent: »Van Straaten hat das Geschäft verlassen. Er hat nicht telefoniert. Er bewegt sich aus der Stadt heraus Richtung Autobahn. Wir nehmen an, daß er nach Amsterdam zu seiner Familie wechselt. Wir sind hinter ihm. Drei PKW, zwei Kleinlaster. Er macht einen ruhigen Eindruck.« Dann klickte es.

»Er fährt von uns weg, statt in unsere Richtung zu kommen«, berichtete ich.

»Das war zu erwarten«, sagte Emma geduldig. »Wir müssen ihm Zeit lassen, mit der Situation richtig umzugehen. Er ist doch ganz verwirrt, der Arme.«

Dann klingelte erneut das Telefon. Diesmal war es Mario, der aufgeweckt forderte: »Hast du nicht ein paar Witze auf Lager? Mir ist so langweilig.«

»Habe ich nicht«, sagte ich. »Bitte um Verständnis, aber ich brauche ein freies Telefon.«

»Natürlich«, meinte er schnell und hängte ein.

Im Westen hatte der Himmel dicht über der Kimm einen intensiv roten Streifen, es würde noch kälter werden. Die Zeit wurde bleiern und blieb schließlich stehen, nichts schien sich zu bewegen.

Endlich hörte ich erneut die holländische Stimme. »Wir fahren jetzt wirklich auf Amsterdam zu. Er hat im Wagen ein paarmal telefoniert, aber wir haben keine Abhörmöglichkeit. Ende.«

»Keine Panik, Leute«, beruhigte Emma. »Er ist uns ganz sicher.«

»Dein Wort in Gottes Ohr«, schnaufte Rodenstock. »Und was, wenn er gar nicht in Jünkerath auftaucht?«

»Dann schalten wir auf Plan B um und servieren ihm Monika zum zweitenmal«, erwiderte sie kühl. »Rodenstock, hast du geschlafen?«

»Nicht doch, nicht doch«, murmelte er. »Man macht sich nur so seine Gedanken.«

Mir wurde es zu eng, und ich marschierte mit meinem Handy in den ersten Stock. Ich legte mich auf mein Bett und las in Michael D. Coes *Das Geheimnis der Maya Schrift*, aber wenn ich ehrlich bin, war ich nicht bei der Sache und verstand kein Wort. Ich hörte, wie die anderen sich kurz vor Mitternacht voneinander verabschiedeten und wie Emma sagte: »Wir können ganz ruhig schlafen.«

Gerade als Dinah sich zu mir gesellte, fiepte das Handy und die holländische Stimme meldete: »Wir haben ihn verloren. Wir haben ihn verloren. Ungefähr sechs Kilometer vor der Stadtgrenze von Amsterdam. Wir bitten um Instruktionen. Ende.«

Ich brachte das Handy zu Emma und sagte: »Die erste Panne. Du sollst deine Leute anrufen.«

Sie war irritiert, fing sich aber schnell. »Das kann nicht schlimm sein, das haben wir gleich.«

Rodenstock machte ein besorgtes Gesicht.

Ich ging zu Dinah zurück und legte mich neben sie.

»Kann ich dich irgendwie ablenken?« fragte sie träge.

»Van Straaten ist ihnen entwischt.«

»Und wenn schon. Emma ist doch kein heuriges Häschen mehr. Baumeister, mach dich nicht verrückt. Ein solches Ding ohne Panne ist unmöglich. Und das weißt du.«

Draußen vor der Tür rief Emma hell: »Siggi, hier ist dein Handy. Es ist alles klar. Sie werden ihn wiederfinden.«

Ich ließ mich auf keine Diskussion ein, holte das Handy und wünschte ihr eine gute Nacht.

Wenig später hörten wir, wie sie und Rodenstock lachten.

»Geh gut mit ihr um«, murmelte Dinah. »Gib ihr die Chance, der Boß zu sein.«

»Die hat sie schon«, sagte ich gallig, aber ich wußte, ich war unfair.

»Nehmen wir an, ich kriege ein Kind«, flüsterte Dinah. »Nehmen wir weiterhin an, es wird ein Mädchen und wir nennen es Sophie. Sie wird vierzehn oder sechzehn und will zu ihrem Geburtstag einen Joint rauchen. Was würdest du tun, was würdest du auf ihre Bitte erwidern?«

»Ich würde wahrscheinlich Verständnis haben, aber Angst hätte ich auch. Ich würde sagen: okay, okay, aber laß mich dabei sein.«

»Ehrlich?«

»Natürlich. Sie ist jung, sie will es probieren. Und wenn sie mich nicht mehr mag, versucht sie es sowieso.« Ich grinste. »Wenn du jemanden nicht besiegen kannst, solltest du dich mit ihm verbünden.«

»Du bist ein Schlaumeier«, seufzte sie. »Ich wette, du würdest fluchen und vor Angst bibbern. Wahrscheinlich würdest du ihr eine runterhauen, oder?«

»Oh nein«, versicherte ich, aber ich wußte, daß Dinah wahrscheinlich recht hatte und wechselte sicherheitshalber das Thema. »Du kannst dich ruhig ausziehen, du brauchst nicht in den Klamotten zu schlafen. So schnell kommt van Straaten nicht.«

»Falls er überhaupt kommt. Wenn seine Frau klug ist, hält sie ihn davon ab.«

»Wenn er klug ist, läßt er sich nicht von ihr abhalten. Glaubst du auch, daß er Betty geliebt hat?«

»Ja«, nickte sie. »Normalerweise würde er das Risiko nicht eingehen, ein junges Mädchen als Nummer eins im Drogengeschäft einzusetzen und gleichzeitig ihren Fast-Ehemann zu betrügen. Ich denke, das war der Fehler, den er machte.« Sie streifte den Pullover über den Kopf, öffnete die Jeans, zog sie aus und deponierte sie über einen Kleiderbügel. »Das Häßlichste ist Marios Fuß und der Tod von

Melanie. So nutzlos, so vollkommen idiotisch nutzlos.«

»Melanie hat Jonny geliebt«, sagte ich. »Sie hat ihre eigenen Regeln gebrochen.«

»Ich werde dick. Guck mal, hier am Bauch werde ich dick. Ich fühle mich zu sicher, zu geborgen, zu ruhig. Das geht nicht so weiter, Baumeister, ich bin in zwei Jahren eine Tonne. Und du wirst immer dünner.«

»Daran kannst du Leistungen messen«, meinte ich. »Komm her, und stell dir etwas Unanständiges vor.«

»Das geht nicht. Kein Mensch schläft in diesem Haus. Das können wir nicht bringen.«

»Wir könnten ja unter den Decken verschwinden«, schlug ich vor.

»Ich bin ein anständiges Mädchen«, sagte sie. »Jedenfalls jetzt noch. Und außerdem brauchen wir alle Kräfte und Nerven für unseren Liebling, den Jörn van Straaten.« Dinah löschte die kleine Lampe neben sich. »Schlaf ein wenig, Baumeister.«

Aber ich schlief schon wieder nicht. Ich wanderte aus und hockte mich in die Küche, weil Monika mein Arbeitszimmer besetzt hatte.

Gegen vier Uhr meldete sich die holländische Stimme mit der beruhigenden Nachricht: »Wir haben ihn wahrscheinlich wieder. Er ist im Haus seiner Familie. Er muß seinen Wagen irgendwo abgestellt haben. Auf jeden Fall war plötzlich ein Mann in dem Wohnzimmer, aber dann wurden die Vorhänge zugezogen, bevor wir ihn eindeutig identifizieren konnten. Wir warten den Morgen ab und lassen einen Teil unserer Leute seinen Porsche suchen. Ende.«

Als ich die Treppe hinaufging, um mich endlich schlafen zu legen, stand Emma da und sah mich fragend an.

»Er ist wahrscheinlich bei seiner Familie in Amsterdam und hat irgendwo seinen Wagen abgestellt. Er brauchte ja auch nur Vollgas zu geben, um deinen Leuten zu entkommen. Sie melden sich morgen früh. Willst du das Handy?«

»Gott sei Dank. Ja, ich will dieses verdammte Folterinstrument.«

Langsam näherte sich der Schlaf. Dinah griff nach meiner Hand und hielt sie fest. Vielleicht träumte sie von Sophie, denn sie lächelte ganz entspannt.

Wann würde van Straaten kommen? Und wie? Was würde er antworten? Wir hatten drei Fragen für Monika formuliert, und sie hatte sie unzählige Male vor sich hingesagt.

»Wenn du die dritte Frage gestellt hast«, so Emmas Befehl, »warte seine Antwort ab, und verschenke dann keine Sekunde. Du mußt sagen, du gehst mal pinkeln oder so. Da außer euch niemand in dem Haus ist, und er das wahrscheinlich vorher geprüft hat, wird er dich gehen lassen. Du mußt das Lokusfenster aufstoßen, es liegt etwas höher als ein normales Fenster. Du mußt hindurchgleiten, dich fallen lassen und eng an der Mauer bleiben. Eng an der Mauer.«

»Was ist, wenn er dicht bei mir ist? Wenn er mich festhält oder so? Was ist, wenn er mir nicht vom Leib bleibt?« Monika hatte Angst gezeigt.

»Du mußt ihn vorher stoppen«, antwortete Emma ganz gelassen. »Schrei ihn an. Schrei ihn am besten an, er soll dir vom Leib bleiben. Sag ihm, daß du ihn verachtest, daß du seine Berührung haßt. Dann stellst du die erste Frage. Du darfst ruhig stottern. Es ist sogar besser, wenn du stotterst.«

»Was ist, wenn was schiefgeht?«

»Es wird nichts schiefgehen«, hatte Emma versprochen. »Wenn er in das Haus kommt, mußt du so gut wie nackt sein und nichts am Körper haben als Bettys Bademantel. Van Straaten ist ein Macho. Er wird nie auf die Idee kommen, daß eine Frau bei zehn Grad minus splitternackt über einen Eifler Bauernhof rennt. Glaub mir, ich habe darüber nachgedacht, er wird dich in aller Ruhe zum Klo gehen lassen.«

Ich schlief ein und wurde erst um zehn Uhr wach, als Dinah mich an der Schulter faßte und sagte: »Du mußt aufstehen, es scheint loszugehen.«

»Was ist denn?«

»Van Straaten hat seine Familie verlassen. Er ist auf dem Weg zu seinem Porsche. Das vermuten sie wenigstens.«

»Okay.« Es fiel mir schwer, aber ich stand auf. Ich zog mir Jeans und einen dicken Pullover an; um van Straaten zu übertölpeln, brauchte ich nicht rasiert zu sein.

Wir warteten.

Das Handy klingelte, Emma sagte ganz ruhig: »Ja?« Dann hörte sie zu und murmelte: »Okay, dann.« Sie schaute uns an. »Er ist nicht zu seinem Porsche gegangen, sondern in ein Kaufhaus. Vorne rein und wahrscheinlich hinten hinaus. Sie haben ihn verloren.«

»Scheiße!« fluchte Rodenstock. »Und jetzt?«

»Er wird ein Taxi nehmen«, vermutete sie. »Die Taxizentralen haben für diesen Fall einen Code, die Fahrer kennen sein Foto. Falls er kein Taxi nimmt, kann man davon ausgehen, daß er versucht, zum Flughafen durchzukommen. Auf dem Flughafen befinden sich vier Leute an den wichtigen Punkten. Reicht dir das, Rodenstock?« Sie wirkte jetzt eindeutig spöttisch.

»Wenn ich van Straaten wäre«, meinte er, »würde ich all das, was du jetzt ausführst, erahnen. Und ich würde mich entsprechend vorbereitet haben.« Er stand auf und ging hinaus, er war im höchsten Maße verunsichert.

Bis ein Uhr geschah nichts. Dann befragte Emma ihre Leute in Amsterdam. Sie sprach schnell und abgehackt und kappte schließlich die Verbindung wieder. »Er ist nirgendwo aufgetaucht. Er ist einfach verschwunden.«

»Wie kann er das bei so vielen Babysittern?« fragte ich.

Fünfzehn Minuten später war Mehren am Telefon, und rief verärgert und erregt: »Was ist denn da passiert? Ich dachte, ihr wollt mich steuern, ihr Arschlöcher. Und was ist? Da landet auf meiner Wiese ein Hubschrauber, und dieser Scheißholländer steigt aus, um mich zu besuchen.«

»Sag ihm, was ausgemacht war«, drängte ich. »Spul das Programm ab. Du hast ihn noch nie gemocht, du magst ihn auch jetzt nicht. Sei ein Ekel, behandle ihn unfreundlich. Er wird dich fragen, ob Betty vielleicht noch lebt. Erzähl ihm, was wir vereinbart haben. Sag, daß du dieser Hure alles zutraust und daß sie wahrscheinlich bei einem Kollegen namens Adolphi ist. Wie weit ist er noch entfernt?«

»Sechzig Meter vielleicht. Junge, ihr habt vielleicht eine Scheißorganisation.«

»Dinah, los mit Emma und Monika. Ihr müßt rüber zu Adolphis. Van Straaten hat einen Hubschrauber gechartert, er ist schon in Jünkerath. Vollgas.« Ich rief Jimmy an. »Jetzt mußt du zeigen, was du kannst. Mach Kremers Dampf, schick ihn sofort los. Behaupte von mir aus, sein und dein Leben hängen davon ab. Und gib ihm keine Zeit zu fragen, klar?«

Meller gab nur einen erstickten Laut von sich und legte auf. Ich fragte mich, was geschehen würde, wenn Kremers gar nicht in seinem Büro war. Um das Chaos zu perfektionieren, würde es genügen, wenn er versunken auf irgendeinem Lokus hockte und mit seiner Verdauung zufrieden war.

»Wir müssen los!« drängte Rodenstock.

Wir hatten es nicht weit. Ich raste die Lindenstraße entlang und querte die Schnellstraße, dann durch den Tunnel, den zwei Linden bildeten und der schneeweiß war. Ich fuhr nicht auf den Hof Adolphis, sondern dran vorbei und parkte hinter dem langgestreckten Stall neben Dinahs Wagen. Ich bemerkte, daß Rodenstock plötzlich eine Waffe in der Hand hielt und den Schlitten faßte, um ihn zurückzuziehen.

»Bist du verrückt?« fragte ich ihn erregt.

»Nicht die Spur«, sagte er. »Ich hab das Ding noch nie ernsthaft benutzt. Heute kann Premiere sein. Es ist für Emma, verstehst du?«

»Das hört sich gut an«, nickte ich.

Die Stalltür knarrte, und Adolphi kam heraus. Er lächelte etwas verkrampft. »Geht es los?«

»Sieht so aus«, sagte ich. »Sind deine Frau und dein Kind vom Hof?«

»Aber ja. Eure Plätze sind ja klar, oder?«

»Na sicher, kein Problem. Und halt dich um Gottes willen raus, sei bloß kein Held.«

»Ich guck mir einen Western im Fernsehen an.« Er grinste kurz und verschwand dann.

»Wir müssen hier hinauf«, erklärte ich. Adolphi hatte eine Aluminiumleiter an eine Luke über den Kühen gestellt. Wir kletterten hinauf und arbeiteten uns vor bis zu dem Fenster, das in der Stirnwand eingelassen war. Der ganze Hof lag vor uns. Links das Wohnhaus, rechts das kleine Gebäude, in dem zwei Wohnungen für Touristen untergebracht waren.

»Sie ist schon drin«, sagte Rodenstock. »Ich kann sie sehen. Sie hat auch diesen gottverdammten Bademantel schon an.« Er zog seine Waffe aus dem Gürtel und schlug kurzerhand die Fensterscheibe ein. »Ich brauche ein freies Schußfeld«, sagte er erklärend.

Da kam Jimmy. Er fuhr wirklich gekonnt, und schoß mit hoher Geschwindigkeit durch den Lindentunnel. Er schleuderte ein wenig, stellte das Auto genau vor das Gästehaus, sah sich kurz um und lief dann in das Wohnhaus.

»Hoffentlich kommt Kremers nicht vor van Straaten«, betete ich. »Siehst du irgendwo Emmas Leute?«

»Nein«, murmelte Rodenstock. »Sie wären auch ziemlich beschissen, wenn man sie sehen könnte. Ich vermute mal, sie hat sogar im Gästehaus welche.«

»Haben sie Gewehre?«

»Präzisionswaffen, Schnellfeuer, vermutlich. Die sägen einen Mann glatt in der Mitte durch.«

»Wie hübsch«, sagte ich.

Dann hörten wir den Hubschrauber. Seine Rotorblätter knallten, als müßten sie durch ein Luftloch rudern. Er kam ungefähr aus Richtung der alten Wehrkirche. Van Straaten ließ den Piloten direkt zwischen Wohn- und Gästehaus niedergehen, er war nicht weiter als dreißig Meter von uns entfernt, und die Luftwirbel nahmen uns den Atem. Van Straaten stieg nicht sofort aus. Wir beobachteten, wie er den Piloten bezahlte und ihm die Hand reichte. Dann kletterte er aus der Maschine.

»Er muß sich unheimlich sicher fühlen«, flüsterte Rodenstock. »Mehren hat ihn also überzeugt.«

Van Straaten machte ein paar Schritte aus dem Rotorbereich hinaus, drehte sich dann zu dem Piloten um und zeigte mit dem Daumen nach oben. Die Touren gingen hoch, die Maschine wippte und stieg dann schnell auf, senkte die Schnauze und flog davon. Obwohl sie noch laut zu hören war, wirkte die Szene plötzlich totenstill.

Monika öffnete die zweiflügelige Fenstertür im Wohnzimmer der unteren Wohnung. Sie stand ein wenig breitbeinig und keifte: »Verdammt noch mal! Laß mich in Ruhe. Was willst du eigentlich hier?«

Van Straaten antwortete nicht sofort, er hatte ein Problem. Ich konnte sein Gesicht nicht sehen, aber ich wette, er lächelte. »Wer ist denn in der Scheune verbrannt, Kleines?«

»Scheiße«, erwiderte sie wesentlich leiser. »Meine Schwester, meine jüngere Schwester, Monika. Hau jetzt ab, ich will dich nicht. Ich will dich nie mehr. Du ekelst mich an, du kotzt mich an.«

Bevor sie die Türflügel schloß, fragte sie klagend: »Eine Frage noch, du Schwein. Weshalb wolltest du uns töten lassen?«

»Ich hatte doch gar keine Wahl«, sagte van Straaten gelassen. »Ole wollte mich töten, das hast du selbst gesagt. Ich war nur schneller und habe einfach die Kölner Gruppe eingesetzt. Aber du lebst doch, und wir könnten zusammen irgendwo hingehen und ...«

»Halt doch deine Schnauze«, rief sie heftig und versperrte die Tür. Für Sekunden sahen wir noch ihren Schatten, wie er in die Tiefe des Wohnzimmers glitt.

»Das war irre!« hauchte Rodenstock.

Van Straaten stand vor dem Gästehaus und drehte sich langsam und bedächtig einmal um sich selbst. Emma hatte vermutet: »Er wird nicht zu Monika in das Haus gehen, ehe er nicht ganz sicher ist, daß ihm aus dem Wohnhaus keine Gefahr droht. Er wird das in jedem Fall zuerst abchecken. Es sollte in diesen Sekunden also niemand zu laut atmen.«

Van Straaten lief mit schnellen Schritten zur Haustür des Wohnhauses und klingelte. Als keine Reaktion erfolgte, drückte er die Klinke nieder. Es war nicht abgeschlossen, er konnte ungehindert in das Haus, und er war offensichtlich gründlich, denn er blieb mehr als drei Minuten verschwunden. Dann erschien er wieder und starrte auf die Tür unter uns, die Tür zum Stall. Er öffnete sie und blickte sich aufmerksam um. Es dauerte eine Ewigkeit. Dann schloß er die Tür wieder und ging hinüber zu dem Gästehaus.

»Mach mir auf«, sagte er leise. Wir konnten es gut verstehen, weil Emma ihren Leuten befohlen hatte, kleine Mikrofone in die harte Gartenerde zu drücken. »Mach mir auf, wir müssen reden.«

Rodenstock hatte den Minilautsprecher in die Brusttasche seines Jacketts gesteckt, die Qualität war hervorragend.

Wir hörten Monikas Stimme so laut, als hocke sie neben uns. »Verdammt noch mal, ich will nicht mit dir reden. Ich rufe meinen Wirt.«

»Im Wohnhaus ist niemand«, erklärte er geduldig. »Das weißt du. Wir sind hier allein. Laß uns reden, wir hatten auch eine gute Zeit miteinander. Du konntest nicht erwarten, daß ich mich abschlachten lasse. Komm, mach auf.«

»Du wirst mich töten«, schluchzte sie.

»Das ist doch verrückt!« reagierte er heftig. »Warum sollte ich das tun? Ich will mit dir leben, ich glaube, du bedeutest mir viel.«

»So ein Scheiß!« Monika mußte den Geräuschen nach hinter der Haustür stehen. »Kannst du mir auch erklären, warum du diesen klebrigen Schleimscheißer Kremers angeheuert hast?«

»Das war Nummer zwei«, flüsterte Rodenstock.

Van Straaten ließ sich wiederum Zeit. »Du weißt, ich bin ein gründlicher Mann. Kremers will befördert werden, er möchte sich im Bundeskriminalamt suhlen, Bedeutung erlangen. Also habe ich ein bißchen mit ihm gespielt und ihm zuerst einmal die ganze Szene hier in der Vulkaneifel geschenkt. Er wollte was zum Spielen, verstehst du? Und eine bessere Tarnung als einen rücksichtslosen Kriminalbeamten gibt es nicht.«

»Und du wirst ihn abschießen, wenn er dir nicht mehr paßt«, sie schluchzte immer noch.

»Natürlich«, sagte er ruhig. »Wenn wir ihn nicht mehr brauchen, tauschen wir ihn gegen einen Besseren aus. Mach mir die Tür auf, bitte.«

»Aber du rührst mich nicht an! Eine Waffe? Hast du eine Waffe?« Das kam sehr schrill.

»Du weißt, daß ich niemals eine Waffe trage. Ich bin doch nicht dumm.«

»Aber du rührst mich nicht an.«

»Ich verspreche es.«

Monika öffnete die Haustür, und man hörte an ihren Schritten, wie sie sich ins Wohnzimmer zurückzog. Hastig sagte sie: »Du bleibst da, du setzt dich da in den Sessel.«

»Ja, ja«, antwortete er nachsichtig. »Ich setze mich.«

»Sie muß kürzer werden«, hauchte Rodenstock. »Verdammt, sie übertreibt. Komm, Mädchen, komm mit der nächsten Frage.«

Wir hörten genau, wie der alte Ledersessel knarzte.

»Warum läßt du mich nicht in Ruhe?« klagte sie. »Was findest du an mir? Ich bin ein Bauerntrampel, sonst nichts.«

»Nummer drei«, flüsterte Rodenstock.

»Was ich an dir finde? Aber das weißt du doch. Du machst mich echt geil. Mit dir zu schlafen, ist wirklich der Himmel. Du bist hemmungslos, verstehst du? Und ich will das, genau das.«

»Es gibt bessere«, meinte sie trocken. »Nein, steh nicht auf. Bleib, wo du bist.«

»Schon gut, schon gut«, murmelte van Straaten. Wieder hörten wir den Ledersessel. »Bist du nackt unter dem Bademantel?«

»Und wenn schon! Wenn ich nicht will, läuft nichts, gar nichts.«

»Die dritte!« drängte Rodenstock. »Die dritte!«

In dieser Sekunde schoss der Opel von Dieter Kremers zwischen den Linden durch. Er gab sich nicht die Mühe, den Wagen ordentlich abzustellen. Kremers stieg aus und sah sich hastig um. Dann rief er: »Jimmy? Wo bist du?«

»Wer ist das?« fragte van Straaten.

»Was weiß ich«, erwiderte Monika trotzig wie ein Kind. »Ein Besucher.«

»Das ist Kremers«, stellt van Straaten plötzlich beunruhigt fest. »Wieso ist das Kremers?«

»Was weiß ich denn«, wiederholte Bettys Schwester.

»Die dritte Frage«, mahnte Rodenstock. »Mach schon!«

»Ich muß mal pinkeln. Darf ich mal aufs Klo?« fragte sie.

»Wieso Kremers?« fragte er. »Das ist eine Falle, oder?«

»Du bist bescheuert«, zischte Monika. »Du hast doch ein Rad ab, van Straaten. Bleib sitzen, bleib da sitzen.« Sie wollte ihre dritte Frage nicht stellen, es würde schwierig genug sein, am Leben zu bleiben.

»Eine Falle«, sagte van Straaten, und merkwürdigerweise klang es heiter. Man hörte, wie er aufstand und sich bewegte.

»Oh Gott, bitte nicht!« betete Rodenstock.

Dann öffnete sich die Haustür, und der Holländer starrte Kremers an, der sehr verdattert wirkte.

»Eh«, stotterte Kremers. »Wieso ... also, ich verstehe das nicht. Also, van Straaten ...«

Van Straaten ließ seinen Blick ruhig über den Hof gleiten. Er sagte tonlos: »Gute Reise, mein Lieber!«, und schoß Kremers zweimal in den Kopf. Dann war etwas hinter ihm, etwas, das ihn vorwärts stieß. Während Kremers mit sehr tolpatschigen Verrenkungen erst taumelte und dann auf die Knie sank, fing van Straaten sich sehr schnell und wendete sich hastig um. Aber Monika hatte die Tür schon zugedrückt, und sie war jetzt so panisch vor Angst, daß sie nur noch schrie.

Van Straaten feuerte einfach durch die Tür, er machte es ruhig und gründlich.

»Du darfst nie hinter einer Tür stehenbleiben!« hatte Emma gesagt. »Sieh zu, daß du sofort zur Seite ausweichst oder dich wenigstens platt auf den Boden legst.«

Monika schrie weiter.

Rodenstock brachte seine Waffe in den Anschlag. Er hielt sie fachmännisch mit beiden Händen.

Unter uns befahl Emma: »Mijnheer van Straaten, lassen Sie die Waffe fallen. Es hat keinen Sinn mehr.« Merkwürdigerweise sprach sie nicht holländisch und erklärte später, sie habe uns schließlich als nützliche Zeugen gebraucht.

Van Straaten drehte sich um und duckte sich dabei. Die Waffe in seiner Hand wirkte schwarz und häßlich.

Emma schoß auf ihn wie auf eine Scheibe. Sie traf ihn zweimal in den Kopf und zweimal in die Brust. Van Straaten breitete die Arme aus wie ein Gekreuzigter und fiel mit einem häßlichen Geräusch auf den Plattenweg des kleinen Gartens.

»Scheiße«, fluchte Emma und starrte nach einer Schrecksekunde mit einem vollkommen weißen Gesicht zu unserem Fenster hoch. »Kannst du schnell kommen, Rodenstock?«

Ich weiß heute nicht mehr, wie ich diese verdammte Leiter hinunterkam, ich weiß nur noch, daß plötzlich Emmas Männer auf dem Hof standen und versuchten, sie zu beglückwünschen. Aber sie wollte das nicht, sie hörte ihnen gar nicht zu, sie murmelte nur: »Räumt hier auf, und verschwindet nach Hause.«

Monika erschien, und niemand nahm daran Anstoß, daß sie mit weit klaffendem Bademantel durch die beißende Kälte stolzierte.

Sie schrie: »Du warst klasse, Emma, ehrlich, super.« Dann blickte sie auf ihren weißen Bauch und wickelte sich in den Bademantel ein. »Ich hatte die dritte Frage vergessen«, gestand sie.

ULLSTEIN

Das Buch

Turnham Malpas tobt: Der neue Besitzer des Gutshauses, der Vorstandsvorsitzende Craddock Fitch, hat unter der Holzvertäfelung der Bibliothek einen wahren Schatz gefunden: uralte Silbergegenstände aus der Kirche, im Sommer 1940 aus Angst vor einer deutschen Invasion dort versteckt! Mr. Fitch, skrupellos und geldgierig, denkt nicht im Traum daran, die kostbaren Leuchter und Kelche der Kirche zurückzugeben, sondern plant, sie in London versteigern zu lassen. Aber er hat nicht mit dem geballten Protest der Dorfbewohner gerechnet, die sich allerhand einfallen lassen, um Fitch unter Druck zu setzen – wobei sie tatkräftig von Sir Ralph unterstützt werden. Dieser hat allerdings seine eigenen Pläne mit dem Dorf: Er möchte auf einem wunderschönen Brachland Mietshäuser errichten. Es ist also allerhand los in Turnham Malpas und ein Lottogewinn sowie eine geheim gehaltene Hochzeit tragen dazu noch das ihre bei...

Die Autorin

Rebecca Shaw besuchte eine koedukative Quäker-Schule und arbeitete danach als Lehrerin an einer Schule für taube Kinder. Nach ihrer Heirat widmete sie sich ganz der Erziehung ihrer vier Kinder. Als diese flügge wurden, fand sie Zeit zum Schreiben.

In unserem Hause sind von Rebecca Shaw bereits erschienen:

Der neue Pfarrer
Dorfgeflüster

Rebecca Shaw

Dorfgespräch

Roman

Aus dem Englischen
von Dietlind Kaiser

Ullstein

Umwelthinweis:
Dieses Buch wurde auf chlor- und säurefreiem Papier gedruckt.

Ullstein Taschenbuchverlag
Der Ullstein Taschenbuchverlag ist ein Unternehmen der
Econ Ullstein List Verlag GmbH & Co. KG, München
Deutsche Erstausgabe
1. Auflage 2002

Titel der englischen Originalausgabe: *Village Matters*
(The Orion Publishing Group Ltd, London)
Übersetzung: Dietlind Kaiser
Redaktion: Elvira Willems
Umschlaggestaltung: Cordula Schmidt, Hamburg
Titelabbildung: Image Bank
Gesetzt aus der Sabon, Linotype
Satz: KompetenzCenter, Düsseldorf
Druck und Bindearbeiten: Ebner & Spiegel, Ulm
Printed in Germany
ISBN 3-548-25423-3

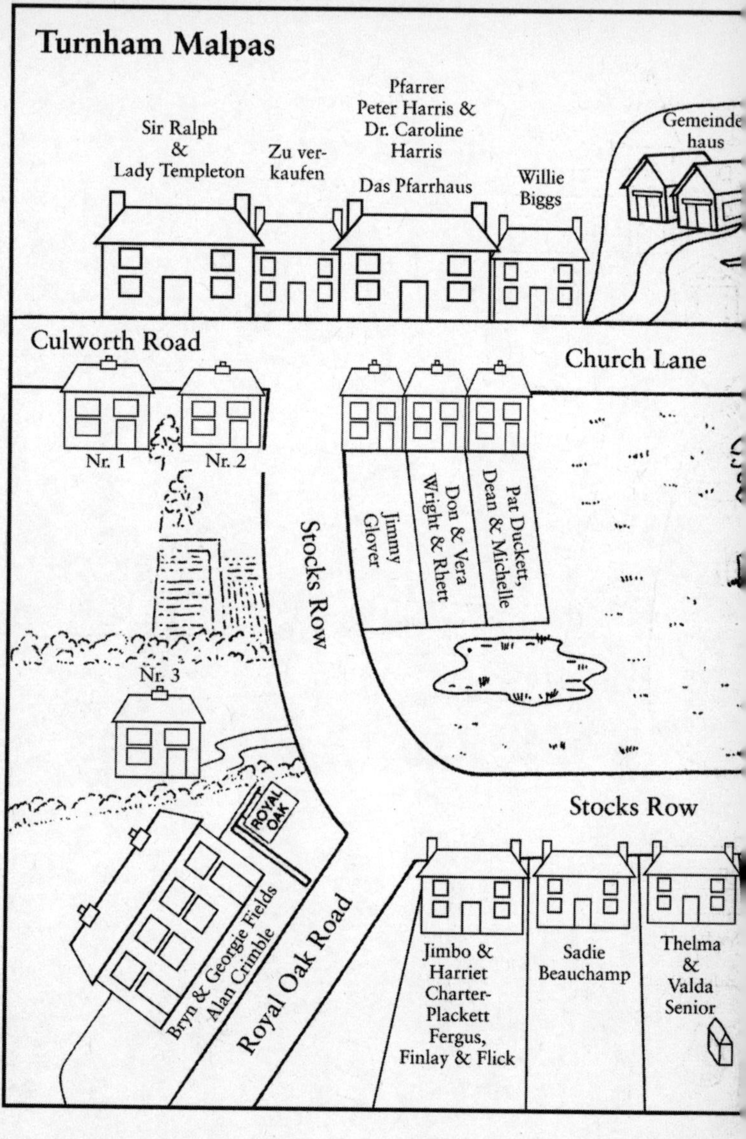

Turnham Malpas
Sir Ralph
&
Lady Templeton
Zu ver-
kaufen
Pfarrer
Peter Harris &
Dr. Caroline
Harris
Das Pfarrhaus
Willie
Biggs
Gemeinde
haus
Culworth Road
Church Lane
Nr. 1
Nr. 2
Stocks Row
Jimmy
Glover
Don & Vera
Wright & Rhett
Pat Duckett,
Dean & Michelle
Nr. 3
ROYAL
OAK
Bryn & Georgie Fields
Alan Crimble
Royal Oak Road
Stocks Row
Jimbo &
Harriet
Charter-
Plackett
Fergus,
Finlay & Flick
Sadie
Beauchamp
Thelma
&
Valda
Senior

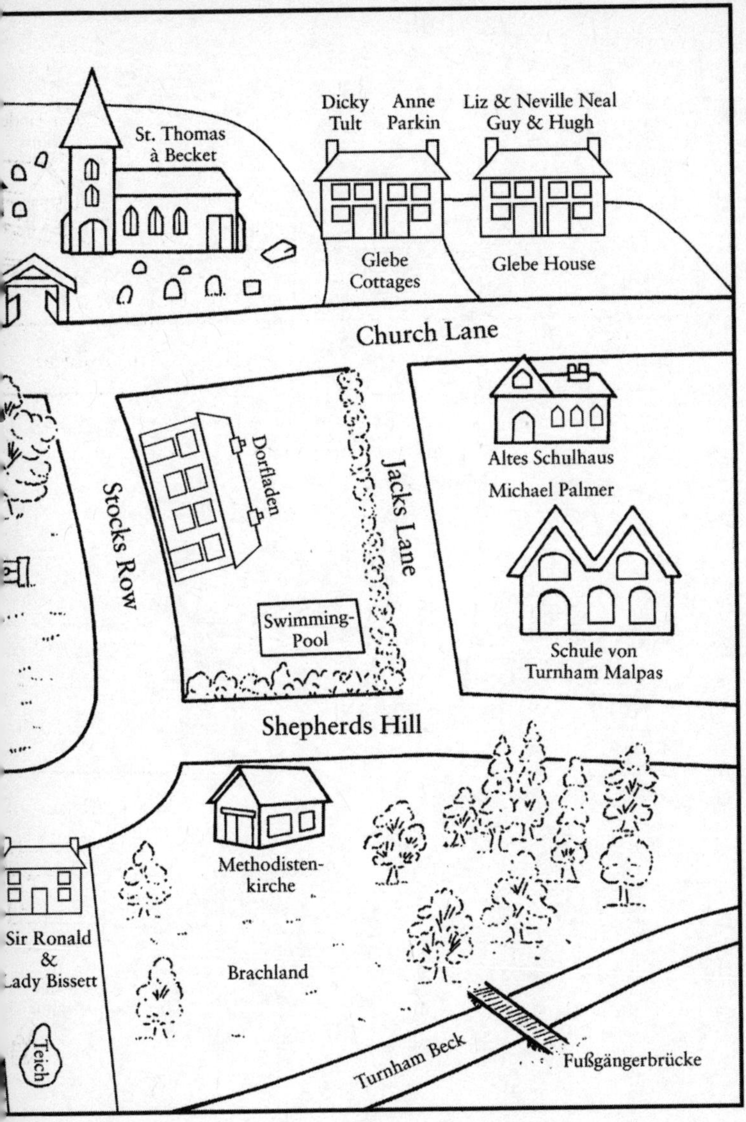
St. Thomas
à Becket
Dicky
Tult
Anne
Parkin
Liz & Neville Neal
Guy & Hugh
Glebe
Cottages
Glebe House
Church Lane
Dorfladen
Stocks Row
Jacks Lane
Altes Schulhaus
Michael Palmer
Swimming-
Pool
Schule von
Turnham Malpas
Shepherds Hill
Methodisten-
kirche
Sir Ronald
&
Lady Bissett
Brachland
Teich
Turnham Beck
Fußgängerbrücke

Die Bewohner von Turnham Malpas

Barrys Mutter	Klatschbase im Dorf
Sadie Beauchamp	Verwitwete Rentnerin und Mutter von Harriet Charter-Plackett
Sylvia Bennett	Haushälterin im Pfarrhaus
Willie Biggs	Mesner von St. Thomas à Becket
Sir Ronald Bissett	Pensionierter Gewerkschaftsführer
Lady Sheila Bissett	Seine Frau
James Charter-Plackett	Besitzer des Dorfladens
Harriet Charter-Plackett	Seine Frau
Fergus, Finlay und Flick	Ihre Kinder
Alan Crimble	Barkellner im Royal Oak
Pat Duckett	Hausmeisterin der Dorfschule
Dean und Michelle	Ihre Kinder
Bryn Fields	Wirt vom Royal Oak
Georgie Fields	Seine Frau
H. Craddock Fitch	Neuer Besitzer von Turnham House
Jimmy Glover	Ehemaliger Wilderer und schwarzes Schaf des Dorfes
Pfarrer Peter Harris, MA (Oxford)	Gemeindepfarrer
Dr. Caroline Harris	Seine Frau

Alex und Beth	Ihre Kinder
Jeremy Mayer	Verwalter im Trainingszentrum Turnham House
Venetia Mayer	Seine Frau
Michael Palmer	Dorfschulrektor
Sir Ralph Templeton	Pensionierter Diplomat
Lady Muriel Templeton	Seine Frau
Vera Wright	Putzfrau im Pflegeheim in Penny Fawcett
Rhett Wright	Ihr Enkel

1. Kapitel

Peter fröstelte in der kalten Morgenluft. Als er zu Ende gebetet hatte, kam er steif auf die Beine, trat von dem kleinen Altar in der Kriegsgedächtniskapelle zurück und bekreuzigte sich. Um sieben Uhr an einem Frühlingsmorgen war die Kirche wirklich kühl. Die alten, mittelalterlichen Steinmauern hielten das Gebäude das ganze Jahr lang kalt, sogar im heißesten Sommer.

Er trat vor den Hochaltar und schaute sich in seiner Kirche um. Bald war es zwei Jahre her, dass er nach Turnham Malpas gekommen war. Am Anfang war ihm gar nicht bewusst gewesen, wie sehr ihm der Ort ans Herz wachsen würde. Er liebte die starken Farben der Buntglasfenster, die uralten, seit Jahrhunderten hier schlummernden Grabmäler, die seit fast genau so vielen Jahren an den Stangen verblassenden Fahnen und den wunderschönen Dorffriedhof, der ebenso zu St. Thomas à Becket gehörte wie die Kirche selbst. Auf den Dorfwegen liefen Menschen herum, deren Ahnen schon seit Generationen friedlich in diesem geweihten Boden ruhten. Eine Dorfkirche vermittelte das Gefühl von Fortbestand, reichte weit zurück in die Vergangenheit und in die Zukunft, mit erstaunlicher Dauer. Eine Großstadtkirche fühlte sich ganz anders an.

Er zog eine Bilanz der Dinge, die er seit seiner Ankunft erreicht hatte. Das Pfarrhaus gesäubert, gestrichen, modernisiert und neu möbliert, die Pfadfindergruppen für Jungen und Mädchen, der Mittagstisch für Rentner, der Frauenkreis, die Spielgruppe ... einen Moment lang verfinsterte sich Peters Gesicht. Die Spielgruppe. Sie erinnerte ihn an Suzy Meadows. Vielleicht wäre Suzy immer noch hier und würde die Gruppe leiten, wenn sie beide nicht ... Aber es war geschehen, obwohl sie es nicht hätten tun dürfen. Er konnte den Schmerz, der in seinem Zwerchfell saß, noch immer nicht verdrängen. Der Gedanke an Suzy schnitt sich tief in sein Inneres. Nein, es war nicht eigentlich der Gedanke an *sie*, es war der Gedanke an das niederschmetternde Leid, das er seiner liebsten Caroline zugefügt hatte, das ihm Schmerzen bereitete. Als sie ihn angefleht hatte, die Zwillinge zu adoptieren, die Suzy zur Welt gebracht hatte, war Peter zumute gewesen, als müsste er daran sterben. Aber wenn er jetzt das strahlende Lächeln der Zwillinge sah, ihre Händchen spürte, die nach seiner Hand griffen, ihre weiche, liebliche Haut an seiner fühlte, wusste er, dass Caroline Recht gehabt hatte. Es war das einzig Richtige gewesen. Schließlich waren es seine Kinder.

Er warf einen Blick auf die Uhr. Zeit zum Gehen.

Peters Laufschuhe machten kein Geräusch, als er zielstrebig durch den Mittelgang zum Portal ging. Er schloss es sorgfältig hinter sich ab, überprüfte, ob auch wirklich abgeschlossen war, zog dann den Jogginganzug aus und steckte ihn in eine Plastiktüte, die er zu diesem Zweck unter einer Bank im Vestibül aufbewahrte. Darunter trug er sein altes Sportleibchen aus dem College und marineblaue Rugbyshorts. Er versteckte den riesigen Schlüssel neben dem Grab, auf das er und der Mesner Willie Biggs sich geeinigt hatten, und ging den Weg entlang. Am Friedhofstor wartete Jimbo Charter-Plackett. Jimbo lief jetzt seit einiger Zeit mit ihm und der Schwabbelspeck, den er unbedingt loswerden wollte, war im Schwinden. Er sah immer noch viel weniger fit aus als Peter, denn Jimbo war älter, kleiner, rundlicher und wurde kahl, während Peter mindestens fünfzehn Zentimeter größer war und einen kräftigen blonden Haarschopf und den Körperbau eines Sportlers besaß.

»Morgen, Peter. Schöner, frischer Tag, was?«

»Morgen, Jimbo. Und ob.« Die beiden machten gemeinsam Dehnübungen und als Jimbo nickte, liefen sie los, die Church Lane hinunter und dann durch die Jacks Lane weiter auf das Brachland. Auf halbem Weg ihres knapp fünf Kilometer langen Rundkurses stand ein Tor mit vier Stangen, an dem sie immer auf einen Schwatz eine Pause einlegten. Hinter dem Tor lag eine große Wiese und von dort aus hatten sie einen Ausblick auf Sykes Wood. Das war ein riesiger, uralter Wald, früher ein Teil des königlichen Jagdreviers, aber seit dreihundert Jahren oder noch länger im Besitz von Turnham House. Auf der einen Seite, wo die Bäume nicht ganz so hoch waren, ließen sich die Schornsteine des Herrenhauses ausmachen. Peter wischte sich mit dem Zipfel des Sportleibchens den Schweiß von der Stirn und deutete mit einem Nicken auf die Schornsteine.

»Lässt sich das mit dem Catering auch vertragsgemäß an, Jimbo?«

»Ja. Wenigstens ist auf das Geld mehr Verlass als beim Fitnessclub früher. Fitch zahlt pünktlich, Gott sei Dank.«

»Angenehmer Mann, oder?«

»Wie alle Vorstandsvorsitzenden von großen Firmen bildet er sich ein, die ganze Welt würde sich um ihn drehen und alles auf sein Kommando hören, aber weil er weiß, dass ich selber mal in der City Geschäftsmann war, hat er ein bisschen Respekt vor mir. Auf alle Fälle leisten die da drüben mit ihren Trainingsprogrammen für das Personal gute Arbeit. Tolle Computeranlagen, Video, Kinoleinwände und so weiter. Wild gewordene Technologie. Dieser Jeremy Mayer stolziert rum und macht sich wichtig, hat total vergessen, wie dankbar er sein sollte, dass er es geschafft hat, den Laden an Fitch zu verkaufen und trotzdem noch ein Dach über dem Kopf zu haben.«

»Was macht denn Venetia?«

»Mrs. Venetia Mayer organisiert die Freizeit für das Personal und ich glaube, Mrs. Venetia Mayer organisiert auch die Freizeitvergnügungen des Vorstandsvorsitzenden, aber sagen Sie's nicht weiter. Ich hab ein Faible für Venetia, obwohl sie dauernd diesen Schlafzimmerblick drauf hat.«

Peter lachte. »Machen wir weiter, ich hab um neun einen Schülergottesdienst, muss zurück.« Sie wandten sich zum Gehen und Peter lief voraus.

Jimbo folgte ihm und dachte an seine Tagesarbeit. Auf dem Heimweg würde er als Erstes vor seinem Laden stehen bleiben und die Schaufensterdekoration mustern. Alle Fenster mussten im Zweiwochenrhythmus neu gestaltet werden. Es war mühsam, sich immer wieder etwas Neues auszudenken, aber das gehörte zu Jimbos Regeln. Schäbige Dekorationen mit vergilbtem, rissigem Krepppapier kamen für ihn nicht in Frage. O nein! Das war der Stil der fünfziger Jahre, nichts für die Neunziger. Erst vor kurzem, bei der Eröffnung des Trainingszentrums in Turnham House, waren etliche Jungmanager im Laden gewesen und hatten ihr Geld ausgegeben, eine weitere Profitsteigerung, und die Sommersaison lief immer gut; Jimbos Verkaufszahlen wuchsen stetig durch das Geld, das die Touristen bei ihm ließen, die im Dorf die Kirche und den alten Stock in der Anlage besichtigten. Insgesamt ließ sich das Jahr überhaupt gut an. Das Versandgeschäft boomte dank einer klugen Werbekampagne, die sich Harriet ausgedacht hatte, sein Partyservice boomte ebenfalls und der Laden selbst, um den sich alles drehte, ging auch besser, als er und Harriet sich je hätten träumen lassen.

Was konnte er als Nächstes in Angriff nehmen, um Geld zu

verdienen? Er würde es weiß Gott brauchen, schließlich war das nächste Kind unterwegs. Er hüpfte und machte einen Satz, als er an das Kind dachte. Nicht übel für einen Mann von einundvierzig. Nummer vier. Harriet ging es gut und er würde dafür sorgen, dass das so bliebe. Mehr Hilfskräfte. Ja, er würde mehr Hilfskräfte brauchen. Peter drehte sich um, winkte und lief weiter zum Pfarrhaus. Jimbo nickte, bog in die Stocks Row ein und lief um die Anlage herum zu seinem Haus. Die Schaufenster! Er hatte die Schaufenster vergessen. Er kehrte um und blieb vor seinem Laden stehen. Ostern. Ostern. Flaumige Küken. Gelbe Bänder. Schokoladeneier. Eine Tombola? Ein riesiges, leckeres Ei als Preis. Das würde die Leute in den Laden locken. Wenn sie erst mal da waren, würden sie auch noch andere Sachen kaufen, nicht bloß Tombolalose. Fünfundzwanzig Pence pro Los, fünf Lose für ein Pfund. Vielleicht zwanzig Pence pro Los und sechs Lose für ein Pfund, etliche Dorfbewohner waren nicht so betucht. Er würde mit dem Taschenrechner ermitteln, wie viele Lose er verkaufen musste, damit er auf seine Kosten kam, und dann würde er sich entscheiden. Er hatte heute Morgen jede Menge Ideen. Jede Menge.

»Ich bin's bloß! Harriet!« Die Haustür schlug zu. Er blieb stehen, stützte sich auf den Tisch in der Diele und versuchte, zu Atem zu kommen. Schweiß lief ihm übers Gesicht und er wischte ihn mit den Schweißbändern weg, die er um die Handgelenke trug. Flick hatte ihm die Bänder zu Weihnachten geschenkt. Seine liebe kleine Flick. Eben jetzt hüpfte sie die Treppe herunter.

»Hallo, Daddy. Ich geb dir keinen Kuss, du riechst so eklig.« Sie rümpfte die Nase und ging in die Küche. »Mummy! Daddy ist wieder da. Beeilt euch, Jungs, euer Porridge ist fertig.« Flick setzte sich an den Tisch und beobachtete ihre beiden Brüder, die so taten, als boxten sie gegeneinander. »Männer kommen auf komische Sachen, mit denen sie sich die Zeit vertreiben, stimmt's, Mummy?«

Harriet lachte. »Wie Recht du hast!« Sie schaute auf und sah Jimbo, der sie von der Schwelle aus anlächelte. »Schnell, Jimbo, unter die Dusche mit dir – ich kann den Schweiß von hier aus riechen.«

»Tausend Dank! Da strampelt ein Mann sich ab, um fit zu bleiben, und die Damen des Hauses haben nichts Besseres zu tun, als sich zu beschweren.«

»Ich habe über eine Ostertombola nachgedacht.«

»Ich auch. Große Geister!«

»Jungs, macht schon, das reicht. Auf die Stühle. Schaut nur, Flick sitzt schon am Tisch.«

»Wenn das nicht typisch ist«, rief Finlay und wich einem weiteren Schlag von Fergus aus.

»Alte Zimperzicke! Zimperzicke!« Fergus sprang hinter Flicks Stuhl herum und ärgerte sie. Ihr stiegen Tränen in die Augen und Harriet machte dem Gehänsel ein Ende.

Sie zeigte mit einem spitzen Finger auf Fergus' Stuhl. »Das reicht. Schluss. Das reicht jetzt! Setz dich und iss.«

Als Jimbo nach unten kam, waren die Kinder zum Zähneputzen verschwunden – jedenfalls hoffte Harriet das – und er setzte sich vor seinen Teller mit Müsli, den Orangensaft und den Vollweizentoast.

»Heute Morgen Kaffee oder Tee?«

»Tee, bitte. Ich hab an ein riesiges Osterei als Hauptpreis gedacht.«

»Ich auch. Geschäftlich kommen wir erstaunlich gut miteinander aus, oder?«

»Stimmt. Und miteinander wird uns auch nicht langweilig. Man könnt sich doch so leicht zu Tode langweilen, wenn man im Geschäft *und* zu Hause immer zusammen ist. Fühlst du dich gut?«

»Natürlich. Ich hab mich noch nie bei einer Schwangerschaft so gut gefühlt wie dieses Mal. Linda hat morgen wieder einen Zahnarzttermin. Kommst du zurecht?«

»Nehm ich doch an. Hoffentlich ist es für eine Weile ihr letzter Termin.«

»Das ist es. Die arme Frau kann doch nichts für einen Abszess, oder?«

»Nein, kann sie nicht. Bitte noch Tee, Liebling. Ich fahr heute Morgen zum Herrenhaus rauf, will bloß nachschauen, ob alles in Ordnung ist. Bist du im Laden?«

»Wie üblich.«

Jimbo stand auf. »Dann fahr ich jetzt. Übertreib's nicht, Harriet, ja? Ich könnt's nicht ertragen, wenn was schief ging.« Harriet hielt beim Tischabräumen inne und nahm sich die Zeit, Jimbo eindringlich anzusehen. »Du bist alles, was ich habe«, sagte er.

Sie beugte sich über den Tisch und küsste ihn. »Ich weiß, ich weiß. Glaub mir, ich pass schon auf mich auf, aber ich lass mich nicht in Watte packen. Das ist nicht mein Ding.«

»Also auf bald.« Er ging zur Treppe und rief hinauf: »Daddy geht jetzt. Tschüs, ihr Rasselbande.«

Flick rief, die Stimme durch die Zahnbürste gedämpft, von oben: »Tschüs, Daddy, schönen Tag noch.« Jimbo zuckte zusammen, weil es so amerikanisch klang. »Tschüs fürs Erste. Bis nachher, Harriet.«

»Okay.«

Für die Jahreszeit war das Wetter gut. Jimmy Glovers Gänse liefen wie üblich frei herum. Sie grasten am Rand der Anlagen. Jimbo fragte sich, ob es stimme, dass sie zum Schutz ihrer Halter so tauglich wie Hunde waren. Heute Morgen sahen sie erstaunlich gelassen aus. Aber als er näher kam und stehen blieb, um sie zu beobachten, reckten sie die Hälse und zischten drohend. Zwei Gänse kamen vom Rasen auf ihn zu auf die Straße und klappten auf der Höhe von Jimbos Knie angriffslustig die Schnäbel auf. Er brüllte die Gänse an, trat ein paar Schritte zurück, um ihnen auszuweichen, und wedelte mit den Armen. Sie ließen von ihm ab und er konnte weiter gehen. Von ihm aus sollte der Teufel die Gänse holen... Dann fiel sein Blick auf den Laden und sein Herz schwoll an vor Stolz. Den hatte er wirklich total umgekrempelt. Er erinnerte sich an den deprimierenden Anblick, den der Laden geboten hatte, als er und Harriet zur ersten Besichtigung nach Turnham Malpas gekommen waren. Sie hatten sich angesehen und mit den Lippen ein Nein signalisiert, aber die alte Mrs. Thornton hatte es bemerkt und sie hatten sich verpflichtet gefühlt, Interesse zu heucheln.

Damals war der Laden nicht mehr gewesen als das Vorderzimmer von Mrs. Thornton. Vorräte waren so gut wie gar nicht vorhanden und den Umsatz konnte man vergessen. Als sie jedoch mitbekommen hatten, dass auch das Cottage nebenan zum Verkauf stand, hatte sich Harriet dafür erwärmt. Und was für einen Anblick bot der Laden jetzt. Jimbo nahm die Schlüssel aus der Tasche und schloss auf. Er griff nach dem Zeitungsbündel auf der Schwelle, stellte die beiden Werbetafeln raus, vergewisserte sich, dass der Abfallkorb neben der von ihm aufgestellten Bank nicht überquoll, stellte fest, dass die Telefonzelle gereinigt werden musste und betrat dann sein Reich.

Viertel nach acht. Er war spät dran. In einer halben Stunde würde Linda kommen und den Postschalter öffnen. Als Jimbo die Zeitungen ins Regal gelegt hatte, beschloss er, die Ostereier und das Material für die Schaufensterdekoration zusammenzusuchen. Eine Schere, ein Maßband, Klebeband, Reißzwecken, das Klammergerät, Schleifen, Krepppapier in Gelb und Weiß, Silberpapier. Aber als Erstes würde er die jetzige Dekoration abbauen. Doch sein Plan wurde durchkreuzt, der erste Kunde kam. Das Messingglöckchen bimmelte laut.

»Morgen, Willie. Wollen Sie Ihre Zeitung holen?«

»Ja.« Willie bediente sich selbst. Er brachte die Zeitung zur Kasse und gab Jimbo das abgezählte Geld.

»Ich denk dauernd dran, dass bald die Hochzeitsglocken für Sie läuten sollten, Willie, aber offenbar steht das Datum noch nicht fest, oder?«

»Sylvia und ich lassen uns Zeit. Wir haben's nicht so eilig wie junge Leute.«

»Einen Vorteil hat's, dass Sie der Mesner sind – die Vorbereitungen sind kein Problem. Arbeitet Sylvia weiter im Pfarrhaus?«

»O ja, das macht ihr Spaß, viel mehr als die Arbeit im Krankenhaus. Die Pfarrfrau käme ohne sie überhaupt nicht zurecht, jetzt noch nicht. Muss weg, der Pfarrer hat jede Menge Pläne für Ostern, da steht heute eine Besprechung auf dem Programm.« Willie ging schwungvoll hinaus und ließ Jimbo in der Gewissheit zurück, dass er ganz genau wusste, wann er heiraten würde, es aber nicht sagen wollte.

Das Fensterdekorieren hatte eine therapeutische Wirkung auf Jimbo und er war bald in seine Arbeit vertieft. Die Glocke bimmelte wieder und seine drei Kinder kamen herein.

»Daddy, wir sind's bloß. Wir suchen uns was für die Pause aus.« Jimbo stieg aus dem Fenster und kontrollierte, was sie sich nahmen. Er erlaubte ihnen nicht, sich einfach selbst zu bedienen, und was sie sich aussuchten, mussten sie immer bezahlen. Seine Schwiegermutter lachte über seine Hartnäckigkeit in diesem Punkt, aber er wusste, dass er Recht hatte. »Das macht dreiundzwanzig Pence für dich, Fergus, zweiundzwanzig für dich, Flick, und dreißig – dreißig? – für dich, Finlay. Bisschen happig, was?«

»Also wirklich, Daddy, wir sollten die Sachen umsonst bekommen. Es ist unser Laden.«

»Darüber wird heute Morgen nicht diskutiert, Finlay, das haben wir längst geklärt. Raus! Raus!«

Als sie gingen, kam seine Schwiegermutter Sadie herein. »Tschüs, Schätzchen, seid brav.«

»Tschüs, Grandma!«

»Guten Morgen, Jimbo. Bei dem Wort Grandma zucke ich immer zusammen, ich mach mich auf die Suche nach meinem Pince-nez.«

»Du bist zeitig dran.«

»Schwingt da ein leichter Sarkasmus mit?«

»Nein, nein, nicht die Spur, aber du bist wirklich zeitig dran!«

»Ich hab heute jede Menge zu tun. Das Versandgeschäft lässt mir nicht viel Freizeit. Hat die Frau gestern die Marmeladegläser gebracht? Sie hatte versprochen, sie wären Donnerstag letzter Woche fertig.«

»Ja, hat sie.«

»Gott sei Dank. Ich kann's nicht leiden, unsere Kunden zu enttäuschen. Ich trinke Kaffee, wenn du so weit bist.« Jimbo ächzte. Er würde nie dazu kommen, das Fenster zu dekorieren. Er füllte die Kaffeemaschine, die ständig für seine Kunden bereitstand. Als er sie einschaltete, flog die Tür auf und Pat Duckett, die Schulhausmeisterin, kam herein. Unter der Jacke trug sie eine Kittelschürze und das dichte Haar stand ihr wild vom Kopf ab, als hätte sie es statt dem Mop zum Bohnern benutzt. Sie hielt die Schulschlüssel in der Hand.

Sie schob sich das Haar aus dem Gesicht und flüsterte: »Mr. Charter-Plackett! Haben Sie 'nen Moment Zeit? Ich hab vor lauter Sorge die ganze Nacht kein Auge zugetan. Können wir nach hinten gehen, wo uns niemand hört?«

»Gütiger Himmel, Pat, was ist denn los?«

»Es geht um Mr. Fitch, wissen Sie, diesen Firmenboss. Er klaut Kirchensilber und ich weiß nicht, was ich machen soll.«

2. Kapitel

Jimbo ging mit ihr nach hinten ins Lager und setzte sie auf seinen Hocker. Er nahm den Strohhut vom Kopf und legte ihn auf ein Regalbrett, dann setzte er sich auf eine leere Mineralwasserkiste und fragte: »Was hat das alles zu bedeuten?«

»Sie wissen doch, dass ich gestern Abend im Herrenhaus ausgeholfen hab, weil die Kellnerin die Grippe hat? Na, da wurde ganz schön was geboten. Muss ja zugeben, dass ich rauskriegen wollte, was da los ist, bin eben bisschen neugierig, genau wie Sie.« Jimbo wollte protestieren, gestand sich aber ein, dass er gern den neuesten Klatsch hörte.

»Offenbar«, Pat holte tief Luft, »offenbar wird da noch mehr umgebaut. Weiß nicht, ob Sie's gehört haben, aber Mr. Fitch lässt ein paar Zimmer als Wohnung für sich herrichten, jedenfalls eines, das er als Wohnzimmer will, er nennt es den Salon, aber wir wissen doch alle, dass er da drin wohnen will. Da hat er die Täfelung untersucht. Die ist wunderschön, richtig alt, an manchen Stellen bisschen wurmstichig und er wollte sie ausbessern lassen. Klopft an der Täfelung rum und merkt, dass ein Stück ganz hohl klingt.«

»Hohl?«

»Ja, als wär dahinter keine Wand, leer irgendwie. Jedenfalls, er tritt zurück und sieht, dass dieses Stück von der Täfelung ein bisschen anders aussieht als der Rest, als ob es später eingesetzt worden wär. Klar, das lässt ihm keine Ruhe, da muss er nachsehen. Er holt den Schreiner, damit der das Stück wegmacht, und sieh mal einer an, dahinter ist ein Fach. So ‘ne Art Nische. Kein Fenster, bloß ein Fach und sieh mal einer an, da stehen Schachteln drin mit Zeug, verpackt in alte Zeitungen. Das holen sie raus und ob Sie's glauben oder nicht, da drin ist lauter altes Silber.«

»Und wem gehört das Silber? Sir Ralph?«

»Da komm ich gleich drauf. Als er das Zeitungspapier aufwickelt, da findet er Abendmahlskelche, zwei große Silberteller für das Aufstellen auf dem Altar, ein Paar Leuchter, wunderbar und einer davon so groß, dass man ihn auf den Boden stellen kann, wenn man die Teile zusammenbaut. Alles wirklich alt. Er guckt sich das Datum auf der Zeitung an und die Zeitungen sind vom Juni 1940!«

»Juni 1940?«

»Juni 1940. Ja, aber, und jetzt kommt der Hammer, Fitch sagt, er hat das Haus gekauft und deshalb gehört das Silber ihm und er verkauft's als Beitrag zu den Umbaukosten!«

Linda kam herein. »Hi! Mr. Charter-Plackett, hab mich gefragt, wo Sie wohl stecken. Dann halt ich mal die Stellung.«

»Ja, danke, Linda. Dauert nicht mehr lange.« Jimbo war gedankenverloren und gab Pat eine Weile keine Antwort. War Fitch in diesem Punkt im Recht? Er hatte das Haus gekauft, gehörte dann alles darin ihm? Aber Kirchensilber konnte er doch wohl kaum verkaufen. Oder doch?

»Hören Sie, Pat, ich muss weitermachen, heute Morgen sind nur Linda und ich hier, bis Harriet kommt. Behalten Sie das alles für sich. Kommen Sie gegen Mittag wieder, wenn Sie in der Schule fertig sind, dann reden wir weiter.«

»Es könnte aber eilig sein. Sie wissen doch, dass der nichts anbrennen lässt, heute Abend könnte schon alles verkauft sein. Und was dann? Dem Pfarrer wird das gar nicht gefallen, oder?

Ich verstehe überhaupt nicht, wieso das Silber dort ist. Warum ist es nicht in der Kirche?«

»Das weiß ich nicht, Pat.« Er stand auf und nahm den Strohhut vom Regal. »Hören Sie, ich glaube, wir haben noch Zeit. Ich muss heute Morgen sowieso ins Herrenhaus. Ich schau mich mal um und seh, was ich rauskriegen kann. Überlassen Sie es mir.«

»Sagen Sie es dem Pfarrer?«

»Vielleicht sollten wir es Sir Ralph sagen, schließlich hat das Silber 1940 ja noch seiner Familie gehört, oder?«

»Hat es das? Ja, vermutlich schon. Ich komme vorbei, sobald ich das Geschirr vom Mittagessen abgewaschen habe, abgemacht?«

»Abgemacht!«

»Also bis dann. Sie verstehen doch, warum ich mir Sorgen mache? Wenn im Dorf rauskommt, was Fitch gemacht hat, ist der Teufel los.«

Jimbo setzte sich den Strohhut leicht verwegen schräg auf den Kopf und ging voraus in den Laden. Linda versuchte, gleichzeitig zu bedienen und sich um den Postschalter zu kümmern, deshalb musste Jimbo die ganze Geschichte vorerst in den Hinterkopf verbannen.

Als er in die lange Einfahrt von Turnham House einbog, schaltete Jimbo in den dritten Gang herunter. Er genoss es, die Einfahrt entlangzuschleichen und die Atmosphäre des Ortes in sich aufzunehmen. Es spielte überhaupt keine Rolle, dass das Haus einmal ein Kinderheim gewesen war, danach ein Fitnessclub und jetzt ein Trainingszentrum; das alte Haus mit dem Park und den Gärten besaß immer noch Würde und Schönheit. Den Unternehmern des zwanzigsten Jahrhunderts war es trotz aller Versuche nicht gelungen, dieses Ambiente zu verderben. Genau eine Meile lang. Er hatte es mit seinem

Meilenzähler nachgemessen. Als er um die letzte Kurve bog, kam das wunderschöne alte Haus aus rotem Backstein in Sicht. Das Herrenhaus. Selbst die Dorfbewohner, die noch gar nicht geboren gewesen waren, als Ralphs Mutter durch den Tod von Ralphs Vater im Krieg gezwungen war, das Anwesen zu verkaufen, betrachteten es als den Mittelpunkt des Dorfes. Jimbo hielt auf dem frisch angelegten Kies vor dem Haus, stieg aus, ließ das Auto unabgeschlossen stehen und ging ins Haus. Eins musste man ihm lassen, Fitch hatte die schöne Eingangshalle völlig unangetastet erhalten und war so sensibel gewesen, einen antiken Schreibtisch hineinzustellen, an dem die Empfangsdame saß.

»Mr. Charter-Plackett! Was für eine Freude! Wie geht es Ihnen an diesem schönen Morgen?«

»Bei Ihrem Anblick gleich noch besser, Fenella! Was gibt's denn Neues?«

»Sie haben es also noch nicht gehört? Nein, natürlich nicht, Sie waren ja gestern gar nicht hier.« Fenellas große blaue Augen funkelten verschwörerisch. Sie schaute sich in der Halle um, um sich zu vergewissern, dass niemand in Hörweite war, beugte sich dann über den Schreibtisch und flüsterte: »Ein vergrabener Schatz! Na ja, eigentlich nicht vergraben, aber versteckt!«

»Fenella, Sie haben zu viele Filme im Nachtprogramm gesehen, ich hab Sie schon einmal davor gewarnt.«

»Großes Ehrenwort.« Jimbo nahm ihre Hand in seine. Er hielt sie an sein Revers und sagte: »Erzählen Sie mir davon.«

»Jetzt ist alles im Safe verwahrt. Mr. Fitch hat die Sachen gefunden. Er ist total aus dem Häuschen. Echt aus dem Häuschen – so aufgeregt hab ich ihn noch nie erlebt. Er ist doch immer so selbstbeherrscht.«

»Fitch! Aus dem Häuschen? Da wär ich gern dabei gewesen.«

»Heute Morgen ist er erst mal nach Budapest geflogen, er ist erst am Dienstag wieder in London, deshalb hat er alles weggeschlossen, bis er Zeit hat, sich darum zu kümmern.«

Jimbos Gedanken überschlugen sich. »Aber Sie müssen doch bis Dienstag irgendwann mal an den Safe, wie wollen Sie da zurechtkommen? Ich hatte gehofft, dass ich meinen Scheck bekomme. Monatsende, wie wir alle wissen.«

»Fenella hat den Schlüssel!« Sie klopfte sich gegen die Seidenbluse.

»Doch nicht etwa da drunter?« Fenella nickte. »Was für Opfer ihr Karrierefrauen doch bringt. Ich bin ganz Bewunderung. Haben Sie den Schatz gesehen?«

»Ich soll den Schlüssel mit meinem Leben verteidigen. Seit wir dieses Haus übernommen haben, ist Mr. Fitch ins Mittelalter zurückgefallen. Wenn ich den Schlüssel verliere, werde ich gehängt, gerädert und gevierteilt. Wenn Sie mir versprechen, nichts zu verraten, schließe ich den Safe für Sie auf und zeige Ihnen die Sachen.«

»Sie müssen ihn sowieso aufschließen, um mir meinen Scheck zu geben, also...« Das Telefon klingelte und er wartete, bis sie das Gespräch beendet hatte. Dann sagte sie: »Ich lass mich von einer Kollegin ablösen und wir gehen ins Büro, und ich zeig es Ihnen.«

Fenella trug den Schlüssel an einer Kette um den hübschen, schlanken Hals. Sie bückte sich vor dem riesigen Safe, steckte den Schlüssel ins Schloss, gab eine nur wenigen Auserwählten bekannte Zahlenkombination ein, schloss auf und öffnete die Tür.

Jimbo empfand es als Privileg, die schönen Dinge in die Hand zu nehmen, die Fenella aus dem Tresor nahm. Alles war sorgfältig in Seidenpapier gewickelt, das einladend raschelte, als Jimbo es entfernte. Aber ein Anreiz war gar nicht nötig, die Stücke waren atemberaubend schön. Es gab keinen Zweifel daran, dass das Silber der Kirche gehörte. In den Kelch, den er in der Hand hielt, war das Datum 1655 eingraviert. Auf dem Sockel stand »Gott sei gedankt«. Das Pendant trug dasselbe Datum und dieselbe Inschrift. In die großen Silberteller war »St. Thomas à Becket 1739« eingraviert. Fenella nahm einen der Leuchter heraus. Er trug die Gravur »Sir Tristan Templeton 1821–1859«. Auf dem zweiten stand »Lady Mary Templeton 1824–1859«. Jimbos Finger folgten dem Muster, das den Leuchterstiel umlief, und er bemerkte, dass oben noch Wachsspuren waren und an der Seite Wachs heruntergetropft war. Ein dritter prächtiger Leuchter war, wie Pat gesagt hatte, so groß, dass er auf den Boden gestellt werden konnte, wenn die drei Teile zusammengebaut wurden.

»Oh, Fenella, das sind wunderbare Stücke. Einfach wunderbar. Sie gehören der Kirche, oder?«

»Das ist offensichtlich.« Sie machte ein besorgtes Gesicht und verstaute die Sachen hastig wieder im Safe. »Schließen wir sie lieber wieder weg.«

»Hat Fitch dem Pfarrer von seinem Fund berichtet?«, fragte Jimbo, obwohl er ganz genau wusste, dass dem nicht so war.

Fenella schloss den Safe ab, hängte sich die Kette wieder um den Hals und schob den Schlüssel in ihren Blusenausschnitt.

»Nein. Mehr darf ich nicht sagen. Tut mir Leid. Gehen wir jetzt in die Küche, Mr. Charter-Plackett?«

»Fenella, wir kennen uns jetzt seit zwei Monaten, wird höchste Zeit, dass Sie mich Jimbo nennen. Bitte, ja? Alle meine Freunde nennen mich so. Und danke, dass Sie mir diese Sachen gezeigt haben; das war ein sehr kostbarer Augenblick für mich. Ein echtes Privileg.« Er winkte zum Abschied und ging durch die mit grünem Filz bezogene Tür Richtung Küche. Aber er war mit den Gedanken nicht bei der Arbeit. Verflixt und zugenäht. Er musste vor Dienstag etwas unternehmen.

Dieser Idiot Fitch würde vermutlich einen Auktionator aus London kommen lassen, die Sachen würden verschwinden und damit wäre der Fall erledigt. Das ließ sein Gewissen nicht zu. Aber wem sollte er es anvertrauen? Wie waren die Sachen überhaupt hierher gekommen? Und warum? Vielleicht wusste Ralph etwas. Ja, natürlich, Ralph würde es wissen. Niemand konnte solche Schätze in einem Haus verstecken, ohne dass es die Bewohner merkten. Das ganze Geklopfe und Gehämmer beim Einsetzen der Täfelung. Ralph musste darüber Bescheid wissen.

Jimbo verließ das Herrenhaus gegen halb eins mit der Absicht, im Laden nach dem Rechten zu schauen und dann zu Ralph und Muriel hinüberzugehen. Als er aus der Einfahrt in die Church Lane bog, kam Peter in seinem Auto vorbei. Sie hielten beide auf einen Schwatz durchs offene Fenster.

»Guten Tag, Peter, haben Sie die Osterbesprechung mit Willie schon hinter sich?«

»Jimbo, gibt es irgendetwas, was Sie *nicht* wissen? Ja, ich hab sie hinter mir. Bei Ihnen alles okay? Freut mich, dass Harriet so fit und gesund aussieht.«

»Ja, danke, es geht ihr gut. Sagen Sie mal, sind Sie bei der Durchsicht der Kirchenakten auf irgendwelche Einzelheiten über gestiftetes Altarsilber gestoßen?«

Peter dachte einen Moment lang über die Frage nach und verneinte dann. »Warum?«

»Im Herrenhaus sind solche Stücke aufgetaucht. Sie wurden gestern in einem Versteck hinter der Täfelung gefunden. Ich habe die Empfangsdame beschwatzt und sie hat mich einen Blick darauf werfen lassen. Wunderschön. Aus dem siebzehnten, achtzehnten und neunzehnten Jahrhundert. Wunderbare Stücke. Hab jetzt nicht viel Zeit. Ich erzähl Ihnen im Laufe des Tages mehr darüber. Wann sind Sie zurück?«

»So gegen vier.«

»Okay, bis dann, ich komm vorbei.«

Er hielt vor dem Laden. Im Moment gab es kein Entkommen. Eine Schlange stand vor dem Postschalter und eine vor der Kasse. Pat kam gegen viertel vor zwei herein. Sie schob sich an der Schlange vorbei und drückte Jimbo eine seiner Tragetaschen in die Hand.

»He, Pat! Sehen Sie denn die Schlange nicht? Tomaten auf den Augen oder was?«

»Schon gut, schon gut, ich hab bloß 'ne Nachricht da drin.« Sie drehte den anderen den Rücken zu, damit niemand sah, was in der Tragetasche steckte. Sie senkte die Stimme und sagte: »Das hab ich gestern Abend aus dem Abfall gefischt. Ein paar von den Zeitungen, in die alles eingewickelt war. Okay?«

Jimbo klopfte sich mit dem Zeigefinger an den Nasenflügel und sagte: »Danke. Und kein Sterbenswörtchen darüber. Wir reden später, wenn's ruhiger ist.«

»Abgemacht.« Pat schlenderte mit hochnäsiger Miene an der Schlange vorbei und alle fragten sich, was zwischen ihr und Mr. Charter-Plackett gespielt wurde. Sollten sie sich nur die Köpfe zerbrechen. Pat war entschlossen, dem Firmenboss Mr. Fitch diese Geschichte nicht durchgehen zu lassen. Sie ging selten in die Kirche, höchstens zu Weihnachten, aber es gab Grenzen. An Kircheneigentum durfte man sich nicht vergreifen. Das zeigte die Sache mit Sharon McDonald. Die hatte Kelche geklaut und gleich danach war sie von einem Messer durchbohrt worden und tot gewesen. Mausetot. Also musste Pat etwas unternehmen, sonst passierte ihr auch was. Sie erschauerte bei dem Gedanken und marschierte zu ihrem Cottage. Zum tausendsten Mal, wünschte sie sich, sie wäre keine Witwe, die zwei Kinder großziehen musste. Noch schlimmer war, dass ihr Dad möglicherweise bald bei ihr einziehen würde. Es sah danach aus, als würde er durch die Etatkürzungen im Council arbeitslos werden.

Ralph war nicht zu Hause, als Jimbo ihn besuchen wollte, also ging er zum Pfarrhaus zwei Türen weiter und klingelte dort. Es hatte sich gewaltig verändert, seit Peter und Caroline hier waren. Der alte Mr. Furbank hatte sich um gar nichts gekümmert, alles war voller Staub und Spinnweben gewesen.

Die Tür ging auf und Caroline stand auf der Schwelle, an jeder Hand einen Zwilling.

»Jimbo! Wie nett. Was für ein seltenes Vergnügen. Kommen Sie doch herein. Sagt hallo, ihr beiden.« Die Zwillinge versteckten die Gesichter in Carolines Rock und wollten nichts sagen.

»Alex! Beth! Sagt hallo zu eurem Onkel Jimbo. Nein? Na schön, dann nicht. Ist Peter schon da?«

»Ja, er trinkt im Arbeitszimmer Tee. Möchten Sie auch eine Tasse?«

»Ja, bitte, hab heute nicht zu Mittag gegessen, hatte zu viel zu tun.«

»Na dann, rein mit Ihnen und ich hole Ihnen ein Stück von Sylvias Lebkuchen.«

»Himmlisch.«

Während er Tee trank und den Lebkuchen aß, erzählte Jimbo Peter die ganze Geschichte. Als er fertig war, meinte Peter: »Es verkaufen? Wie kann er? Nach dem, was Sie sagen, liegt doch auf der Hand, dass es der Kirche gehört.«

»Genau. Wenn es überhaupt verkauft werden sollte, dann von der Kirche. Ich meine, es wär doch eine nette Finanzspritze, wenn wir es verkaufen würden? Stellen Sie sich bloß vor, was wir mit dem Geld anfangen könnten. Hier ist ein Stück von dem Zeitungspapier, in das es eingewickelt war.«

Peter nahm es, faltete es behutsam auseinander, strich das zerknüllte Papier glatt und legte es auf seinen Schreibtisch.

»Juni 1940. 1940. Ja, natürlich. Wissen Sie was? Ich glaube, sie haben es wegen der drohenden Invasion versteckt. Dünkirchen, die Deutschen am Ärmelkanal, das kostbare Silber, ganz zu schweigen von dem Wert, den es für die Dorfbewohner hatte. Ja, ich könnte wetten, dass es so war. Also hätte Ralphs Vater darüber Bescheid gewusst und der damalige Pfarrer auch. Und der Schreiner oder der Gutsarbeiter, der die Täfelung neu eingesetzt hat. Sehr gute Arbeit, wenn das mindestens fünfzig Jahre lang niemandem aufgefallen ist.«

»Das Problem ist bloß, dass niemand mehr hier ist, der sich daran erinnern kann.«

»Bis auf Ralph. Er muss noch ein kleiner Junge gewesen sein. Fragen wir ihn trotzdem.«

»Er ist heute nicht zu Hause. Ich hab's zuerst bei ihm versucht. Aber wir haben bis Dienstag Zeit. Bis Fitch zurückkommt.«

»Schönes Silber, sagen Sie?«

»O ja, in einem hervorragenden Zustand. Wir müssen es in die Kirche zurückholen, Peter. Selbst falls wir meinen, es sei zu kostbar, um es hier aufzubewahren, und uns entschließen, etliche Stücke zu verkaufen, könnten wir das Geld immer noch für etwas Besonderes verwenden. Aber mir wäre viel lieber, wir würden es behalten und an Kirchenfesten und Feiertagen aufstellen. Das wäre wunderbar. Wir müssten es irgendwie sicher verwahren, weil die Versicherungen es sonst nicht mit dem Schürhaken anrühren würden. Ich möchte nicht in Fitchs Haut stecken, wenn er es verkauft. Sie wissen ja, wie die Dörfler ticken. Vermutlich hacken sie ihn in Stücke, verbrennen ihn und tragen seinen Kopf auf einer Stange durchs Dorf.« Jimbo erschauerte bei dem Gedanken. »Wir sprechen am Wochenende mit Ralph und am Dienstag rufe ich die Empfangsdame an, die mir aus der Hand frisst, und frage sie, wann Fitch zurückkommt.«

»Was meinen Sie, sollten wir drei gemeinsam hingehen?«

»Na ja, ich hab's rausgekriegt, Ralphs Vater hat das Haus

gehört, als die Sachen dort versteckt worden sind, und Sie haben ein dienstliches Interesse daran. Ja, wir gehen gemeinsam hin.«

Obwohl er am folgenden Morgen keinen Grund hatte, zeitig im Laden zu sein, kam Jimbo früh, um die Gelegenheit zu ergreifen, Willie auf die Geschichte mit dem Silber anzusprechen.

Willie kam zur üblichen Zeit.

»Morgen, Willie, wollen Sie Ihre Zeitung holen?«

»Ja.« Willie ging zum Zeitungsregal und suchte sich sein Blatt aus.

»Willie, haben Sie irgendwelche Gerüchte über den Fund von altem Silber gehört, das Kirchenbesitz ist?«, fragte Jimbo.

Willie, der auf das Kleingeld in seiner Hand schaute, hob den Kopf. »Silber? Silber? Was für Silber?«

Jimbo erklärte es ihm leise, damit andere Kunden nichts davon mitbekamen.

»Moment. Juni 1940. Lassen Sie mich nachdenken.« Er kratzte sich am Kopf und schaute vor sich hin, während er sich mit dem Problem beschäftigte. »Na ja, im Juni 1940 war mein Dad der Mesner. Ja, stimmt. Mein Dad.«

Jimbo sah ihn begierig an. »Ist er noch am Leben?«

»Nein, nein, er ist 1943 gestorben. Mit vierundvierzig von 'ner Lungenentzündung hinweggerafft worden. Musste ja unbedingt im strömenden Regen gärtnern. Typisch. Der Pfarrer muss damals, lassen Sie mich überlegen, ja, das muss Edgar Levett gewesen sein. Pfarrer Edgar Levett, stimmt. Der ist aber auch tot. Ist zur Beerdigung seiner Schwester nach London gefahren und von einer V-2 getroffen worden. Und Ralphs Vater ist, wie wir wissen, in Malaya gefallen. Also ist niemand übrig. Die hätten es sowieso ganz geheim gehalten, oder? Ist kein

Thema, das man abends im Royal Oak rumerzählt. Vielleicht waren die drei die Einzigen, die gewusst haben, wo das Silber versteckt war. Sie haben es gesehen?«

»Stimmt. Schöne Stücke, Willie. Das dürfen wir dem alten Fuchs nicht durchgehen lassen.«

»Durchgehen lassen? Es ist doch klar wie Kloßbrühe, dass das Diebstahl wär. Würde sich gut in der Zeitung machen. ›Vorstandsvorsitzender stiehlt Kirchensilber.‹ Mein Blatt wär hell begeistert, wenn's an so 'ne Story rankäm.«

»Wie wahr. Kein Sterbenswörtchen darüber, Willie, erzählen Sie es keiner Menschenseele. Der Pfarrer weiß es, ich weiß es und jetzt wissen Sie's auch. Na ja, Pat auch, sie hat es schließlich rausgefunden.«

»Pat weiß es? Mein lieber Herr Gesangsverein. Bis zum Nachmittagstee weiß es das ganze Dorf. Jedenfalls muss der Pfarrer was unternehmen, und zwar schnell, sonst muss dieser Craddock Fitch um sein Leben rennen. Wenn Pat Duckett Bescheid weiß, können Sie das mit der Geheimhaltung gleich vergessen.«

»Willie! Sie hat mir auf Ehre und Gewissen versprochen, nichts verlauten zu lassen.«

»Ach ja? Ich geh jetzt. Muss ein Grab schaufeln und mich noch um 'ne Menge Sachen kümmern, bevor ich mit meiner Sylvia in Urlaub fahr.«

Jimbo schaute ihm nach. Alle tot. Was für ein Schlag. Andererseits war nach über fünfzig Jahren im Grunde nichts anderes zu erwarten gewesen. Jimbo erheiterte die Vorstellung, wie die Schlagzeilen lauten würden, falls es herauskam. Fitch würde bestimmt an die Decke gehen. Jimbo grinste. Dann fielen ihm sein Cateringvertrag mit dem Herrenhaus und das Geld ein, das dieser ihm monatlich einbrachte.

Aber es sollte noch über zwei Wochen dauern, bis Jimbo sich über dieses Dilemma schlüssig werden musste, denn Craddock Fitch reiste von Budapest nach Moskau und dann weiter nach Helsinki, ehe er nach Hause zurückkehrte.

3. Kapitel

Pat Duckett ging zeitig ins Royal Oak, in der Hoffnung, Willie und Sylvia heute Abend dort anzutreffen. Sie waren aus dem Urlaub zurück und hatten sicher viel zu erzählen. Die ganze Woche hatte Pat nur Jimmy und Vera als Gesprächspartner gehabt, und es war ruhig zugegangen. Falls Willie und Sylvia kamen, wurde es vielleicht ein bisschen lebhafter. Pat schob sich durch die Gäste und hoffte, ihr Lieblingstisch sei frei. Das war er. Also trug sie ihren Port mit Zitrone hinüber und setzte sich auf die Bank. Sie musterte die Menge. Heute Abend brummte der Laden, eindeutig. Es waren jede Menge echte Dorfbewohner da und dazu auch noch viele Gäste aus Culworth und Umgebung, die hier die ländliche Atmosphäre genossen und das gute Bier, das Bryn jetzt führte. Nicht dass Pat es getrunken hätte. Widerliches Gesöff. Das hatte ihren Duggie auf dem Gewissen, und nicht zu knapp.

Pat war entschlossen, das im Herrenhaus gefundene Silber nicht zu erwähnen. Das stellte ihre Selbstbeherrschung gewaltig auf die Probe, aber weil ihr Job bei Jimbo auf dem Spiel stand, wenn sie etwas ausplauderte, wären sie bloße fünf Minuten im Rampenlicht furchtbar teuer zu stehen gekommen. Wenn sie Jimbo ihre Unersetzlichkeit beweisen konnte, war es durchaus möglich, dass sie mit diesem kleinen Nebeneinkommen – zehn Pfund bar auf die Hand und keine

Fragen – ein etwas besseres Leben führen konnte. Es war heutzutage so teuer, Kinder zu ernähren und einzukleiden. Und Dean war so gut in der Schule, dass er bestimmt nicht mit sechzehn abgehen wollte. Duggie wäre stolz gewesen. Sie behielt die Tür im Auge, in der Hoffnung, ein Bekannter käme herein. Heute Abend spielte es keine Rolle, wer es war, sie brauchte einfach jemanden zum Reden.

Plötzlich flog die Schwingtür auf. Es war Jimmy Glover, der mit einer Zeitung in der Luft herumwedelte.

»Ich hab gewonnen! Meine Zahlen sind gekommen! Nach so vielen Jahren hab ich's endlich geschafft. Ihr sollt's alle wissen, ich hab's geschafft!«, brüllte Jimmy, so laut er konnte.

Bryn kam hinter der Theke hervor. »Nie im Leben, Jimmy! Du hast doch nie im Leben im Lotto gewonnen!«

»Hab ich doch, hier steht's schwarz auf weiß. Eben hab ich nachgeschaut und es stimmt. Ich hab gewonnen.«

»Wie viel?«

»Weiß nicht. Weiß ich nicht. Aber ich hab gewonnen und ich bin mir ziemlich sicher, dass es 'ne Menge Geld ist. Seit fünfundzwanzig Jahren spiel ich Lotto und heute hab ich's geschafft. Endlich! Endlich!«

Pat stand aufgeregt auf. Einen Moment lang durchfuhr sie ein Stich Neid. Warum hatte sie nicht gewonnen? Schlechte Chancen, sie hatte schließlich nie einen Lottoschein ausgefüllt. Sie eilte zu Jimmy, um ihm zu gratulieren. »Wunderbar. Wunderbar. Ich freu mich so für dich, Jimmy, du hast ja keine Ahnung, wie mich das freut. Das ist ja wie im Märchen. Was glaubst du, wie viel ist es?«

»Weiß nicht, aber es ist bestimmt 'ne Menge. Was möchtest du trinken, Pat?«

»Gin Tonic, wo du zahlst. Was bist du doch für ein Glückspilz, Jimmy. Ich kann's nicht fassen. Toll! Einfach toll!«

Bryn rief nach seiner Frau. »Georgie! Komm raus, komm

schon, komm raus. Alan, gib Jimmy einen Drink aufs Haus, zur Feier seines Gewinns. Das könnten Tausende sein, Jimmy, Tausende.«

»Es könnte 'ne Million sein, aber so viel ist es nicht, Tausende reichen mir. Wo steckt dieser Willie Biggs? Noch nicht da? Erzählt mir die ganzen Jahre, ich sollte mir bloß keine Hoffnungen auf 'nen Gewinn machen, aber ich hab gewonnen.«

»Der kommt sicher bald, hab vor ein paar Stunden gesehen, wie er aus dem Urlaub zurückgekommen ist.« Bryn klopfte Jimmy auf den Rücken und die Gäste versammelten sich um ihn und gratulierten ihm ebenfalls.

»Lieber Himmel, Jimmy, jetzt kannst du dir 'ne neue Mütze kaufen.«

»Jetzt kriegst du jede Menge Freunde, Jimmy, ungeflunkert.«

»Herzlichen Glückwunsch, Jimmy.«

»Jetzt redest du bestimmt nicht mehr mit uns und wir müssen dir die Füße küssen.«

»Von wegen, ich weiß noch, wie Jimmy der Hosenboden raushing und Miss Evans ihm welche geliehen hat, die sonst die Hosenpisser bekommen haben.«

»Ach, halt doch die Klappe.«

Jimmy, völlig außer sich vor Begeisterung über seinen Gewinn, sagte zu Bryn, er würde allen einen ausgeben und zahlen, wenn er seinen Gewinn kassiert hatte.

»Für mich das neue Bier, Alan, und nicht zu knickrig eingeschenkt.«

»Gin Orange und einen Cinzano mit Limonade für meine Alte.«

»Werd bloß nicht frech, von wegen Alte!«

»Bier für mich, Alan, und zwar ein bisschen plötzlich. Ich hab 'nen Durst, der reicht für zwei!«

Alan Crimble, der Barkellner, servierte das Gewünschte mit dem gewohnt einschmeichlerischen Lächeln im Gesicht. Georgie, zierlich und hübsch, schloss sich Bryns Glückwünschen an.

»Wunderbar für Sie, Jimmy, freut mich wirklich. Aber seien Sie vorsichtig, ganz gleich, wie viel es ist, es wird bald weg sein. Haben Sie schon Pläne?«

»Ich hab schon oft darüber nachgedacht und mir schon vor Jahren überlegt, dass ich Geschäftsmann werd, wenn ich gewinn.«

Die ganze Bar brach in schallendes Gelächter aus. »Du, als Geschäftsmann! Das ist ja 'ne echte Lachnummer. Welche Branche?«

»Schrotthandel?«

»Lumpensammler?«

»Wie wär's mit Jagdaufseher? Da wär er gut drin. Jede Menge Erfahrung!«

»Nein. Wetten, dass er Handelsbanker wird?«

»Verflixt noch mal, die in der City müssen aufpassen. Die legt Jimmy innerhalb von 'ner Woche aufs Kreuz!«

»Das gibt 'nen internationalen Bankenskandal.«

»Ach wo. ›Unbekannter Lottogewinner erobert die City im Sturm.‹«

Jimmy machte ein verletztes Gesicht und Georgie übernahm es, der Hänselei ein Ende zu machen. »Das reicht. Passt ihr nur alle gut auf euch auf, bald bringt Jimmy euch bei, wo's langgeht, stimmt's, Jimmy?«

Jimmy tippte sich mit dem Zeigefinger an den Nasenflügel und lächelte Georgie an. »Die sollen sich ruhig über mich lustig machen, aber wer zuletzt lacht, lacht am besten.« Er lehnte sich über die Theke und flüsterte Georgie etwas ins Ohr. Sie hörte aufmerksam zu und die Gäste, die Jimmy aufgezogen hatten, sperrten die Ohren auf, um etwas mitzubekommen.

»Das ist eine gute Idee.« Georgie zwinkerte ihm zu und sagte dann: »Wartet ihr's nur ab. Euch steht 'ne Überraschung bevor. Wann wissen Sie, wie viel Sie gewonnen haben, Jimmy?«

»Am Montag oder Dienstag, aber genau erst am Mittwoch, da wird die Quote veröffentlicht. Vielleicht kommen die in einem dicken Rolls Royce angefahren, um's mir zu sagen. Kann's kaum erwarten. Stellt euch bloß vor: der erste Glover, der im Geld schwimmt! Ich lass mir morgen zur Feier des Tages mit der Milch 'nen halben Liter Sahne bringen. Den Malcolm trifft der Schlag, ganz ungeflunkert.«

»Vielleicht könntest du erst mal deine Rechnung bezahlen, mir hat er letzte Woche erzählt, dass er bald nicht mehr bei dir vorbeikommt.«

»Keine Bange, ich zahl den schon, wie sich's gehört, wenn ich erst mal mein Geld in der Tasche hab.« Jimmy ging mit dem Glas in der Hand zu seinem Lieblingsplatz gegenüber der Bank, die der Tür am nächsten war, und setzte sich mit seiner Zeitung hin, um sein Glücksgefühl noch einmal voll und ganz auszukosten.

Die anderen Gäste nahmen sich ihre Gratisgetränke von der Theke, kehrten zu ihren Plätzen zurück und zerrissen sich die Mäuler über die Ungerechtigkeit, dass ein Taugenichts es zu Geld brachte, während sie ihr Leben lang hart gearbeitet und nur einen Hungerlohn verdient hatten. Aber Jimmy Glover war das egal. Sein Tag war gekommen. Die Aufregung überwältigte ihn und er rief: »Wenn's recht ist, Bryn, hätte ich gern eine Tüte Salznüsse, bitte.«

Jemand rief: »Oh, Jimmy ist ja der reinste Großkapitalist!«

Jimmy dachte an einen Spruch von Miss Evans, der so gut wie alles war, woran er sich aus der Schule erinnerte: *Der Strom der menschlichen Geschäfte wechselt: Nimmt man die Flut wahr, führet sie zum Glück.* Genau so würde er es machen. Er schaute ungeduldig zur Tür und wünschte sich, Willie käme herein, damit er ihm von seinem Glück erzählen konnte.

Er genoss die Zeit im Rampenlicht. Er würde es ihnen zeigen. Endlich eine Chance, Erfolg zu haben, sich aus dem Sumpf zu ziehen und einen Platz an der Sonne zu bekommen, von dem er oft geglaubt hatte, alle Welt habe ihn, nur er nicht. Wenn er so weit war, würde er sich einen neuen Hund anschaffen. Einen kleinen Jack Russell wie Sykes. Aber er würde ihn nicht Sykes nennen, es würde nie einen zweiten Sykes geben. Ein Kloß stieg ihm in den Hals, als er an seinen alten Freund dachte. Dieser Hund war ihm elf Jahre ein ergebener Gefährte gewesen. Ach ja. Der Gefühlsüberschwang des Abends verwandelte sich in einen Missmut, den er schwer abschütteln konnte.

Ehe die Gäste gingen, kamen sie zu ihm herüber, bedankten sich bei ihm und gratulierten ihm noch einmal, aber er konnte sich nicht ganz von seiner Melancholie losreißen. Wenn seine Mary noch am Leben wäre, hätte er ihr jetzt ein angenehmes Leben bieten können. Von Mary war ihm nichts geblieben außer ein paar vergilbten Fotos und ihrem Ehering in dem Holzkästchen von seiner Mutter, in dem er außerdem eine Locke ihres gemeinsamen Kindes aufbewahrte. Mit wem konnte er sein Geld, zu dem er gekommen war, jetzt teilen? Mit niemandem.

Pat ging zu ihrer Lieblingsbank zurück und setzte sich Jimmy gegenüber.

»Und was willst du jetzt mit deinem Geld anfangen, Jimmy?«

»Weiß noch nicht, Pat.«

»Als Erstes könntest du dir eine neue Mütze kaufen.«

Jimmy überhörte ihre Bemerkung. »Mal sehen, wie viel es ist, dann überleg ich mir's. Möcht gern das Cottage renovieren. Ein Bad und eine neue Küche einbauen. Es streichen lassen und so und dann werd ich Geschäftsmann.«

»Als was?«

»Verrat ich nicht.«

»Das ist gemein, dass du's nicht verraten willst! Was hast du denn überhaupt gelernt?«

»Nicht viel. Schau mal, da kommt Willie! Hierher, Willie, einen Drink für Mr. Biggs, wenn ich bitten darf, Alan.« Willie kam herüber und streckte die Hand aus. »Lass dir die Hand schütteln, Jimmy, Thelma hat geklopft und mir die gute Nachricht erzählt. Ich hab vor dir noch keinen gekannt, der im Lotto gewonnen hat, und das nach allem, was ich zu dir gesagt hab. Herzlichen Glückwunsch. Freut mich wirklich und meine Sylvia lässt schön grüßen. Sie freut sich riesig für dich. Lieber Himmel, Pat, demnächst wird's ein Pfund kosten, wenn man mit ihm reden will.«

Jimmy brummte. »Von wegen. Ich halte es wie alle Großgewinner: Für mich ändert sich gar nichts, ich gehe am Montag wie üblich zur Arbeit.«

»Zu welcher Arbeit?« Pat und Willie fingen an zu lachen, hörten aber auf, als sie merkten, dass Jimmy gekränkt war.

»Jetzt kannst du verreisen, du kannst dir so eine schicke Karibikkreuzfahrt mit der Queen Elizabeth 2 leisten«, sagte Willie und nickte Alan zu, der seinen Drink an den Tisch brachte.

»Zerbrich dir nicht den Kopf über meinen Urlaub, du kommst doch eben erst aus deinem zurück. Wie war's denn in Cornwall?«

»Na ja, ich muss schon zugeben, dass meine Frau und ich es wunderschön hatten, das Wetter war ausgezeichnet, fast jeden Tag hat die Sonne geschienen, und...« Pat und Jimmy sahen ihn an, als stünden sie unter Schock; Jimmy hätte sich fast an seinem Bier verschluckt und Pat blieb der Mund offen stehen.

»Wir konnten jeden Tag was unternehmen. Cornwall ist wirklich ideal für Flitterwochen, seid ihr mal dort gewesen?« Er schaute unschuldig zu den beiden auf und trank dann einen langen Schluck Bier, während er auf ihre Reaktion wartete.

»Willie!«, rief Pat. »Du hast doch nicht etwa geheiratet, ohne einem Menschen was davon zu sagen, oder?«

Jimmy machte ein ungläubiges Gesicht. »Geheiratet? Nie im Leben, Willie, oder etwa doch?«

In der Bar wurde es still. Alle Blicke waren auf Willie gerichtet. Er schaute in sein Glas und war vor Vergnügen ganz rot im Gesicht.

»Doch, wir haben geheiratet. Tatsache.«

Die anderen Gäste versammelten sich um ihn, um die Neuigkeit zu hören.

»Wo?«

»Hier in der Kirche.«

»Hier in der Kirche? Das ist ja nicht zu fassen! Wann?«

»An dem Tag, an dem wir weggefahren sind.«

Pat widersprach. »Aber ihr seid um halb zehn weggefahren, ich hab das Taxi kommen sehen.«

»Der Pfarrer hat uns um acht getraut und um halb zehn sind wir abgefahren.« Die Gäste sprachen Willie und seiner Frau ihre Glückwünsche aus. »Vielen herzlichen Dank euch allen, ich richt's Sylvia aus, wenn ich nach Hause komm, sie wird sich freuen.«

Pat brachte ihre Enttäuschung zum Ausdruck. »Wir haben nicht mal was vom Aufgebot mitbekommen.«

»Sondergenehmigung.«

»Aha. Das war schlau, oberschlau. Ich muss schon sagen, ich wundere mich über dich, Willie. Bist Mesner und heiratest klammheimlich, sagst keinem ein Wort. Wir hätten euch so gern mit 'nem richtig großen Bahnhof verabschiedet. Ich bin wirklich enttäuscht.«

»Ich kann's nicht ändern. Sylvia wollte in aller Stille heiraten.«

»Na, das ist euch ja wohl auch gelungen.«

»Unsere Trauung war uns sehr wichtig, Pat, und wir wollten uns ganz auf das konzentrieren können, was wir sagen, und deshalb haben wir es so beschlossen. Der Pfarrer und Dr. Harris waren ein bisschen enttäuscht, aber schließlich waren sie unserer Meinung.«

»Wer war denn sonst noch dabei? Denn wer's auch war, er hat keinen Mucks verraten.«

»Der Pfarrer natürlich, Dr. Harris mit den Zwillingen, Sir Ralph und Muriel.«

»Oh, ich verstehe, die durften dabei sein, aber wir nicht, obwohl wir dich schon eine Ewigkeit kennen. Das kränkt mich echt, Willie, verlass dich drauf.«

Jimmy stöhnte. »Ein Mann hat das Recht, so zu heiraten, wie's ihm passt. Wenigstens hat er sie zu einer anständigen Frau gemacht.«

Willie verbat sich das. »Es reicht, danke. Das zwischen Sylvia und mir geht nur uns beide etwas an.«

Pat lachte. »Schon gut, Willie. Krieg dich wieder ein.« Sie wandte sich Jimmy zu und fragte: »Bist du also der Nächste, wo du jetzt so viel Geld hast?«

Jimmy strich sich mit dem Zeigefinger über den Schnurrbart und lächelte verschlagen. »Na ja, ich hatte dran gedacht, mal bei dir auf den Busch zu klopfen, aber das wär vielleicht keine gute Idee.«

Bei dem Gedanken wurde Pat fuchtig, woraus sie auch keinen Hehl machte. »Ich und dich heiraten? Da kannst du warten, bis du schwarz wirst. Als ob ich nicht schon genug Sorgen hätte, auch ohne dich, deine stinkenden Klamotten, deine Frettchen und deine Gänse. Wenn ich noch mal heirate, dann nur 'nen Reichen.«

»Aber genau das ist er doch jetzt, Pat. Reich.« Willie grinste sie an und sie zögerte einen Moment lang und sagte dann: »Der müsste schon Millionär sein, eh ich ihn heiraten tät.«

»Vielleicht ist er ja einer, man kann nie wissen.«

Jimmy gratulierte Willie zur Hochzeit und sagte, er freue sich echt für ihn und hoffe, sie würden sehr glücklich werden.

Die Gespräche in der Bar stiegen zu einem Crescendo an. Jimmys Lottogewinn und jetzt die Nachricht von Willies Hochzeit sorgten für Verblüffung. »Wir kommen zwar nicht viel herum, aber uns wird ganz schön was geboten«, sagten die Leute. Es war fast so aufregend wie an dem Abend, als sich die arme Sharon McDonald, möge sie in Frieden ruhen, und ihre Mutter hier in der Bar gestritten hatten, oder wie an jenem Tag, als die Bar gerammelt voll gewesen war und Betty McDonald Willie einen Schlag auf die Nase versetzt hatte und um ein Haar auf den Pfarrer eingeprügelt hätte. Etliche gingen früher als beabsichtigt, um die Neuigkeiten weiterzuerzählen. Andere blieben in der Hoffnung, im Laufe des Abends noch mehr Neues zu erfahren oder, was noch besser gewesen wäre, zu weiteren Lokalrunden eingeladen zu werden.

Jimmy unterbrach Pat bei einer Geschichte über die Schule und sagte: »Ich hab mir was überlegt. Jetzt ist es schon eine Woche her, dass Bryn den Speisesaal aufgemacht hat, und bestimmt ist der Laden inzwischen in Schwung gekommen. Möchtest du heute Abend dort mit mir essen?«

»Das wär wirklich reizend, Jimmy«, sagte Pat, ohne zuzugeben, dass sie schon zu Hause gegessen hatte, schließlich waren es nur Hamburger und Fritten mit Eiskrem als Nachtisch gewesen. Sie ertrug den Gedanken nicht, sich ein kostenloses Essen entgehen zu lassen. Es war das erste Mal, dass Jimmy überhaupt einen solchen Vorschlag machte.

»Was ist mit dir, Willie, hast du Lust, deine Sylvia herzuholen und mit uns zu essen? So eine Art Doppelfeier, könnte man sagen. Das bist du uns schuldig, weil wir deine Hochzeit verpasst haben. Ich zahle. Bryn schreibt mir's bis nächste Woche an.«

»Vielen Dank auch.« Willie stand auf. »Ich geh sie gleich holen.«

Als er die Stocks Row entlang nach Hause ging, zählte Willie die Tage seit seiner Hochzeit. Neun Tage, neun ganze Tage. Wie in aller Welt sie es geschafft hatten, es geheim zu halten, würde ihm ewig unerfindlich bleiben. Er lachte leise in sich hinein, als er daran dachte, wie Mr. Harris zwischen der Orgel und dem Altar hin und her gerannt war. Bloß gut, dass er nicht nur Pfarrer war, sondern auch Orgel spielen konnte. Wunderbare Musik, der Pfarrer spielte ganz ausgezeichnet. Als seine Sylvia den Mittelgang entlangkam, konnte er nicht fassen, wie wunderschön sie aussah. Sie trug ein silbergraues Kleid, das genau zu ihren wunderschönen, großen grauen Augen passte. Sie legte ihre Hand in seine und sah ihn mit so viel Liebe im Blick an, dass ihm ganz demütig zumute wurde. Dann konnte Sir Ralph natürlich den Ring nicht finden und suchte in allen Taschen, bis er schließlich in Muriels Handtasche zum Vorschein kam. Muriel war scharlachrot geworden, unübersehbar. Sie hatten alle gelacht. Das war das Beste an einer Hochzeit in aller Stille: Es war viel – was war das richtige Wort? – viel freundlicher, ja, das stimmte, irgendwie persönlicher. Der Pfarrer hatte ein wunderbares, triumphierend klingendes Stück gespielt, als sie ausgezogen waren, und aufgehört, als sie das Portal erreichten, damit die Leute im Dorf nichts hörten und sich nicht fragen konnten, was da los sei. Danach hatte es im Pfarrhaus ein herrliches Champagnerfrühstück gegeben und dann kam presto das Taxi und weg waren sie. Nicht viele Männer in Willies Stellung hatten einen Baronet als Trauzeugen.

Sie hatten in der Kirche für Fotos posiert. Dr. Harris hatte sie aufgenommen und seit sie wieder zu Hause waren und Willie die Bilder gesehen hatte, wusste er, dass es wirklich geschehen war.

»Sylvia, Liebes, wo bist du?«

»Hier drin, hast du Jimmy gesehen?« Sie stand in der kleinen Küche und fing eben mit der Zubereitung des Abendessens an.

»Ja, er ist vor Aufregung ganz aus dem Häuschen. Er will wissen, ob wir Lust haben, mit ihm in Bryns neuem Speisesaal zu Abend zu essen, um mit ihm zu feiern.«

»Das wäre reizend. Jetzt gleich? Du meinst, heute Abend?«

»Ja. Liebes, das mit uns wissen alle.« Er trat hinter sie und legte die Hände um ihre Taille.

»Wie haben sie's rausgekriegt?«

»Ich hab's ihnen erzählt.« Willie küsste sie aufs Ohr.

»Willie!«

»Warum nicht? Ich bin doch so stolz auf dich. Die sind alle total von den Socken. Morgen früh weiß es das ganze Dorf.«

»Ja, warum auch nicht? Soll ich mich umziehen?«

»Nein, du siehst fabelhaft aus, wie du bist. Komm, Liebes, ich bin am Verhungern. Die Hochzeitsfotos können wir Ralph und Muriel am Montag vorbeibringen. Morgen ist Sonntag, da hab ich zu viel zu tun. Komm schon, stell das weg. Lass uns gehen.«

4. Kapitel

Sir Ralph frühstückte eben zu Ende und genoss es rundum, von einer liebevollen Frau umsorgt zu werden, als sie den Postboten an der Tür hörten. Muriel konnte nicht widerstehen, sofort nachzuschauen, was er gebracht hatte, und so stand sie vom Frühstückstisch auf, um die Post von der Matte zu holen. Pericles, dessen schwarze Nase scharf gegen sein weißes Fell abstach, jaulte so heftig, wie es sein Alter erlaubte, und stellte sich auf die Briefe. Muriel schob ihn beiseite und als sie sich bückte, klopfte es so laut und dringlich an der Haustür, dass sie einen Schreck bekam. Sie machte die Tür auf und Willie Biggs stand davor.

»Oh, Sie sind's, Willie, Sie haben mich erschreckt. Guten Morgen, wie geht es Ihnen?«

»Sehr gut, vielen Dank, und Ihnen?«

»Sehr gut, vielen Dank.«

»Es ist früh, ich weiß, aber ich war doch verreist und hab heute Morgen 'ne Menge zu tun. Ich bring Ihnen unsere Hochzeitsfotos. Sylvia und ich möchten, dass Sie sich Bilder aussuchen, dann lassen wir Abzüge machen und schenken sie Ihnen und Ralph.«

»Das ist doch nicht nötig…«

»Unbedingt, ich bestehe darauf. Man heiratet schließlich nicht jeden Tag.«

»Da haben Sie Recht. Gut, vielen Dank, vielen herzlichen Dank. Ich freue mich wirklich auf die Bilder. Wiedersehn, Willie.«

»Guten Tag.« Er schritt munter davon. Muriel ging ins Esszimmer zurück.

»Schau, Ralph, mein Lieber, die Hochzeitsfotos. Ich kann's gar nicht erwarten, sie anzuschauen. Mach mal Platz, wir dürfen sie nicht bekleckern.« Muriel lächelte Ralph an und sein Herz machte einen Sprung. Er konnte sich nie an die Freude gewöhnen, dass Muriel nach den vielen Jahren der Trennung wieder mit ihm zusammen war. Er hatte nie im Leben etwas Besseres getan, als ins Dorf zurückzukehren, Muriel wiederzufinden und sie dazu zu überreden, ihn zu heiraten. Er erwiderte das Lächeln und schob seinen Teller beiseite, um Platz zu schaffen. Carolines Fotos waren vortrefflich geraten und sie freuten sich beide daran.

»Oh! Schau dir das hier an, Ralph, da machst du wirklich ein ernstes Gesicht.«

»Es ist nun einmal eine ernste Angelegenheit, dem Bräutigam die Braut zu übergeben und auch noch als Trauzeuge zu fungieren. Das hier von dir ist gut, wirklich sehr gut. Das müssen wir haben. Schau dir das hier an, Willie grinst wie ein Kater, der an der Sahne genascht hat! Das hier ist auch gut, auf dem Sylvia und ich drauf sind.«

»Schauen wir uns die Bilder nachher doch noch mal an und überlegen uns, welche wir wollen. Wir dürfen nicht zu viele Abzüge aussuchen, so betucht sind die beiden nicht. Du hast heute Morgen eine Menge Post, Ralph. Soll ich sie in dein Arbeitszimmer bringen?«

»Ja, bitte, meine Liebe. Ist noch eine Scheibe Toast da?«

»Natürlich, so viel Toast, wie du möchtest.«

Muriel brachte Ralph noch eine Scheibe Toast und gab ihm einen Kuss auf den Kopf. Sie fuhr über sein weißes Haar, gab ihm noch einen Kuss und sagte: »Du musst dir die Haare schneiden lassen.«

»Ja, ich weiß, das steht diese Woche in meinem Terminkalender. Ich glaube, ich fahre dazu in die Stadt.«

»In die Stadt? Du meinst, nach Culworth?«

»Nein. Nach London. Komm mit, dann gehen wir ins Theater oder in die Oper, wenn dir das lieber ist, und du kannst einen Einkaufsbummel machen. Ich muss mich um ein paar geschäftliche Angelegenheiten kümmern und du könntest einkaufen, während ich …«

»Ralph! Liebend gern, allerdings mache ich lieber eine Stadtrundfahrt als einen Einkaufsbummel. Ja, ich komm mit. Bist du fertig, Lieber?«

»Ja, danke. Diese Marmelade ist ausgezeichnet, du musst Jimbo ein Lob aussprechen, wenn du das nächste Mal in den Laden kommst. Also morgen, abgemacht. Wirf einen Blick in die *Times* und such dir ein paar Stücke aus und morgen früh geht's los. Ich bin mir sicher, dass Ron und Sheila Pericles nehmen, obwohl es so kurzfristig kommt. Ich mache meine Post auf, während du dich darum kümmerst.«

»Erst räume ich den Tisch ab und mache in der Küche sauber, dann geh ich mal rüber.« Muriel beschäftigte sich mit dem Abräumen und damit, in der Küche Ordnung zu schaffen. Der Umzug in dieses größere Haus war ihr anfangs nicht leicht gefallen, aber jetzt fragte sie sich, wie sie je in einem so kleinen Haus wie Glebe Cottage zurechtgekommen war. London, wie sehr sie diese Stadt doch liebte. Sie waren in Südfrankreich gewesen, Ralph plante noch in diesem Jahr eine Reise nach New York und Muriel hatte während ihrer Flitterwochen in Australien auch dort alle möglichen Orte kennen gelernt, aber London war ihr am allerliebsten. Das nannte sie ihr Kulturerbe und jedes Mal, wenn sie das sagte, brachte es Ralph zum Lächeln.

Muriel war gerade dabei, das Brotmesser in die Spülmaschine zu legen und ihre Küche ein letztes Mal zu inspizieren, als Ralph »Muriel!« rief. Sie erschrak so, dass sie das Brotmesser fallen ließ. Es flog auf den Boden. Sie griff sich ans Herz und sagte: »Oh, Ralph, was ist denn nur mit dir?« Sie stürzte ins Arbeitszimmer, darauf gefasst, dass ihm plötzlich übel geworden war.

Ralph saß mit einem Brief in der Hand am Schreibtisch. Sein gut aussehendes Gesicht war ganz rot vor Aufregung. Als Muriel hereinkam, sagte er: »Hast du gehört, dass die Methodistenkirche geschlossen wird?«

»Geschlossen? Nein, wirklich?«

»Offenbar ja. Sie schließen die hiesige Kirche und bauen die in Little Derehams aus. Die Leute in Little Derehams waren schon immer ein bisschen seltsam.«

»Ralph! Ich muss doch sehr bitten.«

»Du weißt schon, was ich meine.«

»Warum ist es für dich so wichtig, ob die Methodistenkirche geschlossen wird? Du bist doch nie dort zum Gottesdienst gewesen.«

»Nein, meine Liebe, das stimmt. Das hier ist ein Brief vom Council, in dem man mir alles darüber mitteilt.«

Muriel setzte sich auf einen Stuhl und beschloss, auf Ralphs Erklärung zu warten. Er drehte das Blatt um und las weiter. Muriel bewunderte ihn dabei. Es war eine Tatsache, dass sie nie müde wurde, ihn zu bewundern. Was für ein Gedanke, dass sie sich früher – zu ihrer Schande – davor gegraust hatte, sein wunderschönes aristokratisches Profil jeden Morgen auf dem Kissen neben dem ihren zu erblicken. Was war sie doch für eine törichte, fehlgeleitete Frau gewesen. Die Methodistenkirche wurde geschlossen. Na und. Sie stand seit rund hundertvierzig Jahren dort auf dem Brachland.

Ralph legte den Brief weg und sagte: »Das Brachland, wie

alle es nennen, hat meiner Familie gehört. Mein Ururgroßvater hat den Methodisten die Genehmigung erteilt, dort ihre Kirche zu bauen, gegen eine Art Pacht. Ein Florin an jedem Neujahrstag, so war es. Ich erinnere mich noch daran, wie die Methodisten ins Herrenhaus gekommen sind, um meinem Vater die Pacht zu bezahlen. Ich war immer der Meinung, meine Mutter hätte den gesamten Grundbesitz an den Council verkauft, als mein Vater fiel, auch das so genannte Brachland. Aber sie können in den Archiven keinen Grundbucheintrag darüber finden und haben festgestellt, dass der Council zwar davon ausgegangen ist, er hätte damals mit dem Gut auch das Brachland erworben, jetzt aber zu dem Schluss kommt, dass ihm das Grundstück nie rechtsgültig übereignet worden ist. Folglich gehört immer noch mir das ganze Land um den Turnham Beck herum. Ist es zu fassen? Ich muss nur einen Grundbucheintrag besorgen.«

»Aber was hast du davon, Ralph? Es ist doch bloß ein Stück Land voller Gestrüpp. Freilich, die Bäume sind schön. Ich habe im Frühling immer so viel Freude an den Buchen, dann sieht ihr Laub so frisch und so ganz besonders grün aus. Und dann die Weiden, die ihre Zweige zum Bach hin neigen. Ich freue mich auch auf die Entenküken im Frühling.«

»Was ich davon habe? Wenn bewiesen ist, dass es dem Council tatsächlich nie gehört hat und es all die Jahre mein Besitz war, ohne dass ich davon wusste, dann kann ich tun, was ich mir schon immer gewünscht habe, und den Dorfbewohnern Häuser zum Mieten zur Verfügung stellen.«

Muriel sprang entsetzt auf. »Häuser daraufstellen? Oh, Ralph, das kann doch nicht dein Ernst sein!«

»Möchtest du denn nicht, dass die Leute aus dem Dorf hier wohnen bleiben können? Junge Ehepaare können es sich jetzt nicht mehr leisten, Häuser zu kaufen. Wenn sie etwas mieten könnten, würden sie hier bleiben. Wenn nicht, stirbt das Dorf aus.«

»Aber die Buchen, Ralph, die würden alle gefällt werden müssen. Und der wunderschöne Bach! Pericles schnüffelt so gern dort herum und planscht im Wasser. Es wäre grauenhaft, das zu zerstören. Einfach grauenhaft.« Wie aufs Stichwort kam Pericles ins Arbeitszimmer und erinnerte Muriel daran, dass es Zeit für seinen Spaziergang war. Sie bückte sich, um ihn zu tätscheln.

»Muriel, meine Liebe, dass ich die Absicht habe, Häuser zu bauen, heißt doch nicht, dass ich den Bach verschwinden lasse. Wo in aller Welt sollte ich dann mit dem Wasser hin? Nein, der Bach wäre ein Teil des Bauplans und du könntest weiter mit Pericles dort spazieren gehen, weil das von alters her ein öffentlicher Fußweg ist, der bewahrt werden müsste.«

»Bist du sicher?«

»Ja, bin ich.« Ralph nickte energisch und sagte dann: »Es ist sowieso noch nichts entschieden. Wenn du zurückkommst, gehen wir auf den Dachboden, holen die alte Truhe aus dem Herrenhaus herunter und sehen die Papiere darin durch. Vielleicht finden wir etwas, was die Angelegenheit klärt.« Er stand auf, nahm ihre Hand, hob sie an seine Lippen und küsste sie. »Zerbrich dir nicht den Kopf, meine Liebe, und sag niemandem etwas über unser Gespräch von heute Morgen. Kein Wort.« Ralph legte einen Finger an die Lippen und lächelte. Muriel lächelte ihn schwach an und zog sich dann zurück. Sie holte ihren Mantel, ihre Handschuhe und Pericles' Leine.

Bis auf ihre Meinungsverschiedenheit wegen Jimmy und seinen Kaninchenfallen war das in Muriels Augen der größte Konflikt, den sie seit ihrer Heirat austragen mussten. Als sie Pericles von der Leine ließ und ihm beim Wegflitzen nachschaute – wie schaffte er das in seinem Alter bloß –, hielt sie inne und freute sich am Anblick der Bäume und am Geplätscher des Baches. Häuser in dieser zauberhaften Landschaft. Obwohl es noch nicht Frühling war, sahen das Gras und die Bäume durch den vielen Regen ganz frisch aus und hier und dort zeigten sich an den Bäumen die ersten Anzeichen für neues Leben; die Zweige trugen winzige Knospen und das Gras sah nach dem langen Winter erholter aus. Muriel stand auf der kleinen Fußgängerbrücke, die der Council über den Bach hatte bauen lassen, lehnte sich an das Geländer und schaute dem Wasser zu, das über die Kiesel strömte. Pericles sprang hinein und planschte unter der Brücke herum. Muriel rief nach ihm und als er unter der Brücke auftauchte, schaute er hoch und wedelte mit dem Schwanz. Muriel versuchte, sich Häuser, Häuser, Häuser vorzustellen. Zäune und Garagen, Rasen und Rabatten, auf den Wegen herumliegende Fahrräder, über die Zäune ragende Kinderschlitten … O nein, Ralph, das kam schlicht und einfach nicht in Frage.

Als sie mit Pericles nach Hause kam, war Ralph nicht im Erdgeschoss. Sie rief seinen Namen, bekam aber keine Antwort. Dann hörte sie auf dem Dachboden dumpfe Geräusche und als sie dort nachschaute, mühte Ralph sich schon mit der Truhe ab.

»Du bist wieder da, meine Liebe. Wollen wir die Truhe nach unten schaffen oder sehen wir uns die Papiere hier oben an?«

»Ralph, ich will nicht, dass du auf diesem Land Häuser baust.«

Er sah sie überrascht an. »Sieh es mal anders, Muriel. Schon jetzt gehören drei Dorfcottages Leuten, die sie nur als Wochenendhäuser nutzen. Außerdem ist dein Cottage an eine Frau verkauft worden, die nur von Zeit zu Zeit hier ist. Mit dem Cottage, das früher Toria Clark gehört hat, wird das Gleiche passieren, weil Dickie und Bel Tult so gut wie nie hier sind. Nehmen wir mal an, ein junges Ehepaar aus dem Dorf möchte hier leben und seine Kinder großziehen. Wo sollten sie wohnen? Nirgends. Und das heißt, dass die Schülerzahlen langsam so zurückgehen werden, dass es sich schließlich gar nicht mehr lohnt, die Schule zu betreiben. Dann geht es noch weiter nach unten, weil wir keine Menschen mehr anlocken können, die Kinder haben. Wer hat schon Lust, kleine Kinder jeden Tag in den Schulbus nach Culworth zu setzen? Jimbos Laden würde darunter leiden, die Kirche würde darunter leiden und auch das Royal Oak…«

Muriel musste wider Willen lächeln. »Vielleicht wäre das gar nicht so schlimm, nach dem, was Samstagnacht los war!«

Ralph lachte. Sie standen immer noch unter dem Eindruck, wie das halbe Dorf nach der Sperrstunde eine Polonaise veranstaltet hatte, angeführt von Jimmy, der am folgenden Morgen den schlimmsten Kater aller Zeiten gehabt haben musste. »Immerhin hatte er was zu feiern, oder?«

»Stimmt. Ich begreife, worauf du hinauswillst, was die Schule betrifft. Erst neulich hat Michael Palmer mit mir darüber gesprochen. Er hat gesagt, wenn es noch mehr Kürzungen im Bildungswesen gibt, werden sie als nächste Sparmaßnahme die Schule schließen. Bringen wir doch die Truhe nach unten, trinken vor dem Kamin eine Tasse Kaffee und sehen die Papiere durch. Wir könnten den ganzen Tag lang dafür brauchen, aber das macht nichts, wir haben heute ja sonst nichts vor.«

Sie tranken beide Kaffee vor dem Kamin und aßen zu Mittag, während sie in der Truhe kramten. Ralph wurde beim Lesen immer wieder abgelenkt und an alte Zeiten erinnert. Er entdeckte sogar eine alte Buchhaltungskladde, in der Muriels Vater als Obergärtner auftauchte. »Schau mal, Muriel. Henry Hipkin, vier Pfund. Und in der Woche darauf wieder, Henry Hipkin, vier Pfund. Das war vor deiner Geburt. Für die damalige Zeit wurde er ganz ordentlich bezahlt, oder? Er hatte ja auch noch das Haus und so viel Obst und Gemüse als Deputat, wie er essen konnte. Möglicherweise bekam er sogar noch Fleisch, wenn ein Schwein oder ein Schaf geschlachtet wurde.« So ablehnend Muriel dem ganzen Projekt gegenüberstand, sie geriet ganz in Wallung und stöberte mit Entzückensrufen in der Truhe, wenn sie auf etwas Interessantes stieß. Als sie das Tablett mit dem Geschirr vom Mittagessen in die Küche brachte, stieß Ralph einen Triumphschrei aus. »Wir haben's geschafft, ich habe den Grundbucheintrag gefunden.« In Muriels Ohren klang das wie ein Todesurteil.

Als sie am nächsten Morgen nach London aufbrachen, hatte Ralph den Grundbucheintrag in der Aktentasche, dazu die Korrespondenz über den Verkauf des Anwesens.

An jenem Morgen kam Linda in den Laden und sprudelte über vor Neuigkeiten. Sie schloss wie üblich auf den letzten Drücker das Gitter vor dem Postschalter auf, richtete sich dahinter für die Arbeit ein und erzählte gleichzeitig Jimbo, was ihr Cousin Kev gesagt habe.

»Also, unser Kev weiß alles darüber, weil er in der Planungsabteilung arbeitet, wissen Sie. Das macht eins fünfundzwanzig, Mrs. Goddard. Schöner Tag, nicht? Danke. Der Nächste! Fünfundzwanzig Pence für eine Briefmarke erster Klasse, stimmt so, danke. Wo war ich? O ja, er sagt, das Brachland, auf dem die Methodistenkirche steht oder bald nicht mehr steht, weil die Gemeinde ja umzieht, haben Sie das gewusst? Jedenfalls schließen die und ich dürfte Ihnen das gar nicht erzählen, aber ich kann's einfach nicht für mich behalten, Kev sagt, das Brachland hat die ganze Zeit Sir Ralph gehört und nicht dem Council. Und da bauen die eine Fußgängerbrücke, stellen Papierkörbe auf und fällen Bäume, obwohl ihnen das Land überhaupt nicht gehört und an jedem Stockstag verpachten sie es an den Jahrmarkt und streichen die Gebühren ein. Wetten, dass Sir Ralph das ganze Geld zurückverlangen könnte? Wär für ihn doch ein ganz netter Batzen, was meinen Sie, Mr. Charter-Plackett?«

»Ich meine, dass die Jahrmarktspacht kaum so viel ausmachen dürfte, dass Sir Ralph deswegen ein Riesentheater veranstalten wird. Linda, hat das alles nicht Zeit? Wenn es streng geheim ist, sollten wir das nicht hier besprechen, oder?«

»Entschuldigen Sie, Mr. Charter-Plackett. Ich erzähle Ihnen den Rest in meiner Kaffeepause.«

Jimbo brauchte nicht bis zu Lindas Kaffeepause zu warten, schon die nächste Kundin, die hereinkam, kolportierte den neuesten Klatsch.

»Haben Sie das gehört, Mr. Charter-Plackett? Der Council baut hundert Häuser auf dem Brachland, wenn die Methodistenkirche abgerissen wird. Das gehört sich doch nicht, oder?«

»Hundert Häuser? Das geht doch gar nicht, dafür ist das Grundstück nicht groß genug.«

»Jedenfalls hat der Council das vor. Das ist doch skandalös! Schlicht und einfach ein Skandal. Wetten, dass das Ganze Sir Ralph überhaupt nicht gefällt? Er will doch bestimmt, dass das Dorf so bleibt, wie es immer war. Wir müssen eine Bürgerinitiative gründen. Mit einem Adligen an der Spitze hätte so was Gewicht.«

»Wo haben Sie denn das her?«

»Von meiner Nichte, die arbeitet beim Council, schiebt den Teewagen durch die Büros. Sie hört alles, was sich dort tut, glauben Sie mir. Und da tut sich eine ganze Menge. Die Verwaltung feiert wilde Partys, Sie glauben nicht, was sich da abspielt. O ja. Widerlich! Es heißt« – sie kam näher und flüsterte Jimbo ins Ohr –, »dass sie bei den Partys sogar Partnertausch machen!«

Jimbo griff hinter der Kasse nach einem Zettel und einem Stift und sagte: »Geben Sie mir die Telefonnummer, ich versuch, für Harriet und mich eine Einladung zu bekommen.«

Einen Moment lang nahm die Kundin ihn ernst, dann merkte sie, dass er zwinkerte. »Oh, Mr. Charter-Plackett, da hätten Sie mich ja beinah erwischt. Ich halt Sie jedenfalls auf dem Laufenden.« Sie erwiderte sein Zwinkern, nahm ihre Einkäufe und ging.

Jimbo stellte sich hundert Häuser vor und überlegte, welche Auswirkung sie auf seinen Umsatz haben würden. Prächtig. Was für eine rundum prächtige Vorstellung. Trotzdem, wenn das Land, wie Linda behauptete, Sir Ralph gehörte, müsste es schon mit dem Teufel zugehen, wenn dort Häuser gebaut würden. Da hatte jemand was falsch verstanden. Andererseits, hundert Häuser. So viele neue Kunden würden den Laden aufblühen lassen, sein Partyservice florierte ohnehin, der Versandhandel gedieh unter dem Adlerauge seiner Schwiegermutter und den Vertrag für das Catering im Herrenhaus hatte er außerdem in der Tasche. Sie würden buchstäblich im Geld schwimmen. Jimbo rieb sich bei der Aussicht die Hände.

»Und warum reibt sich der Besitzer des Dorfladens von Turnham Malpas derart freudig die Hände?«

Jimbo fuhr herum. Harriet stand vor ihm. »Liebling! Wo kommst du denn her?«

»Aus dem Büro, Mutter brauchte Verstärkung beim Versandgeschäft, da bin ich eingesprungen.«

»Ich hab dir doch gesagt, das darfst du nicht, schon gar nicht in anderen Umständen.«

»Ich bin fit wie ein Turnschuh, Jimbo, und es sind immerhin noch drei Monate, so dass ich durchaus noch überflüssige Energie habe.«

»Übertreib's nicht, Liebling, bitte.«

»Bestimmt nicht. Und warum reibst du dir nun die Hände?«

Jimbo nahm sie beim Arm und führte sie ins Lager. Als Harriet auf seinem Hocker saß, erzählte er ihr den vormittäglichen Klatsch. »Aber wir sagen kein Wort dazu. Mir ist gleich, wer zum Teufel die Häuser baut, für uns würde es jedenfalls eine riesige Umsatzsteigerung bedeuten.«

»Es wird Jahre dauern, buchstäblich Jahre, bis sie gebaut werden. Bis zum ersten Spatenstich könnten mit den ganzen Protesten und Eingaben drei bis vier Jahre vergehen.«

»Eigentlich glaube ich, dass es mit den Fundamenten für hundert Häuser mit einem Spatenstich nicht getan ist.«

»Warten wir's ab. Ralph und Muriel sind bestimmt dagegen und wir müssen uns da ganz raushalten.«

»Genau. Wir ergreifen für keine Seite Partei, wir halten uns aus dem Getümmel raus.«

»Schön wär's.«

5. Kapitel

Am folgenden Samstagabend waren Willie und seine Sylvia mit Pat und Jimmy, Pats Nachbarin Vera und Veras Mann Don auf einen Drink im Royal Oak verabredet. Sie wären sehr viel lieber zu Hause geblieben und hätten sich einen Film aus Jimbos neu eingerichteter Videothek angesehen, aber Jimmy hatte darauf bestanden.

»Vera und Don waren letzte Woche bei einer Beerdigung, hatten also keine Gelegenheit, einen Drink auf deine Hochzeit und meinen Lottogewinn zu heben. Ihr müsst also kommen, ihr werdet ja beide richtige Stubenhocker, und das geht einfach nicht.«

»Schon gut, schon gut.« Willie sagte widerstrebend zu.

»Also Punkt sieben.«

»Gut, ja, und werft euch ein bisschen in Schale, dann lad ich euch wieder zum Essen in Bryns Speisesaal ein. Ich krieg ein richtiges Faible dafür. Esst also nichts, bevor ihr in die Bar kommt.«

Willie gab die Nachricht an seine Sylvia weiter und die beiden gaben sich besondere Mühe, schick auszusehen. Etwa fünf vor sieben betraten sie die Bar. Es waren noch kaum Gäste da und ihr Gastgeber stand im Rampenlicht. Sylvia stieß scharf die Luft aus, als sie Jimmy an der Theke stehen sah. Als Erstes fielen ihr seine Füße auf – sie steckten nicht in seinen alten, abgewetzten, schmutzigen Stiefeln, sondern in ladenneuen schwarzen Schuhen. Er stellte den gut beschuhten Fuß auf die Messingstange unterhalb der Theke und stützte sich mit einem Ellbogen auf den Tresen.

»Na so was, Jimmy, du siehst ja schick aus. Schau ihn dir bloß an, Willie.«

Die Verwandlung machte nicht bei den Füßen Halt. Die dreckige alte Mütze war verschwunden, genau wie die alte grüne Jacke und die zahllosen Pullover, die er immer getragen hatte. Sie waren einem eleganten dunkelgrauen Anzug gewichen, einem weißen Hemd und einer umwerfenden Krawatte. Er war sauber rasiert und hatte einen guten Haarschnitt. Selbst sein Schnurrbart, seit einer Ewigkeit eine feste Einrichtung im Dorf, war verschwunden; die frisch rasierte Oberlippe wirkte blass im Kontrast zu seinem schmalen, sonnengebräunten Gesicht.

Willie stupste ihn am Ellbogen. »Ich kann die Veränderung gar nicht fassen, Jimmy, du bist ja nicht wieder zu erkennen.«

»Da siehst du mal, was Geld ausmacht!«

Sylvia befühlte das Tuch des Anzugs. »Und ob. Du siehst ja nach einer richtig guten Partie aus, ganz ungeflunkert.«

»Danke, Sylvia, danke. Freut mich, dass ich dir gefalle. Hab nie Geld ausgeben können, weißt du.«

»Schieß schon los«, sagte Willie. »Erzähl uns, wie viel du gewonnen hast.«

»Weil ich dich ja schon kenne, seit wir beide noch in die Windeln geschissen haben, erzähl ich's dir, aber ich will nicht, dass diese Wichtigtuer es mitkriegen.« Er nickte in Richtung der drei übrigen Gäste. »Will nicht, dass die mich anbetteln, weißt du.« Er sprach ganz leise. »Einundfünfzigtausend Pfund und fünfundsiebzig Pence.«

Willie pfiff verblüfft durch die Zähne. »Kann's nicht fassen. Hätt nie geglaubt, dass du es schaffst, weißt du. Da muss man schon von einem Wunder sprechen.«

»So seh ich das auch. Ein Wunder, wirklich.« Sylvia reckte sich und gab ihm einen Kuss. »Ich freu mich so für dich, ganz ehrlich, Jimmy. Mach das Beste draus, hau's nicht auf einmal auf den Kopf.«

Jimmy klopfte sich an den langen, mageren Nasenflügel und sagte: »Ich hab schon jede Menge Pläne. Wartet's nur ab.«

Vera, Don Wright und Pat stießen zu ihnen. Sie suchten sich einen größeren Tisch als üblich aus und setzten sich alle. Willie machte einen Vorschlag. »Sollten wir nicht lieber einen Tisch im Speisesaal reservieren? Es ist doch Samstag, da könnte es voll werden.«

Jimmy versicherte ihm, das habe er schon erledigt. Vera drängte ihn, ihr zu verraten, wie viel er tatsächlich gewonnen hatte, als die Tür aufging und der Pfarrer hereinkam. Peter, seiner Größe wegen mit gesenktem Kopf, stand auf der Schwelle und musterte die Barbesucher. Er sah besorgt aus und schien außer Atem zu sein.

Willie stellte sein Glas ab, wischte sich mit dem Handrücken den Mund und rief: »Guten Abend, Sir, suchen Sie mich?«

»Ah, da sind Sie ja. Guten Abend allerseits. Willie, ich befürchte, wir haben es mit einem Notfall zu tun. Sie müssen mitkommen, im Gemeindehaus ist eingebrochen worden.«

»O nein! Ist viel gestohlen worden?«

»Ich hab gedacht, das können Sie besser beurteilen als ich. Können Sie gleich kommen? Tut mir Leid, die Runde zu stören.«

»Wir kommen alle mit, Herr Pfarrer«, meinte Don, »vielleicht sind die Einbrecher noch in der Nähe.«

»Stimmt, danke, das ist eine gute Idee.« Die Männer standen auf und auch Pat und Vera schlossen sich ihnen an. Willie meinte, die Frauen sollten nicht mitkommen, das sei gefährlich, aber Pat sagte: »Und das ganze Vergnügen verpassen? Im Leben nicht. Komm schon, Sylvia, nimm deinen Schirm mit, vielleicht brauchen wir ihn.«

Die sechs eilten die Stocks Row entlang, bogen in die Church Lane ein, passierten das Tor und liefen die Zufahrt zum Gemeindehaus hinauf. Es stand dunkel da. Willie ging voraus und versuchte es am Haupteingang. »Offen!« Er tastete an der Wand nach den Lichtschaltern und tauchte das Gemeindehaus in Licht. Es war völlig leer.

Eine einsame Trompete stimmte »Treulich geführt« an und aus dem Nichts kamen Stimmen, die fröhlich den Text sangen. Am Ende des Liedes gingen die Türen zu der Küche und dem kleinen Saal auf und in den großen Saal strömten so gut wie alle Nachbarn, Freunde und Kinder, die Willie kannte. Sylvia lief aus reiner Freude rot an. Alle drängten nach vorn, schüttelten ihnen die Hände und wünschten ihnen Glück.

»Haben die Hochzeit verpasst, mussten also irgendwie feiern!«

»Wetten, dass die Überraschung gelungen ist, stimmt's?«

»Das war ganz allein die Idee von Dr. Harris, was, Herr Pfarrer?«

Peter lachte und nickte. »Ja, da haben Sie Recht.«

Mitten im Trubel wandte sich Willie an Peter und sagte: »Da haben Sie uns ja einen ganz schönen Streich gespielt, Sir! Ein Einbruch im Gemeindehaus, was für ein Märchen!«

»Das war die reine Wahrheit. Die ganzen Leute hier sind eingebrochen. Da musste ich doch kommen und Ihnen Bescheid sagen, oder?« Peter lächelte ihn an, er genoss den Scherz.

»Ist Dr. Harris hier?«

»Sie ist zu Hause bei den Zwillingen. Ich gehe gleich hinüber, dann kommt sie zu Ihnen.«

Jimbo Charter-Plackett stieg auf einen Stuhl. »Meine Damen und Herren, ehe das Fest richtig anfängt, hat meine Tochter Flick Ihnen etwas zu sagen. Komm her, Flick, wo steckst du denn?«

Eine kurze Pause entstand, dann tauchte Flick in der Küchentür auf, mit einem riesigen Blumenstrauß in den Händen. Alle lächelten. Sie mochten Flick, ihre fröhliche Persönlichkeit und ihr Lächeln und hörten sie gern reden. Sie warteten auf ihre Ansprache.

Flick machte einen Knicks und sagte dann: »Mr. und Mrs. Biggs, diese Blumen sind für Sie von uns allen, weil wir Ihnen zeigen wollen, wie sehr wir uns über Ihre Hochzeit freuen und hoffen, dass Sie sehr glücklich werden.« Sie flüsterte verschwörerisch: »Und im kleinen Saal stehen jede Menge Geschenke, Sie werden nicht fassen, wie viele das sind!« Sie knickste wieder und überreichte Sylvia die Blumen. Alle lachten und klatschten und Sylvia bückte sich, umarmte Flick und gab ihr einen Kuss.

Jimbo stieg wieder auf den Stuhl. »So, meine Damen und Herren, ich bitte um Ruhe. Ruhe bitte. Jetzt ist es an der Zeit, dass das Brautpaar das Büfett eröffnet. Wir haben für ein wahrlich königliches Paar ein wahrhaft königliches Büfett aufgebaut. Vorwärts!«

Alle blieben zurück, bis sich die Braut und der Bräutigam an die Spitze der Schlange gesetzt hatten und in den kleinen Saal vorangingen. Dort stand ein mit Essen beladener Tisch, der die ganze Wandbreite einnahm, und in der Mitte prangte eine schöne zweistöckige Hochzeitstorte, oben geschmückt mit einer kleinen Silbervase mit Blumen. Die Blumen waren dunkelrosa und den Rand der Torte schmückten Zuckergussblumen in diversen Rosatönen, abgestimmt auf die echten Blumen oben auf der Torte. Um die Torte herum ringelten sich Schleifenbänder in silbrigem Weiß und in Rosa. Auf einem weiteren Tisch stapelten sich die Geschenke. Sylvia brach in

Freudentränen aus. Willie gab ihr sein Taschentuch und legte ihr dann mit strahlendem Gesicht den Arm um die Schulter.

»Eine Rede!«, forderten die Gäste.

»Meine Sylvia und ich möchten euch für dieses wunderschöne Fest danken. Es muss seit Jahrhunderten das bestgehütete Geheimnis in Turnham Malpas gewesen sein, wir hatten überhaupt keine Ahnung.« Von hinten rief jemand: »Wir haben uns die größte Mühe gegeben, ein Geheimnis noch besser zu hüten als du, Willie Biggs! Eine Hochzeit, von der keiner von uns etwas weiß.« Alle lachten. Willie nahm den Scherz zur Kenntnis und sprach weiter. »Und was dich betrifft, Jimmy, du verschlagener alter Mistkäfer, wir sprechen uns noch. Nochmals vielen Dank, wir werden nicht vergessen, wie lieb es von euch allen war, das hier zu planen. Wir sind sehr glücklich und hoffen, dass ihr es auch seid. Auf einen wunderbaren Abend!«

Als alle gegessen und Willie und Sylvia die Hochzeitstorte angeschnitten hatten, kämpfte sich Venetia Mayer, die kurz vorher verschwunden war, mit einem riesigen, in Geschenkpapier eingewickelten Paket durch die Tür. Alle versammelten sich um sie. Was in aller Welt mochte da drin sein? Auf Venetia war Verlass, wenn es um dramatische Effekte ging. Jeremy weigerte sich, es zu verraten. »Abwarten«, sagte er nur. »Abwarten.«

Sylvia schälte das Papier ab. Sie machte den Deckel auf und heraus schwebten drei riesige, mit Wasserstoff gefüllte herzförmige silberne Ballons. Alle verrenkten sich die Hälse, um zu sehen, was daraufstand. Einer trug die Inschrift »Herzlichen Glückwunsch«, der zweite vermeldete »Willie liebt Sylvia«, der dritte »Sylvia liebt Willie«. Willie band die Schnüre der Ballons an einen Stuhl und alle riefen: »Gib der Braut einen Kuss.« Das tat er. Dann legte Jimbo eine Kassette ein und sie fingen an zu tanzen. Willie und Sylvia eröffneten den Ball ganz allein. Willie war kein guter Tänzer, er war aus der Übung, seit er als junger Mann ins Palais in Culworth gegangen war, aber er hielt sich wacker, seiner Sylvia zuliebe.

Um elf Uhr an jenem Abend schloss Caroline die Pfarrhaustür auf. Sie rief nach oben: »Peter, ich koche mir eine Tasse Tee, möchtest du auch eine?«

»Ja, bitte, Liebling. Hast du dich gut amüsiert?«

»Und wie, ich bin völlig erschöpft! Ich komme gleich. Sind die Zwillinge okay?«

»Beide bestens, den ganzen Abend lang kein Mucks.«

Caroline brachte den Tee nach oben und stellte ihn auf Peters Nachttisch. Sie schaute nach den Zwillingen und stopfte Beth die Decke etwas fester, deren Angewohnheit es war, sich frei zu strampeln und mitten in der Nacht bis aufs Mark ausgekühlt aufzuwachen. Alex lag auf dem Rücken, die Hände neben dem Kopf, und schlief tief. Im Verlauf der Wochen wurde seine Ähnlichkeit mit Peter immer ausgeprägter. Die Tatsache, dass er sein Kind war, ließ sich nicht verbergen. Völlig ausgeschlossen.

Caroline machte sich bettfertig und legte sich neben Peter, der im Bett saß und las. Er fragte, wie ihr der Abend gefallen habe.

»Es war wunderbar. Ich bin so froh, dass mir das eingefallen ist. Wir konnten doch nicht zulassen, dass sie so klammheimlich heiraten, ohne dem Dorf eine Gelegenheit zum Feiern zu geben, oder? Ich muss zugeben, dass ich mir nicht sicher war, ob die beiden das mitmachen, aber sie haben es getan. Es war ein fantastischer Abend. Jimbo ist ein glänzender Zeremonienmeister, er bringt alle in Schwung, ganz gleich, wie zurückhaltend die Leute sind. Wir haben getanzt und gesungen und Spiele gespielt, aber plötzlich bin ich furchtbar müde geworden und habe sie allein weiterfeiern lassen. Jimbo hat jetzt

Kassetten mit schottischen Tänzen aufgelegt und Alan Crimble, der behauptet, er habe schottisches Blut in den Adern, bringt ihnen die Tänze bei. Sie haben alle so gelacht, dass ich mir nicht vorstellen kann, wie sie überhaupt etwas lernen sollen. Was für ein Abend!«

»Das war ein bestens gehütetes Geheimnis, Liebling. Hier ist dein Tee.«

»Danke. Es war ein wahrlich gut gehütetes Geheimnis, obwohl ich nicht weiß, wie wir das geschafft haben, wo das Dorf doch so versessen auf Klatsch ist! Ich habe mich auf dem Fest mit Pat Duckett unterhalten. Ich werde Jimbo fragen, ob er nicht bei seinem Partyservice etwas mehr Arbeit für sie hat. Sie ist sehr knapp bei Kasse, sie hat mir erzählt, wie schwer sie es hat.«

»Ich hab gedacht, du wolltest dich amüsieren, nicht die Pfarrfrau spielen.«

»Kann's auch nicht ändern, die Leute vertrauen sich mir nun mal an. Muss an meinem Gesicht liegen.«

»Ich liebe dieses Gesicht jedenfalls. Jimbo, Ralph und ich fahren am Montag zum Herrenhaus, zu unserem Termin mit dem berühmten Craddock Fitch. Ich hab so ein Gefühl, dass Jimbo nicht mehr ganz so begeistert ist, aber Ralph ist wegen der ganzen Sache furchtbar wütend.«

»Weiß er was darüber, wie das Silber versteckt worden ist?«

»Überhaupt nichts, er war damals im Internat. Und einem kleinen Jungen hätten sie das doch wohl sowieso nicht erzählt. Wäre ein bisschen zu viel von ihm verlangt gewesen, es geheim zu halten. Er ist jedoch entschlossen, alles wieder dorthin zurückzubringen, wo es hingehört, auch wenn wir uns entschließen sollten, einen Teil davon für die Reparatur des Kirchturms zu verkaufen. Auf alle Fälle könnte uns ein Riesentheater bevorstehen. Ich begreife wirklich nicht, wie Fitch überhaupt einen Anspruch auf das Silber erheben kann. Er muss nicht ganz dicht sein.«

»Vielleicht ist ihm die Macht zu Kopf gestiegen. Der Tee war himmlisch, ich war so ausgetrocknet.«

»Ich nehm dir die Tasse ab. Zufrieden?«

»O ja, genauer gesagt, im Paradies.« Caroline kuschelte sich unter die Decke. Peter legte sich neben sie. Er nahm ihre Hand, hielt sie an seine Lippen und küsste sie.

»Ich bin froh. Und ob. Gott segne uns. Gute Nacht.«

6. Kapitel

Jeremy Mayer begrüßte sie an der Tür.

»Willkommen in Turnham House, Herr Pfarrer.« Er schüttelte Peter die Hand. »Gleichfalls willkommen, Sir Ralph, freut mich, dass Sie hier sind. Hallo, Jimbo, wie geht's denn so?« Jimbo fiel auf, dass Jeremy noch mehr zugenommen hatte, seit sein Leben in sicheren Bahnen verlief. Die dicklichen Finger umklammerten Jimbos Hand mit feuchtem Griff und Jimbo steckte unauffällig die jetzt klamme Hand in die Hosentasche und rieb sie am Taschentuch ab.

»Guten Morgen, Jeremy«, sagte Peter. »Wir haben uns ja eine Ewigkeit nicht gesehen.«

»Hab viel zu tun gehabt, Herr Pfarrer, Sie wissen ja, wie das ist, ein neues Projekt, neues Terrain zu entdecken braucht seine Zeit. Hier entlang, bitte. Ah! Da ist Venetia. Hinreißend wie immer.«

Venetia, die sehr fit aussah, trug einen plüschigen weißen Jogginganzug mit lila Streifen an den Hosenbeinen. Ein weißes Frotteeband hielt ihr die schwarze Mähne aus dem Gesicht. Ihre Bräune, unterstützt von einer dicken Schicht Schminke, hätte dunkler nicht sein können. Sie begrüßte die Besucher, als wären sie eben von einer gefährlichen Expedition an eine ferne Küste zurückgekommen.

»Was für eine Riesenfreude, Sie wieder zu sehen, Peter!« Sie hielt ihm die Wange zum Küssen hin. Er senkte den Kopf und tat ihr pflichtschuldig den Gefallen. Jimbo begrüßte sie, indem sie die Arme um ihn warf und ihn herzhaft auf beide Wangen küsste. »Jimbo! Sie Schatz. Ich muss mir merken, öfter im Laden vorbeizuschauen, ich hatte ganz vergessen, was für ein reizender Mann Sie sind.« Dann wandte sie sich Sir Ralph zu und hielt ihm geziert die Hand hin. »Sir Ralph, was muss es doch für eine Freude für Sie sein, in Ihr altes Zuhause zurückzukommen! Sie werden feststellen, dass es sich gewaltig verändert hat. Aber ganz zu seinem Vorteil. Mit der neuen Zentralheizung ist es jetzt so schön warm! Wenn Ihre Besprechung zu Ende ist, kommen Sie doch zu mir, dann führe ich Sie herum und zeige Ihnen die Verbesserungen. Jeremy, Liebster, bringst du alle in Cra… in Mr. Fitchs Büro?«

»Bin eben dabei, meine Liebe.« Er watschelte voraus auf den Raum zu, den Ralph als Bibliothek in Erinnerung hatte. Niemand hätte ihm angesehen, wie sehr er litt. Schon in der Halle hatte er Gespenster aus seiner Kindheit gesehen. Der Butler schritt mit der Post seines Vaters auf einem Silbertablett hindurch. Seine Nanny hielt ihn an der Hand und brachte ihn zum Spazierengehen an das Portal. Seine Mutter, nach Lavendel duftend, zog sich vor dem Kirchgang mit Vater die Handschuhe an. Er selber als kleiner Junge trug, gekleidet in seinen Sonntagsstaat, den er verabscheute, ihr Gesangbuch. Bei Venetias Worten blutete ihm das Herz. Verbesserungen, weiß Gott! Entweihung wäre der Sache näher gekommen. Der Teufel sollte ihn holen, wenn dieser Eindringling mit dem Verkauf des Kirchensilbers davonkam, falls es sich tatsächlich um das Kirchensilber handelte. Dieser vulgäre Emporkömmling machte sich in seinem Zuhause breit und spielte sich auf. Der Teufel sollte Ralph holen, wenn er ihm das durchgehen ließ. Er betrat die Bibliothek, drückte den Rücken durch und bereitete sich auf das Scharmützel mit dem Feind vor.

Sein Feind war ein schmächtiger, mittelgroßer Mann mit blassem Gesicht, dem Aussehen nach Mitte bis Ende Sechzig. Der zornige, kampflustige Ausdruck in den durchdringenden blauen Augen passte gut zu dem leicht höhnischen Lächeln auf seinen Lippen. Der dichte Haarschopf war silberweiß, die Haut so glatt, als wäre er sehr viel jünger. Er stand auf, als sie hereinkamen.

Jeremy machte sie miteinander bekannt. Craddock Fitch gab ihnen der Reihe nach die Hand und begrüßte sie mit einem Überschwang, den sein Blick nicht ganz teilte. »Mayer, holen Sie bitte Stühle für meine Gäste.«

Jeremy rückte im Halbkreis um Mr. Fitchs Schreibtisch herum Stühle zurecht und trat dann beiseite. Mr. Fitch bot Kaffee an. Alle drei lehnten ab.

»Was gibt's denn, Charter-Plackett?« Mr. Fitch schaute sich in der Bibliothek um und sah Jeremy am Fenster stehen. »Ich rufe nach Ihnen, wenn ich Sie brauche, Mayer.« Jeremy schlich beschämt hinaus. Ralph biss die Zähne zusammen. Peter überlegte, warum Mr. Fitch derart aggressiv war.

»Ja?« Mr. Fitch sah sie der Reihe nach an.

Jimbo nickte Ralph zu, der sich räusperte. »Uns ist zu Ohren gekommen, dass Sie im Zuge der Umbauarbeiten an diesem Haus auf bestimmte silberne Gegenstände gestoßen sind, deren Untersuchung ergeben hat, dass sie der Dorfkirche gehören.«

»Tatsächlich?«

»Ja«, sagte Ralph mit Nachdruck.

»Und wenn dem so ist, was dann?«

»Die Stücke gehören der Kirche, nicht dem Haus. Wir sind zu dem Schluss gekommen, dass sie während des Zweiten Weltkriegs heimlich hierhergebracht wurden, als England im Juni 1940 von einer deutschen Invasion bedroht war. Offensichtlich hatte man vor, sie der Kirche nach Einstellung der

Feindseligkeiten zurückzugeben. Alle drei Männer, von denen wir annehmen, dass sie daran beteiligt waren, darunter mein Vater, sind vor Kriegsende gestorben, so dass kein Versuch unternommen wurde, das Silber zurückzubringen, weil außer den Dreien niemand wusste, wo es versteckt worden war. Es muss unverzüglich zurückgegeben werden.«

»Auf welcher Rechtsgrundlage?«

»Auf der Rechtsgrundlage, die für alle anständigen Menschen gilt.«

»Ich habe dieses Haus mit allem Drum und Dran gekauft. Mir gehört das Dach, das repariert werden muss, mir gehören das vernachlässigte Grundstück, die Mauern, die Ställe, der Garten, alles gehört mir. Beim Bauumgang habe ich erfahren, dass in den Wänden im Ostflügel Schimmel sitzt, aber ich habe nicht gesagt, das geht mich nichts an, ich habe alles so übernommen, wie es war. Deshalb gehört auch das Silber mir, ausschließlich mir. Guten Tag, meine Herren.« Er stand mit einem verschlagenen Lächeln in den Mundwinkeln auf. Sein Blick wanderte schnell von einem zum anderen, schätzte die Reaktionen ein, aber im Grunde interessierte es ihn nicht.

Peter bat ruhig um eine Gelegenheit, die Fundstücke zu sehen.

»Aus Achtung vor Ihrem Klerikerkragen will ich es Ihnen gestatten. Ergreifen Sie die Gelegenheit beim Schopf, ich bringe die Stücke in den nächsten Tagen nach London, Sie werden sie nie mehr zu Gesicht bekommen. Charter-Plackett, ich muss Sie kurz sprechen. Wollen Sie meine Schätze sehen?«

»Nein, das überlasse ich Sir Ralph und dem Pfarrer«, erwiderte Jimbo, ohne zuzugeben, dass er die Sachen schon gesehen hatte. Mr. Fitch drückte auf einen Knopf der Gegensprechanlage und rief Fenella herein. Sie führte Ralph und Peter hinaus und als Mr. Fitch ein Telefonat entgegennahm, drehte sie sich um und zwinkerte Jimbo zu.

Peter war tief bewegt, als er sah, was Fenella aus dem Safe holte. Er wiegte ein Stück nach dem anderen andächtig in den Händen. »Oh, die sind wunderbar, ganz unglaublich. Einer Kathedrale würdig. So was von prächtig. Was für ein Gedanke, dass sich seit über fünfzig Jahren niemand daran erfreuen durfte. Das ist schlicht und einfach ein Unrecht.«

Fenella, der Peters unverhohlene Bewunderung der Stücke peinlich war, bemerkte: »Wunderschön, nicht wahr? Es muss Sie sehr traurig stimmen, dass sie weggebracht werden sollen.«

Ralph kam Peters Antwort zuvor. »Verdammt noch mal, wenn's nach mir geht, werden sie nicht weggebracht.« Er funkelte Peter zornig an. »Wenn Sie nicht darum kämpfen, dann mach ich's. Ich kann mich nicht daran erinnern, etwas davon in der Kirche gesehen zu haben, aber schauen Sie sich die Gravuren an: Das ist Kircheneigentum und es ist kriminell, es zu verkaufen.« Er beobachtete, wie Peter liebevoll über die Verzierung eines großen Altartellers strich. Ralph sagte schroff: »Ja, in diesem Fall kann Fitch nicht gewinnen.«

Das Silber wurde der Reihe nach wieder sorgfältig eingewickelt und im Safe verstaut. Peter stand auf und fragte Ralph, was er zu unternehmen gedenke.

»Ich sage Fitch, dass er genau drei Tage Zeit hat, zur Vernunft zu kommen, ehe ich zur Tat schreite. Als Erstes spreche ich mit dem Sohn eines Freundes. Er ist Enthüllungsjournalist und bei der Gelegenheit, einer Berühmtheit aus der City etwas anzuhängen, läuft ihm das Wasser im Mund zusammen. O ja, ich kämpfe mit allen Mitteln.« Er machte kehrt und verließ das Büro.

Fenella machte ein erschrockenes Gesicht. »Er will sich doch nicht etwa mit Mr. Fitch anlegen?«

»Ich glaube, genau das hat er vor.«

»Dann würde ich an Ihrer Stelle hier bleiben, Herr Pfarrer.«

»Ich gehe ihm lieber nach und stehe ihm bei.«

Ralph ging ohne anzuklopfen in Mr. Fitchs Büro. Jimbo und Fitch beugten sich über Papiere auf dem Schreibtisch und verglichen ihre Notizen. Mr. Fitch schaute auf, als Ralph hereinplatzte. »Erlauben Sie mal, haben Sie noch etwas dazu zu sagen?«

Ralph stützte sich mit den Händen auf den Schreibtisch. Sie standen sich gegenüber wie zwei Kämpfer in einer römischen Arena. »Allerdings. Wenn Sie dieses Silber verkaufen, ist das unverfrorener, eindeutig unverfrorener Diebstahl und ich werde dafür sorgen, dass einem äußerst angesehenen Blatt der Boulevardpresse alle Einzelheiten darüber zugehen. Zum Donnerwetter noch mal, Mann, nehmen Sie Vernunft an. Zwingen Sie mich nicht dazu. Das ist nicht meine Art, aber ich werde etwas unternehmen, wenn Sie auf dem Verkauf bestehen. Drei Tage«, er hob drei Finger, »nur drei Tage haben Sie Zeit. Wenn das Silber am Donnerstag um Mitternacht nicht wieder im Besitz des Pfarrers ist, rufe ich am Freitagmorgen als Erstes meinen Kontaktmann an.«

»Aha. Und die Kirche bezahlt mir den Marktwert, nicht wahr?«

Ralph schnaubte zornig und gab zurück: »Glauben Sie ja nicht, Sie könnten mit mir Schlitten fahren. In mir haben Sie einen ebenbürtigen Gegner gefunden, Mr. Craddock Fitch. Sie sollten sich meine Worte zu Herzen nehmen.«

Er verließ das Büro mit Peter im Schlepptau. Jimbo faltete die Computerausdrucke zusammen, die sie sich angeschaut hatten, und steckte sie in einen Umschlag. Als Ralph weg war, sagte er: »Sie wären gut beraten, auf ihn zu hören, er ist kein Trottel.«

»Er hat nicht hier hereinzustolzieren und mich mit seinem

moribunden aristokratischen Imponiergehabe einzuschüchtern. Diese Zeiten sind vorbei, endgültig vorbei, sonst stünde er jetzt hier in der Bibliothek und nicht ich.«

Jimbo schüttelte bekümmert den Kopf. »Machen Sie nicht den Fehler, ihn zu unterschätzen. Er hat Beziehungen in den richtigen Kreisen, glauben Sie mir. Zu Ihrem Pech wird das ganze Dorf hinter ihm stehen und ob Sie's glauben oder nicht, das ist eine Macht, die Gewicht hat. Machen Sie keinen Fehler.« Jimbo wandte sich zum Gehen. »Ich schau mir die Ausdrucke zu Hause an. Sag Ihnen sobald wie möglich meine Meinung dazu. Guten Tag.«

Peter und Ralph warteten in Ralphs Mercedes auf Jimbo. Ralph umklammerte das Lenkrad so fest, dass seine Fingerknöchel weiß hervortraten. Peter schwieg. Jimbo setzte sich auf den Rücksitz und sagte nach einer Weile: »Danke, dass Sie so direkt waren, Ralph. Das musste gesagt werden.« Nach einer Pause wollte er wissen: »Haben Sie wirklich einen guten Kontaktmann in der Fleet Street?«

»Selbstverständlich. Fitch ist erledigt, wenn ich mit ihm fertig bin. Sagen Sie ihm das, falls er auf Sie hört.«

»Das habe ich ihm schon gesagt.«

»Gut. Wir können nur hoffen, dass er so viel Verstand besitzt, das Richtige zu tun. Sonst ist Fitch samt seiner AG am Ende.« Er ließ den Motor aufheulen, legte den Gang ein und sie schossen mit Höchstgeschwindigkeit die Einfahrt hinunter. Jimbo und Peter wünschten sich, sie hätten sich dafür entschieden, zu Fuß nach Hause zu gehen.

Jimbo, der nach der albtraumhaften Rückfahrt ins Dorf immer noch bleich im Gesicht war, band sich im Lager die Metzgerschürze und die Fliege um, setzte sich den Strohhut auf, nahm sich einen Kaffee aus der Maschine für die Kunden und bezog seinen Posten hinter der Kasse.

Für einen Montagvormittag herrschte im Laden recht viel Betrieb. Hinter dem Regal mit den Frühstücksflocken hatte sich ein kleiner Auflauf gebildet, die Leute waren heftig am Streiten. Von Einkaufen war keine Rede mehr, die Gruppe verharrte mit den Körben am Arm, nickend, mit fuchtelnden Fingern und gesenkten Stimmen. Jimbo wartete geduldig; er wusste, dass er bald erfahren würde, worum es ging. Die Gruppe löste sich auf, die Leute erledigten ihre Einkäufe und kamen dann an die Kasse.

Die Sprecherin kam sofort zur Sache. »Hören Sie mal, Mr. Charter-Plackett, im Dorf wird rumerzählt, dass dieser miese Fitch im Herrenhaus Sachen verkaufen will, die von Rechts wegen uns gehören. Ist das wahr? Wir haben gehört, dass Sie heute mit dem Pfarrer und mit Sir Ralph dort waren.«

Jimbo hatte keine andere Wahl; eine derart direkte Frage musste er wahrheitsgemäß beantworten. »Wie haben Sie das herausbekommen?«

»Wir haben doch alle Verwandte oder Nachbarn, die dort arbeiten. Da dauert's nicht lange, bis sich Neuigkeiten herumsprechen. Mein Barry ist doch Schreiner, er hat ihn zum Wegmachen der Täfelung bestellt. Mein Barry hat verdammt genau gewusst, was da gefunden worden ist, weil er die Schachteln rausgezogen hat. Bloß hat er nicht gewusst, was dieser Großkotz aus der City im Schilde führt. Nur dass ihn mein Barry nicht Großkotz nennt.« Sie grinste und gab der Frau, die neben ihr stand, einen Stups.

»Na ja, es ist wahr. Sir Ralph hat ihm ein Ultimatum gestellt.«

»Ultimatum?«

»Ja, ein Ultimatum. Bis Donnerstag um Mitternacht muss alles beim Pfarrer sein, sonst setzt's was.«

»Was setzt's denn sonst?«, rief eine Stimme von hinten.

»Sir Ralph schaltet die Presse ein.«

»Geschieht ihm recht. Beklaut die Kirche. Es ist ein Wunder, dass ihn nicht der Blitz aus heiterem Himmel trifft. Wir wissen doch alle, was passiert ist, als jemand zum letzten Mal die Kirche beklaut hat. Göttliche Vergeltung, das ist passiert.«

Jimbo hatte Hemmungen, Gott die Schuld daran zu geben. »Sachte, sachte. Ich glaub nicht recht, dass es so funktioniert.«

»Ich geh nicht so oft in die Kirche wie Sie, aber ich kenn mich aus. Der Pfarrer, behüt ihn Gott, würd sogar für den Teufel noch 'ne Entschuldigung finden, vom miesen Fitch mal ganz zu schweigen, aber wir wissen Bescheid. O ja, wir wissen, was Recht ist.«

»Denkt dran!«, sagte Barrys Mutter. »Donnerstagnacht läuft die Frist ab. Wir setzen diesen Fitch unter Druck! Alle einverstanden?« Allgemeines Nicken. »Was bin ich Ihnen also schuldig, Mr. Charter-Plackett? Zehn Pfund zweiundvierzig? Haben Sie sich da auch nicht vertan?« Zornig warf sie einen Blick auf den Kassenzettel. »Ach ja, die Koteletts, die hab ich ganz vergessen gehabt.« Barrys Mutter wandte sich zum Gehen, reckte die Faust in die Luft und sagte: »Denkt alle dran! Zeit zum Handeln!« Sie verließ den Laden und ihr Kampfruf hallte in den Ohren aller wider.

7. Kapitel

Am Mittwochmorgen, als Linda eben Kaffeepause machen wollte, und zwar genau eine Viertelstunde, die unter keinen Umständen durch das Auftauchen eines Postkunden zur Unzeit verkürzt werden durfte, kam Venetia in den Laden.

Sie bibberte am ganzen Leib. »Guten Morgen, Venetia!« Jimbo zog den Strohhut. Harriet, die ihrer Mutter beim Versandhandel geholfen hatte, kam herein, für den Fall, dass Jimbo in Lindas Abwesenheit Unterstützung brauchte.

Harriet, die sich endlich damit abgefunden hatte, dass Venetia ständig jedem passablen Mann nachstellte, Jimbo eingeschlossen, sagte fröhlich: »Hallo, Venetia, was macht die Kunst?«

»Die Kunst? O Mann, es ist so wunderbar warm hier drin. Darf ich mich eine Weile an den Heizkörper stellen?«

»Aber bitte. Und ich bring Ihnen außerdem einen Kaffee. Frisch gekocht.« Harriet machte sich an der Kaffeemaschine zu schaffen. »Zucker? Milch? Sahne?«

»O nein, schwarz bitte, ohne Zucker. Muss auf meine Linie achten.«

»Das zahlt sich ganz offensichtlich aus.«

»Danke, Jimbo, wie nett von Ihnen.«

Harriet gab ihr den Kaffee und meinte: »Ist die Frage gestattet, warum Sie so frieren?«

»Mit der Zentralheizung im Herrenhaus ist was Katastrophales passiert. Der Elektriker sagt, irgendein wichtiges Teil ist defekt, das sie nicht am Lager haben, so dass es eine Woche dauern kann, bis er das Ersatzteil kriegt. Jeremy dreht völlig durch. Er hat angeboten, überall hinzufahren, um das Ding zu besorgen, ganz gleich wie weit, aber der Elektriker meint, nicht mal die Großhändler haben es am Lager und es muss in Deutschland bestellt werden. Ich hab keine Ahnung, wie wir eine ganze Woche lang ohne Heizung überleben sollen. Der Riesenkamin in der Halle ist ja toll, aber er heizt nur die Halle und das Treppenhaus, sonst nichts. Obendrein hatten wir letzte Nacht noch 'nen totalen Stromausfall, sind also fast eine Stunde lang mit Kerzen rumgetappt. Crad… Mr. Fitch ist wütend.«

Sie fröstelte und trank ihren Kaffee. »Oh! Das tut gut. Bin hergekommen, um Ihnen zu sagen, Jimbo, dass die Köchin mit Grippe nach Hause gemusst hat. Das Mittagessen kriegen sie hin, aber Jeremy will, dass Sie was wegen dem Abendessen unternehmen, und zwar pronto. Ich hab mich bereit erklärt, es Ihnen auszurichten, weil die Telefone auch im Eimer sind. Wir sind total abgeschnitten. Fenella hat festgestellt, dass das Fax die ganze Nacht lang nicht an war, ist ihr eben erst aufgefallen und im Computer sind auch jede Menge Daten gelöscht. Sie reißt sich büschelweise die Haare aus. Glauben Sie mir, mit Stift und Papier und 'nem Botenjungen auf dem Fahrrad wären wir besser dran.«

Wie Harriet Jimbo kannte, hatte sie den Verdacht, dass seine völlige Reaktionslosigkeit auf Venetias Neuigkeiten zu bedeuten hatte, dass er mehr wusste, als er sagte. Sie füllte das Schweigen, indem sie sagte: »Mr. Fitch wird nicht gerade begeistert sein.«

»Stimmt. Offen gesagt, er schäumt. Ich habe versucht, ihn zu beruhigen.« Sie lockerte sich mit der freien Hand das Haar und rückte das Stirnband zurecht. »Nach dem Mittagessen fährt er ab und er sagt, wenn er am Donnerstagabend zurückkommt, muss alles wieder in Ordnung sein, sonst rollen Köpfe.«

»Nimmt er das Kirchensilber mit?«, fragte Jimbo schnell.

Einen Moment lang sah Venetia schuldbewusst aus, änderte aber rasch ihre Miene, als sie merkte, dass Jimbo ihr Gesicht musterte. »Oh! Das weiß ich nicht, damit habe ich nichts zu tun. Ich arbeite nicht im Büro.«

»Das nicht, aber er zieht Sie doch ins Vertrauen. Kommen Sie schon, es ist wichtig, das weiß ich. Sie sind mir was schuldig.«

Sie scharrte leicht mit den Füßen, trank den letzten Schluck Kaffee und sagte widerstrebend: »Er bringt es am Freitag weg, wenn er wieder nach London fährt. Das ist streng geheim.«

»Danke. Ich sorge dafür, dass am frühen Nachmittag eine Vertretung für die Köchin kommt. Ich habe ein paar Nummern, die ich anrufen kann. Würden Sie mich bitte entschuldigen?« Er ging nach hinten.

Harriet bediente etliche Kunden und ließ Venetia zum Warmwerden am Heizkörper stehen. Mehrere Leute unterhielten sich kurz mit ihr und bemitleideten sie wegen der Heizung. Harriet hatte noch nie erlebt, dass die Leute so mitfühlend mit Venetia umgingen. Ihr war, als entdeckte sie in den Stimmen eine Spur Spott.

»Bei diesen neumodischen Anlagen kann man nie wissen. Gehen immer kaputt, wenn eine Kältewelle kommt.«

»Ist schon unerhört, dass das in Deutschland bestellt werden muss. Könnte sogar zwei Wochen dauern. Ist ja unglaublich. Was für ein Pech.«

»Hoffen wir, dass der Elektriker was von seinem Handwerk versteht.«

Als es ruhiger wurde und Harriet einen Moment Zeit hatte,

sagte Venetia, es müsste sie doch freuen, dass auf dem Brachland Häuser gebaut werden sollten. »Wär eine Riesenumsatzsteigerung für Sie, oder?«

»Na ja, ich sehe das philosophisch. Könnte auch bloß ein Gerücht sein, wissen Sie. Solche Dinge dauern ewig und bestimmt gibt es jede Menge Widerstand.«

»Anzunehmen. Muss weg, hab in einer halben Stunde ein Fitnesstraining für Manager. Glauben Sie, dass es wirklich eine Woche dauert, bis die Heizung wieder funktioniert?«

»Keine Ahnung, wirklich nicht. Wenn Sie sich aufwärmen wollen, können Sie jederzeit herkommen.«

Linda kam aus der Pause und Harriet machte sich auf die Suche nach Jimbo. »Du warst ja erstaunlich still, als Venetia von dem Stromausfall erzählt hat. Weißt du was, wovon ich nichts weiß?«

Jimbo nahm den Strohhut ab und strich sich die wenigen verbliebenen Haarsträhnen glatt. »Hör mal, ich könnte mich total irren. Es könnte reiner Zufall sein, aber ich weiß, dass das Dorf plant, Fitch unter Druck zu setzen, um ihn dazu zu zwingen, dass er das Silber zurückgibt. Die Leute meinen es wirklich ernst damit. Deshalb habe ich den Verdacht, dass sie da was gedeichselt haben.«

»Hilfe! Ich hab nicht geglaubt, dass sie sich trauen würden, so weit zu gehen. Ich meine, schließlich ist nicht mit ihm zu spaßen, oder?«

»Nein und ich habe das Gefühl, das ist erst der Anfang.«

»Als Nächstes stechen sie Nadeln in Voodoopuppen.«

»Jetzt geht aber deine Fantasie mit dir durch, Harriet. Das ist ja absurd.« Er legte ihr die Hände auf die Schultern und küsste sie herzhaft. »Werdende Mütter sollten zum Mittagessen nach Hause gehen. Ab mit dir.«

»Na schön, ich watschle davon.«

Am frühen Nachmittag fuhr Jimbo zum Herrenhaus; er hatte versucht, anzurufen, war aber nicht durchgekommen und machte sich Sorgen, seine gewissenhafte Planung könnte fehlgeschlagen sein. Als er durch das Tor fuhr, fiel ihm auf, dass an beiden Steinsäulen neben der Einfahrt etwas befestigt war. Er bremste rasch, stieß auf die Straße zurück und sah zwei Plakate, auf denen mit fetten roten Buchstaben ›Volksfeind Nummer eins‹ und ›Natterngezücht‹ stand. Er lachte leise und kämpfte dann mit seinem Gewissen; schließlich hatte er eine Menge zu verlieren. Sollte er die Plakate abhängen? Doch dann kam er zu dem Schluss, da Fitch schon abgefahren war, könnten sie keinen Schaden anrichten, und fuhr weiter zum Haus.

Aber Mr. Fitch war nicht abgefahren, er stand vor der Haustür. Mehrere Männer waren bei ihm, alle in eleganten Geschäftsanzügen. Mr. Fitch bildete den Mittelpunkt einer angeregten Unterhaltung. Jimbo stieg aus und ging höflichkeitshalber hinüber.

»Guten Tag, Charter-Plackett.«

»Guten Tag, bin bloß hergekommen, um nachzuschauen, ob der neue Koch gekommen und alles tipptopp ist.«

»Tipptopp! Wird je wieder alles tipptopp sein? Hölle und Teufel! Das Haus ist verhext.«

»Verhext?«

Mr. Fitch, dem vor Ärger fast der Kragen platzte, machte kehrt und verschwand im Haus. Jimbo sah einen der jungen Männer mit hochgezogenen Brauen fragend an.

»Wollte gleich nach dem Mittagessen abfahren, aber seine Reifen sind alle platt.« Der junge Mann hatte Mühe, ein Lächeln zu unterdrücken, das um seine Mundwinkel spielte.

»Und er konnte sich kein anderes Auto ausleihen?«

»Niemand außer ihm hat einen Rolls und darunter tut er es nicht. Er wartet darauf, dass der Hausmeister sie aufpumpt. Aber es dauert eine Ewigkeit.«

»Ah! Verstehe!« Jimbo nickte und ging ins Haus. Es war kalt. Fenella hatte den Mantel an. »Mr. Charter-Pla ...«

»Halt!«

»Na gut, also Jimbo, wir frieren so. Sie können nicht zufällig Boiler reparieren?«

»Ich habe viele, viele wertvolle Talente, aber das Reparieren von Boilern gehört leider nicht dazu.«

»Ich könnte wetten, dass Sie viele Talente haben! Gelegentlich müssen Sie mir alles darüber erzählen. Wollen Sie zu Mr. Fitch? Das sollten Sie lieber bleiben lassen.«

»Nein, ich will nur nachschauen, ob die Küche unter Volldampf steht.«

»Tut sie nicht, es gibt Streit wegen dem neuen Koch und alle überlegen sich, ob sie nicht streiken sollten.«

»Das sollten sie lieber bleiben lassen.« Er stürmte durch die mit grünem Stoff bezogene Tür in die Küche. Sein Personal stand um den neuen Koch herum und war im Begriff, über die Entscheidung abzustimmen.

»Also alle dafür!« Mit seiner ganzen Überzeugungskunst machte Jimbo ihnen klar, dass unter ihrem Streik nur die Jungmanager zu leiden hätten, da Mr. Fitch wegfahren würde, der Streik ihnen folglich nichts einbringen würde. Außerdem würde er ihnen für nicht geleistete Arbeitsstunden keinen Penny zahlen. Sie einigten sich darauf, nicht zu streiken. Ganz offensichtlich steckte Absicht dahinter, aber sie machten Pokergesichter und niemand scherte aus der Reihe und gestand, dass es Teil einer Kampagne war. Er hielt ihnen eine seiner berühmten Aufmunterungsreden, eine Mischung aus versteckten Drohungen und die Moral stärkenden Bemerkungen über die unschätzbaren Dienste, die sie leisteten, über Image und Vertrauen, über Loyalität und Stolz, über die wichtige Aufgabe, die jeder von ihnen habe, sie seien nicht nur Rädchen in einem Getriebe und so weiter. Als er fertig war, zog er ernsthaft in Betracht, sich als Gastredner im Herrenhaus zu bewerben. Als er aus dem Haus trat, sah er Mr. Fitch in seinem Rolls abfahren. Der Chauffeur gab Gas und wirbelte den Kies auf. O Gott, die Plakate! Fitch würde die Plakate sehen. Jetzt war es zu spät.

Am Donnerstagmorgen musste Peter sich eingestehen, dass ihn nach dem Silber in Mr. Fitchs Safe gelüstete. Jedes Mal, wenn er den Altar anschaute, stellte er sich vor, wie wunderschön es darauf aussehen würde. Er wusste genau, wohin er den riesigen Leuchter gestellt hätte, hierher, nein, ein Stückchen näher an das Chorgestühl, nein, besser doch... Er gebot sich Einhalt. Was machte er da? Er vergeudete Energie an Belanglosigkeiten; es kam überhaupt nicht darauf an, wie schön die Kirche aussah – das heißt, es kam schon darauf an, aber nicht in diesem Ausmaß. Das alles war unerheblich. Was zählte, waren die Seelen seiner Gemeinde. Das hätte sein wichtigstes Anliegen sein müssen, nicht wehleidiges Trachten nach der Verschönerung seiner Kirche zum größeren Ruhm seines Ego. Er schämte sich und stellte doch Carolines Geduld auf die Probe, indem er nach dem Frühstück in der Küche pausenlos über das Problem redete. Sie ging es mit viel mehr gesundem Menschenverstand an.

»Jetzt quäl dich doch um Himmels willen nicht so damit herum. Der Mann ist ein Dieb. Punkt. Er weiß es, wir wissen es und wir müssen den Diebstahl verhindern. Wenn wir das Silber zurückbekommen, können wir darüber entscheiden, ob wir es verkaufen oder behalten. Bei dem Gedanken, für seine Sicherheit sorgen zu müssen, wird mir ganz schwindlig, aber das lässt sich nicht ändern. So, Alex wartet darauf, dass du mit ihm Fußball spielst, und Beth möchte auch spielen und eine ihrer Puppen muss geflickt werden, also bitte Liebling, konzentriere dich darauf und hör auf mit der Quengelei.«

»Was soll ich machen, wenn er es nicht zurückbringt?«

»Ihn anzeigen. Fünf Minuten nach Mitternacht. Ab mit dir, Sylvia und ich müssen arbeiten und du blockierst mit deinem moralischen Dilemma die Küche.«

Um halb acht Uhr abends klingelte im Pfarrhaus das Telefon. Peter ging ran.

»Guten Abend, hier ist das Pfarrhaus von Turnham Malpas. Peter Harris am Apparat.«

»Fitch. Craddock Fitch. Können Sie zum Turnham House kommen?«

»Ja.«

»Sofort?«

»Ja.«

»Danke. Kommen Sie gleich ins Haus. Ich bin in der Bibliothek.«

Auf dem Weg die Einfahrt hinauf versperrte der hauseigene Land Rover, der in der Dunkelheit auf der Straße parkte, Peter die Weiterfahrt. Er stieg aus. Im Scheinwerferlicht sah er Jeremy und zwei Männer, offensichtlich Dorfbewohner. Sie mühten sich mit etwas ab, was aussah wie eine Leiche und am niedrigen Ast eines Baumes hing, der etwa zwei Meter neben der Einfahrt stand.

Einer der Männer tippte sich an die Mütze, grinste und sagte: »Guten Abend, Herr Pfarrer. Müssen das da wegschaffen. Machen Ihnen gleich den Weg frei. Dauert nicht lange.«

Jeremy meinte schmallippig: »Ich kauf mir die verdammten Idioten, die das getan haben, und dreh ihnen den Hals um.«

Peter warf einen Blick auf die leichenähnliche Gestalt. Sie baumelte an einem Strick. Der Kopf, gekrönt von einem mit Silberfarbe eingesprühten Mop, hing nach unten, der Strick war um den Hals geknotet. Die sorgfältig ausgestopfte Lumpenpuppe trug ein marineblaues Jackett und wo das Herz gewesen wäre, war sie mit zwei dicken silberfarbenen Stricknadeln durchbohrt. Um ihren Hals hing ein Plakat, auf dem zwei Wörter standen: Fitch! Dieb! An den Ast war eine Taschenlampe gebunden, die Licht auf die Lumpenpuppe warf. Niemand, der vorbeikam, konnte sie übersehen. Als die Männer die Puppe abgeschnitten und die Taschenlampe entfernt hatten, warfen sie die Puppe in den Land Rover. Die beiden Männer zwinkerten Peter zu, bevor sie neben Jeremy einstiegen, der so schnell wie möglich zum Haus raste.

Mr. Fitch wartete in der Bibliothek und bot Peter einen Drink an, aber dieser lehnte ab. Mr. Fitch schenkte sich einen Whisky ein.

»Bitte, Herr Pfarrer, bitte nehmen Sie Platz.« Mr. Fitch setzte sich in seinen Schreibtischsessel. »Ich nehme an, Sie haben die Puppe gesehen?«

»Ja.«

»Seit Dienstag ist hier der Teufel los.«

»Ich habe gehört, dass Sie Probleme hatten.«

»Und ob.« Er machte eine Pause und trank einen Schluck Whisky. »Ich bin es nicht gewohnt, dass etwas nicht nach meinem Kopf geht. Aber jetzt sieht es danach aus, als wollte mir eine Bande von Dorftrotteln, die keinen Schuss Pulver wert sind, einen Strich durch die Rechnung machen.« Er schnippte abfällig mit den Fingern. »Wenn ich das Silber verkaufen würde, wäre das Geld nur ein Klacks für mich. Darum geht es nicht. Es geht ums Prinzip. Was ich kaufe, gehört mir, vielmehr meiner Firma.«

»Sie können die Leute vielleicht mit einem Fingerschnippen abtun, aber für mich sind sie meine Hauptsorge. Es sind gute, anständige, schwer arbeitende Menschen, die ohne zu wissen, warum, instinktiv wissen, was Recht ist. Ich habe ihnen eine Menge zu verdanken. Sie haben mir während einer sehr schweren Zeit meines Lebens beigestanden, ohne etwas zu sagen, nur dadurch, dass sie da waren, Schulter an Schulter wie eine Armee. Wenn Sie Ihr Vorhaben in die Tat umsetzen, wird hier nichts mehr funktionieren. Die Leute werden dafür sorgen.«

»Ich kann einen Trupp Wächter herschaffen lassen.«

»Natürlich, es gibt Mittel und Wege. Aber wenn Sie verkaufen, was in den Augen der Menschen von Rechts wegen ihnen gehört, werden sie sich zu rächen wissen. Sie werden Sie niemals akzeptieren. Niemals.«

»Sie reden, als wären die Leute eine Einheit.«

»In gewisser Weise sind sie das auch. Sie leben seit Generationen in diesem Dorf. Es gehört ihnen. Nicht Ihnen. Nicht mir. Den Menschen hier. Wir werden hier nur geduldet, bis wir mindestens fünfzig Jahre lang hier gelebt haben. Stellen Sie sich vor, falls Ihnen das gelingt, wie es sich anfühlt, die Kommunion aus einem Kelch zu empfangen, den Ihre Vorfahren seit über zweihundert Jahren benützt haben. Malen Sie sich aus, in einem Cottage zu wohnen, das schon stand, als die Pest kam. In einer Kirche zum Gottesdienst zu gehen, die seit fast siebenhundert Jahren hier steht. Was für ein Gefühl von Dauer. Was für ein Gefühl von Geschichte. Was für ein Gefühl der Dazugehörigkeit. Ich empfinde es zutiefst als Ehre, dass ich unter diesen Menschen sein darf.«

Mr. Fitch ließ den Whisky im Glas kreisen. Er trank den letzten Schluck, stützte sich mit den Ellbogen auf den Schreibtisch und sah Peter direkt an.

»Sie wollen also sagen, wenn wir hier weitermachen wollen, muss ich vor diesen Dorftrotteln einen Kotau machen.«

»Nein, das will ich damit nicht sagen. Ich will sagen, tun Sie, was Recht ist. Wenn Sie einen Kotau machen, wie Sie das nennen, nützt Ihnen das nichts. Die Leute sind nicht dumm, sie merken, wenn sie überheblich behandelt werden.«

Mr. Fitch dachte eine Weile nach und beschäftigte sich damit, die Papiere und Akten auf seinem Schreibtisch gerade zu rücken. Peter beobachtete sein Gesicht und versuchte dahinter zu kommen, was in seinem Kopf vorging. Plötzlich schien Mr. Fitch einen Entschluss zu fassen. Er nahm einen Schlüsselbund aus der Tasche. Mit einem ironischen Lächeln im Gesicht sagte er: »Mein erster Schritt auf dem Weg zum Akzeptiertwerden wird darin bestehen, das Kirchensilber an den rechtmäßigen Ort zurückzugeben. Ich hoffe, dass ich damit dem Chaos hier ein Ende mache. Ich scheue mich nicht, Ihnen zu gestehen, dass ich beim Anblick dieser Puppe erbleicht bin. Finsterstes Mittelalter!« Peter glaubte ihn erschauern zu sehen.

Mr. Fitch half Peter, die Schachteln in seinem Kombi zu verstauen. Er warf die Tür zu, drehte sich um und gab ihm die Hand. »Sie haben zwei Kindersitze auf der Rückbank?«

»Ja, für meine Zwillinge.«

»Sie Glücklicher. Gute Nacht.«

»Gute Nacht, und danke.«

8. Kapitel

Es wurde eben hell, als Malcolm, der Milchmann, seinen Lieferwagen neben Jimmys Gartenzaun zum Stehen brachte. »Morgen, Mr. Glover. Sie sind ja zeitig auf den Beinen. Es kommt in letzter Zeit nicht oft vor, dass Sie schon so früh zugange sind.«

»Nein, stimmt, aber ich hab ein Projekt am Laufen. Wollen Sie Ihr Geld?«

»Schon, wenn's recht ist, aber ich kann auch noch bis nächste Woche warten, wenn Sie jetzt zu viel zu tun haben.«

»Ich geh ins Haus und hol's. Seit meinem Gewinn hab ich ganz neue Saiten aufgezogen.«

»Spielen Sie immer noch Lotto?«

»Nein. Bin nicht unersättlich. Moment.«

Malcolm wartete, während Jimmy ins Haus ging und sein Geld holte. Neben dem Zaun lag ein schwerer Maurerhammer. An der Hauswand waren säuberlich Bretter aufgestapelt, die aussahen, als wären sie für einen Schuppen gedacht.

Als Jimmy ihn bezahlt hatte, konnte Malcolm die Frage nicht mehr unterdrücken, was Jimmy vorhatte.

»Ich bau 'nen neuen Hühnerstall.«

»Aber Sie haben doch schon einen.«

»Weiß ich, aber den reiß ich ab und bau 'nen neuen näher am Haus.«

»Aha. Warum?«

»Warten Sie's nur ab.« Jimmy drehte sich um und machte sich wieder daran, etwa vier Meter näher am Haus als der bisherige Hühnerstall eine Art Fundament auszuheben. Malcolm musste es dabei bewenden lassen, denn Jimmy hatte offenbar nicht die Absicht, etwas über seine Pläne zu verraten.

Vera und Pat nahmen das Gehämmer fast den ganzen Vormittag hin, aber irgendwann kamen sie raus und protestierten.

Pat rief über Veras Garten hinweg: »Hör mal, es ist ja ein toller Anblick, wie du dich abrackerst, aber wie lange soll das mit dem Gehämmer denn noch weitergehen? Mir brummt schon der Schädel.«

»Mir auch. Was machst du denn, Jimmy?«

»Wartet's doch ab.«

»Sieht nach 'nem neuen Hühnerstall aus. Was willste denn mit dem alten anfangen?«

»Abreißen.«

»Wieso?«

»Abwarten. Bald kommt ihr aus dem Staunen nicht mehr raus.«

»Ist ja toll. Wenn du's uns nicht verraten willst, werd ich bestimmt nicht drüber staunen. Ich werd's gar nicht zur Kenntnis nehmen.«

»Wie du willst.«

»Der Gewinn ist dir in den Kopf gestiegen, Jimmy Glover, das ist der Grund.«

Flick Charter-Plackett blieb nach dem Mittagessen am Zaun stehen, um sich mit Jimmy zu unterhalten.

»Hallo, Mr. Glover. Spenden Sie mir was für die Pfadfinderinnen? Ich hab meine Liste und einen Stift dabei.« Sie hielt ein Klemmbrett hoch, das sie aus Jimbos Büro stibitzt hatte.

Jimmy stützte sich auf den Maurerhammer, schob sich die Mütze in den Nacken und fragte Flick, worum es bei der Spende ging.

»Darum, dass ich still bin. Ich muss versprechen, dass ich eine Stunde lang kein Wort sage, dann kriege ich eine Unterschrift von der Pfadfinderführerin und darf das Geld behalten.«

»Du! Eine ganze Stunde lang still sein? Das schaffst du doch nicht mal eine Minute!«

»Doch, wenn ich mir Mühe gebe. Als wir in Urlaub gefahren sind, hat mein Daddy mir fünfzig Pence gegeben, wenn ich eine Stunde lang still bin. Er hat gesagt, er bräuchte nach dem ganzen Theater mit uns vor der Abfahrt Ruhe und Frieden. Und Fergus, Finlay und ich haben hinten im Auto gesessen und eine Stunde lang überhaupt nichts gesagt. Mummy hat gesagt, es war wie im Himmel. Also kann ich's.«

»Wie viel hat dir denn dein Dad versprochen?«

»Fünf Pence für eine Minute, aber bloß, weil er glaubt, das schaff ich nicht, wenn die anderen Mädchen dabei sind, aber ich schaff's. Aber wenn Sie wollen, können Sie mir einen Pence pro Minute geben. Das hat mir Mrs. Wright von nebenan versprochen.«

»Wenn sie dir einen Pence versprochen hat, geb ich dir zwei. Hast du Mrs. Duckett auch gefragt?«

»Da geh ich als Nächstes hin, sie war vorhin nicht da.«

»Schreib ihren Namen auf und ich geb dir zwei Pence pro Minute an ihrer Stelle, aber geh nicht zu ihr. Und sag's nicht weiter.«

Flick nickte weise. »Oh, ich hab verstanden. Das ist sehr rücksichtsvoll von Ihnen, Mr. Glover.« Nachdem sie sorgfältig die Namen und die Beträge notiert hatte, fragte Flick Jimmy, was er da mache.

»Na ja, Flick, man könnte sagen, dass meine Stunde gekommen ist. Jedem Menschen schlägt einmal die Stunde, in der er zur Tat schreiten muss, und für mich ist es so weit. Ich verrate dir nicht, was ich vorhabe, weil du's ja doch nicht für dich behalten könntest und ich will nicht, dass es jemand erfährt. Die haben mich immer für einen unnützen alten Arsch, ich meine Kerl gehalten, aber ich werd's denen zeigen, und nicht zu knapp.«

Er lächelte sie an, zog sie sanft an einem ihrer Zöpfe und machte sich wieder an die Arbeit.

»Ich hab Sie nie für einen unnützen alten Dingsbums gehalten. Ich hab Sie immer gemocht, Mr. Glover.«

»Wenn das so ist, sind wir Freunde fürs Leben.« Er gab ihr die Hand und sie ging lächelnd weg.

Am Abend hatte das ganze Dorf Jimmys Gehämmer satt. Es sollte noch schlimmer kommen, denn bevor es dunkel wurde, riss er schwungvoll den alten Stall ab und machte sich dann über den Zaun her. Seine Hühner, denen es gar nicht gefiel, dass sie umziehen mussten, trugen gackernd und krähend zum allgemeinen Lärm bei.

Niemand außer Georgie wusste, was er vorhatte, und sie weigerte sich, sein Geheimnis zu verraten. »Er hat's mir an dem Abend erzählt, an dem er von seinem Gewinn erfahren hat, und ich hab's keiner Menschenseele gesagt, nicht mal Bryn. Es ist Jimmys Geheimnis, das er bald lüften wird. So, was darf ich Ihnen bringen?« Ehe der Abend um war, musste Georgie diese Erklärung noch mehrmals wiederholen. Alle Gäste wollten es wissen; nachdem sie den ganzen Tag lang den Lärm ertragen hatten, fühlten sie sich zu Nachfragen berechtigt.

»Er ist durchgeknallt, seit er im Lotto gewonnen hat. So was von Geheimnistuerei.«

»Er war immer ein Heimlichtuer, das ist nichts Neues. Ich weiß noch, wie's war, als seine Frau gestorben ist, wie hieß sie gleich noch? Da hat er monatelang mit niemandem geredet. Man konnte ihm nicht mal sein Beileid aussprechen. Ist zugegangen wie 'ne Auster.«

»Wie viel Geld hat er gewonnen, hat er dir das erzählt?«

»Nein, und das ist auch unwahrscheinlich, weil ich ihn wegen der Kaninchenfallen angegriffen habe.«

»Hast du das über die Häuser gehört, die der Council bauen will? Sollen zweihundert sein, heißt es.«

»Zweihundert? Auf so 'nem kleinen Grundstück, nie im Leben, das wären ja die reinsten Kaninchenställe.«

»Ich hab gehört, sie haben festgestellt, dass das Land Sir Ralph gehört und dass er die Häuser baut.«

»Nie im Leben! Das sind doch alles bloß Gerüchte.«

»Mehr Häuser wären eine Chance, die Schule offen zu halten. Und mehr Umsatz für den Laden, und den Laden brauchen wir, wir können doch nicht wegen jedem Päckchen Tee nach Culworth fahren. Es wär gut für uns alle.«

»Da bin ich aber ganz anderer Meinung. Wir brauchen diese vielen Häuser nicht, egal, wer sie baut. Wir haben uns mit dem Kirchensilber durchgesetzt und in dieser Sache werden wir uns auch durchsetzen. Schreibt euch das hinter die Ohren. Und trotz dem ganzen Gerede haben wir immer noch nicht rausgekriegt, was Jimmy Glover vorhat. Entweder ist er durchgeknallt oder er ist endlich im zwanzigsten Jahrhundert angekommen.«

Am folgenden Tag goss es in Strömen; deshalb bemerkte niemand, dass Jimmy zur Frühstückszeit in den Bus stieg. Alle hielten sich im Haus auf, damit sie nicht nass wurden.

Gegen fünf rollte ein knallroter, fabrikneuer Vauxhall Cavalier leise ins Dorf. Der Fahrer blinkte vor den Cottages der Wochenendbesucher, als er rechts in die Stocks Row bog, dann schaltete er den Blinker auf links und stieß rückwärts auf

Jimmys Gartengrundstück, das inzwischen von Zaun und Hühnerstall befreit war.

Es war Jimmy, der ausstieg. Es war Jimmy, der ein Taschentuch herauszog und seine Fingerabdrücke von der Tür wischte. Obwohl es regnete, war es Jimmy, der langsam das Auto umkreiste, sich an der Farbe freute und daran, dass es neu und prächtig war. Er zog den Zündschlüssel heraus und machte den Kofferraum auf, musste ihn aber schnell wieder schließen, weil es hineinregnete. Er stieg wieder ein, saß auf dem Fahrersitz und spielte am Radio herum. Plötzlich schrillte laute Musik durch die Fenster. Jimmy drückte hastig auf Knöpfe und drehte an Reglern und die Scheibenwischer setzten sich wild in Bewegung, die Hupe ertönte und die Scheinwerfer gingen an und aus, bis er den Lärm abgestellt hatte. Bald versammelte sich, dem Regen zum Trotz, ein Grüppchen neugieriger Dorfbewohner. Georgie klopfte ans Fenster und signalisierte Jimmy, er sollte es herunterlassen.

»Wunderschön, wirklich wunderschön. Was für eine gute Wahl.«

»Meinen Sie? Ist das Auto nicht toll? Ich freu mich riesig darüber.«

»Wann hast du denn eigentlich Auto fahren gelernt, Jimmy?«, fragte Vera.

»Vor Jahren, als ich ‘ne Zeit lang auf der Home Farm gearbeitet hab. Mein Führerschein ist immer noch gültig.«

Pat sagte: »Wenn’s so lang her ist, seit du Auto gefahren bist, sollten wir lieber alle warnen. Aber Jimmy, was willst du denn mit dem Auto? Ist doch der reine Luxus.« Sie fuhr mit den Fingern über den schimmernden, glatten Lack und genoss, wie er sich anfühlte.

Jimmy stieg aus und schloss die Tür ab. »Zentralverriegelung, habt ihr’s gesehen? Der ganze moderne Schnickschnack.«

»Ja, aber?«, fragte Pat.

»Hab gehört, dass am Bahnhof von Culworth ein Minicarfahrer aufgehört hat, also bin ich hingegangen und hab mich erkundigt und ich hab den Job gekriegt. Diese Woche fang ich an. Das Auto ist ‘ne Investition, ja, das ist es.« Er tätschelte das Auto und wischte dann die Karosserie ab, für den Fall, dass er Fingerabdrücke darauf hinterlassen hatte.

»Ist ja nicht zu fassen. Jimmy Glover mit ‘ner festen Arbeit. Will bloß hoffen, dass du nicht zu den unmöglichsten Tages- und Nachtzeiten nach Hause kommst und uns alle weckst.«

»Kann man nie wissen.«

Damit machte er kehrt und ging ins Haus.

Pat schluckte schwer. Es war schwierig, auf so viel Glück nicht neidisch zu sein. Heute Abend schon wieder Eier mit Fritten und wenn Dean oder Michelle maulten, würden sie was zu hören bekommen.

Eine Woche, nachdem er mit der Arbeit für die Taxizentrale in Culworth angefangen hatte, verbrachte Jimmy seinen einzigen freien Abend im Royal Oak. Als er das erste schäumende Pint von Alan Crimble entgegennahm, fragte er: »Was macht denn Ihre alte Rostlaube, Alan? Hält sie noch zusammen?«

»Mit knapper Not. Wissen Sie, Mr. Glover, die Dame Fortuna kommt nicht zu uns allen zu Besuch. Meine Kiste ist alt, ich weiß, aber ich liebe sie. Wenn man schon in diesem gottverlassenen Nest wohnt, muss man wenigstens mobil sein. Der letzte Bus aus Culworth kommt um sechs Uhr abends hier an und was nützt das einem jungen Mann mit einem Sexualleben?«

Jimmy wischte sich den Schaum von den Lippen und sagte: »Vom Sexualleben in Culworth weiß ich nun wirklich nichts. Hab gedacht, so was gibt’s dort gar nicht.«

»Wo Sie doch jetzt Taxifahrer sind, hab ich gedacht, Sie

kennen sich aus. Der neue Nachtclub in Deansgate, Sie wissen schon, The Force …«

»Das ist ja ein selten blöder Name.«

»Klingt vielleicht blöd, ist aber toll.«

»Jedenfalls hab ich mir gedacht, als ich Ihr Auto das letzte Mal gesehen hab, dass das dringend gewartet werden muss. Wissen Sie, um Autos muss man sich ordentlich kümmern.«

»Wartung? Von dem Geld, das ich hier krieg, könnten Sie nicht mal 'nen Tretroller warten lassen.«

»Ist gefährlich, wissen Sie, Alan, gefährlich.« Jimmy ging mit seinem Pint an seinen Lieblingstisch, setzte sich und wartete auf Gesellschaft.

Pat Duckett kam herein. Jimmy beobachtete, wie sie ihren Drink bestellte. Sie ließ die Schultern hängen und ihm fiel auf, dass sie das fröhliche Gesicht, das sie normalerweise machte, zu Hause gelassen hatte.

»Hallo, Jimmy.« Pat setzte sich auf die Bank ihm gegenüber und trank einen Schluck von ihrem Port mit Zitrone.

»Brauchst wohl Aufheiterung? Geht's um die Kinder?«

»Nein, um meinen Dad. Heute Morgen ist ihm gekündigt worden. Stelle weg, weil der Council am Einsparen ist. Er hat zwei Monate Zeit, aus seinem Haus auszuziehen, ist 'ne Dienstwohnung, weißt du. Er hat nie was gespart, also rat mal, wo er unterkriecht?«

»Tut mir Leid, Pat.«

»Nicht so Leid wie mir.« Sie trank bekümmert einen Schluck und wechselte das Thema. »Den Kampf um das Kirchensilber haben wir gewonnen, was? Weißt du, ich war's, die's rausgekriegt hat.«

»Ach ja. Hast wohl rumgeschnüffelt?«

»Nein, hab an dem Tag, an dem sie's gefunden haben, bloß dort gekellnert. Das konnten wir ihm doch nicht durchgehen lassen, oder? Der alte Mistkerl. Stinkt vor Geld und kriegt den Hals nicht voll. Hab aber lachen müssen über die Puppe, die sie an den Baum gehängt haben. Hat ihm hoffentlich einen Riesenschreck eingejagt. Das hat ihn umgestimmt, richtig?«

»Weißt du, wer das war?«

Pat schaute ihm in die Augen und sagte: »Nein.«

»Du lügst. Das merk ich.«

»Na und?«

»Du warst nicht die Einzige, die Druck gemacht hat.«

»Wieso, was hast du denn getan?«

»Bin bloß zufällig an der Bushaltestelle vorbeigekommen, als grad so ein Trupp von Jungmanagern ausgestiegen ist. Picobello, die Typen. Haben geredet, als hätten sie 'ne heiße Kartoffel im Maul und so weiter. Haben mich gefragt, wo's zum Turnham House geht und ich hab sie in die Royal Oak Road geschickt. Ich hab den ganzen Morgen drüber gelacht.«

»Jimmy! Ist ja nicht zu fassen! Da hast du denen aber 'nen ganz schön miesen Streich gespielt.«

»Weiß ich. Mir ist bloß sonst nichts eingefallen, um zu zeigen, dass ich solidarisch bin.«

»Zum Glück.«

»Haben die schon entschieden, was sie mit dem Silber anfangen?«

»Keine Ahnung, aber ich bin ja in die Kirchenangelegenheiten auch nicht eingeweiht, oder?«

»Stimmt. Ich erzähl dir jetzt 'ne Geschichte, ja? Zur Aufheiterung.«

»Schieß schon los.«

»Hängt mit meiner Arbeit zusammen. Weißt du, ich könnt an sieben Tagen in der Woche rund um die Uhr im Dienst sein. Die Taxizentrale verdient sich dumm und dusslig. Wir sind zehn Fahrer und es ist unglaublich, wie viele Kunden wir haben. Von früh bis spät.«

Pat beugte sich vor und sagte, wer mitten in der Nacht ein Taxi brauche, könne unmöglich ein anständiger Mensch sein. Sie sagte es in der Hoffnung, eine gepfefferte Geschichte über das Nachtleben in Culworth zu hören zu bekommen.

»Jede Menge Typen brauchen mitten in der Nacht ein Taxi. Die kommen aus diesem Nachtclub, du weißt schon, aus diesem Lokal in Deansgate, und wollen nach Hause gefahren werden, weil kein Bus mehr geht oder sie steigen mitten in der Nacht aus dem Zug, weil sie verreist waren. Schon erstaunlich, was da alles geboten ist und manche haben auch zu viel getrunken und müssen das Auto stehen lassen und ein Taxi nach Hause nehmen. Typen aus allen Kreisen.«

»Wetten, dass du's auch mit schrägen Vögeln zu tun kriegst, Jimmy.«

»Da hast du Recht. Donnerstagnacht ist so ein Kerl eingestiegen, war sternhagelvoll, wollte zu 'nem Haus in der Nähe der Pferderennbahn gefahren werden. Dreißig Kilometer, immerhin. Wir waren mitten in der Pampa und er will kurz aussteigen, weil er pi... na ja, sich erleichtern musste. Er ist nicht zurückgekommen. Ich hab endlos gewartet, dann bin ich nachschauen gegangen. Aber er war nicht hinter den Büschen, wo ich ihn zuletzt gesehen hatte, und ich hab ihn überhaupt nicht wieder gesehen.«

»Und was war mit deinem Geld?«

»Hab keins gekriegt, aber er hat was hinterlassen.«

»Und was?«

»Ein künstliches Gebiss auf dem Rücksitz – und es war nicht mal sauber!«

»Oh, Jimmy«, rief Pat aus, »was für eine widerliche Geschichte. Hast du das Gebiss jetzt im Mund?« Sie brüllte vor Lachen.

»Nein, es hat mir nicht gepasst!«

Als das Gelächter verebbt war, erkundigte sich Pat bei Jimmy, ob er mit dem Taxifahren Geld verdiente.

»O ja, hab noch nie im Leben so viel verdient. Ist kein Vermögen, weil ich ja noch die Betriebsausgaben für mein Auto abziehen muss, aber ja, bald werd ich ein gemachter Mann sein.«

»Genau das brauch ich, Geld. Ist ja schön und gut, ein eigenes Dach über dem Kopf zu haben, aber da sind noch die Nebenkosten, Anstreichen und so, und dafür hab ich kein Geld übrig. Ich weiß nicht, was ich machen soll. Weiß es wirklich nicht. Jetzt geh ich lieber zu den Kindern zurück. Danke, dass du mich zum Lachen gebracht hast. Gute Nacht.«

9. Kapitel

Ralph gab sich keine Mühe, die im Dorf umlaufenden Gerüchte zu zerstreuen. Mehrmals hatten sich Dorfbewohner an ihn gewandt, in der Hoffnung, er werde sich an die Spitze der Protestbewegung gegen den Häuserbau durch den Council setzen. Er sagte nur: »Ich glaube nicht, dass der Council die Häuser baut«, aber mehr war ihm nicht zu entlocken. Das ging auch nicht; er musste erst ein Problem lösen. Es ging darum, Muriel davon zu überzeugen, dass er das Richtige tat. Sie war wegen der ganzen Sache immer noch sehr unglücklich. Als Ralph an einem Vormittag im Frühling mit ihr vor dem Kaminfeuer saß, brachte er zur Sprache, wie sie aus dieser Sackgasse wieder hinauffinden sollten. Bis vor einem Jahr war er sein Leben lang Junggeselle gewesen und es deshalb nicht gewohnt, dass seine Entscheidungen in Frage gestellt wurden. Aber er liebte Muriel und wusste, dass er nicht zur Ruhe kommen würde, bis sie sich seiner Meinung anschloss. Das Problem bestand darin, Muriel die bittere Pille zu versüßen.

»Weißt du, Muriel, meine Liebe, ich habe nachgedacht, du hast doch einen Blick für schöne Dinge, oder? Wäre es eine Zumutung, wenn ich dich bitten würde, mit den Architekten zusammenzuarbeiten und ihnen ein paar Ideen zu liefern?«

»Ich habe überhaupt keine Ideen, Ralph. Ich will auch gar keine haben, ganz ehrlich nicht, und es tut mir Leid, dass ich so schwierig bin, aber so ist mir nun einmal zumute.« Sie wich seinem Blick aus.

»Ich habe mir überlegt, du könntest dafür sorgen, dass die Architekten die Häuserfronten, jedenfalls diejenigen in der Nähe von Shepherd's Hill und der Stocks Row, so gestalten, dass sie zu den alten Cottages passen, die dort stehen. Wir wollen doch schließlich nicht, dass Reihenhäuser aus rotem Backstein hochgezogen werden. Das wäre scheußlich und ganz und gar nicht das, was ich mir vorgestellt habe.«

»Wenn du gar nicht erst auf den Gedanken verfallen wärst, müsstest du nichts scheußlich finden, weil es keine Scheußlichkeiten gäbe. Ich fürchte, der berühmte Charme der Templetons ist vergeudet. Meine Meinung steht fest.«

Ralph seufzte. Schüchterne Menschen konnten verdammt stur sein, wenn sie sich erst einmal etwas in den Kopf gesetzt hatten.

»Würde es etwas nützen, wenn ich das Neubaugebiet Hipkin Close nennen würde?«

»Als Jimbo Harriet so wütend gemacht hat, weil er den Tearoom geplant hat, ohne es vorher mit ihr zu besprechen, hat er versucht, sie damit zu besänftigen, dass er das Lokal ›Harriet's Tearoom‹ nennen wollte. Ein Jammer, dass der Tearoom geschlossen werden musste, stimmt's? Mir hat es dort gefallen. Jedenfalls hatte Jimbo bei Harriet damit keinen Erfolg und du wirst bei mir auch keinen haben. Ach, du meine Güte. Es tut mir Leid, Ralph. Du brauchst meine Unterstützung und ich sollte dir helfen und nicht dauernd gegen dich sein. Es tut mir wirklich sehr Leid.«

»Das geht schon in Ordnung, meine Liebe, du hast ein Recht auf eine eigene Meinung. Was hältst du eigentlich von Neville Neal?« Sie ließ sich Zeit mit der Antwort. Er wartete, fasziniert vom Widerstreit der Gefühle in ihrem Gesicht.

»Als Schatzmeister für die Kirche leistet er ausgezeichnete Arbeit, aber er ist nicht gerade ein *Gentleman*, oder?«

Ralph lachte leise. »Ich hab doch gewusst, ich kann mich drauf verlassen, dass du den Nagel auf den Kopf triffst. Ich werd trotzdem mal vorfühlen, ob er uns raten kann, wie wir das mit Hipkin Gardens anpacken sollen. Klingt besser, nicht wahr, Hipkin Gardens, eine Art Gedächtnis an deinen Vater, stimmt's? Deine Vorfahren waren seit Generationen Gärtner, also ist Gardens ideal. Viel besser als Hipkin Close. Ich rufe gleich mal Neville an und versuch, was rauszukriegen, er scheint immer zu wissen, was sich im Council so tut.«

»Ich koch dir Kaffee, den kannst du beim Telefonieren trinken. Die geschäftliche Seite überlasse ich besser dir.«

Ralph wurde zu Neville ins Büro durchgestellt und führte ein langes und ergiebiges Gespräch über die Baugenehmigung mit ihm. Er vertiefte sich so in die Unterhaltung, dass er gar nicht merkte, dass Muriel in der Tür stand und zuhörte. Als er den Hörer auflegte, funkelte sie ihn böse an, das Gesicht scharlachrot und aufgewühlt und mit einem zornigen Glitzern in den Augen.

»Hipkin Gardens.«

»Hipkin Gardens?«

»Ja. Hipkin Gardens wird nicht von einer korrupten Bande gebaut. Das dulde ich nicht.« Sie stampfte mit dem Fuß auf. Ralph stand auf.

»Muriel, ich versichere dir ...«

»Nein, Ralph. Ich habe gehört, was du gesagt hast. O ja, und ob! Ich will nichts mehr hören über Beraterhonorare und Schmiergelder, damit du deinen Willen kriegst. Wenn das Neubaugebiet meinen Namen und den meines Vaters tragen soll, dann muss es auf anständige Weise gemacht werden.«

Ralph ging zu ihr und zog sie ins Zimmer. Er fasste sie beim Arm und sagte: »Setz dich, meine Liebe. Es gefällt mir nicht, wenn du aufgebracht und wütend bist und außerdem bist du völlig im Irrtum.«

»Im Irrtum? Von wegen. Ich hab gehört, wie du gesagt hast: ›Und wie wär's mit hundert Häusern?‹ Ich hab's gehört, o ja, ich hab's gehört, und auch, mit welchen Tricks du dir die Baugenehmigung erschleichen würdest. Ich hab's gehört! Mit Korruption wäre alles verdorben. Ich wundere mich über dich und bin sehr, sehr enttäuscht. Ein solches Benehmen passt überhaupt nicht zu deiner Stellung.« Sie sackte in den Sessel, den Ralph ihr anbot, und fing vor Kummer an zu zittern. »Ach, du meine Güte, es tut mir Leid, aber das ist mein Ernst.« Sie suchte nach einem Taschentuch, aber schließlich reichte Ralph ihr seines.

Ralph schüttelte den Kopf. Muriel weinte haltlos.

»Muriel! Bitte!«

»Ich bin bloß reingekommen, um dir Kaffee zu bringen.« Die Tränen liefen ihr über die Wangen. Sie rief ziemlich kampflustig: »Und ich bin froh darüber! Das dulde ich nicht, Ralph, das dulde ich schlicht und ergreifend nicht. Ich möchte, dass alles wunderschön und ein Riesenvergnügen wird und es wird bloß mies und eklig und engstirnig und dann wird es überhaupt keine Freude machen, etwas Gutes für das Dorf zu tun. Und niemand wird uns mögen, wir werden wegziehen müssen und dieser grauenhafte Mr. Fitch wird deinen Platz einnehmen.« Sie trocknete ihre Tränen und sagte vorwurfsvoll: »Warum hast du eigentlich über hundert Häuser gesprochen?«

»Von hundert Häusern hat er angefangen, ich hab mich nur darauf eingelassen, um rauszufinden, was ich über die Vorgehensweise erfahren kann.«

Muriel drückte ihre Ungläubigkeit aus, indem sie das Kinn reckte und den Kopf wegdrehte. »Ich seh doch, wie der Hase läuft, die Idee geht mit dir durch.«

Ralph zog einen Stuhl über den Teppich und stellte ihn vor Muriel hin. Er nahm ihre Hand und sagte: »Ich will nicht, dass dir diese wunderschöne Idee verdorben wird, auf gar keinen Fall. Lieber lasse ich das Ganze bleiben, als dass du dich so darüber aufregst. Ich habe mit Neville nur ein paar Gedanken durchgespielt, wie es aussieht, wenn man Zugeständnisse macht, damit man genehmigt bekommt, was man will. Du hast das Gespräch völlig missverstanden. Du bist mit Recht entrüstet. Wir werden es ehrenhaft angehen, das verspreche ich dir.« Er lächelte sie beruhigend an.

»Ich nehm dich beim Wort, Ralph«, sagte Muriel unter Tränen und lächelte. »Im Ernst. Ich lass mich nicht einwickeln.«

»Weiß ich, Liebes. Leute wie Neville brauchen Menschen wie dich, um ihnen ins Gedächtnis zu rufen, wie man Dinge auf ehrenhafte Weise angeht. Ich verspreche dir aufrichtig, dass ich so verfahren werde, wie du es willst, sonst könnte ich nicht mit mir leben. Ich liebe dich, weißt du.«

Muriel küsste Ralph und sagte: »Danke, dass du nach Turnham Malpas zurückgekommen bist. Ohne dich wären die Jahre vor mir sehr trostlos geworden.«

»Danke, dass du ja gesagt hast. Das macht alles, was ich tue, um so vieles wertvoller. Lass uns zum Mittagessen ins Royal Oak gehen. Ich habe gehört, Bryn hat eine neue Biersorte im Angebot und ich würde sie gern probieren.« Er lächelte sie flehend an, versuchte, etwas gutzumachen.

Muriel nahm seine Hand und hielt sie an ihre Wange. »Ich hab immer geglaubt, dass das mit dem Charme der Templetons ein Haufen Blödsinn ist, aber das stimmt nicht, oder? Du hast mich rumgekriegt. Ja, ich komme mit, aber nur unter der Bedingung, dass du das mit den Häusern nicht zur Sprache bringst. Ich kann's nicht ertragen. Bitte?«

»So wahr ich lebe.«

Aber es blieb ihnen gar nichts anderes übrig. Drei Leute kamen im Speisesaal zu Ralph und versprachen ihm ihre Unterstützung, falls er sich zu einer Eingabe, einer Demonstration oder welcher Maßnahme auch immer entschließen würde. »Schließlich haben Sie uns geholfen, den Kampf gegen diesen miesen Fitch zu gewinnen. Wenn wir alle zusammenhalten, werden wir auch mit dem Council fertig, stimmt's?«

Muriel wurde knallrot und konzentrierte sich demonstrativ auf ihre Lasagne, damit sie sich nicht auf das Gespräch einlassen musste. Als die Leute ihr Anliegen vorgebracht und den Speisesaal verlassen hatten, murmelte sie Ralph zu: »Wir hätten nicht herkommen sollen. Ich hab's gewusst, wir hätten nicht herkommen sollen. Wir werden aus dem Dorf wegziehen müssen. Sie lassen nicht zu, dass du die Häuser baust. Bestimmt nicht. Ach, du meine Güte.«

»Bitte, meine Liebe«, sagte Ralph ruhig. »Wenn du weinst, merken sie, dass was nicht stimmt.«

»O ja, sie werden es merken. Ich reiße mich zusammen.«

»Ich lasse nicht zu, dass es zum Streit kommt. Glaub mir. Das lasse ich nicht zu. Du kannst Vertrauen zu mir haben.«

»Natürlich kann ich das. Natürlich, ja.«

»Amtlich ist sowieso noch nichts, sie regen sich alle nur über ungelegte Eier auf.«

Muriel trank einen Schluck Wein und sagte: »Wenn wir zu Ende gegessen haben, muss ich im Laden ein paar Sachen besorgen und du brauchst doch Briefmarken, oder? Geh du nur nach Hause, ich brauche nicht lange.«

»Noch was zu trinken?«

»Nein, danke. Wie ist das Bier?«

»Ausgezeichnet. Bryn ist ein viel besserer Wirt als Mac und Betty. Viel mehr Stil und viel mehr Fachkenntnis.«

Ralph ging nach Hause und Muriel durch die Anlage zum Laden. Dort war es sehr ruhig; sie war bis auf eine Frau am

Postschalter die einzige Kundin. Sie schlenderte zwischen den Regalen hindurch und suchte sich aus, was ihr gefiel. Das gehörte zu den schönen Seiten der Ehe mit Ralph; sie brauchte nicht mehr jeden Penny umzudrehen. Natürlich war sie nicht leichtsinnig, das wäre nicht richtig gewesen, aber… Sie stand zwischen den beiden Ständern mit Karten und Briefpapier, als sie hörte, was die Kundin am Postschalter zu Linda sagte.

»Und jetzt will ich meine Rente und die für meine Nachbarin nehm ich auch gleich mit, sie hat gesagt, sie hat alle nötigen Formulare unterschrieben. Die ist so übel dran mit ihrem schlimmen Bein. Aufgegangen wie ein Hefeteig. Kann keinen Schritt mehr gehen. Bitte auch noch drei Briefmarken zweiter Klasse. Im Juni häufen sich in unserer Familie die Geburtstage. Mir graut schon davor. Apropos, wissen Sie schon, was ich heute Morgen gehört hab?«

»Erzählen Sie's mir.«

Die Sprecherin stützte sich mit den Ellbogen auf den Schalter und sagte: »Ich hab aus gut unterrichteter Quelle erfahren, dass Sir Ralph die Häuser auf dem Brachland baut, wenn die Methodistenkirche abgerissen wird. Der Council hat gar nichts damit zu tun. Alle glauben, nein, alle sind sich sicher, dass er eine Eingabe dagegen machen wird, und dabei steckt er dahinter. Kriegt den Hals nicht voll, so ist das. Hat so viel Geld und will trotzdem noch mehr haben. Diese reichen Leute sind nie zufrieden. Sie haben aber einen bösen Husten, Linda. Und mit Ihren Augen stimmt auch was nicht, Sie zwinkern ja die ganze Zeit. Sind Sie sicher, dass Sie in diesem Zustand arbeiten sollten?«

Muriel hörte Linda flüstern, dann sagte die Sprecherin laut: »Der Lauscher an der Wand hört seine eigne Schand.«

Muriel kam zwischen den Regalen hervor, blieb so ruhig, wie es ihr unter den gegebenen Umständen möglich war, und sagte in scharfem Ton: »Mein Mann ist nicht habgierig. Er ist zwar nicht mehr der Gutsherr, aber er will nach wie vor das Beste für das Dorf. Es würde ihm nicht im Traum einfallen, dem Dorf zu schaden, er liebt es. Er hat kein Interesse daran, Geld zu scheffeln. Bitte, merken Sie sich das.« Sie straffte sich, fühlte sich ein bisschen wie ein Bantamgewichtler, der sich auf einen Boxkampf vorbereitet.

»Oh, ich bitte sehr um Entschuldigung. Aber von meinem Standpunkt sieht es nun mal so aus.«

»Aber es stimmt nicht.«

»Dass Sie reich geheiratet haben, hat Sie jedenfalls ganz schön verändert, Muriel Hipkin. Früher haben Sie sich nicht mal getraut, eine Gans wegzuscheuchen. O nein! Da waren Sie ganz schüchtern und zurückhaltend. Jetzt sieht das anders aus, ich merke schon. Aber mich jagen Sie nicht ins Bockshorn. Es wird sich ja sowieso herausstellen, wer Recht hat. Aber wenn er sich dran bereichert, steh ich beim Demonstrieren mit 'nem Transparent in der ersten Reihe!«

»Es wird keinen Anlass für eine Demonstration geben. Dafür sorge ich schon.«

Die Kundin trat den Rückzug an. »Na, dann. Auf bald, Linda. Guten Tag, *Lady* Templeton.«

Am liebsten wäre Muriel nach Hause gerannt, aber sie hatte Ralph die Briefmarken versprochen und es hätte albern gewirkt, wenn sie jetzt gegangen wäre. Linda sah sehr verlegen aus, als Muriel an den Schalter trat.

»Bitte zehn Briefmarken erster Klasse, Linda. Keine Bange, meine Liebe. Ich reiße Ihnen schon nicht den Kopf ab. Manche Leute können sich mit Veränderungen nicht anfreunden, das ist einfach so.«

»Aber Lady Templeton, baut Ihr Mann denn wirklich diese Häuser? Jemand hat gesagt, es sei roter Backstein geplant mit solchen scheußlichen Panoramafenstern und so und die Häuser würden ein Vermögen kosten, so dass Dorfbewohner sie sich nicht leisten könnten. Es heißt, Ihr Mann will sich eine goldene Nase verdienen. Aber Sir Ralph ist nicht so, oder?«

»Linda, nicht mal mein Mann weiß, ob sich das Ganze überhaupt verwirklichen lässt, das sind also reine Spekulationen. Aber glauben Sie mir, falls Häuser gebaut werden, werden sie nicht verkauft, sondern vermietet.«

»Oh, das wär wunderbar! Meine Schwester, diejenige, die eben geheiratet hat, musste in Culworth in eine ganz miese Gegend ziehen, weil sie es sich nicht leisten konnte, ein Haus zu kaufen. Was für eine gute Idee.«

»Danke, Linda, es freut mich, dass Sie es auch für eine gute Idee halten. Wie viel macht das? Kann ich die Karten auch hier bezahlen?«

»O ja, Schreibwaren schon, aber alles andere bitte an der anderen Kasse. Drei Pfund fünfundsiebzig, bitte. Oh, Sie haben es passend, gut, ich bin knapp mit Wechselgeld.«

Auf dem Heimweg ging Muriel in die Kirche und kniete zum Beten nieder. Vor allem betete sie darum, Ralphs Pläne zu begreifen. Sie betete darum, eine gute Ehefrau zu sein. Sie betete darum, dass das Dorf verstand, was Ralph vorhatte. Es gab keinen Zweifel daran, dass sie ihn unterstützen musste. Es war alles zum Besten des Dorfes. Dessen war sie sich jetzt sicher. Als sie fertig war, setzte sie sich in die Kirchenbank, dachte über das Leben nach und darüber, wie glücklich sie war. Und dann ging sie nach Hause, um Ralph das zu sagen.

»Stör ich dich bei der Arbeit, Lieber?«

»Eine Pause tut mir gut. Komm rein und setz dich.«

»Ralph, heute ist mir bewusst geworden, wie glücklich ich bin. Ich war in der Kirche und habe gebetet und dann habe ich über dich und deine Pläne nachgedacht. Im Laden habe ich mich dabei ertappt, dass ich gesagt habe, manche Leute könnten sich mit Veränderungen nicht anfreunden. So war ich früher auch, weißt du. Ich kam mit Veränderungen nicht zurecht. Ich musste einfach deine Partei ergreifen, ich war so wütend über etwas, was eine Frau im Laden gesagt hat. Also hab ich den Mund aufgemacht. Sieht mir gar nicht ähnlich, oder?« Ralph schüttelte den Kopf. »Dann hat Linda gesagt, ihre Schwester musste wegziehen, weil sie es sich nicht leisten konnte, ein Haus im Dorf zu kaufen. Also haben wir jetzt möglicherweise eine Familie verloren, die wir für die Schule und für die Kirche hätten brauchen können. Wir müssen den Exodus eindämmen, stimmt's?«

»Ja.«

»Ich habe also nachgedacht. Sonst gibt es nirgends geeignetes Bauland, oder? Die Behörden würden doch bestimmt nicht erlauben, dass auf Farmland gebaut wird?«

»Nein.«

»Also wären Häuser zum Mieten innerhalb des Dorfs eine ausgezeichnete Idee und es ist das einzige geeignete Bauland in der Nähe. Ich weiß, dass wir deshalb eine Menge Ärger bekommen, aber alles wird ein gutes Ende nehmen. So!«

Ralph stand auf, ging zu ihr und nahm ihre Hand.

»Muriel, meine Liebe, du bist wunderbar. Es freut mich riesig, dass du es mit meinen Augen siehst. Du kannst die Planung überwachen. Ich bin mir nicht sicher, was dabei herauskommt, wir müssen abwarten, was der Council sich vorstellt.«

»Ich will aber nicht, dass dort scheußliche Councilhäuser stehen, Ralph!«

»Aber wenn das bedeutet, dass es Miethäuser gibt, ist es vielleicht am besten so. Warten wir's ab.« Ralph beugte sich über Muriel und küsste sie auf die Wange. Er lächelte auf sie hinunter und sagte: »Ich hab in meinem Leben nie etwas Besseres getan, als hierher zurückzukommen und dich zu heiraten. Weißt du das?«

»Das gilt auch für mich. Lass uns doch mit Pericles einen Spaziergang durch Hipkin Gardens machen und dabei ein bisschen planen, was meinst du?«

»Glänzende Idee. Komm, Pericles. Gassi! Heute gibt's einen Extraspaziergang.« Pericles stand steif von seinem Lieblingsplatz an der Balkontür auf, schüttelte sich und wedelte mit dem Schwanz.

»Wie alt ist Pericles jetzt, Muriel?«

»Zwölf.«

»Dann sind seine Tage wohl gezählt.«

»O Ralph, sag so was nicht, wenn er dabei ist, er könnte es verstehen.«

»Pericles ist klug, ich weiß, aber er ist kein Philosoph.«

»Da hast du Recht und du tust gut daran, mich darauf vorzubereiten, dass er... in die ewige Herrlichkeit eingeht.«

10. Kapitel

»Jetzt hör mal, Harriet, wenn du möchtest, sag ich den Auftrag ab und bleibe zu Hause.«

»Du sagst auf gar keinen Fall ab, James Charter-Plackett! Du kannst die Leute doch nicht auf den letzten Drücker im Stich lassen. Ich bekomme zwar ein Kind, aber ich bin noch bei Verstand. Wenn du absagst, bricht unser Geschäft zusammen.«

»Ich bin mir sicher, dass das Personal auch ohne mich auskommt.«

»Und ich bin mir sicher, dass sie es ohne dich nicht schaffen. Gütiger Himmel, Mann, ich habe noch drei Wochen vor mir. Drei ganze Wochen. So. Ab mit dir. Mutter ist hier, Caroline wohnt gleich gegenüber und heute Abend gehe ich sowieso aus. Übermorgen bist du wieder da.«

»Ich weiß, aber... Wo gehst du eigentlich heute Abend hin?«

»Du hast offenbar vergessen, dass Caroline im Pfarrhaus ein Kaffeekränzchen abhält zugunsten der Renovierung des kleinen Saals im Gemeindehaus. Weißt du das nicht mehr? Du hast doch eine Torte gespendet?«

»Richtig, hab ich. Hatte ich ganz vergessen. Da wird's zugehen wie auf einem Hühnerhof. Was ist mit den Kindern?«

»Mutter kommt.«

Er strich sich mit der Hand über das Kinn und sagte: »Du passt doch auch gut auf dich auf?«

»Natürlich. Fahr schon los, Mann. Ich habe das Essen überprüft, alles dabei. Du musst nur noch die Sachen aus dem Tiefkühler nehmen, und dann ab mit dir.«

»Du bist genial. Danke für alles. Wenn das Baby da ist, will ich dich mindestens drei Monate lang nicht im Geschäft sehen. Ich habe die neuen Leute eingearbeitet, Gott sei Dank gibt es so viele Arbeitslose und wir kommen bestimmt gut zu recht.«

»Lieber nicht, dann komme ich mir ja ganz überflüssig vor.« Harriet küsste ihn und schob ihn zur Tür hinaus. »Bis dann.«

»Ich rufe an.«

»Hast du dein Handy?«

»Ja!« Jimbo stürmte aus dem Haus und Harriet blieb kopfschüttelnd zurück.

Sie freute sich auf das Kaffeekränzchen. Vielleicht war es auf Monate hinaus die letzte Gelegenheit, aus dem Haus zu kommen. Jimbo hielt nichts davon, Kleinkinder Babysittern zu überlassen, und Harriet wusste, dass sie nach der Geburt selber Einladungen geben mussten, wenn sie Gesellschaft wollten. Sie hatte Jimbo eines Tages dabei ertappt, wie er einen Zeitungsartikel über den Krippentod verschlang. Damals war sie mit Finlay schwanger gewesen und Jimbo hatte mit Tränen in den Augen zu ihr aufgeschaut und gesagt: »Ich kann's kaum ertragen, das auch nur zu lesen. Gott stehe uns bei, falls wir je mit so etwas konfrontiert werden sollten.« Harriet hatte sich neben ihn gestellt und seinen Kopf an ihren Körper gedrückt. Er hatte die Arme um sie gelegt und sie festgehalten und sie hatten nie wieder darüber gesprochen, aber sie wusste, dass er die Furcht nicht abgelegt hatte. Also gut, Caroline, ich bin schon unterwegs.

Muriel kam zeitig zum Kaffeekränzchen, wie zu jedem gesellschaftlichen Ereignis, an dem sie teilnahm.

»Ich weiß, ich bin die Erste, aber ich hab mir gedacht, ich kann Ihnen vielleicht helfen. Hier ist meine Kuchenspende, Ralphs Lieblingstorte. Ich hoffe, ich hab's mit dem Zitronensaft nicht übertrieben, Ralph mag die Säure, aber natürlich ist das nicht jedermanns Geschmack.«

»Kommen Sie herein, Muriel. Die Torte können Sie auf den Esstisch stellen. Sie sieht ja einfach köstlich aus. Sylvia und ich haben alles im Griff, Sie brauchen also gar nichts zu tun.«

»Wenn es jetzt nichts zu tun gibt, bleibe ich hinterher und helfe beim Aufräumen. Ralph ist auf Besuch bei einem Freund, also bleibe ich sehr gern. Ich bin überrascht, wie einsam ich mich fühle, wenn ich allein bin. Vor meiner Heirat hat mir das Alleinsein nichts ausgemacht, aber jetzt ist es anders. Wie schön der Tisch aussieht! Wo haben Sie die Torten her? Sie sehen wunderbar aus.«

»Etliche sind von Freundinnen, eine habe ich gebacken, die hier ist von Sylvia und die daneben hat Jimbo mir geschenkt. Ich hoffe bloß, dass jede Menge Leute kommen, sonst habe ich den ganzen Tiefkühler voller Torten, obwohl Peter bestimmt nichts dagegen hätte.«

»Ist er heute Abend hier?«

»Nein, er spielt im Club in Culworth Squash. Ich habe ihm heute Abend Ausgang gegeben. Er braucht mal Abstand, von der Gemeinde und von den Windeln.«

Es klingelte wieder an der Tür. Caroline entschuldigte sich und ging öffnen. Muriel hörte sie rufen: »Venetia! Wie schön, dass Sie kommen konnten, und wie nett, dass Sie eine Torte mitgebracht haben. Damit habe ich gar nicht gerechnet, wissen Sie, eigentlich reicht eine Spende für jedes Stück, das Sie essen.«

»Danke für die Einladung. Sie sind so nett.«

»Gern geschehen. Freut mich, dass Sie sich frei machen konnten. Kommen Sie ins Esszimmer.«

Venetia kam herein. Sie trug einen Hosenanzug in einem schreienden Orange. Nur Venetia, mit ihrem jettschwarzen Haar und ihrer Bräune, konnte sich das leisten. Jede andere Frau wäre von der kräftigen Farbe erschlagen worden. Muriel wünschte sich fast, sie hätte eine Sonnenbrille auf.

»Hallo, Venetia, wie geht es Ihnen?«

»Sehr gut, danke, Lady Templeton. Ist Sir Ralph hier?«

»Nein, leider sind die Frauen heute Abend ganz unter sich.«

»Schade, er ist so charmant und so nett.«

Caroline führte sie zu einem Sessel. »Setzen Sie sich, Venetia, ich stelle Ihre Torte hier in die Mitte. Die ist aber prächtig, Sie müssen ja eine begabte Bäckerin sein, um so was zustande zu bringen. Ich kann mir gar nicht vorstellen, wie Sie das alles schaffen. Jimbo sagt, im Herrenhaus gibt es sehr viel zu tun.«

»Oh, ich hab sie nicht selbst gebacken. Ich war im Sportgeschäft in Culworth, um ein paar Sachen für den Freizeitbereich zu besorgen, und da ist mir aufgefallen, dass gegenüber eine neue Konditorei aufgemacht hat; ich konnte nicht widerstehen. Ja, wir haben viel zu tun. Sogar sehr viel. Jeremy ist als Verwalter in seinem Element und ich tue das, was mir Spaß macht, das heißt, ich überwache die Sportaktivitäten. Ja, es gibt jede Menge Arbeit. Schon was anderes als in den Zeiten des Fitnessclubs! Bis August ist jede Woche Hochbetrieb. Dann machen Jeremy und ich Urlaub.«

Plötzlich kamen alle gleichzeitig, darunter Harriet.

»Musste einfach kommen. Mutter hütet die Kinder. Hallo allerseits.«

»Hallo, Harriet«, wurde sie im Chor begrüßt.

»Wo haben Sie denn Jimbo gelassen?«, fragte Venetia.

»Er ist in Bristol und bewirtet die VIPs bei einer großen Spielzeugmesse.«

Caroline kam mit zwei Kaffeekannen aus der Küche und stellte sie neben den Tassen ab. Sie klopfte mit einem Löffel laut gegen eine Tasse. »So, meine Damen, ich glaube, wir können anfangen. Bitte, treten Sie näher und greifen Sie zu. Es wird Sie freuen zu hören, dass heute Abend keine Kalorien gezählt werden! Essen Sie, so viel Sie können! Auf dem Tortentisch und neben dem Kaffeeausschank stehen Schalen für Ihre Spenden bereit. Muriel und Sylvia sind für die Torten zuständig und ich schenke den Kaffee ein. Sheila Bissett, die eben von ihrer Weltreise zurück ist, sehen Sie nur, wie braun sie ist – ich hätte Sie fast nicht erkannt Sheila – Sheila Bissett übernimmt den Basarstand. Viel Spaß!«

Muriel und Sylvia, die hinter dem Tisch standen und den Kuchen servierten, hatten viel zu tun. Muriel war hingerissen von den zarten Porzellantellern, den silbernen Kuchengabeln und den hübschen geblümten Servietten, die sie zusammenfaltete und den Gästen zusammen mit dem Teller überreichte. Als sie einen Moment Zeit hatte, schaute sie sich um. Das Esszimmer war wirklich wunderschön. Caroline hatte die an einem Kabel baumelnde Glühbirne, die Mr. Furbank viele Jahre hier hängen gehabt hatte, durch einen Kristallkronleuchter ersetzt. Überall standen hübsche Blumen in schönen Vasen und der Teppich und die Vorhänge wirkten orientalisch angehaucht, was Muriel besonders gefiel. Wenn sie Mr. Furbank geheiratet hätte, wären baumelnde Glühbirnen ihr Schicksal gewesen. Sie wurde rot, als sie daran dachte, dass sie mit knapper Not davongekommen war. Na ja, nicht eigentlich davongekommen, schließlich hatte er ihr nie einen Antrag gemacht und hätte es auch nie getan, aber sie hatte sich doch Hoffnungen auf ihn gemacht.

Georgie Fields kam mit ihrem leeren Teller an den Tisch.

»Noch ein Stück Torte, Georgie?«

»Ja, diesmal bitte von der Himbeermeringue, Lady Templeton.«

»Kümmert sich Bryn um die Bar?«

»Ja. Konnte mir das hier nicht entgehen lassen. Das erste gesellschaftliche Ereignis, seit wir hier sind.«

»Gehen die Geschäfte gut?«

»O ja. Wir waren ein bisschen ängstlich, als wir in ein Kaff gezogen sind, weil wir früher immer nur in Städten gearbeitet haben, wissen Sie, aber ich muss sagen, es ist rundum ein Erfolg geworden. Vor allem jetzt mit dem Speisesaal, das hat uns richtig Auftrieb gegeben.« Sie steckte sich ein großes Stück Meringue in den Mund, wedelte mit der Kuchengabel in Sylvias Richtung und fragte mümmelnd, ob sie sich inzwischen an das Eheleben gewöhnt habe.

»Ja, danke, die beste Entscheidung meines Lebens.«

»Wenn ich bloß Alan unter die Haube bringen könnte. Als Barkellner kann er sich mit jedem messen, aber im Moment denkt er nur an Sex. Er hat nichts anderes im Kopf. Ich hab ihm gesagt, dass er mit der Zeit schon die Richtige findet, aber nein, er ist hinter jedem Rock her. Wahrscheinlich glaubt er, dass es mit zweiunddreißig höchste Zeit für ihn wird, in die Gänge zu kommen.«

»Sie kennen ihn schon lange?«

»Er arbeitet für uns, seit er von der Schule abgegangen ist. Er hat keine Angehörigen und deshalb ist es gut für ihn, dass er bei uns wohnen kann. Aber ich hab ihm gesagt, keine Damenbesuche, nein, danke. Das dulde ich nicht.«

Pat Duckett bekam das Gespräch mit, als sie darauf wartete, dass Muriel ihr ein Stück von Venetias Schokoladentorte servierte.

»Den kann keiner leiden, wissen Sie«, sagte sie. »Er ist tüchtig, aber nicht beliebt.«

Georgie regte sich auf. »Keiner kann ihn leiden? Das höre ich zum ersten Mal. Warum bloß?«

»Schleimig ist er, schleimig.«

Muriel, die Pats Meinung war, es aber nicht sagen wollte, murmelte, die Bemerkung sei vielleicht ein bisschen unfreundlich.

»Das kann schon sein, aber es ist wahr.« Pat bedankte sich bei Muriel für die Torte, nahm sich eine frische Serviette und schlenderte, in der Hoffnung auf einen ergiebigen Schwatz mit ihr, zu Venetia.

Muriel bemühte sich, Öl in die Wogen zu gießen. »Sie müssen das Pat nachsehen, ich fürchte, sie ist im Moment ein wenig durcheinander und weiß nicht, was sie sagt.«

»Warum?«

»Knapp bei Kasse, dabei wird es von Jahr zu Jahr teurer, die Kinder zu ernähren und zu kleiden und jetzt zieht auch noch ihr Vater bei ihr ein, weil er arbeitslos geworden ist.«

»Ach, du meine Güte, die arme Pat. Ja, da hat sie wirklich Probleme.«

»Ja, hat sie.« Muriel schaute zu Pat und Venetia hinüber, die sich angeregt unterhielten.

»Wissen Sie, mein Dad weiß alles über Gartenarbeit. Er hat sein Leben lang nichts anderes getan. Er braucht bloß eine Chance, das zu beweisen.«

»Na ja, ich könnte Jeremy fragen, ob er jemand braucht.«

»Er ist Fachmann für Glashäuser, aber eigentlich kann er alles andere auch.«

»Sie meinen Gewächshäuser?«

»Ja, er hat sein ganzes Arbeitsleben Trauben, Pfirsiche, Feigen und alles Mögliche angebaut. Unter Glas baut er alles an, was Sie nur wollen.«

»Hören Sie, Pat, ich habe nichts damit zu tun, für das Anwesen ist Jeremy zuständig, aber ich werde es bestimmt zur Sprache bringen. Ich meine, als uns das Herrenhaus gehörte, haben wir uns nie um die Treibhäuser gekümmert und seit Crad… Mr. Fitch hier ist, wurde gar nichts daran gemacht, also weiß ich, dass da was getan werden müsste. Aber Mr. Fitch ist so zielstrebig. Stoß Verlustgeschäfte ab und fang ein neues Projekt an, Sie wissen schon, was ich meine. Durchaus möglich, dass er sagt, reißt alles ab, die Mühe lohnt sich nicht. Aber ich verspreche Ihnen, dass ich tu, was ich kann.«

»Danke, Sie haben ja keine Ahnung, was es für eine Hilfe wäre, wenn er Arbeit hätte. Ich ertrag den Gedanken nicht, dass er den ganzen Tag zu Hause sitzt und nichts zu tun hat. Ich meine, er war erst neunzehn, als ich geboren wurde, es steckt also noch 'ne Menge Energie in ihm. Er ist noch lange nicht schrottreif. Noch einen Kaffee? Der hier geht auf mich.«

Harriet kam an den Tisch und bat um ein weiteres Stück Himbeermeringue.

»Ich habe keinen Zweifel daran, dass ich das heute Nacht gegen zwei bereuen werde, wenn ich im Bett liege und Magentabletten kaue, aber was soll man machen?«

Sylvia reichte ihr die Meringue und eine frische Serviette und wollte Harriet eben fragen, ob sich die Kinder auf das Baby freuten, als das lautstarke Eintreffen einer Gruppe aus Penny Fawcett jedes weitere Gespräch unterband.

Es war ziemlich spät, als Carolines Gäste aufbrachen. Muriel blieb noch, um beim Aufräumen zu helfen.

»Was für ein wunderbar erfolgreicher Abend, Caroline. Wie viel Geld haben wir eingenommen?«

»Ob Sie's glauben oder nicht, ich habs gezählt und es sind hundertfünfundachtzig Pfund und fünfundsiebzig Pence. Ist das nicht wundervoll? Der Basarstand hat auch noch was eingebracht und es sind viel mehr Frauen gekommen, als ich erwartet hatte. Ich habe meinen Augen nicht getraut, als der Kleinbus aus Penny Fawcett vorgefahren ist. Ich wusste, dass etliche kommen wollten, aber ein Kleinbus! Sie müssen sich gegenseitig auf dem Schoß gesessen haben. Bloß gut, dass der Sergeant sie nicht erwischt hat!«

»Toll!«, sagte Harriet. »Das ist sogar noch ein bisschen mehr, als wir für den Abschluss der Renovierungsarbeiten gebraucht haben, stimmt's? So, jetzt mache ich mich nützlich.«

»O nein, das lassen Sie bleiben, Sie setzen sich schön hierher, Harriet, und erbauen uns mit aufmunternden Reden, während wir arbeiten. Muriel und ich räumen auf. Es gibt kaum noch was zu tun, Pat hat schon eine Menge erledigt, bevor sie gegangen ist.«

Caroline lächelte Harriet zu und beugte sich über die Spülmaschine. »Setzen Sie sich in meinen Schaukelstuhl und schauen Sie uns zu. Diesen Teller von Ihnen stelle ich nicht hinein, Muriel, das könnte ihm nicht bekommen, wir spülen ihn lieber von Hand.«

»Übrigens hat Jimbo Pat Duckett gefragt, ob sie abends für ihn kellnern möchte, wenn er auswärts einen Cateringauftrag hat.« Als sie das sagte, beugte sich Harriet einen Moment vor, bevor sie weitersprach. »Ich weiß, dass ihr das Geld gelegen käme und dass sie zuverl… Liebe Zeit, ich habe mir geradezu unglaublich den Magen verdorben. Ich hätte nicht so viel essen dürfen. Fürs Überfressen ist einfach kein Platz mehr. Damit wird mein Bauch nicht fertig. Zum Teufel, keine Ahnung, weshalb es so schlimm geworden ist.«

»Ich habe Magentabletten, Harriet, möchten Sie eine?«

»Ja, bitte.« Caroline kramte in einem Schrank und förderte schließlich die Schachtel zutage. Harriet nahm dankbar eine Tablette. Sie saß ruhig da, kaute die Tablette und wartete auf die Wirkung.

»Wer von Ihnen möchte noch etwas zu trinken? Tee oder

was anderes?« Caroline drehte sich zu Harriet um und fragte, was ihr lieber sei. »Tee für Sie... Ist mit Ihnen alles in Ordnung?«

»Ich fühle mich besser, das muss ich schon sagen. Bestimmt lag es an dieser Meringue, die ich unbedingt niedermachen musste.«

»Sind Sie sicher, dass es eine Magenverstimmung ist?«

»Ja. Es kann nichts anderes sein, durch die Tablette ist es auch schon besser geworden. Wo steckt denn Peter heute Abend?«

»Spielt mit einem Freund aus dem College Squash. Hat ein schlechtes Gewissen, aber ich habe gesagt: Es ist ein Damenabend und wir kommen bestens ohne dich zurecht, also ab mit dir.«

»Es verblüfft mich immer wieder, dass Männer glauben, wir kämen nicht ohne sie aus. Jimbo war total von der Rolle, bevor er abgefahren ist. Du musst hin, ich bestehe darauf, habe ich gesagt... Ach, du liebe Zeit, ich hab so ein blödes Gefühl, dass es doch keine... Magenverstimmung ist.«

Caroline legte die Hand auf Harriets Bauch und spürte, wie er sich im Krampf verhärtete.

»Sie haben Wehen.«

»Reden Sie keinen Unsinn, Caroline, ich kann doch keine Wehen haben, das kommt jetzt, wo Jimbo nicht da ist, schlicht und einfach ungelegen. Das kann einfach nicht sein, schließlich sind es noch drei Wochen. Das kann nicht sein. Oder?« Sie schaute zu Caroline auf und als ihre Blicke sich begegneten, mussten sie zugeben, dass es höchstwahrscheinlich Wehen waren. »Was wird bloß Jimbo dazu sagen?«

»Haben Sie eine Tasche gepackt?«

»Nein. Hab nicht geglaubt, dass das jetzt schon nötig wäre. Das ist nur falscher Alarm. Ich gehe nach Hause und lege mich ins Bett. Ja, genau. Mir ist übel, weil ich übermüdet bin und eine vermaledeite Magenverstimmung habe.«

Caroline fand, ein Notarztwagen sei eher angebracht. »Warten wir noch zwei Krämpfe ab, dann treffen wir eine Entscheidung. Sagen Sie mir, wann der nächste Krampf einsetzt. Sie schauen auf die Uhr, Muriel.« Weder Caroline noch Harriet fiel Muriels Gesichtsausdruck auf, sonst hätten sie Muriel auf einen Stuhl gesetzt, bevor sie umkippte.

Caroline bemerkte, dass Harriets Gesicht sich anspannte. »Jetzt, Muriel.«

»Es ist zehn nach zehn.«

»Gut. Warten wir den nächsten Krampf ab. Setzen Sie sich, Muriel, es könnte eine Weile dauern.«

Sie mussten nur acht Minuten warten, bis der nächste Krampf kam.

»Sollte ich nicht irgendwas machen, zum Beispiel Wasser aufsetzen?« Muriels Stimme klang so schwach und piepsig, dass Caroline sie ansah.

»Wissen Sie was, ich glaube, es wäre eine gute Idee, wenn Sie hinüber zu Henderson's gingen und Sadie bitten würden, eine Tasche für Harriet zu packen. Könnten Sie das gleich erledigen?«

»Natürlich. Sie brauchen also kein heißes Wasser?«

»Wenn Sie meinen.« Muriel füllte den Wasserkessel, stellte ihn auf den Herd und ging dann leise hinaus auf die dunkle Straße. Sie eilte die Stocks Row entlang und am Royal Oak vorbei, wo alle sich völlig normal zu verhalten schienen, eine Tatsache, die Muriel unter den gegebenen Umständen schwer begreiflich war.

Sie hämmerte gegen die Haustür von Henderson's und lauschte auf Sadies Schritte im Flur. »Kommen Sie schon, kommen Sie schon, Sadie.«

Die Tür flog auf und Sadie spähte in die Dunkelheit hinaus. »Lieber Himmel, Muriel! Brennt's irgendwo?«

»Ob's brennt? O nein, es geht um Harriet. Sie… sie hat Wehen, und die Abstände sind sehr kurz und Caroline hat gesagt, Sie möchten ihr bitte eine Tasche für die Klinik packen und sie glaubt, sie muss einen Notarztwagen rufen. Oh, Sadie, ich kenne mich in solchen Dingen überhaupt nicht aus, aber mir kommt es so vor, als ob das Baby gleich da wäre. Harriet hat so starke Schmerzen, ich weiß gar nicht, wie sie das aushalten kann.«

»Großer Gott, kommen Sie rein. Ach, du meine Güte. Für so was bin ich viel zu alt. Ich hab ihr gesagt, sie soll zu Hause bleiben, aber sie hört ja nicht auf mich.« Sadie flatterte geistesabwesend im Flur herum und schaffte es trotz ihrer Sorgen, dabei auch noch elegant auszusehen. »Warten Sie hier, ich lauf nach oben und schau nach, was ich finden kann.«

Muriel wartete auf dem Stuhl im Flur, bereit, jederzeit aufzuspringen, aber gleichzeitig wünschte sie sich, sie müsste nicht ins Pfarrhaus zurück. Sie konnte Caroline doch nicht im Stich lassen, oder? Sie musste tapfer sein und es durchstehen. Vor Ralph war das Leben so ruhig und sorglos gewesen und jetzt sah es danach aus, als warteten ständig neue Herausforderungen auf sie. Sie hörte, dass Sadie oben Schubladen aufzog und zuschob und dann Sachen im Bad einsammelte. Dann hörte sie Schritte auf dem Treppenabsatz und Sadie kam mit einer Tasche in der Hand eilig die Treppe herunter.

»Liebe Grüße und sagen Sie ihr, dass ich die Stellung halte, bis Jimbo zurückkommt. Ach Gott, ich muss ihn über sein Handy anrufen. Er spielt bestimmt verrückt. Sagen Sie ihr, dass ich die ganze Nacht lang hier bleibe. Okay?«

Muriel hastete, so schnell es ihr das Gewicht der Tasche erlaubte, zum Pfarrhaus zurück. Das würde Harriet doch bestimmt nicht alles brauchen? Man hätte ja meinen können, sie müsste einen Monat im Krankenhaus bleiben.

Caroline machte die Tür auf. »Ich habe den Notarztwagen gerufen, es kann nicht mehr lange dauern.« Muriel gab ihr die Tasche und kehrte zögerlich in die Küche zurück. Harriet stand mit durchgebogenem Rücken am Küchentisch, hielt sich daran fest und konzentrierte sich mit dem ganzen Körper darauf, die Schmerzen auszuhalten.

In einer kurzen Pause zwischen den Wehen sagte Harriet: »Tut mir schrecklich Leid. Das Kind ist fast da, wissen Sie.«

»Ich weiß.« Die drei Frauen hörten, dass der Notarztwagen vorfuhr und Muriel floh, um die Tür aufzumachen.

Die Sanitäter kamen in die Küche und gaben Caroline die Hand, als hätten sie alle Zeit der Welt.

»Schön, Sie wieder im Dienst zu erleben, Doktor. Wir sind so schnell wie möglich hergekommen. Sie waren in guten Händen, Mrs. Charter-Plackett, unsere Frau Dr. Harris ist berühmt dafür, in Krisensituationen einen kühlen Kopf zu bewahren.«

Das Telefon klingelte und Muriel hob ab.

»Hier Pfarrhaus.«

»Wer ist dran?«

»Muriel Hipkin... o nein, ich meine Templeton. Ach, du meine Güte.«

»Hier ist Jimbo Charter-Plackett. Ich bin wegen Harriet angerufen worden. Sadie hat bei meinem Assistenten eine total konfuse Nachricht hinterlassen, aus der ich nicht schlau werde. Es hat geheißen, ich soll im Pfarrhaus anrufen.«

»Hören Sie, Jimbo, Harriet kann im Moment nicht ans Telefon kommen, weil eben der Notarztwagen eingetroffen ist und sie so schnell wie möglich ins Krankenhaus bringt. Carorline sagt, das Kind ist schon fast da.«

»Großer Gott. Großer Gott. Ist mit ihr alles in Ordnung?«

»Ja, sie hält sich prächtig.«

»Großer Gott, großer Gott. Was soll ich bloß machen? Ich

hab gewusst, ich hätte sie nicht allein lassen dürfen. Ich hab's ihr gesagt. Ich kann's nicht fassen. Es ist zu früh.«

»Sie hat dem Kaffeekränzchen ein grandioses Finale beschert.«

»Richten Sie Harriet aus, dass ich sie liebe und dass ich nach Hause komme, sobald ich für morgen alles organisiert habe.«

»Jimbo, fahren Sie nicht nach Hause, sondern direkt ins Krankenhaus.«

»Natürlich, natürlich. Ich kann nicht klar denken. Bitte, danken Sie Caroline in meinem Namen.«

Muriel wollte noch »Fahren Sie vorsichtig« sagen, aber die Leitung war schon tot und sie legte den Hörer auf.

Als sie in die Küche zurückkam, hatten die Sanitäter Harriet in eine Decke gewickelt und waren im Begriff, sie zum Notarztwagen zu tragen. »Harriet, meine Liebe, das war Jimbo. Liebe Grüße, und er fährt direkt zum Krankenhaus.«

Caroline folgte den Sanitätern aus dem Haus und stellte Harriets Reisetasche auf den Boden des Notarztwagens. »Viel Glück. Jetzt dauert es nicht mehr lange. In einer Stunde rufe ich an und erkundige mich, wie es Ihnen geht.« Als Harriet fort war, ging Caroline ins Pfarrhaus zurück, um sich bei Muriel für ihre Hilfe zu bedanken und endlich den versprochenen Tee zu kochen.

Muriel saß mit aschfahlem Gesicht, die Unterarme auf den Tisch gestützt, auf einem Küchenstuhl.

»Ich weiß, ich muss furchtbar aussehen, entschuldigen Sie nur, aber ich war noch nie bei einer Geburt dabei. Es hat mich völlig durcheinander gebracht. Ich hab geglaubt, es kommt hier in der Küche zur Welt.«

»Das hab ich auch geglaubt. Gott sei Dank waren sie schnell hier. Ich bin fix und fertig. Es ist lange her, seit ich auf einer Entbindungsstation gearbeitet habe.«

»Ich gehe jetzt nach Hause und trinke zur Nervenberuhigung eine Tasse Kamillentee. Danke für einen wundervollen Abend, Caroline. Es freut mich sehr, dass es so ein Erfolg war. Mit Harriet kommt doch alles in Ordnung?«

»Natürlich, machen Sie sich keine Sorgen. Manchmal kommen Babys schnell.«

11. Kapitel

Flick saß mit baumelnden Beinen in der vordersten Kirchenbank und unterhielt sich mit Gott. »Danke, lieber Gott, dass du mir eine kleine Schwester geschickt hast. Ich hab die ganze Zeit geglaubt, es wird ein Junge. Ich hab wirklich ein Mädchen gebraucht. Es ist schwer, das einzige Mädchen zu sein, weißt du, und ich hab geglaubt, du verstehst das nicht. Ich hab einen Namen für sie ausgesucht. Ich meine, sie sieht so aus, als ob sie 'nen vornehmen Namen brauchen könnte. Ich heiß ja eigentlich Felicity, weißt du, aber als ich klein war, konnte ich das nicht aussprechen und deshalb ist Flick draus geworden und ich hab ganz lange nachgedacht und ich glaube, ich möchte sie Frances Charlotte Charter-Plackett nennen. Was meinst du?«

Sie kniff die Augen zusammen und wartete auf Gottes Antwort. Sie hoffte, dass er ihr zuhörte, schließlich war es sehr ungezogen von ihr, dass sie nicht in der Schule war, obwohl ihr Daddy sie dort vermutete. Aber es gab Tage, an denen konnte man einfach nicht brav sein und außerdem bekam ein Mädchen nicht jeden Tag ein Schwesterchen. »Weißt du, der Name muss mit einem F anfangen, sonst glaubt sie, sie gehört nicht zu Finlay und Fergus und mir und ich will nicht, dass sie denkt, sie ist adoptiert worden. Sie ist so schön, lieber Gott, und ich möchte dir dafür danken, dass du so lieb warst und mir eine hübsche Schwester geschickt hast. Eine hässliche hätte ich nicht gewollt. Aber ich glaube, du hast Mummy ein bisschen wenig Zeit gelassen. Es ist gar nicht lustig, in einem Notarztwagen auf dem Krankenhausparkplatz geboren zu werden. Was soll meine Schwester bloß davon halten, wenn sie größer wird? Sie denkt bestimmt, dass wir nicht vorsichtig waren. Wenn wir Mummy morgen nach Hause holen, sag ich es ihr. Frances Charter-Plackett. Klingt sehr nobel, meinst du nicht?«

Flick hörte Schritte und schlug die Augen auf. Es war Peter, der aus der Chorsakristei kam.

»Hallo, Flick. Ist das mit deinem Schwesterchen nicht wunderbar?«

»Hallo, Mr. Harris. Ja, aber es wäre mir lieber gewesen, wenn sie mich geholt hätten. Ich habe alles darüber gelesen, ich hätte helfen können.«

»Deine Schwester hatte es ungeheuer eilig. Ich glaube nicht, dass Mrs. Harris sich Gedanken darüber machen konnte, Hilfe zu holen.«

»Aber sie ist doch eine richtige Ärztin, oder? Eben haben Sie Mrs. Harris gesagt.«

»O ja, sie ist eine richtige Ärztin. Ich hätte in diesem Fall Dr. Harris sagen müssen, ich weiß.«

»Ich freue mich so über meine kleine Schwester. Sie finden sie bestimmt auch schön, wenn Sie sie sehen. Genauso schön wie Ihre Beth.«

Willie kam in der Gärtnerkleidung durch das Portal herein. »Oh, hier steckst du, Flick. Dein Dad ist völlig außer sich. Eben hat die Schule angerufen und gesagt, dass du nicht gekommen bist. Er war unterwegs und hat nach dir gesucht. Jetzt ist er wieder im Laden, da ist heute Morgen Hochbetrieb, weil alle was über das Baby hören wollen.«

»Dann geh ich lieber. Er dreht durch, jedenfalls sagt Mummy das. Ich muss mich um ihn kümmern, solange sie weg ist. Tschüs.« Mit baumelnden Zöpfen lief Flick hinaus in den Regen.

Willie lachte leise. »Das ist mal ein selten altmodisches kleines Mädchen. Jedenfalls, Sir, es regnet zwar, aber ich fang mal damit an, den Pflasterweg am …«

Ein fürchterliches Krachen brachte ihn zum Schweigen. Er und Peter sahen sich angstvoll an. Peter raffte wortlos die Soutane hoch und rannte durch das Portal und den Pfad entlang, Willie dicht auf seinen Fersen. Der Regen schlug ihnen entgegen.

Flick lag verrenkt mit dem Gesicht nach unten mitten auf der Straße, gleich hinter dem Friedhofstor. Aus ihrem Kopf sickerte Blut auf den Asphalt. Das Auto, das sie überfahren hatte, war auf der anderen Seite des Tors gegen die Friedhofsmauer gekracht. Alan Crimble saß immer noch auf dem Fahrersitz. Auch aus seinem Kopf, der auf das Lenkrad aufgeschlagen war, sickerte Blut und tropfte ihm auf die Knie. Die Stille war bedrückend.

Willie wollte Flick umdrehen. Peter rief dringlich: »Nicht anfassen. Holen Sie Caroline. Rufen Sie einen Notarztwagen. Schnell.« Er ging auf der Straße neben Flick in die Knie und horchte nach ihrem Atem. Schock. Ja, Schock. Warm halten. Er knöpfte die Soutane auf, zog sie aus und deckte Flick damit zu. Er hörte Schritte; erst kam Jimbo, dann bildete sich plötzlich eine Menschenmenge. Jimbo kniete auf der Straße neben Flick nieder. Er war totenbleich, rang nach Luft, als wäre er ein Rennen gelaufen. Als er in ihrem Gesicht nach Lebenszeichen forschte, berührte sein Kopf fast die Straße. Er hatte Angst, sie anzufassen, legte ihr nur sanft den Handrücken an die Wange und zog ihr Peters Soutane enger um die Schultern und steckte sie ihr sorgfältig um die kleinen, nackten Füße. Er schaute zu Peter auf. Innerlich weinten sie beide.

Peter ging hinüber, um nach Alan zu sehen. Er saß reglos über dem Lenkrad zusammengesackt da. Die Windschutzscheibe war geborsten und durch das gesprungene Glas fiel das Licht in seltsam gebrochenen Mustern auf Alans Kopf. Das Blut tropfte ihm immer noch auf die Hosen. Peter schaffte es, die Autotür aufzubekommen. Er fasste Alan an der Schulter. Alan hob langsam den Kopf. Peter sah eine klaffende Stirnwunde. Instinktiv griff er nach einem frisch gewaschenen Taschentuch in seiner Hosentasche und gab es Alan, der es sich an den Kopf hielt.

Peter half ihm beim Aussteigen. Alan bewegte sich wie in Trance. Er richtete sich auf. Dann übergab er sich heftig mitten auf der Straße. Peter wandte sich ab. Er sah, dass Caroline neben Flick kniete. Jimbo war bei ihr, legte die Hand auf Carolines Schulter. Warten. Warten.

»Ich kann ihren Puls fühlen, Jimbo. Wir können sie nur warm halten, bis der Notarztwagen kommt. Es dauert nicht lange.«

Jimbo räusperte sich und versuchte zu sprechen, aber er brachte kein Wort heraus. Er gestikulierte hilflos. Caroline tätschelte ihm den Arm und lächelte beruhigend. Sie blieb neben Flick auf der Straße knien, streichelte ihr das Haar und sprach mit ihr. Die Menge, jetzt viel größer, aber immer noch stumm, beobachtete Alan Crimble, der totenbleich und keuchend an der Kirchenmauer lehnte und sich das Taschentuch an den Kopf presste.

Jimbo wurde erst jetzt auf ihn aufmerksam und kam blitzschnell zu sich. Seine Stimme, rau und heiser, brach aus seiner Kehle hervor. »Ich bring Sie um.« Er überquerte im Nu die Straße, legte die Hände um Alans Hals und drückte zu.

Peter packte Jimbos Handgelenke und zwang ihn, Alans Hals loszulassen. »So nicht, Jimbo«, sagte Peter energisch,

»gehen Sie zu Flick und sprechen Sie mit ihr, sie braucht Sie. Ich kümmere mich um Alan.«

Alan fand die Stimme wieder; eine schwache, dünne Piepsstimme, die um Verständnis bettelte.

»Ich hab sie nicht gesehen, sie kam aus dem Tor gelaufen und ich hab sie überfahren, bevor ich was machen konnte. Ich konnte nichts dafür, es war nicht meine Schuld, dass sie auf die Straße gerannt ist, ohne sich umzusehen. Ich konnte wirklich nichts dafür. Die können mir nicht die Schuld daran geben. Das können die nicht.«

»Nehmen Sie sich zusammen, Alan, Jimbo ist von Sinnen, Sie müssen Nachsicht mit ihm haben.«

»Ist sie… Sie wissen schon, ist sie tot?«

»Nein.«

»Gott sei Dank.«

»Aber sie ist schwer verletzt.«

Caroline überließ es Jimbo, Flick zu trösten, und kam zu Alan. Sie nahm das Taschentuch von seiner Stirn und musterte die klaffende Wunde.

»Das muss genäht werden, Alan. Aber kein Grund zur Sorge, es sieht nicht besonders schlimm aus. Spüren Sie sonst etwas?«

»Ich glaube, da ist nichts, aber ich friere so.« Er zitterte am ganzen Leib.

Caroline schaute die stumme Menge an. Die Leute standen völlig unbeweglich da und zeigten keinerlei Gefühlsregung.

»Könnte jemand Alan eine Jacke geben? Es liegt am Schock, er friert.«

Die Frage brachte die Menge in Wallung.

»Das hat er verdient.«

»Geschieht ihm recht.«

»Na und?«

Ein hässliches Gemurre folgte, das zur Explosion geführt

hätte, wäre es sich selbst überlassen geblieben. Peter sagte laut: »Ich habe eine Decke im Auto, nimm die« und gab Caroline die Autoschlüssel. Sie überließ es ihm, der Menge entgegenzutreten. Seine Größe war von Vorteil. Peter fing die Blicke der Leute ein und trotzte ihnen. Einer nach dem anderen sah ihn an und senkte dann beschämt den Blick.

»Flick wird unsere Gebete und unsere ganze Liebe brauchen. Und Alan auch. Er hat sie nicht absichtlich überfahren, es war ein Unfall.«

Der Notarztwagen kam mit heulenden Sirenen die Culworth Road entlang. Die Sanitäter sprangen sofort nach dem Halten heraus. Peter kam es vor, als wäre bis zu ihrer Ankunft eine Stunde verstrichen, aber als er auf die Uhr schaute, stellte er fest, dass erst eine knappe Viertelstunde vergangen war, seit er das Krachen gehört hatte.

Caroline schlug vor, Jimbo sollte im Notarztwagen mitfahren. Er fasste sie am Arm. »Ja, ja, natürlich.« Er bat sie flehentlich um einen Rat. »Caroline, wie soll ich das Harriet beibringen?«

»Sehr, sehr behutsam und voller Hoffnung, Jimbo.«

Ein Sanitäter nickte in die Richtung von Alan Crimble. »Diesen Herrn nehmen wir auch mit, Dr. Harris.«

»Selbstverständlich. Es sieht so aus, als hätte er nur die Platzwunde am Kopf, aber er steht unter Schock.«

Der Sanitäter wandte sich von der Menge ab und sagte leise zu Caroline: »Sie brauchen mir nicht zu sagen, dass es schlecht um das kleine Mädchen steht, Doktor.«

»Ich weiß, ich weiß.«

»Sogar sehr schlecht.«

Der Fahrer stand an der Tür des Krankenwagens und wartete darauf, sie zuzumachen. Alan, immer noch in Peters Decke gewickelt, stieg mit wackligen Beinen ein. Jimbo folgte ihm. Drin kümmerte sich der Sanitäter um Flick, die stumm und reglos auf der Bahre lag, wie man sie sonst gar nicht kannte. Der Fahrer schlug die Tür zu, ging nach vorn und stieg auf den Fahrersitz. Er erwiderte Carolines Winken und fuhr dann langsam aus dem Dorf hinaus. Die Menge, die niemanden mehr hatte, an dem sie ihre Wut hätte auslassen können, zerstreute sich in Grüppchen, die sich leise unterhielten.

Caroline riss sich zusammen, um sich wieder den alltäglichen Notwendigkeiten zu stellen. »Ich gehe in den Laden, Peter, meinst du, wir sollten ihn für den Rest das Tages schließen?«

»Ich glaube, weil weder Harriet noch Jimbo da sind, bleibt uns keine andere Wahl. Ich komme mit.« Caroline sah Flicks blaue Flipflops neben der Kirchenmauer stehen; seltsamerweise ordentlich nebeneinander, als hätte Flick sie ausgezogen und bis zu ihrer Rückkehr dort hingestellt. Caroline nahm die Flipflops mit in den Laden. Tränen stiegen ihr in die Augen. In ihrer Hand sahen sie so trostlos aus, als kämen sie sich jetzt nutzlos vor.

Als sie in den Laden kamen, stand Sadie hinter der Theke. Tränen liefen ihr über das Gesicht. »Ich bin nicht tapfer, ich hab's nicht fertig gebracht, nach draußen zu gehen und sie anzuschauen.« Sie fragte Caroline nach ihrer Meinung. »Was glauben Sie? Sie ist doch nicht etwa tot?«

»Nein, aber es steht sehr schlecht um sie. Sie hat mehrere Knochenbrüche. Aber ich kenne den orthopädischen Chirurgen, Archie McKintyre, er ist eine Koryphäe. Falls irgendjemand etwas für sie tun kann, dann er. Er ist genial. Sehr innovativ.« Caroline legte die Arme um Sadie und drückte sie fest an sich.

»Ich bin so ein verdammt blödes altes Weib. Den Jungen zuliebe werd ich mich zusammenreißen müssen.«

»Wie wär's, wenn wir den Laden schließen? Sie schaffen

nicht alles allein und die Jungen brauchen Sie jetzt, Sie dürfen sie nicht sich selbst überlassen.«

»Wie vernünftig. Linda, schreiben Sie auf ein Schild: ›Vorübergehend geschlossen. Mit der Bitte um Verständnis.‹ Wenn die Leute sich beschweren, können sie mich mal. Morgen kümmere ich mich um Aushilfskräfte. Beten Sie für Flick, Peter, ich bin mir sicher, dass Ihre Gebete mehr Gewicht haben als meine.«

Peter lächelte milde. »Das glaube ich keinen Augenblick.«

Caroline hielt Sadie die Flipflops hin. »Ich hab sie auf der Straße gefunden.« Sadie vergrub das Gesicht darin und flüsterte: »Gott steh uns allen bei.«

Gegen Mittag rief Caroline im Krankenhaus an. Sie ging zu Peter ins Arbeitszimmer und erzählte ihm, was sie erfahren hatte. »Sie bringen sie eben in den OP. Schädelbruch, mehrere Knochenbrüche, darunter beide Beine und das Becken. Aber sie hält sich sehr wacker. Sie ist ein zähes kleines Mädchen mit jeder Menge Willenskraft. Wenn jemand es schafft, dann sie.«

»Die arme Harriet. Und jetzt ist sie obendrein besonders verletzlich. Ich glaube, ich fahre ins Krankenhaus. Gott allein weiß, was man Eltern in so einem Moment überhaupt sagen kann.«

»Ich weiß, dass du die richtigen Worte findest. Das tust du doch immer.« Sie gab ihm einen Kuss und ging dann in die Küche, wo sie ihre beiden Kinder umarmte, die im Spülbecken mit Wasser planschten, während Sylvia das Mittagessen kochte.

An jenem Abend hatten Bryn und Georgie in der Bar ohne Alan alle Hände voll zu tun. Natürlich herrschte Hochbetrieb; alle Stammgäste waren da, wollten wissen, was passiert war, und ein Urteil über den Schuldigen sprechen.

»Hab mehr als einmal zu Alan gesagt, er soll sein Auto zum Kundendienst bringen. War ein echter Schrotthaufen, wissen Sie, Bryn. Es hätte auf den Autofriedhof bei Penny Fawcett gehört. Da wird's jetzt auch landen und das wird auch Zeit. Sie hätten darauf bestehen sollen.«

Bryn strich sich über den großen Schnurrbart und erwiderte: »Ich bin nicht sein Hüter, bloß sein Arbeitgeber.«

»Trotzdem hätten Sie ihm 'nen guten Rat geben können.«

Bryn widersprach. »Er ist erwachsen und ...«

»Erwachsen? Im Grunde ist der doch noch ein Kind. Verantwortungslos, so nenne ich das. Wir wissen alle, dass er viel zu schnell fährt. Hab ihn mal gesehen, wie er aus Culworth nach Hause gekommen ist, wie 'ne gesengte Sau, hab echt keine Ahnung, wie er die Haarnadelkurve am Verkehrsschild gekriegt hat. Ein andermal hat er 'nem Freund von mir 'nen Mordsschrecken eingejagt, als er über die Kreuzung gerast ist, wo der Pfarrer den Unfall hatte. Alan ist ein Irrer am Steuer.«

»Den wird die Polizei sich ganz schön vorknöpfen.« Der Sprecher zählte an den Fingern die Vergehen ab, derer sich Alan seiner Meinung nach schuldig gemacht hatte. »Erst mal rücksichtslose Raserei. Keine Versicherung. Kfz-Steuern hat er auch nicht gezahlt. Kein TÜV. Reifen total abgefahren. Die Lichter funktionierten nicht, die Bremsen waren Schrott und dabei hab ich das Auto noch nicht mal begutachtet.«

Ein anderer Stammgast erklärte laut: »Kommt noch dazu, dass ich mich von dem nicht mehr bedienen lassen will. Nicht von 'nem Kerl, der ein kleines Mädchen überfahren hat, und dazu noch so ein reizendes kleines Mädchen.«

Georgie, die bis jetzt geschwiegen hatte, machte den Mund auf. »Jetzt hören Sie mal, wir alle wissen, dass Flick durch das Tor auf die Straße gerannt ist, ohne sich umzuschauen, und wegen dem Friedhofstor hat Alan sie nicht gesehen. Sie lief direkt auf ihn zu, er hatte gar keine Zeit.«

»Er hätt auch nicht anhalten können, wenn er sie gesehen hätte, weil seine Bremsen nichts getaugt haben. Hören Sie auf meinen Rat, geben Sie ihm einen Tritt in den Hintern.«

»Einen Tritt in den Hintern?«

»Geben Sie ihm seine Papiere, schmeißen Sie ihn raus, feuern Sie ihn oder wie man das heute nennt. Wann wird er aus dem Krankenhaus entlassen?«

»Höchstwahrscheinlich morgen.«

»Gut, dann kündigen Sie ihm.«

»Ich mach nichts dergleichen. Ihm kündigen, an dem Tag, an dem er aus dem Krankenhaus kommt? Nicht sehr christlich, oder? Wir haben keinen Grund dazu, er ist tüchtig und versteht sein Geschäft aus dem Effeff. Außerdem beschäftigen Bryn und ich in unserem Pub, wen wir wollen, schließlich ist es unser Lokal.«

»Stimmt, Sie haben völlig Recht und wir leben in einem freien Land. Behalten Sie ihn nur, dann werden Sie schon sehen, wie Ihr Umsatz zurückgeht.« Bryn schüttelte stumm den Kopf über Georgie; ihr Temperament ging mit ihr durch und sie ließ das Thema ruhen. Die Gäste brachten ihre Drinks an die Tische und überließen es den beiden, sich abzuhetzen, um alle zu bedienen.

Erst zwei Tage nach der Operation erlangte Flick das Bewusstsein wieder. Harriet, für die die Nachricht von dem Unfall ein unerträglicher Schock gewesen war, hatte im Krankenhaus bleiben müssen; sie wurde im Rollstuhl auf die orthopädische Station gebracht, wo sie neben Flicks Bett saß, ihre Tochter beobachtete und wartete. Den Anblick der Schläuche und Apparate um Flick herum konnte Harriet kaum ertragen und dass die Schwestern rund um die Uhr

Wache über Flick hielten, kam ihr genauso unerträglich vor. Es schien ihr, als werde Flick nie in Ruhe gelassen. Am liebsten hätte sie die Schwestern angefleht, Flick in Frieden sterben zu lassen. Dann redete sie sich ein, wo Leben sei, sei auch noch Hoffnung. Jimbo, der besser informiert wurde als Harriet, wagte nicht, allzu hoffnungsvoll zu klingen.

Sie waren beide dabei, als Flick die Augen aufschlug. Sie lächelte ganz schwach, als sie sah, dass Jimbo und Harriet sich über sie beugten.

»Liebling, ich bin's, Mummy. Daddy ist auch hier.«

»Frances, wo ist Frances?« Flick schloss die Augen und dämmerte wieder weg.

Jimbo versuchte, seine Erleichterung zu überspielen, und sagte ungeduldig: »Worüber redet sie? Wer ist Frances? Eine Schulkameradin?«

»Keine Schulkameradin. Ich habe sie nie von einer Frances sprechen hören. Ich habe nicht die leiseste Ahnung. Aber sie scheint zu sich zu kommen, Jimbo. Sie hat gesprochen und das ist doch bestimmt ein gutes Zeichen, Oberschwester?«

»Auf alle Fälle, auf alle Fälle. Sie ist trotzdem noch nicht über dem Berg, aber das ist sehr positiv.«

Jimbo hatte eine Idee. »Oberschwester, glauben Sie, es wäre gut, wenn wir das Baby von der Entbindungsstation herbrächten und es Flick zeigten? Vielleicht könnte sie das zum Wachbleiben motivieren?«

»Eine ausgezeichnete Idee. Ich rufe die Oberschwester auf der Entbindungsstation an und frage sie, was sie davon hält. Wir könnten die Kleine hier behalten, bis Flick wieder aufwacht. Die Schwestern werden begeistert sein. Alle werden hereinkommen, um das Baby zu sehen.«

Als Flick wieder die Augen aufschlug, nahm Jimbo das Baby aus dem Bettchen und hielt es hoch, damit Flick es sehen konnte.

»Schau, Liebling, wer dich besuchen kommt. Schau her, Flick, schau her.«

Er hielt das Baby an Flicks Wange und wartete auf ihre Reaktion.

Flick lächelte und sagte mit schwacher Stimme: »Hallo, Frances.« Dann dämmerte sie wieder weg.

»Harriet, sie möchte, dass wir das Baby Frances nennen, das steckt dahinter, sie möchte es Frances nennen. Wenn sie das freut, machen wir das. Frances. Mir gefällt das.«

»Mir auch. Sie kommt allmählich wieder zu sich, oder, Oberschwester?«

»Auf jeden Fall ist es ermutigend, das muss ich schon sagen. Jetzt müssen Sie beide hinausgehen. Mr. McKintyre ist auf dem Weg hierher.«

Nachdem der Chirurg Flick untersucht hatte, sprach er mit Jimbo und Harriet, die auf dem Flur warteten. »Noch nicht aus dem Gröbsten heraus, aber ich muss sagen, das zarte Ding hält sich prächtig. Sie ist eine kleine Kämpferin, ja, eine kleine Kämpferin. Wir stehen noch ganz am Anfang, aber es wird Sie freuen, dass wir ab sofort das Wort Hoffnung in unser Vokabular aufnehmen können. Sie haben ein reizendes kleines Baby, Mrs. Charter-Plackett. Auf bald.«

12. Kapitel

Mit der Morgenpost kam ein Brief von Ralphs Anwalt, der bestätigte, dass er der rechtmäßige Eigentümer des Brachlands war. »Endlich können wir mit der Planung anfangen, Muriel, meine Liebe. Lies das.«

Sie las den Brief und fragte: »Aber Ralph, wie ist das nur möglich? Wie kommt es, dass das Brachland nach so vielen Jahren dir gehört? Wer hat da einen Fehler gemacht?«

»Lass uns ganz von vorn anfangen. Mein Ururgroßvater Tristan Templeton, der Ende des achtzehnten Jahrhunderts gelebt hat, war verrückt nach Pferderennen und außerdem ein Spieler. Zum Glück hat er meistens gewonnen, deshalb hat er das Familienvermögen nicht durchgebracht. Er hatte einen Rivalen, Geoffrey de Guillet, der im alten Herrenhaus in Little Derehams gewohnt hat. Davon stehen nur noch die Mauern des alten Küchengartens, aus dem der Council einen Rosengarten gemacht hat. Du weißt, welchen Rosengarten ich meine?«

Muriel nickte. »Und dieser Rivale hat gewettet, er könnte meinen Ururgroßvater Tristan bei jedem beliebigen Rennen schlagen. Sie einigten sich auf ein Rennen, das hier am Stock in Turnham Malpas anfing und auf der Marktkreuzung in Culworth endete. Die Wette lautete, dass Tristan für den Fall seines Siegs das Brachland bekommen sollte, nach dem ihn schon lange gelüstete. Falls Geoffrey de Guillet siegte, sollte er Tristans unbezahlbares Rennpferd bekommen. Na ja, Tristan Templeton hat das Rennen mit drei Längen gewonnen. Der Grundbucheintrag für das Land wurde dementsprechend geändert. Das restliche Gutsanwesen war ein zusammenhängendes Stück Land. Das Brachland, das Tristan gewonnen hatte, lag ein gutes Stück davon entfernt. Als der Council das Gut 1946 kaufte, hatte er die Absicht, die Home Farm und die umliegenden Wälder und Wiesen dazu zu nutzen, den Waisenjungen Kenntnisse in Ackerbau und Forstwirtschaft beizubringen, damit sie sich ihren Lebensunterhalt verdienen konnten, wenn sie das Heim verließen. Das schlug alles fehl und der Council verkaufte das Gut bis auf das Grundstück um das Herrenhaus herum und bis auf Sykes Wood.«

»Und das sind die Grundstücke, die immer noch zum Herrenhaus gehören?«

»Richtig. Der Council ging davon aus, das Brachland gehörte ihm, aber durch einen Patzer im Kaufvertrag von 1946 wurde das Brachland überhaupt nicht erwähnt, aber das hat niemand gemerkt. Ich bin immer noch der Eigentümer und dieser Brief bestätigt amtlich, dass das Land all die Jahre mir gehört hat.«

»Ist das nicht unglaublich?«

»Jetzt kann ich mich also an die Planung der Häuser machen.«

»Ich möchte ja nicht in deinen geschäftlichen Angelegenheiten herumstochern, Ralph, aber woher willst du das Geld für den Bau von so vielen Häusern nehmen? Bist du so wohlhabend?«

»Nein, meine Liebe, sind *wir* so wohlhabend? Uns gehört alles gemeinsam.«

»Alles?«

»Ja. Bei unserer Heirat habe ich die Hälfte meines Besitzes auf dich übertragen.«

»Auf mich? Stand das in den ganzen Papieren, die ich unterschrieben habe?«

»Ja, meine Liebe.«

Muriel war entsetzt. »Aber ich habe dir überhaupt nichts übereignet! Ich habe immer noch Geld, na ja, ein bisschen Geld auf einem eigenen Bankkonto. Als du gesagt hast, ›richtig heiraten‹, da habe ich gedacht, du meinst ... du weißt schon ... miteinander zu schlafen.«

»Stimmt, aber ich habe auch Geld und Besitz gemeint.«

Muriel faltete die Hände unter dem Kinn und dachte über das nach, was Ralph gesagt hatte. »Was für eine wunderschöne Geste. Wie wundervoll, dass du so etwas getan hast. Lieber, ich komme mir sehr schäbig vor, sehr schäbig. Ich habe deine Großzügigkeit wirklich nicht verdient. Wirklich nicht. Als ich diese Papiere unterschrieben habe, war ich so durcheinander, dass ich es schlicht und einfach nicht gemerkt habe. Du musst mich für sehr undankbar gehalten haben.«

»Jetzt weißt du es.«

»Wenn das so ist, gehört mir auch die Hälfte vom Brachland?«

Ralph dachte einen Moment lang nach und merkte, dass er in der Klemme steckte. »Na ja, wir haben eben erst herausgefunden, dass das Brachland mir... uns gehört, also ist es noch nicht amtlich. Aber ja, theoretisch gehört dir die Hälfte.«

»Aha. Ich gehe jetzt das Mittagessen kochen.« Sie ließ Ralph zurück, der darüber nachdachte, was beim Kochen wohl in ihrem Kopf vorging. Nach einer Weile steckte Muriel den Kopf durch die Tür und sagte: »Wenn du bei unserer Heirat also deinen ganzen Besitz mit mir geteilt hast, habe ich doch auch ein Mitspracherecht beim Bauen der Häuser?«

Ralph zögerte und sagte dann: »Ja, selbstverständlich. Aber ich gehe davon aus, dass du auf meinen Rat hörst.«

»Aha.« Muriel kehrte in die Küche zurück, um das Essen fertig zuzubereiten.

Bei Tisch sagte Muriel: »Aber Ralph, ich habe immer noch ein eigenes Bankkonto mit meinen kleinen Ersparnissen darauf und dem Geld, das ich beim Verkauf meines Cottages bekommen habe. Ich gehe heute Nachmittag zur Bank und lasse alles überweisen... Wohin soll ich es überweisen?«

»Tu das nicht«, meinte er und fügte augenzwinkernd hinzu: »Wenn wir bei diesem Bauprojekt unser ganzes Geld verlieren, müssen wir vielleicht auf dein Geld zurückgreifen und davon leben.«

Muriel war schockiert. »Das ist doch wohl nicht dein Ernst? Es ist wirklich nicht sehr viel, weißt du.«

»Nein, ich hab nur Spaß gemacht. Aber überweis es nicht. Mir gefällt die Vorstellung, mit einer Frau verheiratet zu sein, die Geld hat. Auf jeden Fall hilft es dir, unabhängig zu bleiben.«

»Ich werde mich ein bisschen an der Börse tummeln. Jawohl, das mach ich.«

»Du wirst ja richtig verwegen, meine Liebe.«

»Bestimmt überlege ich es mir anders, sobald ich es erst einmal gemacht habe, aber mir gefällt die Vorstellung, gefährlich zu leben. Ach, wenn es bloß gute Neuigkeiten über Flick gäbe. Das arme, liebe kleine Mädchen. Durch die Narkose hat sich ihr Zustand verschlechtert und jetzt sind ihre Lungen angegriffen. Sie war, ich meine, sie *ist* so ein Wonneproppen. Jimbo ist nur noch ein Schatten seiner selbst.«

»Schau, sie hat eine Woche lang durchgehalten, sie ist bei Bewusstsein und spricht klar, also muss es Hoffnung geben. Sie ist ein zähes kleines Ding, weißt du, wirklich zäh. Wenn jemand es schaffen kann, dann sie. Heute Morgen habe ich diesen Alan Crimble gesehen. Er ist auch nur noch ein Schatten seiner selbst, wie Jimbo.«

»Ach, du meine Güte. Er hat sich nicht gerade beliebt gemacht.«

»Nein, es könnte sehr unangenehm für ihn werden. Aber sie ist aus dem Schatten des Friedhoftors auf die Straße gerannt, offenbar ohne sich umzuschauen. Es war also nicht nur seine Schuld. Die Polizei hat sein Auto beschlagnahmt. Ich bezweifle, dass sie es als straßentauglich einschätzt.«

»Dann wird er also angeklagt?«

»Zweifellos. Ich muss Briefe schreiben, Muriel. Das Mittagessen war köstlich. Wenn du möchtest, konsultiere ich die *Financial Times* und wir suchen ein paar Aktien aus.«

»Danke, Lieber. Wenn ich abgeräumt habe, gehe ich in den Laden und kaufe eine Karte für Flick.«

Harriet ging zu Flick hinein, um sich von ihr zu verabschieden, bevor sie mit dem Baby das Krankenhaus verließ. Sie hatte den Eindruck, Flick sei von nicht mehr ganz so vielen Apparaten umgeben, aber sie sah immer noch aus wie ein Wesen aus dem All.

»Flick, Liebling, ich bin's, Mummy. Hallo, ist jemand zu Hause?« Flick regte sich, machte die Augen auf und sagte: »Gehst du jetzt?«

»Ja, Liebling. Daddy oder ich kommen dich jeden Tag besuchen. Aber jetzt muss ich weg. Ich hätte überhaupt nicht so lange hier bleiben dürfen, hab also das Gastrecht sowieso schon überzogen. Außerdem brauchen die Jungen mich. Schau, die Schwester hat Frances gebracht, damit du dich von ihr verabschieden kannst.«

»Tschüs, Frances. Ist sie nicht wunderschön, Mummy? So schön. Pass auf alle auf, Frances, bis ich wiederkomme.« Harriet hielt die Kleine an Flicks Gesicht und Flick gab ihr einen

Kuss. »Wir gehören zusammen, Fran und ich, weißt du. Wir sind *Schwestern.*« Flick machte die Augen zu, winkte den beiden zu und schlief wieder ein. Harriet stand da und beobachtete sie. Fast hätten sie Flick verloren. Viel hatte nicht gefehlt. In jener ersten grauenhaften Nacht hatte Harriet die Zwangsvorstellung gequält, sie hätte Frances im Austausch gegen Flick bekommen und Flick würde sterben. Aber dem Herrn sei gedankt, hier waren sie beide und Flick ging es jeden Tag ein bisschen besser. Sie würde einen Terminplan aufstellen und ihre Mutter und alle erdenklichen Leute dazu bringen, dass sie Flick besuchten. Die nächsten Wochen würden furchtbar werden, aber sie würden es überstehen, o ja. Einen Moment dachte Harriet an Alan Crimble. Zum Teufel mit ihm und seinem blöden Auto. Sie glaubte nicht, dass sie je wieder ein Wort mit Alan Crimble würde reden können.

13. Kapitel

Das Problem, was sie mit Alan anfangen sollten, lastete schwer auf Bryn und Georgie. Seit Flicks Unfall sah es für ihn sehr unerfreulich aus. Trotz Georgies Loyalität meinten Bryn und sie allmählich, es wäre besser, Alan taktvoll vorzuschlagen, sich eine andere Stelle zu suchen.

Es gab Gäste, die sich strikt weigerten, sich von ihm bedienen zu lassen; manche waren sogar lieber gegangen, als sich ein Pint von ihm zapfen zu lassen. Der Umsatznachlass war spürbar, aber nicht besorgniserregend. Bryn und Georgie graute vor dem Tag, an dem sein Fall vor Gericht verhandelt werden würde. An diesem Samstagabend war es sehr ruhig im Royal Oak. Die Eltern der Schulkinder waren bei einem Sommerball in der Aula und im Gemeindehaus fand der letzte Whist-Abend des Sommers statt. Falls Verlass auf Erfahrungswerte war, würden die Gäste in Kürze in die Bar strömen und alle gleichzeitig bedient werden wollen. Und richtig, die Gäste kamen, dazu eine Gruppe junger Männer, die den einundzwanzigsten Geburtstag eines Freundes feiern wollte.

»Ein Pint Bitter, bitte, Bryn, und was nimmst du?« Sie einigten sich auf das Gewünschte und während sie darauf warteten, dass Bryn sie bediente, lachten sie und stießen sich gegenseitig in die Rippen. Einer von ihnen bemerkte Alan.

»Hallo, Alan. Also immer noch hier? Hätt gedacht, Sie wären schon lange fort. Wann wird Ihr Fall verhandelt?«

Alan lächelte sein dünnes, einschmeichelndes Lächeln. »Weiß ich noch nicht. Vielleicht wird nicht mal Anklage gegen mich erhoben.«

»Die verknacken Sie und was anderes haben Sie auch nicht verdient.«

Georgie machte den Mund auf. »Es war nicht nur Alans Schuld, wissen Sie, Flick ist losgerannt, ohne sich umzuschauen.«

»Das wissen wir, aber die Strafe hat er trotzdem verdient. Das Auto war ein Schrotthaufen und niemand bei Verstand hätte damit fahren dürfen. Bedanken Sie sich bloß bei Ihrem Glücksstern, Alan, dass Flick noch am Leben ist.« Der junge Mann, ein Rotschopf, nahm seinen Drink und wollte ihn an einen Tisch bringen. »Sie hätten es verdient, ausgepeitscht zu werden, aber ich schätz mal, die machen es Ihnen leicht und stecken Sie bloß in den Knast.«

Alan wich zurück. »Meinen Sie?«

»Höchstwahrscheinlich.« Alans Quälgeist grinste über die offensichtliche Verstörung des Barkellners, hob das Glas und gesellte sich zu seinen Freunden.

Die Bar füllte sich, so dass Alan zum Abräumen und Abwischen an den Tischen die Runde machen musste.

»Donnerwetter noch mal, Bryn, Sharon MacDonald kann Alan nicht das Wasser reichen. Hat uns allen Spaß gemacht, wie sie beim Abräumen zwischen den Tischen mit dem Hintern gewackelt hat. War immer für 'nen Klaps und ein bisschen Gefummel zu haben. Alan ist ein mieser Ersatz für Sharon. Wir können ja nicht mal 'nen kurzen Blick auf seine Titten werfen!«

»Bei Sharon war das nicht bloß ein kurzer Blick.«

»War jedenfalls gut fürs Geschäft. Alan vergrault uns,

stimmt's, Alan?« Der Mann packte ihn an der Schulter. »Der Himmel allein weiß, was Sie da unten im Keller treiben, da unten in der eisigen Kühle, wenn Sie Bier holen. Haben Sie da unten zum Aufwärmen ein paar heiße Pin-Ups? Hab Sie Donnerstag im Force gesehen. Da hatten Sie ja einen tollen Feger bei sich. Knackiger Hintern und Riesentitten. Ist das Ihre neueste Braut?«

Alan hielt diesem Beschuss stand, so gut er konnte, aber Bryn spürte, dass Ärger in der Luft lag. Seit dem Unfall waren die Gäste Alan gegenüber verlegen oder streitlustig, aber heute Abend lag mehr in dem Gewitzel. Bryn rief hinter der Theke: »Alan, bitte, wir brauchen mehr Bitter Lemon und Tonic.«

»Wird gemacht, Chef.«

»Das wird er auch im Gefängnis sagen, bloß heißt es dann: ›Gewiss doch, Chef, ja, Sir, nein, Sir, drei volle Säcke, Sir.‹« Sie lachten schallend und fingen an, sich Gefängniswitze zu erzählen.

Alan kam mit den Flaschen, um die Bryn gebeten hatte, in die Bar zurück. Die Gesellschaft, die den einundzwanzigsten Geburtstag feierte, wurde lauter. Einem von ihnen fiel auf, dass Alan wieder da war.

»Können Sie uns 'nen guten Witz erzählen, Alan?«

Die Tür schwang auf und Peter kam herein, mit dem Schulrat, dessen Frau und Michael Palmer.

»Guten Abend allerseits«, rief Peter. Die Gäste antworteten im Chor: »Guten Abend, Herr Pfarrer.«

Peter zückte die Brieftasche und zahlte eine Runde für die vier. Sie setzten sich an den einzigen freien Tisch und Peter sagte: »Trinken wir auf einen sehr erfolgreichen Abend.« Sie stimmten in seinen Toast ein und Michael meinte: »Und ich möchte ein großes Dankeschön für Ihrer aller Hilfe hinzufügen. Ich glaube, es war der beste Ball bisher.«

»Unbedingt«, fand Peter.

»Ich halte sehr viel davon, dass sich die Eltern von Schulkindern bei geselligen Anlässen kennen lernen. Das trägt dazu bei, dass sie ein Team bilden. Ich kenne ein Dorf, in dem ...« Der Schulrat schien zu einer langen Rede ansetzen zu wollen. Seine Frau ahnte, was kam, und entschloss sich zur Flucht. »Entschuldigen Sie mich«, warf sie ein, »ich muss mal aufs Örtchen.« Peter stand auf, als sie sich erhob. Im Stehen hatte er gut im Blick, was sich mit Alan tat. Peter sah, dass er an dem Tisch, an dem seine Quälgeister saßen, Gläser abräumte, und dann bekam er mit, dass Alan durch einen heftigen Tritt gegen den Knöchel aus dem Gleichgewicht gebracht wurde. Alan klammerte sich Halt suchend an den Tisch. »Verflixt, der hat ja richtig einen in der Krone, muss im Barkeller getankt haben. Wir haben uns ja schon gefragt, was er da unten treibt, jetzt wissen wir Bescheid.«

»Kommen Sie, Alan, wir spendieren Ihnen einen Drink zur Aufheiterung. Einen doppelten Whisky für Alan bitte, Bryn!«

»Meine Barkellner trinken im Dienst nicht, tut mir Leid.«

»Der hier schon.« Zwei junge Männer packten Alan und drehten ihm die Arme auf den Rücken. Der Rotschopf griff sich ein Glas Whisky und schüttete ihn Alan in die Kehle.

Peter sah zu Bryn hinüber. Der nickte Georgie bedeutungsvoll zu und sie verschwand sofort, dann kam Bryn hinter der Theke hervor.

»Bitte, meine Herren, das geht zu weit. Das nehme ich nicht hin«, fuhr er energisch dazwischen.

»Müssen Sie auch nicht. Das gilt Alan. Komm schon, Teufelsfahrer, Maul auf, gut so, ja, so ist es recht, immer runter damit.«

Der Whisky lief teils in Alans Kehle, teils rann er ihm über das Kinn und tropfte auf sein Hemd. Bryn ging hin und versuchte, einen der Männer wegzuzerren, aber die anderen, die das Schauspiel genossen, zogen ihn fort.

Peter ging zielstrebig auf Bryn zu, er wollte ihm moralische Unterstützung leisten. Die hässliche Situation wurde noch dadurch verschärft, dass auch Gäste, die nicht unmittelbar daran beteiligt waren, Gefallen daran fanden, dass Alan bestraft wurde. Sie wussten alle, wie lange Flick schon im Krankenhaus lag und dass sie nur mit knapper Not davongekommen war und sie ergötzten sich an dem Gedanken, dass die jungen Männer Alan die Strafe verpassten, die er verdient hatte, falls das Gericht das nicht zustande brachte.

Michael trat zu Peter und flüsterte: »Packen Sie sich den Rotschopf, ich nehme mir den anderen vor.«

Peter nickte. Die beiden duckten sich, packten die beiden Männer von hinten und zogen ihnen die Arme auf den Rücken. Alans Angreifer hatten nicht gesehen, wer sie weggezerrt hatte, sie merkten nur, dass der Spaß ein Ende hatte. Sobald Peter den Griff lockerte, fuhr der Rotschopf herum und ließ die Faust auf Peters Kinn sausen, ohne sich sein Opfer richtig anzuschauen. Zum Glück war Peter so groß, dass der Schlag nicht viel ausrichten konnte, aber Peter kam trotzdem ins Wanken.

Totenstille. Die Gäste erstarrten. Georgie stieß scharf die Luft aus. Bryn stand wie angewurzelt da. Peter, fest entschlossen, die Lage im Griff zu behalten, damit der Schläger nicht auch noch stolz auf seine Tat war, stand ruhig da und schaute seinen Angreifer an.

Einer der Männer stieß seinen Stuhl zurück und stand auf. »Bitte, Herr Pfarrer, nehmen Sie unsere Entschuldigung an.«

»Entschuldigung!«, rief Bryn. »Und wenn Sie auf die Knie fallen und um Gnade winseln, ist das keine Entschädigung dafür, was Sie heute Abend angerichtet haben. Die ganze Clique hat Hausverbot. Hausverbot, verstanden? Dem Pfarrer einen Boxhieb verpassen! Eine Schlägerei in meiner Bar! Das Gericht entscheidet, was mit Alan wird und nicht ein Haufen

Störenfriede wie ihr. Und das Gericht wird auch entscheiden, wozu ihr verknackt werdet. Denn wenn die Polizei hier ist, werde ich genau aussagen, was passiert ist. Dann buchten sie euch ein.«

»Wir haben es doch nicht böse gemeint. Die Sache ist nur ein bisschen aus dem Ruder gelaufen.«

»Aus dem Ruder gelaufen? Das kann man wohl sagen!«

»Sie sollten ihn nicht hier beschäftigen.«

»Wen ich beschäftige, ist immer noch meine Sache und nicht eure.«

»Na gut, wenn Sie's nicht anders haben wollen, aber dann wollen wir hier auch nichts mehr trinken.«

»Ich will nicht, dass ihr hier was trinkt, und wenn die Polizei...«

Wie aufs Stichwort ging die Schwingtür auf und der Sergeant kam herein. Er bückte sich, um die Fahrradklammern abzunehmen, und sagte: »So, was haben wir denn hier? Meine Fresse, Herr Pfarrer, man könnt ja fast glauben, jemand hätt Ihnen 'nen kräftigen Kinnhaken verpasst.« Der Sergeant tat, als untersuchte er Peters Kinn. »Und wer ist das gewesen, frag ich mich? Aha, ich brauch gar nicht groß zu suchen, ihr seid die Clique, die ich vor drei Wochen aus dem Jug and Bottle in Penny Fawcett rausgeworfen hab. Diesmal kommt ihr mir nicht ohne Anzeige davon, das steht fest.«

Peter wollte etwas zur Verteidigung der jungen Männer vorbringen, aber der Sergeant hob die Hand und brachte ihn zum Schweigen.

»Nein, Herr Pfarrer, ich will keine Entschuldigungen hören, tut mir Leid, aber die brauchen einen Denkzettel. Wenn ich auf Sie höre, Sir...« Zwei der Männer wollten sich verdrücken. »Halt, ihr beiden, keinen Schritt weiter, bleibt, wo ihr seid.« Der Sergeant deutete mit seinem Stift auf sie. »Genau. Wenn ich auf Sie höre, Sir, dann spendier ich denen noch 'nen Drink und pack sie mit 'nem Gutenachtkuss ins Bett. Nein, Sir, das war's. Die haben ihr Waterloo erlebt.« Sein Kugelschreiber funktionierte nicht, also leckte er die Spitze ab, damit er wieder schrieb, und machte sich Notizen in sein kleines schwarzes Buch.

14. Kapitel

»Caroline, wo bist du?«

»Im Kinderzimmer, Peter.«

Er trat in die Tür. »Mit diesem Riesenbluterguss seh ich heute Morgen in der Kirche aus wie ein Vollidiot. Natürlich muss es ausgerechnet der Tag sein, an dem wir das Altarsilber zum ersten Mal benutzen. Die Kirche wird voll sein. Was meinst du, kann ich was dagegen machen?«

Caroline fuhr ihm mit dem Finger über das Kinn und er zuckte zusammen. »Entschuldige, ich wollte dir nicht wehtun. Ist auch angeschwollen, das Eis von gestern Abend hat nicht die gewünschte Wirkung gehabt. Es gibt bestimmt nicht viele Pfarrer, die heute den Morgengottesdienst mit einem geschwollenen Kinn halten, das sie sich bei einer Kneipenschlägerei geholt haben.«

»Es war keine Schlägerei, Schatz. Na ja, es war eine, aber ich hatte nichts damit zu tun.« Alex warf die Arme um Peters Beine und drückte sie heftig. »Nein, nein, Alex, die Soutane ist sauber, ich will da nicht deine klebrigen Finger drauf haben, junger Mann. Guter Junge. Und wie sieht die Lösung aus?« Unwillkürlich musste Peter lachen, als er in den Kinderzimmerspiegel schaute. Alex, der seinen Wortschatz, so begrenzt er war, immer in Höchstlautstärke herausbrachte, rief: »Dada aua.« Beth schaute, den Daumen im Mund, zu.

»Ich schlag's ja nur ungern vor«, meinte Caroline, »aber wie wär's mit ein bisschen Make-up, damit es nicht ganz so übel aussieht?«

»Make-up? Die Gemeinde wird sich Gedanken über meine sexuellen Neigungen machen.«

Caroline grinste boshaft. »Das bezweifle ich, wenn die beiden in der Pfarrhausbank herumtoben! Wenn ich Feuchtigkeitscreme draufschmiere, tu ich dir wahrscheinlich weh, also mach's selber und tupf dann Puder drüber.«

»Nein. Ich habe mich entschieden. Es ist nun mal passiert, alle wissen es, wozu also die Sorge. Ich geh, wie ich bin.« Er bückte sich, um sie zu küssen. Sie schlang ihm die Arme um den Hals, schmiegte das Gesicht an seine heile Wange und flüsterte ihm ins Ohr: »Andererseits, wenn ich's recht bedenke, hast du ja sogar einen Rock an!«

Peter gab ihr einen spielerischen Klaps auf den Hintern und floh, Caroline dicht hinter ihm, aus dem Kinderzimmer. »Bis gleich«, rief sie auf halber Höhe die Treppe hinunter. Die Haustür schlug zu und Caroline fing lachend Alex ein, der hinter seinem Vater die Treppe hinuntertappte.

»Erst mal Heia, ihr zwei, und dann ab in die Kirche.«

In den zwei Jahren, seit denen Peter hier Pfarrer war, hatte sich Mrs. Peel als Organistin über ihre kühnsten Träume hinaus gesteigert. Peters musikalischer Sachverstand und sein Talent hatten sie zu Höchstleistungen beflügelt. Als Caroline die Kirche betrat, war der Raum erfüllt von einer magischen Melodie. Niemand schwatzte, alle hörten zu. Die Musik schuf eine wunderbare Einstimmung und Caroline empfand Dankbarkeit dafür, dass Peter den Gottesdienst in einer so wunderbaren Atmosphäre halten konnte.

Während Caroline damit beschäftigt war, die Energie der Zwillinge zu bändigen und sich zum x-ten Mal wünschte, es gäbe in der Kirche eine Kinderkrippe, fand sie dennoch die

Zeit, den Altar zu bewundern. Das alte Silber schimmerte im Licht der Strahler, die Willie eigens dafür angebracht hatte. Willie hatte gemeint, wenn sie die Stücke schon zur Schau stellten, dann auch richtig und er hatte viel Zeit damit verbracht, mehrere Anordnungen durchzuprobieren, bis er die gewünschte Wirkung hatte. Muriel und Ralph kamen herein und setzten sich in ihre Vorderbank. Caroline schaute von ihrer Bank direkt vor dem Ambo aus hinüber und lächelte den beiden zu. Alex rief: »Mooey, Mooey« und winkte Muriel zu.

»Pst.« Caroline legte sich den Finger an die Lippen, aber Alex lächelte nur. Dann intonierte Mrs. Peel den Einzugschoral und Beth legt sich, wie immer, wenn Peter hereinkam, zum Schlafen hin. Er behauptete, wenn Beth zum ersten Mal bei seiner Predigt wach bliebe, wisse er, dass er endlich auf dem Höhepunkt seiner Predigerkunst angelangt sei. Alex sah Peter und rief: »Dada, Dada.« Caroline legte ihm viel zu spät den Finger auf die Lippen. Sie wusste, dass Alex die Gemeinde damit jedesmal zum Lächeln brachte, aber insgeheim wusste sie auch, dass es Peter irritierte.

Der Gottesdienst verlief wunderschön und obwohl Alex sie plagte, herumzappelte und immer an den falschen Stellen singen wollte, empfand Caroline die Feier als spirituell tief bewegend. Das war das Schöne an Peters Gottesdiensten; sie waren schlicht, seine Botschaft war leicht zu verstehen und doch gaben sie Stoff zum Nachdenken und waren ergreifend. Er stand auf den Altarstufen und wartete darauf, dass die Helfer aus dem Kirchengemeinderat ihm die Opferteller brachten. Der Opferteller wurde zur Pfarrhausbank gereicht und Alex legte sein Zwanzigpencestück und ein zweites für Beth hinein, die immer noch schlief. Caroline legte ihren Umschlag dazu und beobachtete, wie der Helfer den Teller auf die andere Seite des Mittelgangs trug. Er hielt inne, eine Ewigkeit, wie es schien, stand völlig reglos da und schaute, den Opferteller in der Hand, Ralph an. Von ihrem Platz aus konnte Caroline förmlich spüren, wie zwischen den beiden Männern die Funken flogen. Dann ging der Helfer weiter zur nächsten Bank, ohne Ralph den Teller zu reichen. Ralph, der dem Mann direkt in die Augen geschaut hatte, als er mit dem Teller stehen geblieben war, steckte seine Kollekte ruhig wieder ein. Muriel wurde rot bis an die Haarwurzeln, nahm mit zitternder Hand ihr Taschentuch heraus und tupfte sich die Oberlippe und die Stirn ab. Die ganze Gemeinde hatte den Vorfall bemerkt, auch Peter, dessen Gesicht einer Gewitterwolke glich.

Mrs. Peel, die im Spiegel an der Orgel mitbekam, dass die Opferteller an den Altarstufen angekommen waren, vertat sich in der Melodie und musste noch einmal einsetzen. Caroline musste plötzlich feststellen, dass sie durch den Dunst, der sich aus peinlicher Berührtheit vor ihre Augen gelegt hatte, kaum etwas sehen konnte. In diesem Moment rutschte Alex von der Bank und fiel mit dem Kopf zuerst mit einem widerhallenden Poltern auf den Boden. Sein Geschrei schallte durch die Kirche. Caroline kramte in ihrer Handtasche nach seinem Schnuller und obwohl sie es verabscheute, wenn er in der Öffentlichkeit daran nuckelte, nahm sie den Schnuller aus der Plastikhülle und steckte ihn Alex in den Mund. Wie durch ein Wunder hörte das Gebrüll auf und Caroline beschäftigte sich damit, Alex über den Kopf zu fahren und ihn auf Verletzungen zu untersuchen. Sie wartete angespannt darauf, was Peter tun würde.

Die Helfer stellten sich vor Peter auf und warteten darauf, dass er zu der riesigen Silberschale griff und die Kollekte entgegennahm. Er schaute schweigend auf die Männer hinunter. Die Gemeinde wartete mit angehaltenem Atem. Peter stellte die Schale auf den Altar zurück und ging die Stufen hinunter. Er sah den Helfer, der sich so entschieden geweigert hatte, Ralph und Muriel gegenüber seine Pflicht zu tun, direkt an, streckte die Hand aus und nahm ihm den Teller ab. Dann ging er zu Ralph und wartete geduldig, bis Ralph die Kollekte wieder aus der Tasche nahm. Natürlich hatte sich der Schein in seiner Tasche verheddert und während Ralph sich damit abmühte, ging Mrs. Peel wegen der Verzögerung die Musik aus und aus der Pfarrhausbank war lautes Schmatzen zu hören.

Peter kehrte auf die Altarstufen zurück, leerte den Opferteller in die Schale und nahm dann die anderen in Empfang. In der ganzen Kirche war lautes Murren zu vernehmen.

Noch nie war Caroline über das Ende eines Gottesdienstes so froh gewesen. Beth wachte auf, als Peter die Kirche verließ. Caroline sammelte die Zwillinge ein und ging zum Kirchenportal, um sich neben Peter zu stellen und den Gemeindemitgliedern die Hand zu schütteln, aber Peter war nirgends zu sehen und Caroline stand mit den Kindern allein da.

»Wie bedauerlich, Dr. Harris, was ist bloß in ihn gefahren?«

»Was steckt denn dahinter, wissen Sie das, Dr. Harris?«

»Also so was, solche Zicken. Fehlt dir auch nichts, kleiner Alex, wirklich nichts? Dich hat's ja übel hingehauen, richtig übel.«

»Bloß gut, dass Sie Ärztin sind, bei dem Kinn vom Pfarrer und dem Kopf vom kleinen Alex, stimmt's?«

»Ihre Beth ist ja so brav in der Kirche, aber der kleine Alex hat's faustdick hinter den Ohren.« Die Sprecherin tätschelte den Kindern den Kopf. »Wir müssen eine Kinderkrippe einrichten, da sind Ihre beiden und jetzt auch die kleine Frances und die von der Nightingale Farm, die haben einen ganzen Stall voll Kinder, im Ernst. Vier sind's jetzt und keins von ihnen geht zur Schule. Die können doch nicht vier Kleine in 'ner Kirchenbank dazu bringen, dass sie ruhig sind, oder?«

»Der gehört ausgeschimpft, das gehört der. Hoff bloß, der Pfarrer gibt ihm richtig Saures.«

In der Sakristei bekam der Helfer allerdings richtig Saures.

»Ganz gleich, was für Ansichten Sie in dieser Sache haben mögen, Arthur, die Kirche ist nicht der richtige Ort, sie zum Ausdruck zu bringen.«

»Er hat kein Recht, sich am Dorf 'ne goldene Nase zu verdienen. Er hat jede Menge Geld und braucht nicht mehr, als er hat, der lebt auch nicht mehr ewig und Erben hat auch er keine.«

»Sir Ralphs Finanzen haben mit dieser Sache hier nicht das Geringste zu tun. Sie haben ihn vorsätzlich daran gehindert, Gott sein Opfer darzubringen. Darum geht es nämlich bei der Kollekte. Man bringt sich selber Gott dar, nicht bloß Geld.«

»Klar, dass Sie das so sehen müssen, Herr Pfarrer. Meiner Meinung nach braucht die Kirche kein Geld wie das von ihm. Es heißt, er will dort hundert Häuser bauen. Wenn uns so was zugemutet wird, was können wir da noch an echtem Dorfleben erhoffen?«

»Es ist also Unfug, Dorfbewohnern Häuser zur Verfügung zu stellen, die sie sich leisten können?«

»Kein Unfug, Herr Pfarrer, es ist reine Geldmacherei. Er wird die Genehmigung kriegen, das Land an den höchsten Bieter verkaufen und das Geld einsacken. Geld, Geld, Geld, das ist alles, woran er denkt. Als Nächstes haben wir hier Halbstarke und Drogen und Raser mit geklauten Autos und nichts wird je wieder so sein, wie's früher war.«

»Die Gefahr könnte bestehen und während ich Ihre Ansichten durchaus respektiere, haben Sie trotzdem nicht das geringste Recht, sich so zu verhalten wie heute Morgen. Nicht das geringste. Überhaupt kein Recht. Ich bin tief betrübt, Arthur, tief betrübt. Es macht mich sehr traurig.«

»Ich bin auch tief betrübt.«

»Ich habe allmählich das Gefühl, dass da mehr dahinter steckt. Gibt es da etwas, was ich nicht weiß, oder geht es wirklich nur um die Häuser?«

Arthur schwieg einen Moment und sagte dann: »Wie Sie sagen, es geht nur um die Häuser.« Er machte wieder eine Pause, dachte kurz nach, holte dann tief Luft und sagte: »Ich hab was dagegen, dass er in der Gutsherrenbank sitzt, sein Gutsherrengesicht aufsetzt und sich damit, dass er unser Dorf ruiniert, dumm und dusslig verdient. Als ob er irgendwelche Vorrechte hätte und tun und lassen könnte, was er will. Nur wegen dem, was er mal war. Ich bin auch nicht der Einzige, der so darüber denkt. Das ist nicht christlich.«

»Das ist eine Sache zwischen Sir Ralph und seinem Gott. Ich fürchte, Sie kommen um eine Entschuldigung nicht herum.«

»Bei Ihnen?«

»Bei mir. O ja! Und vor allem bei Sir Ralph.«

Arthur schüttelte den Kopf. »O nein, nicht bei ihm. Aber bei Ihnen entschuldige ich mich, Herr Pfarrer. Ich bedaure, was ich heute Morgen getan habe, und falls es Ihnen Kummer bereitet hat, ja, dann bedaure ich das sehr. Aber ich werde zu den Leuten gehören, die eine Eingabe aufsetzen. Warten Sie's nur ab. Ich kann nicht tatenlos und ohne Protest dabei zuschauen.«

»Danke für Ihre Entschuldigung, die ich aus ganzem Herzen annehme. Sind wir wieder Freunde, Arthur?« Peter streckte die Hand aus. »Und nächsten Sonntag?«

»Ich sammle die Kollekte hinten ein, nicht vorn, das von heute Morgen wird sich nicht wiederholen, das verspreche ich Ihnen, Herr Pfarrer.« Arthur schaute zu Peter auf und lächelte. Er schüttelte Peter kräftig die Hand. »Sie haben so eine überzeugende Art, Herr Pfarrer. Für Ihre Frau muss es höllisch schwer sein, sich durchzusetzen. Sie könnten einen Vogel vom

Baum runterschwatzen, ja, das könnten Sie. Bin aber froh, dass wir Sie hier in St. Thomas haben. Was Besseres ist uns lange nicht passiert. Jetzt verabschiede ich mich. Bis nächsten Sonntag.« Als er die Sakristei verließ, drehte er sich in der Tür noch einmal um, lächelte und fragte: »Unterschreiben Sie meine Eingabe?«

»Ich denke darüber nach.«

Peter machte sich auf die Suche nach Ralph, aber er und Muriel waren schon fort.

»Meine liebe Muriel, setz dich auf deinen Lieblingssessel hier und ich koche dir eine Tasse Tee. Ich glaube, das ist genau das, was du jetzt brauchst.« Er verschwand in der Küche. Muriel mochte es nicht, wenn er dort war, Teekochen war doch keine Aufgabe für einen Mann, aber im Moment war sie dankbar. In der Kirche, ein derartiger Rüffel in der Kirche. Vor allen Leuten. Sie war am Boden zerstört. Dadurch wurde es so schlimm. Er hatte sie vor aller Augen bloßgestellt. Wie konnte Arthur Prior ihnen nur so etwas antun? Und was ging es ihn überhaupt an? Von jetzt an würde ihr jeden Sonntag bei dem Gedanken daran, ob Artur das wieder tun würde, vor der Kollekte grauen. Die Leute scherten sich nicht mehr darum, was sie taten oder wen sie verletzten, solange sie nur ihren Protest loswurden. Sie würde nie wieder wagen, sich in der Kirche blicken zu lassen niemals wieder. Wie konnte sie Ralph dazu bringen, den Plan mit dem Bau der Häuser aufzugeben, wo er doch so fest entschlossen war?

In diesem Augenblick kam er mit dem Tablett herein. »Ich schenke ein, bleib nur sitzen und entspann dich.« Er setzte sich, legte die Hände auf die Knie, beobachtete Muriel und wartete darauf, dass der Tee zog. »Keine Bange, meine Liebe, das legt sich alles wieder. Sie reden viel und machen ein Riesentheater, aber wir treiben unser Projekt in aller Stille voran und dann überlegen sie es sich anders, wart's nur ab. Wenn sie sehen, wie geschmackvoll unsere Häuser werden, sind die Leute ganz begeistert.« Als er ihr den Tee einschenkte, beobachtete sie seine wohlgeformten Hände. Sie wurde es nie leid, seine Hände zu mustern, sie waren so sensibel, wirklich sehr künstlerisch. Als er die Tasse auf den Tisch neben ihrem Sessel stellte, sagte sie: »Ach, Ralph, ich hab geglaubt, ich sterbe.« Muriel trank einen Schluck Tee. »Was für eine Demütigung. Ich könnte diesen Arthur erwürgen. Was hat er für ein Recht, über uns zu Gericht zu sitzen? Peter war sehr aufgebracht.«

»Dazu hatte er auch allen Grund.«

»Ich setze nie wieder einen Fuß in St. Thomas. Wir werden in Culworth in die Kirche gehen müssen.«

»Generationen der Familie Templeton sind in St. Thomas zum Gottesdienst gegangen. Ich habe nicht die Absicht, mich, den letzten Abkömmling, von Arthur daran hindern zu lassen.«

»Wir vermuten beide, dass es um das Brachland geht. Das steckt doch dahinter, oder?«

Ralph pflichtete ihr nachdrücklich bei. »Ja.«

»Vielleicht sollten wir das Ganze vergessen und alles so lassen, wie es immer war, ein wunderschönes Stück Natur, an dem wir uns alle erfreuen können. Falls Arthur herkommt, um sich zu entschuldigen, laufe ich nach oben. Erzähl ihm, ich bin indisponiert oder so.«

»Das gefährliche Leben hat nicht lange gedauert.« Ralph lächelte und tätschelte ihr die Schulter.

»Ich bin nicht gerade konsequent, stimmt's?«

Es klingelte und sie hörten die Haustür aufgehen. Muriel machte ein versteinertes Gesicht, aber dann vernahmen sie Peters Stimme.

»Hallo, hier ist Peter, darf ich reinkommen?« Er trat in die Wohnzimmertür.

Ralph stand auf. »Nur herein mit Ihnen.«

»Ich möchte mich für den Vorfall von heute Morgen in der Kirche entschuldigen. Arthur hat sich bei mir entschuldigt, aber er weigert sich, herzukommen und sich bei Ihnen zu entschuldigen, Ralph. Das ist alles wegen des Brachlands. Er behauptet, Sie wollten es mit einer Baugenehmigung für hundert Häuser verkaufen. Ist das wahr?«

»Ich warte immer noch auf eine Bestätigung vom Council, dass sie anerkennen, dass das Land eindeutig mir gehört. Sobald ich das schriftlich habe, beantrage ich eine Baugenehmigung für Häuser zum Mieten. Für wie viele weiß ich noch nicht. Mehr ist nicht dran an der Geschichte, Peter.«

»Aha. Danke, dass Sie mir das gesagt haben. Fehlt Ihnen auch nichts, Muriel? Machen Sie sich keine Sorgen, es kommt nicht wieder vor, das hat er versprochen.«

»Fehlt *Ihnen* auch nichts, nach der Kneipenschlägerei von gestern Abend?«

»Nein, abgesehen von meinem farbenfrohen Bluterguss. Wissen Sie, darüber macht sich Arthur Sorgen, jede Menge Häuser, die schädliche Einflüsse mit sich bringen, Schlägereien, Drogen, Motorräder und so weiter.«

»Warten wir's ab.« Ralph stand auf und Peter begriff den Wink.

»Dann gehe ich jetzt. Auf bald. Ich finde allein hinaus.«

Als Peter die Tür hinter sich zugemacht hatte, meinte Ralph: »Wenn wir nicht aufpassen, redet er uns ein, das Ganze bleiben zu lassen. Er mag keine Meinungsverschiedenheiten im Dorf, möchte immer, dass wir alle in Harmonie leben. Aber ich lasse mir das nicht ausreden. Ich bin fest entschlossen.«

»Ralph, ich würde es nicht ertragen, wenn Peter missbilligt, was wir tun.«

»Zwischen euch beiden wird es nicht zum Streit kommen.

Es ist zum Besten des Dorfes, wenn wir tun, was wir uns vorgenommen haben, glaub mir.«

»Aber wenn niemand mehr mit uns redet…«

»Die Leute werden mit uns reden, keine Bange.«

Am Sonntagabend saß Jimmy, der sich diese Woche den Sonntag frei genommen hatte, auf seinem Lieblingsplatz in der Bar, mit Pat und Vera als gespannten Zuhörerinnen, erpicht darauf, allen Klatsch zu hören, der die Runde machte. Keiner von ihnen war am Morgen in der Kirche gewesen, aber sie hatten von Arthurs Aufbegehren gehört.

Als das Thema zur Sprache kam, war Pat mit ihrer Meinung schnell bei der Hand. »Kann mir nicht vorstellen, wie er sich das getraut hat. Wie peinlich für Sir Ralph, eh?«

»Da ist 'ne Menge Gift im Spiel, weißte.« Jimmy klopfte sich wissend an den Nasenflügel.

Pat beugte sich vor, damit sie ihn besser hören konnte. »Wenn du dich an die Nase fasst, dann haste was zu erzählen, das weiß ich. Leg schon los.«

»Ja, Gift und Galle, das versteht sich.«

»Was versteht sich, worüber redest du? Die hatten also schon mal 'nen Streit?«

»Du hast keine Ahnung, das merk ich. Hier kommt Willie, der weiß mehr darüber als ich. Setz dich zu uns, Sylvia, während er die Drinks holt.« Sylvia kam herüber, begrüßte sie und setzte sich. Vera rutschte auf der Bank ein Stück zur Seite, um ihr Platz zu machen. »Wir reden über Arthur und das mit dem Opferteller heute Morgen.«

»Ich weiß! Ich hab gar nicht gewusst, wo ich hinschauen soll. Ich fand, der Pfarrer hat das wunderbar gedeichselt. Willie war wütend. Alte Wunden aufreißen, hat er es genannt. Weißt du, was er damit gemeint hat, Jimmy?«

»Und ob. Tatsache.«

Pat, die wegen der ganzen Geheimnistuerei rasch die Geduld verlor, fragte: »Könnte mir bitte mal jemand sagen, was hier gespielt wird?«

Jimmy wollte warten, bis Willie zu ihnen stieß.

»Also?«, sagte Pat.

»Mach schon, Willie, erzähl ihr das mit Arthur.«

Willie schien die Sache zu überdenken, dann entschloss er sich, den Mund aufzumachen. »Wundert mich, dass du das nicht weißt. Arthur ist ein Verwandter von Ralph.«

Pat und Vera waren sprachlos. Pat erholte sich als Erste. »Ein Verwandter von Sir Ralph? Nie im Leben! Das kann gar nicht sein. Väterlicherseits ist er ein Prior aus Shepherd's Hill, mütterlicherseits ist er ein Goddard und seine Frau ist die Tochter des früheren Rektors vom Gymnasium in Culworth. Wie soll er da mit Sir Ralph verwandt sein?«

Willie trank einen kräftigen Schluck von seinem Pint und fing mit seiner Geschichte an. »Ralphs Großvater war ein sehr gut gebauter junger Mann, sah gut aus, wisst ihr. Hieß Sir Bernard. Er war Offizier bei der Army und hat im Burenkrieg gekämpft. Es heißt…«

»Woher weißt du das alles?«, erkundigte sich Pat.

»Weil meine Großmutter damals 'ne junge Frau war und alles mitbekommen hat. Es heißt, er war ein echter Weiberheld. Vor dem war keine sicher, wenn er ein Auge auf sie geworfen hatte, vom Dienstmädchen bis zur Dame der feinen Gesellschaft. Der war wohl ein echter Charmebolzen. Na ja, seine Eltern haben ihm eingeredet, er sollte heiraten, haben gedacht, dann würde er ein bisschen ruhiger, Schluss mit den Skandalen und so. Er hat geheiratet, als der Burenkrieg ausbrach und gleich nach den Flitterwochen ist er ab nach Südafrika, um der Königin und dem Vaterland zu dienen. Wurde verwundet und nach Hause geschickt. Sah richtig nach Ruhm aus, mit dem Arm in der Schlinge und 'ner Krücke wegen seinem schlimmen Bein. Nach paar Monaten Erholung ging's zurück an die Front und Lady Templeton war schwanger und Mrs. Beattie Prior auch, was erst später rausgekommen ist.«

Vera lehnte sich verblüfft zurück. »Nein! Das ist doch nicht etwa alles so über die Bühne gegangen wie heute, da gab's gar keinen Unterschied?«

»Beattie Priors Mann war ganz aus dem Häuschen, hat sich eingebildet, nach zehn Jahren Ehe hätte er endlich seine Männlichkeit unter Beweis gestellt. Na ja, er hatte dunkles Haar, sehr dunkel, wirklich, und sie war so dunkel wie 'ne Spanierin.«

»Was hat denn das damit zu tun?«, fragte Pat.

»Wart's ab. In einer Nacht kam ein furchtbares Gewitter, das war die Nacht, wo es den großen Ast von der Königseiche weggerissen hat und alle geglaubt haben, die Eiche würde absterben. Genau in der Nacht haben Beattie und Lady Templeton ihre Kinder bekommen. Der Arzt hat im Herrenhaus entbunden und die alte Frau, die Dorfhebamme, hat Beattie geholfen. Nur 'ne Stunde auseinander haben die beiden im Morgengrauen Jungen gekriegt. Prior hat überhaupt erst Verdacht geschöpft, als er den kleinen Templeton bei der Taufe sah. War ein Riesenfest, wisst ihr, weil er doch ein Sohn und der Erbe war. Das ganze Dorf war eingeladen. Da stand also Beattie Prior mit ihrem Kleinen auf dem Arm und rein kam Lady Templeton mit ihrem Kleinen auf dem Arm. Beide Babys waren ganz blond und hatten dunkelbraune Augen wie alle Templetons. Sie waren sich so ähnlich, dass es Zwillinge hätten sein können! Arthurs Großvater hat sich erst das eine Kind und dann das andere angeschaut und Lady Templeton hat's auch so gemacht, und wumm! Die schreckliche Wahrheit kam ans Licht.«

Pat vergaß ihren Drink und fragte: »Und was ist dann passiert?«

»Weiß nicht. Ist alles vertuscht worden. Ich kann bloß dazu sagen, dass Beattie Prior und ihr Mann plötzlich auf die Farm unten am Shepherd's Hill umgezogen sind. Bis dahin waren sie arm wie die Kirchenmäuse, er war nur Landarbeiter auf der Home Farm. Sir Bernard und seine Frau haben nach dem ersten Kind noch zwei Söhne bekommen. Aber nach dem Ersten Weltkrieg war Schluss damit, weil Sir Bernard gefallen ist und sein Sohn auch. Der war erst siebzehn, hatte ein falsches Alter angegeben, als er sich freiwillig meldete.«

Pat schüttelte den Kopf. »Ich glaub dir kein Wort, das hast du alles erfunden. Arthur Prior ein Templeton! Das ist ja zum Lachen.«

»Ich erzähl euch die Geschichte, wie sie meine Großmutter mir erzählt hat, und die war keine Lügnerin.«

»Also ist Arthur der Sohn von dem Kind dieser Beattie?«, fragte Vera.

»Stimmt.«

»Also ist Arthur Prior 'ne Art Vetter von Sir Ralph?«, fragte Pat.

»Glaub schon.«

»Weiß Sir Ralph das alles?«

»Weiß nicht, darüber wird nicht mehr gesprochen.«

»Donnerwetter, was für 'ne Geschichte. Kein Wunder, dass er was dagegen hat, wenn Sir Ralph noch mehr Geld verdient. Er ist neidisch, das ist der Grund. Bildet sich vielleicht ein, das Brachland sollte ihm gehören. Bildet sich vielleicht ein, sein ältester Sohn würde Sir Ralph beerben, weil der ja keine Kinder hat. Bildet sich vielleicht ein, er müsste *Sir* Arthur heißen.« Sie kicherte bei dem Gedanken. »Ich frag mich, welcher zuerst geboren worden ist. Könnte wichtig sein, oder?«

»So, ölt euch die Gurgel mit noch 'nem Drink. Die Runde geht auf mich.« Die drei Frauen schoben ihre Gläser zu Jimmy hinüber und während er zur Theke ging, saßen sie da und dachten über die Folgen dessen nach, was sie eben gehört hatten.

Sylvia fragte Willie, ob er sich noch aus der Schulzeit an die beiden erinnern könne.

»O ja. Ralph war ein Oberschlauer, immer der Anführer, immer obenauf, hat immer Streiche ausgeheckt und Arthur, der brave kleine Arthur war vernünftig und ist gerade so mitgekommen. Als Kinder haben wir natürlich nichts von der Geschichte gewusst. Hatten nicht die blasseste Ahnung.«

»Ich sag dir mal was, Willie, vielleicht hat deine Sylvia ja in die Aristokratie eingeheiratet!«

Sylvia lachte. »Sir Willie! Bestimmt nicht!«

»Was hast du gemeint?«

»Dass dein Dad vielleicht ein Fehltritt von Sir Bernard war, man kann nie wissen, so wild, wie der's getrieben hat!«

Willie war gekränkt. »Das reicht, Pat, vielen Dank. Meine Großmutter war nämlich 'ne Methodistin, 'ne strikte Abstinenzlerin. Hat nie 'nen Tropfen angerührt.«

»Man kann nicht gerade behaupten, du hättest ihren Charakter geerbt! Die Sache mit den Häusern könnt sich noch zu 'ner Riesenstory entwickeln, bevor das Jahr rum ist, stimmt's? Wartet's bloß ab, bis die Presse dahinter kommt!«

Nach dem Abendgottesdienst ging Peter nach Hause, tauschte die Soutane gegen Hemd und Jeans und ging hinunter, um sich Caroline zu widmen. Weil Sommer war, hatten sie das Abendessen verschoben, bis der Gottesdienst zu Ende und die Kinder im Bett waren. Caroline hatte den Esstisch an die Balkontür gezogen, um ein wenig frische Luft zu erhaschen und die beiden setzten sich zum Essen.

»War zu heiß zum Kochen, ich hoffe, du hast nichts gegen einen Salat.«

»Natürlich nicht. Es ist ein fürstlicher Salat, schmeckt köstlich. Ich habe nachgedacht, mein Schatz, es wird Zeit, dass wir am Sonntagmorgen eine Kinderkrippe einrichten.«

»Daran habe ich auch schon gedacht. Übrigens hat mich nach dem Gottesdienst eine Frau darauf angesprochen. Sie hat gesagt, neben unseren beiden sind da noch die kleine Frances und die vier Nightingales und das ist erst der Anfang. Die Nightingales können unmöglich mit vier Kindern in die Kirche kommen, es muss etwas geschehen. Wir brauchen Spielsachen, um die Kleinen zu beschäftigen, einen Raum und einen Dienstplan für Helferinnnen.«

»Das überlasse ich dir. So lieb es ist, wenn Alex ›Dada‹ ruft, es fördert nicht gerade die Andacht. Das lenkt bestimmt nicht nur mich, sondern auch andere ab.«

»Ja, ganz sicher, aber auf nette Weise.«

»Ja, natürlich. Caroline, bist du nicht ein bisschen in Sorge um Beth?«

»In Sorge? Warum?«

»Sie kommt mir so still vor. Sie schleicht hinter Alex her wie ein Schatten. Er spricht und ist ein ziemlicher Quälgeist, aber Beth ist so still. Ihren großen blauen Augen entgeht nichts, aber sie spricht nicht – und, also wirklich! Sobald sie mich reinkommen sieht, schläft sie ein!«

»Hältst du sie für zurückgeblieben?«

»Nein, nein, überhaupt nicht, aber irgendetwas macht mir Sorgen und ich bin mir nicht sicher, was.«

»Du hast gesagt, ihr entgeht nichts und da hast du Recht. Wenn ich sage, dass ich etwas brauche, was in ihrer Reichweite liegt, bringt sie es mir sofort. Wenn ich sage, Zeit zum Baden, ist sie schon halb die Treppe oben, bevor ich mich umgedreht habe. Wenn ich was verlegt habe, weiß sie genau, wo es ist und holt es mir. Sie ist nicht dumm, glaub mir, sie steht bloß im Schatten von Alex.«

»Aha. Na ja, sie ist erst neunzehn Monate alt, lassen wir ihr also noch etwas Zeit.«

»Wart's nur ab, sie wird uns alle überraschen.«

Peter bot Caroline einen Nachschlag Kartoffeln an. Sie schüttelte den Kopf. »Nein, iss du sie auf, ich bin satt. Peter, was steckt deiner Meinung nach hinter dieser Szene in der Kirche?«

»Ich bin überzeugt, dass es nicht nur um die Häuser geht. Du hättest den Blick sehen sollen, den sie gewechselt haben, zwischen den beiden stimmt etwas nicht. Arthur hat gesagt, ihm missfällt Ralphs Gutsherrenmiene und das hat sich für mich sehr bissig angehört. Aber mein Schatz kriegt das zweifellos demnächst raus.«

»Zweifellos.«

»Trotzdem mache ich mir große Sorgen wegen der Häuser. Ralph ist fest entschlossen, seine Pläne in die Tat umzusetzen, aber ich bin mir nicht so sicher, ob das...«

»Ich glaube, das hängt ganz davon ab, wie viele Häuser gebaut werden. Sechs, acht, vielleicht sogar zehn zum Mieten wären ideal. Aber zwanzig oder mehr würden das ganze Dorf aus dem Gleichgewicht bringen und dagegen würde ich mich wehren wollen.«

»Ich weiß nicht, ob wir uns einmischen sollten. Ich würde lieber hinter den Kulissen Einfluss ausüben. Wir können weder Arthur Priors Eingabe unterstützen noch Ralph. Auf keinen Fall.«

»Warum nicht?«

Peter hörte Carolines herausfordernden Tonfall und suchte nach einer diplomatischen Antwort. »Leider sind Menschen aus beiden Parteien unserer Obhut anvertraut und wir dürfen nicht den Eindruck erwecken, mit einer von beiden zu sympathisieren. Ich muss das Richtige für beide Seiten tun.«

»Ich weiß.«

»Du wirst doch nicht etwa Partei ergreifen?«

»Möglicherweise.«

»Caroline!«

»Ich habe nur gesagt, möglicherweise.«

»Schau, da gab es schon diesen Ärg... dieses Missverständnis wegen Jimmy und seinen Kaninchenfallen. Bitte, Liebling, bitte, fang nicht den nächsten Kreuzzug an.«

»Kreuzzug? Also wirklich!«

»Das ist mein Ernst. Caroline, im Moment läuft alles so gut. Die Zahl der Kirchenbesucher wächst ständig, alles, was ich aufgebaut habe, nimmt Formen an, und ich will nicht, dass das Schaden nimmt.«

Caroline stand auf und wollte sich auf sein Knie setzen. »Mach Platz; so ist es gut. Es ist eine Ewigkeit her, seit ich auf deinem Knie gesessen habe. Wir haben uns versprochen, unser jeweiliges Terrain zu respektieren.«

»Ja, ich weiß, aber...« Weiter kam er nicht, weil Caroline ihn küsste.

»Peter, vertagen wir das Ganze und gehen ins Bett.«

»Du loses Weib, du! Was soll bloß Sylvia denken, wenn sie morgen früh kommt?«

»Sie wird sagen: ›Eins rauf mit dir, Pete!‹«

»Du hast zu viele australische Seifenopern gesehen.«

»Wann hab ich schon mal Zeit, mir Seifenopern anzuschauen?«

»Nie.«

»Schließ du ab, ich geh schon mal hoch.« Caroline fuhr mit den Fingern über den Bluterguss an seinem Kinn. »Du siehst gut aus, hast du das gewusst? Sehr gut.« Sie glitt von seinem Knie, küsste ihn auf die Wange und lief die Treppe hinauf.

Peter beschloss, den Tisch abzuräumen und die Geschirrspülmaschine einzuräumen. Als er das Licht ausgeschaltet und sich vergewissert hatte, dass die Katzen im Haus und die

Türen abgeschlossen waren, folgte er Caroline nach oben. Caroline stand vor dem Spiegel. Was sie angehabt hatte, lag als kleiner Haufen zu ihren Füßen.

»Peter, ich werde alt. Schau, alles an mir fängt an, durchzuhängen.«

Er schob ihre Sachen mit dem Fuß beiseite, stellte sich hinter sie und legte ihr die Hände um die Taille. Sie roch nach Seife und Zahnpasta. Sie hatte wohl geduscht, denn ihre Haut war warm, aber auch leicht feucht. »Für mich sehen Sie wunderbar aus und über alle Maßen verführerisch, Dr. Harris«, sagte er zu ihrem Spiegelbild. »Was hat dich zu dieser Bestandsaufnahme bewogen?«

Er beobachtete seine Hände, die über ihren Körper wanderten, und genoss, wie glatt ihre Haut sich anfühlte. Er senkte den Kopf und küsste ihren Nacken, in dem sich ihr Haar wie bei einem Kind ringelte und er sah über ihre Schulter hinweg in den Spiegel, um ihre Reaktion einzufangen. Caroline schmiegte sich an ihn, nahm seine Hand, hielt sie an ihre Brust, strich mit den Fingern über seinen Handrücken, genoss seine Kraft und drehte an seinem Ehering. Dann hielt sie seine Hand an ihren Mund und küsste sanft der Reihe nach seine Finger.

Peter drehte sie um und fuhr langsam mit den Fingern, die sie geküsst hatte, über ihr Profil, vom Haaransatz die Nase entlang, über ihre Oberlippe, ihren Mund und dann bis zum Kinn. Danach nahm er ihr Gesicht in beide Hände und liebkoste ihren Mund mit langen, erregenden Küssen. Er hielt inne, schaute ihr tief in die Augen und sagte: »Du bereust doch nicht, dass du mich geheiratet hast, Liebling? Mir ist bewusst, dass das deinen Reaktionen manchmal Grenzen setzt.«

»Ich bereue keine Minute der Zeit, die ich mit dir verbracht habe. Pfarrfrau zu sein ist nicht gerade die allerleichteste Aufgabe, aber für dieses ganz spezielle Mitglied des erhabenen

Berufsstandes, das ich geheiratet habe, lohnen sich die Einschränkungen. Aber denk dran, ich kann nicht dafür garantieren, dass nicht doch irgendwann der Augenblick kommt, an dem ich wegen der ein oder anderen Sache ein Machtwort spreche.«

Sie lächelte ihn an und sagte: »Vielleicht unterschreibe ich sogar Arthur Priors Eingabe!«

Er hörte auf, sie zu küssen, und musterte ihr Gesicht. Sie lachte; er auch.

»Ins Bett mit dir, Frau meines Herzens.«

15. Kapitel

Pat setzte sich neben Vera auf die Bank und stellte ihren Orangensaft auf den nächsten Bierdeckel. Vera inspizierte ihr Glas und sagte: »Orangensaft! Seit wann trinkst du, Pat Duckett, Orangensaft? Das ist ja unerhört.«

»Mein Dad wohnt doch jetzt bei mir. Der ist strikter Antialkoholiker, Gott steh uns bei. Hat sich an die Flasche gehängt, als Mum gestorben ist, und ist total abgerutscht. War 'n echter Alkoholiker. Hat sich in den Griff gekriegt und rührt keinen Tropfen mehr an. Hier drin bekommen wir den nicht zu sehen, glaub mir.«

Jimmy war enttäuscht. »Hab so auf 'nen Kumpel zum Reden gehofft, wär mal was andres als immer bloß Weiber.«

»Frechheit. Wenigstens erfährst du so immer das Neueste. Kommst doch durch die Taxifahrerei zu gar nichts mehr. Wer erzählt dir schon was, außer Vera und mir? Heute Abend ist es ja furchtbar heiß. Hab letzte Nacht fast kein Auge zugetan, mich dauernd rumgewälzt, alle Fenster offen und mir war trotzdem zu heiß. Denkt bloß, jetzt steht auch noch das Bett von unserer Michelle in meinem Zimmer und die war auch so unruhig, hab kaum zu hoffen gewagt, dass ich schlafen kann.«

»Was gibt's denn für Neuigkeiten?«

Pat trank einen kräftigen Schluck Orangensaft und verzog

das Gesicht. »Das mach ich nicht lange mit. Ist bloß 'ne Geste meinem Dad gegenüber. Also. Der kleinen Flick geht's gut. Ist jetzt seit zwei Wochen zu Hause. Haste sie heute Morgen gesehen? Hat draußen in der Sonne gesessen und deinen Gänsen zugeschaut. Klar, haste nicht gesehen, warst ja auf Arbeit, aber so war's. Geht an zwei Krücken, das arme Schätzchen. Jimbo, ich nenn ihn jetzt so, wir stehn uns so nahe...«

»Nahe? Du und Mr. Charter-Plackett? Das ist stark!« Vera schüttelte den Kopf über die Anmaßung ihrer Freundin.

»Werd bloß nicht frech, Vera Wright. Ich bin eine von seinen zuverlässigsten Mitarbeiterinnen. Hat er selber zu mir gesagt. Und jetzt, wo mein Dad da ist, werd ich noch mehr für ihn arbeiten. Deshalb...«

Jimmy unterbrach sie. »Du wolltest uns doch was über die kleine Flick erzählen.«

»Stimmt, ja. Jimbo hat gesagt, sie war so enttäuscht, dass sie nicht zum Schulanfang in die neue Klasse gedurft hat, aber sie will unbedingt bald wieder in die Schule gehen. Mr. Palmer sagt, anfangs darf sie nur morgens kommen und sehen, wie sie zurechtkommt. Nachmittags muss sie zur Therapie. Sie himmelt das Baby an. Und das ist auch kein Wunder, die kleine Frances ist hübsch. Möcht sie am liebsten mit nach Hause nehmen.«

»Das würdest du dir bald anders überlegen.«

Pat lachte. »Ja, wahrscheinlich! Also, 'ne Menge Mumm hat sie, die kleine Flick. Denkt bloß, wie übel zugerichtet sie war, und jetzt will sie unbedingt wieder in die Schule gehen. Jimbo, wie ich ihn jetzt nenn, macht sich solche Sorgen um sie. Aber das würd mir genauso gehen, wenn's unsere Michelle wär.«

»Ich hab mir überlegt, wo schläft denn eigentlich dein Dad?«

Pats Miene verdüsterte sich. »Bei unserem Dean. Er ist gar nicht begeistert und ich nehm mal an, mein Dad ist von 'nem Teenager als Zimmergenossen auch nicht begeistert.«

»Wo arbeitest du diese Woche?«, fragte Vera, die sich überlegte, ob sie ihre Dienste anbieten sollte. So viel brachte das Putzen im Pflegeheim nun auch wieder nicht ein.

»Wir haben am Samstag 'ne Dinnerparty zu 'nem einundzwanzigsten Geburtstag in 'ner Riesenvilla in 'nem Vorort von Culworth, am Sonntag ein Mittagessen zu 'nem fünfzigsten Hochzeitstag und am Freitagabend das Jahresfest vom Cricket Club aus Little Dereham. Wird 'ne bombige Party. Ist 'ne Mordsclique. Und demnächst gibt Craddock Fitch im Herrenhaus ein Abendessen. Für die großen Tiere hier aus dem Dorf. Aber dabei helf ich nicht aus.«

»Will sich wohl einschmeicheln, was?«, fragte Jimmy.

»So in der Richtung. Überschlägt sich schier, weil er wieder gutmachen will, dass er das Silber verkaufen wollte.«

»Und womit verdient dein Dad denn sein Geld?«, fragte Jimmy.

»Bis jetzt hat er die Glashäuser in Bothring Park verwaltet. Trauben, Pfirsiche, Melonen, hat alles gezogen, was ihr euch nur vorstellen könnt. Ich hab Venetia gefragt, ob im Herrenhaus nicht vielleicht 'ne Stelle eingerichtet wird, aber ich hab noch nichts drauf gehört.«

»Wenigstens kann er deinen Garten mal in Ordnung bringen«, lautete Veras mitfühlender Kommentar. »Mein Don hat's satt, dass die ganzen Samen von deinem Unkraut in unseren Garten geweht werden, das Jäten ist so eine Schinderei.«

»Wenn du keine anderen Sorgen hast, tust du mir echt Leid.«

Jimmy, der merkte, dass sich ein Streit anbahnte, erbot sich, Drinks zu holen.

Pat sah, dass Willie hereinkam. »Oh, da ist Willie, der war heute vor Gericht. Komm rüber, Willie, und erzähl uns, wie's gelaufen ist«, rief sie.

Als er sich auf seinen Stammplatz gesetzt hatte, sagte er: »Meine Sylvia hütet heute Abend die Kinder, der Pfarrer und Dr. Harris sind bei 'nem großen Abendessen im Dekanat. Also bleib ich nicht lange. Will ihr Gesellschaft leisten.«

»Wissen wir doch, erzähl uns, wie's vor Gericht gelaufen ist.«

»Na ja... die Kerle, die das Blei vom Kirchendach geklaut haben, sind zu 'nem Bußgeld und gemeinnütziger Arbeit verknackt worden. Hätten ausgepeitscht gehört, wegen Diebstahl, aber so ist es nun mal. Man könnt sagen, ich hab sie zu früh erwischt, wenn sie mehr geklaut hätten, wär das Bußgeld höher gewesen, vielleicht hätten sie sogar Gefängnis gekriegt.«

»Nein, wirklich, mehr ist denen nicht passiert?«

»Aber...«, sagte Willie. »Das ist noch nicht alles.« Er schaute sich in der Bar um. »Ratet mal, welcher Fall vor meinem dran war?«

»Keine Ahnung. Welcher?«

»Der von Alan Crimble.«

Pat wäre fast von der Bank gesprungen. »Wir haben ihn heute Abend noch gar nicht beim Servieren gesehen. Er hat doch nicht etwa Gefängnis gekriegt, oder?«

»Nein. Hab 'nen Polizisten aus Culworth gefragt, den ich kenne. ›Was hat der Letzte gekriegt?‹, sag ich zu ihm. ›Nicht genug‹, sagt er.« Willie trank wieder einen Schluck. Vera und Pat wurden ungeduldig.

»Was hat er also gekriegt?«

»Er ist zu 'nem Bußgeld von dreihundert Pfund verurteilt worden und zu einem Jahr Führerscheinentzug. Die dreihundert Pfund darf er in wöchentlichen Raten abstottern. Das

Auto ist natürlich im Eimer, aber das war es schon vor dem Unfall, das haben wir alle gewusst.«

»Soll das etwa heißen, es hat gar keine Rolle gespielt, dass Flick so schwer verletzt worden ist?«

»Na ja, erst mal gab's ja keine Zeugen, oder? Mitten am Vormittag, alle in der Schule oder bei der Arbeit und aus Kübeln gegossen hat's auch, niemand draußen, und sie ist durch das Tor gerannt, ohne sich umzuschauen, hat sie selbst zur Polizei gesagt, sie hat es ihnen gesagt, als sie wieder sprechen konnte. Der Pfarrer und ich sind hingerannt, *nachdem* wir den Aufprall gehört hatten, wir haben es also auch nicht gesehen. Deshalb ist er bloß wegen der Verstöße bestraft worden. Kein TÜV, keine Versicherung, keine Kfz-Steuer und so.«

»Wenigstens können wir uns ein Jahr lang auf der Straße sicher fühlen, das ist immerhin etwas.« Pat senkte plötzlich den Kopf und murmelte: »Schaut nicht hin, er ist eben reingekommen.«

»Könnten Sie mich nach Hause fahren, Alan?«, rief Jimmy. »Meine Batterie ist leer.«

Georgies Kopf ruckte hoch und das Pint, das sie gerade zapfte, lief über. Sie bediente ihren Gast, kassierte und kam zu Jimmy herüber.

»Das reicht, Jimmy, er war vor Gericht, hat seine Strafe bekommen und jetzt ist der Fall erledigt.«

»Für Sie ist er das vielleicht, Georgie, aber ich gehe jede Wette ein, dass Harriet, Jimbo und die kleine Flick das nicht so sehen. Sie quält sich immer noch auf Krücken herum, aber mir fällt auf, dass Alan gut zu Fuß ist. Kommt mir so vor, als wär er vergleichsweise glimpflich davongekommen.«

»Meinen Sie nicht, dass Alan sich auch nicht wohl dabei fühlt? Es macht ihm wohl kaum Spaß, ein Kind zu überfahren. Eines Tages sind Sie es vielleicht, Jimmy, der ein Kind überfährt. Warten wir ab, wie Sie sich dann fühlen!« Georgie machte kehrt und marschierte hinter die Theke zurück. Jimmy war trotzdem der Meinung, er habe Recht.

Alan machte sich ans Servieren. Bryn und Georgie waren froh, dass er half, denn das schöne Wetter hatte scharenweise Gäste angelockt. Manche Gäste waren sogar aus Culworth gekommen, um draußen in dem kleinen Hof oder an den Tischchen, die Bryn in der Anlage aufgestellt hatte, zu sitzen und den Sommerabend zu genießen. Sie blockierten ein Stück von der Straße, aber an heißen Sommerabenden drückte der Sergeant ein Auge zu. Bryn, Georgie und Alan waren vollauf mit dem Servieren beschäftigt, im Speisesaal herrschte auch Betrieb und alle drei freuten sich über die gute Stimmung und vor allem über das häufige Klingeln der Kasse.

Ein junger Mann bestellte an der Theke sechs Lager. Alan gab ihm ein Tablett, der junge Mann bezahlte und schlenderte, vorsichtig das Tablett balancierend, nach draußen, wo er sich zwischen den voll besetzten Tischen hindurchschlängelte. Jimmy schaute ihm nach und meinte: »Ist der Kerl nicht ein Freund von dem, der dem Pfarrer einen Kinnhaken verpasst hat?«

»Kann nicht sein«, sagte Pat. »Die haben doch Hausverbot.«

»Ich glaub, er war an dem Abend nicht dabei. Aber ich hab ihn in Culworth eindeutig zusammen mit der Clique gesehen, beim Rudern auf dem Fluss, wo sie mit ihrer Blödheit viel Ärger gemacht haben. Ich erkenne ihn an seiner komischen Frisur wieder.«

Alan machte die Runde an den Tischen und sammelte die leeren Gläser ein. Er brachte sie zur Theke und Bryn sagte zu ihm: »Draußen müssen auch noch jede Menge rumstehen, schau mal nach, Alan, hier drin werden die Gläser knapp.«

Das Gebrüll von draußen ließ in der Bar die Köpfe hochfahren. Bryn sah Georgie an und schob sich hastig ins Freie. Der Lärm wurde immer lauter und dann hörten sie Stühle krachen und Frauen schreien. Jimmy, Vera und Pat, die nahe am Ausgang saßen, waren die ersten im allgemeinen Andrang der Gäste, die sehen wollten, was sich draußen tat. Eine Gruppe junger Burschen hatte Alan zu Boden geworfen und trat auf ihn ein. Alan versuchte, Gesicht und Kopf mit den Händen zu schützen, aber sie traktierten ihn von allen Seiten und er hatte keine Chance, ihren Tritten zu entkommen. Bryn ging dazwischen und mit Hilfe etlicher friedliebender Gäste gelang es ihm, Alan wegzuziehen. Aber dann flogen die Fäuste und Bryn war nicht in der Lage, die Schlägerei zu verhindern. Georgie hatte die Polizei gerufen und die Gäste, die nicht mit hineingezogen werden wollten, hatten sich in der Anlage verteilt, um keine Schläge abzubekommen.

Pat half Alan hinein. Die Platzwunde, die er sich bei dem Unfall zugezogen hatte, war im Vergleich mit dem Zustand seines Gesichts nach den Tritten harmlos gewesen. Trotz ihrer Wut darüber, was Alan Flick angetan hatte, tat er Pat Leid.

»So, Georgie, könnten Sie mir ein Tuch geben? Da ist überall Blut. Schnell, bitte schnell, es läuft ihm über das Hemd.«

Georgie kam mit einem Geschirrtuch und sie wischten ihm das Gesicht ab. Aber er zuckte zusammen und beschwerte sich so über die Schmerzen, die sie ihm bereiteten, dass sie von ihm ablassen mussten. Er sackte auf einen Stuhl und drückte sich das Tuch ans Gesicht.

»Brandy, das braucht er. O Gott, jetzt kommen sie rein. Passen Sie auf.«

»Wo ist er, wo ist er?« Tische und Stühle stürzten um, Getränke ergossen sich über den Boden. Der Lärm war fast noch furchterregender als die Schlägerei und Pat wünschte sich, die Polizei käme endlich, aber wie viele Polizisten würden nötig sein, um diesen Haufen in die Gewalt zu bekommen? Der Sergeant allein würde nicht viel ausrichten können.

Zum Glück zerriss eine Polizeisirene die Luft. Die Schlägerei hörte fast sofort auf und eine Massenflucht setzte ein. Die Männer drängten nach draußen, um nicht gefasst zu werden, aber die Türen waren schnell gesichert und sie saßen in der Bar fest. Zwei Männer wollten aufs Herrenklo, sie hofften wohl, durch das Klofenster zu entkommen, aber Georgie passte sie, einen Cricketschläger schwenkend, im Flur ab.

»O nein, das lasst ihr schön bleiben! Ein Schritt und ich zieh euch damit eins über den Schädel. Ich mein's ernst.« Sie hob den Cricketschläger, bereit zur Attacke. Die Männer gingen auf sie los und wollten ihr den Schläger abnehmen, aber das Funkeln in Georgies Augen hielt sie davon ab. »Ihr habt genug Schaden angerichtet und die Polizei wird euch schnappen. Zurück in die Bar.« Sie hielt den Schläger mit beiden Händen auf Schulterhöhe. Ihr entschlossener Blick schüchterte die Männer ein und sie wichen zurück. Georgie folgte ihnen mit erhobenem Schläger.

Über den Krach hinweg rief sie: »Officer! Die zwei hier sind die Rädelsführer. Ich habe sie eben an der Flucht gehindert.« Alle hielten in ihren Aktivitäten inne und schauten sie an. Zierlich, hübsch, mit ihrem schönen, blonden Haar, dem wilden Blick zur Verteidigung Alans und dem erhobenen Cricketschläger bot sie ein einprägsames Bild. Bryn trat zu ihr und nahm ihr den Schläger ab. Ihr Zorn löste sich auf und sie klammerte sich an Bryns Arm.

»Hilfe, Bryn. Ich mache mich ja total lächerlich. Mir wird gleich schlecht.« Sie verschwand hinter der Theke.

Ehe die Polizisten gingen, nahm der Einsatzleiter Bryn beiseite.

»Sie müssen durchgreifen, Mr. Fields, das ist jetzt schon das zweite Mal kurz hintereinander, dass wir wegen einer Schlägerei hier sind und die von heute ist noch übler als die letzte. Mehr Wachsamkeit, wenn ich bitten darf. Wenn Ihre Lizenz das nächste Mal erneuert werden muss, könnte sie sonst…« Er fuhr sich mit dem Finger über die Kehle, machte überdeutlich, was er meinte.

Bryn entschuldigte sich grimmig. Es hätte ihm nichts eingebracht, der Polizei gegenüber aus der Haut zu fahren. Er war so wütend auf sich, weil er nicht gemerkt hatte, dass sich die mit Hausverbot belegten Trinker in seinem Schankbereich aufhielten. Einer der Männer, die an der Schlägerei beteiligt gewesen waren, erbot sich, Alan in die Notaufnahme zu fahren. Georgie brachte ihn zum Auto und versorgte ihn mit einem sauberen Tuch, das er sich ans Gesicht halten konnte. »Pass auf, Alan, sag denen im Krankenhaus, sie sollen uns anrufen, falls es Probleme gibt, ja? Alles Gute, Schätzchen.« Alan nickte. Er konnte nicht sprechen, weil sein Gesicht zusehends anschwoll.

Die Gäste kehrten zurück, um auszutrinken, aber das war wegen der umgekippten Tische und Stühle, der Glasscherben und der Getränkelachen unmöglich.

»Als Betty MacDonald noch hier war, wäre so was nie passiert. Die hätte denen die Schädel aneinandergehauen, sie sich zur Brust genommen und sie rausgeworfen«, bemerkte Vera.

Pat lachte. »Du musst es ja wissen, Vera, dich hat sie ja auch mal rausgeschmissen.«

Vera lachte, drohte Pat mit dem Finger und ging nach Hause.

Am nächsten Tag kam Alan aus dem Krankenhaus zurück. Sein Nasenbein war gebrochen, ihm fehlten mehrere Vorderzähne, zwei Platzwunden hatten genäht werden müssen und sein ganzes Gesicht war übel geschwollen und voller Blutergüsse. Weil er versucht hatte, den Kopf zu schützen, hatten auch die Hände eine Menge abbekommen; sie waren ebenfalls voller Blutergüsse und angeschwollen und drei Finger waren gebrochen. Die Blutergüsse am Rücken und an der Brust taten weh und er konnte sich kaum bewegen. Nachdem Georgie ihn zu Bett gebracht hatte, hielten sie und Bryn in ihrem kleinen Büro Kriegsrat.

»Mir ist gleich, was du sagst, Georgie, wir können ihn eine ganze Weile nicht mehr in der Bar servieren lassen, falls überhaupt jemals wieder.«

Georgie strich sich das Haar aus dem Gesicht und flehte: »Was soll er denn machen, wenn er nicht für uns arbeitet? Du weißt ganz genau, dass er nicht auf eigenen Füßen stehen kann, er braucht uns. Wir haben uns sechzehn Jahre lang um ihn gekümmert. Es wäre grausam, ihm jetzt zu sagen, dass er gehen muss. Ich hätte diese beiden gestern Abend umbringen können.«

»Das habe ich gemerkt. Du hast echt kampflustig ausgesehen.«

»Ich hatte Angst.«

»Ganz gleich, wie viel uns an Alan liegt, unsere Gäste wollen ihn hier nicht. In der Großstadt würde er bei weitem nicht so auffallen, aber hier stechen seine Eigenheiten ins Auge. Es ist ausgeschlossen, Alan unseren Lebensunterhalt zu opfern. Ich weiß, dass er ohne uns zu nichts zu gebrauchen ist, aber er muss weg, finde dich also damit ab. Die Versicherung spielt verrückt, wenn wir den Schaden melden. Sie brummt uns eine viel höhere Prämie auf und wir können arbeiten, um die Prämien zu bezahlen, statt Gewinn zu machen. Wir betreiben ein Lokal, Georgie, kein Heim für Lebensuntüchtige.«

»Lebensuntüchtig! Das ist gemein!«

»Wir waren bis um zwei Uhr morgens auf, um den Saustall

aufzuräumen, ich bin also nicht in der Stimmung, großmütig zu sein, glaub mir.«

Georgie schob den Arm unter Bryns Arm. »Kann ich dich nicht überreden, nicht mal ein ganz kleines bisschen?« Sie lächelte zu ihm auf, fuhr ihm mit dem Finger über den Schnurrbart und kniff ihn in die Wange, aber er erwiderte ihr Lächeln nicht.

»Nein, tut mir Leid, und im Grunde weißt du, dass es die richtige Entscheidung ist. Ich melde mich bei dieser Frau aus Penny Fawcett, die sich bei uns beworben hat, und verabrede ein Vorstellungsgespräch mit ihr.«

»Wir können ihn nicht rauswerfen, solange es ihm nicht besser geht und er was Neues gefunden hat.«

»Natürlich nicht. So unbarmherzig bin ich nun auch wieder nicht.«

16. Kapitel

Wegen des Altweibersommers stand Muriel früher als üblich auf, um mit Pericles spazieren zu gehen, bevor es richtig heiß wurde. Für Pericles war die Hitze fast unerträglich und an manchen Tagen machte Muriel sich große Sorgen um ihn. Mit Rücksicht auf sein Alter gingen sie langsam die Jacks Lane entlang und weiter Richtung Shepherd's Hill. Pericles schnupperte und auch Muriel stieg etwas in die Nase. Sie war sich sicher, Essensdüfte zu riechen, bestimmt waren sie in der Ladenküche doch noch nicht an der Arbeit? Um sieben Uhr morgens? Ganz bestimmt nicht.

Pericles zog an der Leine, er wollte den Gerüchen nachgehen.

»Pericles, du denkst auch nur noch an deinen Magen. Du wirst ganz schön gefräßig.« Als sie Shepherd's Hill überquerte, merkte Muriel, dass irgendetwas Merkwürdiges im Gange war. Sie umrundete die Methodistenkirche, die abgerissen werden sollte und mit Brettern vernagelt war, und stieß bei dem Anblick, der sich ihr bot, scharf die Luft aus. »Ach, du meine Güte. Nein! Ach, du meine Güte. Komm! Bei Fuß, Pericles.«

Auf der Wiese zwischen den Bäumen parkten schrottreife Wohnwagen, alte Kleinbusse und alle möglichen Motorfahrzeuge. Hunde und Kinder spielten, vor etlichen Wagen brannten Feuer und überall verstreut lagen die Dinge, die man für ein Leben im Freien braucht. Während Muriel völlig hypnotisiert von dem ganzen Treiben dastand, kamen zwei Männer mit Spitzhacken auf sie zu. Als sie auf Muriels Höhe waren, sagten sie: »Morgen, Missus, schöner Tag.«

»Ja, richtig.« Sie gingen an ihr vorbei direkt zur Kirche und hackten auf die Bretter ein, mit denen die Hintertür vernagelt war.

»Das ist Privatbesitz, es war eine Kirche.«

»Ist jetzt aber keine mehr«, rief einer der Männer und hackte weiter auf die Bretter ein. Zwei große Hunde wollten sich auf Pericles stürzen. Muriel nahm ihn auf den Arm und die Hunde sprangen an ihr hoch, um an Pericles heranzukommen. Pericles strampelte vor Angst und Muriel schrie. Einer der Männer brüllte die Hunde an: »Platz!« Aber sie hörten nicht auf ihn und er kam herüber und schlug sie mit dem Hackenstiel. Sie rannten jaulend weg. »Keine Bange, Missus, die tun nichts. Lassen Sie ihn ruhig runter, ihm passiert schon nichts.«

Aber Muriel eilte davon. Sie überquerte die Anlage, damit Pericles ein bisschen Auslauf hatte, und ging dann hastig zu Ralph zurück.

»Ralph, Ralph, bist du auf?« Er kam eben die Treppe herunter. »O Ralph, da bist du ja.«

»Meine Liebe, wie hast du dir dein Kleid so schmutzig gemacht? Und...«

»Mein Kleid tut jetzt nichts zur Sache, auf dem Brachland kampieren Landstreicher. Dutzende, mit großen Hunden, sie brechen in die Methodistenkirche ein. O Ralph, ich hatte solche Angst.«

Ralph umarmte sie und hielt sie fest. »Das ist wahr und wahrhaftig eine Riesenschweinerei. Sie haben dir doch nichts getan, oder?«

»O nein, die Hunde sind an mir hochgesprungen und haben

mein Kleid schmutzig gemacht. Was sollen wir machen, Ralph?«

»Wie viele Landstreicher könnten es sein?«

»Mindestens ein Dutzend Fahrzeuge, möglicherweise mehr, und jede Menge Menschen, Kinder und Hunde und ihre ganzen Sachen liegen herum. Überall. Wo in aller Welt kommen die nur her?«

»Ich weiß es nicht. Ich glaube, ich rufe die Polizei.«

»Aber der Sergeant wird allein nichts ausrichten können. Es sind so viele.«

»Abwarten. Ich rufe ihn erst mal an. Sie müssen bei Nacht gekommen sein, als wir gestern Abend gegen zehn mit Pericles spazieren gegangen sind, waren sie doch noch nicht da, oder?«

»Keine Spur von ihnen. Ich mach dir Frühstück, während du den Sergeant anrufst.«

Als das Telefon klingelte, hatte der Sergeant sein Porridge zur Hälfte gegessen und es schmeckte ihm bestens. Er mochte es, wenn die dicken, schwarzen Siruprinnsale den milden Porridgegeschmack in seinem Gaumen überlagerten. Jetzt, wo das Telefon klingelte, würde sich alles in einen dunkelbraunen Matsch verwandeln und der Sergeant war verärgert.

Als er die schlechte Nachricht von Sir Ralph hörte, machte er den obersten Schlafanzugknopf auf, um mehr Luft zu bekommen. Das, was er eben gehört hatte, gefiel ihm überhaupt nicht. O nein. Er würde Verstärkung brauchen, ja, eindeutig Verstärkung.

»Gewiss, Sir Ralph, ich kümmere mich sofort darum.« Das heißt, sobald ich mein Porridge aufgegessen habe, dachte er. Er setzte sich wieder, löffelte das Porridge, so schnell es ging, und trank so rasch wie möglich seinen Henkelbecher Tee leer. Warum bloß kam der Tee immer so heiß auf den Tisch? Dann rannte er ins Schlafzimmer, um sich anzuziehen.

»Du kannst doch nicht unrasiert zum Dienst«, rief seine Frau. »Das wird Sir Ralph überhaupt nicht gefallen, oder? Wenn er Anstoß dran nimmt, dass du nicht rasiert bist, zeigt Seine Lordschaft dich an, ganz bestimmt.«

Er lief wütend ins Bad und schnitt sich prompt mit der Rasierklinge ins Kinn. Es war nicht sein Tag.

Sir Ralph wartete auf ihn. Der Sergeant zückte sein Notizbuch. Sobald er die Fahrzeuge und die Hunde sah, sagte er: »Diesen Haufen erkenne ich wieder. Die haben in den letzten drei Wochen auf Arthur Priors Land kampiert. Auf der Wiese ganz hinten am alten Feldweg. Frag mich nur, warum sie hierher umgezogen sind.«

»Das frag ich mich auch«, meinte Ralph ironisch.

Der Sergeant sah ihn an. »Denken Sie dasselbe wie ich, Sir Ralph?«

»Möglich«, antwortete er. »Und was sollen wir unternehmen?«

»Erstens haben sie sich den Einbruch in der Kirche zuschulden kommen lassen und die Beschädigung von Bäumen, die unter Naturschutz stehen, sehen Sie, die haben Äste für ihre Feuer abgehackt. Ich glaube, wir müssen Verstärkung aus Culworth anfordern, das hier überfordert einen Mann allein. Zwei von diesen Kerlen sind wegen Landfriedensbruch festgenommen worden, mussten aber laufen gelassen werden, nicht genug Beweise, aber wir haben gewusst, dass sie's waren. Überlassen Sie das mir, Sir, mischen Sie sich lieber nicht ein. Sie sind jetzt der Grundbesitzer, schätz ich.«

»Bin ich, ja.«

»Gut. Ich sag Ihnen Bescheid.«

In der Nähe der Kirche beobachtete eine kleine Zuschauergruppe die Ereignisse.

»Was sind das für Leute, Sir Ralph?«

»Bloß Landstreicher. Sie sind in die Kirche eingebrochen ...«

»O nein, die Lumpen, was stellen die wohl als Nächstes an?«

»Ich hab sie letzte Woche auf der Wiese von Arthur Prior gesehen, da haben sie eine echte Schweinerei angerichtet.«

»Wir sind in unseren Betten nicht mehr sicher. Sollten lieber alle Türen abschließen.«

»Da haben Sie Recht. Und die Fenster. Und die Katzen nicht rauslassen, falls ihnen das Essen ausgeht.«

»Das ist ja eklig.«

»Sie werden schon sehen, dass ich Recht hab.«

Malcolm, der Milchmann, hielt mit seinem Lieferwagen und hob eine Kiste heraus.

»Sie verkaufen denen doch nicht etwa Milch, oder, Malcolm?«

»Ich muss mir meinen Lebensunterhalt verdienen. Wenn die Milch wollen und sie bezahlen, kriegen sie Milch. Tschuldigung, lasst mich mal durch.«

»Sie machen denen auch noch Mut. Sie sind ein Verräter.«

»Wir wollen sie los sein.«

»Wie der hinter dem Geld her ist! So eine miese, kleine geldgierige Ratte.«

Ralph marschierte nach Hause. »Muriel! Wo bist du?«

»Hier, Lieber. Was tut sich?«

»Ich mache einen Besuch bei Arthur Prior. Er steckt dahinter.«

»Warum? Warum hat er das getan?«

»Das weißt du nicht? Natürlich nicht. Dann erzähle ich dir mal die ganze Geschichte über meinen lieben Cousin Arthur.« Ralph erzählte es ihr ohne Umschweife und sie hörte, vor Entsetzen die Hand vor den Mund geschlagen, zu.

»So, jetzt weißt du Bescheid. In erster Linie Rache für altes Unrecht, glaube ich.«

»O Ralph, mein Lieber, du kannst doch nichts dafür. Du warst nicht mal auf der Welt und er auch nicht. Zudem haben sie eine eigene Farm bekommen, etwas, wovon sie sonst nur hätten träumen können. Ich hatte ja von all dem überhaupt keine Ahnung. Seit wann weißt du es?«

»Mein Vater hat es mir erzählt, als ich mit vier in die Dorfschule kam, er hat gemeint, er müsse mich vorwarnen, falls es Gerede gebe. Er hat die richtigen Worte gefunden, es mir zu erklären, und es kam mir gar nicht schmutzig oder mies vor, weil er es mir so wunderschön erzählt hat. In der Schule hat mich nie jemand darauf angesprochen und ich hab nie mit Arthur darüber geredet, das kam mir irgendwie ungehörig vor.«

»Das wäre es auch gewesen.«

»So, jetzt weißt du es. Ich gebe nicht auf. Er kann mir so viele Steine in den Weg legen, wie er will, ich mache trotzdem weiter, weil ich weiß, dass es gut für das Dorf ist und dem gilt meine Sorge, nicht Arthur Priors verletzten Gefühlen oder seinem Neid.«

»Darum geht's also, ja? Neid. Er hat das Gefühl, dass sein Vater genauso ein Templeton war wie jeder, der mit dem Namen geboren wurde. Er ist verbittert.«

»Es muss ein Schock für ihn gewesen sein, als ich nach so vielen Jahren im Ausland hierher zurückgekommen bin.«

»Natürlich, ja, sie waren zu unserem Hochzeitsabendessen eingeladen und sind nicht gekommen, haben behauptet, sie hätten schon eine andere Verabredung. Das war also der Grund. Ich nehme an, er ist wütend, dass dir der Grundbesitz zuerkannt worden ist, während er geglaubt hat, mit diesem Teil des Familienwohlstands sei es aus und vorbei. Er hat zwei Söhne, nicht wahr?«

»Hat er. Beide arbeiten mit ihm auf der Farm. Aber die Sache hat noch einen anderen Aspekt.«

»Welchen?«

»Die Farm gehört ihnen nur so lange, wie ein Prior sie bestellt und auf der Farm lebt. Sobald das zu Ende ist, fällt die Farm an mich oder einen anderen Templeton zurück, der zu diesem Zeitpunkt noch lebt.«

»Du meinst, sie *gehört* ihnen gar nicht?«

»Nein, sie zahlen jedes Jahr eine kleine Pacht an den Familienanwalt, so um die fünfundzwanzig Pfund. Eine Art Pfand. Es waren in all den Jahren fünfundzwanzig Pfund.«

»Aha. Das muss erbitternd für Arthur sein. Sehr erbitternd. Arbeitet schwer und trotzdem gehört die Farm ihm nicht. Ich nehme an, es liegt ihm wie dir ihm Blut, eine tief verwurzelte Befriedigung am Grundbesitz.«

»Ja, da könntest du durchaus Recht haben.«

»Ralph, es kommt mir merkwürdig vor, dass sie eine Farm so nah am Dorf bekommen haben.«

»Damals war das weit weg, fast schon in Little Derehams.«

»Ja, natürlich, fast eine Stunde zu Fuß, weit genug, nehme ich an. Damals hat niemand gewusst, dass Turnham Malpas das Zentrum wird, mit der einzigen Kirche, der einzigen Schule und dem einzigen Laden, weil sie das alles damals auch hatten, stimmt's? Ehrlich gesagt, allmählich tut Arthur mir richtig Leid.«

Ralph stand auf, beugte sich über sie und küsste sie auf die Wange. »Du hast ein gutes Herz, meine Liebe. Ein sehr gutes Herz und das liebe ich an dir. Jetzt besuche ich Arthur und sage ihm die Meinung. Was hat er sich in meine Angelegenheiten einzumischen? Für wen zum Teufel hält er sich?«

Muriel lief ihm den Gartenweg hinunter nach. »Bitte, Ralph, tu nichts Übereiltes, Lieber, komm wieder ins Haus und wir reden noch mal darüber.«

»Nein, meine Liebe. Ich gehe. Dauert nicht lange.« Sie schaute ihm zu, als er den Mercedes rückwärts aus der Garage setzte und die Pipe and Nook Lane entlangbrauste, viel schneller als erlaubt. Sie lief durch das Haus und die Vordertür wieder hinaus und winkte ihm, er sollte anhalten, aber er raste am Haus vorbei und ignorierte ihre Rufe.

Er war noch nie im Leben auf der Farm der Priors gewesen. Die Schicklichkeit hatte es verboten. Aber hier war sie. Auf einem hübschen, über der Einfahrt baumelnden Schild stand »Prior's Farm«. Ralph bog rechts ab und fuhr langsam den gepflegten Feldweg hinauf zum Hof.

Selbst auf bestens geführten Farmen lag meistens alter Krempel herum oder war Heu über den Hof verstreut, aber hier nicht. Alles war makellos. Bis auf das ferne Muhen von Kühen war es fast unvorstellbar, dass hier eine Farm bewirtschaftet wurde. Alle Holzleisten waren sauber gestrichen, alle Türen hingen gerade und neben den Türen standen bemalte, mit Blumen gefüllte Kübel. Ein Schäferhund kam freundlich wedelnd auf Ralph zugelaufen. Ralph bückte sich und tätschelte ihm den Kopf.

Ein Vorhang bewegte sich leicht; jemand beobachtete sie. Ralph klingelte. Niemand kam an die Tür, aber Ralph hörte hinter sich Schritte.

»Ja, und was wollen Sie? Sich noch ein Stück von Ihrem Besitz anschauen, was?«

Arthur Prior stand, in Cordhosen, kariertem Arbeitshemd und passender Mütze, breitbeinig da, die Arme verschränkt, und wartete auf eine Antwort. Die beiden Männer musterten sich. Beide stämmig gebaut, beide weißhaarig, beide mit der langen, aristokratischen Nase der Templetons und beide zum Äußersten entschlossen, ihren Willen durchzusetzen.

»Nein, ich will Sie besuchen.«

»Schön, hier bin ich, schießen Sie los.«

»Habe gehört, dass auf Ihrem Grundstück Landstreicher sind.«

»Waren.«

»Richtig, waren. Haben Sie die dazu überredet, bei Nacht auf das Brachland umzuziehen?«

»Hören Sie mal, so etwas würde ich Ihnen doch nicht antun.«

»Das ist keine Antwort.«

»Kann schon sein, aber eine andere kriegen Sie nicht.«

»War das eine Art Witz?«

»Was?«

»Die zum Umzug zu überreden?«

»Davon weiß ich nichts. Bin heute Morgen aufgestanden und siehe da, weg waren sie. Hab meinen Augen nicht getraut, wirklich.«

»Wetten, dass?«

»Sie sind also eine Spielernatur?«

»Eigentlich nicht.«

»Ich setze tausend Pfund darauf, dass Sie auf diesem Land keine Häuser bauen werden.«

»Einen solchen Einsatz kann ich nicht annehmen, weil ich weiß, dass ich die Wette gewinne.«

»Die Scheißwette gewinnen Sie nicht.« Arthur kam näher. Er bohrte den kräftigen braunen Zeigefinger in Ralphs Jackettaufschlag. »Diesmal nicht, Ralphie, diesmal nicht. Seit Generationen ist es hier nach dem Willen von Ihrer Familie und Ihnen gegangen, aber jetzt bin ich an der Reihe.«

»Ist es etwa ein Unrecht, Häuser zu bauen und sie den Leuten vom Land zur Miete anzubieten?«

»Es ist Unrecht, dass Sie Geld scheffeln wollen. Sie haben genug Geld, wozu brauchen Sie noch mehr? Sie werden die Baugenehmigung bekommen, dann das Land verkaufen, das Geld einsacken und mit einem dreckigen Grinsen im Gesicht mit Ihrer neuen Frau an einen fernen Strand ziehen und die Einnahmen verprassen. Und uns bleibt es überlassen, den Scherbenhaufen zusammenzukehren.«

»Was ich tue, ist meine Sache. Ich bin Ihnen keine Rechenschaft schuldig.«

»Das ist die Höhe! Arrogant, das sind Sie, arrogant. Wollen, dass ich einen Diener vor Ihnen mache wie in den alten Zeiten. Weder ich noch einer meiner Söhne wird je einen Kotau vor Ihnen machen, Ralph Templeton. Scheren Sie sich also von meinem Land…«

»Das ist der Haken, stimmt's? Es ist nicht Ihr Land, deshalb beziehen Sie Stellung gegen mich. Die Vereinbarung ist nicht von mir getroffen worden, wie Sie wissen, und von Ihnen auch nicht.«

»Mein Vater hat Ihrem Vater Geld für diese Farm angeboten und der hat sich geweigert, geweigert, sie zu verkaufen. Hat gesagt, er hätte nicht das Recht, sie zu verkaufen, sie stünde seinen Nachkommen zu. Folglich sitzen wir in der Klemme.«

»Tut mir Leid, aber so ist es. Andererseits leben Sie doch ganz gut von den Einkünften der Farm. Ich bin jedoch eigentlich wegen der Landstreicher hier. Offenbar haben *Sie* die Leute zum Umzug angestiftet. Aber glauben Sie ja nicht, dass mich das von meinem Plan abbringt. Nichts bringt mich davon ab. Ich bin entschlossen, das mit den Häusern durchzusetzen, und ich werde es tun. Nichts wird mich davon abhalten. Nichts.«

»Und ich werde auf Ihrem Grab tanzen. Warten Sie's nur ab, wenn Sie dieses Land zu Geld machen, wird es das Ende von Ihnen und Ihrer Sippschaft sein. Schreiben Sie sich das hinter die Ohren.« Arthur fuchtelte mit der Faust vor Ralph herum. Ralph tat das mit einer Geste ab und ging wutschnaubend davon.

Muriel hatte während seiner Abwesenheit eine unnütze Beschäftigung nach der anderen aufgenommen. Sie machte nichts richtig und am allerschlimmsten war, dass sie beim Abstauben auch noch eine Porzellanfigur von ihrer Mutter zerbrach. Ein kleiner Junge, der mit einer Schüssel Seifenschaum auf dem Knie auf einer kleinen Anhöhe saß und dem die Tonpfeife fast aus der Hand fiel, weil er eingeschlafen war. Sie hatte sich oft gefragt, ob ihre Mutter an ihrer Stelle lieber einen solchen Jungen gehabt hätte, mit dunklen Locken und einem eigensinnigen Kinn. Als Ralphs Auto draußen vorfuhr, machte Muriel einen Satz.

Sie eilte an die Tür, um aufzumachen.

»O Ralph! Ist alles in Ordnung? Ich habe mir solche Sorgen gemacht.«

»Er war's. Ich hab's gewusst, hab's erraten, sobald ich diese Landstreicher gesehen habe. Er kriegt mich nicht klein, weißt du, er kriegt mich nicht klein. Ich bin entschlossen, diese Häuser zu bauen. Je mehr er protestiert, desto entschlossener werde ich.« Er ging zur Whiskykaraffe und goss sich einen Doppelten ein.

»O Ralph, Lieber, um diese Tageszeit trinkst du doch sonst nicht. Ist das klug?«

»Ich weiß nicht mehr, was klug ist.« Ralph setzte sich an seinen Schreibtisch, stellte das Glas ab und sagte: »Er hat mich Ralphie genannt, Ralphie! Ich könnte ihn erwürgen.«

»Ralph, das ist nicht menschenfreundlich.«

»Mir ist heute Morgen auch nicht besonders menschenfreundlich zumute. Er hat diese... diese Streuner dazu überredet, auf mein Land umzuziehen. Mit der Absicht, mir Scherereien zu machen.«

»Ich bin mir sicher, dass das reiner Zufall...«

»Nein, ist es nicht. Sie waren bis gestern Nacht auf einer seiner Wiesen und heute Morgen kampieren sie mysteriöserweise auf meinem Land.«

Muriel, die Ralph noch nie so wütend erlebt hatte, wusste nicht, was sie sagen sollte, um ihn zu beruhigen. Sie huschte im

Arbeitszimmer herum und rang die Hände. »Ralph, Lieber, reg dich doch nicht so auf. Ich bin mir sicher, dass die Polizei das Problem mit der Zeit löst.«

»O ja, mit der Zeit, das kann Monate dauern. Mir passt der ganze Ärger nicht. Es fehlt nur noch, dass der Council beschließt, die Genehmigung nicht zu erteilen und wir machen uns zum Gespött.«

»Aber warum sollte er die Genehmigung verweigern?«

»Weil ich deiner Meinung war, und versteh mich nicht falsch, du hattest völlig Recht. Ich habe Neville Neal nicht erlaubt, die tonangebenden Councilmitglieder zu schmieren und sie werden sich rächen, indem sie mir die Genehmigung verweigern.«

»Was kommt, lässt sich nicht ändern. Wir müssen es hinnehmen.«

»Die Planungssitzung ist heute Abend, also wissen wir bald Bescheid. Neville hat gesagt, er ruft nach der Sitzung das Councilmitglied an, das er angeblich in der Tasche hat, und kriegt raus, wie es gelaufen ist.«

»Ich hätte nicht gedacht, dass du Neville noch mit der Sache betrauen würdest, nachdem ich so fuchtig war.«

»Oh, er ist wie eine Klette, er will in das Projekt investieren, verstehst du, hat taktvoll gemeint, ich könnte mich übernehmen und er könnte mir aushelfen. So eine Unverschämtheit!«

»Wirst du dich übernehmen?«

»Wir, meine Liebe, wir. Du und ich wissen, dass wir höchstens acht Häuser bauen wollen, aber wir haben die Genehmigung für zwanzig beantragt, mit dem Hintergedanken, wenn wir mehr beantragen, als wir wollen, vielleicht schließlich die Genehmigung für die acht zu bekommen, die wir uns vorgenommen haben. Damit ist der Ehre auf beiden Seiten Genüge getan. Und wenn es so kommen sollte, dann können wir es uns auch leisten, ja.«

»Ralph! Das ist genial!« Sie blieb vor seinem Schreibtisch stehen, stützte sich auf und sagte ruhig: »Hältst du es für möglich, die Landstreicher zum Abzug zu überreden, ohne die Polizei einzuschalten und Gewalt anzuwenden? Ich habe ein paar von den Kindern gesehen. Sie sehen aus, als ob sie Hilfe brauchten, wirklich. Ich würde es schrecklich finden, wenn den Kindern etwas zustoßen würde.«

»Was schwebt dir vor, meine Liebe?«

»Wenn Arthur Prior es geschafft hat, sie zum Umziehen zu bewegen, müssen sie gute Gründe dafür gehabt haben. Meinst du, er hat ihnen Geld gegeben? Ich kann mir keinen anderen Grund dafür vorstellen, dass sie bereitwillig umgezogen sind, oder?«

»Muriel! Jetzt bist du das Genie. Natürlich, das ist die Lösung. Erst müssten sie weiterziehen, dann gebe ich ihnen das Geld und dann lassen wir Erdhügel vor die Einfahrt schaufeln, damit die Fahrzeuge nicht mehr durchkönnen. Wie schlau von dir, meine Liebe.«

»Mit Speck fängt man Mäuse, wie meine Mutter immer sagte.«

»Wie Recht sie hatte. Wir müssen sehr vorsichtig vorgehen. Wenn wir nicht aufpassen, stimmen sie einem Betrag zu und feilschen dann um immer mehr und schieben den Umzug hinaus. Ja, du hast den Nagel auf den Kopf getroffen.« Ralph verbrachte den Morgen damit, zu überlegen, wie er vorgehen würde.

Als am Donnerstag die Lokalzeitung erschien, verkündeten fette Schlagzeilen, dass der Planungsausschuss die Baugenehmigung für die zwanzig Häuser verweigert hatte. Viele Gründe wurden genannt, darunter, dass der Council befürchtete, Häuser würden der grünen Lunge schaden und natürlich müssten für so viele Häuser viel zu viele Bäume gefällt werden. Hinzu käme noch, dass das ganze Dorf aus dem Gleichgewicht geraten würde, die Dorfschule überlastet wäre und so weiter und so fort. Arthur Prior wurde zitiert, der sagte, er freue sich sehr, dass die Häuser nicht gebaut würden, dies sei ein Sieg des gesunden Menschenverstands. Bei dem Interview mit Ralph hatte der Reporter versucht, Ralph zu provozieren, damit er wütend wurde und mehr als beabsichtigt äußerte, aber Ralph hatte schlicht gesagt, wie enttäuscht er sei und dass er bei der nächsten Gelegenheit erneut eine Genehmigung beantragen werde. In einer kurzen Meldung wurde außerdem erwähnt, die Landstreicher hätten vor, auf ihrem neuen Gelände zu überwintern.

Ralph beschloss, am folgenden Sonntag nicht zur Kirche zu gehen. Stattdessen machten er und Muriel einen Tagesausflug. Folglich hörte er nicht, dass sein Telefon an jenem Tag mehrmals klingelte. Es war ein wichtiger Anruf.

17. Kapitel

Harriet war wegen des Babys seit vier Uhr morgens wach und folglich zur Frühstückszeit nicht in der Stimmung, sich von den Kindern auf der Nase herumtanzen zu lassen.

»Wenn ihr beiden Jungs nicht am Tisch sitzt, wenn ich bis fünf gezählt habe, setzt's was.«

Flick saß schon vor ihren Frühstücksflocken. »Heute Morgen gehe ich zur Schule. Zum Mittagessen komme ich nach Hause.«

»Schätzchen, das liegt ganz bei dir, das weißt du, aber übertreib's nicht, ja? Eins, zwei, drei, vier… Gut. Jetzt seid still und esst. Ich habe eine grauenhafte Nacht mit Fran hinter mir und keine Lust, mich mit dummen Jungs herumzuärgern. Da bist du ja, Jimbo! Leg doch jetzt mal die Post beiseite, bitte, Liebling, setz dich und iss.«

»Komm ja schon. Gott! Bin ich heute Morgen erschöpft. Ich bin mir sicher, dass Peter unsere Runde um einen Kilometer verlängert hat, ohne mir etwas zu sagen.«

»Du und erschöpft? Warum hast du dann gegen fünf so geschnarcht?«

»Geschnarcht? Ich schnarch doch nicht… Schau dir das hier an, eine Abendesseneinladung von Fitch. Abendgarderobe, Freitag in zwei Wochen. Du weißt doch, dass er mich beauftragt hat, seine Dinnerparty auszurichten? Mir war nicht klar, dass er uns auch einladen würde. Ich kann nicht hin. Sag du ihm ab, ja?«

»Du kannst nicht hin? Warum? Ist das der Abend, an dem die Freimaurer ihr Fest geben? Nein, ist es nicht, das ist der Freitag darauf. Finlay! Bitte! Bestreich deinen Toast auf dem Teller mit Butter, nicht auf dem Tischtuch. Vielen Dank. Also können wir auch hingehen.«

»Du kennst meine Regeln.«

Harriet dachte einen Moment lang über seine Antwort nach. Sie kannte seine Regeln, aber sie war jetzt seit vier Monaten mit der Familie eingesperrt. Wegen des Babys und weil Flick so viel Zuwendung brauchte, war sie kaum aus dem Haus gekommen. Sie musste, ja, sie musste unbedingt unter Leute.

»Wenn ich Mutter bitte …«

»Sie wird nein sagen und ich will Fran nicht allein lassen.«

»Jimbo, im Moment wäre ich sogar fähig, Fran vor der nächsten Haustür abzulegen. Ich hab die Nase voll von ihr.«

»Bitte, sag nicht so was!«, kreischte Flick. »Das meint sie nicht so, oder, Daddy?«

Fergus, den es nervte, dass seine kleine Schwester so ein Theater machte, sagte: »Verdammt noch mal, du weißt doch, dass sie es nicht so meint. Sei doch nicht blöd.«

Flick schossen die Tränen in die Augen. Jimbo tätschelte ihr den Kopf und sagte: »Du weißt ganz genau, dass Mummy es nicht so meint. Sie hat eine schlimme Nacht mit Fran hinter sich und ist mit den Nerven am Ende. Ihr Jungs, kommt in die Gänge und räumt ausnahmsweise mal euer Geschirr ab. Wir müssen alle zusammenhalten, wenn Mummy müde ist. Ich muss in den Laden.«

Er schob seinen Stuhl unter den Tisch, ging zu Harriet und gab ihr einen Kuss. »Ich liebe dich, Schatz. Es wäre undiplomatisch, die Einladung abzulehnen, oder?«

»Ja.«

»Das Problem ist bloß, wenn ich hingeh, sitz ich auf glühenden Kohlen, muss zuschauen und darf nicht einspringen, wenn was schief läuft.« Die beiden hatten nicht gemerkt, dass Sadie ins Haus gekommen war, in der Tür stand und auf eine Gesprächspause wartete.

»Ich bin's. Was ist das für eine Einladung?«

Harriet erklärte es ihr.

»Von mir aus kein Problem. Ich habe keine Einladung bekommen, aber wie denn auch? Er weiß nicht mal, dass es mich gibt. Ihr geht also hin und ich halte hinter den Kulissen die Stellung und sorge dafür, dass alles nach Plan läuft. So einfach ist das.«

Harriet fühlte sich sofort besser, bis ihr einfiel, dass sie dann ja keinen Babysitter hatten.

»Frag Sylvia Biggs. Sie ist daran gewöhnt, sich um die Pfarrhauszwillinge zu kümmern, sie kommt bestimmt auch mit Frances zurecht.«

»Natürlich. Was bist du doch für eine wunderbare Mutter. So einfallsreich.«

»Ja, stimmt. Ich bin auch eine wunderbare Schwiegermutter, oder etwa nicht, Jimbo?« Er ging zu ihr, gab ihr einen Kuss und sagte dann: »Hört mal, von dieser ganzen Küsserei wird der Laden nicht offen. Ich gehe.«

»Ich auch. Heute Morgen komme ich nicht, lieber Jimbo, hab in Culworth einen Termin beim Friseur. Die Haarwurzeln müssen nachgefärbt werden. Ich bestehe auf einem Kuss von allen Enkeln. Kommt, Kinder, gebt eurer Großmutter einen Kuss. Der Älteste macht den Anfang.«

Nachdem sie Sadie pflichtschuldig einen Kuss gegeben hatten, entkamen die Jungen, ohne ihr Geschirr abzuräumen, und Flick machte sich mühsam daran, es für sie zu erledigen.

Harriet protestierte. »Nein, Flick, lass das. Du hast genug damit zu tun, dich für die Schule zurechtzumachen. Ich kümmere mich um alles.« Flick humpelte davon. Sobald sie außer Hörweite war, sagte Sadie: »Ich hoffe, das Hinken ist nicht von Dauer.«

»Mutter! Der Unfall ist erst vier Monate her, im Krankenhaus sind sie mächtig beeindruckt. Sie meinen, dass Flick gewaltige Fortschritte macht und wir meinen das auch. Danke, dass du das Problem mit der Essenseinladung gelöst hast. Ich will da unbedingt hin.«

»Du wolltest schließlich so viele Kinder, Harriet. Eins hätte vollauf genügt, wenn man bedenkt, wie viel du mit dem Laden zu tun hast. Ich habe dir das schon gesagt, als Fergus geboren wurde, aber nein! Jimbo wollte ein ganzes Haus voller Kinder, weil er erlebt hat, was ein Einzelkind durchmachen kann. Du hast meiner Meinung nach nicht sehr darunter gelitten, dass du ein Einzelkind warst.«

Frances' verteidigendes Geschrei drang in die Küche. Sadie griff hastig nach ihrer Handtasche. »Ich muss los, sonst komme ich zu spät. Ich habe den ersten Termin. Tschüs!«

Im Verlauf des Vormittags erfuhr Jimbo, dass sie nicht die Einzigen waren, die eine Einladung bekommen hatten. Peter kam, um ihm etliches auszurichten, und erwähnte, dass er und Caroline auch eingeladen waren.

»Ah! Wir auch. Harriet hat überlegt, Sylvia darum zu bitten, bei uns einzuhüten. Sadie kann nicht, weil sie für mich die Aufsicht führt, während wir uns als Gäste amüsieren.«

»Kein Grund zur Sorge. Willie kann das sehr gut, vermutlich hütet er bei uns ein. Die Zwillinge lieben ihn. Das kriegen wir schon hin. Was meinen Sie, gibt es einen besonderen Grund für dieses Abendessen?«

»Ich nehme an, er möchte für das Fiasko mit dem Silber Abbitte leisten.«

»Ja, kann schon sein. Ich frage mich, ob Ralph und Muriel eingeladen sind? Ich glaube nicht, dass Ralph hingehen möchte.«

»Würde einen schlechten Eindruck machen, wenn er die beiden übergeht. Sheila Bissett und Ron sind eingeladen. Sie ist total aus dem Häuschen. Hat sich regelrecht aufgeplustert, als sie vorhin hier war.«

»Eigentlich ist sie gar nicht so übel, wissen Sie.«

»Großmütig von Ihnen, wenn man bedenkt, was Sie Ihnen für Scherereien gemacht hat.«

»Wir hätten von Anfang an ehrlich sein sollen. Muss weg, jede Menge zu tun. Tschüs, Jimbo.« Als Peter gehen wollte, kam Muriel herein. »Guten Morgen. Gott segne Sie, Muriel.«

Sie sah geistesabwesend aus. »Oh, guten Morgen, Peter. Ach, du meine Güte. Oh, vielen Dank.«

Jimbo kam hinter der Theke hervor und zog einen Stuhl heran, den er für die Kunden aufgestellt hatte.

»Sie sehen aus, als sollten Sie sich setzen.«

Muriel machte ein verwirrtes Gesicht. Sie warf einen Blick auf den Stuhl und nahm prompt ziemlich schwerfällig Platz. »Im Eheleben ist man nicht nur auf Rosen gebettet, stimmt's, Jimbo?«

»Ach, du liebe Zeit!«

»Ja, ach, du liebe Zeit. Man muss eine Menge einstecken, stimmt's?«

»O ja. So ist es.«

»Es geht um eine Einladung, die heute Morgen gekommen ist. Ich meine, wir sollten sie annehmen, und Ralph, der liebe Ralph, sagt entschieden nein.«

»Zum Abendessen im Herrenhaus?«

»Oh! Sie haben auch eine bekommen?«

»Ja, und Peter, und Sheila Bissett.«

»Ach, so was! Ralph sagt, wissen Sie, dass er es unter

keinen Umständen erträgt, noch einmal ins Herrenhaus zu gehen. An dem Tag, als Sie zu dritt dort waren, um Mr. Fitch zur Rede zu stellen, hat er Gespenster gesehen. Er war ganz durcheinander.«

»Das ist wohl verständlich.«

»Aber ich möchte hin. Ich kann mich daran erinnern, wissen Sie, weil ich als kleines Mädchen dort war. Seine Eltern waren reizende Leute. Ganz und gar Oberschicht, aber so freundlich. Sie haben einen nie spüren lassen, dass man aus kleinen Verhältnissen kommt. Sie waren kein bisschen überheblich.« Sie schaute wehmütig zu ihm auf. »Ich möchte so gern hingehen.«

»Sie werden ja noch eine richtige Salonlöwin.«

Muriel lachte. »Erinnern Sie sich an die Feier anlässlich Ihres vierzigsten Geburtstags? Ich hab an diesem Abend geglaubt, ich sterbe vor Schüchternheit. Wenn Ralph die Einladung annähme, hätte ich an dem Abend vermutlich so furchtbare Angst, dass ich gar nicht mehr wüsste, was ich tue. Ich stelle mich solchen Herausforderungen und bereue es dann bitterlich.«

»Lassen Sie sich von einem Mann mit vierzehn Jahren Eheerfahrung raten. Reden Sie nicht darüber, wenn Sie nach Hause kommen. Lassen Sie das Thema völlig ruhen. Tun Sie, als wäre nichts gewesen. Seien Sie die Liebe und die Güte in Person. Kochen Sie ihm heute Abend sein Lieblingsessen und dann…« Jimbo räusperte sich. »Der Rest liegt bei Ihnen, aber das ist der richtige Augenblick, ihm zu sagen, wie gern Sie zu dem Abendessen gehen würden. Erwischen Sie ihn in einem unbedachten Augenblick, wenn Sie verstehen, was ich meine, wenn er … na ja, wenn er in weicher Stimmung ist, wie man das nennen könnte.«

Muriel fing seinen Blick auf und wurde rot. »Jimbo!« Sie dachte einen Moment lang über seine Idee nach und sagte dann: »Ich glaube, da könnten Sie durchaus Recht haben. Ich werde Ihren Rat beherzigen.«

»Gehört alles zum Dienst am Kunden. Kostenlos! Wollten Sie etwas kaufen?«

»Ja, aber ich kann mich nicht mehr daran erinnern, was. Ich schlendre ein bisschen herum, vielleicht fällt es mir ja dann wieder ein.«

Nach einem zähen Tagesanfang herrschte im Laden Hochbetrieb und gegen Mittag war Jimbo heilfroh, seine Kunden der Teilzeitverkäuferin überlassen zu können, um im Hinterzimmer eine Kleinigkeit zu essen. Er saß auf einem Schemel und mampfte ein Stück Schweinefleischpastete, die bei Ladenschluss über das Verfallsdatum hinaus gewesen wäre, als eine aufgeregte Stimme rief: »Jimbo! Sind Sie da?« Es war Pat.

»Hier drin, Pat, beim Mittagessen.«

»Darf ich reinkommen?«

»Ja, kommen Sie nur.«

»Tut mir Leid, aber ich hab gedacht, Sie wollen meine gute Nachricht hören. Mein Dad hat die Stelle im Herrenhaus gekriegt.«

»Als Gärtner, meinen Sie?«

Sie nickte lebhaft. »Erst soll er den Küchengarten und die Glashäuser in Ordnung bringen und dann, sagt Jeremy, soll er als Gärtner arbeiten! Sie ahnen ja nicht, wie ich mich freue. Gut bezahlt wird er auch. Dad möchte, dass unser Dean von der Schule abgeht und ihm hilft, aber das kommt für mich nicht in Frage und für Dean auch nicht, er will auf der Schule bleiben. Ich bin ja so was von erleichtert!«

»Erleichtert? Ich wundere mich!«

»Sie wundern sich? Worüber? Was ist denn passiert?«

»Mich verblüfft Ihr Gesinnungswandel.«

»Gesinnungswandel?«

»Ja. Ich hab geglaubt, Mr. Fitch wär in Ihren Augen der Volksfeind Nummer eins.«

»Na ja, schon. So hab ich das noch gar nicht gesehen.«

»Jedenfalls haben Sie so gedacht, als Sie und Ihr Dean an jenem Abend dabei geholfen haben, die Spottfigur zu basteln.«

»Spottfigur? Ach so, Sie meinen die Puppe.« Sie schaute ihn vorwurfsvoll an. »Wie haben Sie rausgekriegt, dass ich das war?«

Jimbo klopfte sich mit dem Zeigefinger an den Nasenflügel und grinste. »Ich habe so meine Methoden. Jedenfalls werden Sie Ihre Meinung über ihn jetzt ändern müssen. Nun ist er der Retter der Familie Duckett.«

»Da bin ich mir nicht so sicher. Dad hat die Stelle von Jeremy bekommen.«

»Glauben Sie mir, Jeremy tut keinen Schritt, der nicht mit Mr. Fitch abgesprochen ist, der hält ihn an einer sehr kurzen Leine. So arbeitet der Mann. Ich glaube, das ist ein Teil seiner neuen Strategie, Abbitte für das Debakel mit dem Silber zu leisten.«

»Das ist mir egal. Was zählt, ist, dass mein Dad wieder Arbeit hat. Geld stinkt nicht.«

»Wo wir gerade über Geld reden.« Jimbo nahm ein mit Papier vollgestopftes Klemmbrett aus dem Schreibtisch. Er blätterte ein paar Seiten um und sagte dann: »Kann ich beim Dinner der Freimaurer mit Ihnen rechnen und bei einem Jahresfest der Rugbymannschaft in Culworth, beides an Freitagen?«

»Ja, gern. Schreiben Sie mir die Daten auf, dann trag ich sie in meinen Kalender ein. Beim Abendessen im Herrenhaus brauchen Sie mich also nicht?«

»Nein, da will er männliche Kellner.«

»Jammerschade! Ich wär so gern Mäuschen gewesen! Wer ist denn eingeladen?« Jimbo sagte es ihr.

»Könnte interessant werden, oder? Wenn Sir Ralph hingeht, könnten die Fetzen fliegen.«

»Meine Schwiegermutter führt die Aufsicht über das Ganze.«

»Da muss sich das Personal an dem Abend aber Mühe geben. Die kann ganz schön fuchtig werden. Der entgeht nichts.«

»So gehört es sich auch. Wir bekommen keinen Auftrag mehr, wenn nicht alles absolut perfekt ist. Leute wie Sie helfen uns, Maßstäbe zu setzen. Sie leisten gute Arbeit, wissen Sie, Pat. Bei der nächsten Fete, die ich ausrichte, gebe ich Ihnen eine Chance, zu zeigen, was wirklich in Ihnen steckt. Setze Sie als Oberkellnerin ein, mal sehen, wie Sie sich machen. Natürlich gegen den entsprechenden Lohn.«

»Wirklich?«

»O ja. Zuverlässige Leute, die was vom Fach verstehen und bereit sind, Verantwortung zu übernehmen, sind rar, glauben Sie mir.«

»Danke, Jimbo. Vielen herzlichen Dank.« Pat wollte gehen und drehte sich dann doch noch einmal um. »Sie haben Recht, ich sollte meinem Dad nicht erlauben, die Stelle anzunehmen, oder?«

»Die trostlose Finanzlage zwingt Sie dazu.«

»Ja, es geht wirklich nicht anders, er muss die Stelle annehmen. Aber es ist erbitternd, Sklave des Geldes zu sein.«

18. Kapitel

In der Nacht, bevor die Landstreicher sein Grundstück verlassen sollten, musste Ralph feststellen, dass er nicht schlafen konnte. Ein Grund war Muriels Unruhe, der zweite die Sorge, ob sie wirklich weiterziehen würden. Das Geld steckte unter seinem Kopfkissen.

»Ralph, ich koche Tee. Ich kann einfach nicht schlafen. Möchtest du auch eine Tasse, Lieber?«

»Ja, bitte, und dann stehe ich auf. Die Anspannung bringt mich um.«

»Mich auch.« Sie saßen nebeneinander im Bett und tranken Tee. Muriel schaute auf ihren kleinen Porzellanwecker. Halb sechs. Noch eine Stunde, bis die Landstreicher abzogen. Als sie den Tee ausgetrunken hatte, stellte sie die Tasse auf ihren Nachttisch und schlüpfte unter die Decke, um vor dem Aufstehen noch fünf Minuten auszuruhen.

Lautes Gehämmer gegen die Haustür weckte die beiden.

Muriel sah auf die Uhr. Es war sieben. »Ralph! Das müssen sie sein. Wir sind wieder eingeschlafen.«

Ralph sprang aus dem Bett, fuhr in die Hosen, zog sich einen Pullover über und rannte nach unten. Das Geld hatte er vorsichtshalber in die Hosentasche gesteckt.

»So, Chef, wir sind auf der Straße. Es ist doch nicht zu früh für Sie?«

»Nein, überhaupt nicht. Sie sind alle abgezogen?«

»Ja. Wie abgemacht.«

»Gut, ich gehe hin und schau's mir an, wenn's recht ist.«

»Trauen uns nicht, was?«

»Gewissermaßen.«

»Haben Sie das Geld?«

»Ja. Es gehört Ihnen, wenn ich mich vergewissert habe, dass alle fort sind.«

Er ging um die Anlage herum auf das Brachland. Von der Methodistenkirche aus konnte er bis zum Bach hinunter sehen. Kein Fahrzeug in Sicht, aber was für eine Verwüstung. Dosen und Feuerstellen, Zeitungen, rostiger Schrott, prall mit Abfall gefüllte Müllsäcke, Äste, abgesägt, aber nicht verheizt. Das ganze Gelände war mit Krempel übersät. Ralph war es gleich, sie waren abgezogen.

Der Mann, der so laut gegen die Tür gehämmert hatte, wartete. »So, Chef, Sie haben gesehen, ich hab Recht, alle sind weg, wie versprochen. Geld, Geld, Geld.« Er rieb Daumen und Zeigefinger aneinander, voller Vorfreude auf das Gefühl der Scheine in seiner Hand.

Ralph nahm das Geld aus der Tasche und wollte es abzählen.

»Nicht nötig. Ich weiß, dass Sie zu Ihrem Wort stehen. Danke.« Er knickte die Banknoten und stopfte sie sich in die hintere Hosentasche. Ralph beobachtete, wie er zu einer Frau, zwei Kindern und einem großen Hund in seinen alten Lastwagen stieg. Er legte den Gang ein und holperte Shepherd's Hill hinunter davon.

So, jetzt war es sein Land. Die hinterlassene Verwüstung konnte ihm die Freude daran nicht verderben. Er sah die Bäume vor sich, uralt, knorrig, seit Jahrhunderten unbehelligt, und machte sich keine Sorgen, weil sie etliche Äste eingebüßt hatten. Dank ihrer starken Lebenskraft würden sie den Verlust schon überstehen. Der Bach plätscherte über die Kiesel; er war nicht so tief wie sonst, weil es ein langer, heißer Sommer gewesen war. Die Weiden boten willkommenen Schatten für die Fische, die immer noch darin schwammen wie früher, als er ein kleiner Junge gewesen war. Sein Vater war mit ihm hierhergekommen und sie hatten mit einem kleinen Netz Elritzen gefischt. Wie viel Freude hatte er daran gehabt. Jetzt gehörte das alles ihm, Arthur Prior würde nicht gewinnen. Dieses Land war immer noch der Besitz von Ralph Templeton. Er würde diese Häuser bauen und wenn es das Letzte war, was er tat. Er fröstelte in der kalten Morgenluft und machte sich auf den Heimweg. Als Nächstes war ein Anruf fällig, damit Männer mit Lastwagen kamen, den Abfall wegräumten und dann die Zufahrt mit Erde von Straßenbaustellen auf der anderen Seite von Culworth zuschütteten. Er ballte die Faust und schlug in die Luft. Er würde gewinnen, darauf ging er jede Wette ein.

Den ganzen Vormittag schaute er zu, wie die Männer aufräumten. Sie sammelten zwei Lastwagenladungen Abfall ein, holten Bretter und ersetzten damit diejenigen, die von den Landstreichern von der Kirche entfernt worden waren. Gegen Mittag war das ganze Grundstück sauber und am Nachmittag war Erde aufgeschüttet worden und versperrte die Zufahrt.

Muriel wartete auf ihn, als er nach Hause kam. »Ist mit dir alles in Ordnung, Lieber? Ich habe mir solche Sorgen um dich gemacht.«

»Ich habe nur zugeschaut, gar nichts getan, aber ich bin müde.«

»Ich mache dir ein Sandwich, du hast einen langen Tag hinter dir. Setz dich und ruh dich aus. Übrigens, ein Mann namens Colonel Dingsbums hat angerufen, ich habe seinen Namen nicht richtig verstanden, aber er ist Vorsitzender im County Council und hat gesagt, er glaubt, dass ihr Schulkameraden wart. Er ruft in etwa einer Stunde nochmal an.«

»Wer das wohl sein mag?«

Der Anruf kam, als Muriel gerade mit Pericles unterwegs war. Als sie zurückkam, schlang Ralph die Arme um sie und tanzte mit ihr in der Diele herum.

»Muriel, Muriel, der Anrufer war Nobby Winterton-Clark, er hat am Sonntag, als wir den Ausflug gemacht haben, mehrmals versucht, mich zu erreichen. Er war bis jetzt im Urlaub und ist eben erst zurückgekommen. Erinnert sich aus dem Internat an mich, wir waren im selben Schlafsaal und haben zusammen in der Cricketmannschaft gespielt. Er hat von meinem Vorhaben gehört, Häuser zum Vermieten zu bauen. Ihm ist eingefallen, wer ich sein muss, und er stellt sich auf meine Seite und bereitet den Boden für die Planungssitzung diese Woche. Er will sicherstellen, dass mein neuer Antrag genehmigt wird. Freut sich, mir helfen zu können, macht sich große Sorgen wegen des Bevölkerungsschwunds in den Dörfern hier in der Gegend und hofft, dass meine Pläne auch anderswo Früchte tragen. Ist das nicht wunderbar?«

»Oh, Ralph, wie schön. Ich freue mich so.« Muriel klatschte vor Begeisterung in die Hände. »Also wird es Hipkin Gardens wirklich geben?«

»Ja, mit etwas Glück. Heute Abend gehen wir zum Essen aus. Nicht ins George, wir probieren das neue Lokal aus, auf der anderen Seite von Penny Fawcett. Alles wendet sich zum Guten, stimmt's?«

»Oh, Ralph, du hast ja keine Ahnung, wie ich mich freue. Wart's nur ab, den Leuten im Dorf wird bestimmt gefallen, was wir tun. Acht Häuser sind völlig richtig, nicht wahr?«

Sie trug ihr burgunderrotes Kleid mit dem tiefen Ausschnitt und dem schwingenden Rock, Ralph seinen neuesten Anzug, hellgrau mit hauchdünnen weißen Nadelstreifen. Er sah prächtig aus und sie war sehr stolz auf ihn. Ein bisschen traurig war ihr ums Herz, weil sie sich wünschte, er hätte Söhne, die sein Erbe antreten würden. Er wäre ein zauberhafter Vater gewesen und seine Kinder hätten so gut ausgesehen. Keine Templetons mehr. Nie wieder. Es war alles sehr traurig. Dann ging ihr auf, dass es ja doch noch Templetons gab, die noch auf dem Land wohnten und arbeiteten. Auf Templeton-Land. Eine Idee keimte in ihr, aber da waren sie auch schon beim Hotel angekommen und Ralph hielt ihr die Autotür auf. Aus reiner Gewohnheit wappnete sie sich für das Betreten eines neuen Lokals. Ralphs beruhigende Hand, die sie die Treppe hinaufführte, gab ihr Kraft. Wenn er dabei war, gab es nichts zu fürchten, es war nicht mehr wie früher. Jetzt hatte sie Ralph, der ihr Sicherheit gab.

Ralph setzte sie an der Haustür ab und fuhr das Auto über die Pipe and Nook Lane in die Garage hinter dem Haus. Wie merkwürdig, Pericles kam doch sonst immer angerannt, um sie zu begrüßen. Sie ging zu seinem Körbchen in der Küche. Er lag ganz reglos da, mit beschlagenen Augen. »Pericles? Alles in Ordnung mit dir, Lieber?« Er atmete unregelmäßig und keuchend, wedelte ganz schwach mit dem Schwanz und wollte ihr die Hand lecken, als sie ihn tätschelte. Dann entfuhr ihm ein langer, zitternder Seufzer.

Muriel ging neben seinem Körbchen in die Knie und legte ihm die Hand auf die Flanke. Seine Brust bewegte sich beim Atmen nur noch ganz schwach und dann hörte auch das auf.

»O Pericles, o nein, o nein!« Ihre Tränen fielen auf seinen Kopf und sie wischte sie behutsam weg. Ihr lieber guter Freund, der durch dick und dünn mit ihr gegangen war, durch Freude und Leid, und jetzt war er fort. Sein leuchtend rotes Halsband, seine leuchtend rote Leine. Sie war von beidem ganz hingerissen gewesen. Er sah so elegant damit aus. Ihre Hand verharrte einen Moment lang über seinem Kopf und dann streichelte sie ihn von der Nasenspitze bis zum Schwanz. Einmal, zweimal, dreimal. »Leb wohl, Pericles. Leb wohl.«

Sie hörte Ralphs Schritte auf dem Gartenweg.

»Muriel, ich habe mir überlegt... oh, meine Liebe, was ist passiert?« Muriel deutete stumm auf das Körbchen. Ralph schaute den alten Hund an, der dalag, als schliefe er. Er ging in die Knie und legte die Hand auf Pericles' Rippen. Ungebetene Reglosigkeit. »Oh, Muriel, es tut mir so Leid. Komm her.« Er half ihr hoch, nahm sie in die Arme und drückte sie fest an sich. »Vergiss nie, meine Liebe, er hatte ein wunderschönes Leben und das beste Frauchen, das sich ein Hund nur wünschen kann. Ihm hat es nie an etwas gefehlt und er ist von uns gegangen, bevor ihm das Leben eine zu große Last wurde und dafür müssen wir dankbar sein.«

Muriel schluchzte an Ralphs neuem Anzug. »Ich habe ihn damals gekauft, weil ich jemanden zum Liebhaben brauchte und jemanden, der mich liebt. Und er hat mich geliebt. Jetzt ist er fort.«

»Gebe ich eine gute Zweitbesetzung ab?« Ralph hielt sie auf Armeslänge von sich weg und lächelte sie an. Sie hob den Blick und erwiderte sein Lächeln. »O ja, und ob. Kein Hund könnte dir gleichkommen, aber das heißt nicht, dass er mir nicht auf Schritt und Tritt fehlen wird.«

»Natürlich wird er dir fehlen, meine Liebe, und wenn du möchtest, könnten wir jederzeit... Nein, das hebe ich mir für einen anderen Tag auf. Findest du nicht auch, dass es schön war, dass du dabei warst, als er gestorben ist? Er muss gewartet haben, bis du zu Hause warst, bevor er aufgegeben hat. Morgen grabe ich am Ende des Gartens unter dem Kirschbaum ein tiefes, tiefes Loch und dort begraben wir ihn und dann gehe ich zum Steinmetz, besorge eine schlichte Platte und wir lassen eingravieren, was du möchtest. So wird er immer in deiner Nähe im Garten schlafen. Nie weit weg.«

»O Ralph, was für eine wundervolle Idee. Nur ›Pericles, ein lieber Freund‹. Könntest du bitte eine Decke holen und ihn zudecken.«

»Natürlich.«

Es war Neville Neal, der Ralph anrief, um ihm zu sagen, dass der Ausschuss seinem Antrag mit einer Stimme Mehrheit stattgegeben hatte.

»Wie haben Sie es geschafft, sie zum Jasagen zu bewegen? Sie sind meinem Rat nicht gefolgt, also war ich voll darauf gefasst, dass alle wieder Nein sagen.«

»Es ist schlicht und einfach eine gute Idee und sie konnten es sich nicht leisten, sie abzulehnen. Es ist wirklich eine gute Idee, und ich bin Ihnen sehr dankbar für Ihre Hilfe. Jetzt können wir es nicht erwarten, mit dem Bauen anzufangen.«

»Ich habe es schon einmal erwähnt, Sir Ralph, aber Sie sind nicht darauf eingegangen. Falls Sie Kapital benötigen sollten, wäre ich sehr daran interessiert, auf diesem Gebiet von Nutzen zu sein.«

»Danke, aber nein. Das ist nicht nötig.«

»Ich verstehe. Sollten sich die Umstände ändern, können Sie mich jederzeit anrufen. Ich höre mir jeden Vorschlag bereitwillig an.«

»Nochmals vielen Dank, Neville, alles Gute für Sie und Liz.« Ralph legte den Hörer auf und rief: »Muriel!«

»Ja, ich komme.« Sie trat in einem weißen Nachthemd in die Tür zum Arbeitszimmer. Sie war barfuß, hatte sich das Haar gebürstet und trug es offen und einen kurzen Moment sah Ralph das Mädchen, das er vor so vielen Jahren gekannt hatte, das Mädchen, das er über das kleine Tor auf der Rückseite des Friedhofs hinweg geküsst hatte; er auf der einen Seite, sie auf der anderen. Die scheue, jugendliche Geste zweier junger Menschen, die geglaubt hatten, sich nie wieder zu sehen.

Die Endgültigkeit ihrer Trennung hatte monatelang wie ein Stein in seinem Herzen gelegen.

»Muriel, meine Liebe.« Er streckte die Arme aus, sie warf sich hinein und er umarmte sie fest. »Wir haben gewonnen, wir haben gewonnen, du und ich, wir haben gewonnen.« Er küsste sie heftig und sie erwiderte den Kuss. »Meine Liebe, das war Neville. Die Sitzung ist eben zu Ende gegangen und sie haben den Antrag genehmigt. Acht Häuser. Hipkin Gardens kann verwirklicht werden.«

»Champagner! Ich hole ihn.«

»Auf keinen Fall, das mache ich, das ist mein Vorrecht, Lady Templeton.«

Sie standen im Wohnzimmer und stießen auf den Erfolg ihres Vorhabens an. »Auf die Templetons, mögen sie lange in Turnham Malpas herrschen!«

19. Kapitel

Jimbo hatte den Auftrag bekommen, für Mr. Fitch ein Abendessen für zwölf Personen auszurichten. Im Verlauf des Abends hatten zwei Freunde von Mr. Fitch angerufen. Sie seien auf der Abzweigung nach Culworth in eine Massenkarambolage verwickelt worden, seien zwar nicht verletzt, stünden aber unter Schock und wollten nach Hause zurückfahren. Daher waren im Salon in Mr. Fitchs Privatwohnung die folgenden Gäste versammelt: Peter und Caroline, Muriel und Ralph, Harriet und Jimbo, Sir Ronald und Lady Bissett und eine Frau namens Oriana Duncan-Lewis, die Craddock Fitch mit einem leichten Zögern als Freundin der Familie vorstellte. Sie war eine kleine, schlanke Frau in den Fünfzigern, elegant gekleidet, mit sorgfältig geschminktem Gesicht, gesellschaftlich sehr versiert, und legte eine überschwängliche Art an den Tag, die nicht ganz echt wirkte. Mr. Fitch machte mit ihr die Runde.

»Hocherfreut, Sie kennen zu lernen, Jimbo. Craddock hat mir viel von Ihnen erzählt. Von Ihnen und Ihrem wunderbaren Essen. Ich freue mich darauf, heute Abend davon kosten zu dürfen. Das muss Ihre Frau sein. Bestimmt sind Sie schrecklich stolz auf Ihren Mann. Er leistet hier großartige Arbeit. Was für ein Glück für ihn, dass er jemanden wie Sie für die häuslichen Belange hat, während er sich auf dem Markt herumschlägt.

Hinter jedem großen Mann und so weiter. Haben Sie Kinder, meine liebe Harriet?«

Harriet, die bei der Unterstellung schäumte, sie sei nur zum Kinderkriegen und Abwaschen nütze, erwiderte mit zusammengebissenen Zähnen: »Vier.«

»Vier? Dann sind Sie sicher froh über die Gelegenheit, einen Abend außer Haus zu verbringen. Vermutlich haben Sie nicht viel vom gesellschaftlichen Leben.« Sie schwebte weiter zu Caroline.

»Und Sie sind …«

»Dr. Caroline Harris.«

»Also eine Karrierefrau.«

»Könnte man so sagen. Das ist mein Mann, Peter Harris.« Bei Peters Anblick schmolz Oriana geradezu dahin. Sie war knapp über eins fünfzig und schaute mit Wohlgefallen im Blick zu ihm auf. »Wenn man bedenkt, in was für einer Hinterwäldlergegend wir sind, dann leben hier erstaunlich attraktive Menschen. Erst Jimbo, jetzt Sie. Craddock, du hast mir ja gar nicht erzählt, was für reizende Gäste ich hier treffe. Und Sie, Sie müssen Sir Ralph sein. Guten Abend, und guten Abend, Lady Templeton.« Beide gaben ihr die Hand, aber Jimbo merkte von seinem Platz aus, dass weder Muriel noch Ralph sonderlich entzückt waren. »Es muss ja schrecklich für Sie sein, hierher zu kommen und dieses Anwesen zu sehen, das früher Ihr Zuhause war, Ralph. Sie haben mein volles Mitgefühl.« Sie strahlte ihn verständnisvoll an und tätschelte ihm den Arm.

»Ehrlich gesagt, mir ist das gleichgültig. Ich habe für mich und meine Frau einen ganz neuen Lebensstil geschaffen und ich hätte wirklich keine Freude an der Bürde, die ein so großes Anwesen bedeutet.« Er nickte Oriana kurz zu und wandte sich ab, um mit Peter zu reden. Es blieb Muriel überlassen, sich der Situation zu stellen.

»Ich bin mir sicher, Craddock würde Sie mit Vergnügen herumführen.«

»Das ist überaus freundlich, aber nein danke. Ralph hat kein Interesse daran.«

Sie unterhielten sich noch fünf Minuten, dann bat Mr. Fitch sie alle ins Esszimmer. Der runde Esstisch war wunderschön gedeckt, mit Kristall, Porzellan und einem Silberleuchter und einem kleinen Blumengesteck in zarten Grün- und Weißtönen in der Mitte. Die Wandlampen warfen einen aprikosenfarbenen Schein auf den Tisch, was seinen Reiz noch steigerte und das Kristall und das Silber zum Funkeln brachte. Muriel befürchtete, neben Mr. Fitch sitzen zu müssen, und tatsächlich wurde sie als ältester weiblicher Gast genau dorthin geleitet. Mr. Fitch, ein gewandter, erfahrener Gastgeber, hatte bald allen ihre Plätze angewiesen: Oriana auf seiner anderen Seite, neben ihr Jimbo, daneben Caroline, dann Ralph, dann Harriet, dann Sir Ronald, dann Lady Bissett und neben ihr Peter als zehnter. Muriel freute sich riesig, dass Peter neben ihr saß; wenigstens würde er ihr helfen, das Gespräch in Gang zu halten. Sie lehnte sich leicht zurück, damit Peter und Mr. Fitch sich ungestört anschauen konnten.

»Wären Sie so freundlich, vor dem Essen das Tischgebet zu sprechen, Herr Pfarrer?«

Peter senkte den Kopf und sagte: »Stets eingedenk deiner gütigen Gaben, o Herr, danken wir dir für die Speisen, die du uns bescheret hast. Amen.«

Während des Essens geriet das Gespräch immer wieder ins Stocken. Mr. Fitch bemühte sich, Muriel aufzulockern, indem er sie nach dem Dorfleben in der Zeit fragte, bevor sie und ihre Eltern weggezogen waren.

»O ja, Mr. Fitch, im November gab es hier immer einen riesigen Scheiterhaufen. Auf einem Feld der Home Farm. Schon Wochen vorher ließ Ralphs Vater die Gutsarbeiter Holz sammeln. Er sorgte stets dafür, dass er am Guy-Fawkes-Abend zu Hause war. Es gab eine Puppe zum Verbrennen und auf dem großen Grill wurden Kartoffeln in der Schale gebacken. Wenn die Kinder nach Hause gingen, bekam jedes einen kandierten Apfel. Die Erwachsenen tranken Apfelwein und Bier und die Stimmung wurde sehr fröhlich.« Ihre Augen leuchteten bei der Erinnerung an diese frohen Feste vor so vielen Jahren. Ralph beobachtete sie; ihn machten ihre Erinnerungen traurig. Mr. Fitch ermunterte Muriel, das alles heraufzubeschwören; Jimbo merkte, dass Mr. Fitchs Hirn die in aller Unschuld gegebenen Informationen speicherte.

»Und im Sommer gab es immer ein Dorffest. Es wurde wochenlang vorbereitet. Auch das fand auf der Home Farm statt. Ralphs Vater bezahlte Karussells für die Kinder, es gab Schießbuden, Ratespiele um das Gewicht der Muskelfrau und Ringkämpfe, obwohl mir meine Mutter nie erlaubte, sie anzuschauen. Es gab Kuchenstände und Stände mit Bastelarbeiten, betreut von Kirchenhelferinnen. Tauziehen zwischen dem Personal vom Jug and Bottle in Penny Fawcett und dem Royal Oak hier am Ort. Die Herrenhausköchin hat jede Menge zu essen für uns zubereitet, die Moriskentänzer aus Penny Fawcett sind aufgetreten und am frühen Abend spielte eine Kapelle zum Tanz auf. Es waren gute Zeiten. Natürlich begehen wir immer noch den Stock-Tag. Sogar während des Krieges haben wir ihn immer begangen.«

»Stock-Tag?« Mr. Fitch schenkte ihr Wein nach. »Was ist das … der Stock-Tag?«

Muriel erzählte weiter und Mr. Fitch hörte aufmerksam zu. Jimbo wurde ganz flau im Magen. Er begriff plötzlich, was Craddock Fitchs rasiermesserscharfer Verstand plante. Ein Übernahmeangebot, nichts Geringeres.

»Natürlich veranstaltet Jimbo jetzt am Stock-Tag ein Feuerwerk für uns, stimmt's, Jimbo?«

Er nickte und Mr. Fitch sagte: »Charter-Plackett! Ich hatte ja keine Ahnung, dass Sie Pyrotechniker sind.«

Ehe Jimbo antworten konnte, mischte Sheila Bissett sich ein. »O ja, Mr. Fitch, er macht das hervorragend. Bei der Hochzeit von Sir Ralph und Lady Templeton hat er ein wunderbares Finale hingezaubert, Leuchträder in der Form ihrer Initialen. Es war spektakulär, stimmt's, Sir Ralph?«

»Absolut.«

»Feuerwerke sind also ein Hobby von Ihnen?«

Jimbo bejahte. »Und ich hatte ganz vergessen«, meinte Muriel, »dass die Schulkinder am Tag des Dorffestes immer Turnübungen vorführten und der Vater meines Mannes hat jedem von ihnen ein kleines Geschenk überreicht, weil sie so geschickt waren. In einem Jahr habe ich eine Mundharmonika bekommen. Ich war ganz vernarrt in sie, aber meine Mutter mochte den Lärm nicht, den ich damit machte, deshalb musste ich sie weglegen. Sie muss noch irgendwo sein. Bestimmt, irgendwo habe ich sie sicher. Kleine Dinge bedeuten einem Kind so viel, nicht wahr?« Muriel merkte, dass sie Gefahr lief, sich in einer so weltläufigen Gesellschaft lächerlich zu machen. Sie wurde rot und verstummte.

Sheila Bissett füllte das Schweigen: »Wäre es nicht wunderbar, wenn wir wieder ein Dorffest und einen Scheiterhaufen hätten? Meinen Sie nicht auch, Sir Ralph? Sie müssen darüber nachdenken, Mr. Fitch. Was meinen Sie, Sir Ralph?«

Ralph tupfte sich mit der Serviette den Mund ab und sagte: »Fragen Sie Mr. Fitch.«

Das ließ Sheila sich nicht zweimal sagen.

»Ich habe selbst in diese Richtung gedacht. Natürlich würde ich jemanden brauchen, der mich berät, jemanden, der sich daran erinnert.« Er sah Muriel mit hochgezogenen Augenbrauen und erwartungsvoller Miene an. Sie schaute auf und wollte schon nicken, da fing sie Jimbos Blick auf. Er signalisierte ihr rasch eine Warnung und sie sah über den Tisch hinweg Ralph an, ehe sie antwortete. Sie hatte ihn schon zornig erlebt, aber so noch nie. Ihr ging durch den Kopf, dass sie ihn gegen sein besseres Wissen zum Herkommen überredet hatte und sie sah taghell die Falle vor sich, in die sie getappt war. Messer und Gabeln verharrten. Münder verstummten. Der Wein wurde nicht angerührt. Nur Sheila Bissett regte sich; sie trank die Neige in ihrem Glas aus. Als sie es abstellte, schaute sie sich am Tisch um.

»Sie wären Mr. Fitch doch sicher auch gern behilflich, Sir Ralph? Sie erinnern sich doch beide daran?«

Ralph legte seine Serviette neben den leeren Teller. Mit einer Stimme voll kaum beherrschter Wut erwiderte er: »Ich fürchte, Muriel und ich werden zu sehr damit beschäftigt sein, den Bau unserer Häuser in Hipkin Gardens zu überwachen, um in irgendeiner Beraterfunktion tätig sein zu können. Die Häuser haben Vorrang vor jeder Art von Kleinkram.«

Über Mr. Fitchs Lippen huschte ein kleines Lächeln. »Wie enttäuschend. Sie haben die Baugenehmigung also bekommen?«

»Ja.«

»Es wäre mir eine Freude, mir Ihre Baupläne anzusehen. Ich habe ein paar Semester Architektur studiert, eine äußerst wünschenswerte Qualifikation für den Vorstandsvorsitzenden eines großen Bauunternehmens, nicht wahr?« Er lächelte Muriel an, wollte sie zur Zustimmung ermuntern, aber sie hielt den Blick gesenkt. »Wir wollen das Dorf doch nicht verschandeln, nicht wahr, Herr Pfarrer? Sie müssen an diesen Häusern doch ganz besonders interessiert sein.«

Peter, erpicht darauf, die spannungsgeladene Atmosphäre zu entschärfen, versicherte Mr. Fitch, Sir Ralph liege stets das Interesse des Dorfes am Herzen und er sei völlig davon überzeugt, die Häuser würden in einem sehr geschmackvollen Stil gebaut werden. Sheila hatte angebissen und ließ die Themen Dorffest und Scheiterhaufen nicht ruhen.

»Wie sieht es also aus, Mr. Fitch? Können wir uns dieses Jahr auf einen Scheiterhaufen freuen? Es bleibt noch genug Zeit.«

»Ich glaube, es wäre einfach großartig, ein Dorffest zu veranstalten und an die Scheiterhaufentradition anzuknüpfen. Charter-Plackett, Sie verfügen über die Küchen und das Personal, Sie würden uns doch die Speisen und Getränke liefern? Und ich möchte ein Feuerwerk zur Abrundung des Abends.«

Jimbo dachte angestrengt nach. Er wusste, dass er keine andere Wahl hatte, als zuzustimmen, und gleichzeitig überlegte er, ob es seiner Beziehung zu Ralph schaden würde. Ehe er antworten konnte, schaute Oriana verzückt zu Mr. Fitch auf und sagte: »Oh, Craddock, dürfte ich wohl den Scheiterhaufen anzünden?«

»O nein«, sagte Muriel entschieden, ohne vorher nachzudenken, »tut mir Leid, aber das wäre Ralphs Aufgabe, es ist immer ein Templeton, der den Scheiterhaufen anzündet.«

Nur Ralphs angeborene gute Manieren hinderten ihn daran, Muriels Erklärung mit einer bissigen Bemerkung zu kontern. Demütigungen ertrug er schlecht und genau das war es, was er empfand. Völlige Demütigung durch diesen – diesen Emporkömmling. Unter den Augenbrauen warf er Mr. Fitch einen zornigen Blick zu und sagte dann kühl: »Ich bin mir sicher, dass Mrs. Duncan-Lewis beim Anzünden des Scheiterhaufens sehr viel dekorativer wirken würde als ich und ich gebe mein altehrwürdiges Vorrecht mit Freuden auf und gestatte ihr, die Zeremonie zu vollführen.« Er hob sein Glas und prostete ihr zu. Jimbo klatschte Ralphs elegantem Ausweichmanöver innerlich Beifall.

Die Kellner, die zum Abräumen kamen und die Nachspeise servierten, retteten die Situation. Sie sorgten für eine willkommene Ablenkung und das Gespräch wandte sich anderen Themen zu. Peter unterhielt sich mit Ron über Gewerkschaftsfragen, Sheila beugte sich zu Caroline hinüber und erkundigte sich nach den Zwillingen und Harriet und Ralph fingen ein Gespräch über den Ladenumsatz an. Mr. Fitch und Oriana sprachen über die beste Methode, Scheiterhaufen anzuzünden, was Muriel und Jimbo ein Gespräch über Flick und ihre beiden Katzen ermöglichte. Als die Nachspeise abgeräumt war, schlug Mr. Fitch vor, eine Auswahl vom Käsebrett zu treffen, aber seine Gäste lehnten ab und so zogen sie sich zum Kaffee in den Salon zurück.

Sadie beschloss, den Kaffee selbst zu bringen. Das Servieren am Tisch war für die Kellner eine Sache, das Bedienen von Gästen, die auf Sesseln und Sofas saßen, hätte sie womöglich überfordert. Gelassen und elegant in einem schwarzen, maßgeschneiderten Kostüm schenkte sie Kaffee ein. Nur Sheila Bissett kommentierte das. »Sadie! Wie nett von Ihnen, dass Sie aushelfen. Mir war gar nicht bewusst, dass Sie sich für uns in der Küche abrackern.«

»Alles Dienst am Kunden, Lady Bissett.« Sie bediente Oriana und dann Mr. Fitch. Er schaute zu ihr auf und wollte sich bedanken, dann hielt er verblüfft inne.

»Na, so was, Sie sind… Sind Sie's? Sie sind's. Sadie Chandler, stimmt's?« Sadie stellte die Kaffeekanne ab, reichte ihm die Sahne und sagte dann: »Na ja, ich hieß mal Sadie Chandler, aber… Oh! Meine Güte! Sie sind doch nicht etwa…? Nein, das kann nicht sein. Doch, Sie sind es. Sie müssen *Henry* Fitch sein. Oder nicht?«

Mr. Fitch stand auf, stellte die Kaffeetasse ab, fasste Sadie an den Unterarmen und küsste sie auf beide Wangen. »Sie haben mich als Henry gekannt, aber ich benutze schon seit Jahren meinen zweiten Vornamen.«

»Ist das nicht unglaublich? Wie lange ist es her, seit…«

»Ich glaube nicht, dass wir das vertiefen sollten. Sagen wir mal, es ist lange her, seit wir uns kennen gelernt haben. Wie kommt es, dass Sie hier sind?«

»Ich habe die Ehre, Ji ... Mr. Charter-Placketts Schwiegermutter zu sein.«

»Was Sie nicht sagen! Die Welt ist wirklich klein. Ich kann es einfach nicht fassen, dass wir uns nach so langer Zeit wieder begegnen. Was für ein Zufall. Oriana, darf ich dir Sadie Chandler vorstellen, aber natürlich heißen Sie jetzt nicht mehr so, oder?«

»Nein, ich heiße jetzt Sadie Beauchamp.«

»Darf ich dir Sadie Beauchamp vorstellen? Wir haben uns als Teenager gekannt. Sadie, das ist Oriana Duncan-Lewis, eine Freundin der Familie.« Oriana gab Sadie die Hand, mit dem Gehabe einer Frau, die es nicht gewohnt ist, dem Personal die Hand zu schütteln. »Entzückt«, murmelte sie.

»Ich muss noch den Kaffee servieren. Normalerweise tue ich das nicht, aber Jimbo hätte sich nicht amüsiert, wenn er sich wegen des Essens Sorgen gemacht hätte, deshalb bin ich eingesprungen.«

»Wir reden später miteinander, ja? Wir sollten meine Gäste nicht mit Erinnerungen an früher langweilen. Setzen Sie sich zu uns?«

»Liebend gern! Was für eine Freude! Ich hole mir eine Tasse.«

Kurz vor Mitternacht brauste Ralphs Mercedes die Einfahrt hinunter. Muriel saß in kläglicher Verfassung neben Ralph, von Gewissensbissen schier zerfressen. Wenn sie nur die Uhr hätte zurückdrehen können. Nicht nur auf heute Abend um sieben, sondern um etwa drei Jahre. Dann hätte sie in ihrem ordentlichen kleinen Glebe Cottage gewohnt, mit ihrem lieben Pericles, mit ihrem lieben kleinen Garten im Herbststaat und keinerlei Problemen. Sie hätte an der Kasse in Harriet's Tearoom gesessen und nichts Anstrengenderes zu tun gehabt als das Verteilen von Speisekarten und das Kassieren von Geld. Sie wär einsam gewesen und das Leben langweilig, aber im Vergleich zu jetzt wäre es gnädigerweise in ruhigen Bahnen verlaufen. Es ging nicht darum, dass sie bereute, Ralph geheiratet zu haben, es ging darum, dass sie ihn heute Abend unabsichtlich auf glühende Kohlen gesetzt hatte. Nicht nur das, sie hatte ihn Mr. Fitch förmlich zum Fraß vorgeworfen. Sie war Ralph eine Riesenentschuldigung schuldig, aber ihr wollten einfach nicht die richtigen Worte einfallen. Noch schlimmer war, dass Ralph nicht einmal mit ihr sprach.

Als sie durch das Tor brausten, warf sie einen Blick auf sein Profil. Er sah grimmig drein. Ja, das war das treffende Wort. Grimmig. Der Himmel allein wusste, wie sie das wieder gutmachen konnte. Als sie an der Kirche vorbeifuhren, machte er den Mund auf.

»Meine Liebe. Verzeihst du mir?«

»Verzeihen?«, sagte Muriel erschrocken.

»Ja. Ich habe mich heute Abend wie ein Flegel benommen. Ich kann nur hoffen, dass du meine Entschuldigung annimmst.«

»Deine Entschuldigung! Ralph, es ist an mir, mich zu entschuldigen. Ich habe meiner Zunge die Zügel schießen lassen, ohne einen einzigen Gedanken daran, wie dir zumute sein muss. Ich werde mir das nie verzeihen.«

Er hielt vor der Garage, schaltete den Motor aus und die Innenbeleuchtung an. Dann saß er da und umklammerte das Lenkrad. »Nein, Muriel, dich trifft keine Schuld. Überhaupt keine. Du bist so offen, an dir ist nicht die geringste Tücke, deshalb kann man dir nicht vorwerfen, dass ein listiger Schweine..., ein listiger Kerl wie Fitch dich eingewickelt hat. Es wäre an mir gewesen, die Lage viel früher in den Griff zu bekommen. Mein Fehler lag darin, dass ich meinen Stolz über meinen gesunden Menschenverstand habe siegen lassen. Es ist ausgeschlossen, dass ich ein so großes Anwesen wie Turnham House zurückkaufen und unterhalten könnte. Aber es tut mir tief im Innern weh, mitansehen zu müssen, dass ein betuchter Emporkömmling wie Craddock Fitch dort Hof hält, im Haus meines Vaters, in dem ich aufgewachsen bin. Ich war nahe daran, einfach wegzugehen. Aber das wäre Verrat an allem gewesen, wofür meine Familie eingetreten ist. Verrat an der guten Erziehung. An etwas, was Craddock Fitch mit seinem ganzen Geld niemals haben wird. Jetzt bin ich mir über meine Gefühle klar geworden und ich habe die Situation akzeptiert.«

»O Ralph!« Er legte den Arm auf die Lehne ihres Sitzes und beugte sich vor, um Muriel zu küssen. Voller Dankbarkeit für die geistige Großzügigkeit, die darin lag, dass er ihr das Vorgefallene nicht verübelte, wandte sie sich ihm zu und als er sie küsste, überkam sie eine Woge hemmungsloser Leidenschaft. Ralph war überglücklich, dass seine geduldige Liebe zu ihr jetzt doch noch so reiche Früchte für sie beide trug.

Ein paar Minuten später fuhren Peter und Caroline auf dem Weg zu ihrer Garage durch die Pipe and Nook Lane. Sie schauten beide geradeaus, weil sie die Insassen des Mercedes nicht in Verlegenheit bringen wollten.

»Sieh mal an! Und auch noch beleuchtet!«

»Caroline!«

»Du bist schon wieder spießig, Peter Harris. Ich mache dich dauernd darauf aufmerksam. Lass uns froh sein, dass zwischen den beiden alles in Ordnung ist. Ich hatte schon Angst, sie kriegen einen Mordskrach, weil sie wirklich ins Fettnäpfchen getreten ist.«

20. Kapitel

Am nächsten Morgen verspätete Sadie sich. Ein Stapel Bestellungen musste bearbeitet werden, die Jimbo für die Mittagspost versandfertig haben wollte. Wenn Sadie nicht bald kam, würde er Harriet bitten müssen, ihm auszuhelfen. Dann fiel es ihm wieder ein: Es war Samstag und die Kinder waren zu Hause. Verflixt und zugenäht. Wo steckte die Frau bloß?

Um Viertel vor zehn kam sie endlich. »Schau mich nicht so an. Du kannst dich glücklich schätzen, dass ich am Samstagmorgen überhaupt arbeite.«

»Mein Gott, Sadie, du siehst furchtbar aus.«

»Vielen Dank. Was für eine unfreundliche, gedankenlose Bemerkung.«

»Es stimmt aber. Mein lieber Herr Gesangverein!«

»Schlafmangel. Ich bin erst um vier ins Bett gekommen.«

»Um vier Uhr morgens?«

»Ja. Craddock und ich haben bis halb vier geredet. Jetzt wird mir klar, dass ich für solche jugendlichen Eskapaden wirklich zu alt bin.«

»Darf ich fragen, woher du ihn kennst?«

»Wir haben uns als Teenager gekannt. In einem Anfall von verletzter Eitelkeit habe ich ihm Harriets Vater damals vorgezogen. Wenn ich einen alten Kopf auf meinen jungen Schultern gehabt hätte, dann hätte ich Harriets Vater einen

Tritt in den Hintern gegeben und stattdessen Craddock geheiratet.«

»Wow! Offensichtlich ist er jetzt nicht verheiratet.«

»Oh, er war es, aber das ist eine lange, sehr traurige Geschichte. Ich erzähle sie dir, aber du darfst sie niemandem weitererzählen. Bitte. Versprochen?«

Jimbo fuhr sich mit dem Zeigefinger über die Kehle. »Ich schweige wie ein Grab.«

»Er hat mir erzählt, dass er drei Monate, nachdem ich mit ihm Schluss gemacht hatte, eine gewisse Annette kennen gelernt und geheiratet hat. Er war gerade mal zwanzig und sie achtzehn. Sie hatten vier sehr glückliche gemeinsame Jahre, in denen sie zwei Söhne bekamen. Offenbar hatte Henry, vielmehr Craddock, das Gefühl, die beiden Jungen seien die Krönung seines Lebens. Sie waren seine ganze Wonne. Unglücklicherweise lernte die liebe Annette einen schneidigen Major von der Army kennen. Er gab im Handumdrehen die Offizierslaufbahn auf und Annette brannte mit ihm nach Südamerika durch, wo er eine Pologröße wurde. In der Folge hat Craddock seine Jungen nicht wieder gesehen. Das quält ihn ständig und wird im Lauf der Jahre nicht besser. Deshalb hat er sich in die Arbeit gestürzt. Jetzt weißt du Bescheid, lieber Jimbo. Zu niemandem ein Wort. Hab zu tun. Muss an die Arbeit. Kaffee, bitte. Schwarz!«

Er hatte Sadie eben den Kaffee gebracht, als Pat Duckett hereinkam. Sie schlenderte an den Regalen entlang, packte ein paar Sachen in den Einkaufskorb und sah dabei immer wieder zu Jimbo herüber. Schließlich kam sie an die Fleischtheke, wo er die Rindfleischstücke neu arrangierte.

»Jimbo, könnten Sie mir einen Rat geben?«

»Natürlich, wenn ich dazu in der Lage bin. Gern. Schießen Sie los.«

»Ich habe heute Morgen diesen Brief bekommen. Dad habe

ich nichts davon gesagt, obwohl es ihn eigentlich auch betrifft. Ich werde ihm nichts sagen, bis ich mir schlüssig geworden bin, was ich will. Lesen Sie ihn und sagen Sie mir, was Sie davon halten.«

Der Brief war von Craddock Fitch. Er schlug ihr vor, Pat und ihr Vater könnten in das alte Obergärtnerhaus bei Turnham House ziehen. Ihr Vater könne dann als Gärtner fest angestellt werden. Ihm, Fitch, sei klar, dass Pat dann vor dem Problem stehe, was sie mit ihrem Cottage anfangen solle, aber er sei gern bereit, es ihr abzukaufen, zum Marktwert. Er räumte ihr Bedenkzeit ein.

Nachdem Jimbo den Brief gelesen hatte, faltete er ihn zusammen und steckte ihn in den Umschlag zurück.

»Was soll ich machen?«

»Auf Ehre und Gewissen, Pat, das ist eine große Entscheidung. Erst mal, möchte Ihr Dad dort fest angestellt werden?«

»O ja, er ist begeistert. Er hat alle möglichen Pläne und es juckt ihn in den Fingern, sie auszuführen. Hat wie ein Sklave geschuftet, von Anfang an, und Jeremy ist hochzufrieden mit ihm. Ich hab gehört, dass das Haus ganz fantastisch renoviert worden ist, Küche und Bad ganz neu installiert, alles frisch gestrichen, im Erdgeschoss gibt es sogar ein Gäste-WC. Offenbar war so gut wie nichts mehr daran gemacht worden, seit Muriels Vater weggezogen ist, also können Sie sich vorstellen, in was für einem Zustand es war, Gott steh uns bei. Es hat fünf Zimmer. Stellen Sie sich das vor. Wir könnten alle ein eigenes Zimmer haben. Und Barrys Mutter sagt, es hat auch Zentralheizung. Ihr Barry hat die Installationen in der Küche gemacht, deshalb weiß sie Bescheid darüber. Ein Glücksfall. Ein echter Glücksfall. Natürlich würden wir neue Möbel brauchen. Meine sind reif für den Sperrmüll. Aber ich hätte dann ja auch das Geld, mir welche zu kaufen. Und da ist ja obendrein noch Dads Abfindung. Verflixt noch mal, es ist verlockend, glauben Sie mir.«

Jimmy Glover kam an die Theke, um sich Fleisch für das Wochenende auszusuchen.

»Zettelt ihr zwei hier eine Verschwörung an?«

Pat schüttelte den Kopf. »Nein, nein, das ist bloß ein Beratungsgespräch.«

»Nehm an, es geht darum, ob du das Angebot von Fitch annehmen sollst.«

»Welches Angebot?«

»Dein Cottage zu kaufen. Seine Tippse hat es mir gestern erzählt, als ich sie zum Bahnhof gefahren hab.«

»Was fällt der denn ein, mit dir über meine Privatangelegenheiten zu reden, Jimmy Glover?«

»Wir sind gute Freunde. Sie hat sich ein Auto gekauft und seit sie's hat, funktioniert's nicht richtig, muss dauernd in die Werkstatt und weil ich sie so oft fahre, hab ich sie wirklich gut kennen gelernt. Sie erzählt mir alle Neuigkeiten aus dem Herrenhaus, die ich wissen will. Ich muss nicht lange stochern, bis ich was rauskrieg.«

»Also ehrlich. Was für eine Frechheit.«

»Dann nimmst du das Angebot an?«

»Kümmre du dich um deinen eigenen Kram!«

»Wenn du sein Angebot annimmst, bist du eine Verräterin.«

»Verräterin? Wag ja nicht, mich eine Verräterin zu nennen, Jimmy Glover. Mir ist aufgefallen, dass du mit Vergnügen die Leute von dort mit deinem Taxi zum Bahnhof in Culworth und zurück kutschierst. Nennst du das etwa keinen Verrat?«

Jimbo griff ein. »Rein finanziell betrachtet wäre es für Pat ein gutes Geschäft. Sie könnte das Geld anlegen und hätte was auf der hohen Kante, wenn ihr Vater in Rente geht. Denken Sie übers Wochenende darüber nach, Pat, dann reden wir am

Montag noch mal darüber. Meine Wenigkeit wäre Ihnen gern beim Investieren behilflich, falls Sie das wollen.«

Jimmy entschied sich für ein Schweinekotelett und ein halbes Pfund Hackfleisch. »Ich will dir mal was sagen, da würdest du ein Fahrrad brauchen. Würd dich ja umbringen, dreimal am Tag die Einfahrt rauf zur Schule und zurück zu laufen.«

Pat lachte. »Das wär's mir wert! Stell dir doch bloß vor, ein ganzes, großes, schönes Haus nur für uns. Wenn unser Dean auf die Uni geht, hätt ich nichts dagegen, seine Freunde in so ein Haus einzuladen. In mein altes Cottage könnt ich die nicht bitten. O nein! Für mich geht's endlich aufwärts, was, Jimbo?«

Jimbo musterte ihr Gesicht, bevor er antwortete. Er kannte sie jetzt seit etwa fünf Jahren und er hatte sie noch nie so fröhlich erlebt. Ihr Gesicht wirkte um Jahre jünger, die tiefen Falten zwischen den Augenbrauen und die nach unten gezogenen Mundwinkel waren verschwunden. Ihre dunklen Augen funkelten und zum ersten Mal seit langem sah sie so jung aus, wie sie war. Sie hatte Glück verdient. Sie hatte hart dafür gearbeitet.

»Und ob es aufwärts geht. Ich freue mich. Muss weitermachen. Jede Menge Arbeit. Kommen Sie am Montag vorbei, wenn Sie mit Ihrem Herrn Vater gesprochen haben. Dann bereden wir es noch einmal.«

Pat reckte den Daumen nach oben und sagte zu Jimmy: »Und du hältst die Klappe. Du hast mit deinem Lottogewinn jede Menge Glück gehabt, jetzt bin ich mal an der Reihe.« Sie machte kehrt und ging zur Kasse.

Jimbo hielt es für einen weiteren Schachzug in Craddock Fitchs genialer Strategie. Er hoffte nur, Ralph war so weise, hinzunehmen, was er nicht ändern konnte, und würde dennoch seine Stellung als gütige Galionsfigur des Dorfes wahren.

Am Nachmittag desselben Tages nutzten Ralph und Muriel die Herbsttage, um im Garten Tee zu trinken. Die Sonne fiel in dieser Jahreszeit gegen vier genau im richtigen Winkel auf ihre Sitzecke im Garten und tauchte sie in wunderschönes Licht.

»Einen Keks, Ralph?«

»Nein danke, meine Liebe, aber nimm du einen.«

»Mach ich. Weißt du noch, wie gern Pericles eine Ecke von meinem Keks gefuttert hat?«

»Ja, oder gleich den ganzen Keks, wenn er die Gelegenheit dazu bekam! Hast du dir überlegt, ob wir einen Ersatz für Peric...« Sie hörten Gebrüll auf der Straße.

»Wer schreit denn da?«, fragte Muriel.

»Weiß nicht. Ich geh mal nachschauen.« Muriel saß wohlig in der Sonne und dachte über die Gartenarbeiten zum Saisonende nach, mit denen sie anfangen wollte, sobald sie den Tee ausgetrunken hatte. Sie schloss die Augen und reckte das Gesicht in die Sonne. Sie konnte immer noch Geschrei hören und einen merkwürdigen Singsang und als Ralph nicht zurückkam, machte sie sich auf die Suche nach ihm.

Er machte gerade die Haustür auf, als Muriel in die Diele kam. Durch die offene Tür sah sie Transparente. »Was tut sich da, Lieber? Was ist das?«, rief sie ängstlich.

Ralph stand breitbeinig auf der Steinstufe. Ihm gegenüber stand Arthur Prior mit einem Transparent in der Hand. Hinter ihm waren Dorfbewohner versammelt, die meisten mit Transparenten. Sie riefen Sprechchöre. Auf den Transparenten stand:

»Keine weiteren Häuser in Turnham Malpas«

»Habgier! Habgier! Habgier!«

»Wir protestieren«

»Weg! Weg! Weg!«

»Wir werden siegen!«

Hinter der Menge standen die Gaffer, manche schadenfroh,

manche ängstlich. Ralph, der vor Wut so kochte, dass er außer Arthur niemanden erkannte, dachte: Was soll's, ich habe gewonnen, das ist doch alles reine Zeitverschwendung. Die Idioten. Er wartete, bis das Geschrei aufhörte, wandte sich dann an Arthur und sagte ruhig: »Haben Sie die Güte, sich und ihren Anhang von meinem Haus zu entfernen.«

»Öffentliche Straße, wir können stehen, wo wir wollen.«

»Sie erregen öffentliches Ärgernis.«

»Wer sagt das?«

»Ich.«

»Wenn das so ist«, sagte Arthur, »sollten wir Ihnen wohl zuhören.« Er drehte sich zu der Menge hinter ihm um und rief: »Der Gutsherr hat gesprochen, zieht alle die Mützen, *Sir* Ralph hat gesprochen.« Er nahm seine Cordmütze ab, hielt sie demütig in den Händen und senkte unterwürfig den Kopf.

Arthur hob den Kopf ein Stück, schaute Ralph auf der Höhe seines obersten Westenknopfes an und sagte: »Das lassen wir uns nicht gefallen. Wir legen Protest ein.«

»Protestieren Sie, so viel Sie wollen. Entschieden ist entschieden, das machen Sie nicht rückgängig. Acht Miethäuser sind in einem Dorf dieser Größe genau richtig. Ihre Söhne werden die Häuser nicht brauchen, aber für viele Dorfbewohner sind sie nötig.«

»Und was ist mit *Ihren* Söhnen? Brauchen die auch ein Haus zum Mieten?«

Die Menge kicherte. Ralph sah Arthur schweigend an. Die Demonstranten klopften mit den Stangen ihrer Transparente auf aufreizende Weise im Takt ihrer Sprechchöre auf den Boden. Arthur wartete auf eine Erwiderung.

»Es gibt nichts mehr zu sagen. Die Häuser werden gebaut und damit ist das Thema erledigt.«

Arthur hob sein Transparent und schwenkte es im Takt mit dem Sprechchor. »Habgier! Habgier! Habgier! Geld! Geld!

Geld!« Etliche Gaffer schlossen sich den Demonstranten an und verstärkten das Gebrüll. Andere, zum Beispiel Alan Crimble und Georgie, sahen nur zu.

Georgie gab Alan einen Stups und flüsterte: »Das gibt noch 'ne Schlägerei!«

»Nein, die nicht, zwei so alte Säcke werden sich nicht prügeln.«

Alan stellte sich auf die Zehenspitzen und sah, dass Ralph einen Schritt vortrat. Arthur, der seine Absicht missverstand, hob zur Selbstverteidigung sein Transparent. Ralph trat zurück und stolperte rücklings über die Stufe. Sein Gesicht verfärbte sich grau, seine Hand ging zur Brust und dann umklammerte er seine Kehle, als wollte er sich den Kragen aufknöpfen, um Luft zu bekommen. Schweißperlen traten ihm auf das Gesicht, das noch grauer wurde. Die Menge verstummte. Muriel, die immer noch in der Diele stand und von Kopf bis Fuß zitterte, merkte nicht, dass Ralph übel geworden war und erst, als er zu Boden sank, stieß sie einen Schreckensschrei aus. »Ralph! Ralph!«

Er fiel halb auf den Weg, halb auf die Stufe und sein Kopf verfehlte nur um Zentimeter den Schuhabkratzer. Muriel stürzte zu ihm, lockerte ihm die Krawatte und machte ihm den obersten Kragenknopf auf; sie schüttelte ihn und rief immer wieder seinen Namen, aber er blieb stumm. Das tiefgraue Gesicht glänzte vor Schweiß. »Tun Sie doch etwas, tun Sie doch etwas für ihn, bitte«, flehte sie. Alan sagte in einem rauen Flüsterton: »Gott, Georgie, er hat einen Herzinfarkt!«

»Tu was! Alan, tu was! Mach schon, du weißt doch, wie es geht. Massage und Beatmung. Mach schon!«

»Kann nicht. Hab Angst.«

»Mach schon, wenn du nichts tust, könnte es zu spät sein.«

Alan schob sich durch die Menge und rief: »Holen Sie den

Notarzt, los, holen Sie den Rettungswagen und Dr. Harris!« Er stieß Muriel unsanft beiseite und ging neben Ralph in die Knie. Er tastete nach dessen Hals, wo der Puls am stärksten hätte schlagen müssen, und als er keinen Puls spürte, fing er mit der Brustmassage an. Eins, zwei, drei, vier, fünf, dann kippte er Ralphs Kopf nach hinten, kniff ihm die Nase zu, beugte sich über ihn und atmete ihm in den Mund. Dann bearbeitete er wieder die Brust mit beiden Händen. Eins, zwei, drei, vier, fünf. Dann atmen, atmen, atmen, atmen, atmen. Jemand sagte: »Im Pfarrhaus ist niemand.« Alan dachte: ›Mein lieber Herr Gesangverein, es ist an mir.‹ Außer ihm rührte sich niemand. Die Menge war stumm und verängstigt. Muriel stand unbeherrscht weinend auf der Stufe. Georgie ging, durch Alans kompetentes Verhalten ermuntert, zu Muriel, um sie zu trösten.

Arthur sagte mit schockierter, leiser Stimme: »Gott steh uns bei, atmet er?«

»Noch nicht.« Alan bearbeitete Ralph weiter. Nach einem weiteren Versuch hielt er inne und fühlte ihm den Puls. »Er kommt wieder zu sich.« Ein Raunen der Erleichterung durchlief die Menge, die jetzt zu doppelter Größe angeschwollen war. Leute waren überrascht über die jähe Stille aus den Häusern gekommen und reckten sich hinten auf die Zehenspitzen, um zu sehen, was passiert war. Die Demonstranten brachten in aller Stille die Transparente außer Sichtweite.

Jemand hatte eine Decke gebracht und Alan deckte Ralph damit zu und blieb neben ihm knien, überprüfte seinen Puls. Jemand anderes brachte einen Brandy für Muriel und Arthur holte einen Küchenstuhl aus dem Haus, damit sie sich setzen konnte.

»Das habe ich nicht gewollt, Muriel.« Arthur flehte sie um Vergebung an. Sie achtete gar nicht auf ihn und ließ Ralph nicht aus den Augen.

Alan, auf den Knien neben Ralph, wartete verzweifelt auf die Ankunft des Notarztes, kontrollierte ständig Ralphs Puls und fühlte sich hundeelend bei dem Gedanken, Ralph könnte sterben, bevor der Rettungswagen kam. Er hatte in seinem Leben noch nie gebetet, aber in diesem Moment tat er es. Der Notarztwagen kam. Alans Gebet war erhört worden. Ralph atmete noch.

Muriel fuhr mit Ralph im Notarztwagen mit und sobald der Wagen mit Blaulicht abgefahren war, durchlief Alan eine gewaltige Woge der Erleichterung. Seine Beine gaben nach und ihm wurde schlecht. Georgie schloss ihn in die Arme und küsste ihn vor der ganzen Menge.

»Wunderbar, Alan, du warst wunderbar! Wenn du nicht gewesen wärst, wäre er jetzt hinüber.«

»Dem Himmel sei Dank, dass Sie da waren, Alan!«

»Wo haben Sie das gelernt?«

Alan lachte zitternd. »Hab's im Fernsehen gesehen.«

»Großartig. Großartig. Heute Abend spendier ich Ihnen einen Drink. Bis dann in der Bar. Abgemacht?«

»Abgemacht! Danke!«

»Der arme Sir Ralph! Hoffentlich wird er wieder gesund. Was für eine unerhörte Geschichte!«

»Dieser Arthur Prior hat jede Menge Dreck am Stecken. Wo ist er?«

Arthur war nach Hause gegangen, voller Scham und Angst vor dem, was er mit seiner Sturheit angerichtet hatte. Er ließ sein Auto im Dorf stehen und ging den ganzen Weg zu Fuß. Er wusste, dass er es sich nie verzeihen würde, wenn Ralph starb.

An diesem Abend servierte Alan wieder in der Bar. Bryn musste der Anzahl der Drinks, die er konsumieren sollte, Einhalt gebieten. »Können Sie ihm nicht stattdessen einfach ein Trinkgeld geben? Etwas dagegen? Er hat schon drei Drinks intus und wird bald nicht mehr stehen können«, meinte Bryn.

»Gratuliere! Da haben Sie mal gute Arbeit geleistet.«

»Sie müssen stolz auf ihn sein, Georgie, richtig stolz.«

»Oh, sind wir auch. Ich hab immer gewusst, dass er ein Ass ist.« Sie küsste ihn auf die Wange und schloss ihn in die Arme. Alan, an solchen Überschwang nicht gewöhnt, wurde rot.

»Ich hab doch bloß gemacht, was ich im Fernsehen gesehen hab. Hab mir ›Notruf‹ und ähnliche Sendungen angeschaut. Hoffen wir, dass seine Pumpe durchhält.«

»Jetzt bleiben Sie doch im Dorf, Alan?«, fragte ein Stammgast.

Er lächelte Georgie an. »Ich hoff's, aber warten wir's ab.«

Georgie pflichtete dem Gast bei. »Natürlich bleibt er. Ich hab immer gewusst, was für ein guter Typ er ist, immer. Er muss bleiben, oder?«

»Und ob. Wie wollen Sie den Laden hier ohne ihn führen?«

»Genau!«

Linda aus dem Laden stand an der Theke. »Gin Tonic, bitte, Alan, und schenken Sie sich auch einen ein.«

»Hallo, Sie kriegen wir hier ja sonst nie zu Gesicht.«

»Stimmt, aber ich musste doch unseren Helden sehen, oder?«

Alan wurde wieder rot. »Das ist doch ziemlich übertrieben. Ich hab nur getan, was jeder andere auch getan hätte.«

»Ich hätt's jedenfalls nicht gekonnt. Sie, Bryn?«

»Nein, ich auch nicht.«

»Wollen Sie nicht darauf mit mir trinken?«

»Könnten Sie mir stattdessen das Geld geben? Ich hab schon drei Drinks intus und wenn ich im Dienst bin, ist das mehr als genug.«

»Ja, natürlich.« Linda trank ihren Gin und stellte dann ihr Glas auf die Theke. Sie steckte das Wechselgeld, das Alan ihr gab, in ihre Handtasche und sagte: »Wann ist nächste Woche Ihr freier Abend?«

»Am Montag.«

»Dann schwänz ich den Aerobic-Kurs und spendier Ihnen dann einen Drink.«

Alan zog sich den Krawattenknoten zurecht, bediente einen weiteren Gast und sagte dann: »Ich nehm Sie beim Wort.«

»Ich hol Sie ab, wenn ich im Laden Schluss gemacht habe. Wir fahren nach Culworth, Sie wollen bestimmt nicht an Ihrem Arbeitsplatz was trinken.«

»Stimmt. Ich bin ausgehfertig, wenn Sie kommen.«

Im Rettungswagen war Ralphs Herz ein zweites Mal zum Stillstand gekommen und die Sanitäter hatten große Mühe, ihn wieder zu beleben. Vierundzwanzig Stunden lang wich Muriel nicht von seiner Seite. Am zweiten Tag brachte Caroline sie nach Hause, damit sie ein Bad nehmen und saubere Sachen anziehen konnte, aber die ganze Zeit hatte sie wahnsinnige Angst, Ralph könnte einen Aussetzer haben, während sie in Turnham Malpas war, und wäre allein, wenn er starb. Der Gedanke, er könnte allein sterben, war das Einzige, was sie nicht ertragen konnte.

Nach drei Tagen im Krankenhaus, angeschlossen an unvorstellbar viele komplizierte Apparate, schlug er die Augen auf und erkannte Muriel. »Na, so was, Muriel, du bist ja noch da.« Seine Stimme, zittrig und leise, klang überhaupt nicht wie die Stimme, die sie kannte. Sein ganzer Elan war fort, er hatte keine Kraft mehr für Hänseleien oder sonst etwas.

»Natürlich bin ich da, Ralph. Wo wärst denn du, wenn ich krank wäre? Du würdest neben mir sitzen und mir die Hand halten. Mein Lieber.« Sie stand auf, gab Acht, dass sie nicht an die Schläuche kam und küsste ihn auf die Stirn. »Ich liebe dich, Ralph. Du hast mir so einen Schreck eingejagt.«

Ralph lächelte leicht und schloss die Augen. Nach einer Weile sagte er: »Ich kann mich an Alan erinnern, was hat er eigentlich gemacht?«

»Er hat dir nur geholfen, Lieber. Er hat dir eine Karte mit Genesungswünschen geschickt. Ich habe ihm schon geschrieben und mich bei ihm bedankt. Wenn du zu Hause bist, denken wir uns etwas aus, womit wir ihm unsere Dankbarkeit zeigen können.«

»Ich habe vergessen, worum das alles ging.«

»Mach dir darüber keine Gedanken, konzentrier dich nur darauf, gesund zu werden.«

Muriel hielt sich seine Hand an die Wange, saß da und beobachtete ihn. Wie sie ihn liebte. Wirklich liebte. Man hätte ihr Leben in zwei Hälften teilen können. Die zweite Hälfte waren die eindreiviertel Jahre, seit sie mit Ralph verheiratet war. In dieser Zeit war mehr passiert als in ihrem ganzen restlichen Leben. Er gab ihr ein Gefühl der Sicherheit und trotzdem war das Leben so aufregend. Wenn er bei ihr war, wurde sie mit fast allem fertig. Was würde sie nur tun, falls er... Nein, darüber wollte sie nicht nachdenken. Positiv, richtig, sie musste positiv denken.

»Ein Glas Wasser, bitte.«

»Ich rufe die Schwester.«

Als die Schwester ihn wieder hingelegt, die Monitore überprüft und das Bett in Ordnung gebracht hatte, sagte sie: »Eben ist Besuch gekommen, fühlen Sie sich ihm gewachsen, Sir Ralph?«

»Oh, das wird der Pfarrer sein«, sagte Muriel. »Ja, bitten Sie ihn herein.«

Aber es war nicht Peter; es war Arthur Prior. Er blieb zögernd in der Tür stehen.

Muriel sprang überrascht und erschrocken auf.

»Ich glaube, Sie sollten nicht hereinkommen, nichts für ungut.«

»Ja, ich weiß, aber ich…«

Muriel legte die Hände an seine Brust und wollte ihn hinausschieben. »Ich will nicht, dass er noch einen Infarkt bekommt, sein Zustand ist noch nicht besonders stabil. Sie sehen doch die vielen Schläuche und das alles, er ist schwer krank. Bitte, bitte, gehen Sie.«

»Ja, aber ich möchte sagen…«

»Sie werden mit den Protesten weitermachen, geht es darum?«

»Das wollte ich nicht sagen, ich will nur…«

»Bitte gehen Sie, ich will Sie hier nicht haben.« Muriel stampfte mit dem Fuß auf, sie war sehr aufgebracht. »Worum geht es, Arthur?«, rief Ralph mit schwacher Stimme.

Er kam ins Zimmer zurück. »Ich kann vor lauter Sorge nicht schlafen. Ich bin hier, um Ihnen zu sagen, dass ich keinen Protest einlegen werde. Ich habe wirklich geglaubt, Sie würden das Land verkaufen, um einen Profit zu machen, aber Neville Neal hat mir gesagt, dass Sie tatsächlich die Absicht haben, Häuser zu bauen und zu vermieten. Das geht von mir aus in Ordnung. Ich möchte nicht schuld sein am… ich möchte Ihnen keine Scherereien machen und es tut mir sehr Leid, dass Sie so krank sind.«

»Danke, wir reden ein anderes Mal darüber, wenn ich mich besser fühle.«

»Sie haben also vor, die Kurve 296

zu kriegen?« Arthur lächelte.

»O ja. Ich habe alles, wofür es sich zu leben lohnt.« Er tastete mühsam auf der Bettdecke nach Muriels Hand und als er sie gefunden hatte, hielt er sie fest.

»Jedenfalls bin ich froh, dass Sie bei uns bleiben. Einen guten Mann wirft nicht so schnell was um, oder?«

»Nein, stimmt.«

»Dann geh ich jetzt.« Arthur nickte Muriel zu, zögerte und sagte dann: »Ich möchte, dass zwischen uns alles in Ordnung kommt.« Er nickte Ralph zu und verließ das Zimmer.

»Ich schäme mich, dass ich mit dem Fuß aufgestampft habe und so zornig geworden bin.«

»Mir gefällt es, wenn du wütend bist, es steht dir.«

»Ralph! Schlaf jetzt! Ich bleibe bei dir und wenn du eingeschlafen bist, rufe ich von deinem Telefon aus Caroline an und sage ihr, dass es dir schon viel besser geht. Es muss dir besser gehen, wenn du wieder damit anfängst, mich zu hänseln.«

Etwa zwei Wochen später hörte Muriel, als sie kurz nach Hause fuhr, um saubere Sachen für Ralph zu holen, den Anrufbeantworter ab. Der Architekt hatte sich gemeldet; er wollte mit den Bauplänen für Hipkin Gardens vorbeikommen. Muriel wusste, wie sehr Ralph sich darüber freuen würde, aber er würde nicht hier sein können; sie musste dem Architekten absagen, bis es Ralph besser ging. Ja, so würde sie es machen; sie würde es Ralph ausrichten und dann dem Architekten absagen. Ralph musste dabei sein, den Bauplatz abgehen und ihrer beider Gedanken auf den Punkt bringen, ja, und das konnte noch Wochen dauern. Ja, sie würde den Besuch des Architekten verschieben. Ralph war jetzt nicht mehr an die vielen Drähte und Schläuche angeschlossen, konnte angekleidet im Sessel sitzen und schien wirklich Fortschritte zu machen, aber er war auf keinen Fall in der Lage, sich um Geschäftliches zu kümmern, noch nicht.

»Wann will er kommen?«

»Nächsten Mittwoch.«

»Und heute ist...«

»Freitag.«

»Richtig. Sag ihm nicht ab, wir lassen ihn kommen.«

»Oh, Ralph. Ich bin viel mutiger geworden, aber ich glaube wirklich nicht, dass ich mit ihm reden könnte. Was wäre, wenn ich alles verkehrt mache und es gefällt dir nicht und er fertigt die Pläne an und dann...«

»Keine Sorge, meine Liebe. Ich werde dabei sein, ich kümmere mich darum.«

Sie sprang auf und schlug die Hände unter dem Kinn zusammen. »Du kommst nicht nach Hause, Ralph, du bist noch nicht so weit, auf gar keinen Fall. Du machst nur Spaß, stimmt's?«

»Hab noch nie was so ernst gemeint. Ich habe die Nase voll vom Krankenhaus. Ich entlasse mich selbst.«

»Das darfst du nicht, ich lasse es nicht zu.«

Ralph lachte leise. »Du bist schon wieder jähzornig, meine Liebe.«

»Ich läute nach der Schwester. Die wird dich schon zur Vernunft bringen.«

»Die können mich nicht gegen meinen Willen hier behalten.«

»Aber ich.«

»Nicht einmal du kannst das, Muriel. Ich bin entschlossen, nach Hause zu gehen. Ich möchte vor dem Kamin sitzen und mit meiner Frau Tee trinken und Scones essen. In einem richtigen Bett liegen, mit meiner Frau neben mir, die meine Hand hält. Es gibt kein besseres Rezept, glaub mir.«

»Ich werde dir weder Scones backen noch dir die Hand halten, also kannst du genauso gut hier bleiben.«

»Komm her zu mir.« Sie ging zu seinem Sessel. »Näher. So ist es gut. Jetzt gib mir einen Kuss. Einen schönen langen, genießerischen Kuss, und sag mir *danach*, dass ich nicht nach Hause darf.« Ralph legte die Arme um ihre Schultern, sie schob die Arme zwischen seinen Rücken und die Sesselkissen und sie gaben sich einen zutiefst befriedigenden Kuss, der mehr sagte als alle Worte. »O Ralph, ja bitte, komm nach Hause!«

Sie wurden durch ein höfliches Räuspern gestört. Muriel richtete sich auf und sah Peter wartend in der Tür stehen.

»Soll ich später wiederkommen?« Er zwinkerte. »Das geht, wenn Sie möchten, ich muss noch einen Patienten besuchen.«

Muriel wurde rot und hielt sich die Hände an die brennenden Wangen. Ralph winkte Peter zu. »Kommen Sie nur herein, Sie sind genau derjenige, mit dem ich sprechen möchte. Meine Frau besteht darauf, dass ich nach Hause komme...«

»Das stimmt doch gar nicht, es war deine Idee. Wirklich, es war Ralphs Idee. Er will sich selbst entlassen. Das darf er nicht, oder?«

Peter dachte ernst über ihre Frage nach. »Nein, er darf es nicht, aber das Zuhausesein ist ein wunderbares Stärkungsmittel. Das muss ich zugeben. Und an Pflege würde es ihm doch nicht fehlen?«

»O nein, natürlich nicht, aber ich...«

Ralph unterbrach sie entschieden. »Dann ist das Thema erledigt. Muriel, klingle nach der Schwester. Peter, lassen Sie mir eine Stunde Zeit, ich muss mit dem behandelnden Arzt sprechen und ihn davon überzeugen, dass ich das Richtige tue. Ich muss packen und meine Rechnung bezahlen. Könnten Sie mich dann nach Hause bringen, falls Sie direkt zurückfahren?«

»Gewiss. In einer Stunde also.«

Ralph stützte sich auf die Sessellehnen und hievte sich hoch, noch bevor Peter das Zimmer verlassen hatte. »So, Muriel ...«

An jenem Abend unterhielten sie sich vor dem Kamin, tranken Tee und aßen Scones.

»Ich sitze so gern im Feuerschein, weißt du, der glättet meine vielen Falten und ich kann mir einbilden, wieder jung zu sein. Noch Tee, Lieber?«

»Ja, bitte, und noch ein Scone.« Als Muriel das Gebäck auf seinen Teller gelegt und sich vergewissert hatte, dass der Tee für ihn griffbereit stand, bat er sie, sich anzuhören, was er ihr zu sagen hatte.

»Ich muss etwas mit dir besprechen und danach werden wir es nie, nie wieder erwähnen. Niemals wieder. Wie du weißt, habe ich mit dem behandelnden Arzt gesprochen und was er gesagt hat, läuft kurz gefasst auf Folgendes hinaus: Wenn ich im Sessel sitze und nichts tue, pingelig meine Diät einhalte und ein Tattergreis werde, könnte ich noch zehn Jahre leben. Aber, Muriel, ich will kein verblödeter Greis werden. Viel lieber möchte ich fünf Jahre lang ein richtiges Leben führen, als zehn Jahre lang vor dem Fernseher sitzen und zum Zeitvertreib Kreuzworträtsel lösen. Es ist eine schwierige Entscheidung, ich weiß, und wir haben nie darüber gesprochen, weil wir nicht wussten, dass sie auf uns zukommt. Aber ich möchte gerne wissen, wie du über die Situation denkst?«

Muriel griff nach ihrer Tasse und trank einen Schluck Tee, während sie nach den richtigen Worten suchte. Dann antwortete sie ihm.

»Ich möchte auf keinen Fall mit einem Tattergreis verheiratet sein. Ich liebe dich, wie du bist, und ich bin mir sicher, dass du dich elend fühlen würdest, wenn du nichts zu tun hättest, und dann würden wir einander auf die Nerven gehen und es wäre überhaupt nicht mehr schön. Also werd ich auf dich aufpassen und mir Rat bei Caroline holen, wenn ich nicht mehr weiter weiß und wir werden versuchen, so weiterzuleben, als wäre nichts passiert.«

Er nahm ihre Hand und sagte: »Danke, meine Liebe, dass du so verständnisvoll bist. Lass uns hoffen, dass wir noch viele wunderbare Jahre miteinander verbringen. Die Ärzte haben mir gesagt, dass ich mich regelmäßig untersuchen lassen, auf meine Ernährung und auf mein Gewicht achten und in Maßen Sport treiben muss und sie haben mir eine Liste der Nahrungsmittel gegeben, die ich weglassen soll. Ich weiß, dass das für dich nicht ganz leicht wird, anders einzukaufen und zu kochen, das tut mir wirklich Leid.«

»Das braucht dir nicht Leid zu tun, ich bin doch froh, wenn ich dir helfen kann. Wir haben bestimmt noch viele wunderbare Jahre vor uns. Erst reden wir mit dem Architekten, dann musst du dich um die Baupläne kümmern und dafür sorgen, dass sie an nichts knausern. Vor Baubeginn brauchen wir Urlaub und...«

»Du verwandelst dich ja von einer Taube in einen Falken!«

»Keine Sorge, ich werde wie ein Falke auf dich aufpassen. Genieß das Scone, denn ich glaube, dass du von heute an nicht mehr viele Scones zu essen bekommst.«

»Hilfe! Die Frau ist ein Haustyrann!«

Nachdem sie das Teegeschirr abgeräumt hatte, ging Muriel in der Dunkelheit in den Garten und legte die beiden übrig gebliebenen Scones auf den Futterplatz für die Vögel, alte Scones fand sie grässlich. Sie stand am Kirschbaum und tat, als betrachte sie Pericles' Grabstein. Sie kehrte dem Haus den Rücken zu, damit Ralph auf keinen Fall sehen konnte, dass sie schmerzlich heiße Tränen weinte.

21. Kapitel

Muriel hatte sich eine Liste gemacht, um sich daran zu erinnern, was für Ralphs Ernährungsumstellung nötig war. Sie schlenderte gerade an den Regalen entlang und wartete darauf, dass Jimbo ihr zwei sehr magere Lammkoteletts zurechtschnitt, als Flick mit einem Freund auftauchte.

»Hallo, Lady Templeton.«

»Hallo, Flick, mein Liebes. Du kommst ja inzwischen sehr gut ohne deine Krücken zurecht. Da bist du bestimmt froh.«

»Ja, bin ich auch. Der Spezialist sagt, ich hab das ganz prima hingekriegt, aber er sagt auch, wenn jemand so viel Mumm wie ich hat, ist das nicht anders zu erwarten.«

»Oh, selbstverständlich.« Muriel unterdrückte ein Lächeln. »Wer ist denn dein Freund da?«

»Das ist Sebastian Prior von der Prior's Farm. Sie erinnern sich doch bestimmt an ihn? Er ist in meiner Klasse und wir spielen beide Blockflöte, stimmt's, Sebastian? Außerdem haben wir am selben Tag Geburtstag. Ist das nicht komisch?«

»Allerdings. Natürlich erinnere ich mich an dich, Sebastian. Meine Güte, bist du gewachsen. Als ich in der Schule Klavier gespielt habe, warst du der allerkleinste Junge in der Klasse. Ich erkenne dich kaum wieder.«

»Ich weiß, er ist ganz schön in die Höhe geschossen, seit ihm die Mandeln rausgenommen worden sind, stimmt's?«

Sebastian nickte. Muriel musterte sein Gesicht. Das war also Arthur Priors Enkel. Das gleiche helle Haar, die gleichen dunkelbraunen Augen. Die Nase kam nicht ganz hin, aber vielleicht änderte sich das im Lauf der Jahre noch. Die Idee, die in Muriel gekeimt hatte, bevor Ralph den Herzinfarkt hatte, kam ihr wieder in den Sinn. Vielleicht war das der Anstoß, den sie brauchte.

»Verbringst du mit Flick den Nachmittag?«

»Ja, macht er.«

»Frag Mummy, ob du und Sebastian zum Tee zu mir und Sir Ralph dürft, ja, Flick? Hättest du Lust, Sebastian?«

»Ja, hätte er, stimmt's? Ich ganz bestimmt.« Sebastian nickte.

»Sag ihr, ich bring euch auch heil zurück.«

Während Muriel wartete, bis Flick nach Hause gelaufen war und ihre Mutter gefragt hatte, erledigte sie ihre restlichen Einkäufe. Ihr fiel ein, dass sie für Ralph noch Briefmarken brauchte. Dann zog jemand an Muriels Rock. Flick und Sebastian waren wieder da.

»Mummy sagt, es geht in Ordnung.«

Die beiden Kinder halfen ihr, die Einkäufe nach Hause zu tragen. Muriel hatte noch kein Wort von Sebastian gehört; zweifellos hätte er den Mund aufgemacht, wenn er auch nur die geringste Chance gehabt hätte. Der Unfall hatte nichts an Flicks Redseligkeit geändert.

Muriel machte die Haustür auf und rief: »Ralph! Ralph! Wo bist du, Lieber?«

»Hier.« Seine Antwort kam aus dem Arbeitszimmer. Sie machte die Tür auf und sagte: »Ich habe zwei Gäste zum Tee mitgebracht. Flick und einen Schulfreund von ihr, sie haben am selben Tag Geburtstag, ist das kein Zufall? Er heißt Sebastian Prior. Ich hab gedacht, es macht dir Spaß, dich mit den beiden zu unterhalten. Flick kann jetzt ohne

Krücken gehen, ist das nicht wunderbar? Kommt rein, Kinder.«

Sebastian stand schweigend in der Tür und schaute Ralph an, der unvermittelt aufgestanden war, als Muriel ihm den Namen von Flicks Freund genannt hatte. Flick kam sofort herein. »Hallo, Sir Ralph, Sie sehen ja schon wieder sehr viel besser aus. Komm rein, Sebastian, komm rein.«

»Unterhaltet euch mit meinem Mann, während ich Wasser aufsetze. Trinkt ihr beide Tee?«

Sebastian nickte. Flick sagte: »Ja, beide.«

Als Muriel das Teetablett ins Wohnzimmer brachte, hatte Ralph die Kinder dort schon Platz nehmen lassen. Er und Sebastian unterhielten sich über Pferde.

»Du reitest also?«

»O ja, Sir Ralph, jedes Wochenende und in den Ferien. Mein Daddy reitet auch, wenn er Zeit hat.«

»Und dein Großvater?«

»Nein, er hat es nie gelernt.«

»Aha. Reitest du manchmal, Flick?«

»Nein, aber es wäre keine schlechte Idee.«

»Hast du ein eigenes Pony, Sebastian?«

»Nein, ich teil es mir mit meinen Schwestern.«

»Wie viele Schwestern hast du denn?«

»Er hat vier, stimmt's? Alle älter als er.«

»Und hast du Cousins und Cousinen, die auch reiten?«

»Nein. Meine Tante und mein Onkel haben keine Kinder.«

»Aha.«

Muriel stellte neben jedes Kind ein Tischchen, gab beiden Servietten, die sie sich über die Knie legten, und schenkte dann Tee ein. Sebastian betrachtete die silberne Teekanne mit dem Wappen darauf.

»Auf Ihrer Teekanne steht ja was. Was bedeutet das?«

Ralph erklärte es ihm. Sebastian dachte über die Antwort

nach und sagte dann: »Aha. Gehören Sie zur königlichen Familie?«

»Nein, überhaupt nicht, aber wir sind eine sehr alte Familie. Es gibt uns seit über fünfhundert Jahren.«

»Aha. Silberne Teekannen sind stinkvornehm, oder?« Flick gab ihm einen Tritt und meinte: »Pst.«

Ralph, dem dieses Gespräch ein bisschen peinlich war, sagte: »Das sind sie wohl, nehm ich mal an.«

Muriel lenkte Sebastians Neugier ab, indem sie ihm einen Teller mit Schokoladekeksen reichte.

»Danke, Lady Templeton.« Als Sebastian das sagte, wurde Muriel aus unerfindlichen Gründen klar, welche Aufgabe sie sich gestellt hatte. Es war wirklich traurig, dass dieser kleine Junge auf seine Weise ein echter Templeton war und dennoch kein Recht auf silberne Teekannen, Titel oder sonst etwas hatte. Sie tätschelte ihm den Kopf, als er sich zwei Kekse nahm. Flick nahm sich einen und knabberte geziert daran. Offensichtlich genoss sie es, sich als Erwachsene zu geben.

Ralph, Flick und Sebastian verplauderten sich, bis Muriel ihnen schließlich sagen musste, es sei an der Zeit, zu Flicks Mummy zu gehen, sonst werde sie sich fragen, wo die beiden geblieben seien.

»Ich könnte Sebastian nach Hause bringen«, meinte Ralph.

Flick sprang sofort darauf an. »In Ihrem Mercedes?«

»Ja.«

»Darf ich mitfahren? Es wäre doch bloß höflich, meinen Gast nach Hause zu bringen, oder?«

»O ja. Muriel, ruf bitte Harriet an, meine Liebe, und frag sie, ob es ihr recht ist.«

Es war Harriet recht und so machte Ralph sich mit den beiden auf den Weg. Muriel blieb zu Hause, räumte auf und überließ es Ralph, die Kinder zu chauffieren.

Als er zurückkam, ging er sofort in sein Arbeitszimmer und blieb dort, bis das Abendessen fertig war. Zum Nachtisch gab es in Honig und Zitronensaft pochierte Pfirsiche. Als Ralph seine Portion aufgegessen hatte, legte er den Löffel weg und sagte: »Die Pfirsiche waren köstlich, Muriel. Die Lammkoteletts waren genau auf den Punkt gegrillt und jetzt brauche ich nur noch einen Kaffee, dann bin ich auf alles gefasst.«

Sie schenkte ihm Kaffee ein und legte die Hand auf die Zuckerdose, als er danach griff. »Nein, Ralph! Du weißt doch.«

»Kommandierst du mich etwa herum?«

»Ach, du weißt doch, dass du auf dein Gewicht achten musst. Ich tue nur meine Pflicht als Ehefrau.«

»Es war völlig richtig, dass du mich daran gehindert hast, Zucker zum Kaffee zu nehmen. Aber ich habe nicht den Zucker gemeint.« Muriel schaute in ihre Tasse, rührte den Zucker darin um und schwieg.

»Na?« Ralph senkte den Kopf und versuchte, Muriels Blick einzufangen.

»Ich hatte die allerbesten Absichten. Er ist ein sehr netter kleiner Junge, ich kenne ihn aus der Schule, weißt du, aber natürlich habe ich von seiner Geschichte nichts gewusst, bis du es mir erzählt hast.«

»Er ist ein bezaubernder kleiner Junge, wenn er eine Chance hat, etwas zu sagen! Ist dir aufgefallen, wie schlimm Flick hinkt?«

»Ja, aber längst nicht mehr so sehr wie am Anfang, es wird ständig besser. Er hat deine Haar- und Augenfarbe, jedenfalls bis du weißes Haar bekommen hast.«

»Du meinst, blondes Haar und braune Augen.«

»Ja. Sehr auffällig. Muss sich in jeder Generation durchsetzen. Ein Bindeglied von Dauer, stimmt's?«

»Was hast du im Sinn?«

»Ich habe überhaupt nichts im Sinn, Ralph, überhaupt nichts.«

»Muriel!«

»Nein, wirklich, nichts Spezielles, ehrlich, aber ich habe das Gefühl, dass etwas getan werden sollte.«

»Aha. Du meinst, ich sollte dem Jungen oder der Familie Geld geben?«

»O nein, wirklich nicht, sie sind viel zu stolz, Geld zu nehmen, das wäre nicht richtig, etwas Bedeutsameres müsste getan werden.«

»Ich sehe wirklich nicht ein, warum.«

»Wenn du Nachkommen hättest, sähe es anders aus, aber du hast keine. Sie sind also gewissermaßen Familienangehörige.«

»Illegitim.«

»O ja, aber dafür können sie nichts. Aber es muss wahr sein, sonst hätte Sebastian nicht die Augen- und Haarfarbe der Templetons. Sie sind bloß nicht anerkannt worden, also hat dein Großvater Bescheid gewusst... o ja, er hat es gewusst.«

»Ja. Es stimmt, es ist wahr. Ich werde darüber nachdenken.«

»Hast du jemanden getroffen, als du Sebastian nach Hause gebracht hast?«

»Arthurs Sohn, Sebastians Vater.«

»Und wie ist Arthurs Sohn?«

»Groß, sehr groß, nicht wie ein Templeton, aber die Augen- und die Haarfarbe stimmt. Netter Kerl. Hast du schon Pläne für New York gemacht?«

»Fliegen wir trotzdem hin? Ich hab gedacht, vielleicht möchtest du nicht, nachdem...«

»Aber doch, wir fliegen. Wir waren uns einig, dass wir weitermachen, als wäre nichts geschehen, und deshalb bleibt es dabei. Du kannst in der Fifth Avenue Weihnachtseinkäufe machen, was hältst du davon?«

»Ich hab schreckliche Angst, mich in New York zu verlaufen, du wirst doch auf mich aufpassen, oder?«

»Natürlich. Während wir weg sind, fangen sie in Hipkin Gardens mit den Bauarbeiten an. Ich weiß, das ist noch lange hin, aber wie wär's, wenn wir eine kleine Feier abhielten, bevor das Wetter zu unfreundlich wird? Du machst den ersten Spatenstich. Was hältst du davon?«

Muriel klatschte in die Hände. »Oh, was für eine wunderschöne Idee! Und hinterher geben wir hier einen Empfang. Drinks und Knabberzeug, ja? Wen laden wir ein?«

Sie machten eine Liste. »Setz Arthur Prior und seine Frau auf die Liste. Warten wir ab, ob sie kommen.«

»Meinst du?.«

»Sie können doch absagen, wenn sie nicht kommen wollen.«

»Ach, du meine Güte, glaubst du, nach dem ganzen Theater nimmt überhaupt jemand die Einladung an?«

»Natürlich kommen die Leute, sie ergreifen doch gern die Gelegenheit auf einen Plausch und einen Happen zu essen. Wir servieren Champagner und du kannst den ersten Anstich mit einem silbernen Spaten vornehmen.«

»O Ralph! Wir bauen doch nicht die British Library oder ein Museum oder so. Ich glaube, ein nagelneuer Spaten aus rostfreiem Edelstahl genügt vollauf!«

22. Kapitel

»Muriel!«

»Ich bin in der Küche, Ralph.« Sie schaute auf, als er hereinkam. »Gehst du aus, Lieber?«

»Ja, ich fahre nach London.«

»Nach London? Heute?«

»Ja. Ich muss etwas mit meinem Anwalt besprechen.«

Sie schaute in sein Gesicht, entdeckte aber nichts, was ihr Aufschluss über seine Absichten gegeben hätte. »Du fährst doch nicht etwa an einem Tag mit dem Auto hin und zurück?«

»Nein, ich hab gedacht, ich nehme den Zug. Das Auto lass ich am Bahnhof stehen.«

»Wie wär's, wenn ich dir eine Tasche packe und du über Nacht bleibst? Hin und zurück an einem Tag ist eine sehr lange Fahrt. Es ist schon neun.«

Ralph stand unschlüssig da. Muriel beobachtete ihn, seine Heimlichtuerei verwirrte sie. Er sah einen Moment aus dem Fenster und sagte dann: »Ja, dann mach ich das. Wenn du dich beeilst, krieg ich den Zug um fünf nach zehn noch.«

»Ich beeil mich.«

Muriel fragte ganz instinktiv nicht, was er vorhatte, und bat ihn auch nicht, ihn begleiten zu dürfen. Seit sie den kleinen Sebastian zum Tee ins Haus gebracht hatte, schlug er sich mit einem Dilemma herum. Vermutlich war er zu einem Entschluss gekommen, für den er juristischen Rat brauchte. Sie winkte ihm nach und machte sich dann ans Aufräumen, bevor sie auf einen Kaffee ins Pfarrhaus ging. Während sie durchs Haus wuselte, machte sie sich Sorgen. Was hatte sie für ein Recht, sich einzumischen? Die Priors waren Ralphs Problem, nicht ihres, und dennoch musste die Situation ins Reine gebracht werden. Sie ging tief in Gedanken zu Caroline.

Ralph kam am nächsten Tag zur Mittagszeit zurück.

»Du musst ja sehr früh gefahren sein, Lieber?«

»Hab den Zug um zehn nach neun gekriegt. Ist ein ordentlicher Schnellzug.«

»Ich mache uns rasch Sandwiches, so früh hatte ich dich nicht zurück erwartet.«

»Bestens.«

Obwohl die Zentralheizung völlig ausreichend war, hatte Muriel Feuer im Esszimmerkamin gemacht, weil das Wetter wirklich kalt geworden war. Nach dem Essen rückten sie die Stühle ans Feuer und tranken Kaffee.

»Ich weiß, es ist erst Mittag, aber ich glaube, ich trinke einen Brandy. Nur einen.«

Er stellte ein Beistelltischchen neben seinen Stuhl und platzierte Kaffee und Brandy darauf. Muriel wartete. Bald würde er ihr erzählen, was er in London gemacht hatte.

»Ich war bei meinem Anwalt.«

»Ja, ich weiß.«

»Na ja, ich habe mir angehört, was du zu sagen hattest, und ich habe eine Entscheidung getroffen. Du hast ganz Recht, etwas muss geschehen und mir ist die Lösung eingefallen.«

»Aha.«

»Meine Vorgehensweise ist völlig korrekt.«

»Aha.«

»In gewisser Weise verstößt sie gegen eine alte Abmachung, aber ich muss es tun.«

»Aha.«

»Ich habe dir die Hälfte von allem überschrieben, als wir geheiratet haben, aber Prior's Farm konnte ich nicht mir dir teilen. Sie fällt unter eine ganz andere Klausel und muss wegen der besonderen Umstände direkt vererbt werden. Obwohl ich dich also um deine Meinung bitten kann, liegt die Entscheidung letztlich allein bei mir.«

»Ralph, ich kann nicht dauernd ›aha‹ sagen, weil ich überhaupt nichts begreife. Was willst du mir sagen?«

»Ich habe beschlossen … Nein, nein, ich wollte dir eigentlich die ganze Geschichte erzählen, aber ehrlich gesagt, Muriel, halte ich es nicht für eine gute Idee, irgendetwas zu sagen, bis ich zurückkomme. Weißt du, vielleicht ist Arthur nicht damit einverstanden und dann muss ich dich enttäuschen, weil nichts daraus geworden ist. Hast du noch ein bisschen Geduld mit mir?« Ralph lächelte sie an.

»Natürlich. Ich wollte, dass du die Sache aus der Welt schaffst, aber ich habe nicht gewusst, was ich dir raten soll.«

»Was ich getan habe, lässt sich nicht rückgängig machen. Hoffen wir, dass Arthur einverstanden ist. Die Anwälte waren dafür, meine Vorstellungen erst mal in einem Schriftsatz festzuhalten und später darauf zurückzukommen. Aber ich habe Nein gesagt, ich will es sofort tun, nicht erst in zehn Jahren. Die Entscheidung duldet keinen Aufschub, lassen Sie die Papiere sofort abtippen, damit ich sie morgen früh mitnehmen kann. Also hat die Kanzlei die Papiere heute Morgen gegen acht durch Boten in mein Hotel zugestellt.«

»Fährst du sofort los?«

»Nein, es ist Markttag, Arthur wird jetzt noch nicht zurück sein.«

»Woher weißt du das?«

»Sebastian hat es mir erzählt, Arthur ist jede Woche dort. Also leg ich mich ein bisschen hin, fahre dann und bin zum Abendessen wieder da.«

»Sehr gut, Lieber. Was auch immer du getan hast, ich bin mir sicher, dass es das Richtige ist.«

»Hoffen wir es, diese Fehde muss ein Ende haben. Solche alten Wunden eitern über Generationen hinweg und weil nach mir keine Generation mehr kommt, ist es an mir, etwas zu unternehmen.«

»Ich hoffe bloß, er ist nicht beleidigt und weigert sich, zuzustimmen. Wir haben ja erlebt, wie jähzornig er ist.«

»Ich werde mein Bestes tun.«

Nachdem er ein wenig geruht hatte, vertauschte Ralph den Stadtanzug mit Tweedsachen und machte sich dann auf den Weg. In Tweed fühlte er sich wohler und die Sachen wirkten der Situation angemessener. Die Zufahrt war nach wie vor gepflegt und der Hof, jetzt geschmückt mit winterharten Stiefmütterchen in Kübeln, so ordentlich aufgeräumt wie eh und je.

Es war niemand zu sehen, deshalb klingelte Ralph an der Haustür. Er hörte schwere Schritte über den Hof näher kommen und drehte sich um. Es war Arthur.

Ralph nahm die Aktentasche in die linke Hand und hielt Arthur die rechte hin. »Guten Tag, Arthur. War es ein guter Markttag?«

Arthur schüttelte ihm die Hand. »Woher wissen Sie, dass ich auf dem Markt war?«

»Ihr Sebastian hat mir erzählt, dass Sie meistens hinfahren.«

»Gute Gelegenheit, andere Farmer zu treffen und festzustellen, dass deren Geschäfte genauso schlecht gehen wie die eigenen. Warum wollen Sie mich sprechen?«

»Es könnte eine Weile dauern. Setzen wir uns auf die Mauer?«

»Wenn Sie wollen, wir können aber auch reingehen.«

»Irgendwohin, wo uns niemand hört?«

»Nein, die Kinder sind schon aus der Schule nach Hause gekommen, das Haus ist voll. Kommen Sie mit in den Stall.« Er ging über den Hof voraus zum hintersten Stall, machte die Tür auf und bat Ralph hinein. Dort nahm er zwei stabile Holzkisten von ein paar Heuballen, stellte sie verkehrt herum auf den Steinboden und bat Ralph, Platz zu nehmen.

»Ich bereue zutiefst, dass ich Ihnen damals den Opferteller nicht geben wollte. Der Pfarrer hat mir gehörig die Meinung gesagt. Er ist noch jung, aber auf Ehre und Gewissen, er verfügt über Macht, er durchschaut einen und dann muss man das Richtige tun. Am Ende habe ich mich bei ihm entschuldigt, aber ich war zu stur und zu wütend, mich bei Ihnen zu entschuldigen. Das möchte ich jetzt nachholen.«

»Das ist schon in Ordnung, Arthur. Ihre Motive waren ehrenwert und darauf kommt es an.«

»Sie sehen gut aus, bisschen magerer, aber gut. Wenn ich mal für mich sein will, komme ich hierher und deshalb hab ich hier immer 'ne Flasche stehen. Möchten Sie einen Schluck? Ist Bryns bestes Bier.«

»Mit Vergnügen, wenn ich Ihnen gesagt habe, warum ich hergekommen bin.«

Ralph machte die Aktentasche auf und nahm Papiere heraus. »Seit 1900 ist viel geschehen. Über neunzig Jahre sind verstrichen und es ist an der Zeit, die Sache in Ordnung zu bringen. Ich möchte Ihnen vorschlagen …«

Arthurs Miene hellte sich auf. »Wollen Sie mir etwa vorschlagen, dass ich die Farm kaufe? Wollen Sie darüber mit mir sprechen?«

»Na ja, eigentlich nicht, dass Sie sie kaufen …«

»Was dann, wie sieht Ihre Alternative aus? Ich habe das

Geld auf der hohen Kante, bin jederzeit bereit, es zu bezahlen.«

»Es steht in meiner Macht, Sie von dieser lächerlichen Pacht zu befreien und ich bin hier, um Ihnen zu sagen, dass es nicht mehr nötig ist, Pacht zu bezahlen.«

»Verflucht noch mal, Ralph, ich bin nicht arm. Fünfundzwanzig Pfund im Jahr bringen mich nicht um. Was zum Teufel soll das!«

»Arthur!«

»Schluss damit! Wenn Sie bloß hergekommen sind, um mir das zu sagen, können Sie Ihre Papiere einpacken und sich verziehen. Solange ich Pacht bezahle, ist alles legal; wenn ich die Zahlungen einstelle, stehe ich in Ihrer Schuld und das kommt nicht in Frage, auf keinen Fall. Ich werde *niemals* in der Schuld von jemandem stehen, der den Namen Templeton trägt. Mein Vater war bis zum Ende seiner Tage verbittert über die Art, wie Ihre Familie seine Mutter und ihn behandelt hat. Es war nicht seine Schuld, es war auch nicht Ihre Schuld, es war die Schuld Ihres Großvaters, aber er hat vom Tag seiner Geburt an nie mit meinem Vater gesprochen. Ihn nicht zur Kenntnis genommen, kein einziges Mal. Wenn er ihm auf der Straße begegnet ist, hat er ihn nicht einmal angeschaut. Der eigene Vater! Ich hätte Sie für vernünftiger gehalten. Mit einem derart blöden Vorschlag hierher zu kommen! Gehen Sie, runter von meinem Land.« Er sprang auf und hielt den unteren Teil der Stalltür auf, damit Ralph gehen konnte. Das Pferd in der Box wieherte beifällig.

»Sie sind zu impulsiv, Arthur. Bleiben Sie ruhig und hören Sie mir doch erst mal zu! Wir sind zu alt für dumme Missverständnisse, davon hat es in der Vergangenheit genug gegeben. Sie und ich werden die Sache unter uns bereinigen. Setzen Sie sich und hören Sie mir zu.«

»Na gut, in Ordnung«, antwortete er ungehalten. Er wirkte immer noch halb entschlossen, Ralph hinauszuwerfen, überlegte es sich dann aber anders, setzte sich wieder und wartete ab.

»Hier ist der Grundbucheintrag für die Farm. Eigentlich heißt sie Wallop Down Farm, haben Sie das gewusst?«

»Nein! Wallop Down Farm? Was für ein blöder Name.«

»Der Grundbucheintrag lautet auf Sie und Ihre Kinder. Ab jetzt gehört die Farm nicht mehr mir oder meinen Nachkommen. Von heute an gehört die Farm ausschließlich Ihnen und Ihren Kindern, für immer.«

Das einzige Geräusch im Stall war das Knabbern des Pferdes am Holz seines Verschlags. Es stampfte mit den Füßen, wieherte freudig und schlug dann gegen die Tür. Ralph wartete ab, beobachtete die Emotionen, die über Arthurs Gesicht huschten: erst Zorn, dann Freude, dann wieder Zorn, dann eine merkwürdige Sehnsucht. Arthur hielt den Grundbucheintrag in den Händen, blätterte die Seiten immer wieder um, freute sich daran, wie sich das dicke Pergament anfühlte und in seinen Händen knackte. Sein Finger fuhr über die Schrift auf dem Deckel und er sah über den Hof hinweg zu seinem Haus und dann wieder auf die Papiere.

»Ich liebe diesen Ort. Liebe ihn wie nichts sonst. Ich liebe meine Jungen und die Enkel, aber das hier« – er schlug mit der Faust gegen die Tür der Box –, »das bin ich, das liegt mir im Blut. Jeden Morgen, wenn ich die Augen aufmache, bin ich froh darüber, nein, ich *frohlocke*, dass ich Felder habe, über die ich gehen kann, Wälder, die meiner Pflege anvertraut sind, Getreide, das ich ernte, Tiere, die ich füttern und für die ich sorgen kann. Und doch habe ich tief innen immer gewusst, dass ich mit einer Lüge lebe, weil mir das alles nicht wirklich, wahr und wahrhaftig gehört hat. Mein Stolz sagt mir, ich sollte Ihnen das hier« – er hielt den Grundbucheintrag hoch – »ins Gesicht schleudern und Ihnen sagen, dass ich von einem

Templeton, ob tot oder lebendig, keine Gefälligkeiten annehme. Aber es ist zwecklos, ich kann es nicht. Falls ich morgen sterbe, sterbe ich jetzt als glücklicher Mensch und mehr kann niemand verlangen, nicht wahr?«

Ralph lächelte und pflichtete ihm bei. »Und wo bleibt jetzt unser Bier?«

Arthur stand auf und holte hinter den Heuballen eine Flasche von Bryns selbst gebrautem Bier und zwei Gläser hervor. Er pustete ein paar Halme aus den Gläsern und schenkte dann beide Gläser randvoll.

Die beiden Männer standen sich gegenüber. Ralph brachte einen Trinkspruch aus. »Auf die Wallop Down Farm und die Priors!«

»Auf die Priors, und mögen sie lange über die Wallop Down Farm herrschen!«

Als Ralph sich verabschiedete, sagte Arthur: »Wissen Sie, ich hätte gute Lust, den Namen zu ändern. Blöder Name, klingt aber trotzdem nicht übel und wenn die Farm wirklich so heißt, was spricht dann dagegen?«

»Allerdings. Was spricht dagegen?«

23. Kapitel

Ralph lehnte den Spaten in der Diele an die Wand und rief nach Muriel. »Ich habe den Spaten abgeholt, Liebe, komm her und üb schon mal. Die Gravur sieht gut aus.«

Muriel kam aus der Küche und trocknete sich an der Schürze die Hände ab. »O Ralph, der ist ja wunderschön! Ich werde mir vorkommen wie die Queen.« Muriel fasste den Stiel mit beiden Händen und stellte den Fuß auf den Spaten. »Ich erkläre…« Sie lachte und lehnte den Spaten wieder an die Wand. »So glänzend und neu und mir gefällt auch die Gravur, die du ausgesucht hast. Hipkin Gardens, klingt einfach grandios. Mein Vater wäre begeistert, wenn er das wüsste.«

»Vielleicht wissen die Toten, was die Lebenden tun, also weiß er es möglicherweise.«

»Ja, vielleicht hast du Recht. Ich bin schon ziemlich weit mit dem Knabberzeug, dem Tischdecken und so weiter. Du musst dich nur noch um die Getränke kümmern, ich bin fast fertig. Wie ist es draußen?«

»Mild für die Jahreszeit, aber es ist schön und das ist das Wichtigste.«

»Ich hoffe bloß, dass ich dich nicht enttäusche.«

»Natürlich nicht. Du wirst es genau richtig machen. Hast du dir deine Rede noch mal vorgesagt?«

»Zum zwanzigsten Mal, ja. Sie ist nicht besonders lang.«

»Muss sie auch nicht sein. Wenn ich die Getränke aufgebaut habe, lege ich mich eine Weile aufs Bett und schaue dir beim Anziehen zu.«

»Das dauert nicht lange. Ich habe schon frische Unterwäsche an. Ich muss nur noch aus dem Kleid schlüpfen und mein neues Kostüm anziehen. Ich habe mir überlegt, mir für kalte Tage im Winter Hosen zu kaufen. Was meinst du, würde ich darin lächerlich aussehen?«

»Bei deiner Figur, Muriel, würdest du bezaubernd darin aussehen.«

»Danke. Du tust meiner Selbstachtung so gut. Vor unserer Hochzeit hatte ich gar keine.«

»Dann hab ich dir also was Gutes getan?«

»O ja, und ob. Ich freue mich so über Arthur und die Farm. Da hast du das Richtige getan.«

»Es war deine Idee.«

»Nein, es war deine.«

»Du hast es mir nicht direkt vorgeschlagen, aber den Keim dazu gelegt.«

»Ralph, wir müssen aufhören zu plaudern. Ich komm sonst noch zu spät!«

»Muriel, du bist in deinem ganzen Leben noch nie zu spät gekommen!«

Die Sonne kam heraus, als sich die Menge versammelte, um Muriel beim ersten Spatenstich zuzuschauen. Ralph hatte die Bauarbeiter überredet, Wimpel in die Bäume zu hängen, und sie hatten ein kleines Podest mit einem riesigen Union Jack darauf aufgestellt, auf dem Muriel während ihrer Rede stehen konnte. Der Wind wehte ziemlich stark, so dass sie froh war über das Mikrofon. Es war grässlich, wenn die Zuhörer eine Rede nicht hören konnten und Muriel hatte keine besonders kräftige Stimme. Sie war unglaublich nervös. Es waren viel mehr Leute gekommen, als sie erwartet hatte. Alle hatten sich auf Ralphs Seite geschlagen, worüber Muriel sehr dankbar war. Sie wäre am Boden zerstört gewesen, wenn Demonstranten gekommen wären, und musste auch so schon ihren ganzen Mut zusammennehmen. Es entsprach mehr ihrer Persönlichkeit, sich hinter den Kulissen aufzuhalten. Sie zog das Mikrofon zu sich heran und fing mit ihrer Rede an.

»Meine Damen und Herren. Es ist mir eine große Freude, an diesem wunderbaren, ganz besonderen Tag den ersten Spatenstich zu tun. Zur Erinnerung an diesen besonderen Anlass, auf den Ralph und ich uns lange gefreut haben, ist der Spaten wunderschön graviert. Wie viele von Ihnen wissen, war mein Vater wie schon Generationen meiner Familie vor ihm Obergärtner im Herrenhaus. Als das Anwesen verkauft wurde, sind wir weggezogen und ich hatte damals keine Ahnung, dass ich je wieder hierher ziehen würde. Aber der Kreis des Lebens hat sich geschlossen und ich stehe hier mit Ralph, meinem Mann, von dem ich gestehen muss, dass er meine Jugendliebe war« – die Menge bejubelte das gut gelaunt – »und wir feiern den Beginn der Bauarbeiten an Häusern für das Dorf. Wir haben uns den Kopf über die Baupläne zerbrochen, denn wir wollten, dass die Häuser zu Menschen vom Land passen. Eine verglaste Veranda über dem Hintereingang zum Abstellen der Stiefel und für den Hundetrinknapf, Zentralheizung, geräumige Zimmer, keine Kaninchenställe, zwei Bäder, damit am Morgen nicht Schlange gestanden werden muss, und eine geräumige Garage, weil Leute vom Land heutzutage Autos brauchen und wer keins hat, kann jederzeit dort die Sachen für den Pfadfinderflohmarkt unterbringen, und außerdem wunderschöne Gärten. Die meisten der schönen Bäume, an denen wir alle uns erfreuen, werden wir erhalten, so dass Hipkin Gardens ein lauschiger, grüner Fleck zum Wohnen wird. Auf unserer Liste von Mietinteressenten stehen schon drei Namen und deshalb hoffen wir, dass die Häuser nach der Fertigstellung alle bewohnt sind. Ich hoffe, dass die Häuser eine nützliche und erfreuliche Erweiterung unseres Dorfes sind. Hiermit erkläre ich den Beginn der Bauarbeiten von Hipkin Gardens.«

Muriel trat vom Podest und nahm den Spaten. Sie umklammerte den Stiel, stellte den Fuß auf den Spaten, stieß ihn kräftig in den Boden und hob die erste Sode aus.

Die Menge brach in jubelnden Beifall aus und Muriel, die ihren Augenblick im Rampenlicht hinter sich hatte, trat beiseite, damit Ralph ein paar Worte sprechen konnte. Er erwähnte den Widerstand, aber freundlich und verständnisvoll, und sagte, wie sehr er sich darüber freue, dass jetzt alle der Meinung seien, die acht Häuser würden für das Dorf von großem Nutzen sein. Er fing Arthurs Blick ein und lächelte. Etliche Zuschauer verrenkten sich die Hälse, um zu sehen, wem er zulächelte, und bedachten sich mit vielsagenden Blicken.

Schließlich sprach Peter ein Gebet für das Glück und Wohlergehen der Menschen, die in den Häusern wohnen würden, und dann lud Ralph alle zu Champagner ein.

Muriel und er gingen über die Anlage voraus zu ihrem Haus. Ihr fehlte immer noch, dass Pericles ihr zur Begrüßung entgegen lief, wenn sie nach Hause kam, aber der Andrang ihrer Freunde und Nachbarn von der Straße brachte sie auf andere Gedanken.

In der ersten halben Stunde war Muriel voll und ganz damit beschäftigt, sich um die Wünsche der Gäste zu kümmern. Ralph und Peter machten den Champagner auf und Ralph brachte einen Trinkspruch aus: »Auf Hipkin Gardens!« Alle stießen an und tranken darauf und strömten dann ins Esszimmer, wo Muriel das Essen aufgebaut hatte. Überall waren Leute, im Wohnzimmer, dicht gedrängt im Arbeitszimmer, auf der Treppe sitzend. Der Lärm war ohrenbetäubend.

Auf der Treppe waren Venetia Mayer und Pat tief in ein Gespräch vertieft. Ralph erbot sich, ihnen nachzuschenken. »O ja, bitte, Sir Ralph. Vielen herzlichen Dank.« Pat trank einen Schluck Champagner und hörte zu, wie Venetia mit ihrem Gastgeber plauderte.

»Danke, Sir Ralph. Lady Templeton hat eine wunderschöne Rede gehalten. Mit Ihrem Entschluss, diese Häuser zu bauen, haben Sie dem Dorf wirklich einen großen Dienst erwiesen. Genau das, was wir hier brauchen. Freut mich, dass Sie wieder so viel besser aussehen, Sie haben uns allen einen Riesenschreck eingejagt, als Sie den Herzinfarkt hatten. Es freut mich wirklich sehr, dass Sie wohlauf sind. Und so gut aussehen. Ihrem guten Aussehen hat es jedenfalls nichts geschadet. Immer noch attraktiv wie eh und je!«

Ralph quittierte das mit einer Verbeugung. Pat gab Venetia einen Stups. »Wie können Sie's bloß wagen, so mit ihm zu reden?«

»Was meinen Sie mit ›so‹? Ich hab doch bloß gewollt, dass er sich gut fühlt. Hab irgendwo gelesen, man sollte versuchen, den Menschen, die man trifft, durch ein Gespräch mit ihnen ein besseres Gefühl zu geben. Und genau das hab ich gemacht.«

»O ja, aber manchmal übertreiben Sie dabei ganz schön. Vor allem einer gewissen Person gegenüber.«

»Wen meinen Sie?«

»Craddock Fitch.«

Bei der Erwähnung seines Namens sprang Venetia auf und stieß gegen Pats Ellbogen, woraufhin Pat Champagner verschüttete, der sich wiederum über Venetias Kostüm ergoss.

»Oh, Entschuldigung, ich habs doch nicht ruiniert, oder?«

»Nein, ich tupf's ab, nichts passiert.«

Pat schaute zu, wie sie die Spritzer wegtupfte. Sie ließ sich durch den Zwischenfall nicht ablenken und stocherte weiter nach Insiderinformationen.

»Er scheint ja oft ins Herrenhaus zu kommen.«

»Ihm liegt halt was dran, sich zu vergewissern, dass alle zufrieden sind.«

»Ist *er* zufrieden?«, fragte Pat mit einem wissenden Zwinkern.

Venetia wand sich heraus, indem sie sagte: »Er würde Jeremy rausschmeißen und mich dazu, wenn er mit unserer Arbeit nicht zufrieden wäre.«

Venetia grinste. Pat stieß sie in die Rippen und zwinkerte ihr zu. »Wissen Sie, in diesem Dorf gibt's nichts, was nicht irgendwann jeder weiß. Ich hab Mr. Fitch geschrieben. Ganz offiziell. Hab ihm geschrieben, wir wollen in das Haus ziehen und Dad möchte auf Dauer dort arbeiten. O Venetia, Sie haben ja keine Ahnung, wie ich mich darauf freue. Ein großes Haus, so viele Zimmer. Unser Dean lernt doch so viel und da ist das genau das, was er braucht, ein eigenes Zimmer.«

»Ich bin ganz neidisch, Pat. So ein hübsches Haus. Und die Aussicht auf Sykes Wood!«

»Ich weiß. Hab mit den Kindern und meinem Dad 'nen Rundgang gemacht. Unsere Michelle ist ganz in ihrem Element. Sie hat in der Schule die Aufsicht über den Garten, wissen Sie. Mr. Palmer sagt, sie hat 'nen grünen Daumen. Freut sich also drauf, Dad zu helfen. Und eigentlich muss ich mich ja bei Ihnen bedanken, weil Sie ein gutes Wort für uns eingelegt haben.«

»Das geht schon in Ordnung, Pat. Sie können mich ja mal zum Tee einladen, wenn Sie eingezogen sind.«

»Abgemacht. Wo ich jetzt wohne, kann ich Sie nicht einladen, aber ich mach's, sobald wir umgezogen sind, das ist eine feste Verabredung. Muss bloß mal schnell aufs Klo.«

»Mit dem neuen Haus und der Arbeit für Jimbo und in der

Schule geht's aufwärts mit Ihnen, was?«

Pat reckte den Daumen nach oben und ging davon. Sie erkundigte sich nach der Toilette und Muriel zeigte ihr den Weg. Als Pat die Treppe hinaufging, hörte sie Stimmen. Als sie um die Ecke kam, stieß sie auf Linda aus dem Laden und Alan Crimble. Sie standen nah beieinander auf dem oberen Treppenabsatz. Alan hielt Lindas Hand und sie strich ihm das Haar glatt. »Du solltest es auf die Seite kämmen, Alan, sieht modischer aus. Oh!« Sie lösten sich hastig voneinander, als sie Pat sahen.

»Was treibt ihr beiden denn hier? Ihr knutscht wohl, was? Unerhört.«

»Kümmern Sie sich um Ihre eigenen Angelegenheiten, Pat Duckett«, fauchte Linda.

Alan tätschelte Linda den Arm. »Aber, aber, Linda.« Er wandte sich an Pat. »Linda und ich gehen miteinander aus.«

»Ach, du liebe Zeit. Das ist ja 'ne Wendung wie aus 'nem Roman. Was für eine Überraschung!«

Linda fing ziemlich trotzig an: »Wir gehen miteinander aus, seit…«

»Seit dem Tag, an dem ich Sir Ralph das Leben gerettet habe. Da hat es angefangen.«

»Ich fand, das hat er wunderbar gemacht. Ein Lebensretter.« Sie schaute anbetungsvoll zu ihm auf.

»Stimmt, hat er wirklich gut gemacht. Hat sich auf alle Fälle an den eigenen Haaren aus dem Sumpf gezogen.«

»Sie dürfen es als Erste erfahren.« Alan nahm Lindas Hand. »Zu Weihnachten wollen wir uns verloben.«

»Verloben! Schnelle Arbeit, das muss ich schon sagen. Aber heurige Hasen sind Sie ja beide nicht mehr. Sie müssen doch so zwischen sieben- und achtunddreißig Jährchen auf dem Buckel haben, Linda. Haben ja schon im Laden gearbeitet, bevor ich geheiratet hab. Da haben Sie jede Menge Veränderungen miterlebt. Erinnern Sie sich noch an die alte Mrs. Thornton? Eklig war das. Überhaupt keine Hygiene. Und Sie, Alan, wie alt sind Sie?«

»Zweiunddreißig.«

»Na also, was sag ich. Wär ja die reinste Zeitverschwendung, allein rumzuhängen. Nur zu, sag ich. Habt ihr schon Pläne, wo ihr wohnen wollt?«

»Wir überlegen, eins von Sir Ralphs Häusern zu mieten.«

»Gute Idee. Wenn man bedenkt, was Sie für ihn getan haben, stehen Sie bestimmt ganz oben auf der Liste. Muss weg, es ist dringend.«

Als Pat in das Getümmel zurückkehrte, saßen die Pfarrerszwillinge nebeneinander auf der untersten Stufe. Alex hatte ein Stück Kuchen in der Hand und Beth ein Schälchen Crisps. Sie fütterte Alex damit, der sie gehorsam aß. Zwischendurch steckte sie sich immer wieder selbst einen Crisp in den Mund.

»Hört mal, ihr beiden, darf Tante Pat sich zwischen euch durchquetschen?« Die beiden schauten auf. Beth rutschte ein Stückchen beiseite und machte Pat Platz. Die blieb einen Moment stehen und betrachtete die Kinder. Beth trug ein geblümtes, altrosa Kleid mit langen Ärmeln, mit einem weißen Kragen und weißen Manschetten. Caroline hatte ihr eine passende Schleife in die blonden Locken gebunden. Ihre Strumpfhosen waren altrosa und ihre Füße steckten in schwarzen Lackschuhen. Alex trug Rot; ein rotes Tartanhemd mit Fliege, passende Tartanhosen und eine schicke Weste ganz in Rot. Ausnahmsweise war sein rotblondes Haar adrett gekämmt und geglättet. Sie schauten zu Pat auf und lächelten.

Beth bot ihr einen Crisp an. »Cri'p, Tanne Pa'?«

»Oh, danke, Beth. Du sprichst jetzt?«

»Ja!«, rief Alex.

Caroline kam aus dem Esszimmer gestürzt. »Oh! Gott sei

Dank, hier sind sie. Für diese beiden bräuchte ich hinten auch noch Augen. Die sind überall.«

»Wie groß sie geworden sind! Beth hat mir eben einen Crisp gegeben. Sie hat mich Tante Pat genannt.«

»Wirklich? Sie hat gerade erst angefangen zu sprechen. Peter hat sich ihretwegen große Sorgen gemacht. Bis jetzt hat sie das Reden ganz Alex überlassen. Das mit dem Haus freut mich sehr für Sie, Pat. Sie müssen begeistert sein. Ich habe Ihren Vater gar nicht kennen gelernt, ist er nicht hier?«

»Nein. Geht nicht viel unter Leute. Und er ist Abstinenzler, also kriegen Sie ihn auch im Royal Oak nicht zu sehen. Sobald der Papierkram erledigt ist, ziehen wir um. Kann's kaum erwarten.«

»Sie haben es verdient, Pat.«

»Darf ich was fragen? Gehen Sie und der Pfarrer auf die Scheiterhaufenparty im Herrenhaus?«

»Man hat uns eine Einladung unter der Tür durchgeschoben und ich vermute, wir gehen hin. Aber peinlich ist es, oder?«

Sie nickte in Ralphs Richtung, der gerade jemanden zur Tür brachte.

»Genau. Ich meine, unter den gegebenen Umständen kann ich kaum absagen. Wissen Sie, ob Sir Ralph hingeht?«

»Keine Ahnung. Hab's ihm gegenüber nicht erwähnt. Wirklich ein bisschen heikel.« Caroline lächelte sie an, sammelte die Zwillinge ein, klemmte sich, weil die beiden angefangen hatten, Crisps auf Muriels Teppich zu verstreuen, jeweils einen unter jeden Arm und machte sich auf die Suche nach Peter. Es war Zeit, nach Hause zu gehen. Die Zwillinge waren bisher sehr brav gewesen und Caroline rechnete damit, dass das nicht mehr lange gut gehen konnte.

»Entschuldige, Liebling. Ich glaube, es wird Zeit, nach Hause zu gehen.« Die Zwillinge protestierten, zappelten und schrien, sie wollten runter. Peter packte Beth, die Caroline unter dem rechten Arm hatte, und warf sie in die Luft. Alex rief: »Alex. Dada. Alex. Rauf.« Peter warf Beth noch zweimal in die Luft, setzte sie dann ab und packte Alex. Er warf auch ihn in die Luft und Alex kreischte vor Vergnügen.

»Peter! Wir müssen wirklich gehen!«

»Stimmt. Bevor der Ärger losgeht. Alex, das reicht. Wir gehen jetzt. Such Tante Moo und Onkel Ralph.« Sie trafen sie an der Haustür, wo sie sich von ihren Gästen verabschiedeten.

Sheila Bissett und Ron waren gerade im Begriff zu gehen. »Herzlichen Dank für die Einladung, wir haben uns blendend amüsiert, was, Ron? Die Häuser sind bestimmt gut für das Dorf. Ich freue mich so, dass alles Fortschritte macht. Bis zur Scheiterhaufenparty!« Sie winkte in Ralphs Richtung und trat auf die Straße hinaus. Ron schüttelte Muriel und Ralph die Hand und folgte Sheila dann durch die Anlage.

Caroline gab Muriel einen Kuss und bedankte sich bei ihr. »Ich hoffe bloß, dass die Zwillinge keine allzu große Sauerei angerichtet haben. Sie sind genau im richtigen Alter. Tut mir Leid.«

»Keine Bange«, meinte Ralph, »für zwei so kleine Geschöpfe haben sie sich ganz ausgezeichnet benommen.« Er tätschelte ihnen den Kopf, aber Beth streckte die Arme aus und schürzte die Lippen. Sie wollte ihm einen Kuss geben. Er bückte sich und sie küsste ihn. »Tschüs, tschüs, Ralph. Tschüs, tschüs, Moo.« Sie sprang von der Schwelle und landete auf der Steinstufe. Peter nahm sie an der Hand, bevor sie auf die Straße lief. Alle vier winkten und gingen die Church Lane entlang zum Pfarrhaus.

Muriel und Ralph blieben an der Tür stehen, um sich von ihren vielen Gästen zu verabschieden.

»Danke für Ihr Kommen.«

»Freut mich, dass Sie sich gut amüsiert haben.«

»Danke für Ihre Hilfe.«

»Nochmals vielen Dank, es war zauberhaft.«

»Fahren Sie nach dem vielen Champagner bloß vorsichtig!«

Unter den Letzten, die gingen, waren Arthur und seine Frau Celia. Arthur schüttelte Ralph die Hand und sagte: »Danke für die Einladung, Ralph. Das mit den Häusern freut mich sehr, das ist eine großzügige Geste, die dem Dorf zu neuem Leben verhelfen wird.«

Ralph lächelte. »Danke. Ihre Zustimmung freut mich. Bin froh, dass Sie mir verziehen haben! Ihr Enkel Sebastian ist ein reizender Junge, Sie müssen stolz auf ihn sein.«

Arthur nahm das Kompliment wohlgefällig zur Kenntnis und sagte: »Auf die Mädchen sind wir auch stolz, was, Celia?« Sie traten auf die Straße und winkten zum Abschied.

Harriet küsste Ralph und Muriel und sagte: »Freut mich, dass Sie sich durchgesetzt haben, es ist sehr gut für das Dorf. Ich habe gewusst, dass sie am Ende doch wieder zu sich kommen.«

»Müssen uns beeilen, die Kinder kommen bald aus der Schule nach Hause«, meinte Jimbo. »Danke für Ihre Gastfreundschaft. Komm schon, Harriet, sonst verspäten wir uns.«

Am Abend fiel Muriel völlig erschöpft ins Bett. Sie wartete darauf, dass Ralph ihr einen Kamillentee nach oben brachte. Sie brauchte etwas zur Beruhigung ihrer Nerven. Immerhin war die ganze Veranstaltung ein voller Erfolg gewesen. Sie hatte viel zu viel Essen aufgetischt, aber das meiste hatte sie für die nächste Gelegenheit eingefroren. Es waren unglaublich viele Leute zu der Feier erschienen. Zum Glück hatten sich alle entschlossen, die Sache gut zu finden. Sie konnte Disharmonie nicht ertragen, nein, wirklich nicht.

Sie hörte, wie Ralph die Treppe heraufkam. Er stellte das Tablett auf ihren Nachttisch. »Danke, dass du den Tag so prächtig gestaltet hast, Muriel, du warst einfach wunderbar. Darf ein Ehemann seiner allerbesten und einzigen Frau als Dankeschön ein Geschenk machen?«

»Oh, Ralph!« Muriel setzte sich auf. »Du hast mir doch nicht etwa ein Geschenk besorgt?«

»Doch, hab ich. Die Auswahl war schwierig und ich hoffe, es gefällt dir. Dass es die richtige Größe ist, weiß ich.« Er nahm ein Samtkästchen aus der Tasche seines Hausmantels. Muriel hätte es ihm fast aus der Hand gerissen. Sie war nicht abgestumpft gegen seine Geschenke; sie war noch immer wie ein Kind, einfach dankbar dafür, dass jemand so aufmerksam war, ihr ein Geschenk zu machen.

Sie klappte das Kästchen auf. In dem schwarzen Samt lag der schönste Diamantring, den sie je gesehen hatte. In der Mitte saß ein großer Diamant, zu beiden Seiten eingerahmt mit einem Dreieck aus kleineren Diamanten. Die Steine glitzerten und funkelten im Schein von Muriels Nachttischlampe.

»O Ralph, ich hab meinen Verlobungsring so gern, aber der hier… ach, er ist wunderbar. Einfach wunderbar.« Er steckte ihr den Ring an den Finger und er passte genau.

Sie küsste Ralph und sagte: »Danke, Lieber, aus tiefstem Herzen. Ich bin so glücklich. Ich habe dich und allen im Dorf gefällt, was wir auf dem Brachland vorhaben. Es könnte also nicht besser sein. Ich könnte nicht glücklicher sein. Nein, wirklich nicht.«

24. Kapitel

Aber da war noch etwas, was Muriel zu schaffen machte. Sie hatte nur noch nicht die richtigen Worte gefunden, es Ralph gegenüber zur Sprache zu bringen. Wenn sie an den Mordsschnitzer dachte, den sie begangen hatte, als das Thema zum ersten Mal zur Sprache gekommen war, hielt sie es für mehr als wahrscheinlich, dass sie niemals die richtigen Worte finden würde.

Sie beschloss, Jimbo um Rat zu fragen. Nein, sie würde Caroline bitten; Jimbo war zu befangen. Ja, sie würde Caroline zum Kaffee einladen; nein, das würde sie nicht tun, weil sie sich nicht dafür verbürgen konnte, dass Ralph nicht zu Hause war. Nein, sie würde ins Pfarrhaus gehen oder Caroline im Laden oder bei irgendeiner Tätigkeit in der Kirche abfangen. Ja, und dann würde sie Caroline um ihren Rat bitten. Denn es war schon der 1. November, nur noch vier Tage bis zum Termin. Ralph hatte das Faltblatt mit der Morgenpost gelesen, er musste die Plakate im Gemeindehaus und in der Vorhalle der Kirche gesehen haben und trotzdem hatte er kein Wort dazu gesagt.

Nein, sie konnte nicht mehr warten; sie würde heute Morgen ins Pfarrhaus gehen. Caroline hatte nie etwas gegen Besuch, obwohl man sie manchmal im unpassendsten Augenblick antraf. Alex und Beth hatten den Lebensrhythmus im Pfarrhaus eindeutig verändert. Muriel dachte an den Tag, als sie wegen des Trödelstands vorbeigegangen war. Durch die Decke in der Küche tropfte Wasser, weil Alex es geschafft hatte, den Hahn am Waschbecken voll aufzudrehen, so dass das Becken übergelaufen war. Beth hatte einen von Peter druckfertig gemachten Artikel vollgekritzelt und Caroline hatte eben gemerkt, dass Alex mit einem Buntstift in der Hand die Treppe heruntergekommen war und durchs gesamte Treppenhaus einen Strich über die Tapete gezogen hatte.

Muriel ging gegen elf hinüber. Sylvia war mit den Zwillingen im Sportwagen unterwegs, in der ziemlich vergeblichen Hoffnung, sie würden ein wenig schlafen. Caroline räumte Spielsachen auf und Peter war im Arbeitszimmer.

»Wollen Sie Peter sprechen?«

»Nein, Sie. Komm ich ungelegen?«

»Nein. Ich wollte eben eine Kaffeepause einlegen. Wenn Sylvia zurückkommt, übernehme ich das Kommando, dann kann Sylvia Kaffeepause machen. Kommen Sie mit in die Küche.«

Sie plauderten über dies und das und als der Kaffee fertig war, setzte Caroline sich in ihren Schaukelstuhl und sagte: »Ich bin ganz Ohr.« Muriel setzte sich an den Küchentisch, weil sie in Schaukelstühlen seekrank wurde.

»Die Scheiterhaufenparty.«

»O ja. Gehen Sie hin?«

»Genau darum geht es. Normalerweise sprechen Ralph und ich über alles, aber bei dem Abendessen habe ich mich so verheerend benommen, dass ich mich nicht traue, die Sprache darauf zu bringen und er hat auch nichts gesagt. Gehen Sie hin?«

»Offenbar will fast das ganze Dorf abwarten, was Ralph tun wird.«

»Ach, du meine Güte. Ich möchte so furchtbar gern hin. Ich weiß, dass es nicht mehr so sein wird wie in meiner Kindheit, aber damals war es für mich der Höhepunkt des Jahres. Der Geruch von Holzrauch, der kalte Wind auf der Wiese, die Hitze der Kartoffeln durch meine Handschuhe, das Zischen der Wunderkerzen. Ich war von all dem so hingerissen.«

»Na ja, Peter und ich ...« Es klingelte an der Haustür. »Entschuldigen Sie mich, ich gehe hin. Peter schreibt an seiner Predigt und will nicht gestört werden.«

Muriel hörte Stimmen im Flur, dann ging die Tür zu Peters Arbeitszimmer auf. Caroline kam in die Küche zurück und sagte: »Das war Craddock Fitch, er wollte zu Peter. Peter und ich gehen hin. Es fängt ja schon um sechs an, da gehen wir auf eine Stunde mit den Zwillingen hin und dann wieder nach Hause.«

»Aha.«

»Sie kennen mich, ich halte Offenheit für das Beste. Fragen Sie ihn doch schlicht und einfach, ob er vorhat hinzugehen. Ganz direkt. Wenn er auf keinen Fall hinwill, Sie aber schon, fahren Sie einfach mit uns. Wir bringen Sie schon unter; ich glaube, das einzige Problem besteht darin, dass die Kinder möglicherweise bei dem Feuerwerk Angst bekommen. Sie sind noch ein bisschen zu klein, um Spaß an der Knallerei zu haben. Vielleicht fahren wir also zeitig nach Hause. Es wird bestimmt ein Riesenvergnügen. Sie werden sich fühlen wie in der guten alten Zeit.«

»Ich gehe nicht hin, wenn er zu Hause bleibt, trotzdem vielen Dank. Nein, das könnte ich nicht.« Sie schaute, tief in Gedanken, aus dem Küchenfenster. Sie war kindisch. Sie würde es nicht zur Sprache bringen. Sie besaß nicht Carolines gesunden Menschenverstand. Nein, sie würde es Ralph überlassen.

Sie hörten, dass die Arbeitszimmertür aufging. Peters Stimme hallte durch den Flur. »Caroline! Hast du einen Augenblick Zeit?«

»Entschuldigen Sie mich, ich bin gleich wieder da.«

Muriel hörte Caroline einen Freudenschrei ausstoßen und jede Menge Gelächter und dann sagte Caroline: »Unglaublich. Vielen, vielen Dank. Hoch willkommen. Das Dorf wird sich riesig freuen. Jetzt können wir sofort anfangen. Glauben Sie mir, damit sind unsere ganzen Probleme gelöst.«

Über was in aller Welt redeten sie? Die Haustür ging zu und Peter und Caroline kamen in die Küche. Peter wedelte mit einem Blatt Papier herum.

»Muriel! Ob Sie's glauben oder nicht, Craddock Fitch hat uns eben fünfzehntausend Pfund für die Zentralheizung in der Kirche gespendet! Können Sie das fassen? Schauen Sie, hier.« Er hielt Muriel den Scheck hin. Darauf standen schwungvoll und selbstbewusst hingesetzt die Worte »fünfzehntausend Pfund« und die schnörkelige Unterschrift: H. Craddock Fitch.

In nicht ganz so begeistertem Tonfall sagte Muriel: »Wie wunderbar.« Dieser Scheck machte die ganze Sache nur noch schlimmer. Fünfzehntausend Pfund, um sich die Stellung des Gutsherrn zu erkaufen. Die stand Ralph zu. Ja, so war es. Er war der Gentleman. Den Tränen nahe stand sie auf, bedankte sich bei Caroline für den Kaffee und ihren Rat und ging nach Hause.

Peter und Caroline schauten sich an.

»Soll ich ihr nachgehen?«, fragte Peter.

»Nein, lass sie mal. Sie und Ralph müssen die Sache zwischen sich klären. Allerdings hat dieser verflixte Scheck die Sache auch nicht gerade leichter gemacht. Fitchs Strategie ist leicht zu durchschauen. Er bezahlt die Heizung, führt die Scheiterhaufenparty wieder ein, kauft Pats Cottage. Klar wie Kloßbrühe. Es wird furchtbar viel davon abhängen, ob Ralph sich entschließt, am Samstag zu der Party zu gehen.«

Muriel merkte, dass sie sich ausgeschlossen hatte, und musste deshalb klingeln.

»Entschuldige, ich hab den Schlüssel vergessen.«

»Du bist zeitig zurück. Ich hab gedacht, du bist den ganzen Vormittag weg. Hatte Caroline keine Zeit?«

»Sylvia war mit den Zwillingen im Sportwagen unterwegs, Peter hat seine Predigt geschrieben und wir hatten die Küche für uns.«

»Und trotzdem bist du nicht lange geblieben?«

»Nein. Oh, du hast schon Kaffee getrunken.«

»Ja, ich bin durchaus in der Lage, mir Kaffee zu kochen, meine Liebe. Jedenfalls manchmal.«

»Aha. Ich muss bloß oben kurz mal was erledigen. Ich muss die Bügelwäsche wegräumen und ich möchte deinen Anzug für die Reinigung herauslegen und...«

Ralph nahm ihre Hand. »Muriel, meine Liebe. Was ist denn los? Ich merke doch, dass du ganz durcheinander bist. Bitte, erzähl es mir und ich bringe es in Ordnung, falls das in meiner Macht steht. Nil desperandum.«

»Ich will *niemandem* wehtun und am allerwenigsten will ich dir wehtun. Und trotzdem habe ich es getan. Jetzt werde ich es nie wieder erwähnen.« Muriel machte eine kurze Pause und fuhr dann fort. »Aber ich muss es.«

»Komm ins Wohnzimmer, setz dich neben mich und erzähl mir alles. Wozu sind Ehemänner denn gut, wenn nicht für das Lösen von Problemen?«

»Aber genau darum geht es. *Du* bist das Problem.«

»Ich?« Er tat verzweifelt. »Willst du... dich scheiden lassen? So bald! So bald!«

»Ralph! Wie kannst du nur? Ich rücke sofort damit heraus.« Sie holte tief Luft und fragte: »Gehen wir am Samstag auf die Party im Herrenhaus?«

Er ließ ihre Hand los. »Ah!«

»Offenbar wartet das ganze Dorf gespannt darauf, was du tust.«

»Ach, wirklich?«

»Es ist sogar noch schlimmer. Du weißt, dass Pat Fitch ihr Cottage verkauft, wer könnte ihr das verübeln? Und jetzt, heute Morgen, war er im Pfarrhaus und hat Peter die fünfzehntausend Pfund für die Kirchenheizung gegeben. Wir hätten von Peter erwarten können, dass er das ablehnt. Jetzt weißt du alles. Und es tut mir Leid und ich weiß nicht, was ich machen soll. Und, o Ralph! Ich würde so gerne auf die Party gehen, aber wenn du Nein sagst, kommt es nicht in Frage.«

Ralph stand auf, ging zum Fenster und schaute auf die Anlage hinaus.

»So, zum Kuckuck, hat er das getan? Ein zielstrebiger Mistkerl, stimmt's? Denk doch mal nach. Als mein Vater 1939 in den Krieg zog, gehörten ihm alle Cottages in diesem Dorf. Seine Ahnen hatten der Kirche das Grundstück geschenkt, auf dem sie steht. Ihm gehörten die Wälder, die Wiesen, das Brachland und Prior's Farm und sein Wort war hier in der Gegend Gesetz. Nur fünfzig Jahre später gehören mir gerade noch dieses Haus, das ich kaufen musste, das Brachland und Mitte nächsten Jahres acht Häuser darauf. Die Zeiten ändern sich.« Er stand gedankenverloren da. Muriel beobachtete ihn, während sie ihr Taschentuch zwischen den Fingern drehte. Zweimal hätte sie beinahe etwas gesagt und zweimal widerstand sie der Versuchung.

Als er weitersprach, war sein Ton so heftig, dass sie zusammenfuhr. »Der Teufel soll mich holen, wenn dieser Kerl mich klein kriegt. Finanziell ist er mir eindeutig überlegen, aber was die Leute im Dorf betrifft, wird er nicht gewinnen, falls die Leute ihr Vertrauen zu mir behalten. Vielleicht bildet er sich ja ein, er hätte gewonnen, aber er wird nicht gewinnen. Also ja, verdammt noch mal, wir gehen hin und wir werden uns verdammt gut amüsieren oder wenigstens so tun. Sorg dafür, dass alle es erfahren.«

Muriel klatschte in die Hände und eilte durch das Zimmer zu ihm. Sie nahm seine Hände und küsste sie »O Ralph, was für eine gute Entscheidung. Du hast vollkommen Recht. Keine Bange, ich sorge dafür, dass es alle erfahren. Diese Oriana Duncan-Lewis wird mir alles verderben, wenn sie den Scheiterhaufen anzündet, das ist wirklich unerhört! Aber wenn sie es tut, werde ich einfach in die andere Richtung schauen.«

Ralph lächelte nachsichtig. »Dadurch ändert sich gar nichts.«

»Nein, aber ich fühle mich dann besser! Ich glaube wirklich, dass ich noch ein paar Kleinigkeiten fürs Mittagessen besorgen muss. Ich gehe gleich in den Laden.« Sie brach frohen Herzens auf; auch wenn ihr eigentlich danach zumute war, sich mitten auf die Anlage zu stellen und die Neuigkeit laut auszurufen. Sie hoffte nur, dass der Laden voll war; dann würde sich die Nachricht ausbreiten wie ein Buschfeuer.

Sadie Beauchamp saß an der Kasse, als Muriel hereinkam. Noch besser war, dass jede Menge Kunden da waren.

»Morgen, Muriel. Wie geht's denn so?«, rief Sadie.

»Oh, sehr gut, danke, Sadie. Ja, wirklich sehr gut.« Sie fragte mit lauter Stimme: »Sehen wir uns am Samstag beim Scheiterhaufenfest?«

Der Kopf von Barrys Mutter ruckte vom Regal mit den Frühstücksflocken hoch. »Sie gehen also hin, Lady Templeton?«

»O ja, allerdings. Mein Mann und ich freuen uns richtig darauf. Hoffen wir auf gutes Wetter.«

»Dann ist ja alles in Ordnung, wir hätten das Vergnügen nur sehr ungern verpasst.« Sie hob die Stimme und rief: »Habt ihr alle gehört? Sir Ralph geht hin! Ich hab gehört, im Zelt soll's ein tolles Büfett geben. Das Zelt ist diese Woche schon aufgebaut worden.«

»Wirklich?«

»O ja, Mr. Charter-Plackett liefert die Speisen und Getränke, also wird es bestimmt gut.«

»Und jedes Kind bekommt einen kandierten Apfel und ein Geschenk.«

»Und Mr. Charter-Plackett übernimmt das Feuerwerk, stimmt's, Mrs. Beauchamp?«

»Ja, er ist gerade dort und plant alles.«

»Ich hoff, dass er ein paar von diesen großen Raketen abschießt. Ich seh so gern, wie die hochgehen.«

»Eine Guy-Fawkes-Puppe ist auch dabei. Eigens angefertigt, mit einem Knallkörper drin.«

»Nein! Hoff bloß, die Puppe sieht nicht aus wie Fitch! Nicht nach dem letzten Mal. Das wär ja der Gipfel!«

»Wer zündet den Scheiterhaufen an, Mrs. Beauchamp?«

»Dazu kann ich Ihnen leider nichts sagen, weil Mr. Fitch mich nicht ins Vertrauen zieht.«

Barrys Mutter gab ihrer Nachbarin einen Stups. »Lügnerin! Wir wissen doch alle, dass sie eine alte Bekannte von ihm ist. Außerdem sie sind zusammen gesehen worden. Haben hinten im Rolls gesessen und vorn hat der Chauffeur gethront.«

»Nein! Wirklich?«

Barrys Mutter gab ihrer Nachbarin noch einen Stups und flüsterte: »Da hat sie 'ne richtig nette Glückssträhne, ungelogen, der ist 'ne echt gute Partie, so viel Geld, wie der hat. Bisschen zugeknöpft, der Typ, aber was macht das schon? Hätt selber auch nichts gegen ihn einzuwenden.«

»Na, hören Sie mal, was würde Ihr Vince denn dazu sagen?«

»Den würd ich doch nicht um Erlaubnis fragen!« Sie lachten laut hinter den Frühstücksflocken, aber Muriel ignorierte sie. Wenn Barrys Mutter es wusste, wusste es bald das ganze Dorf. Sie war äußerst zufrieden mit sich, bezahlte ihre Einkäufe und verließ den Laden. Als sie auf die Stocks Row trat, traf sie Sheila Bissett, die Pom an den Pfosten band, den Jimbo für Hundebesitzer aufgestellt hatte.

»Guten Morgen, Sheila.«

»Guten Morgen, Muriel. Mir fehlt Ihr Pericles. Ihnen fehlt er bestimmt auch.«

»O ja, er fehlt mir. Guten Morgen, Pom.« Sie bückte sich und streichelte ihn. »Er hält sich gut für sein Alter, stimmt's?«

»Sehen wir Sie am Samstag? Sie und Sir Ralph?«

»Ja. Wir freuen uns richtig darauf.«

»Oh, gut. Es wird Sie beide ein bisschen aufwühlen, aber die Zeit bleibt nicht stehen. Wir müssen uns alle anpassen.«

»Ja, so ist es. Hoffen wir, dass es nicht regnet.«

»Hoffen wir es.«

25. Kapitel

In der Dunkelheit am frühen Abend des Guy Fawkes Day standen Pat Duckett, Dean und Michelle voller Vorfreude auf den Einzug vor dem Haus des Obergärtners.

»Wird das nicht herrlich, Mum? Ein eigenes großes Zimmer für mich. Und auch eins für dich.« Michelle schaute zu den leeren Fenstern hinauf und stellte sich vor, wie sie hinter einem davon saß und auf den Park hinausschaute, in einem schönen weißen Kleid und mit einem offenen Buch auf dem Schoß, wie die Lady, die sie in einem alten Film im Fernsehen gesehen hatte.

Dean kickte einen Ziegelstein über das verwilderte Gras. »Ich brauche einen Schreibtisch, Mum. Und einen Stuhl und Bücherregale. Ein Fahrrad muss ich auch haben. Kann nicht den ganzen Weg bis zum Schulbus und zurück laufen.«

»Ich brauch auch ein Fahrrad, oder, Mum?«

Pat nickte. »Wir brauchen alle drei Räder. Und du brauchst ein neues Bett, Dean. Deins gehört auf den Sperrmüll. Wir kaufen dir ein schönes, langes. Wo du so schnell wächst, würdest du bei dem alten Ding, das du jetzt hast, bald einen Stuhl für die Füße brauchen. Frag mich, ob dein Grandad seinen Führerschein noch hat. Vielleicht können wir uns mit der Zeit sogar ein Auto leisten. Dann könnte er uns spazieren fahren. Vielleicht wär sogar ein Urlaub drin.«

Michelle strahlte. »Urlaub? O Mum, stell dir das bloß vor, Urlaub!«

»Aber wir müssten jeden Penny umdrehen, weißt du. Kein Geld zum Fenster rauswerfen. Vielleicht könnten wir ein Cottage am Meer mieten. Ja, ich denk mir …« Sie hörte Schritte in der Dunkelheit. »Wer ist da? Wer?«

»Bloß ich!« Die drei konnten in der Finsternis den Umriss von Grandad ausmachen. Er trat zu ihnen. »Bin gekommen, um mir unsere neue Bleibe anzuschauen. Verflixt noch mal, Kinder, wir sind auf die Füße gefallen, was?« Er schaute an der Fassade hoch. »Habt ihr euch schon ein Zimmer ausgesucht? Ich hätte gern eins mit Platz für 'nen Sessel und 'nen eigenen Fernseher. Kann die blöden Programme nicht ausstehen, die ihr Kinder euch immer anseht.«

Michelle sagte, dann könnte er das größte Zimmer bekommen. »Besten Dank, damit bin ich zufrieden. Greenwood Stubbs, Obergärtner, nimmt das Angebot mit Freuden an. Du und ich, wir machen was aus dem Park hier, Michelle.« Er gab ihr einen freundlichen, verschwörerischen Stups. »Der braucht nur liebevolle Pflege und die kriegt er massenweise von mir. Mit deiner Hilfe kann ich wohl nicht rechnen, Dean?«

»Vielleicht. Wenn du mir was zahlst.«

»Oh. Na ja, von Zeit zu Zeit brauchen wir Aushilfen, also stehst du ganz oben auf meiner Liste.«

»Setz Rhett auch auf die Liste, Grandad.«

»Rhett? Wer soll denn das sein?«

»Rhett Wright von nebenan.«

»Den merken wir also auch vor. Wer mit so 'nem Namen geschlagen ist, kann Hilfe brauchen. Aber wird er auch tüchtig arbeiten?«

»Für Geld macht Rhett alles. Kommt schon.«

»Was meint ihr, brauchen wir Stores?«, fragte Pat. Aber niemand antwortete, sie hatten sich alle schon auf den Weg zum Scheiterhaufen gemacht.

Sie stand da und lauschte der Stille. Wie schön sie hier wohnen würden. Mit dem Bad und der modernen Küche. Ein ganz neuer Anfang. Wo du auch sein magst, Duggie, dort unten oder da oben, wenigstens weißt du jetzt, dass es den Ducketts besser geht als erwartet. O ja, viel besser als erwartet. Ja, dieses Jahr würden sie ein schönes Weihnachtsfest haben. Hinterher würde sie zum Schlussverkauf gehen und Möbel und andere Sachen kaufen. Sie schlenderte ein wenig ungelenk in ihren Pelzstiefeln und dicken Hosen davon. Sie schob sich den Schal aus dem Gesicht, schaute hinauf zu dem klaren Sternhimmel und beobachtete, wie eine Rakete explodierte. Genau so fühlte sie sich. Zum Explodieren. Explodieren vor Freude.

Pat durchquerte den vernachlässigten Küchengarten, machte das Tor in der Mauer auf und trat hinaus auf den Weg. Von hier aus konnte sie die Menschenscharen sehen, die zum Fest kamen. Fitch hatte Flutlicht installieren lassen, so dass die ganze Wiese der Home Farm beleuchtet war. Das Zelt auf der einen Seite schimmerte weich und Leute mit Tabletts und Schachteln gingen ein und aus. Der Scheiterhaufen war riesig. Man hätte meinen können, es handle sich um den Abend nach einer Krönung oder so. Ganz oben auf dem Scheiterhaufen saß die Guy-Fawkes-Puppe. Pat gluckste in sich hinein. Es war zum Schreien komisch gewesen, als sie die Fitch-Puppe gebastelt hatten. Es war Deans Idee gewesen, einen Mop für das Haar zu verwenden und einzusprühen. Hatte klasse ausgesehen, wirklich. Sie hatten alle so gelacht, aber die Puppe hatte Fitch den Rest gegeben. Falls er je herausfand, dass Pat dabei die Hand im Spiel gehabt hatte … Der Mann war knallhart. Aber egal, er hatte ihr Leben verändert. Sie ging voller Freude den Abhang hinunter, um sich der Menschenmenge anzuschließen.

Auch Muriel und Ralph machten sich auf den Weg zur Home-Farm-Wiese. Sie überquerten den Friedhof und benutzten das kleine Tor in der Mauer, das vor Dutzenden von Jahren angebracht worden war, damit die Templetons vom Herrenhaus aus zur Kirche gehen konnten, ohne den Umweg über die Auffahrt nehmen zu müssen. Das Tor klemmte und Ralph hatte Mühe, es aufzubekommen. Es war von Unkraut überwuchert und in den Angeln wuchs Gras.

Muriel hielt die Taschenlampe, während Ralph das Tor aufstemmte. »Eigentlich dürften wir es gar nicht benutzen, oder?«

»Das merkt er doch gar nicht. Ich glaube nicht, dass sich sonst noch jemand an dieses Tor erinnert.«

»Aber ich erinnere mich daran. Für mich ist es ein ganz besonderes Tor. Stell dich auf die Seite und ich bleibe hier, dann küssen wir uns wie damals, als wir geglaubt haben, wir würden Turnham Malpas für immer verlassen. Ich war zwölf und du vierzehn. Ich erinnere mich sogar noch an das Kleid, das ich damals anhatte.« Sie küssten sich zum Gedenken daran und dann gingen sie Hand in Hand den schon lange nicht mehr benutzten Weg entlang zu der von Flutlichtern erleuchteten Wiese. »Ich bin fest entschlossen, mich heute Abend zu amüsieren, ganz gleich, was passiert.«

Ralph drückte ihr die Hand. »Ich auch. Ich habe gehört, dass es auch ein Bierzelt gibt, also werde ich dem einen Besuch abstatten und mich an Fitch schadlos halten!«

»Weil du nicht fährst, sei's dir gestattet. Weißt du, ich habe noch nie erlebt, dass der Alkohol dich verändert.«

»Meine Liebe, das wirst du wohl auch nie erleben. Angeheitert, das vielleicht, aber nie betrunken. Hast du einen Schlüssel für den Fall, dass wir uns aus den Augen verlieren?«

Muriel fasste in ihre Manteltasche. »Ja, ich hab ihn.« Mit vor Vorfreude glänzenden Augen ging sie weiter. Ralph betrachtete ihr Gesicht, als es von den Flutlichtern beschienen wurde. Sie sah keinen Tag älter aus als zwölf. Niemand, der sie jetzt ansah, hätte sich vorstellen können, welche Leidenschaft er in ihr freigesetzt hatte. Er hoffte nur, dass ihnen noch viele Jahre blieben, sich an ihrer neu entdeckten Liebe zu erfreuen, trotz dieser verflixten Herzgeschichte. Er spürte, dass jemand ihn am Mantel zog. Er schaute nach unten. Neben ihm stand die kleine Beth und schürzte die Lippen zum Kuss. »Raff! Schmatzi. Raff.« Er beugte sich hinunter und ließ sich küssen. »So, Beth, und wo ist deine Mummy? Muriel! Moment, meine Liebe, hier ist Beth und niemand ist bei ihr.«

»Ach, du liebe Zeit. Caroline wird völlig verzweifelt sein. Beth, wo ist Mummy? Wo ist sie?«

»Mummy fort.« Vertrauensvoll griff sie nach Muriels Hand. Ralph und Muriel musterten besorgt die anwachsende Menge. Dann rief Ralph: »Da ist Peter, da drüben. Er sieht völlig aufgelöst aus.« Ralph rief, wedelte mit den Armen, und Peter, der auf der Suche nach Beth besorgt den Kopf hin und her drehte, wurde plötzlich auf Ralph aufmerksam und kam auf ihn zugelaufen.

»Gott sei Dank!« Er hob Beth hoch und schloss sie in die Arme. »Daddy hat sich gefragt, wo du steckst, Beth. Tut mir Leid, aber ich muss dich an die Leine nehmen.« Sie wehrte sich, als er den Gurt mit der Leine aus der Tasche nahm. »Nein. Nein.«

»Doch. Doch. Tut mir Leid.« Er hielt Beth fest, während sie herumzappelte, um ihn daran zu hindern, ihr den Gurt anzulegen. »Caroline hat Alex bei sich und ich soll auf Beth aufpassen. Nicht gerade gute Arbeit, was? So, junge Dame, jetzt hab ich dich sicher. Haben wir nicht Glück, dass es so ein schöner Abend für den Scheiterhaufen ist? Es wird sicher wunderbar. Ich habe noch nie so einen großen Scheiterhaufen gesehen. Sie?«

»Nein. Aber natürlich muss er den größten und besten überhaupt haben!«, bemerkte Ralph. Peter sah ihn sorgenvoll an und Ralph entschuldigte sich. »Tut mir Leid. Er gibt sich große Mühe, vielleicht zu große. Komm, Muriel, stürzen wir uns ins Getümmel.«

Peter hatte ihnen noch etwas auszurichten. »Mr. Fitch hat vorgeschlagen, Speisen und Getränke in der Halle zu uns zu nehmen. Er hat gesagt, falls ich Sie sehe, soll ich Ihnen bestellen, dass Sie ihm dort hochwillkommen wären, bevor das Feuer angezündet wird. Um Viertel nach sechs wird das Flutlicht ausgeschaltet und dann wird der Scheiterhaufen angezündet. Sie sind also jetzt auf einen Imbiss eingeladen.«

»Gehen wir hin, meine Liebe?«

»O ja, höflichkeitshalber, aber hinterher möchte ich im Freien sein.«

»Natürlich. Gehen Sie nur voraus, Peter.« Ralph spürte, dass Beth ihre kleine Hand in seine schob. Sie wollte, dass Peter und er sie auf dem Weg schaukelten. Ralph hatte einen Kloß in der Kehle.

Die Halle war hell erleuchtet. Telefone und Papiere waren vom Empfangstresen verschwunden und ein kleines Büfett war aufgebaut. Hinter dem Büfett stand Venetia und an einem Tischchen neben dem Tresen stand Jeremy und servierte Getränke. Oriana, Sadie und Mr. Fitch waren schon da, außerdem Caroline mit Alex.

Venetia, die einen angespannten Eindruck machte, bot Oriana etwas zu essen an. »Auch zwei Canapés? Lauter Sachen, die dick machen, aber so verlockend. Das ist Jimbos Schuld. Er tischt immer so wunderbare Häppchen auf, dass man einfach nicht widerstehen kann. Sie bleiben über Nacht, ja?«

Oriana Duncan-Lewis überhörte Venetias Frage mit Absicht. »Das reicht, danke. Ich hole mir etwas zu trinken. Oh, da ist ja Champagner! Craddock weiß, wie sehr ich Champagner liebe. Er ist so lieb und so aufmerksam.«

Venetia, die Orianas herrschsüchtiges Verhalten ganz aus der Fassung brachte und die vor Eifersucht schäumte, antwortete mit zusammengebissenen Zähnen: »Sehr aufmerksam, o ja. Immer so fürsorglich.« Orianas Erwiderung bestand in einem vernichtenden Blick. Sie dankte Jeremy für den Champagner, den er ihr reichte. Und weil ihr bewusst war, dass Venetia sie beobachtete, fing sie Mr. Fitchs Blick ein und prostete ihm mit besitzergreifend vertraulicher Miene zu.

Er erwiderte das Zuprosten forsch und trat dann zu Ralph und Muriel, um sie zu begrüßen. Er schüttelte ihnen die Hand und sagte: »Bitte, nennen Sie mich Craddock. Heutzutage ist übertriebene Förmlichkeit lächerlich. Darf ich Sie Ralph und Muriel nennen?« Die beiden waren einverstanden. Er führte Muriel zum Büfett und fragte sie, was sie essen wollte. »Ich nehme einen Gin Tonic, aber nichts zu essen, danke, Craddock. Wenn Sie nichts dagegen haben, hätte ich gern eine Kartoffel in der Schale vom Scheiterhaufen.«

»Aber ja. Ganz wie Sie wünschen. Sie sind mein Gast, also greifen Sie zu, wann immer Sie wollen. Es freut mich, dass Sie gekommen sind. Ich bleibe hier wohnen, also sollten wir so gut wie möglich miteinander auskommen. Das Dorffest werde ich auch ausrichten. Darf ich dabei mit Ihrer Hilfe rechnen?« Er lächelte Muriel an.

»Darüber müsste ich nachdenken«, erwiderte sie.

»Bitte, tun Sie das. Wir dürfen das Dorf doch nicht darunter leiden lassen, dass wir nicht ein Herz und eine Seele sind, oder?« Er schaute auf die Uhr. »Es wird Zeit, den Scheiterhaufen anzuzünden. Wo ist Oriana?« Er sah zu ihr hinüber. Sie reagierte nicht, weil sie in eine heftigen Auseinandersetzung mit Sadie vertieft war.

»Ich habe Ihnen doch gesagt, dass das mein Ernst ist!«

Sadie lachte. »Na schön, wir waren einmal, ein einziges Mal, im Theater, bei einer Premiere, für die Craddock zwei Freikarten hatte. Das würde ich kaum eine feste Beziehung nennen.«

»Kommen Sie bloß nicht auf dumme Gedanken. Er gehört mir, vergessen Sie das ja nicht.«

»Ihnen?« Sadie lachte wieder. »Seit wann ist Henry Craddock Fitch das persönliche Eigentum eines anderen Menschen?«

»Von nun an. Finger weg!«

Sie merkten, dass ihre lauten Stimmen Aufmerksamkeit erregten. Oriana sah sehr betreten aus, Sadie lediglich amüsiert. »Craddock, ich habe eben erfahren, dass Oriana dich mit einer Kugel um den Knöchel an sich gekettet hat.« Sie musterte auffällig seine Füße. »Da ist ja gar nichts zu sehen?« Oriana lief dunkelrot an.

Mr. Fitch antwortete gereizt. »Wie denn auch? Ich bin nicht angekettet. Ich glaube, meine liebe Oriana, du hast dir ein wenig zu viel herausgenommen.«

»Zu viel herausgenommen? Aber du und ich...«

Mr. Fitch verzog das Gesicht. »...sind Freunde, das ist alles. Sadie ist eine Dame, der meine besondere Hochachtung gebührt. Ich dulde nicht, dass du so mit ihr sprichst.«

Oriana war nicht nur entrüstet, sondern sehr zornig. »Wie kannst du es wagen, mich vor deinen Gästen derart unverschämt zu behandeln?«, sagte sie leise. »Wie kannst du es wagen?«

Sadie mischte sich ein. »Ruhig Blut, Oriana, ein Wutanfall Craddock gegenüber zahlt sich nicht aus. Das ist mir einmal passiert und ich habe es für den Rest meines Lebens bereut.«

»Ich bekomme so viele Wutanfälle, wie ich will. Craddock, du hast meine Frage noch nicht beantwortet.« Sie ging mit dem Glas in der Hand auf ihn zu. Er sah sie mit starrem Blick an und sagte: »Das habe ich ganz vergessen. Wie lautete die Frage?«

Einen Moment gewann ihre Wut die Oberhand, so dass sie sich nicht daran erinnern konnte. Mr. Fitch lachte. »Komm schon, beruhige dich. Das ist doch nur ein Sturm im Wasserglas.«

Sein überheblicher Ton machte sie noch wütender und in ihrer Enttäuschung darüber, dass sie ihm verbal nicht beikam, schüttete sie ihm den Inhalt ihres Glases ins Gesicht. Er nahm sehr beherrscht sein Taschentuch heraus und wischte sich das Gesicht ab. Dann wollte er etwas sagen, aber Oriana kam ihm zuvor. Sie kreischte: »Zünd deinen verdammten Scheiterhaufen doch selber an« und stürmte hinaus. Die Gesellschaft blieb sprachlos zurück. Ehe sich die Gäste erholt hatten, kam Oriana noch einmal zurück, um ihre Handtasche zu holen, die Alex entdeckt hatte und eben seiner Mutter brachte. Oriana riss ihm die Tasche aus der Hand und als sie zum zweiten Mal hinausstürmte, rief sie über die Schulter zurück: »Wenn das da oben auf dem Scheiterhaufen nur du wärst!«

Alex weinte, Beth weinte aus Mitgefühl, Muriel wurde knallrot und Craddock Fitch stand mit grauem Gesicht und schmalen Lippen da. Ralph lächelte ironisch, dachte aber gerade noch rechtzeitig daran, den anderen Gästen den Rücken zuzukehren, damit sie nicht merkten, wie sehr das Ganze ihn amüsierte. Venetia, entzückt über die Entwicklung, prostete Oriana stumm mit Champagner hinterher. Sadie leerte ihr Glas und sagte: »Was für ein befriedigendes Ende unseres kleinen Wortwechsels!« Sie nahm ihre Handschuhe an sich und ging.

Muriel sagte mit ziemlich hoher, piepsiger Stimme: »Ich glaube, ich schau mal nach, was sich draußen tut.« Andere taten es ihr nach und schlenderten hinter ihr her, so dass Ralph und Mr. Fitch allein zurückblieben.

»So, Ralph, nach dieser Demonstration schlechter Manieren scheine ich niemanden mehr zu haben, der den Scheiterhaufen anzündet. Würden Sie mir die Ehre erweisen? Ich würde mich lächerlich machen, wenn ich ihn selber anzünden würde.«

»Ja, ich übernehme das.«

»Danke. Gehen wir.«

Als sie hinausgingen und den Rasen Richtung Wiese überquerten, kam ihnen Arthur Prior mit seiner Familie entgegen. »Guten Abend, Arthur. Kennen Sie Craddock Fitch?«

»Nein, wir hatten noch nicht das Vergnügen.«

»Craddock, darf ich Ihnen meinen Vetter und seine Familie vorstellen?«

Während der Vorstellung kam Ralph eine Idee. »Hör mal, Sebastian, wie wär's, wenn du mir dabei helfen würdest, den Scheiterhaufen anzuzünden? Sie hätten doch nichts dagegen, Mr. Fitch?«

»Natürlich nicht. Er ist doch nicht etwa Ihr Enkel? Nein, das kann nicht sein, natürlich nicht.«

»Leider nicht, aber er kommt einem Enkel sehr nahe.« Ralph nahm Sebastian bei der Hand und sie gingen gemeinsam mit Mr. Fitch auf die Wiese der Home Farm. Auf ein Zeichen von Mr. Fitch wurde das Flutlicht ausgeschaltet, eine Trompete blies eine Fanfare und Ralph und Sebastian traten vor, um den größten Scheiterhaufen anzuzünden, den Sebastian und alle anderen je gesehen hatten.

Mit Sebastians Hilfe ergriff Ralph die brennende Fackel und die beiden umrundeten ruhig den großen Holzstapel. Sie entzündeten ihn an den acht gleichmäßig verteilten Stellen mit ölgetränktem Zunder. Die Menge wartete darauf, dass der Scheiterhaufen Feuer fing und plötzlich schlugen die Flammen gen Himmel. Lauter Jubel stieg auf. Die Flammen beleuchteten alle Gesichter, gute, böse, junge, alte, freundliche, feindselige, fröhliche und traurige. Aus der Lautsprecheranlage dröhnte übermütige Blasmusik und dann entstand eine Pause und eine Stimme verkündete, das Bierzelt sei eröffnet und in Kürze würden die Kartoffeln in der Schale gebracht.

Muriel hatte Tränen in den Augen. Ihr Herz wäre vor Freude fast zersprungen, als sie sah, dass Sebastian Ralph half. Sie war so stolz auf Ralph. So stolz. Zwei Templetons zündeten das Feuer an. Wie passend. Manche Dinge klärten sich wie von selbst. Muriel zog sich die Wollmütze etwas tiefer über die Ohren. Sie hatte vergessen gehabt, wie scharf der Wind über diese offene Wiese blies. Mit der Kartoffel in der Schale, die sie in der behandschuhten Hand trug, machte sie sich auf die Suche nach Ralph.

Pat hatte ihre Angehörigen noch immer nicht gefunden. Sie hatte nach ihnen Ausschau gehalten, bevor der Scheiterhaufen angezündet worden war, und sie bis jetzt noch nicht entdeckt. Sie hoffte nur, Michelle war nichts passiert. Das Mädchen war so selbstbewusst, ihr war zuzutrauen, dass sie sich davongeschlichen hatte. Pat mochte Kartoffelschalen nicht, deshalb schob sie die Schale hinter einen Busch in der Nähe und freute sich über den Gedanken, dass ein Dachs oder ein Fuchs die Schalen im Verlauf der Nacht mit Vergnügen fressen würde.

»Auf frischer Tat ertappt. Was soll denn das?«

Pat machte einen Satz und fuhr herum, um zu sehen, wer das war.

»Du blöder Kerl, Barry. Hast mir den schlimmsten Schreck meines Lebens eingejagt. Ehrlich.« Pat presste die Hand aufs Herz.

»Zufrieden mit deiner Küche? Hab 'ne Menge Arbeit reingesteckt, wirklich. Wetten, dass du da drin leckeres Essen kochst und ich hab gedacht, an die leere Wand neben der Tür könntest du 'nen Tisch und Stühle stellen. Hübsche, warme Küche, wo man morgens sein Porridge essen kann.«

»Na, eins steht mal fest, *du* isst bestimmt kein Porridge da drin.«

»Ach, Quatsch, Pat! Ich bin für die schnelle Tour. Du und ich, wir könnten doch was draus machen!«

Er wollte sie in die Arme nehmen, aber sie stieß ihn kräftig gegen die Brust. »Du Blödmann. Hau ab. Du hast getrunken!«

»Hab ich nicht! Das liegt an dir, du bringst mein Blut in Wallung! Schick mich nicht weg. Wir trinken was im Bierzelt und stoßen auf dein Glück an. Abgemacht?«

Warum nicht?, überlegte Pat bei sich. »Abgemacht.«

»Schieb den Arm unter meinen, sollst ja nicht stolpern in diesem hohen Gras, bevor du auch nur 'nen Schluck getrunken hast.« Der erste Mensch, dem sie begegneten, war Venetia, die zum Herrenhaus zurückging. Venetia zwinkerte und hielt den Daumen nach oben. Wie peinlich. Dann dachte Pat, ach, was soll's?

Peter und Caroline waren wieder getrennt worden. Beth war müde und quengelig, sie würde wohl nicht bis zum Feuerwerk wach bleiben. »Harriet! Haben Sie meine liebe Frau irgendwo gesehen?«

Flick antwortete, bevor Harriet etwas sagen konnte. »War es nicht schön für Sebastian, dass er beim Anzünden des Scheiterhaufens helfen durfte? Wenn ich nur an seiner Stelle gewesen wäre. Bleiben Sie bis zum Feuerwerk hier? Ich schon. Find's ganz toll, und Sie, Mr. Harris?«

»Ich auch, Flick. Freut mich, dass du heute Abend herkommen konntest. Aber übernimm dich nicht, ja?«

»Daddy sagt, jetzt würden die mich bei Lloyds fast zum billigsten Tarif versichern. Nein, ich übernehm mich bestimmt nicht. Dr. Harris ist im Zelt, da haben wir sie eben noch gesehen.«

Harriet lachte. »Falls meine Tochter mir gestattet, auch mal was zu sagen, Caroline sucht nach Ihnen, weil Alex müde ist und sie nach Hause will.«

»Na gut, dann mach ich mich mal auf den Weg zum Zelt. Hoffentlich verläuft der restliche Abend gut.« Er winkte und wandte sich zum Gehen, aber Sheila Bissett hielt ihn auf. Bei ihr war eine große junge Frau, eine weibliche Ausgabe von Ronald Bissett.

Sheila, übersprudelnd vor Stolz, stellte ihre Tochter vor. »Oh, Herr Pfarrer, das ist meine Tochter Bianca, Sie sind sich noch nie begegnet, oder? Sie ist nach Hause zurückgekommen und wohnt jetzt bei uns. Bianca, das ist Peter Harris, unser Pfarrer.« Bianca hielt Peter die Hand hin. Er nahm Beth auf den anderen Arm, gab Bianca die Hand und sagte: »Willkommen in Turnham Malpas, Bianca. Freut mich, Sie kennen zu lernen. Sie haben also irgendwo hier in der Nähe eine neue Stelle gefunden?«

»Nein, noch nicht. Bei der Bank, bei der ich gearbeitet habe, gab es Personalkürzungen, jemand musste gehen und in dem Fall waren die Letzten die Ersten. Ich streck die Fühler in verschiedene Richtungen aus, hoff also, bald irgendwo unterzukommen. Mutter hat mir erzählt, dass Sie einen hervorragenden Kirchenchor haben. Ich bin Chorsängerin, hab erst im letzten Monat Verdis *Requiem* mitgesungen. Ich würde furchtbar gern im Kirchenchor mitwirken.«

Peter, der ein Hilfsangebot für die Kirche ungern ausschlug, zögerte einen Moment, bevor er antwortete. Es war ein reiner Männerchor und der Chorleiter wollte, dass er das auch blieb.

»Ich müsste mit dem Chorleiter sprechen, ein reiner Männerchor ist ihm lieber und der Chor von St. Thomas à Becket war immer rein männlich, seit Menschengedenken … also befürchte ich …«

»Sie werden mich doch nicht wegen meines Geschlechts ausschließen?« Biancas dunkle Augen sprühten Funken. Ihr Zögern vor dem Wort Geschlecht hatte etwas an sich, bei dem Peter ganz unbehaglich zumute wurde.

»O nein, auf keinen Fall deshalb. Ich möchte nicht für altmodisch gehalten werden, aber der Chorleiter hat das Sagen, nicht ich. Ich werde jedoch mit ihm reden.«

»Ich bin als Sekretärin ganz gut, könnte ich also gelegentlich für Sie arbeiten, während ich in der Luft hänge?«

Sheila beschloss, ein gutes Wort für Bianca einzulegen. »Sie wären doch sicher froh, wenn Sie Hilfe hätten, Peter? Du kommst doch hervorragend mit Computern zurecht, oder, Liebes?« Bianca, die den Blick nicht von Peters Gesicht wandte, nickte und lächelte. Sheila trieb die Sache weiter voran, indem sie fortfuhr: »Sie haben doch einen Computer im Arbeitszimmer, Peter?«

»Guten Abend.« Sie hatten Caroline nicht kommen gehört. Diese hatte das Gespräch mitangehört und sich entschlossen, es zu unterbrechen. »Sheila. Bianca.« Sie nickte zur Begrüßung. »Freut mich, Sie kennen zu lernen. Ich bin Peters Frau, Caroline. Würde es Ihnen etwas ausmachen, wenn Peter und ich die Kinder nach Hause brächten? Sie sind sehr müde und ich glaube, wenn das Feuerwerk losgeht, würden sie Schreikrämpfe bekommen. Vielleicht könnten Sie über Ihren Beitrag zur Gemeindearbeit ein andermal reden. Ich möchte wirklich unbedingt weg.«

Bianca musterte Caroline. Sie registrierte die teure Wildlederjacke, die gut geschnittenen Hosen, den Schal von Jaeger, die Aura einer gewissen Autorität. Caroline nahm Biancas gebleichtes Haar zur Kenntnis, ihre kantigen Züge und den hungrigen, abschätzenden Blick einer Frau, die bald dreißig wurde, immer noch keinen Mann hatte und sich verzweifelt einen wünschte.

Peter, ein bisschen überrascht über Carolines Ton, pflichtete ihr bei, dass sie gehen müssten. »Ich denke über Ihre Vorschläge nach und sage Ihnen dann Bescheid. Hat mich gefreut, Sie kennen zu lernen. Noch viel Spaß heute Abend, ja? Gute Nacht.«

»Gute Nacht, Herr Pfarrer, gute Nacht, Dr. Harris.« Sheila und Bianca winkten, als die Pfarrersfamilie sich entfernte.

Außerhalb ihrer Hörweite sagte Peter: »Du warst ziemlich schroff, Liebling.« Im Licht von Carolines Taschenlampe überquerten sie die Wiese zu ihrem Auto.

»Sheila Bissett und ich werden nie miteinander auskommen. Die Frau nervt mich einfach. Falls diese Bianca im Kirchenchor singen will, brauchst du dein ganzes diplomatisches Geschick, um das durchzusetzen, glaub mir.«

»Ich weiß, aber ich konnte doch nicht gleich Nein sagen, oder?«

»Du bist zu nett und auch deshalb liebe ich dich. Ich kann das Auto nirgends entdecken. Wo haben wir denn geparkt? Oh, da ist es ja. Vielleicht hast du nicht gleich Nein sagen können, aber sei gewarnt. Mach die Tür auf, schnell, Liebling. Alex wird furchtbar schwer, ich glaube, er schläft schon. Weibliche Raubtiere sind nun wirklich das Letzte, was ein attraktiver Pfarrer brauchen kann.«

Sie fuhren schweigend nach Hause. Peter hielt vor dem Pfarrhaus, schaltete den Motor aus und wandte sich Caroline zu. »Mein Schatz, du könntest durchaus Recht haben. Ich habe schlicht und einfach nichts gemerkt. Ich brauche dir doch nicht zu sagen, dass ich mir die Frau nach besten Kräften vom Hals halten werde, oder?«

»Aber pass auf. Das ist leider ein Berufsrisiko. Geradezu gespenstisch, wie sehr sie ihrem Vater ähnelt. Komm, bringen wir die Kinder zu Bett.«

Am Ende des Feuerwerks war Jimbo völlig erledigt. Am Samstag war viel Betrieb im Laden gewesen und die Organisation des Feuerwerks war aufreibender gewesen, als er sich das vorgestellt hatte. Das Aufräumen musste bis Sonntag warten und er war froh darüber. Rhett Wright und Dean Duckett wollten gleich am Sonntagmorgen beim Aufräumen helfen. Aus Rhett wurde Jimbo nicht so recht schlau. Er kam ihm ein bisschen merkwürdig vor. Aber wenn er tüchtig war, dachte Jimbo, würde er sich nicht beklagen. Er sammelte Harriet ein, das Baby, Flick, die so erledigt aussah, wie er sich fühlte, und die beiden Jungen. Dann gingen sie ins Herrenhaus, um sich zu verabschieden und bei Mr. Fitch zu bedanken.

Er war in ein Gespräch mit Ralph, Muriel und Sadie vertieft. Sobald Mr. Fitch Jimbo sah, kam er herüber zu ihm.

»Charter-Plackett! Brillante Vorführung. Brillant! Vielen herzlichen Dank. Schicken Sie mir die Rechnung, sie wird prompt bezahlt. So, Kinder, wie ich sehe, habt ihr eure kandierten Äpfel?«

Die Kinder bedankten sich bei ihm. Mr. Fitch griff zu einer Schachtel. »Schaut, hier habe ich noch ein paar übrig. Nehmt doch alle einen mit nach Hause. Möchtet ihr das?«

»Ja, bitte, Mr. Fitch«, sagten die drei Kinder einstimmig und bedienten sich aus der Schachtel.

»Sie haben einen klugen Mann, Harriet. Als ich hörte, was er getan hat, die Bank verlassen, um einen Dorfladen zu eröffnen, habe ich gedacht, was für ein Trottel. Aber vielleicht ist er überhaupt kein Trottel! Ich freunde mich immer mehr mit dem Landleben an.«

Harriet bedankte sich bei ihm, entschuldigte sich und führte die Kinder hinaus. Frances schlief im Kinderwagen und Mr. Fitch lüpfte die Decke und warf einen Blick auf das Kind. Sein Gesicht wurde weicher. Er tätschelte Frances den Arm und sagte: »Gute Nacht, junge Dame.« Dann ging er zu Ralph, Muriel und Sadie zurück.

und fragte dann: »Stört es Sie, wenn ich rauche?« Die anderen schüttelten den Kopf und schauten ihm beim Anzünden zu.

Mr. Fitch, entnervt von Ralphs Einstellung, ließ trotz seiner sonst so eisernen Selbstbeherrschung seiner Wut freien Lauf. »Ha! Ihr Landadeligen glaubt, dass euch die ganze Welt gehört. Ich bedaure, aber das ist lachhaft.«

»Mir gehört die Welt. Jedenfalls hier in der Gegend.«

»Dazu habe ich zu sagen, dass ich nicht von hier weichen und jedes Cottage kaufen werde, das frei wird, jedes Stück Land, das ich bekommen kann. Mir gefällt es hier, ich habe wirklich das Gefühl, nach Hause gekommen zu sein.«

»Wirklich! Das ist gut! Es freut mich, dass es Ihnen hier gefällt, mir gefällt es auch und niemand kann Sie daran hindern, Häuser und Land aufzukaufen. Aber da gibt es etwas, was Sie nicht kaufen können, und das sind die Herzen der Menschen. Die gehören mir!« Er streckte die Finger der rechten Hand aus und ballte sie dann langsam, als umfasse er damit das ganze Dorf. Er hielt Mr. Fitch die geballte Faust hin. »Mir! Sie können weder die Liebe noch die Loyalität der Menschen kaufen, Sie müssen sie sich im Lauf der Jahre verdienen. Und vergessen Sie nicht, dass die meisten Dorfbewohner heute Abend nur hergekommen sind, weil sie wussten, dass *ich* die Einladung angenommen habe.« Ralph unterdrückte ein triumphierendes Lächeln. Er stand auf. »So, Muriel, du möchtest jetzt bestimmt gehen. Ich auch. Danke, Craddock, für einen reizenden Abend. Sehr großzügig von Ihnen. Sehr. Gute Nacht, Sadie.«

Mr. Fitch stand auf, als sich Muriel erhob. Er schüttelte ihr die Hand und sagte: »Ich bedaure, dass Sie nicht verkaufen wollen, bedaure es sehr. Schlafen Sie eine Nacht darüber. Vielleicht überlegen Sie es sich ja anders. Die Hoffnung bleibt mir unbenommen!« Er lächelte Muriel flehend an und erbot sich, die beiden zum Haupteingang zu begleiten. Ralph lehnte ab. »Nein danke, Craddock. Ich kenne den Weg.« Als die Wohnungstür hinter ihnen zuging, hörten sie Sadie sagen: »Touché!« Dann brach sie in schallendes Gelächter aus. Ralph nahm Muriel bei der Hand und führte sie durch die Flure und die Treppe hinunter in die Halle. Er machte die Haustür auf und sie standen da und schauten hinauf in den Winterhimmel, genossen die jetzt frostige Luft und betrachteten die glühenden Reste des Scheiterhaufens auf der Wiese. Ralph blies eine Wolke Zigarrenrauch in die Luft und folgte ihr mit dem Blick.

»Oh, Ralph! Du warst wunderbar! Ich bin stolz auf dich. Zu meiner Schande habe ich einen grauenhaften Augenblick wirklich geglaubt, du würdest an ihn verkaufen.«

»So einfach wird er nicht aufgeben. Aber Fitch bekommt das Land nicht. Es ist das einzige Land, das ich besitze. Arthur Prior besitzt mehr als ich. Die kommenden Jahre könnten sehr spannend werden. Ich freue mich auf die Herausforderung.«

Er machte die Tür hinter ihnen zu und im Schein von Muriels Taschenlampe gingen sie den verwilderten Weg zum Tor in der Friedhofsmauer, überquerten den Friedhof, gingen durch das Friedhofstor, am Haus von Willie Biggs und am Pfarrhaus vorbei nach Hause.